À PROPOS DE L'AUTRICE

Bronwyn Scott s'est fait remarquer la toute première fois grâce à une nouvelle médiévale. Depuis, entre les cours qu'elle donne à l'université et les balades en famille qu'elle aime par-dessus tout, elle invente des histoires d'amour passionnantes et teintées d'humour.

Sous le ciel de Venise

*

Un lord très convoité

BRONWYN SCOTT

Sous le ciel de Venise

Traduction française de
HÉLÈNE ARNAUD

HARLEQUIN

Titre original :
RAKE MOST LIKELY TO SEDUCE

Ce roman a déjà été publié en 2017

HARPERCOLLINS FRANCE
83-85, boulevard Vincent-Auriol, 75646 PARIS CEDEX 13
Service Clients — www.harlequin.fr
ISBN 978-2-2805-0500-0

Édité par HarperCollins France.
Composition et mise en pages Nord Compo.
Imprimé en mars 2024 par CPI Black Print (Barcelone)
en utilisant 100% d'électricité renouvelable.
Dépôt légal : avril 2024.

FSC www.fsc.org MIXTE Papier issu de sources responsables FSC® C159065

Pour limiter l'empreinte environnementale de ses livres, HarperCollins France s'engage à n'utiliser que du papier fabriqué à partir de bois provenant de forêts gérées durablement et de manière responsable.

Pour Mike, Rebecca et Madison, qui ont partagé avec nous la seconde moitié de notre Grand Tour. Merci pour ces neuf soirées délicieuses que vous avez passées en notre compagnie. Notre rencontre a été le point d'orgue de ce voyage.

1

Hôtel d'Antwerp, Douvres, mars 1835.

— Fripouille ! Personne n'a jamais autant de chance que cela ! grommela, d'un air incrédule, l'homme qui faisait face à Nolan. Si vous sortez encore un as de votre jeu, je vais...

— Vous allez faire quoi ? Me couper en deux ? Me tirer une balle dans la tête au beau milieu de ce salon ? coupa Nolan sans se démonter.

Le sourire aux lèvres, il retourna sa dernière carte — un as, en effet — avec sa nonchalance habituelle. Il avait l'habitude des menaces, surtout lorsqu'il jouait tard le soir avec des inconnus de passage. Cela ne l'intimidait plus, depuis le temps.

De l'autre côté de la table, l'homme, grand et particulièrement large d'épaules, fit mine de se lever. Il n'avait pas gagné une seule partie depuis le début de la soirée, et cela, ajouté à la tranquille insouciance de Nolan, lui faisait perdre tout contrôle de lui-même.

— Quand quelqu'un réussit aussi bien durant plusieurs parties, gronda-t-il, visiblement prêt à bondir à la gorge de son adversaire, cela ne s'appelle plus de la chance. Cela porte un tout autre nom, monsieur.

— Et comment appelez-vous cela ?

Savourant son triomphe, Nolan se renversa sur sa chaise. Il n'allait pas entrer dans le jeu de cette brute et se lever à son tour. Tant qu'il ne bougeait pas, il dominait la situation.

D'un coup d'œil rapide et exercé, il examina son opposant. L'homme était imposant, et devait peser bien plus lourd que lui. Un combat entre eux deux ne serait pas équilibré... Heureusement, ils n'en viendraient sans doute pas aux mains, se rassura-t-il : il n'avait face à lui qu'un malotru qui aimait effrayer son monde, car il n'avait même pas sorti d'arme. Nolan connaissait bien ce genre de joueurs qui parlaient fort et agissaient peu. Simplement, il n'avait pas pensé en rencontrer ce soir. Il aurait pourtant dû s'en douter. Il était à Douvres, après tout, pas dans un élégant club londonien dont les membres se comportent en gentlemen et respectent les règles de la bienséance.

Après un instant de silence, son adversaire reprit :

— Vous savez très bien comment on appelle les hommes comme vous.

Il eut un regard pour les autres joueurs de la table, cherchant visiblement leur soutien.

— Tout le monde pense la même chose !

Tu n'as pas bien choisi tes alliés, mon vieux, songea Nolan, amusé. En effet, les deux autres individus ne semblaient pas se passionner pour le débat. C'était logique, d'ailleurs : ils n'avaient pas perdu autant d'argent que leur malheureux compère.

— Je suis navré, répondit Nolan, je ne comprends pas ce que vous voulez dire. Voulez-vous bien être plus clair ?

Jusqu'où cet homme oserait-il aller avant de perdre tout courage ?

Hélas, il avait sous-estimé la colère de son adversaire... Celui-ci bondit sur lui en un éclair et Nolan eut à peine le temps d'esquiver le coup. En un rapide mouvement de poignet, il fit sortir la lame acérée du petit couteau caché dans une doublure secrète de sa manche. S'aidant de la perte d'équilibre de son attaquant, il plaqua son arme contre le cou du colosse et l'empêcha de s'écarter. S'il voulait éviter que la situation n'empire, il avait intérêt à offrir à toute la salle une démonstration de force.

Leurs deux partenaires reculèrent leurs chaises, indiquant par là qu'ils n'avaient aucune intention de prendre part à la dispute.

— Est-ce que vous me traitez de tricheur, monsieur ? demanda froidement Nolan.

Il n'avait pas le temps d'affronter qui que ce soit. Bon sang, où était donc passé Archer ? Il était là quelques secondes plus tôt ! Nolan aurait bien eu besoin d'un peu de soutien de sa part, dans un moment comme celui-là...

Son ami n'était tout de même pas parti sans lui ? Ils étaient supposés retrouver Haviland et Brennan sur les docks au lever du jour, pour embarquer ensemble en direction de la France.

Vu l'heure tardive à laquelle ils s'étaient quittés, Nolan n'avait pas jugé utile d'aller se coucher pour se relever presque immédiatement après. Il était donc resté debout — *toute cette maudite nuit*. Et voilà où cela l'avait entraîné : le plus colérique joueur de Douvres était sur le point de lui jeter le gant. Un duel, pour fêter son départ d'Angleterre, quelle bonne idée ! S'il arrivait en retard au port et faisait manquer le bateau à ses amis, Haviland le tuerait... Non, il ne pouvait se permettre le moindre contretemps, pas ce matin.

Contre lui, l'homme redressa le menton. Geste de défi ? Ou bien crainte de se couper sur le poignard ?

— Oui, c'est cela, lâcha-t-il, je vous traite de tricheur.

— Et moi, je vous considère comme un mauvais perdant, répondit Nolan avec la même véhémence.

Ce n'était pas la première fois que ce genre de chose se produisait. Le jeu était devenu une activité lassante, au fil des ans : on misait, on gagnait un peu, puis on gagnait trop, on se battait en duel et on recommençait... Il se mit à espérer que les Français, avec leur réputation de joueurs inconditionnels, acceptent plus facilement son talent que ses compatriotes, d'un naturel si soupçonneux.

— Préférez-vous que nous réglions notre différend dehors, en gentlemen, ou acceptez-vous de retirer votre remarque insultante ? reprit-il avec impatience.

Il fallait qu'il soit au port moins d'une heure plus tard. A travers les hautes fenêtres du salon, il aperçut une voiture, que l'on était en train de ranger le long du trottoir — *sa* voiture.

Peut-être arriverait-il à glisser un duel avant son départ, s'il était assez rapide… ou peut-être valait-il mieux qu'il s'enfuie. Mais supporterait-il de laisser cette brute l'injurier ainsi et s'en sortir indemne ? Il n'avait rien fait de mal. Il avait compté les cartes, oui, cependant ce n'était tout de même pas un crime d'être futé !

Une petite foule commençait à se rassembler autour d'eux, même s'il n'était encore que 4 heures du matin. Quelques travailleurs, levés tôt, entraient dans l'hôtel pour prendre leur service ou faire les premières livraisons.

Décidément, la situation devenait intenable. Attirer l'attention, c'était exactement ce que Nolan avait cherché à éviter. Il avait dû fuir Londres, chassé de la ville par le scandale et renié par un père consterné par le comportement de son fils. Et voilà que tout recommençait, avant même qu'il n'ait quitté l'Angleterre…

Décidé à en finir au plus vite, Nolan baissa son arme et repoussa son adversaire brutalement. L'homme, surpris, s'écroula sur la table. Sans perdre son calme, Nolan ramassa ses gains et, avec un regard méprisant pour son adversaire, toujours affalé, lâcha :

— Vous ne méritez pas de me faire perdre mon temps.

Plus vite il aurait quitté ce pays, mieux cela vaudrait, mais il n'avait pas prévu de partir sur une note aussi amère. Au moins, il y avait peu de risques que la rumeur se répande jusqu'à Londres et que son père apprenne qu'il était parti en échappant de justesse à un duel. L'hôtel d'Antwerp n'était pas vraiment le genre de lieu où il pouvait croiser des amis de ses parents.

Quittant tranquillement la table, il se dirigea vers la porte d'entrée et l'avait presque atteinte lorsque son instinct l'arrêta. La brute n'était pas restée couchée sur les cartes, n'avait pas su profiter de la pitié de Nolan quand elle lui était offerte. En un éclair, Nolan fit volte-face, son couteau toujours à la main, et aperçut le reflet d'un canon dans la lumière tamisée du salon, encore nécessaire malgré les premières lueurs de l'aube. Sans hésiter, il lança son poignard qui se planta dans l'épaule de son assaillant. Le pistolet tomba au sol dans un fracas assourdissant, au milieu de la salle silencieuse.

Le clerc, occupé à trier des documents derrière le bureau d'accueil, poussa un cri, et apostropha Nolan d'un air consterné.

— Monsieur Gray ! Dois-je vous rappeler que notre établissement est des plus respectables ?

— C'est lui qui a commencé ! répliqua Nolan. Et, de toute manière, je ne l'ai pas grièvement blessé.

En effet, il avait pris soin de bien calculer son geste — un peu trop bien, peut-être. Il était hors de question de récupérer son arme, en tout cas. Contre toute attente, l'homme se précipita vers lui, sa colère étouffant temporairement la douleur. Il le regretterait sans doute plus tard, mais Nolan décida qu'il fallait fuir maintenant. Et fuir vite. Dans quelques instants, le clerc appellerait la police, et, s'il était toujours là, il perdrait du temps pour expliquer toute l'affaire.

Nolan partit donc à grandes enjambées dans la cour encore plongée dans la pénombre. En face de lui, il vit Archer sortir de l'écurie. A cette heure-là ? Oh... rien de surprenant en fait, se dit-il. Archer préférait les animaux aux humains.

— Archer, mon vieux ! Où est-ce que tu étais ? Il faut qu'on parte !

Sans s'arrêter, Nolan lui prit le bras et l'entraîna en direction de la voiture garée juste devant l'hôtel ; ses poursuivants n'étaient certainement pas loin. Il entendait un brouhaha infernal derrière eux.

— Ne te retourne pas : cet homme en colère qui nous suit pense que j'ai triché. Il a un pistolet *et* mon bon couteau — planté dans son épaule — mais je pense qu'il tire des deux mains, donc ça n'a aucune importance...

Arrivé devant la voiture, il ouvrit la portière à la volée et tous deux s'engouffrèrent dedans. Le véhicule se mit en branle avant même que la porte ne soit refermée.

Une fois qu'il fut sûr d'être en sécurité, Nolan s'affala contre le dossier avec un soupir de satisfaction.

— Ah... Je l'ai échappé belle, encore une fois...

— Pourquoi toujours t'enfuir ? répliqua Archer en défroissant la manche de son manteau d'un air agacé. Ne pourrions-nous pas quitter un hôtel tranquillement, *par la porte*, comme les gens normaux, de temps en temps ?

— Oh ! je trouve notre départ plutôt *normal*, moi, protesta Nolan avec un franc sourire.

Archer éclata :

— Tu as planté un *couteau* dans l'épaule d'un homme ! Ce n'est pas vraiment ce que j'appelle une sortie discrète.

Archer n'avait jamais réellement apprécié ses frasques.

— En tout cas, tu t'en es tiré dans les délais.

Nolan se contenta de sourire. Les remontrances d'Archer ne lui faisaient ni chaud, ni froid. Il était vrai que, s'il avait vraiment voulu éviter les ennuis, il se serait arrêté de jouer deux heures plus tôt. Ses partenaires auraient alors pu se lever tranquillement de la table, conservant leur fierté et au moins une partie de leur argent.

— En parlant de délai, reprit-il comme si de rien n'était, est-ce que tu crois que Haviland est arrivé au port ?

Ils devaient retrouver deux de leurs amis près du bateau sur lequel ils embarqueraient pour entamer leur Grand Tour.

— Je te parie cinq livres qu'il y est déjà.

Assis en face de lui, Archer éclata de rire.

— A cette heure ? Non, il n'y sera pas. Tous nos bagages ont été chargés hier, il n'a aucune raison de venir tôt. Et puis, il lui faudra du temps pour traîner Brennan hors du lit, ça l'aura retardé.

Haviland et Archer se connaissaient depuis leurs études à Eton. Nolan savait aussi que, si Haviland avait l'habitude d'être ponctuel, il était rarement en avance ; et que Brennan, lui, était perpétuellement en retard.

— Je pense que je vais facilement gagner mes cinq livres, lança-t-il pourtant. Je te parie qu'il est déjà là, en train de faire les cent pas sur le quai, et qu'il a gardé ses fleurets de duel avec lui. Il ne les quitte jamais des yeux…

Il ne put s'empêcher de repenser à la rapidité des événements qui l'avaient conduit à s'enfuir de l'hôtel.

— C'est un peu comme mon couteau, déclara-t-il dans un soupir.

Mais Archer n'écoutait plus. Il s'était affalé sur la banquette et avait fermé les yeux.

Nolan, lui, était trop agité pour s'endormir. Il songeait à ses cinq livres. Ce serait de l'argent facile, certes, mais il ne s'en faisait pas pour Archer. Son ami avait largement les moyens de le payer.

Il jeta un coup d'œil par la fenêtre. Haviland était déjà au port, c'était certain — et il aurait parié bien plus que cinq livres là-dessus. Archer était peut-être le meilleur ami de Haviland North, mais Nolan, lui, savait *lire* les gens comme des livres. Haviland était un guerrier. Il ne se séparerait de ses armes préférées sous aucun prétexte ; et il avait clairement hâte de quitter le pays.

Nolan n'avait pas réussi à lui faire avouer les raisons qui le poussaient à partir si vite mais elles devaient être puissantes. Il était surprenant de voir cet homme si maître de lui céder brusquement à ce qui ressemblait à de la panique.

Vue de l'extérieur, la vie de Haviland North paraissait pourtant parfaite. Il était riche, allait hériter d'un titre et était particulièrement bel homme. Il avait tout, et pourtant il voulait à tout prix laisser son destin reluisant derrière lui. Sans doute était-il arrivé au port une heure en avance pour regarder les marins charger leurs malles, livrées la veille.

Soudain, un mouvement attira l'attention de Nolan, sur la route qui s'étendait derrière eux. Un peu inquiet, il essuya la poussière de la vitre pour mieux voir. L'espace d'un instant, il crut être poursuivi. Etait-ce la brute de l'hôtel ?

Non. En fait, il ne s'agissait pas d'un homme. Intrigué, il donna un petit coup de pied à Archer pour le réveiller.

— Archer, pourquoi est-ce qu'un cheval nous suit ?

— Je l'ai sauvé, pendant que tu jouais aux cartes, marmonna son ami sans même ouvrir les yeux.

— Tu m'as abandonné pour un cheval ? J'aurais pu être tué, tu sais cela ?

— Et pourtant, tu as réussi à lui planter un couteau dans

l'épaule… Il me semble que tu t'en es bien sorti tout seul, répondit sèchement Archer en regardant par la fenêtre à son tour.

L'allée qui conduisait aux docks était courte et ils arrivèrent rapidement à destination, en dépit de l'épais brouillard matinal. Quand la voiture s'arrêta, ils constatèrent que le cheval les accompagnait toujours. Nolan s'extirpa de sa banquette et laissa Archer s'occuper de l'animal.

Il aperçut alors une haute silhouette solitaire sur le quai et lâcha un cri de triomphe.

— Qu'est-ce que je te disais, Arch ? Il est là. J'ai gagné ! Et regarde : il a ses armes avec lui.

Haviland les rejoignit à grandes enjambées et Nolan l'embrassa chaleureusement.

— Salut, mon vieux. Est-ce que tout est embarqué ? Tu es satisfait ? J'ai dit à Archer que tu serais déjà là, pour tout surveiller.

Haviland éclata de rire.

— Décidément, tu me connais trop bien. Nos malles sont chargées depuis une heure.

Nolan approuva. Heureusement que Haviland était là pour s'occuper des détails… Si cela n'avait tenu qu'à lui, il aurait simplement bouclé une valise, aurait pris une place sur le premier bateau et aurait laissé tout le reste derrière lui sans hésitation.

Il avait toujours été bien plus spontané qu'Archer et Haviland — c'était bien le seul avantage d'une vie imparfaite et instable. Il avait appris dès le plus jeune âge à anticiper les problèmes pour les fuir avant de se retrouver pris au piège…

L'autre avantage de sa vie familiale chaotique était qu'il n'avait rien à perdre ; contrairement à Haviland qui hériterait d'un domaine magnifique ou à Archer dont la famille possédait l'un des élevages de chevaux les plus prisés de Newmarket, uniquement par passion pour ces animaux. Bien sûr, tous les deux étaient promis à un beau destin, mais ils allaient aussi devoir passer leur vie à assurer la pérennité de leurs héritages pour les générations futures. Et cela impliquait *beaucoup* de pression à venir.

Nolan avait la chance de ne pas connaître ce genre de

contraintes. Il n'avait pas à se conformer à une quelconque tradition familiale. La seule chose positive dont il avait été doté était sa mémoire fabuleuse : il était capable de compter les cartes de trois ou quatre jeux différents s'il en avait besoin et de calculer des cotes de tête avant de parier. Ce type d'*héritage* était bien pratique au quotidien...

A côté de cela, il y avait beaucoup de points négatifs dans son existence. Beaucoup plus qu'il ne voulait l'admettre, d'ailleurs, à commencer par son père puritain qui croyait fermement que l'on pouvait tout inculquer aux enfants par la force. Au final, il avait uniquement réussi à séparer la famille : Nolan et son frère ne s'étaient pas vus depuis dix ans. Dès qu'ils avaient atteint leur majorité, ils s'étaient éloignés l'un de l'autre comme ils l'avaient d'ailleurs fait en partie pendant leur scolarité. En effet, durant cette période, ils n'avaient jamais vraiment profité de leurs vacances pour rentrer chez eux et se retrouver.

Au contraire, ils avaient tous deux passé leurs étés avec des amis. Les études n'avaient peut-être pas beaucoup apporté à Nolan, intellectuellement parlant, mais cela lui avait permis de découvrir une nouvelle liberté : c'était à ce moment-là qu'il avait rencontré Haviland, après tout, et cela l'avait sauvé.

A quelques pas de lui, Archer était en train de taquiner celui-ci au sujet de son étui à fleurets. S'arrachant à ses pensées, Nolan rejoignit leur conversation dans un éclat de rire :

— Je t'avais bien dit qu'il les aurait avec lui ! Tu me connais, je sens ces choses-là : je suis doué pour étudier la nature humaine.

— Quel dommage que cela ne fasse pas partie du cursus d'Oxford, hein ? répliqua Archer avec humour. Tu aurais eu de meilleures notes.

Nolan rit de nouveau, sans se vexer le moins du monde. Cela faisait des années qu'Archer et lui pratiquaient ce genre de joute verbale. Ils se connaissaient suffisamment bien pour ne jamais blesser l'autre : en effet, quand Nolan n'était pas avec Haviland pendant ses vacances, il était avec Archer.

— Que veux-tu que je réponde à cela ? C'est bien vrai, reconnut-il. Vous deux étiez les plus studieux, mais Brennan et moi...

Soudain, il s'aperçut de l'absence de leur ami.

— Brennan n'est pas encore arrivé ?

Ils allaient finir par être en retard.

— Non, dit Haviland en haussant les épaules. Tu t'attendais vraiment à ce qu'il soit à l'heure ? Et tu te prétends spécialiste de la nature humaine !

— J'ai dit que *j'étudiais* la nature humaine, pas que j'étais devin ! répliqua Nolan avec un grand sourire.

Décidément, il attendait ce voyage avec plus d'impatience encore que ce qu'il avait imaginé. Pour la première fois depuis longtemps, ils se retrouvaient à quatre, et libres de faire ce qu'ils voulaient. Cela lui avait manqué... Bien sûr, ils se voyaient toujours à Londres, pendant la saison, mais ce n'était pas la même chose : jamais ils n'y avaient été seuls, tous les quatre à la fois. A cette période de l'année, Archer passait généralement ses journées à Newmarket. Nolan était donc habitué à être simplement soit avec Brennan, soit avec Haviland ; et ces moments en leur compagnie étaient toujours brefs, juste le temps de boire un verre au club ou de discuter un peu pendant un bal.

Les années s'étaient succédé et tous approchaient de la trentaine — un âge important pour des hommes de leur statut. On allait bientôt attendre d'eux qu'ils se marient et mènent une vie stable. Ce voyage pourrait très bien être leur dernière escapade entre célibataires, sans être ralentis par des épouses et des enfants, sans avoir à assumer de telles responsabilités. Haviland se marierait sans doute le premier — les fiançailles avaient déjà été arrangées. Archer le suivrait de près. Un homme qui aimait tant dresser des chevaux et les soigner s'y entendrait sûrement pour élever des enfants. Quant à Brennan... Cela dépendrait sans doute du caractère de celle qui le choisirait. Il restait rarement seul, et avait certainement passé la nuit qui s'achevait avec une femme d'ailleurs, mais de là à trouver celle qui serait capable de le supporter une vie entière...

Au bout de quelques minutes, le capitaine du bateau s'approcha d'eux et les invita à monter à bord au plus vite. De toute évidence, il ne comptait pas attendre plus longtemps son dernier passager.

Dès qu'il se fut un peu éloigné, Haviland lâcha un profond soupir, se blâmant pour le retard de Brennan.

— Je le savais : j'aurais dû rester avec lui...

Nolan fit de son mieux pour le rassurer. Brennan arriverait bientôt. Il serait là. Simplement, Brennan n'était jamais à l'heure, et toujours prompt à s'attirer des ennuis — un peu comme Nolan lui-même. La seule différence était que Nolan, lui, savait un peu mieux prévoir en général, alors que son ami se rendait compte d'un problème quand il était trop tard. C'était peut-être pour cela qu'ils s'entendaient si bien ; ils étaient liés, d'une certaine façon. Tous les deux avaient mené des vies imparfaites et désordonnées, se concentrant plus sur l'instant présent que sur l'avenir. Brennan n'avait jamais appris à anticiper les choses — et cela jouait contre lui, ce matin-là.

Nolan l'imaginait sans mal endormi dans le lit d'une femme inconnue. Sans doute se réveillerait-il tard et paniquerait-il en comprenant qu'il avait raté le bateau.

Quoi qu'il en soit, ils ne pouvaient plus reculer et se résigner à prendre un autre navire. Les traversées de la Manche n'étaient pas aisées à préparer : elles dépendaient avant tout du temps qu'il faisait. Ils avaient déjà de la chance que la leur n'ait pas été annulée.

Préférant éviter que ses amis ne s'inquiètent pour rien, Nolan s'efforça de rester enjoué. Il donna une claque amicale dans le dos d'Archer et les trois amis se dirigèrent vers la passerelle.

— Je vous parie que Brennan va manquer le départ, lança-t-il avec une jovialité un peu artificielle. Archer, qu'est-ce que tu en dis ? Si je me trompe, tu pourras peut-être récupérer tes cinq livres.

Pourvu que j'aie tort... Il n'y avait plus qu'à espérer que Brennan apparaisse en courant au bout du quai, à la dernière minute, comme souvent.

Une fois qu'ils furent montés à bord, ils s'appuyèrent sur la rambarde et guettèrent les rues avoisinantes, attendant avec angoisse de voir apparaître la silhouette lointaine de leur compagnon au milieu des marins et des charrettes. Hélas, il était trop tard : un gros bruit de chaînes fit sursauter Nolan.

— Ils lèvent l'ancre, dit-il, essayant de ne pas se laisser envahir par la déception, il n'arrivera pas à temps. Bon sang ! Je ne voulais pas gagner ce pari, moi.

Il échangea un rapide coup d'œil avec Haviland et Archer tandis que le bateau glissait lentement le long de la jetée. Leur voyage commençait bien mal...

Soudain, quelque chose attira son attention. Quelques cris s'élevèrent au bout du quai, et un homme se détacha d'un groupe. Il courait à perdre haleine, les pans ouverts de sa veste battant à ses côtés.

— C'est lui ! s'écria Haviland en le montrant du doigt. C'est Brennan !

Oui, c'était lui mais il n'était pas seul. Nolan aperçut deux hommes à ses trousses, et l'un d'entre eux était armé. Ils semblaient particulièrement en colère contre Brennan... Qui qu'ils soient, ils avaient l'air dangereux.

Haviland fut le premier à réagir. Il se précipita vers la poupe alors que Nolan, stupéfait, restait cloué sur place. Quelque chose d'autre suivait Brennan ; quelque chose de gros, sombre, et rapide. Aux côtés de Nolan, Archer sursauta, reconnaissant la silhouette.

— Mon cheval !

Ils rejoignirent en un instant Haviland, qui faisait de grands signes de bras et hurlait des indications incohérentes.

« Saute ! » ou encore « Pas ici, c'est trop large ! Saute à l'arrière du bateau, il n'a pas quitté la jetée ! Vite ! ».

C'était dangereux, vraiment dangereux. Lorsque Archer et Nolan atteignirent le bastingage, même la poupe était trop éloignée du quai pour que Brennan puisse sauter. Il n'y arriverait jamais, et s'il échouait... Il valait mieux ne pas imaginer la suite.

— Archer, regarde : le cheval ! lança Nolan.

Le bai avait rejoint Brennan et ralentissait pour rester à ses côtés, comme s'il voulait l'aider.

Archer n'hésita pas un instant et, plaçant ses mains en porte-voix, cria :

— Bren, monte sur le cheval ! Saute avec lui !

Le temps parut s'arrêter. La gorge nouée, Nolan regarda Brennan se cramponner à la crinière du cheval et se hisser sur son dos. Le saut aurait été risqué, même avec une selle et un harnais ; à cru, c'était presque impossible. Mais Brennan était un cavalier émérite, aussi bon qu'Archer et beaucoup plus casse-cou.

En un éclair, le cheval s'élança au-dessus du vide.

Et atterrit. Sur ses pattes. Sur le pont du bateau.

Le temps reprit son rythme, rapide, trop rapide cette fois. Archer et Nolan attrapèrent la longe du cheval, faisant de leur mieux pour que l'animal reste calme. Jetant un rapide coup d'œil vers le quai, Nolan vit les deux poursuivants contraints de s'arrêter au bout de la jetée. L'un d'entre eux leva le canon de son arme.

Archer et Nolan eurent à peine le temps de se coucher au sol avec le cheval pendant que Brennan agrippait Haviland pour qu'il se cache avec lui derrière le bastingage. La balle passa au-dessus de leurs têtes en sifflant — heureusement, sans blesser personne, mais il s'en était fallu de peu. Une seconde d'inattention aurait fait une sanglante différence. Si Brennan n'avait pas poussé Haviland par terre…

Surpris par la vitesse de réaction de son ami, après ce bond incroyable, Nolan réfléchit un instant. Seigneur ! Brennan savait que ces hommes tireraient sans hésiter. Dans quels ennuis s'était-il plongé, cette fois-ci ?

Tandis qu'ils se relevaient lentement, Haviland posa cette même question à leur ami, tout en dépoussiérant son pantalon d'un geste agacé. Archer installa le cheval dans un box temporaire, sur le pont, et Brennan lissa les pans de sa veste, tout sourire, sans se soucier des remontrances de Haviland. Ce devait être une femme. De toute manière, c'était presque toujours une femme avec Brennan.

Une fois qu'ils eurent installé leurs affaires en cabine et

échangé quelques paroles, Nolan ne put s'empêcher de poser la question qui lui brûlait les lèvres.

— Je ne te demanderai pas où tu étais, mais plutôt si elle en valait la peine.

Les yeux bleus de Brennan étincelaient de satisfaction dans le vent marin qui ébouriffait ses cheveux auburn. Il éclata de rire et Nolan sut ce qu'il allait répondre avant même qu'il ne prononce le moindre mot :

— Toujours, Nol. Toujours !

Nolan se laissa alors aller à sourire, lui aussi. Le drame avait été évité et l'aventure les attendait maintenant.

Du temps s'écoulerait avant qu'il ne revoie l'Angleterre et cela lui convenait tout à fait. D'ailleurs, reverrait-il un jour son pays ? Cela ne le préoccupait guère.

Un Grand Tour prenait des années et il avait tout l'avenir devant lui...

2

Venise, Italie, hiver 1836.

Tous les joueurs étaient égaux face à la chance. Ils partageaient la même excitation en entendant les dés rouler dans les cornets, la même ivresse quand ils s'asseyaient aux tables. Ils connaissaient la même fébrilité en misant tout sur une carte et la même exaltation lorsque cette carte leur donnait la main haute. En ces moments où la victoire leur tendait les bras, ils devenaient des dieux. Ils devenaient immortels…

Tous les joueurs étaient égaux face à la chance, oui, mais il n'y en avait pas deux qui réagissaient de la même manière face à l'échec. Dès qu'ils commençaient à perdre, à l'instant où ils auraient dû se lever et partir dignement… et où ils ne le faisaient pas, tous les hommes se retrouvaient seuls dans leur malchance.

Nolan Gray avait toujours su reconnaître un homme ruiné, et le comte Agostino Minotti était *très* proche de cet état. Au cœur de la splendeur du *palazzo* Calergi, où des domestiques attentifs se pliaient aux moindres caprices des hôtes, personne n'aurait dû ressentir d'inquiétude. Et pourtant, le comte Agostino paraissait particulièrement soucieux.

Tous les signes étaient présents : la sueur de désespoir qui perlait sur son front, l'éclat de panique dans son regard pendant qu'il calculait et cherchait *la* carte digne d'être posée pour honorer la dernière main — celle durant laquelle la chance devait tourner en sa faveur.

Mais la chance ne tournerait pas, Nolan le savait très bien. Son propre jeu était excellent et, si la bonne fortune existait vraiment, elle ne favorisait que les plus malins. Le comte devait se douter qu'il pariait gros en espérant tirer la reine de pique ; jamais il ne compléterait sa couleur. Il ne fallait pas être bien futé pour voir que son adversaire avait rassemblé tous les piques qu'il pouvait depuis quelques minutes — toute la tablée l'avait remarqué.

Nolan n'avait jamais supporté les idiots qui étaient incapables de compter les cartes, et n'avait pas beaucoup de compassion pour ceux qui jouaient plus que ce qu'ils avaient en poche. Cet homme aurait déjà dû partir une heure plus tôt. Il ne restait plus qu'à espérer qu'il possède au moins les fonds pour payer ses dettes de la soirée : Nolan avait de grands projets pour cet argent.

Le comte poussa le reste de sa monnaie au milieu de la table, bien que cela ne fût pas suffisant pour honorer la mise. Qu'allait-il donc offrir d'autre ?

Sa proposition prit Nolan par surprise et le submergea de dégoût.

— Deux cents lires et la virginité de ma fille.

C'était... *très éloigné* de ce que l'on présentait habituellement en Angleterre. Rien ne justifiait l'offre ignoble de cet homme. Le principe même écœura Nolan et le choqua profondément. Quand on jouait, on était libre de parier tout ce que l'on voulait, tant que ce que l'on déposait sur la table nous appartenait ; mais risquer la propriété de quelqu'un d'autre, de quelqu'un qui n'avait rien à voir avec la partie en cours et n'avait même pas son mot à dire... Cela, c'était inacceptable.

Sous le choc, Nolan jeta un rapide coup d'œil aux autres joueurs. Apparemment, aucun d'entre eux ne partageait ses scrupules. Il s'étonnait lui-même de se voir devenu si délicat avec le temps. Tout au long de sa carrière de joueur, il avait parié et gagné un certain nombre de mises peu traditionnelles ; mais jamais une femme qui ne se soit pas d'abord offerte comme enjeu. Et même quand cela avait été le cas, la femme en question avait *souhaité* perdre. Face à lui. Exprès. La situation de ce soir était entièrement différente et mettait Nolan particulièrement mal à l'aise.

L'homme assis à sa gauche, visiblement alléché par l'offre, vérifia fiévreusement sa main. L'homme assis à sa droite se permit un commentaire lubrique au sujet de la demoiselle en question et de ses propres prouesses sexuelles — un commentaire qui aurait eu davantage sa place dans une maison close de bas étage que dans le luxe du *palazzo* Calergi. Puis tous les autres, encouragés par ces réactions enflammées, y allèrent de leurs propres remarques crues, chacune pire que la précédente. Seul Nolan se sentit offusqué et tenta de défendre la jeune femme qu'il n'avait pourtant encore jamais rencontrée.

Il prit un instant pour réfléchir posément : il n'avait pas besoin de se laisser entraîner dans cette histoire. Son bon sens lui soufflait qu'il n'était absolument pas maître de la situation ; mais il lui disait aussi qu'il était l'homme le plus riche autour de cette table, et qu'il avait la meilleure main. Tous les autres jouaient contre lui. C'était à lui de prendre l'initiative. Il allait décider du sort de cette fille : soit il l'emmènerait avec lui, loin de cette salle de jeu, soit il l'abandonnerait à l'un de ces malotrus. Sauf s'il parvenait à éviter qu'un tel désastre se produise... Il y avait peut-être encore un espoir.

En premier lieu, il tenta de dissuader le comte — peut-être cela allait-il suffire à lui faire prendre conscience de la gravité de la situation, ou à encourager les autres à défendre la demoiselle.

— Cinq mille lires ? Cela paraît un peu cher payé, non ? lança-t-il.

Hélas, les autres joueurs ne semblaient pas partager son opinion. Ils étaient tous nés à Venise, et le carnaval battait son plein. A cette époque de l'année, la virginité était une notion assez vague et sans grande importance. Une cité comme celle-là n'était-elle pas célèbre dans toute l'Europe pour ses femmes ? La loi de l'offre et de la demande rendait même le prix crédible. *Presque*. Mais cet homme avait dû connaître un tel désespoir auparavant, comment se fier à sa parole ?

— Qu'est-ce qui me prouve qu'elle est vraiment vierge ?

Comment pouvons-nous être sûrs que vous ne l'avez pas offerte à un autre auparavant ? plaisanta-t-il, s'efforçant de prendre un ton léger.

Il voulait voir ce que le comte répondrait, tout en se préparant à se battre au cas où son adversaire se montrerait offensé. Il s'agissait là d'un homme poussé dans ses retranchements, et d'un homme imprudent s'il était prêt à vendre sa fille pour rembourser une dette de jeu... Si tant est que la demoiselle en question fût bel et bien sa fille. En effet, le comte n'avait rien d'une figure paternelle aux yeux de Nolan. Mais ce ne serait pas le premier à ne pas savoir assumer ses responsabilités face à ses enfants : son propre père n'en était-il pas une preuve vivante ?

Le visage de Minotti prit un air menaçant.

— Etes-vous en train d'insinuer que ma fille est une catin ?

— L'est-elle ?

Nolan s'affala au fond de sa chaise, dissimulant sa tension sous une nonchalance feinte. Minotti pouvait très bien lui sauter à la gorge, mais il se tenait prêt et sentait la pression confortable de sa nouvelle lame dans la manche de sa veste. Il dégainerait en un éclair s'il y était obligé.

Mais Minotti ne l'attaqua pas. Au contraire, il se redressa et coula un regard triomphant en direction des hautes fenêtres qui donnaient sur le Grand Canal.

— Vous n'avez qu'à en juger par vous-même, *signor*, dit-il d'un air satisfait. Ma Gianna est la belle jeune femme en robe bleu clair, là-bas.

Nolan l'aurait deviné sans même avoir besoin de ses explications. Elle seule détonnait dans l'opulence du grand salon, en dépit de sa robe excessivement luxueuse, damassée et chargée de perles nacrées. Seigneur, une telle toilette devait au moins peser quinze livres et complétait la splendeur du *palazzo* comme s'il s'agissait d'une œuvre d'art créée spécialement pour ce lieu.

Cependant, le faste de sa tenue ne cachait pas le fait qu'elle ne fût pas à sa place sous ces dorures. Le *palazzo* Calergi avait beau être un régal pour les yeux, et la soirée avoir été réservée à une centaine d'invités triés sur le volet — des proches du propriétaire — cela restait une fête donnée en plein carnaval. Pas exactement le genre de réception où l'on entraînait sa fille encore célibataire...

Au bout d'un instant, la demoiselle jeta un regard en direction de la table de jeu, comme si elle avait senti que l'on parlait d'elle, et ses yeux s'attardèrent sur Nolan. Finalement, cinq mille lires en échange de cette femme, c'était une bonne affaire, qu'elle fût vierge ou non.

Au-delà de la robe, cette jeune fille était d'une beauté stupéfiante. Une beauté qui n'avait rien de celle, artificielle, des autres femmes, chargées de cosmétiques, de soieries révélatrices et de coiffures élaborées, résultat de plusieurs heures de travail minutieux. Non, elle était naturelle, fraîche, loin de toute cette élégance cosmopolite ; et pourtant, elle n'en était pas moins remarquable par sa simplicité même.

C'était sa peau qui rendait son charme si magique — une peau d'albâtre rosé, veloutée et translucide, rendue plus pure encore par ses cheveux sombres, paraissant presque noirs avec la distance.

Ses yeux aussi semblaient avoir un éclat unique. Nolan était assis trop loin pour distinguer leur couleur, mais cela n'avait aucune importance. Son regard était brûlant, vif et perspicace, en soutenant le sien, comme si elle le mesurait, le défiait. D'une certaine manière, il eut la désagréable impression d'être jaugé, tel un animal au marché. Ressentait-elle la même chose, en voyant tous les joueurs en train de la dévisager ? Savait-elle que son père venait de la mettre en jeu, de la vendre à la main la plus haute ? Si elle l'ignorait, la situation risquait de la plonger dans un état de choc. Mais peut-être était-elle au courant...

Nolan ne put mettre de côté la pensée cynique qui s'insinua en lui. Est-ce que le père et la fille avaient déjà fait cela ? Est-ce qu'il était sur le point de tomber dans une sorte de piège que les deux mettaient en place à chaque fois que le comte voyait sa chance tourner ? Cette proposition paraissait bien étrange, en effet. Il jeta un nouveau coup d'œil à ses cartes. Une petite voix raisonnable, qui d'habitude restait muette, lui criait de se méfier, et son instinct de survie s'éveillait nerveusement. Il n'était pas trop tard ; il valait peut-être mieux abandonner et aller gagner l'argent dont il avait besoin à une autre table.

De toute façon, la somme étalée devant lui n'était pas tout à fait anodine : elle était liée à cette jolie pucelle et c'était bien la dernière chose dont Nolan avait besoin. Que diable pourrait-il faire d'une pucelle ? Il n'allait certainement pas s'abaisser à faire l'amour à une femme contre son gré !

De nouveau, il jeta un regard en coin à la pile de pièces et de billets. D'un autre côté, une telle fortune était une tentation délicieuse — seuls les nobles pariaient si gros. S'il quittait la partie, il lui faudrait plusieurs soirées pour rassembler la moitié de ces mises. Fallait-il écouter ses scrupules et laisser passer une occasion pareille de se remplir les poches, alors qu'il était sur le point d'atteindre son but ? Alors que tous ses espoirs étaient enfin à sa portée ? Non, il ne laisserait pas une vierge lui barrer la route !

En face de lui, le comte fit signe à sa fille d'approcher, sans se départir de son petit sourire satisfait.

Gianna vit le comte lui faire un signe de la main. Tous les hommes de sa tablée ainsi que lui la dévisageaient depuis quelques instants. Immédiatement, elle sentit son estomac se nouer sous l'effet de l'angoisse. Qu'avait-il concocté pour elle, cette fois-ci ? L'ignoble choix qu'il lui avait proposé l'après-midi même n'avait-il donc pas suffi à satisfaire sa perfidie ?

L'enfer de Dante n'était rien par rapport à ce que le comte Minotti était capable de faire pour arriver à ses fins.

Gianna passa nerveusement ses mains sur sa jupe pourtant impeccable pour la lisser, encore et encore, dans l'espoir de se calmer.

Le comte ne se mettra pas en travers de ton chemin, se répéta-t-elle. *Tu ne le laisseras pas faire.*

Quoi qu'il ait en tête, elle relèverait le défi. Elle était plus maligne que lui et saurait déjouer ses machinations comme elle l'avait toujours fait. Après tout, c'était comme cela qu'elle survivait depuis cinq ans, elle pouvait bien continuer quatre semaines de plus.

Il ne peut pas te faire de mal. Il n'oserait pas. Ton argent te protégera.

Hélas, ce soir-là, elle ne parvint pas à ressentir le réconfort que ces mots lui apportaient habituellement. Pourtant, sa liberté était enfin à sa portée. Elle n'avait plus qu'un mois à attendre — un mois, ce n'était rien après avoir enduré des années sous sa prétendue protection.

Dès qu'elle eut atteint la table, le comte la prit par le bras. Elle s'écarta brutalement, ne supportant plus le moindre contact avec lui.

— Tu es toujours fâchée de ce qui s'est passé tout à l'heure, ma belle ?

Il lui posa cette question tranquillement, comme si l'horrible scène de l'après-midi n'avait été qu'une discussion sans importance, un simple jeu. Ce qui n'avait été le cas ni pour lui, ni pour elle. Quoi qu'il en soit, elle ne le laisserait plus jamais la toucher...

— Qu'avez-vous fait ? demanda-t-elle à voix basse, sans le quitter des yeux.

Les autres hommes assis à la table de jeu semblaient la jauger tels des avares devant un trésor rutilant. Gianna sentit la panique monter de plus en plus en elle, bien qu'elle n'osât pas la montrer. Le comte serait bien trop ravi de la voir effrayée — cela lui prouverait qu'il avait du pouvoir sur elle.

Sans se laisser impressionner par la sévérité de son ton, celui-ci haussa les épaules comme si leur altercation du jour n'avait effectivement aucune réelle importance, aucun retentissement.

— Je crains de ne pas avoir beaucoup de chance, ce soir, dit-il simplement. Mais cela va changer, j'ai une bonne main, je suis sûr de gagner.

Gianna savait à quoi cette conversation allait aboutir. Ce serait un moment désagréable à passer, mais elle le supporterait. Sans un mot, elle entreprit d'ôter ses boucles d'oreilles, de jolis pendants en perles qui avaient appartenu à sa mère. Le comte lui avait donné l'ordre de les porter ce soir-là ; sans doute avait-il prévu de l'obliger à les abandonner. En effet, il savait à quel point elle y tenait : elle avait déjà refusé de les lui remettre à une certaine occasion et cela avait été une erreur. Ce geste avait indiqué au comte la valeur sentimentale de ces bijoux pour elle. Elle ne commettrait pas la même maladresse une seconde fois !

Mais le comte fit non de la tête, sans se départir de son sourire hautain. La gorge nouée, Gianna leva alors les mains vers son épais collier de perles. Ce n'étaient que des objets, après tout, des biens matériels...

Apaise-le, donne-lui ce qu'il veut. Tout cela n'est rien, comparé à tes projets.

Après leur dispute de l'après-midi, il aurait pu exiger quelque chose de pire encore ; elle avait tout intérêt à se montrer reconnaissante. Tout ce qu'elle voulait, c'était en finir avec lui et ne plus jamais le revoir. Elle ferait donc tout ce qu'il fallait pour que les quatre semaines à venir se passent le mieux possible. Après ce laps de temps, elle aurait enfin vingt-deux ans et pourrait toucher son héritage, n'ayant ensuite plus besoin de lui. Seigneur, qu'est-ce que sa mère avait bien pu trouver à cet homme lorsqu'elle l'avait épousé ? Gianna se le demandait toujours.

Hélas, de nouveau, le comte fit non de la tête et Gianna sentit son sang geler dans ses veines.

— Tu es très généreuse, mais je crains que tes perles ne suffisent pas, dit-il avec un sourire cruel qu'elle connaissait trop bien. Pas ces perles-là, en tout cas. Cependant, il y en a une pour laquelle ces gentlemen sont prêts à payer le prix fort... Je t'ai misée *toi*, Gianna — plus précisément, la petite perle nichée entre tes cuisses.

Une vague de panique la submergea. Sans prêter attention à sa réaction, le comte répéta cette dernière phrase, savourant sans doute le plaisir pervers de prononcer ces mots crus à voix haute. A première vue, ce n'était qu'un pari affligeant ; mais, quand on y réfléchissait plus longtemps, c'était une nouvelle réellement effroyable, et seuls le comte et elle pouvaient imaginer à quel point.

— Est-ce que ma mère représentait si peu de chose à vos yeux pour que vous en arriviez à faire de sa fille une putain ?

— Ta mère est morte, coupa le comte d'un ton glacial. Sa mémoire n'a aucune importance ici. Je t'ai fait une meilleure offre, cet après-midi, et tu l'as refusée. Tu es seule responsable.

Reste calme. Ne lui montre surtout pas ce que tu ressens, il s'en servirait contre toi.

Elle comprenait le regard vorace des autres joueurs, à présent. Ils la déshabillaient des yeux, imaginaient ce qu'ils pourraient faire avec elle et *lui* faire… Tous, sauf un qui ne quittait pas le comte des yeux.

Pleine d'amertume, Gianna sentit son estomac se tordre à nouveau. Peu à peu, elle perdait tout contrôle sur son « calme » apparent. Contenir ses émotions devenait une tâche herculéenne. Elle aurait voulu attraper l'une des délicates flûtes en verre soufflé posées sur la table et la jeter de toutes ses forces contre le mur tendu de soie, hurler sa rage contre ce dernier acte barbare du comte.

Cependant, elle ne se trahirait pas devant ces hommes, et encore moins devant son beau-père, qui pensait pouvoir la marchander comme cela, la *mettre en gage* comme si elle n'était rien d'autre qu'une babiole de peu de valeur. Comme s'il pouvait anéantir tous les projets qu'elle avait conçus pour un vulgaire jeu de cartes. Comme si elle n'avait pas son mot à dire en la matière.

Malheureusement, c'était là le problème : légalement, elle n'avait pas son mot à dire — au moins, jusqu'à son vingt-deuxième anniversaire.

— Est-ce là votre vengeance ? demanda-t-elle, les dents serrées, réprimant avec peine la colère qui bouillait en elle et menaçait d'exploser à tout instant. Est-ce que vous me faites du chantage ?

Si elle avait été un homme, elle l'aurait tué. De toute manière, si elle avait été un homme, rien de tout cela ne serait arrivé…

Si elle avait été un homme, elle aurait été libre de le quitter des années plus tôt.

— Non, ma chère, répondit-il d'une voix blanche. *Ceci* est ce qui arrive quand tu ne me laisses pas d'autre choix.

— Et quel *choix* ai-je eu, moi ? Vous m'avez proposé d'épouser ce libertin de Romano Lippi ou de vous épouser vous ! cracha-t-elle. On ne peut pas vraiment appeler cela un *choix*, étant donné que chacune de ces deux options vous permet de mettre la main sur une importante partie de mon héritage.

Le comte lui lança un regard assassin et elle savoura ce court moment de triomphe : elle avait su toucher son point sensible.

— Je ne suis pas idiote, vous savez. Je peux vous rapporter exactement l'accord que Lippi et vous avez passé : vous avez décidé de vous partager mon argent.

— Il faut bien que j'obtienne quelque chose, Gianna. J'aurai mes cinq mille lires avec ou sans toi. Je suis ruiné et tu es tout ce qui me reste... Mais ne t'inquiète pas : je vais gagner cette main et tu auras le temps de réfléchir à ma proposition d'aujourd'hui. Tout cela n'est rien. Je ne t'ai misée qu'en théorie, tu ne risques rien.

Avec un grand sourire satisfait, il s'installa de nouveau confortablement sur son siège, faisant preuve d'une étrange bonhomie après la conversation tendue qu'ils venaient d'avoir à voix basse.

Elle était prise au piège. Elle se serait bien enfuie mais elle n'avait nulle part où aller, et, de plus, elle n'aurait pu le faire : sa fichue robe était bien trop lourde pour lui permettre de courir ! Elle resta donc immobile, attendant, la gorge nouée, que son destin soit scellé. Elle ne pouvait que regarder, subir et faire de son mieux pour ne pas paniquer.

Le comte se pencha sur ses cartes, les joues rougies par l'excitation du jeu et sa certitude de gagner.

— Très bien, messieurs, voyons ce que vous avez.

Gianna se figea. Le moment de vérité approchait.

3

Nolan sut ce qui allait se passer avant même que les autres ne dévoilent leurs cartes. Le comte avait une bonne donne — c'est du moins ce que l'on pouvait comprendre à le voir si sûr de lui. Mais Minotti, tout comme la plupart des joueurs amateurs, était incapable de voir au-delà des cartes qu'il avait en main. Nolan, lui, savait ce qu'il avait, mais aussi ce que tous les autres hommes de la table avaient. Aucune surprise pour lui.

Minotti devait encore apprendre qu'une prétendue bonne main ne l'était qu'en comparaison avec les cartes que possédait chacun des autres partenaires.

Sans un mot, Nolan étala donc les siennes sur la table. Les joueurs qui n'avaient pas parié plus que ce qu'ils pouvaient se permettre de perdre lâchèrent simplement un murmure désappointé. Mais le comte, lui, pâlit instantanément. En une soirée, il avait tout perdu, y compris sa fille. Et en public.

Nolan ne parvenait toujours pas à croire qu'il s'agissait bel et bien de sa fille — ni que la demoiselle était bien vierge — mais la pâleur de Minotti commençait à le faire douter. Ou bien, peut-être s'agissait-il simplement d'un remords de perdant. Après un si gros pari et tant d'exaltation, il y avait toujours un moment d'effondrement quand le couperet tombait.

A côté de son père, la fille ne trahit aucune émotion. Elle lui glissa juste un regard rapide, de ses yeux vifs aux reflets dorés.

Dès lors, Nolan comprit son erreur. Il ne s'agissait pas d'une fille. C'était une femme. Il était difficile de lui donner un âge exact — probablement vingt et un ou vingt-deux ans —, mais elle n'avait rien d'une demoiselle qui venait de faire ses débuts. Certes, il ne pouvait deviner son expérience de la vie, d'autant que des éclats de jeunesse en elle démentaient la perspicacité qu'il avait surprise dans ses yeux. Mais en tout cas elle n'était plus une enfant. Son innocence avait dû la quitter des années auparavant.

De nouveau, il se demanda si elle avait déjà fait cela. D'habitude, il savait découvrir les secrets les plus intimes des gens. Ce jour-là pourtant, cette jolie personne restait une énigme pour lui.

— Une autre main, peut-être, *signor* Gray ? lança le comte avec un sourire qui ne dissimulait pas tout à fait la déception dans sa voix.

Nolan s'y était attendu : une seconde main, un second essai. Le dernier recours du joueur. Tout pour ne pas rester sur une défaite...

— Avez-vous une autre fille à perdre ? demanda-t-il froidement avant de se lever, affichant une expression faussement contrite.

Les autres joueurs avaient gardé le silence. S'il voulait que tout se passe bien, il valait mieux qu'il parte vite.

— C'est bien ce que je pensais, reprit-il au bout d'un instant. Vous n'avez plus rien à miser, monsieur.

Il tendit son bras à la jeune femme, qui restait immobile, sans trahir le moindre trouble face à son sort. Il était hors de question, de son côté, de faire preuve de la moindre pitié envers Minotti. Cet homme sans scrupules allait devoir honorer jusqu'au bout son pari impétueux.

Quant à la demoiselle, elle était sans doute effrayée, en colère, elle ressentait à l'évidence des centaines d'émotions après avoir été vendue de cette manière, sans avoir été consultée qui plus est, mais elle n'en montra rien. Cependant, Nolan n'était pas assez stupide pour ne pas deviner le chaos qui devait régner en elle sous son visage de marbre. Il avait assez d'expérience pour savoir que les apparences les plus calmes cachaient souvent toutes sortes de dangereux tumultes.

— *Signorina*, il semblerait que nous ayons à partir ensemble, dit-il en lui prenant la main.

Il la traiterait avec respect tant qu'elle ne lui donnerait aucune raison d'agir autrement. Il n'enviait pas sa situation, c'était certain : si elle n'avait rien à voir avec toute cette histoire, elle devait être sous le choc. Si, par contre, elle était complice de son père, elle subirait les foudres de sa colère, une fois qu'il l'aurait démasquée.

Nolan salua rapidement le comte de la tête. Il s'adressa à lui, mais fit de son mieux pour se montrer doux envers la fille et la rassurer, pour lui faire comprendre que tout se passerait bien.

— *Buonanotte*, comte Minotti, je pense que votre soirée s'achève là. Vous aurez peut-être plus de chance une prochaine fois. Ne vous en faites pas, je vous renverrai votre fille.

Il songea alors que cette promesse était généreuse de sa part, car le fait de lui rendre sa fille n'avait pas été une part explicite de leur accord — pas plus que ne *pas* la lui rendre. Les limites de leur arrangement restaient d'ailleurs plus ou moins nébuleuses, surtout au sujet de sa durée. Quelle solution serait la plus souhaitable, pour elle ? Est-ce qu'elle aurait de nouveau à subir ce genre d'humiliation si elle retournait chez son père ?

Hélas, elle ne pouvait pas rester avec lui : cela ne faisait pas partie de ses projets. Il imaginait déjà les railleries de Brennan — s'il parvenait à parler, entre deux éclats de rire !

Ce n'était pas le moment de sourire, contrairement à ce que celui qui l'avait *gagnée* semblait croire. Gianna sentit sa peur faire place à un nouvel élan de colère. Elle avait été vendue à un étranger, et voilà que celui-ci l'entraînait comme une tête de bétail. Pas littéralement, bien sûr : il ne l'avait pas attachée pour la jeter sur son épaule, mais sa manière de poser sa main au bas de son dos pour lui faire quitter le salon lui fut insupportable. Elle s'écarta brutalement de lui.

— Otez vos mains de là ! lança-t-elle d'un ton glacial. Je ne vous appartiens pas.

L'Anglais gloussa, sans paraître gêné par sa froideur. Puis, reprenant son bras d'un geste autoritaire, il se pencha sur elle avec une arrogance insoutenable.

— Mon carré d'as dit le contraire, mademoiselle, murmura-t-il d'une voix tranquille.

— Je ne suis pas votre *propriété* ! reprit-elle avec véhémence.

Hélas, ce n'étaient que des paroles sans la moindre signification et ils le savaient tous les deux. En cet instant, elle n'avait nulle part où fuir, nulle part où aller... sauf avec lui. Ce dont elle avait besoin, c'était d'un plan pour parvenir enfin à voir le bon côté des choses.

Comment pourrait-elle transformer cette tragédie en une opportunité ? Si elle parvenait à mettre de côté la panique qui l'avait figée sur place, près de la table de jeu, ainsi que la colère et l'incrédulité qui la consumaient à présent, elle pourrait peut-être trouver une solution...

Cependant, les remarques arrogantes de l'Anglais ne l'aidaient pas vraiment.

— Permettez-moi de vous contredire à nouveau, *signorina*. Vous *êtes* ma propriété, au même titre que les cinq mille lires qui m'étaient dues, la montre d'or du *signor* Bellosi, ou les quatre épingles ornées de diamants que j'ai gagnées ce soir. La seule différence est que vous n'êtes pas aussi utile que tout cela : je ne peux pas vous échanger contre de l'argent.

Voilà, c'était donc cela. S'il restait au fond d'elle quelques vestiges de son état de choc, il les avait fait disparaître d'un coup. Non, pas question ! Elle ne serait plus jamais le pion d'un homme, d'aucun homme, ni celui du comte, ni celui de cet Anglais qui agissait comme si tout cela n'était qu'une vaste farce !

Au pied des marches raides qui montaient au *palazzo*, des dizaines de gondoles tanguaient sur le canal. L'Anglais l'aida à monter à bord de l'une d'entre elles et attendit patiemment qu'elle s'asseye et arrange les plis de sa robe extravagante avant de la rejoindre sur le siège tendu de velours.

Il avait de bonnes manières, en dépit de son impertinence

— c'était déjà quelque chose. Au point où elle en était, il lui restait à saisir toutes les chances qui s'offriraient à elle.

Peu à peu, elle réalisa qu'elle était en danger, en compagnie de cet homme dont elle ne connaissait même pas le nom. Et que si son argent ne l'avait pas protégée… alors rien ne le pourrait.

Une fois installé, l'Anglais donna ses ordres au gondolier.

— Hôtel Danieli, *per favore*.

En dépit de ses craintes, Gianna ne put réprimer un sourire. Il avait de bonnes manières *et* bon goût — sans doute cela allait-il de pair avec son insolence insupportable. Cet étranger aimait s'offrir le meilleur et peut-être était-ce là son talon d'Achille. Les hommes fiers étaient habituellement aveugles face à leurs propres faiblesses.

Puisqu'elle devait passer un moment avec lui, elle exploiterait tout ce qu'elle pourrait, tant qu'il la garderait à ses côtés.

C'était le nom de l'hôtel qui l'avait poussée à prendre sa décision : elle avait trouvé l'aspect positif de ce désastre ! Il fallait qu'elle reste avec l'Anglais. Ce soir, son beau-père avait cherché à lui faire peur pour qu'elle lui cède, mais il avait commis une grave erreur. En perdant cette dernière main, il l'avait accidentellement libérée. Aussi longtemps que l'Anglais se réjouirait de sa compagnie, au moins serait-elle protégée des griffes du comte. Bien sûr, elle savait très bien que ce ne serait pas facile. Et si elle ne rentrait pas au bout de quelques jours, le comte finirait probablement par la faire chercher.

Il allait falloir qu'elle agisse vite.

De toute façon, il était certain qu'elle ne pourrait pas rentrer chez elle après cette soirée. La simple idée de se retrouver devant le comte la fit frémir. Vu ce qui s'était passé, il se montrerait cruel — plus cruel que jamais…

Puisqu'il était prêt à vendre sa virginité lors d'une partie de cartes, que serait-il encore capable de faire pour parvenir à ses fins ? Décidément, sa demeure n'était plus sûre pour elle… si tant est qu'elle l'eût jamais été.

Gianna réalisa que dans sa situation actuelle la notion de *sécurité* était plutôt vague. Si elle n'avait pensé qu'à elle, elle aurait fui la ville le soir même ; mais cela était impossible. Pour le moment. Hélas, il faudrait qu'elle retourne chez le comte au moins une fois pour récupérer Giovanni, ainsi que son argent. Sans cela, ils ne pourraient pas survivre bien longtemps tous les deux.

Et, tant qu'elle n'aurait pas réglé ce problème, elle allait avoir besoin d'un endroit où vivre et d'un protecteur — ou d'un semblant de protecteur.

Rapidement, elle commença à réfléchir, à concevoir un plan. On attrape plus de mouches avec du sucre qu'avec du vinaigre, après tout. L'Anglais pourrait peut-être tenir ce rôle de protecteur pour elle si elle savait l'encourager convenablement. Hélas, pour ce faire, elle allait devoir changer radicalement de comportement. Tout dépendait de sa capacité à le séduire. Il fallait à tout prix qu'il accepte qu'elle reste plus d'une nuit avec lui.

Mais, si elle voulait le convaincre, elle aurait sans doute de cruels sacrifices à faire : l'Anglais avait certainement l'intention de lui réclamer son dû, ce qu'on lui avait promis. Un frisson glacé la parcourut. Dans sa colère, son incrédulité et sa panique en voyant tous ses projets réduits à néant, elle avait oublié ce que ce pari ignoble impliquait en tout premier lieu : coucher avec un étranger. Avec cet étranger assis à ses côtés, dont elle ne savait rien ou presque. Tout ce qu'elle avait appris était le nom de son hôtel, tout ce qu'elle avait vu de lui était l'élégance dont il faisait preuve, qui était presque agréable, en dépit de son arrogance. Arriverait-elle à s'accommoder de cette part de son caractère ?

— L'hôtel Danieli est le meilleur de la ville, commença-t-elle, dans l'espoir de lui délier la langue pour le connaître un peu mieux.

Peut-être que, s'ils parlaient, elle parviendrait à construire une relation quelconque avec lui.

— C'était un *palazzo* privé, avant, vous savez...

Elle frissonna de nouveau, cette fois à cause de la brise froide qui soufflait sur le canal. Pourquoi n'avait-elle pas demandé à l'Anglais de s'arrêter pour qu'elle récupère sa cape lorsqu'ils avaient quitté la salle de jeu ?

En même temps, si elle avait eu sa cape, elle n'aurait pas pu saisir cette opportunité de se rapprocher de lui.

— Est-ce que vous avez froid ? demanda l'inconnu en se redressant pour enlever son propre manteau.

Avant qu'il ne puisse le lui donner, en vrai gentleman, elle se rapprocha, afin d'être tout contre lui sur la banquette étroite de la gondole.

— Un petit peu, oui. J'ai oublié de prendre quelque chose de chaud. Cela ne vous dérange pas si je... ?

Sans achever sa phrase, elle glissa sa main dans la poche de la veste de l'homme, le laissant comprendre par lui-même ce qu'elle voulait dire.

Avant qu'il ait dit quoi que ce soit, elle lui adressa un grand sourire.

— Merci, cela va beaucoup mieux, *beaucoup* mieux.

C'était mieux, en effet, et surtout plus « amical ». En fait, la poche intérieure de sa veste se situait près d'un endroit très intime du corps de l'Anglais, une fois qu'il était assis. Ses doigts reposaient à quelques centimètres à peine d'un organe plus que privé, qui parut se redresser immédiatement sous les plis du pantalon. D'une certaine manière, c'était une bonne nouvelle ; mais cela rappela aussi à Gianna ce qu'elle serait sans doute contrainte à sacrifier pour atteindre son but...

Après cela, ils poursuivirent leur trajet en silence. De toute évidence, l'Anglais n'avait aucune envie de parler avec elle. Autour d'eux, la nuit s'animait des chants lointains des bateliers et des rires des passants qui profitaient du carnaval.

Finalement, la gondole se rangea le long d'un quai et le gondolier annonça :

— Hôtel Danieli, *signor*.

Sans un mot, l'Anglais retira la main de Gianna de sa poche pour grimper sur le quai. Il donna quelques pièces au marinier et ses instructions la prirent totalement par surprise :

— Conduisez cette demoiselle où elle le désire.

Stupéfaite, elle le dévisagea un instant dans la lumière des torches, incapable de prononcer un seul mot. Elle s'était attendue à tout sauf à cela.

Ici ! Je veux rester ici ! aurait-elle voulu crier.

Avait-il réellement l'intention de la laisser là ? Etait-ce à cela qu'il avait pensé pendant leur court trajet ? Avait-il réfléchi au meilleur moyen de se débarrasser d'elle ?

Elle n'avait pas songé un seul instant qu'il pouvait trouver cet arrangement aussi déplaisant qu'elle. En effet, c'était un homme, et la mère de Gianna ne lui avait-elle pas sans cesse répété que tous les hommes étaient pareils : esclaves de leurs pulsions sexuelles ?

Quelle erreur avait-elle bien pu commettre ? Elle avait essayé de se rendre agréable. Elle lui avait parlé, même s'il n'avait pas daigné répondre. Elle avait même mis sa main dans sa poche — geste auquel il *avait* répondu. Seigneur, elle avait même presque touché son sexe !

Il ne s'en tirerait pas si facilement, pas maintenant qu'elle avait élaboré un scénario dont il faisait partie. Décidée, elle l'arrêta d'un cri :

— *Aspetta* ! Attendez !

De peur de le voir s'échapper, elle se releva maladroitement, gênée par le poids de sa jupe ridicule. Mais elle n'y prêta pas attention, trébucha, se redressa, alors que la gondole se mettait à tanguer dangereusement. Elle aurait dû attendre que le bateau se stabilise, cependant elle ne pensait qu'à retenir l'Anglais.

Elle ne laisserait pas un deuxième homme détruire ses projets en une soirée ! Il ne pouvait pas la laisser repartir. Elle avait conçu un plan, certes un peu à la hâte, pendant que la gondole filait le long du canal, un plan destiné à remplacer celui que le comte avait réduit en miettes, et il était hors de question qu'elle abandonne maintenant !

L'Anglais s'approcha, les mains levées dans un geste apaisant.

— *Signorina*, je pense que nous nous sommes mal compris. Je vous rends votre liberté ; nous nous séparons ici et vous ne me devez rien.

A l'entendre, on aurait pu penser que c'était une bonne

chose… Non ! Ils ne se sépareraient pas, pas tant qu'*elle* ne l'aurait pas décidé.

Debout sur cette barque agitée, Gianna lui fit face, les poings sur les hanches, tentant tant bien que mal de conserver toute sa dignité. Ferme et déterminée, elle repoussa une mèche de cheveux qui flottait devant ses yeux et prit une profonde inspiration.

— Non, *signor*, c'est vous qui avez mal compris, commença-t-elle en luttant pour garder son équilibre. Croyez-moi, j'ai bien l'intention de…

Rester.

Elle n'eut pas le temps d'achever sa phrase. Le gondolier lança un cri d'avertissement et se jeta vers le pont pour empêcher la barque de se renverser, mais en vain. Gianna, perdant pied, essaya, elle aussi, d'atteindre la terre ferme, d'échapper à l'inévitable, mais sa robe la ralentit. Le bateau roula et elle plongea la tête la première dans l'eau glacée.

Le dernier son qu'elle entendit avant de couler au milieu du canal fut la voix de l'Anglais :

— Gianna !

Deux sensations effroyables l'envahirent simultanément. Tout d'abord, l'obscurité. Loin des lanternes du carnaval, l'eau se referma sur elle dans le noir et le silence. Puis, le froid. Un froid tétanisant. Un froid insoutenable.

Gianna essaya de remonter à la surface en nageant. Hélas, elle s'épuisa en vain : elle ne trouvait rien pour s'appuyer, et elle était désespérément entraînée vers le fond par sa robe gorgée d'eau qui agissait comme une ancre, comme un boulet enchaîné à son pied. Si elle voulait s'en sortir, elle allait avoir besoin de plus de force que cela…

Elle ne pouvait pas simplement abandonner : le comte serait trop content de la savoir morte. Il pourrait s'approprier tout ce qu'elle possédait, tout ce qui lui revenait de droit. Il n'aurait même pas besoin d'attendre quatre semaines pour cela. Cela conviendrait certainement aussi à l'Anglais, qui était si pressé de se débarrasser d'elle. En fait, elle ne manquerait à personne, sauf à Giovanni.

Giovanni... Giovanni qui, lui, comptait sur elle.

Hélas, perdue dans l'eau froide du canal, elle sentit l'air lui manquer et ses forces faiblir. Qu'arriverait-il à Giovanni si elle se noyait ?

Elle perçut soudain une grosse éclaboussure, à côté d'elle, comme si quelqu'un venait de plonger dans l'eau. Une main fut passée autour de sa taille, et un bras l'agrippa pour l'aider à remonter vers la surface. Encouragée, elle rassembla ses dernières forces et lutta de nouveau contre le flot noir et épais. Il lui fallait faire vite. Les yeux fermés, elle commençait à voir des lucioles danser sous ses paupières. Si elle perdait connaissance, le poids mort de son corps les entraînerait vers le fond, son sauveur et elle.

Finalement, une bouffée d'air frais s'engouffra dans ses poumons. La surface, enfin ! La tête hors de l'eau, elle prit plusieurs profondes inspirations, et vit l'Anglais nager à ses côtés tout en criant des ordres dans la nuit.

— Nous sommes ici ! Je l'ai sortie de l'eau. Aidez-la à remonter, vite ! Et que quelqu'un apporte une couverture !

Il fallut deux hommes pour la hisser sur le quai, l'Anglais qui la poussait, sans la moindre élégance, vers la berge en plaçant ses mains sous ses fesses, et le gondolier qui l'attrapa sous les bras pour la tirer. Une fois cette tâche accomplie, l'étranger s'appuya sur le bord du ponton et sortit du canal avec une facilité déconcertante. Il prit la couverture qu'un valet apportait en courant et en enveloppa Gianna.

— Je vais vous conduire à l'intérieur.

Tremblante, frigorifiée, Gianna ne put que se laisser entraîner dans le hall luxueux de l'hôtel Danieli, appuyée contre l'Anglais qui la soutenait d'une main forte. Elle se vit dans l'un des hauts miroirs vénitiens qui ornaient le hall et ne put réprimer une grimace. Elle avait perdu toute dignité, épuisée par sa chute et mouillée de la tête aux pieds. Mais l'Anglais, lui, parvenait encore à garder la grâce d'un prince, malgré l'eau qui ruisselait le long de sa haute silhouette. Même dans ses vêtements détrempés, irrécupérables, et... pieds nus.

— Vous avez pris le temps d'enlever vos bottes ? remarqua-t-elle avec humeur.

Elle avait passé de longues secondes à paniquer sous l'eau, sur le point de mourir, et lui, il s'était tranquillement *déchaussé* !

L'Anglais éclata de rire. Il avait un rire jovial, chaleureux. De nouveau, elle eut l'impression que tout, ce soir, n'était qu'une vaste farce — même la mort.

— Veuillez m'excuser, répondit-il, j'ai simplement pensé que vous ne voudriez pas que l'on se noie tous les deux. Votre robe pesait suffisamment lourd sans que l'on y ajoute mes bottes, non ?

Il se pencha à son oreille d'un air mutin, comme il l'avait fait dans la grande salle du *palazzo*, et ajouta :

— Vous savez, Gianna, c'est pour cela que les gens se baignent nus, d'habitude.

Ces quelques mots suffirent à insuffler une chaleur nouvelle dans ses membres frigorifiés. Seigneur ! le son de sa voix quand il murmurait son nom, la caresse de son souffle à son oreille...

C'était un commentaire parfaitement inconvenant, prononcé à un moment tout aussi inconvenant, et dans un lieu inconvenant. Mais cela ne devait pas l'étonner, après la façon dont la soirée avait débuté. Tout avait été étrange et déplacé, ce soir : la manière dont son beau-père, en qui sa mère avait eu entièrement confiance, avait misé sur elle *et* l'avait perdue durant un jeu de cartes ; le fait que ses projets de liberté aient été réduits en miettes par le comte ; et le tournant de son destin, qui reposait à présent entre les mains d'un étranger. Que pouvait-il se passer de pire ? Qu'avait-elle *encore* à perdre, après tout cela ?

4

La chambre était somptueuse. Oui, Gianna avait sans doute raison de penser que le pire était derrière elle. Sa chance commencerait-elle enfin à tourner ?

Les appartements de l'Anglais étaient des plus élégants : meubles tendus de soie, longs rideaux plissés qui encadraient les fenêtres donnant sur le canal, les habillant à la façon d'une robe de bal extravagante. Depuis l'entrée, on voyait toute la suite, qui s'étendait autour d'un énorme lit recouvert d'épais oreillers de plumes.

Même vue de là, la pièce entière dégageait une impression de décadence, rappel peu subtil, se dit-elle avec une ironie amère, de la situation dans laquelle elle se trouvait. La soirée finirait sans doute comme elle avait commencé : dans l'indécence. Le sexe était une arme très puissante quand on s'en servait convenablement — mais Gianna en savait-elle assez pour tourner cette catastrophe à son avantage ?

Un frisson la parcourut et elle resserra la couverture rassurante autour de ses épaules.

— Vous devriez prendre un bain bien chaud, proposa l'Anglais. Venez avec moi.

Il lui fit traverser la chambre et passer le seuil d'une pièce incroyable. Jamais elle n'avait vu cela de sa vie : un cabinet entièrement destiné à la toilette ! Une grande baignoire de porcelaine était fixée au sol, en plein milieu, occupant une bonne partie de l'espace. L'Anglais s'en approcha, tourna deux boutons — deux poignées ? — et l'eau se mit à couler à flots. En quelques minutes, le cabinet entier s'emplit d'une vapeur apaisante.

— Oh ! c'est incroyable ! lâcha-t-elle, abasourdie.

Elle avait entendu parler de ce genre d'installations, mais jamais elle n'en avait vu de ses propres yeux. Malgré le luxe du *palazzo* Calergi, cela n'existait pas, chez le comte...

Décidément, cette pièce était un véritable bout de paradis. Sans un mot, l'Anglais s'activa, tirant d'une commode d'épaisses serviettes d'un blanc immaculé, ainsi qu'une grosse barre de savon parfumé, si finement sculptée que Gianna eut presque envie de ne pas l'utiliser, craignant de détruire sa perfection.

Avant même qu'elle ne s'en aperçoive, il passa derrière elle et plaça ses mains sur ses hanches.

— Laissez-moi vous aider à enlever cela. Bon sang, quel désordre !

Il ne servait à rien de protester : elle aurait été incapable d'ôter sa robe toute seule. Elle laissa donc les doigts experts défaire la longue série de petits boutons en perles qui fermait son corsage dans le dos. Les gestes de l'étranger étaient rapides, professionnels, et pourtant, sous cette maîtrise, elle perçut une chaleur, une sensualité qui étaient nouvelles pour elle. Ce serait sans doute agréable de sentir ces mains sur sa peau...

Cela présageait sans doute une bonne suite pour son plan.

— Ma femme de chambre a mis près de *vingt minutes* à boutonner cette robe. Vous devez être habitué à faire cela, non, je me trompe ?

Elle fit de son mieux pour paraître insouciante et ne pas trop penser au fait qu'elle se trouvait seule dans une chambre d'hôtel avec un parfait inconnu *et* qu'elle y était dans le seul but de coucher avec lui. Il avait peut-être essayé de la repousser, mais elle avait refusé. A présent, il devait penser que sa réaction avait été une sorte de consentement tacite...

L'Anglais éclata de rire et, arrivé au bas de son dos, acheva de déboutonner la robe.

— Disons simplement que vous n'êtes pas la première femme que je déshabille... mouillée ou non.

Sans doute avait-elle mérité cette remarque effrontée. Après tout, c'était elle qui avait posé la question indiscrète...

En un instant, la robe s'ouvrit et tomba sur les chevilles de Gianna. Elle sentait le regard de l'homme derrière elle ; une sensation à la fois excitante et un peu effrayante, mais pas désagréable.

— Ne bougez pas, lui glissa-t-il à l'oreille. Je vais avoir besoin de mon couteau.

Son couteau ? A ces mots, elle sentit son sang ne faire qu'un tour. Ramassant sa robe, elle s'en couvrit hâtivement et s'écarta de l'Anglais, puis jeta un coup d'œil affolé dans toute la pièce. N'y avait-il donc rien, ici, susceptible de lui servir d'arme ?

Elle en oubliait toute séduction, toute envie de le charmer avec douceur. Le danger prenait corps, l'oppressant. Dans quel guêpier s'était-elle fourrée ?

— Vous n'avez pas besoin de couteau, je vous assure, balbutia-t-elle, le cœur battant la chamade.

Elle fit de son mieux pour garder son calme, parler posément comme lorsqu'elle devait faire face au comte dans ses moments les plus irrationnels — presque toujours, donc. Si elle parvenait à apaiser son beau-père, elle saurait bien s'occuper d'un Anglais, non ?

Faute de mieux, elle attrapa un broc et le brandit devant elle pour se protéger tout en reculant lentement vers la porte. Un couteau apparut dans la main de l'Anglais — un couteau qui était jusque-là resté dissimulé sous ses vêtements. Elle avait eu raison de rester sur la défensive, finalement. Seigneur, il était ainsi armé depuis le début !

Quel genre d'homme s'équipait de la sorte pour jouer aux cartes ? Elle n'avait pas échappé à la noyade pour mourir poignardée par un fou dans une chambre d'hôtel... Un fou qui *riait*, par-dessus le marché.

L'Anglais leva les mains en signe de paix. De toute évidence, cette situation l'amusait follement — et Gianna ne comprenait pas vraiment pourquoi.

— Reposez ce broc, Gianna, dit-il lorsqu'il eut retrouvé son calme. J'ai besoin d'une lame pour couper les lacets de votre corset : les nœuds ont été resserrés par l'eau et je crains que nous n'ayons pas d'autre solution. Maintenant, retournez-vous et laissez-moi faire. Votre bain est prêt et vous tremblez ; il vaut mieux se dépêcher avant que vous n'attrapiez mal.

Gênée, Gianna se sentit rougir jusqu'aux oreilles. Elle avait réagi de manière excessive, sans réfléchir à la situation. Mais, en même temps, comment était-elle censée réagir devant un inconnu arborant un poignard ?

Il valait mieux se retourner, comme il le demandait, et le laisser s'occuper de ses lacets. Au moins, il ne la verrait pas les joues en feu — c'était une maigre consolation, après s'être ridiculisée de la sorte.

— Vous trouvez cela drôle ? grommela-t-elle.

Elle sentit le métal froid contre son dos et, à chaque lien coupé, son corset se relâcha, la libérant et la laissant enfin respirer confortablement.

Quand il eut fini, l'Anglais posa ses grandes mains chaudes sur ses épaules, encore glacées par sa baignade forcée dans le canal.

— Je trouve drôle que vous puissiez penser que j'aurais pris tant de peine à vous tirer de l'eau pour vous poignarder une demi-heure plus tard dans ma chambre d'hôtel...

Les doigts de l'Anglais caressèrent doucement sa peau et elle le sentit se pencher dans le creux de son cou pour lui murmurer :

— Ce qui m'amuse moins, par contre, c'est de voir une jeune femme aussi belle que vous avoir si peur d'être agressée par un homme.

Il se tenait tout près d'elle, à présent, et elle sentait la chaleur de son corps, malgré les vêtements mouillés qu'il portait encore, et sa puissance aussi. Tout était si nouveau, si envoûtant, dans le grondement sourd de sa voix, dans le souvenir de ce bras si fort qui l'avait tirée des flots du canal et l'avait portée jusqu'à la surface.

Oui, cet homme était bien différent du comte. Gianna l'avait compris dès qu'elle l'avait aperçu au *palazzo* ; mais, jusque-là, elle n'avait pas pleinement pris conscience de ce que cela impliquait.

Alors que le comte se montrait cruel et aimait imposer ses choix par la force, cet homme, lui, la respectait. Cependant, cette unique qualité ne faisait pas de lui un saint pour autant. Se connaissant, il valait mieux qu'elle évite de le voir comme un héros uniquement parce qu'il l'avait sauvée du canal et ne lui avait pas fait subir les derniers outrages — *pas encore*. Il n'en restait pas moins un joueur et un voyou.

Hélas, ce voyou paraissait de plus en plus séduisant à ses yeux à chaque instant qui passait.

Un nouveau frisson la parcourut, différent des autres. Gianna avait appris à reconnaître le danger et, en cet instant, le plus grand danger, elle le sentait, était l'homme qui se tenait derrière elle — pas à cause du couteau qu'il avait à la main, non... à cause de la tentation qu'il représentait. Ses bonnes manières faisaient de lui un séducteur de la pire espèce...

Après un court silence, il la lâcha et recula d'un pas.

— Prenez votre bain.

Gianna se retourna. Il l'avait sauvée, ce soir. Il avait veillé sur elle. Depuis combien de temps n'avait-on pas pris soin d'elle de cette façon ?

Cet Anglais était un parfait étranger. Il n'avait pas besoin de faire quoi que ce soit pour elle ; et pourtant, il le faisait. Dire qu'elle ne connaissait même pas son nom !

Faisant de son mieux pour garder son calme, elle lui tendit la main.

— Je vous remercie, monsieur... euh...

Laissant sa phrase en suspens, elle attendit qu'il comble le vide.

L'Anglais sourit et lui serra chaleureusement la main.

— Vous me demandez mon nom, n'est-ce pas ? Je m'appelle Nolan Gray.

— Dans ce cas, je vous remercie, monsieur Gray.

Elle ne put s'empêcher de sourire à son tour, envahie par une agréable sensation de chaleur. Nolan Gray devait avoir l'habitude de provoquer ce genre de réaction chez les femmes qu'il fréquentait.

Une fois de plus, une petite voix l'incita à la prudence. Il ne fallait pas qu'elle l'apprécie : elle avait uniquement besoin qu'il l'aide pendant les quatre prochaines semaines.

Il devait seulement tenir jusqu'au matin. Il y avait une femme nue dans sa baignoire et il ne savait absolument pas quoi faire d'elle — une situation nouvelle pour lui... D'habitude, Nolan savait *exactement* quoi faire avec les femmes nues qu'il accueillait dans une baignoire, sur un lit, hors d'un lit, contre un mur ou sur un balcon à la belle étoile...

Il fallait à tout prix qu'il cesse de voir les choses sous cet angle ! Cela commençait à ressembler à des préliminaires érotiques ou à de la mauvaise poésie. C'était bien dommage que ses professeurs n'aient pas apprécié de tels élans de créativité à l'école. Il aurait sans doute mieux réussi ses études.

Nolan finit par ôter à son tour ses vêtements détrempés qui sentaient la vase après leur séjour dans le canal. Il se sécha rapidement les cheveux et enfila sa robe de chambre de soie. Cela suffit à le réchauffer. Il se sentit immédiatement plus propre. Soudain, une question le tarauda : qu'allait bien pouvoir revêtir Gianna ? Sa robe, gorgée d'eau et complètement abîmée, était inutilisable. Il était plus de minuit. Aucune boutique ne serait ouverte, à cette heure-là, et il n'était pas dans cette ville depuis assez longtemps pour connaître un tailleur susceptible d'être réveillé.

Il se rappela soudain avec bonheur qu'il avait un ami dans l'hôtel... Brennan. Soulagé, Nolan se précipita dans la chambre voisine.

Brennan lui ouvrit rapidement, à moitié nu et plus qu'à moitié ivre.

— Est-ce que tu as toujours cette chemise de nuit, Bren ? lui demanda immédiatement Nolan. Celle que tu viens de recevoir.

— Celle que j'avais commandée pour ma chère et tendre, tu veux dire ? bafouilla son ami d'une voix avinée.

— J'en ai besoin, Bren.

Il baissa la voix, appuyé contre le montant de la porte. Si

Brennan était rentré si tôt, cela voulait dire qu'il n'était pas seul, et Nolan n'avait aucune envie que son aventure s'ébruite dans toute la ville dès le lendemain.

— J'ai un problème, murmura-t-il.

— Et j'ai aussi un « problème », comme tu peux le voir, répliqua son ami avec un regard et un geste explicites sur sa propre robe de chambre, laquelle, entrouverte, cachait à peine sa nudité.

— Je t'en prie : elle est tombée dans le canal et n'a rien à se mettre pour dormir.

Brennan lui lança un coup d'œil moqueur.

— En quoi est-ce un souci ? Je pensais que tu les préférais nues...

— En temps normal, oui, répondit Nolan.

Que faisait-il ? Il n'avait pas besoin de se *justifier* de quoi que ce soit face à Brennan. Agacé, il poussa un profond soupir. Voilà à quoi cela le menait de devoir s'adresser à l'un de ses amis : Brennan connaissait tout de lui, jusqu'à ses habitudes les plus personnelles. Depuis longtemps, Nolan avait abandonné tout espoir d'intimité — même en dormant dans une chambre séparée. Il passa nerveusement une main dans ses cheveux.

— Ecoute-moi, Bren, c'est compliqué. J'ai gagné cette fille lors d'une partie de cartes, elle est tombée de la gondole qui nous amenait jusqu'ici, et elle est dans ma baignoire en ce moment.

A chaque tentative pour clarifier les choses, il s'enfonçait un peu plus dans l'absurdité de la situation. Ses explications ne l'aidaient pas du tout ! Dans sa hâte de retourner dans sa chambre, il s'embrouillait lamentablement...

Finalement, Brennan eut un geste las de la main.

— Arrête, tu me fais mal à la tête ! Tu n'as qu'à prendre cette fichue chemise de nuit, mais par pitié tais-toi.

Il se glissa dans la pénombre de sa chambre et revint quelques instants plus tard avec un vêtement de soie blanche dans les bras.

— Soyons clairs : je ne veux pas revoir cet habit quand tu en auras fini avec la demoiselle.

— Merci infiniment, je te dois une faveur.

Brennan éclata de rire.

— Tu me dois une *chemise de nuit*, pour être plus précis : tu n'auras qu'à en racheter une. Maintenant, *va au lit*.

Au lit ? Oui, c'était intéressant... Seulement, il n'y en avait qu'un dans sa chambre, et il n'avait pas l'intention de le partager avec la charmante et versatile Gianna.

De toute manière, il n'avait jamais eu *l'intention* de la faire monter jusqu'à sa chambre ; alors, son lit ? C'était hors de question !

Une fois de retour dans ses appartements, il se faufila dans la salle de bains envahie de vapeur et s'annonça, sans passer le paravent qui dissimulait la baignoire aux yeux des intrus.

— Etes-vous visible ? dit-il. Je vous ai trouvé de quoi vous vêtir pour la nuit.

Il entendit un clapotement d'eau et la voix un peu embarrassée de son invitée :

— Jetez cela par-dessus le paravent, j'arrive dans une minute.

— Prenez votre temps, répondit Nolan en faisant de son mieux pour paraître jovial.

Il n'était pas pressé, vu qu'il cherchait toujours à savoir quoi faire avec elle, ou, plus exactement, *que faire d'elle*. Cette réflexion risquait de lui prendre encore un moment.

Il déposa la chemise sur le paravent et retourna dans sa chambre. La soirée ne s'était pas vraiment passée comme il l'avait prévu : déjà, il était censé gagner de l'argent, pas une femme. Alors, en quittant la salle de jeu, il avait décidé de rendre sa liberté à Gianna. Pourquoi n'en avait-elle pas profité ? Pourquoi n'était-elle pas repartie en gondole comme il le lui avait proposé ? C'était une solution convenable et simple qui aurait dû les satisfaire tous les deux.

En attendant qu'elle achève sa toilette, il se servit un verre et sortit sur le balcon pour prendre une bouffée d'air frais. Il avait besoin de réfléchir posément. Oui, il avait conçu un plan pendant leur trajet en gondole ; mais apparemment, elle aussi. C'était bien le plus surprenant.

Il s'appuya sur la rambarde, observant l'eau noire du canal qui coulait juste en dessous, tout en sirotant son brandy. Ses pensées défilaient, sans ordre, ni contrôle.

Gianna Minotti était-elle une menteuse ? Pouvait-il se fier à elle ? Ou bien était-elle à moitié sincère et à moitié fourbe ? Plus important et plus urgent, que voulait-elle au point de renoncer à sa liberté et de tenir à accompagner un inconnu dans une chambre d'hôtel ? En effet, sa décision de la laisser partir l'avait clairement effrayée.

Une toux timide résonna dans son dos. Nolan se retourna, prêt à voir Gianna Minotti vêtue de la chemise de nuit, que l'on pouvait qualifier d'élégante, que Brennan lui avait cédée — son ami n'avait pas toujours eu un goût irréprochable en la matière...

Il n'y avait aucune raison de paniquer. Il avait déjà vu des femmes dans toutes les tenues imaginables, après tout, et avait surtout connu toutes les situations possibles en matière d'amour et de sensualité.

Hélas, sa préparation mentale s'avéra insuffisante. Heureusement, ses années d'entraînement à la dissimulation lui furent utiles. Alors que tout son corps était paralysé par la surprise, il trouva la force de prononcer quelques mots.

— Cela vous convient-il ?

L'imposante robe bleu clair de Gianna, trop chargée d'ornements, ne lui avait pas rendu justice... En fait, toute cette opulence avait détourné l'attention de Nolan de la réelle beauté de la jeune fille. Mais à présent plus rien ne l'en distrayait.

Il était incapable de détourner son regard du visage de Gianna, de la chemise à la coupe classique avec ses fines bretelles satinées, et du flot de cheveux noirs qui retombaient, flous et mouillés, sur ses épaules. Cette crinière sombre ne faisait que mettre plus encore en valeur l'éclat fauve de ses yeux. Ses traits étaient profondément féminins, ni durs ni trop délicats, et ses yeux, rayonnant d'intelligence, étaient emplis de compassion sans être trop doux. Un homme futé, qui aurait vraiment voulu la comprendre, aurait entrepris d'étudier ce visage pendant des heures pour en déceler les moindres nuances, et déchiffrer ses émotions les plus complexes.

Après cela, et uniquement après cela, il aurait pu observer son corps, dont la perfection était soulignée par la simplicité de la chemise blanche. Mais, ce soir, Nolan ne pourrait pas être cet homme...

En effet son corps, pourtant habitué depuis longtemps à rester de marbre tant qu'il n'avait pas consciemment pris la moindre décision, s'éveilla instantanément, excité par la silhouette de cette si belle femme. La soie soulignait librement ses rondeurs sensuelles. Alors que la robe bleue avait plié son corps aux exigences de la mode, la chemise de nuit semblait taillée pour le mettre en valeur. Elle se tendait légèrement sur sa poitrine, s'affinait à sa taille et flottait, légère, autour de ses hanches. Ce n'était guère étonnant que Brennan ait tant rechigné à la lui donner : c'était là un vêtement créé par un magicien...

— Oui, cela me convient, je pense, répondit-elle après un court silence.

Elle se rapprocha lentement des quelques sièges rassemblés autour du foyer. A chacun de ses pas, la soie chuchotait, épousant le mouvement comme une vague. Elle remarqua son trouble, sans doute, car elle eut un petit sourire.

Bon sang ! Il avait horreur d'être si transparent aux yeux de quelqu'un d'autre. D'habitude, les rôles étaient inversés. D'habitude...

Combien de fois, ce soir, avait-il songé que cette journée n'avait rien d'habituel ? Cette nuit était un terrain inconnu pour lui : rien ne s'était passé suivant ses plans ou ses projets.

— Je vois qu'on a monté du thé, dit-elle avec douceur.

Elle s'assit sur le divan moelleux et entreprit de les servir, penchée au-dessus du plateau comme un ange mutin dans sa robe blanche. Ses yeux noisette se paraient d'étonnants reflets vert sombre, comme des gemmes nichées au creux de sa peau laiteuse.

— Peut-être préféreriez-vous quelque chose de plus fort ? reprit-elle avec un regard vers la carafe posée sur le guéridon, ayant certainement remarqué le verre à moitié vide qu'il tenait toujours à la main. Pour ma part, je prendrais volontiers un peu des deux, après les émotions de ce soir.

Nolan apporta la carafe et s'installa sur le divan, les jambes tranquillement croisées. Il laissa Gianna remplir sa tasse. Si les femmes prenaient l'habitude de servir le thé en chemise de nuit, les hommes commenceraient sans doute à apprécier cette boisson... Elle avait une manière si gracieuse de manipuler la théière, une telle maîtrise; cela devenait presque un art.

Bien sûr, ce n'était qu'une stratégie et Nolan la connaissait bien pour y avoir lui-même eu recours un certain nombre de fois. Pour prendre le contrôle d'une situation, il suffisait de trouver une tâche simple à accomplir et d'impliquer les autres en leur posant des questions. Rapidement, on commençait à donner des ordres et des instructions, et les gens se mettaient instinctivement à attendre vos décisions.

Elle compléta son verre de brandy et le lui tendit avant de verser une bonne mesure d'alcool dans sa tasse de thé et de se rasseoir. Là, elle parut intimidée. A présent qu'elle n'avait plus rien à faire, elle semblait prendre conscience de l'étrangeté de la situation. Il n'y avait plus de jeu de cartes à regarder, de canal dans lequel tomber, de bain à prendre ou de thé à servir. Leur soirée si agitée s'apaisait brusquement et ils se retrouvaient seuls, l'un en face de l'autre dans cette pièce silencieuse. Seuls, avec la vraie raison qui les avait conduits à cette chambre d'hôtel.

— Nous y voilà, commença Nolan avec autant de nonchalance que possible, affalé au fond du divan.

En dépit de ses doutes sur la sincérité de Gianna, il commençait à apprécier cette situation invraisemblable. A présent, c'était à elle de prendre une décision.

Quel allait être le prochain tour de cette audacieuse jeune femme?

5

Ils y étaient. Assis là, dans leurs déshabillés. Ensemble. Gianna but une longue gorgée de thé brûlant dans l'espoir d'apaiser sa nervosité. Il y avait bel et bien une raison pour laquelle on ne discutait généralement pas en robe de chambre : c'était la gêne que cela occasionnait.

Sans la protection de ses vêtements, elle se sentait totalement exposée, et pas uniquement de manière physique, bien que la nudité soit en elle-même suffisante pour la troubler et la bouleverser alors qu'elle devait à tout prix garder le contrôle.

— Oui, nous y voilà, murmura-t-elle avec un sourire un peu tendu. Je dois vous remercier une nouvelle fois pour tout ce que vous avez fait pour moi, ce soir.

Si elle tenait à capter son attention, il allait falloir qu'elle trouve autre chose à dire…

— La chemise de nuit est ravissante. Honnêtement, je suis surprise que vous ayez pu vous procurer quoi que ce soit en si peu de temps, et à une heure pareille.

« Surprise » n'était peut-être pas le terme le plus adapté : un homme tel que lui devait avoir accès à toutes sortes de « boudoirs » féminins, ou aux femmes qui les fréquentaient d'ailleurs. D'où venait ce luxueux déshabillé ? Quelle femme avait accepté de sacrifier ce vêtement, et en échange de quoi ? Qu'est-ce que cet intrigant Nolan Gray avait bien pu promettre pour l'obtenir ?

— Je suis simplement navré de ne pas avoir pu vous fournir une robe de chambre assortie, répondit Nolan avec un petit rire.

A le voir là, sur son siège, son verre de brandy à la main, on aurait presque pu croire qu'il avait l'habitude de boire le thé avec des femmes presque nues. Après tout, c'était peut-être le cas... Dans la salle de bains, il lui avait bien démontré qu'ôter une robe ou un corset n'était pas nouveau pour lui.

— Menteur, répliqua-t-elle avec un sourire entendu.

Les femmes étaient des proies faciles pour lui, elle en était certaine. Cet homme devait apprécier que l'on tente de le séduire. Ce soir, il espérait certainement un petit jeu sensuel — quelque chose de différent de ses expériences habituelles. Elle l'examina longuement par-dessus le bord de sa tasse de thé. Les yeux de Nolan étaient fascinants, chaleureux avec leurs reflets d'argent. Une fois qu'on y avait plongé le regard, il était presque impossible de s'en détourner. N'importe quelle femme aurait pu s'y perdre, subjuguée par les plaisirs décadents qu'ils promettaient.

— Vous n'êtes pas navré, ce n'est pas vrai, reprit-elle.

C'étaient là des paroles audacieuses qui ne pouvaient sortir que de la bouche d'une femme audacieuse ; le genre de personne que cet homme devait apprécier.

Nolan n'était pas homme à devoir attendre de gagner une partie de cartes pour amener une fille chez lui. Dans la longue ouverture de sa robe de chambre, on devinait les muscles bien dessinés de son torse. C'était bien le corps puissant qui l'avait tirée du canal — un corps qui la dominerait sans effort. Elle jouait avec le feu, ce soir. Sans se soucier du danger qu'elle courait à être seule avec lui, elle avait sciemment cherché à le charmer et il semblait plus que disposé à répondre à ses avances.

En effet, il la jaugeait de la tête aux pieds d'un regard brûlant. Il était évident qu'il avait envie d'elle... Bien sûr, compte tenu des circonstances, cela était normal. Elle était à lui, cette nuit, soumise à ses désirs. Il l'avait gagnée sans tricher — du moins, si l'on se fiait aux règles des hommes.

Cependant, il y avait quelque chose d'autre, dans ce regard. Quelque chose qui dépassait la simple tendance masculine à la lubricité et c'était *cela* qui faisait battre si fort le cœur de Gianna.

Ce « quelque chose » ouvrait de nouveaux horizons, lui laissait entrevoir un plaisir encore inconnu pour elle.

— Vous avez vu clair en moi, dit-il avec un petit rire. Je ne suis pas désolé : vous êtes une très belle femme et cette chemise de nuit vous sied beaucoup mieux que la robe que vous portiez ce soir, qui vous dissimulait honteusement.

— Cette robe valait une véritable fortune, répliqua-t-elle, encouragée par son ton aguicheur.

Charmer cet homme était un moyen pour elle d'arriver à ses fins. Cela faisait partie de sa stratégie. S'il la désirait, alors il accepterait qu'elle reste à ses côtés. C'était ce qu'elle avait *voulu*, après tout.

Sur le quai, il avait paru prêt à la laisser partir et cela, en revanche, ne servirait pas du tout ses projets. Il fallait qu'elle l'empêche de renouveler sa proposition de lui rendre sa liberté. Cependant, pour obtenir ce qu'elle voulait de lui, elle allait devoir aller plus loin qu'un simple jeu de séduction. Jusqu'où cela la conduirait-il ?

Une petite voix, tout au fond d'elle, lui répondit. Elle savait *très bien* où cela la conduirait : dans le lit de Nolan Gray. Et si elle finissait dans son lit, elle serait alors proche de ce qu'était devenue sa mère, une femme dépendante des hommes — exactement ce que Gianna avait cherché à éviter toute sa vie durant...

— Quel dommage que le comte n'ait pas plutôt choisi de parier votre robe, reprit Nolan en buvant une gorgée de brandy.

Gianna se concentra sur la pomme d'Adam en mouvement de l'Anglais pour réussir à réfléchir. Si elle voulait accomplir son projet, avait-elle la moindre alternative, ce soir ? Sans doute pas... Elle allait encore devoir se soumettre au choix d'un homme.

Cette notion de résignation la bouleversa. Combien de fois avait-elle entendu sa mère l'évoquer ? C'était en suivant cette logique qu'elle avait épousé le comte : elle avait voulu que ses enfants occupent une place respectable dans la société et pour cela il lui avait fallu accéder à un titre par le mariage.

Cependant, en dépit de son amertume et de sa prudence, Gianna ne put s'empêcher de penser que, si elle devait à tout prix se sacrifier à l'Anglais, ce ne serait peut-être pas si odieux. Etait-ce mal ? s'interrogea-t-elle aussitôt. Devait-elle avoir honte de penser que ce ne serait pas si *désagréable* que cela ?

Après tout, Nolan Gray était un homme attirant, avec ses yeux gris mis en valeur par le dessin de ses pommettes. Une impression de force et de gentillesse mêlées émanait de lui. Oui, il avait du charme, depuis ses lèvres charnues jusqu'à son abondante chevelure, encore humide. Une fois secs, ses cheveux seraient sans doute plus clairs, mais pour le moment ils paraissaient presque noirs. Dans la salle de jeu du *palazzo*, elle se rappelait y avoir vu un chaud reflet moiré de pralines.

C'était un homme bien fait, également. Au cours de la soirée, elle avait déjà remarqué à quel point il était grand et musclé. Elle avait pu apprécier ses bonnes manières aussi. Danser avec lui pendant un bal devait être un rêve... Un rêve auquel elle n'aurait pas dû être en train de penser, compte tenu des circonstances.

Seigneur ! Cela aurait été tellement plus simple pour elle s'il avait été une brute : il lui aurait paru moins séduisant.

— A votre avis, pourquoi le comte a-t-il choisi de vous mettre en gage plutôt que la robe ? reprit Nolan comme s'il réfléchissait à voix haute.

Elle devait rester attentive et ne pas trop parler. L'écoute était préférable, elle représentait d'ailleurs l'une des armes les plus puissantes des courtisanes — c'était la meilleure source d'information possible.

— Il était en colère contre moi, répondit-elle évasivement.

Il valait sans doute mieux qu'elle n'entre pas trop dans les détails. Si elle se montrait trop embrouillée, trop perdue, si Nolan pensait que se lier à elle pourrait le mettre en danger de quelque manière que ce soit, il se débarrasserait certainement d'elle... Il fallait à tout prix qu'elle évite une telle catastrophe.

Depuis le fond de son siège, Nolan la dévisagea d'un air perplexe. Evidemment, être « en colère » ne suffisait pas à justifier le fait qu'un père parie sa fille aux cartes... Mais elle ne voulait pas s'expliquer. Elle ne voulait pas de sa pitié — pas encore — et elle craignait son rejet.

Si elle lui racontait son histoire sordide, il la chasserait de sa chambre. Elle attendrait d'être vraiment désespérée pour en arriver là. La pitié pourrait lui servir à un moment donné. Mais, pour l'heure, se plaindre l'exposerait bien plus qu'elle ne le souhaitait.

Ils étaient peut-être en train de boire du thé en déshabillé et Nolan l'avait peut-être sauvée du canal, mais il restait un étranger pour elle. La situation présentait encore trop d'inconnues. Pour l'instant, tout ce qu'elle avait, c'étaient les quelques suppositions qu'elle avait faites à son sujet. C'était bien mince.

— Vous voulez plus de brandy ? proposa-t-elle pour changer de sujet.

Sans attendre sa réponse, elle se leva, la carafe à la main, et s'approcha, mais Nolan refusa d'un geste.

— Non, je veux plus de *réponses*.

Reposant son verre sur la table basse, il le repoussa loin de lui d'un geste déterminé. Gianna sentit sa gorge se nouer : leur dialogue anodin était terminé.

Très bien. Il était temps de se montrer un peu plus audacieuse. Si elle ne parvenait pas à détourner l'attention de Nolan, il l'obligerait à tout lui expliquer concernant ses rapports avec le comte. Elle se confierait à lui, bien sûr, mais pas avant d'être certaine de le tenir en son pouvoir. Pas avant d'être certaine qu'il ne la repousserait pas. Pour le moment, le plus important était de lui donner une bonne raison de vouloir la garder auprès de lui.

Prenant une profonde inspiration, Gianna reposa la carafe, ôta le bouchon et le lécha longuement, langoureusement, sans quitter l'Anglais des yeux, guettant sa réaction.

— Peut-être pouvons-nous faire autre chose de ce brandy que le boire, murmura-t-elle d'une voix rauque et provocante.

Au point où elle en était, autant être claire. Le regard de Nolan s'assombrit à ces mots. Elle progressait... Il semblait enflammé par un désir soudain.

— Qu'essayez-vous de dire ?

Sa voix aussi était plus grave, plus essoufflée. C'était maintenant ou jamais. Gianna prit son courage à deux mains. Elle savait très bien ce que les hommes voulaient et comment les satisfaire, en théorie ; mais, la pratique, c'était un tout autre problème. Ce ne devait pas être bien difficile, cependant...

Elle s'agenouilla entre lui et la table basse, le regard toujours rivé au sien. Il ne fallait pas qu'il devine que son audace n'était qu'un rôle qu'elle jouait.

— Nous pouvons trouver un meilleur moyen de nous distraire — la discussion, c'est ennuyeux à la longue. Après tout, vous n'avez pas gagné le privilège de *parler* avec moi.

Elle lui caressa alors l'intérieur des cuisses, sous sa robe de chambre, sur les poils un peu rêches de ses jambes. Très vite, elle sut qu'elle avait fait mouche.

Il s'installa un peu plus confortablement, écarta insensiblement les genoux pour lui permettre de mieux l'atteindre. Les pans du vêtement s'ouvrirent alors, dévoilant la virilité de Nolan dans toute sa splendeur. Son sexe commença à se redresser quand elle l'effleura de son pouce. Son sommet était chaud et soyeux. Jamais elle n'aurait pensé que cette partie intime soit si... *vulnérable*... alors que le reste de son corps n'était que puissance. Elle referma la main sur ce membre qui pulsait sous ses doigts et devenait plus ferme d'instant en instant. Rassemblant son courage, elle entreprit de le caresser doucement.

En un éclair, il lui prit le poignet et l'écarta.

— Que diable pensez-vous faire ?

— Est-ce que vous préféreriez autre chose ? demanda Gianna, sur la défensive.

Un doute la saisit. Est-ce qu'elle avait été maladroite ?

— Je *préférerais* que vous me disiez la vérité.

Sans la lâcher, il se releva avec elle. Nez à nez avec lui, ou plutôt nez à torse, elle sentit une fois encore toute l'étendue de sa force et de sa présence intimidante. S'était-elle trompée à son sujet ? Etait-il, lui aussi, un homme cruel en dépit de sa courtoisie ?

Inquiète, elle attendit en silence que le couperet tombe.

— Vous n'avez absolument aucune idée de ce que vous étiez sur le point de faire, de ce avec quoi vous jouez, accusa-t-il.

Ces remarques édifiantes la blessèrent plus qu'elle ne l'aurait cru et elle se sentit rougir de honte. Il avait été excité par ses caresses, cela ne voulait-il pas dire qu'elle avait su comment s'y prendre ? S'efforçant de ne pas détourner le regard, elle supporta courageusement ses réprimandes. Jamais elle ne laisserait à un homme la satisfaction de la victoire !

Les yeux de Nolan étaient durs, des gemmes noires et froides braquées sur elle.

— Gianna, au *palazzo*, vous n'aviez absolument aucune intention de coucher avec moi. Que m'avez-vous dit, déjà ? Ah, oui : « Otez vos mains de là »... Vous semblez avoir changé d'avis bien vite. En fait, j'ai du mal à croire en votre sincérité. Peut-être ferions-nous mieux de mettre vos résolutions à l'épreuve avant d'aller plus loin.

Sans plus d'avertissement, Nolan la prit dans ses bras et l'embrassa fougueusement. C'était un baiser brutal, qui la laissa perdue, le souffle court, et vacillante ; un baiser qui n'était rien d'autre qu'une punition, une prise de pouvoir.

Au bout de quelques secondes, il s'écarta et la dévisagea un long moment d'un regard pénétrant. Inquisiteur.

— C'est bien ce que je pensais...

Il effleura ses propres lèvres du doigt d'un air dubitatif et Gianna sut immédiatement que, s'il avait cherché à la tester, elle avait bel et bien échoué.

— Une femme ne ment jamais quand elle embrasse un homme, reprit-il. Maintenant, dites-moi comment une jeune fille qui ne voulait pas être pariée comme un objet peut en arriver à renoncer à sa liberté lorsqu'on la lui offre — surtout quand elle n'a pas vraiment envie de coucher avec celui qui la laissait partir.

Gianna fit de son mieux pour rester digne et le regarda dans les yeux, de peur que le moindre signe de timidité ne la trahisse. Elle était en train de le perdre, pas parce qu'elle n'était pas compétente dans l'art de la séduction, mais parce qu'il avait vu clair en elle. Il l'avait percée à jour : il savait à quoi elle essayait de jouer et avait émoussé son unique arme.

— Je ne comprends pas ce que vous voulez dire, répondit-elle, hésitante.

— Avant que vous ne tombiez, de manière très commode, dans le canal, vous étiez sur le point de dire : « J'ai bien l'intention de rester », répliqua-t-il sans relever sa remarque empreinte de naïveté — feinte, bien sûr, il avait dû le sentir. Entre notre départ de la salle de jeu et cet incident dans le canal, il y a eu un moment où vous avez décidé que vous ne vouliez pas vous séparer de moi.

Ses sous-entendus étaient évidents et Gianna se sentit bouillir de colère.

— Est-ce que vous pensez que j'avais prévu tout cela ? Vous croyez que je *voulais* tomber dans le canal ?

Ses reproches ne parurent pas bouleverser Nolan outre mesure. Il continua à la fixer sans ciller. Finalement, il lui lâcha le poignet et croisa les bras sévèrement. Gianna fut parcourue d'un frisson : quand le comte prenait cette posture, il y avait en général de quoi s'inquiéter.

— Certaines personnes diraient que vous avez su retourner la situation à votre avantage, ce soir. Après tout, vous êtes là, dans cette chambre somptueuse. La seule question qui se pose est : pourquoi ? Pourquoi avez-vous tenu à rester ?

Sa voix, si sensuelle, avait cependant une dureté angoissante. Cela lui rappelait qu'elle avait joué avec un homme qui, en dépit de son apparente bonté pour elle, restait dangereux.

— Que voulez-vous à ce point, Gianna, pour avoir été prête à poser votre main — peut-être même vos lèvres — sur le sexe d'un inconnu ?

Cela aurait été plus facile s'il l'avait simplement traitée de putain. Cette description grossière de ses efforts maladroits pour le séduire, l'amener à l'aider, l'humilia plus que tout ce qui s'était passé au cours de la soirée. Le peu de contrôle qu'elle avait su garder s'évanouit et sa colère se déchaîna. Elle leva la main et gifla brutalement Nolan, rougissant ce beau visage, cette belle pommette bien dessinée.

— Comment osez-vous ?

Question idiote. Elle savait très bien où il voulait en venir ; et il avait parfaitement raison, d'ailleurs.

Elle avait été prête à le caresser *là*, et à faire bien plus s'il l'avait fallu. C'était justement cela qui lui faisait tant honte. Elle était en train de devenir comme sa mère... Le sort auquel elle avait essayé de se soustraire durant ces dernières années la rattrapait : elle dépendait des hommes et tout ce qu'elle pouvait faire, c'était les charmer dans l'espoir de les apaiser.

Nolan recula d'un pas, tendu mais sous contrôle. Il ne toucha même pas la trace rouge qui se dessinait sur sa joue. Gianna envia cette réserve, ce calme. Si seulement elle parvenait à faire de même...

— Je suis navré si la vérité vous fait mal, *signorina*, dit-il d'un ton glacial. Veuillez m'excuser : j'ai bien peur de ne pas être de très bonne compagnie, ce soir. Je pense que je vais descendre boire un verre ou deux, cela vaudra mieux pour moi. Installez-vous comme vous le souhaitez, je ne reviendrai pas avant demain matin.

Il ne pouvait pas partir !

Gianna regrettait déjà son geste impulsif. N'avait-elle donc pas appris que la violence ne résolvait rien, depuis le temps ? Au contraire, cela ne faisait qu'empirer les choses, elle le savait bien. Malgré cela, l'espace d'un instant, elle était tombée aussi bas que le comte. Elle était devenue ce qu'elle méprisait tant en lui...

— Attendez, vous n'êtes pas habillé ! lança-t-elle, dans une tentative désespérée pour le retenir.

Dans sa colère, elle avait peut-être gâché sa seule chance avec lui ; elle ne pouvait pas le laisser quitter la chambre sans s'excuser, sans faire de son mieux pour réparer son erreur.

Qu'est-ce qui lui avait pris de le frapper ? Et s'il envoyait chercher le comte, à présent ? Elle *ne pouvait pas* rentrer, pas maintenant !

La main de Nolan s'attarda un instant sur la poignée de la porte et il se retourna avec un étrange sourire.

— Etant donné ce que je paie ici, princesse, on me laisserait même boire nu.

Sur ce, il sortit sans un regard en arrière, laissant Gianna seule avec le lit moelleux et la carafe de brandy entamée. Cela suffirait peut-être à apaiser la douleur qui la déchirait. Oui, il fallait qu'elle essaye de dormir un peu, de se reposer.

Les choses s'arrangeraient le matin suivant. Elle n'avait plus qu'à l'espérer, parce que cette soirée avait été absolument catastrophique.

6

Dieu ! Quelle migraine !

Nolan gémit mais le son de sa propre voix et l'effort que cela lui demanda ne firent qu'empirer la situation. Il avait l'impression que sa tête se séparait en deux parties sous la douleur. Maintenant, il savait ce que Zeus avait dû ressentir en donnant naissance à Athéna...

A tâtons, il chercha sa table de chevet, sur laquelle il laissait toujours son remède miracle pour des réveils comme celui-là. Hélas, il ne trouva rien, ni table, ni potion. Que s'était-il passé ?

Il entrouvrit prudemment un œil pour jeter un regard autour de lui. *Aïe !* Il referma rapidement ses paupières et lâcha un juron. Qui diable avait laissé les rideaux ouverts ? Décidément, cette matinée commençait bien mal — et il venait à peine de se réveiller.

Si la journée s'annonçait aussi mauvaise, il ferait peut-être mieux de rester au lit... Soudain, les événements de la veille refirent surface. Avant tout, il n'était pas allongé dans un lit, mais assis sur une chaise. Et une chaise particulièrement inconfortable, par-dessus le marché ! De plus, il n'était pas dans sa chambre, mais dans le salon privé de l'hôtel Danieli, avec ses grandes fenêtres ouvertes sur le canal.

Et il était là parce qu'*elle* était dans sa chambre... sa luxueuse chambre avec d'épais rideaux que personne ne venait jamais ouvrir avant midi, suite aux ordres qu'il avait donnés. Sa chambre avec son lit, sa table de chevet, et la potion qui l'avait déjà sauvé tant de fois de la gueule de bois.

Il essaya de se redresser, mais son corps ne lui répondit pas aussi bien qu'il l'avait espéré. Devait-il rester assis en attendant que sa migraine s'apaise ? Ou bien valait-il mieux qu'il s'étire et se débarrasse de ses courbatures après une nuit passée sur ce siège spartiate ? Il décida finalement de bouger.

C'était une grave erreur. Nolan regretta immédiatement sa décision. Pourquoi avait-il bu tant de brandy ? Pour être honnête, il n'y avait pas eu que du brandy… Il avait aussi bu un peu de vin. Tout était de la faute de cette fille ! Chaque douleur, chaque pulsation violente qui frappait son crâne, chaque engourdissement était de sa faute. Peu à peu, la soirée lui revint en mémoire en une série d'images décousues : la partie de cartes, la gondole, le canal — oh Seigneur, le canal ! Sa peau sentait encore la vase — et la fille qui avait déclenché cette cascade d'événements. Il se souvint même de la solution qu'il avait trouvée pour les libérer tous les deux.

Il avait proposé à Gianna de la laisser repartir sans qu'elle ait à payer la dette de son père ; une offre princière, vu les circonstances. Elle était censée saisir cette chance et s'en aller bien vite en le laissant là, au sec sur le quai et prêt à mettre en œuvre la prochaine étape de son plan. C'était une option généreuse, simple, qui aurait dû les satisfaire tous les deux.

Hélas, elle avait visiblement songé à un autre scénario — un scénario qui impliquait le fait de plonger dans le canal. Même maintenant, il n'arrivait pas à déterminer si elle l'avait fait exprès ou non. Si c'était le cas, elle avait pris un très gros risque, habillée avec cette robe alourdie par les perles…

De plus, ce n'était pas la seule chose dont il doutait à son sujet. Etait-elle vraiment vierge ou bien le comte avait-il menti à ce propos ? C'était assez *difficile* à croire, et pourtant, comment être sûr de quoi que ce soit ? Nolan grommela à nouveau, comprenant qu'il avait peut-être commis une erreur en prenant la parole du comte pour argent comptant. Et s'il avait eu tort de se fier à elle ? Si elle l'avait manipulé depuis le début, cela voulait dire qu'il avait laissé une arnaqueuse particulièrement douée seule dans sa chambre avec tous ses gains de la soirée.

Pris de panique, il fit l'effort de se lever, bien que la pièce semblât tourner autour de lui, et que sa migraine se fût mise à tambouriner de plus belle sous son front. Il fallait à tout prix qu'il remonte dans ses appartements !

Se traîner dans l'immense escalier du hall fut une épreuve herculéenne. Toujours vêtu de sa robe de chambre, il croisa quelques voyageurs déjà levés qui le dévisagèrent d'un air amusé. Mais Nolan ne se souciait pas de sa tenue. S'il avait été de meilleure humeur, cela l'eût lui-même fait sourire et il eût salué les dames comme s'il avait été vêtu de ses plus beaux habits. Mais, ce matin, il n'avait pas envie de plaisanter. Sa tête s'alourdissait à chaque pas et il était secoué de violentes nausées ; une punition logique après ce qu'il avait fait la veille...

Est-ce qu'il s'était laissé berner de bout en bout par cette Gianna ? Etait-elle simplement si douée qu'il n'avait rien vu venir, lui qui s'enorgueillissait d'être un expert dans l'étude de la nature humaine ?

De nouveau, il réfléchit aux événements de la soirée. Elle avait essayé de le séduire, un stratagème évident bien qu'agréable. Il se souvenait clairement de la chaleur de sa main sur son sexe particulièrement éveillé. S'il s'était agi d'une autre femme, dans d'autres circonstances, il aurait profité de cette offre généreuse. Mais il était resté méfiant. Sans doute avait-il eu raison car, quand la séduction avait échoué, elle avait opté pour la colère et, avec un peu de recul, il comprenait à quel point elle avait pu ainsi faire évoluer la situation en sa faveur. Elle avait pu faire exprès de le rendre fou d'exaspération, prévoyant qu'il quitterait alors la chambre, et se disant peut-être aussi qu'un homme qui avait pris la peine de la tirer du canal, de lui faire couler un bain chaud et de lui trouver une chemise de nuit ne la jetterait pas dehors en pleine nuit.

Arrivé devant sa suite, il fouilla maladroitement dans sa poche à la recherche de sa clé et, une fois qu'il l'eut trouvée, la glissa dans la serrure. Retenant son souffle, il souleva le loquet.

C'était l'instant de vérité. Le cœur battant, il ouvrit la porte et jeta un regard anxieux à l'intérieur.

La première pièce était vide, mais le plateau était encore sur la table basse, abandonné là avec la théière et les tasses de la veille, et sa gorge se noua. Craignant le pire, il passa dans la chambre. Etait-elle partie avec tout son argent ?

Heureusement, ce qu'il aperçut depuis le pas de la porte le soulagea et il ne put réprimer un grand sourire — qui réveilla sa migraine. Mais cela n'avait aucune importance. Une telle vision méritait bien un peu de douleur...

Gianna Minotti était allongée sur le ventre, au milieu du lit. Sa chemise de nuit en soie remontait haut sur ses cuisses, dévoilant de longues jambes fuselées et l'arrondi d'une fesse. Ses cheveux, emmêlés, s'étendaient en un rideau lustré sur son visage. Etait-ce l'éclat humide d'un peu de salive qu'il entrevoyait au coin de sa bouche ?

L'un de ses bras pendait mollement au bord du matelas et, à la verticale de sa main, Nolan aperçut un verre vide gisant sur le tapis. Intrigué, il chercha des yeux la carafe de brandy et la découvrit, vide elle aussi, sur la table de chevet. Elle avait donc eu la même idée que lui — et elle subirait sans doute la même gueule de bois.

Sa potion miraculeuse était posée à côté de la carafe, prête à le sauver une fois de plus. Il ramassa le verre, y versa la moitié du remède qu'il but d'un trait, laissant le reste pour Gianna. Elle en aurait bien besoin, elle aussi. Résistant à l'envie de rire après son accès de panique, il se dirigea vers la salle de bains. Ce que l'on disait était vrai : quand on ne se sent pas bien, on a besoin de compagnie. Et il se sentait déjà mieux...

Un homme chantait dans la salle de bains et Gianna eut une violente envie de le faire taire. A demi réveillée, elle gémit et se retourna péniblement. Ce n'était pas une bonne idée, mais elle n'en était pas à sa première bêtise : en effet, la veille au soir, elle avait décidé de boire le reste du brandy. Qu'est-ce qui lui avait pris, de boire comme cela ? Soudain, tout lui revint en mémoire.

Lui. Tout était de sa faute, à lui. En quelque sorte. Pour le moment, elle avait du mal à se souvenir exactement en quoi Nolan Gray était responsable de cet état de fait. Ah oui, il l'avait *gagnée* aux cartes ! Enfin, pas vraiment elle mais plutôt sa virginité.

Et il n'avait pas encore réclamé son dû, d'ailleurs. Le brandy n'avait donc eu aucune conséquence en dehors de la migraine monstrueuse qu'elle subissait.

La porte de la salle de bains s'ouvrit soudain et Gianna souleva avec difficulté ses paupières, si lourdes tout à coup. La gueule de bois était horrible, mais au moins la vue était plaisante. Nolan Gray se tenait devant elle, enveloppé de vapeur, une serviette immaculée drapée autour de ses hanches, les cheveux encore perlés d'eau. Quand il la vit, il arrêta de chanter et lui sourit.

— *Buongiorno, signorina*. Comment va votre tête ?

Ce voyou, tout sourire, savait exactement comment allait sa tête ! Elle voyait son regard étinceler de malice. Agacée, Gianna attrapa un oreiller dans le but de le lui jeter au visage mais son corps refusa de faire un tel effort. Le simple fait de se redresser lui donna un haut-le-cœur et sa tête lui sembla se mettre à tourner. Elle fut traversée par une vague de chaleur, puis une de froid, perdant tout contrôle sur son corps. Oh non ! Elle n'allait pas pouvoir se retenir. Sa gorge nouée laissa échapper un gargouillis paniqué.

En un instant, Nolan fut agenouillé à ses côtés, un pot de chambre à la main, et il retint ses cheveux au dernier moment. Submergée par la nausée, elle vomit copieusement, non pas une mais deux fois. Tout ce qu'elle avait mangé — et bu — la veille se déversa dans le récipient. Ce fut certes humiliant, mais en même temps un profond soulagement. En fait, ce fut d'autant plus gênant que, une fois l'écœurement passé, elle fut *heureuse* d'avoir vomi. C'était exactement ce dont elle avait besoin.

— Vous allez mieux ? demanda Nolan en lui tendant un linge humide pour qu'elle se lave le visage.

L'eau froide lui fit du bien. Une fois propre, elle s'affala contre les oreillers, épuisée mais se sentant beaucoup plus réveillée.

— Si je pouvais me débarrasser de cette migraine, je me sentirais parfaitement bien, répondit-elle avec un sourire crispé.

La situation n'était pas simple, étant donné qu'elle venait de vomir devant un homme vêtu d'une simple serviette — un homme qui l'avait déjà tirée du canal et avait tenté de la libérer du pari insensé du comte.

Une fois de plus, il lui prouva qu'il avait réponse à tout.

— Buvez cela, dit-il en lui tendant un verre à moitié rempli d'une mixture verdâtre. Ça apaisera vos maux de tête.

Soupçonneuse, Gianna renifla prudemment le liquide.

— Qu'est-ce que c'est ?

— Ma recette secrète pour des matins comme celui-ci.

Remarquant visiblement sa réticence, il eut un petit rire.

— Vous avez le choix : passer la matinée avec votre migraine, ou essayer ma potion. J'en ai déjà bu moi-même, et voyez le résultat.

Il écarta les bras pour mieux se montrer. Oui, elle voyait le résultat — et beaucoup d'autres choses... Elle n'arrivait pas à détourner son regard de lui. Il était si beau — cela confirmait ce qu'elle avait aperçu de son corps, sous sa robe de chambre, la veille. Ses bras et son torse étaient fins et musclés, encore légèrement tannés par l'été. Ce n'était pas un bronzage important, l'hiver était trop avancé pour cela ; mais on pouvait deviner que sa peau avait dû être *joliment* cuivrée pendant l'été. Qu'avait-il fait pour cela ? D'habitude, les joueurs invétérés passaient le plus clair de leur temps à l'intérieur. Nolan était-il donc plus qu'un simple joueur ?

Gianna l'examina un instant, perplexe, puis but la potion. Le goût était aussi désagréable et amer que l'odeur l'avait laissé supposer...

— J'espère que cela aura de l'effet, dit-elle en reposant le verre sur la table de chevet.

— Oh oui, soyez-en assurée. C'est bien trop mauvais pour être inefficace !

Avec un nouvel éclat de rire, Nolan fouilla dans l'un des tiroirs de la commode et lui lança une chemise.

— Vous pouvez enfiler ceci en attendant que nous vous trouvions une tenue plus appropriée. Je vais m'habiller dans l'autre pièce, rejoignez-moi quand vous serez décente : le petit déjeuner sera bientôt servi. Je le fais monter tous les jours à midi.

Décente ? Petit déjeuner ? Ces deux notions paraissaient bien déplacées vu les circonstances, mais Nolan continua à rire doucement et rassembla ses propres vêtements.

— Ne vous en faites pas, lança-t-il par-dessus son épaule, ce ne sont que des toasts et du café, rien d'extravagant. Cela vous aidera aussi à vous remettre.

Gianna serra la chemise contre sa poitrine. Les paroles de Nolan ne la rassuraient pas le moins du monde — et cela n'avait rien à voir avec le petit déjeuner.

Ils s'étaient quittés fâchés, la veille ; il l'avait même délibérément accusée d'avoir plongé volontairement dans le canal et elle l'avait giflé... Il ne pouvait pas avoir oublié.

— Pourquoi faites-vous tout cela ? demanda-t-elle. Pourquoi êtes-vous si gentil avec moi ?

Nolan haussa les épaules d'un air tranquille.

— Devrais-je agir pour une raison particulière ? Peut-être que je me sens simplement soulagé maintenant que ma gueule de bois est loin derrière moi. On se sent toujours bien quand on retrouve toutes ses capacités, non ?

Cette dernière question fut posée d'une voix curieuse qui fit rougir Gianna. Mais cet homme avait beau se montrer particulièrement attentionné, cela ne suffirait pas à la distraire.

— Il y a peut-être plus que cela.

— Peut-être, admit Nolan en la regardant longuement. Je suis effectivement content de voir que vous êtes toujours là et que vous n'avez pas profité de mon départ, cette nuit, pour me voler. Vous savez exactement combien j'ai gagné et où j'ai rangé mon argent.

— Vous m'insultez, monsieur !

La potion devait agir... elle sentit sa colère bouillonner,

signe qu'elle était en train de recouvrer ses esprits. Comment pouvait-il encore penser qu'elle avait quoi que ce soit à voir avec cette histoire sordide ? Comment pouvait-il croire qu'elle avait participé de son plein gré à ce pari humiliant, pour ensuite le voler et fuir dans la nuit jusqu'à la maison du comte ?

— Non, je ne vous insulte pas, corrigea Nolan sans même se retourner alors qu'il se dirigeait vers la porte. Je vous fais *l'honneur* d'être franc avec vous. Dans de telles situations, je préfère clarifier les choses autant que possible. Pas vous ?

Ainsi, ils n'étaient pas si différents l'un de l'autre : tous deux pensaient que l'on attrapait plus de mouches avec du sucre qu'avec du vinaigre. C'était pour cela qu'il la flattait — et pas uniquement par les paroles. Au contraire, il utilisait les mots stratégiquement pour créer la réaction opposée dans l'espoir qu'elle ne s'aperçoive de rien ; mais elle avait fréquenté un monde d'hommes pendant trop longtemps pour se montrer aussi naïve. Elle savait exactement où il voulait en venir.

Chacun de ses gestes la flattait. Il cherchait à acheter sa confiance avec des chemises de nuit de soie, des bains chauds, des plateaux de thé, des remèdes miracles contre la migraine et des gestes attentionnés quand elle se sentait malade.

Ne te laisse pas piéger : tu ne l'apprécies pas ! se répéta-t-elle en ôtant précautionneusement sa jolie robe de nuit pour la plier et la placer dans un tiroir.

Elle enfila ensuite la chemise prêtée par Nolan. Elle était trop grande, bien sûr, et Gianna dut rouler les manches pour qu'elles ne dépassent pas de ses mains. Le vêtement tombait presque jusqu'à ses genoux. Au moins, il était propre et caressait sa peau avec la souplesse dont seuls les tissus de grand prix bénéficiaient. Elle prit une profonde inspiration. La chemise sentait bon — tout comme celui qui la portait, en fait… C'était ce même parfum qui flottait dans l'air depuis que Nolan était sorti de la salle de bains ; du santal agrémenté d'une note de patchouli. Elle prit une seconde inspiration, le sourire aux lèvres. Il était clair qu'elle allait devoir être plus prudente avec lui.

Cet homme était un adversaire de taille, alors qu'elle aurait eu davantage besoin d'un protecteur plus naïf, vu les circonstances. Nolan Gray n'était pas de ceux qui agissaient sans une bonne raison. Le fait de lui prêter une de ses chemises était un acte intime, sans doute destiné à les rapprocher l'un de l'autre, à créer l'illusion d'un lien entre eux.

Il souhaite que tu l'aimes.

Tout en boutonnant la chemise, elle ne put s'empêcher de se poser de nombreuses questions.

Pourquoi semblait-il désirer cela maintenant ? La veille, il aurait tout fait pour se débarrasser d'elle.

Il pensait peut-être que, s'ils devenaient amis, elle en arriverait à se confier à lui.

Quel secret attendait-il qu'elle lui révèle ?

Réponse : il voulait savoir pourquoi elle n'avait pas embrassé sa liberté quand il la lui avait proposée.

Elle eut un instant d'hésitation avant d'attraper la brosse qui traînait sur la coiffeuse. Il ne s'en offusquerait pas. Au contraire, il l'aurait incitée à l'utiliser — un nouveau geste de gentillesse pour la lier à lui. Sans remords, elle passa donc lentement la brosse dans ses boucles emmêlées. A chaque mouvement, elle sentit qu'elle reprenait peu à peu le contrôle. Elle redevenait elle-même.

Gianna était certaine d'une chose : les apparences avaient leur importance, même quand on ne portait qu'une chemise trop grande. *Surtout* quand on ne portait qu'une chemise trop grande ! Il était déjà midi et le tic-tac de la grosse horloge résonnait dans la chambre silencieuse. Combien d'heures de liberté avait-elle encore devant elle ?

Elle entendit soudain des voix et des bruits de vaisselle dans l'autre pièce. On était en train de servir le petit déjeuner. Elle ne pouvait plus se cacher ici... Il était temps de sortir et d'affronter son destin. Elle allait devoir user de diplomatie. Le mieux était d'entrer dans le jeu de Nolan. Il tenait à ce qu'elle l'apprécie et ce n'était peut-être pas une mauvaise idée. Est-ce qu'elle aussi ne pourrait pas trouver des avantages à cette situation ? Devenir amis était certainement la meilleure stratégie. Après tout, les amis se rendaient des services et c'était justement ce dont elle aurait bien besoin avant de pouvoir quitter Venise — avant d'être enfin libre. Qui serait mieux placé pour tenir ce rôle que Nolan Gray ?

Sois prudente, lui murmura sa conscience. *Ne choisis pas la voie de la facilité. Tu as envie de l'aimer et cela te donne une bonne excuse. Tu sais que cela a causé la perte de ta mère : elle aimait les hommes séduisants mais ils l'ont toujours fait souffrir... Nolan Gray t'a peut-être tirée du canal, mais il t'a aussi gagnée aux cartes. Comment un homme ayant accepté un pari aussi odieux pourrait-il être bon ?*

C'était bien là le problème : elle n'avait pas de réponse à cela. Hélas, il était sa meilleure chance et elle se sentait un peu coupable à l'idée de ce qu'elle allait devoir faire. Mais si Nolan était un vrai joueur, il comprendrait. Dans ce monde, toutes les femmes étaient obligées d'utiliser leurs ressources un jour ou l'autre, et de saisir leur chance quand elle se présentait.

Quand elle entra dans le salon, elle fut immédiatement enveloppée par un délicieux parfum de café. Nolan était entièrement habillé — veste, veston, pantalon et bottes. Elle se sentit alors particulièrement exposée, nue sous cette simple chemise. En fait, elle couvrait bien mieux son corps que la chemise de nuit qu'elle avait portée depuis son bain dans le canal, mais la situation était plus gênante : au moins, la veille, avaient-ils été à égalité, tous les deux à demi dévêtus.

Sans attendre qu'elle prononce le moindre mot, Nolan se leva, en parfait gentleman, et la salua. Seuls ses yeux trop brûlants trahirent un instant son excitation. Décidément, il était doué pour — presque complètement — dissimuler ses émotions.

— Vous voulez du café ? demanda-t-il avant de lui servir une tasse. Il y a aussi des toasts, du beurre et de la confiture, si vous le souhaitez. Servez-vous, je vous en prie.

Il lui avait laissé le divan, prévoyant sans doute qu'elle aurait du mal à s'asseoir en portant un vêtement aussi court. Elle s'y pelotonna donc, les jambes repliées sous elle pour les cacher du mieux qu'elle pouvait sous les pans de sa chemise, et posa l'assiette de toasts qu'il lui avait préparée sur ses genoux.

C'était confortable et elle fut surprise par la familiarité tranquille qui s'installa entre eux pendant qu'ils mangeaient. A côté d'eux, la cheminée ronflait doucement, projetant par moments un petit jet d'étincelles rougeoyantes. Nolan était assis dans son fauteuil, les jambes croisées, son assiette à la main. Une lumière un peu grise filtrait par la fenêtre ; il n'allait pas faire très beau. C'était une journée parfaite pour rester à la maison... Et, s'ils avaient été amants, ils auraient probablement saisi cette chance pour profiter du calme du petit salon. Mais la tenue de Nolan suggérait qu'il avait d'autres projets pour l'après-midi.

Gianna mordit à pleines dents dans sa tartine de confiture, consciente du regard de son sauveur posé sur elle. Il allait parler et elle se prépara au pire. Cependant, la question qu'il posa ne fut pas celle à laquelle elle s'attendait.

Nolan but une nouvelle gorgée de café et, avec une parfaite sérénité — comme s'il avait parlé du temps qu'il faisait —, il demanda :

— Alors, quel genre d'homme vend la virginité de sa fille ? Et ne me dites pas « un homme désespéré », car je sais déjà cela.

7

— Quel genre d'homme *achète* la virginité d'une femme ? répliqua-t-elle en le dévisageant de ses yeux noisette.

Décidément, songea Nolan, cette jolie demoiselle ne se laissait pas facilement intimider. Assise sur ce divan, habillée en tout et pour tout d'une chemise blanche, elle paraissait aussi à l'aise que si elle se fut trouvée dans l'une des salles de bal de Venise, vêtue d'une robe luxueuse. On dit parfois que l'habit fait le moine mais, dans le cas présent, c'était sa tranquille assurance qui faisait de Gianna une femme séduisante.

Elle lui tenait tête sans la moindre hésitation, mais lui ne comptait pas se laisser troubler par un regard direct et une question gênante. Il était bien trop expérimenté pour cela...

— Ce n'est pas ainsi que cela fonctionne.

Il reposa son assiette et soutint le regard de Gianna, un peu amusé. Une partie de lui se réjouissait de voir qu'elle était capable de faire preuve d'opiniâtreté, cependant elle allait bien vite s'apercevoir qu'il ne la laisserait pas si facilement gagner.

— On ne répond pas à une question par une autre question, *signorina*. Et je tiens à être très clair : vous ne me ferez pas endosser le rôle du méchant dans cette histoire.

— Vous savez, il peut y avoir *plusieurs* méchants, lâcha-t-elle froidement.

— Peut-être, mais je n'en fais pas partie. Hier soir, j'étais votre seule chance de vous en sortir sans mal.

— Vraiment ? Je n'arrive pas à croire que vous soyez si arrogant !

— Ah oui ? Dois-je vous rappeler que je n'ai pas couché avec vous ? En premier lieu donc, vous n'avez pas perdu votre virginité, répondit posément Nolan. A mon avis, les autres hommes présents à la table de jeu, hier, ne vous auraient pas fait une telle faveur. Deuxièmement, vous avez encore la liberté de choisir à qui vous ferez don de ce trésor féminin. Troisièmement, je crois me rappeler que je vous ai offert une opportunité de partir sans avoir à payer pour les erreurs de votre père…

Nolan n'était pas stupide : il savait parfaitement bien qu'elle l'avait soigneusement manipulé pour qu'il ait à se défendre. Ce n'était évidemment pas comme cela qu'il avait envisagé leur discussion. En l'entamant, il avait bien sûr eu l'intention de parler du comte et de la relation trouble qu'elle entretenait avec cet homme.

Sans se laisser impressionner par la liste des attentions qu'il avait eues à son égard, elle le dévisagea d'un air détaché par-dessus le bord de sa tasse de café.

— Oui, oui… Vous êtes vraiment un saint.

— Et vous, vous êtes une martyre, si je comprends bien. Nous faisons bien la paire : la martyre et le saint.

En fait, ils étaient plutôt deux menteurs, aussi chevronnés l'un que l'autre. Rien à voir avec ce genre de prétentions religieuses… D'ailleurs, ils étaient seuls, dans ce salon. Gianna n'avait pas besoin de jouer la victime éprouvée devant lui. Il lui avait laissé le choix, et pourtant Dieu savait qu'il n'avait rien d'un saint face à une femme aussi séduisante.

Quand elle était entrée dans le salon, il avait été stupéfait par sa silhouette sensuelle soulignée par la chemise d'homme, dont les pans effleuraient le bas de ses cuisses. Ses longues jambes fines étaient donc exposées et il n'avait pu s'empêcher de les suivre des yeux jusqu'au bas du vêtement, jusqu'à la courbe de sa hanche qu'on devinait à peine sous l'étoffe fine. Plus haut, il avait admiré l'arrondi souple de sa poitrine, provocatrice. Il lui avait été difficile d'ignorer qu'elle était entièrement nue sous cette chemise…

Il fallait à tout prix qu'il reprenne le contrôle de la conversation avant que son corps et son esprit ne décident qu'il y avait mieux à faire que d'agir en gentleman. S'il le décidait, il était certain de pouvoir la posséder. Il était capable de la séduire et de lui faire accepter n'importe quelle folie en quelques instants ; et, une heure après tout au plus, ils seraient tous les deux en train de savourer le confort du grand lit qui n'attendait qu'eux dans la chambre. Mais, sur le long terme, ce n'était pas ce qu'il désirait.

Il n'y aurait pas, de cette façon, de vrai défi, pas de frisson excitant. La persuader de se donner à lui serait trop facile, et il n'avait plus seize ans. Il n'avait plus l'âge de cajoler une belle femme ou une veuve esseulée juste pour tester sa virilité. Depuis quelque temps, il préférait consacrer son énergie à des entreprises plus risquées, moins prévisibles...

Nolan croisa de nouveau les jambes et décida d'adopter une nouvelle stratégie.

— En refusant de me répondre, vous ne faites que protéger cet homme. Je dois avouer que je trouve étrange, de votre part, de couvrir un père qui vous a vendue contre votre volonté.

Faisant de son mieux pour paraître nonchalant, il beurra un nouveau toast.

— Si j'étais à votre place, poursuivit-il, je serais hors de moi. En fait, je voudrais me venger.

Il lui jeta un rapide coup d'œil et connut un moment de pure satisfaction. Il avait réussi : il l'avait choquée. Elle avait beau essayer de le cacher, ses émotions se lisaient clairement dans son immobilité et son silence obstiné. C'était amusant de voir à quel point les gens pouvaient être blessés par la vérité — et surtout par *leur* vérité, quand on la leur assenait à voix haute.

— Est-ce pour cela que vous teniez tant à rester, hier soir ? Vous imaginiez-vous que je pourrais vous aider dans vos projets de vengeance ?

Nouvel instant de victoire. Il mordit à pleines dents dans son toast pour cacher son sourire. Il avait touché juste.

— Il ne s'agit pas tout à fait de vengeance, répondit-elle d'une voix hésitante. Je veux juste récupérer ce qui m'appartient.

Seigneur, cet homme avait-il vraiment le don de lire dans les pensées ? Si elle avait été une cible, Nolan aurait atteint le centre, et elle n'aimait pas du tout se sentir exposée de cette manière. S'il réussissait à découvrir ce qu'elle avait en tête, il deviendrait bien moins manipulable...

Elle avait été bien naïve, la veille, de croire que sa chance avait fini par tourner. Au contraire, l'homme qui l'avait gagnée était le seul joueur de Venise capable de la percer à jour comme si elle était en permanence nue devant lui. Et il la regardait effectivement comme si elle était nue ! Il l'avait regardée ainsi dès qu'elle avait passé la porte de la chambre.

Il n'avait peut-être pas couché avec elle, mais il en avait envie, c'était clair. Une femme douée saurait tourner cette situation à son avantage ; il lisait en elle, soit, mais il restait néanmoins un homme comme les autres.

— Je ne peux pas quitter Venise sans avoir obtenu ce qui me revient de droit.

Elle baissa les yeux au dernier moment, un geste de retenue qu'elle avait longuement répété devant son miroir en prévision de ce genre de situations. Il ne fallait pas que cette révélation soit prise comme un défi. Il fallait qu'elle soit... convainquante. Attendant sa réaction, elle compta silencieusement dans sa tête. *Un, deux, trois, quatre... allez, mords à l'hameçon !*

— Pourquoi souhaiteriez-vous partir de Venise ? finit par demander Nolan.

Elle avait échoué. Exaspérée, elle aurait voulu hurler sa frustration. Pourquoi la curiosité de Nolan ne pouvait-elle pas s'exprimer d'une autre manière ? N'importe quel homme normal lui aurait demandé ce que le comte lui avait pris, et c'était la question à laquelle elle s'attendait. Hélas, *a posteriori*, elle comprit son erreur. Elle n'aurait pas dû parler de son désir de quitter la ville ; elle en avait trop dit, avait ouvert le chemin à trop d'interrogations. Et Nolan, lui, ne s'était pas fait prier pour s'engouffrer dans la brèche, et il allait se mettre à poser toutes les questions auxquelles elle refusait de répondre.

Reprenant un instant le contrôle de la situation, elle lui

lança un regard glacial. Les raisons qui la poussaient à fuir n'étaient-elles pas évidentes ?

— Je ne peux pas rester dans une ville où tout le monde sait maintenant que j'ai été vendue lors d'un jeu de cartes !

— Et où irez-vous ? Avez-vous des projets ? demanda-t-il calmement.

Ses tentatives pour le mettre mal à l'aise paraissaient n'avoir aucun effet. Au contraire, il essayait de tester sa sincérité et sa détermination. Sans doute pensait-il qu'elle lui mentait...

Avec son élégance habituelle, il croisa les bras et elle ne put s'empêcher d'admirer la finesse de ses doigts. Ces doigts qui avaient déboutonné le dos de sa robe avec une dextérité inégalable, la veille. Il avait été rapide, sûr de lui, confirmant ce qu'elle avait soupçonné dès le début : Nolan avait l'habitude de fréquenter des femmes.

Dans l'espoir de l'attendrir, elle garda les yeux baissés et répondit, d'une voix douce et désemparée :

— Je ne sais pas encore où j'irai. Le moment n'est pas venu d'y songer. Je dois d'abord rassembler mes biens.

De nouveau, elle essayait de le guider vers la question qu'elle voulait l'entendre poser. Elle souhaitait qu'il lui propose son aide, qu'il fasse le premier pas. Les hommes ne préféraient-ils pas se voir dans le rôle du protecteur, le rôle de celui qui offre ses faveurs avec générosité ? De plus, cela lui éviterait d'être à nouveau redevable envers l'un d'entre eux. Si elle le suppliait de l'aider, elle lui *devrait* sa reconnaissance. Elle serait à sa merci. Et elle ne voulait pas de cela.

— Je pourrais vous prêter de l'argent, vous en donner même, si vous le voulez, proposa Nolan.

Il était décidément pressé de se débarrasser d'elle. C'était intéressant et cela pourrait certainement lui être utile, à l'avenir. La nuit précédente, il lui avait offert sa liberté, et voilà qu'il lui offrait de l'argent. Cela pourrait devenir un bon moyen de pression pour elle : si elle commençait à marchander, en se servant du désir de Nolan de la voir disparaître de sa vue, peut-être celui-ci se laisserait-il convaincre ? Elle pourrait lui promettre de partir dès qu'elle aurait obtenu ce dont elle avait besoin. Intelligent comme il l'était, il comprendrait bien vite que l'aider servirait ses propres projets.

De peur de se trahir, Gianna opta pour un air chagriné, offusqué.

— Je ne vous demande pas d'argent ! s'exclama-t-elle avec un geste théâtral en direction de la chambre. J'ai suffisamment de perles sur ma robe d'hier pour prendre la route un moment.

Hélas, elle comprit bien vite qu'elle venait de se tendre un piège toute seule. Elle eut l'impression d'être encore corsetée dans sa robe détruite et de trébucher sur l'étoffe, d'être à nouveau sur le point de tomber dans le canal. Bien sûr, Nolan ne perdit par un seul instant pour la railler.

— Oui, c'est tout à fait vrai — sans compter votre collier et vos boucles d'oreilles. Une femme pleine de ressources comme vous devrait pouvoir mener une vie indépendante quelque temps, en vendant ces joyaux et en restant économe, bien sûr !

Il termina sa phrase sur un grand sourire machiavélique. Son toast achevé, il croisa de nouveau les bras d'un air satisfait. De toute évidence, il était content de lui.

— Je pense que nous serons d'accord sur le fait que vous pourriez quitter Venise dès ce soir, bien que vous prétendiez le contraire. Alors, dites-moi ce que votre père possède et dont vous avez tant besoin.

— Le comte n'est pas mon père.

Si elle devait se confier à lui, autant commencer par cela.

— C'est mon beau-père, et il n'a jamais vraiment su tenir ce rôle. Il est plutôt, comme vous l'avez expérimenté, le genre d'homme prêt à vendre la virginité de sa fille pour rembourser ses dettes de jeu.

Il était prêt aussi à demander sa belle-fille en mariage et à la menacer quand elle refusait de se plier à une union si contraire à la morale — mais cela elle préférait ne pas le dire à Nolan Gray, pour le moment. Ce n'était pas nécessaire, pas encore.

De toute manière, il avait sans doute déjà deviné que le pari indécent du comte n'était pas le fruit du hasard. Les catastrophes n'arrivaient jamais seules. Elles étaient toujours le résultat d'une suite d'événements plus lointains, plus complexes.

Son regard se teinta furtivement d'une tristesse sincère.

— Je suis désolé, Gianna.

L'espace d'un instant, ils ne furent plus deux adversaires prêts à se battre. Elle n'avait plus à protéger jalousement ses secrets et il n'avait plus à essayer de les lui faire avouer. Ils étaient devenus des alliés temporaires et elle sentit la compassion de Nolan dans son regard profond. Comme s'il *savait*, tout à coup, ce que c'était de vivre avec le comte...

Il voulait l'aider, tout comme la veille, quand il l'avait tirée du canal, l'avait aidée à se déshabiller et lui avait fait couler un bain sans rien lui demander en échange (pas même ce à quoi il avait droit après avoir gagné sa partie de cartes).

Ces trois mots, « Je suis désolé », furent plus émouvants que tout ce qu'il aurait pu dire d'autre. Seigneur ! Pourquoi était-il ainsi ? D'un seul regard compréhensif, il lui donnait envie de dévoiler tous ses secrets, de se libérer de ce poids. Et, bien sûr, c'était ce qu'il cherchait. Quelque chose en elle s'éveilla, un instinct de survie qu'elle ne connaissait que trop bien.

C'est ce qu'il a voulu te faire croire hier soir, et c'est ce qu'il veut te faire croire maintenant : qu'il se soucie de toi. Il joue la carte de l'inquiétude pour te mettre en confiance.

Mais elle avait appris depuis longtemps que la confiance comme l'amour pouvaient s'avérer très dangereux. L'un ou l'autre suffisaient à conduire quelqu'un à sa perte.

— Je ne vous renverrai pas chez le comte, dit-il d'une voix rassurante, tout en serrant les dents.

Soudain, elle perçut en lui une force, une détermination qui ne s'étaient pas manifestées auparavant et sa gorge se noua sous l'émotion.

— D'ailleurs, peut-être n'aurai-je pas à le faire, poursuivit-il. Peut-être viendra-t-il vous chercher lui-même.

Sa voix restait légère, mais Gianna ne fut pas dupe : Nolan était nerveux.

— Gianna, dites-moi la vérité. Est-ce que le comte est dangereux ?

Elle repensa au couteau que son protecteur dissimulait dans sa manche. Il pourrait lui apporter son aide plus facilement, aurait sans doute plus envie de le faire si elle lui disait la vérité — toute la vérité — au sujet de son beau-père.

Ainsi, elle se décida à lâcher une seconde vérité :

— Oui, il est dangereux.

Nolan eut un petit sourire.

— Eh bien, moi aussi…

C'était vrai, et de bien des manières. Son Anglais qui lisait dans les pensées, sortait toujours armé, jouait aux cartes et gagnait des vierges pourrait peut-être la protéger du comte. Cependant, qui la protégerait de lui ?

Elle n'était pas assez naïve pour croire que sa proposition était purement désintéressée. Il attendrait un remerciement — un dédommagement, en quelque sorte.

Gianna s'humecta rapidement les lèvres et décroisa les jambes. Ses mouvements parviendraient peut-être à le séduire, à influencer ses pensées…

— Alors, que voulez-vous en échange de votre bonté ? demanda-t-elle d'une voix basse, rauque.

Une voix de tentatrice.

— Ce que je veux depuis le début, princesse.

Il laissa ses paroles résonner dans le silence quelques instants ; suffisamment longtemps pour qu'elle sente son cœur s'emballer. Des images sombres, sensuelles vinrent flotter devant ses yeux. Des images que les paroles suivantes de Nolan firent éclater en morceaux :

— Je veux que vous partiez.

Sur ce, il se leva et se dirigea vers l'entrée de la chambre.

— J'ai des projets, *signorina*, et vous n'en faites pas partie. Mais, puisque vous ne voulez pas de votre liberté, ni de mon argent, peut-être accepterez-vous mon aide.

Il ouvrit la porte comme s'il avait entendu quelqu'un frapper, et un valet porteur d'une malle ainsi que deux femmes tenant des jupons dentelés dans leurs bras firent leur apparition.

— Merci, Antonio, dit Nolan. Mesdames, entrez, je vous prie. Vous arrivez juste à temps.

A temps pour quoi ? Gianna sentit son estomac se nouer.

— Vous aurez besoin de vêtements si nous décidons d'agir, expliqua Nolan en se retournant vers elle. Vous ne pouvez tout de même pas continuer à porter mes chemises.

Il tira une feuille de papier de sa poche et la tendit à l'une des deux femmes.

— Voici la liste de ce qu'il nous faut, *signora*, et peut-être avez-vous quelques articles à nous laisser dès aujourd'hui ?

La couturière eut un sourire entendu et Gianna sut exactement à quoi elle pensait. Le riche Anglais souhaitait commander une garde-robe pour sa maîtresse italienne... Cette simple idée la fit rougir. Il était presque impossible de rester digne quand on ne portait qu'une chemise d'homme — même si elle sentait divinement bon.

— *Signor*, je sais exactement quoi faire, ne vous inquiétez pas, répondit-elle avec un salut obséquieux.

— Je ne m'inquiète pas.

Il salua la couturière, puis Gianna.

— Je vous laisse entre les mains expertes de *signora* Montefiori. Si j'ai oublié quoi que ce soit sur la liste, n'hésitez pas à la compléter. Je vous verrai ce soir, au dîner.

Gianna mit quelques secondes à comprendre ce qui se passait. Il allait la laisser là, en compagnie de ces deux femmes venues la mesurer sous tous les angles, pendant que lui irait faire Dieu sait quoi avec Dieu sait qui.

Hélas, elle ne pouvait pas se permettre de protester. Comment refuser de nouveaux vêtements quand elle en avait tant besoin ?

De plus, elle n'avait aucune influence sur lui. Elle ne pouvait pas l'obliger à rester — et puis, le voulait-elle réellement ? Etre mesurée pour commander des vêtements était une expérience particulièrement intime... Voulait-elle vraiment qu'il soit là, ses yeux gris fixés sur elle durant des heures, pendant qu'elle attendait en sous-vêtements — pour peu que la couturière lui en ait apporté — que l'on prenne ses mesures et qu'on l'habille ?

Elle se sentit encore rosir à cette pensée. Seigneur, était-elle si immorale ? Comment pouvait-elle être excitée par cela ?

Elle n'eut pas l'occasion de répondre à cette question. En quelques instants, Nolan avait disparu, et la porte s'était refermée sur lui. Elle ne le reverrait pas avant le souper.

— *Signorina*, voulez-vous bien monter là-dessus ? dit doucement la *signora* Montefiori en posant une petite estrade par terre. *Allora !* Commençons. Nous avons beaucoup à faire en un après-midi. Nous avons un homme à satisfaire, n'est-ce pas ?

Elle frappa dans ses mains et ses deux assistants s'agitèrent autour d'elle, mètres et carnets en main. Ils ouvrirent la malle et en tirèrent plusieurs vêtements. En quelques minutes, le petit salon se transforma en atelier de couture.

Signora Montefiori tournait lentement autour de l'estrade, se tapotant la lèvre du bout du doigt, murmurant pour elle-même de temps à autre.

— Mmm... Mmm... Ah, *sì*.

Paraissant clairement convaincue par l'idée qui venait de lui passer par la tête, elle recula soudain d'un pas et recommença à donner des ordres — à Gianna, cette fois.

— Levez les bras, redressez vos épaules.

Gianna suivit ses instructions comme un automate, perdue dans ses pensées. Elle n'arrivait pas à détacher son esprit de ce qui s'était passé entre elle et Nolan pendant le petit déjeuner. Apparemment, ils étaient parvenus à un accord, même si elle ne comprenait pas vraiment comment ils l'avaient négocié : Nolan l'aiderait et elle partirait. Une fois cela fini, ils ne se reverraient plus et pourraient chacun reprendre le fil de leur vie.

C'était tout à fait ce qu'elle désirait, mais il restait tout de même un petit problème. Comment Nolan réagirait-il lorsqu'il découvrirait qu'elle n'avait pas besoin d'*une* chose, chez le comte, mais de *trois* ?

Elle aurait pu se sentir coupable de lui avoir caché ce détail s'il n'avait pas été lui aussi un peu malhonnête en essayant de lui faire avouer tous ses secrets. Après tout, il avait décidé de l'aider *avant* de prendre son petit déjeuner avec elle, c'était évident. Il l'avait décidé *avant* de lui poser toutes ces questions au sujet du comte. Tenter de le convaincre avait été une perte d'énergie, vu qu'il avait déjà tout planifié... Il avait joué avec elle. Il avait attendu de voir ce qu'elle était prête à lui concéder, ce qu'elle était prête à lâcher pour obtenir ce qu'elle voulait — ce qu'il lui avait déjà accordé de toute façon.

D'ailleurs, la présence de la couturière était bien la preuve qu'il avait fait son choix avant leur conversation. Il savait à quelle heure elle allait frapper à la porte ; il avait tout prévu, quelque part entre ses verres de brandy de la veille et le moment où il s'était habillé ce matin. Et le résultat était là : Gianna avait obtenu ce qu'elle voulait. Elle aurait dû être enchantée.

D'un geste un peu raide, elle tourna sur l'estrade et tendit les bras pour une nouvelle mesure. Elle avait réussi, mais sa victoire sonnait creux...

Nolan avait accepté de l'aider, mais cela ne l'avait pas empêché de partir, de la laisser seule entre des mains étrangères. Elle n'était en aucun cas sa priorité — son départ, cet après-midi, le lui montrait bien. L'aider n'était qu'un moyen d'arriver à ses fins — et quand il aurait atteint son but, il se détournerait d'elle sans la moindre hésitation.

A moins que... A moins qu'elle ne parvienne à le convaincre de la garder un peu plus longtemps. Cependant, pour cela, elle allait devoir trouver un moyen pour l'arracher à ses autres projets, quels qu'ils soient, et faire en sorte qu'il s'intéresse davantage à elle. Et cela n'allait pas être facile.

Le principal obstacle était elle-même. Elle ne voulait pas plus s'attacher à lui que lui à elle. Une fois qu'elle aurait obtenu ce dont elle avait besoin, elle emballerait ses nouveaux vêtements, ses perles et elle partirait commencer une nouvelle vie. Quant à lui, il retrouverait la sienne.

C'était ce qu'ils avaient décidé. Ce qu'*il* avait décidé.

Peut-être était-ce cela qui la dérangeait le plus, le fait qu'elle n'ait obtenu ce qu'elle voulait que parce qu'*il* avait choisi de le lui donner. En dépit de tous ses efforts pour garder le contrôle de la situation, ce n'était finalement pas à elle que le choix était revenu.

8

Nolan avait pris la décision d'aider Gianna à l'instant où il avait aperçu le petit filet de bave couler sur sa joue, le matin même. Ce fut en tout cas la meilleure explication qu'il trouva pendant qu'il traînait devant une tasse de café, sur une terrasse de la *piazza* San Marco. Il avait passé un long moment à réfléchir aux dernières quatorze heures et à son étonnante capitulation du matin. Jamais il n'aurait pensé que son séjour à Venise prendrait ce tournant-là...

Il était à présent presque 4 heures de l'après-midi et la *piazza* fourmillait de promeneurs tardifs qui profitaient des derniers rayons de soleil avant que la nuit hivernale ne tombe.

Depuis son arrivée à Venise, c'était devenu son moment préféré de la journée. Il avait pris l'habitude de venir s'installer sur la place, emmitouflé dans son manteau et son cache-nez, pour observer les gens qui passaient et essayer de deviner leurs histoires.

Quelques semaines plus tôt, il avait aidé un jeune homme à trouver les mots justes pour résoudre une querelle avec sa douce amie. Il était simple de trouver les paroles appropriées quand on maîtrisait un tant soit peu le langage ; hélas, pour la plupart des gens, ce n'était pas le cas.

En temps normal, Nolan ne venait pas seul. Il s'entourait de certains des nombreux amis qu'il s'était faits depuis son arrivée — des écrivains et des artistes, des gens comme lui, dont le métier était de comprendre les autres ; ou encore la comtesse autrichienne Louisa von Haas, qui passait l'hiver à Venise pour profiter du carnaval. C'était une femme élégante, mondaine, qui goûtait autant que lui les plaisirs physiques que l'on pouvait s'offrir dans une telle ville. D'ailleurs, il s'était lui-même rendu disponible plusieurs fois pour elle... Et il n'était certainement pas le seul homme en ville à lui avoir cédé.

Mais aujourd'hui il était assis là seul — ni artistes, ni écrivains, ni maîtresse temporaire — et cela lui convenait parfaitement. Aujourd'hui, il ne regardait pas vraiment les promeneurs, et restait plongé dans ses pensées.

Son bon sens lui murmurait que, s'il avait réellement voulu se débarrasser de Gianna, il aurait dû la rendre au comte immédiatement, la reconduire chez elle, en sécurité. *En sécurité...* Non, elle ne paraissait pas particulièrement *en sécurité* chez son beau-père, surtout s'il en croyait la réaction qu'elle avait eue quand il avait sorti son couteau dans la salle de bains. Là, il avait compris qu'elle craignait pour sa vie — bien avant qu'elle ne le lui confirme, devant le petit déjeuner. Confirmation dont il n'avait d'ailleurs pas vraiment eu besoin.

En fait, il avait soupçonné cela dès le départ. Un homme qui met sa fille — ou sa belle-fille, en l'occurrence — en gage n'a rien d'un protecteur...

Et c'était sans doute cela qui l'avait rendu si sensible à la détresse de Gianna. Lui non plus n'avait jamais connu la sécurité chez lui quand il était enfant. Une fois parti, de son plein gré, il n'avait eu aucune envie de revenir, lui non plus. Comment aurait-il pu imposer à cette femme de retourner vers un destin que lui-même avait choisi de fuir ?

Il savait ce que l'on ressentait, à être seul au monde et à ne pouvoir compter que sur soi-même. C'était effrayant... mais rentrer chez soi était encore plus terrifiant.

Au moins, c'était rassurant de savoir que sa décision de l'aider n'était pas complètement irrationnelle. Il avait simplement été influencé par son passé. De plus, quand il s'était aperçu qu'elle ne l'avait pas volé, il avait éprouvé un tel soulagement qu'il n'avait plus eu aucune envie de la chasser… et le filet de bave avait été le coup de grâce.

Il lui avait trouvé l'air si jeune, si vulnérable, dans son sommeil… Rien à voir avec une femme fatale que l'on craint parce qu'elle affronte le monde comme un soldat affronte l'ennemi. Non, à cet instant précis, il avait eu l'impression qu'elle n'était qu'une enfant qui avait besoin de voir sa chance tourner.

Il avait alors décidé de devenir son porte-bonheur, tant que cela ne l'obligeait pas à faire autre chose que l'héberger pendant quelques jours, lui acheter quelques vêtements et lui prêter un peu d'argent. Cela ne retarderait pas ses projets outre mesure et, avec ce qu'il avait gagné au jeu ces derniers jours, il avait un peu d'argent de côté. Venise, en saison de carnaval, avait été une étape très lucrative de son voyage.

Voilà, il allait aider Gianna, d'abord trouver quelqu'un pour l'habiller, puis lui donner de l'argent. Il avait décidé de faire cela pour elle et rien de plus, avant de la retrouver ce matin-là dans son petit salon…

Hélas, le scénario prévu s'était quelque peu transformé au fil de sa conversation avec elle.

Dès qu'ils avaient commencé leur petit déjeuner, tout avait changé. Gianna avait repoussé sa première proposition. Elle avait refusé son argent puis avait eu l'audace de négocier son offre. Entre son troisième et son quatrième toast, Nolan s'était laissé entraîner à s'éloigner de son plan initial et à finalement accepter de la seconder physiquement pour aller récupérer quelque chose que le comte avait en sa possession. En échange, elle lui avait promis de partir dès que cela serait fait.

Qu'est-ce qui lui tenait donc tant à cœur chez elle ? A quoi Nolan allait-il se retrouver mêlé ? Sans doute allait-il devoir envisager d'agir en catimini, et sans doute cela impliquerait-il une certaine dose de risque. Il allait devoir se tenir prêt — et, pour cela, il aurait deux arrêts à faire avant de rentrer à l'hôtel. Plus vite ils en auraient fini, mieux cela vaudrait.

En fin de journée, lorsque Nolan passa la porte de sa chambre, ses paquets sous le bras, il se figea sur le seuil, stupéfait. Etait-ce vraiment son salon ? L'espace d'un instant, il eut peur de s'être trompé de chambre.

Durant toutes les semaines qu'il avait passées ici, son petit appartement n'avait jamais ressemblé à cela. Des bougies brûlaient dans tous les recoins et les rideaux avaient été ouverts pour laisser pénétrer la lumière des lanternes suspendues au-dessus du canal. La longue table en bois ciré, qui avait encore peu servi, était recouverte d'une nappe blanche, et était dressée avec des couverts d'argent et des verres de cristal scintillant. C'était une table digne d'un prince...

Nolan, en tant que joueur itinérant qui n'avait que son argent et rien d'autre dans la vie, n'était pas habitué à ce genre d'accueil. S'il avait su ce qui l'attendait, il serait peut-être rentré plus tôt — ou bien il aurait été particulièrement soupçonneux.

Il s'en tint à cette dernière option. Après tout, la femme qui avait préparé tout cela était la même qui avait été assez audacieuse pour saisir son sexe à pleine main la veille puis l'avait *giflé* pour un baiser quelques instants plus tard ! Elle restait avec lui uniquement parce qu'il était sa seule chance d'échapper au comte — et c'était assez vexant, pour un homme qui se vantait de pouvoir séduire n'importe qui.

Soudain, un mouvement dans la pénombre lui fit tourner la tête. Gianna apparut dans une mise en scène minutieusement préparée : elle avait choisi de n'attirer son attention qu'après lui avoir laissé le temps d'admirer le salon. Et elle avait bien fait. Nolan n'aurait certainement même pas remarqué la table préparée pour le repas s'il avait vu Gianna en premier.

Dans la lumière des bougies, elle avait tout d'une reine, vêtue d'une splendide robe de soie gris perle, au corsage lacé et à l'ourlet bordé de velours noir. Ses cheveux sombres étaient rassemblés en un élégant chignon qui dévoilait la ligne de sa nuque. Quelques boucles retombaient librement sur ses épaules, comme une invitation aux caresses.

— Bienvenue chez vous, dit-elle en s'avançant de quelques pas.

Elle tenait à la main un verre ciselé dont les facettes scintillaient à la flamme des chandelles.

— C'est du champagne glacé, reprit-elle, tout sourire. Le dîner sera bientôt servi.

Sans lui laisser le temps de répondre, elle lui tendit le verre et le déchargea de ses paquets, qu'elle posa à l'écart. A présent, Nolan était plus que simplement soupçonneux : elle tenait trop bien son rôle d'hôtesse pour être honnête. Un homme moins prudent que lui se serait retrouvé pris au piège avant même d'avoir compris ce qui lui arrivait.

— Qu'est-ce que tout cela veut dire ? demanda-t-il en faisant de son mieux pour paraître détendu.

— C'est pour vous remercier… et m'excuser.

Elle l'aida à ôter son manteau avec douceur.

— Je n'aurais pas dû vous gifler, hier soir. Malgré cela, vous avez été bon avec moi, et je voulais vous montrer ma reconnaissance.

Elle plia le vêtement et le posa sur le divan avant de se retourner vers lui avec un sourire malicieux.

— Ne vous en faites pas, c'est vous qui payez tout cela, si cela peut vous mettre plus à l'aise. Je ne peux pas vous séduire avec votre propre argent, n'est-ce pas ?

— C'est donc ainsi que cela fonctionne ? Ça explique peut-être pourquoi mes autres maîtresses ont échoué, répondit froidement Nolan.

Il n'allait pas se laisser aveugler par ce mensonge éhonté. Pour le moment, les bougies, le champagne et la robe de Gianna réussissaient plutôt bien à éveiller ses sens et elle le savait. Tout ce qu'il pouvait faire était de rester sur ses gardes et de s'accrocher à sa raison, pour ne pas risquer de perdre pied et de plonger avec elle.

Quelques coups furent frappés à la porte. Gianna alla ouvrir, ce qui donna à Nolan le loisir de mieux admirer la robe qui épousait délicatement ses courbes. De toute évidence, *signora* Montefiori avait fait du bon travail.

Des *facchini* entrèrent : ils portaient des plateaux, et finirent de disposer le dîner avec efficacité. On retira les couvercles des plats, on resservit du champagne et on coupa quelques tranches de pain d'avance. Cela fait, Gianna renvoya les serviteurs et s'approcha de la table en invitant de la main Nolan à la rejoindre.

— Venez souper avec moi, dit-elle d'une voix rauque.

Elle aurait tout aussi bien pu lui murmurer : « Venez au lit avec moi. »

Elle ne le quittait pas des yeux et il sentit son corps s'enflammer. Croiser le regard d'une femme qui savait ce qu'elle voulait l'avait toujours excité... Et ce soir ne faisait pas exception.

Ce soir, Gianna ressemblait à Eve cueillant la pomme. Ce soir, c'était une tentatrice et elle l'invitait à croire au mirage qu'elle avait créé pour lui — l'élégant mirage d'un foyer accueillant, intime et sophistiqué. Elle était envoûtante, dans sa somptueuse robe grise, et avait su prendre le contrôle de la situation sans le moindre effort.

Cela suffit à faire naître de nouvelles images dans l'esprit de Nolan. Comment prendrait-elle le contrôle si elle était couchée dans son lit ? Saurait-elle s'occuper de son propre plaisir ? Saurait-elle s'occuper de celui de *son amant* ? C'était bien probable...

A l'intérieur de son pantalon, il sentit son sexe se dresser, puis se souvenir de la main chaude de Gianna posée sur lui, et son corps entier fut alors envahi par une vague de désir presque irrépressible.

Sans un mot, il la rejoignit à table et tira galamment une chaise pour lui permettre de s'asseoir. Heureusement pour lui, la pénombre qui régnait dans le salon dissimulait sa réaction. Il valait mieux qu'elle ne sache pas à quel point ses efforts avaient été efficaces.

— Tout cela semble délicieux.

Ce compliment n'était pas uniquement destiné au repas, bien que tous les plats aient été choisis parmi ses préférés — une *trota al burro*, des vermicelles, de la polenta arrangée en piles symétriques, et au milieu, un plat de risotto au poisson encore fumant.

Bien sûr, les cuisiniers de l'hôtel connaissaient ses préférences ; tout ce qu'elle avait eu à faire était de demander ce que le *signor*

Gray aimait manger. De plus, il était connu sur tous les marchés de Venise pour adorer les produits de la mer.

Il n'était pas touché par les ressources de Gianna mais par ses attentions. Elle avait pris la peine de *demander.* Si jamais elle devinait à quel point ce geste le touchait, il serait alors particulièrement vulnérable sous son bouclier de cynisme. Oh oui, il fallait à tout prix qu'il mette fin à leur relation le plus vite possible s'il voulait en sortir indemne. Les hommes trop bien nourris et trop excités ne réfléchissaient pas posément. En ce moment, il était sur le point de sombrer dans la déraison et c'était particulièrement dangereux, étant donné qu'il avait fait le choix de vivre au jour le jour. Il avait besoin de toutes ses facultés.

— Encore un peu de champagne ? proposa Gianna, en versant, sans attendre sa réponse, le fond de la bouteille dans son verre avant d'en ouvrir une nouvelle. On dirait que vous êtes tombé amoureux de nos poissons, monsieur Gray. Notre lagon est le paradis des pêcheurs... Mais, vous savez, le risotto n'est pas exactement un plat de luxe.

— C'est peut-être pour cela que j'en raffole, répondit Nolan en s'affalant sur son siège pour mieux digérer, ou peut-être que j'aime prendre des risques. Je suis joueur de métier, Gianna, j'ai le risque dans la peau... Un jour, quand j'étais à Burano, j'ai vu quelqu'un faire un risotto comme celui-ci. J'ai vu le chef découper avec soin le poisson pour ne pas gâcher le bouillon et j'ai vu le risotto crépiter en s'aérant. La perfection est si difficile à atteindre, n'est-ce pas...

Il la regarda, et la vit saisir peu à peu le double sens de cette dernière phrase. Sa main se crispa légèrement sur son verre. En avait-elle seulement conscience ? A chaque fois qu'elle se sentait prise au piège, son corps se crispait pendant qu'elle cherchait une porte de sortie. C'était son tic. Tout le monde en avait — certaines personnes savaient simplement les dissimuler mieux que d'autres.

N'ayant aucune pitié pour sa nervosité, il continua d'une voix basse et caressante :

— Un faux mouvement, un faux pas, et le plat est un véritable désastre...

Gianna se mit à jouer du bout des doigts avec le rang de perles posé au creux de son cou et Nolan dut se retenir pour ne pas le caresser à son tour. Avait-elle fait ce geste sciemment, pour le distraire, pour l'empêcher de trop réfléchir ? Il imagina la douceur veloutée des perles sous ses propres doigts ; la douceur des perles réchauffées par la peau de Gianna. De là, il pourrait facilement descendre le long de sa gorge jusqu'à la naissance de sa poitrine. Hélas, aussi agréables que fussent ces pensées, il fallait à tout prix qu'il les chasse avant de se retrouver à la merci de cette femme.

— Est-ce là ce que nous espérons atteindre, ce soir, Gianna ? La perfection ? Si c'est le cas, permettez-moi dc vous demander pourquoi.

Tout s'était très bien passé jusque-là... Gianna avait su dès le départ que, pour obtenir la confiance de Nolan, elle allait devoir le flatter, prendre soin de lui ; loin d'elle l'idée que cette soirée pourrait poser ce genre de problème ! Tout ce qu'elle avait préparé — ce dîner, la robe, ses regards aguicheurs — avait eu pour but de le charmer, pas d'éveiller ses soupçons. Tout cela était censé éviter qu'il doute d'elle, justement, et voilà que tous ses efforts avaient provoqué l'inverse !

Pourtant, elle n'avait rien laissé au hasard : ni la nourriture, ni la température du champagne, ni son apparition bien calculée dans l'élégante robe grise et les sous-vêtements de soie que *signora* Montefiori lui avait laissés — restes invendus d'un trousseau de mariage dont on n'avait pas voulu. Et ce n'était pas encore assez...

Nolan s'appuya sur la table, ses yeux sombres et graves fixés sur les siens. Son esprit si vif avait toujours un temps d'avance sur elle.

— Pourquoi avez-vous fait tout cela, Gianna ? Est-ce à cause du comte ? Si c'est le cas, vous vous êtes fatiguée pour rien : je vous ai déjà promis de vous aider.

Il s'interrompit un instant, puis reprit :

— A moins qu'il y ait autre chose, quelque chose dont vous ne m'avez pas encore parlé. Est-ce au sujet de ce que nous allons essayer de récupérer chez vous ?

Gianna n'avait plus d'autre choix que d'avouer la vérité, cette fois. Toute la vérité. Elle ne pourrait se contenter d'éluder cette question-là avec une jolie robe, une coupe de champagne ou des jupons de soie.

— Reprendre ce dont j'ai besoin risque d'être une tâche délicate. Une tâche qui demandera une certaine dose de discrétion, commença-t-elle, hésitante.

Nolan la dévisageait toujours, d'un air intrigué. Au moins, il ne l'avait pas encore jetée dehors, c'était déjà ça.

— Dois-je comprendre que par « récupérer discrètement » vous voulez dire « voler » ?

Il acheva son champagne tout en attendant sa réponse, comme s'il avait l'habitude de mener ce genre de discussions à table.

— Non, répliqua-t-elle fermement. Ce que je veux est à moi, légalement.

Pour être honnête, cela n'allait être pleinement légal que quatre semaines plus tard ; mais son héritage lui avait été arraché, et cela justifiait le geste qu'elle préméditait, quel que fût son âge.

— Mais je sais que le comte ne voudra pas s'en séparer.

Les réticences de son beau-père étaient cependant motivées par des raisons bien différentes des siennes. S'il convoitait cet objet, ce n'était que pour son luxe apparent et l'argent qu'il pourrait lui rapporter. Mais Gianna, elle, y était attachée pour ce que l'objet contenait, ce qu'il protégeait. Heureusement, le comte n'avait pas encore percé ce secret, sans cela, il ne lui aurait pas demandé sa main. Il n'aurait eu aucune raison de le faire.

— Donc, j'en déduis que nous ne pourrons pas simplement *demander* cette chose, reprit Nolan en s'adossant à sa chaise pour croiser les jambes. Nous devrons la *prendre* ? Pensez-vous que la simple vue de mon couteau suffise à persuader votre beau-père ?

Gianna n'osa pas répondre. Il savait très bien que cela ne suffirait pas. Nolan et elle n'étaient que deux ; ils ne pouvaient pas mener seuls le siège d'un *palazzo* en plein jour, en entrant par la porte. Les valets du comte, des brutes robustes et bien entraînées, les chasseraient en quelques instants — ou, du moins, chasseraient Nolan… Quant à elle, ils la retiendraient certainement de force.

La simple idée de se retrouver à nouveau prise au piège dans cette maison la fit frissonner.

— Il est essentiel que le comte n'apprenne jamais que l'objet est en notre possession.

Plus longtemps ils parviendraient à garder le secret sur leur « récupération », mieux cela vaudrait. Gianna pourrait peut-être s'en servir comme moyen de pression, plus tard. Mais, si elle ne mettait pas la main dessus, elle n'aurait alors rien à marchander.

— Vous me demandez de cambrioler la maison du comte ?

Nolan paraissait de plus en plus incrédule. La négociation s'annonçait difficile.

— Je ne vous demande pas de le faire seul, répondit-elle vivement. Je viendrai avec vous.

Même si elle cherchait à le rassurer, cela ne changeait rien à la réalité des faits : elle lui demandait bel et bien de s'introduire illégalement dans le *palazzo*.

— J'ai un plan…

Comme si cela rendait les choses plus faciles ! Décidée à aller jusqu'au bout, elle se leva.

— Nous devons y aller ce soir, pendant que le comte est sorti. Ses domestiques se retirent quand il n'est pas là.

Nolan lui attrapa violemment le bras et l'arrêta en plein mouvement.

— Non, dit-il d'une voix glaciale, les dents serrées.

Pour la première fois depuis le début de la soirée, Gianna commença à paniquer. Il ne pouvait pas refuser ! C'était impensable ! A aucun moment elle n'avait envisagé qu'il puisse dire non... Elle avait été si sûre d'elle.

Tout reposait maintenant sur ses possibilités d'aller chez elle sans se faire prendre. Si elle n'y parvenait pas, elle perdrait Giovanni pour toujours.

9

— Nous devons y aller ! Vous avez promis de m'aider, et j'ai besoin de vous *ce soir.*

Gianna fit de son mieux pour rester calme. Si elle paniquait, si elle lui laissait entrevoir ses craintes, il se douterait qu'elle ne lui avait pas tout dit.

Mais Nolan ne céda pas.

— N'ai-je pas aussi dit que la perfection d'un risotto de poisson ne tenait qu'à un fil ? On ne peut pas cambrioler une maison sans s'y être préparé — même si je dois admettre que vous boudez d'une manière tout à fait charmante.

Le persuaderait-elle mieux si elle *se fâchait* de manière charmante ?

— Qu'avons-nous de si long à préparer ? Je connais la maison, je sais à quelle heure les domestiques vont et viennent. Et je sais où se trouve l'objet. Je *suis* votre plan et je peux vous garantir que je n'ai aucune envie d'être surprise dans la maison.

Personne n'aurait plus de raisons qu'elle d'être prudente...

Mais Nolan l'entraîna vers les paquets qu'il avait rapportés de sa promenade et lui lâcha enfin la main.

— J'ai une meilleure idée, croyez-moi. Nous pourrons y aller demain soir. Ouvrez cela.

Les paquets étaient souples. Intriguée, Gianna dénoua les ficelles du premier, et déplia le papier brun. A l'intérieur se trouvait une riche robe damassée bordée de velours, à la mode médiévale. En dessous, elle découvrit une cape assortie bordée de fourrure et un second emballage, renfermant lui quelque chose de solide. C'était un masque rouge et blanc orné de sequins, minutieusement peint. Surprise, elle le retourna plusieurs fois dans ses mains.

— Cette tenue est faite pour un bal masqué, pas pour un cambriolage, remarqua-t-elle, dubitative.

Le deuxième paquet contenait certainement un costume masculin similaire.

Nolan lui répondit par un grand sourire satisfait et tira un épais carton de la poche de son manteau.

— Si j'en crois ceci, le bal masqué annuel du comte Minotti aura lieu demain soir, dit-il en lui tendant l'invitation.

— Est-ce que vous êtes fou ? Il y aura des gens partout dans le *palazzo* ! s'écria-t-elle.

Avait-il l'intention de subtiliser l'objet pendant le bal masqué ? C'était de la folie pure !

— Plus on est de fous, plus on rit. Personne ne nous reconnaîtra, dans la foule. Nous allons nous rendre à cette soirée, nous danserons, nous boirons un peu de vin, nous profiterons de l'hospitalité du comte, nous récupérerons cet objet et nous repartirons. Nous n'aurons même pas besoin de nous cacher...

Exposé de cette manière, ce plan paraissait plausible, sûr, même. Il y avait cependant un problème : pouvaient-ils prendre le risque d'attendre jusqu'au lendemain soir ? Le comte n'allait-il pas exiger son retour avant cela ?

S'il envoyait quelqu'un pour la chercher, est-ce que Nolan respecterait sa promesse ? Est-ce qu'il refuserait de la renvoyer ? Pire encore, combien de temps faudrait-il à son beau-père pour atteindre Giovanni et le maintenir prisonnier jusqu'à ce qu'elle rentre ? Jusqu'à ce qu'elle avoue tous ses secrets ?

Elle savait depuis longtemps qu'elle devrait en arriver là un jour ou l'autre pour sauver Giovanni, mais supporterait-elle un tel sacrifice ?

Elle évalua rapidement les chances qu'elle avait de s'en sortir. Combien de temps le message du comte mettrait-il à arriver jusqu'à l'hôtel ? Et d'abord, quand l'enverrait-il ? Sans doute pas avant le lendemain, et pas avant d'être certain qu'elle ne rentrerait pas d'elle-même. Peut-être pouvait-elle se permettre de repousser l'opération de vingt-quatre heures, surtout si cette attente l'amenait à récupérer ce qu'elle désirait tant dans des conditions plus sûres — l'avantage du plan de Nolan étant qu'elle n'aurait pas besoin de cambrioler la maison pour accéder à l'objet.

De toute évidence, Nolan n'eut pas besoin d'écouter sa réponse pour comprendre qu'elle acceptait son stratagème.

— Bon, je crois que nous sommes d'accord, dit-il avec un sourire. Je vous remercie pour ce délicieux repas et je vous prie de m'excuser : il faut que je me change et que je parte.

— Vous sortez ? demanda Gianna, abasourdie, en le suivant jusqu'à la chambre.

Les choses ne se passaient pas comme elle l'entendait, mais pourquoi cela la surprenait-il ? Rien ne s'était déroulé comme prévu, ce soir.

Nolan enleva sa veste et sa cravate, déboutonna rapidement son gilet et commença à tirer les pans de sa chemise hors de son pantalon.

— Je dois jouer aux cartes, ce soir, expliqua-t-il finalement, et je ne peux pas me permettre d'arriver en retard. Voulez-vous bien me passer ma veste du soir ?

— Non, je ne peux pas vous passer votre veste, répliqua-t-elle sèchement.

Cette soirée ne se déroulait absolument pas comme elle l'avait imaginé ! A l'heure qu'il était, dans son scénario, ils étaient censés se trouver dans une gondole, en route pour le *palazzo* du comte. Mais, puisqu'ils n'allaient pas cambrioler la maison, elle ne savait plus quoi faire de sa nuit. Ne fallait-il pas qu'ils préparent un peu leur apparition au bal masqué, ou qu'ils examinent ensemble le plan de la demeure ? En tout cas, elle s'était attendue à passer la soirée avec lui, et pas toute seule dans cette chambre.

— J'ai été enfermée dans cette pièce toute la journée ! reprit-elle, abandonnant tout espoir de contenir sa colère. On m'a piquée avec des épingles, on m'a drapée de toutes sortes d'étoffes, on parlait autour de moi sans me prêter attention, comme si je n'étais rien d'autre qu'une poupée. Malgré tout, je vous ai fait préparer un excellent souper et, maintenant que vous avez mangé, tout ce que vous trouvez à dire, c'est : « Je sors » ?

Nolan jeta sa chemise froissée sur le lit, sans paraître dérangé par le regard de Gianna sur sa peau nue. Cela fait, il se tourna vers elle, les poings posés sur les hanches, son torse musclé exposé fièrement dans la lueur des bougies.

— Oui, je sors, répondit-il froidement. Je me suis engagé à participer à cette partie de cartes, ce soir, et je n'ai pas l'intention de déroger à cette obligation ; de plus, il faut que je tente à nouveau ma chance, surtout si votre penchant pour la dépense ne s'apaise pas dans les jours à venir. Je dois dire, ma chère, que vous êtes une acquisition bien onéreuse... Depuis hier, vous m'avez coûté une garde-robe complète, un repas aux chandelles dans des assiettes en argent, deux bouteilles de champagne français, et vous essayez de me faire entrer illégalement dans la demeure d'un noble, par-dessus le marché !

Tout en parlant, il attrapa une chemise propre et l'enfila.

— Bon, je vais changer de pantalon. Vous êtes la bienvenue si vous voulez regarder...

Gianna lutta contre une soudaine envie de frapper du pied comme une enfant contrariée. L'arrogance de cet homme était insoutenable !

Il savait qu'il était séduisant, avec ou *sans* vêtements, et il cherchait à la provoquer. Encore une fois.

Cependant, elle ne se laisserait pas intimider. Pas ce soir.

— Je ne suis pas à ce point désespérée, vous savez, et je peux tout à fait me trouver un divertissement adapté. Peut-être même que je vais sortir, moi aussi. On donne un concert à San Giorgio et j'avais justement projeté d'y assister.

Ce qui était vrai : un quartet talentueux devait y jouer du Vivaldi le soir même. Bien décidée à ne pas laisser Nolan gagner, elle se dirigea vers le meuble dans lequel elle avait rangé une partie des tenues que *signora* Montefiori avait pu lui laisser avant de repartir. Il y avait, entre autres, une splendide cape à col de fourrure qu'elle voulait à tout prix essayer.

Soudain, elle sentit la main de Nolan se poser sur son épaule et il referma l'armoire d'un geste autoritaire.

— Ne soyez pas stupide, Gianna, murmura-t-il à son oreille. Vous ne pouvez pas sortir, surtout si le comte est aussi dangereux que vous le dites.

— Lâchez cette porte, Nolan. Tout cela est ridicule ! Personne ne me reconnaîtra : il fait sombre et il y a des promeneurs partout. On ne me remarquera même pas dans la foule.

Elle lui lança un petit sourire triomphant par-dessus son épaule, en faisant de son mieux pour ignorer que ce corps à demi nu se tenait bien trop près d'elle.

— Plus on est de fous, plus on rit, n'est-ce pas ce que vous m'avez dit ? Expliquez-moi pourquoi nous pourrions nous cacher parmi les gens durant le bal masqué, demain, et pourquoi ce serait impossible pour moi ce soir ?

Voilà : pris à son propre piège, songea-t-elle, satisfaite de sa petite ruse.

— Peut-être parce qu'il n'y aura pas de « nous », ce soir. Vous ne pouvez pas vous promener *seule* en pleine nuit.

Il avait marqué un point. Gianna commençait déjà à regretter sa décision impulsive. Personne ne la démasquerait, sans doute, mais cela voulait aussi dire que personne ne lui prêterait attention si quoi que ce soit lui arrivait. Le carnaval était une période de fête, de liberté ; mais c'était aussi une période inquiétante si l'on ne se montrait pas prudent. Elle ne serait pas la première femme à disparaître pendant le carnaval et à ne jamais être retrouvée.

— Dans ce cas, venez avec moi ! lança-t-elle d'un air de défi.

C'était bien la dernière chose que Nolan voulait. Plus il passait de temps avec Gianna, plus il se sentait menacé de perdre la raison. Déjà, il n'avait plus le moindre contrôle sur ses émotions en sa présence.

Il avait besoin de prendre ses distances — et sortir pour jouer aux cartes lui permettait de s'offrir ces quelques instants de liberté. Le simple fait de se trouver aussi près d'elle, de sentir le parfum délicat et fleuri de sa peau — du romarin, de la sauge avec une note de lavande — suffisait à le troubler et à le rendre méfiant. Après le souper qu'ils avaient partagé, pendant lequel il avait eu le temps d'admirer son beau visage, l'avait vue caresser le rang de perles passé à son cou, s'en aller était sans doute la solution la plus sage. S'il restait plus longtemps avec elle, ses chances de lui résister s'amenuiseraient...

Bien sûr, il avait l'habitude d'ignorer la voix de la raison : il était aventurier de nature et de par ses activités. Pour un joueur, la prudence était le pire des défauts. A l'instant où un homme tel que lui devenait prudent, il commençait à perdre. Mais Nolan avait toujours su maîtriser les risques qu'il prenait — du moins, jusqu'à présent.

Durant le Palio, à Sienne, il s'était un peu relâché mais c'était pour la bonne cause. Ce soir, les choses étaient différentes et il vaudrait mieux pour lui qu'il ne l'oublie pas. Peu à peu, une idée commençait à naître en lui et il finit par lâcher la porte de l'armoire.

— Très bien, allons ensemble à votre concert.

Il recula d'un pas, abandonnant à regret son parfum, sa chaleur, pour la regarder se préparer. Gianna faisait de son mieux pour le séduire et le charmer, mais pas parce qu'elle-même le désirait... Il ne comptait donc pas coucher avec elle, pas sous de tels auspices, bien qu'elle soit parfaitement irrésistible. Tant qu'elle se servirait de ses atouts comme d'une arme contre lui, Nolan allait devoir être vigilant pour deux — même si son corps lui criait de céder.

Avant de songer à laisser ses propres sens dominer son esprit, il devait faire comprendre à Gianna la puissance de l'arme qu'elle employait. Comment réagirait-elle s'il prenait vraiment ses avances au mot ? Peut-être que cela lui donnerait une leçon. Après tout, plus vite elle apprendrait à faire attention à elle, mieux cela vaudrait.

Malgré tout, Nolan était suffisamment honnête avec lui-même

pour admettre que, durant les dernières vingt-quatre heures, Gianna avait su le faire plier en jouant avec ses émotions non pas une fois, mais trois. Il l'aidait parce qu'il compatissait à son histoire et non pour suivre une quelconque logique. La compassion n'avait rien de logique, de toute manière ! Au moins, tant qu'il garderait cela en tête, il aurait une chance de sortir indemne de cet imbroglio...

Ce soir, il lui prouverait qu'elle n'était pas autant en sécurité qu'elle le croyait avec lui et, si sa démarche avait le succès qu'il escomptait, cela lui apporterait toute la liberté dont il avait besoin pour garder ses distances. Une soirée passée avec elle, ce n'était pas cher payé après tout, si cela lui offrait un peu plus de tranquillité le lendemain. D'ailleurs, si son plan fonctionnait comme prévu, il n'aurait plus besoin de la voir avant le bal masqué — et si cela fonctionnait au *palazzo*, elle serait partie dès le matin suivant, après avoir récupéré son objet. Elle sortirait de sa vie comme elle y était entrée ; juste une aventure passagère comme tant d'autres.

Il fallait seulement que Nolan parvienne à survivre aux prochaines quarante-huit heures. De toute manière, il était doué pour la survie. Cela faisait des années qu'il pratiquait ce talent.

Une fois redescendu dans le hall, Nolan réserva une gondole pour remonter le canal jusqu'à San Giorgio Maggiore, puis entraîna discrètement Gianna dehors, dans la pénombre. Moins on la verrait, moins ils courraient de risques à assister à ce concert.

La cape qu'elle avait choisie avait une large capuche, mais Nolan lui conseilla de ne pas la mettre. Cacher son visage eût été comme crier sur les toits que l'on voulait passer inaperçu : une mesure aussi dangereuse qu'inefficace. Le mystère attirait toujours l'attention...

— Montez à bord et asseyez-vous, dit-il en l'aidant à descendre sur le quai, avant d'ajouter malicieusement : Mais, attention, ne bougez pas trop, je n'ai pas vraiment envie de nager, ce soir.

Il donna ses ordres au gondolier et se glissa sous le *felze* pour s'asseoir à côté d'elle tandis que l'embarcation s'éloignait lentement du quai.

— Merci, murmura-t-elle en lui serrant doucement la main de ses doigts gantés.

Nolan sentit que c'était là un geste simple et spontané, un geste qui n'était en rien charmeur et calculé.

Il ne put réprimer un petit rire.

— Oh, non ! Vous me remerciez encore, cela ne peut avoir qu'une signification : vous avez quelque chose à me demander.

— Pas du tout ! protesta-t-elle d'un air un peu offensé, mais surtout sur la défensive.

— Bien sûr que si.

Pour une raison qui lui échappait, Nolan fut amusé par cette petite dispute. Il prit la main de Gianna et développa :

— La première fois que vous m'avez remercié, vous vouliez savoir pourquoi j'étais gentil avec vous. La seconde fois, c'était pour mieux me demander de cambrioler la maison de votre père. Pardonnez-moi donc d'être un peu soupçonneux.

— Pas mon père, corrigea-t-elle sèchement, mon beau-père. Je ne sais pas qui est mon véritable père, mais ce comte ne lui ressemble en rien, c'est certain !

Il était clair que c'était un sujet sensible, mais Nolan avait besoin d'en savoir plus, *voulait* en savoir plus au sujet de ce mystérieux comte. S'il devait s'introduire chez cet homme pour le voler, autant étudier sa personnalité... Et, bien sûr, cela permettrait à Nolan de mieux connaître Gianna.

S'il voulait percer son mystère, il devait découvrir son passé. Qui était vraiment Gianna Minotti ? Durant tout leur trajet sur le canal, cette question ne cessa de le hanter.

Dans l'espoir de l'apaiser, il caressa doucement sa main du pouce, à travers le cuir fin des gants.

— Et votre mère ? Où est-elle, en ce moment ?

Sa voix douce, ses caresses apaisantes, l'intimité de la gondole, tout cela formait une atmosphère rassurante et invitait à la confidence — et Nolan avait bien l'intention d'en profiter.

Gianna baissa les yeux sur leurs mains entrelacées et soupira.

— Ma mère est morte il y a cinq ans, avoua-t-elle à mi-voix.

Ainsi, elle n'avait eu que le comte pour la guider sur le chemin de sa vie de femme ? Quel âge pouvait-elle bien avoir, à la mort de sa mère ? Pas plus de seize ou dix-sept ans, sans doute. Elle devait alors être sur le point de faire ses débuts en société.

De quelle manière le comte avait-il bien pu l'aider, en cette période si critique ? Avait-il fait le moindre effort pour elle ? Nolan n'avait pas de sœur, mais il avait des cousines et il les avait vues se préparer pour leurs débuts. Une mère était essentielle à une jeune femme. Après tout, que pouvait bien savoir un père des robes, des bals et de l'art de naviguer en société ? Que pouvait bien savoir un père de la vie de sa fille ?

Les garçons, eux, se jetaient à corps perdu dans la vie et n'avaient rien à perdre : leur insouciance, leur inconscience, même leurs erreurs étaient tolérées par tous. Mais les filles, elles, n'avaient pas cet avantage. Le moindre faux pas leur était fatal… comme lorsque l'on préparait un risotto.

— Est-ce que vous avez une tante ?

Avant même qu'elle ne réponde, il sut que ce n'était pas le cas : elle ne serait pas restée auprès du comte si elle avait eu le choix. Cependant, rien ne l'avait préparé à la véhémence dont Gianna fit preuve :

— Ma mère n'avait pas d'amis — en tout cas, elle ne fréquentait pas de femmes. Elle était l'une des plus célèbres courtisanes de Venise et a réussi à épouser un noble avant de trop vieillir. Donc, non, je n'ai ni tantes, ni ce genre de grande famille que l'on aime tant en Italie. Le comte, lui, a de nombreux parents bien sûr ; mais, même si ceux-ci condescendaient à me remarquer, ils ne pourraient pas m'aider.

— Donc, vous êtes seule ?

Nolan se mit à dessiner de petits cercles sur le dos de sa main et la sentit se détendre un peu. Ces aveux soulevaient tant de questions. Elle avait grandi seule, sous la férule d'un tuteur qui n'avait aucune raison — ni envie — de prendre soin d'elle et de la protéger. Il était surprenant que cette situation n'ait pas provoqué de scandales ou d'abus de pouvoir…

Malgré tout, cela ne durerait pas toujours. A un certain moment, Gianna atteindrait sa majorité.

— Vous allez bien finir par être libérée du comte, n'est-ce pas ? Est-ce pour cela qu'il a fait un tel pari, l'autre soir ?

— Il ne pensait pas perdre cette dernière main. Il voulait simplement me faire peur pour me contraindre au mariage, dit-elle d'une voix étonnamment maîtrisée.

— Et qui espère-t-il vous faire épouser ?

Un soupçon commença à naître en Nolan. Lorsque Gianna serait majeure, le comte n'aurait plus aucune autorité sur elle. Pour la plupart des hommes, cela aurait été une bénédiction : le retrait d'un lourd fardeau. Nolan aurait cru que le comte serait enchanté de se libérer de sa belle-fille, de n'avoir plus d'obligations envers elle. Mais peut-être Minotti voulait-il, au contraire, la garder sous son pouvoir...

— Eh bien, de préférence, il voudrait que je l'épouse, lui, dit Gianna d'une voix détachée. Vous comprenez à présent pourquoi je ne peux pas retourner chez lui ? Si je rentrais, maintenant, je ne pourrais plus jamais m'échapper.

C'était logique. Elle possédait quelque chose que le comte convoitait également ; et aucun homme d'Europe n'ignorait que, de par la loi, le meilleur moyen de contrôler une femme et ses biens était de l'assujettir par le mariage.

— Quel est l'objet que vous voulez à tout prix récupérer demain soir ?

Cela devait être un objet de grande valeur pour qu'elle prenne le risque de retourner chez elle pour l'emporter. Il l'avait surprise en train de frissonner, en en parlant... Maintenant, il saisissait beaucoup mieux ce que cette expédition signifiait pour elle. Ce mystérieux objet était certainement ce que Minotti comptait obtenir légalement en l'épousant.

— Il s'agit de la boîte à bijoux de ma mère, dit-elle simplement.

Trop simplement. Nolan arrêta de lui caresser la main. Il ne parvenait pas à la croire. Elle lui en avait plus raconté pendant cette promenade en gondole que durant toute la journée ; mais, alors que cette atmosphère intime invitait aux confidences, il ne pouvait s'empêcher de douter de ce dernier aveu. Sans doute cherchait-elle vraiment à récupérer la boîte à bijoux de sa mère, mais ce n'était pas toute la vérité... Elle lui cachait encore quelque chose.

La gondole percuta doucement le quai de San Giorgio Maggiore et Nolan aida Gianna à mettre pied à terre avant de la conduire dans l'église en plaçant sa main au bas de son dos. Il y avait peu de monde, à ce concert. De plus importantes festivités avaient lieu en ville et seules quelques chaises pliantes avaient été installées dans la nef. Ils trouvèrent deux sièges à l'extrémité de l'une des allées latérales, loin des lumières principales. La pénombre serait bien pratique pour la petite leçon que Nolan comptait donner à Gianna.

Il avait appris beaucoup de choses sur cette femme, ce soir ; mais parviendrait-il à la convaincre qu'elle avait besoin de garder ses distances vis-à-vis de lui ? Rien n'était moins sûr. Au contraire, elle semblait s'accrocher plus encore à lui. Lui-même, depuis le temps qu'il les fréquentait, s'était habitué à la beauté des femmes. Il savait qu'il ne s'agissait que d'une caractéristique superficielle et que l'on pouvait y résister si le besoin s'en faisait sentir. Mais si le charme physique était associé à une intelligence vive, une capacité à défendre ses secrets, un fort caractère... Cela, c'était irrésistible.

De plus, le corps de Nolan ne l'aidait pas vraiment : il lui rappelait sans cesse la chaleur de ses mains sur lui — en occultant les raisons qui avaient poussé Gianna à agir de la sorte. Car elle n'avait fait cela que pour le distraire.

Elle avait d'ailleurs pris un gros risque en le provoquant ainsi — un acte désespéré. Et cela avait été plus ou moins efficace : certes, Nolan avait empêché sa protégée d'aller trop loin, mais le geste de Gianna avait quand même réussi à interrompre leur conversation.

Les musiciens s'étaient installés sur la petite estrade de la nef et accordaient une dernière fois leurs instruments. Le public se tut, attendant les premières notes avec impatience. Un profond silence envahit l'église, puis la musique s'éleva sous la voûte. Un violon solitaire entama sa lente complainte annonçant l'*Adagio en ré* de Vivaldi.

C'était pour cela que Nolan n'aimait pas assister à des concerts. La musique était une chose bien trop belle, un dialogue avec l'âme… Cela faisait naître des émotions trop violentes en lui et le rendait vulnérable. Mais, de toute évidence, Gianna ne partageait pas ses réticences. Le fait d'écouter ces sons harmonieux semblait au contraire l'éveiller à la vie. Dans la lumière dansante des torches, elle paraissait envoûtée et ses yeux scintillants s'abandonnaient entièrement à la mélodie. Elle était ailleurs à ce moment-là, très loin de lui, souriant vaguement en reconnaissant un passage familier.

Au bout de quelques instants, elle se tourna vers lui et il ne put s'empêcher de sourire à son tour. Cette réaction était sa victoire. L'espace d'un instant, il avait volé cette émotion positive à la musique. Gianna prit une profonde inspiration, l'air reconnaissant, mais il l'arrêta avant qu'elle ne puisse le remercier une fois de plus.

— Non, murmura-t-il avec douceur. Ne dites rien. Si vous me remerciez encore, je vais forcément imaginer que vous avez autre chose à me demander.

Que pouvait-elle encore souhaiter de sa part ? Alors qu'il ignorait ce qu'elle avait en tête, il savait pertinemment ce que *lui* voulait. Il voulait faire l'amour avec elle et lui montrer que le sexe n'était pas qu'une arme. Mais ce n'était pas encore le moment.

Tout d'abord, il fallait à tout prix qu'il lui montre à quel point il était dangereux de jouer avec cela, surtout pour une femme encore novice en la matière. Le comte avait-il dit la vérité en la prétendant vierge ? Si c'était le cas, il fallait d'autant plus que Nolan la protège de lui et d'elle-même.

A cette idée, il faillit éclater de rire. La situation présentait une certaine ironie. A Londres, il avait été l'un des plus redoutables séducteurs, capable de charmer… n'importe qui. Et voilà qu'il était devenu le protecteur d'une jeune vierge !

L'adagio s'acheva et le quartet se lança dans un tourbillon

hypnotique avec son principal morceau : *Les Quatre Saisons*. Quarante-trois minutes d'évocations subtiles.

Nolan n'essaya plus de lutter ; il laissa son imagination le guider. Il aurait voulu détacher les cheveux de Gianna au rythme des langoureuses mélodies de l'été, regarder les mèches noires se dérouler suivant les accords indolents et sensuels du violon.

Peu à peu, le quartet s'éveilla aux mouvements de l'automne et il voulut faire danser Gianna, l'entraîner jusqu'au mur de l'église, puis déposer de tendres baisers sur sa gorge, sa poitrine, avant de s'agenouiller devant elle pour effleurer son ventre de ses lèvres dans une célébration de la passion et de la vie. Enfin, il se vit la prendre fougueusement là, dans un rêve fou, tout en écoutant les accords glacials de l'hiver, laissant leur fièvre les emporter avec la violence d'une avalanche.

Le cœur battant, il lui jeta un rapide coup d'œil. Avait-elle la moindre idée des pensées qui le traversaient tandis qu'elle restait calmement assise à ses côtés ?

C'était justement pour cela qu'il représentait un danger pour elle. C'était pour cela qu'elle aurait dû le laisser aller jouer aux cartes, ce soir, au lieu d'insister pour qu'il l'accompagne. Elle croyait l'avoir manipulé, avoir su le contrôler ; mais il n'était qu'un loup sauvage, capable de la dévorer à la première opportunité.

10

Le concert s'acheva sur une note mourante, qui fut suivie par les applaudissements du modeste public.

— Est-ce que vous avez apprécié ?

Gianna voulut attraper sa cape, posée sur le dossier de sa chaise, mais, ignorant sa question, Nolan fut plus rapide qu'elle. Il la lui tendit, laissant ses mains s'attarder sur ses épaules de manière explicite. Il ne s'agissait pas d'une caresse subtile, assez furtive pour qu'on la croie accidentelle. Non, c'était une invitation sensuelle, qui fit battre son cœur.

Cet homme n'avait pas besoin de « l'inviter » ; il aurait tout simplement pu lui annoncer ses intentions. Après tout, elle lui appartenait — physiquement parlant — et elle n'avait pas oublié sa situation dangereuse. Cependant, jusqu'à présent, il lui avait laissé le choix.

Sa voix grave, à son oreille, la fit frissonner :

— Oui, j'ai apprécié, mais j'ai encore plus aimé *vous* regarder…

Cela, elle le savait déjà. Elle avait senti son regard, brûlant et intense, posé sur elle pendant tout le concert, mais elle n'en avait pas eu peur. Bien au contraire. Ce regard avait éveillé une flamme au creux de ses reins et sa respiration s'était peu à peu accélérée au fil de la musique. Avait-elle réellement réussi à attirer l'attention d'un homme tel que Nolan Gray ? Un homme aussi puissant, aussi beau et expérimenté dans l'art de la séduction ?

Non… Elle ne devait pas laisser son excitation la contrôler. Que dirait-on d'elle si on savait ? Ces émotions-là faisaient-elles d'elle une catin ? Sa mère lui aurait-elle transmis son sang de courtisane, avec le reste ?

Peut-être que personne ne pouvait échapper à certains penchants héréditaires, finalement. Le stratège qui était en elle lui suggéra une réponse trop tentante pour être ignorée : *Si c'est inévitable, alors pourquoi ne pas embrasser ton destin ? Pourquoi ne pas utiliser ton pouvoir ? Cet homme te désire, tourne cela à ton avantage.*

Elle fit face à Nolan avec un petit sourire et soutint son regard, le cœur battant.

— Etais-je un sujet digne de votre attention ? demanda-t-elle d'une voix un peu rauque, tout en posant les mains sur son torse.

Il était fort ; elle s'en rendait compte même à travers l'épaisseur de son manteau. Sans un mot, Nolan glissa ses mains dans sa nuque et commença à ôter les épingles qui maintenaient son chignon en place. Elle sentit sa coiffure se défaire et quelques mèches retomber autour de son visage. Nolan y passa ses doigts, qui effleurèrent sa joue, laissant un délicieux frisson la parcourir sur leur passage. Soudain, elle aurait voulu sentir les caresses de Nolan sur tout son corps.

— Vous en étiez plus que digne, Gianna.

Ces paroles l'effrayèrent un peu et elle se mit à réfléchir à toute vitesse. Si elle choisissait d'aller jusqu'au bout, de le séduire complètement, elle ne pourrait plus revenir en arrière... Oui, mais Giovanni avait besoin d'elle, même s'il ne le savait pas encore, et elle ne pourrait sans doute pas l'atteindre seule. Ne serait-ce que pour cela, ce sacrifice valait la peine d'être fait. Après tout, elle ne serait pas la première femme à utiliser ses atouts féminins pour servir ses intérêts.

Hélas, parallèlement, elle se mit à craindre autre chose. Si elle décidait d'emprunter le même chemin que sa mère, Nolan ne serait peut-être pas le seul à se perdre dans cette histoire. Son propre cœur s'emballait à chaque fois qu'il la touchait, à chaque fois qu'il la regardait — elle risquait de se retrouver prise à son propre piège. Cela avait été la perte de sa mère ; uniquement cela et non le fait qu'elle eût été une courtisane. D'ailleurs, Gianna n'avait jamais reproché ses choix de vie à sa mère, elle lui en avait simplement voulu d'être tombée amoureuse, et d'être donc responsable de tout ce qui avait suivi ce choix désastreux.

Nolan lui sourit dans la pénombre et caressa son cou du bout des doigts.

— Vous savez éveiller les désirs d'un homme, Gianna, lui murmura-t-il d'une voix sensuelle. Dois-je vous montrer de quoi j'ai envie ?

Autour d'eux, l'église s'était rapidement vidée, et il n'y avait plus qu'eux, dans la lueur hésitante des cierges allumés. Gianna sentit son dos s'appuyer doucement contre le mur froid. Elle ne s'était même pas rendu compte qu'ils avaient bougé.

— J'ai envie de dénouer vos cheveux et de les regarder tomber sur vos épaules.

Les dernières épingles disparurent de son chignon étonnamment vite et ses longues boucles brunes s'écroulèrent en cascade dans son dos. Nolan lui caressa les tempes, repoussant quelques mèches de son visage. Sans la moindre gêne, il observa sa bouche un long moment.

— Maintenant que vos cheveux sont détachés, et que mes doigts peuvent s'y perdre, j'ai envie de vous embrasser.

Les lèvres de Nolan s'approchèrent de son visage. Ses paroles l'enflammaient et elle redressa instinctivement la tête. Elle avait *besoin* de ses caresses, de ses baisers.

— Où, Nolan ? Où voulez-vous m'embrasser ? chuchota-t-elle, le souffle court.

— Ici...

Il déposa ses lèvres sur les siennes et elle s'offrit à lui, prête à tout alors que, la veille, elle aurait tout fait pour échapper à ce sort.

Ce soir, elle n'avait plus aucune hésitation. Ce soir, elle était presque déjà son amante, l'exhortant silencieusement à donner libre cours à ses fantasmes. Elle sentit le bout de la langue de Nolan explorer ses lèvres, ses dents, sa langue à elle. Il était joueur, s'amusait de son excitation. Elle s'abandonna alors à lui, à ce baiser, répondant à ses mouvements avec une passion qu'elle ne se connaissait pas — et cela ne fit qu'embraser son corps plus encore.

— Et ici, reprit-il en glissant jusqu'à sa gorge et en déposant un second baiser au creux de son cou.

Glissant ses mains sous les plis de sa cape, Nolan repoussa les manches de sa robe et embrassa sa chair sensible, juste au-dessus de l'ourlet de dentelle de sa chemise. Ses lèvres passèrent à son décolleté, qui dévoilait l'arrondi de sa poitrine.

Gianna se cambra contre la pierre froide du mur. Son corps suppliait Nolan de le soulager, et frissonna en sentant sa main se glisser sous l'étoffe de son corsage. Il semblait la caresser juste assez pour lui donner envie d'en avoir plus. C'était une véritable torture... Sa bouche, ses mains, ce n'était pas suffisant. Elle voulait être nue sous lui, voulait qu'il lui arrache ses vêtements — ces vêtements gênants qui empêchaient les lèvres de Nolan de la dévorer entièrement.

De nouveau, il l'embrassa à pleine bouche tout en continuant de palper doucement sa poitrine. A travers la chemise, il fit courir son pouce sur son téton, tendu et sensible. Elle lui rendit son baiser fiévreusement, passant à son tour ses mains dans les cheveux de Nolan, pressant inconsidérément son corps contre le sien. Mais elle n'était pas la seule à se montrer trop audacieuse. Elle sentit le sexe de Nolan se redresser contre sa cuisse, son cœur battre aussi vite que le sien. Quelque part, au loin, des cloches sonnèrent.

Minuit ! Nolan remarqua vaguement le nombre de coups et cela suffit à lui faire reprendre le sens de la réalité. Cela faisait assez longtemps qu'il était en Italie pour savoir ce que minuit signifiait.

Il s'écarta à regret de Gianna, le souffle court et le corps frustré dans sa montée de désir.

— Rajustez-vous, lâcha-t-il d'une voix un peu trop altérée, nous devons y aller. Les moines vont bientôt arriver pour célébrer les matines.

Il s'écarta rapidement pour la laisser arranger son corsage. A quoi donc pensait-il ? Il avait failli lui faire l'amour dans une église ! Et, s'ils n'avaient pas couru le risque d'être découverts en flagrant délit par des moines, il l'aurait fait... Il passa nerveusement la main dans ses cheveux. Son père eût été horrifié s'il avait appris cela — son fils, le fils d'Oliver Gray, en train de trousser une femme dans une église ? Cela aurait été un péché inimaginable aux yeux de son père, largement pire que tout ce que Nolan avait déjà pu faire par le passé.

Il avait commencé cet intermède dans un but bien précis : faire comprendre à Gianna qu'elle jouait à un jeu dangereux. Si elle voulait le charmer, elle devait savoir qu'il y aurait des conséquences et il avait voulu les lui laisser entrevoir. Hélas, il ne s'était pas attendu à un tel résultat. Il avait pensé qu'elle se montrerait aussi réticente que la veille quand elle avait caressé ses cuisses à contrecœur. Il avait prévu qu'elle hésiterait avant de lui rendre ses baisers mais, au lieu de cela, il avait senti une passion brûlante s'éveiller sous ses lèvres, dans le corps de la jeune femme, dans ses mains, et cela avait suffi à réduire son beau plan à néant.

Elle n'avait pas eu peur de sa sensualité audacieuse. Au contraire, elle l'avait embrassé en retour et cela n'avait fait qu'exciter son désir à tel point que, sans les cloches, il l'aurait prise là, dans cette église. Et il en avait honte maintenant.

Ce soir, elle avait gagné : elle était entrée dans son jeu et avait fini par renverser les rôles. Il aurait dû se montrer plus prudent.

Une fois qu'elle eut fini de se rhabiller, il l'entraîna hors de l'église d'un pas vif, un bras passé autour de sa taille pour la pousser vers le quai. Il était temps pour lui de reprendre le contrôle de la situation.

— Le gondolier vous reconduira jusqu'à l'hôtel, il s'assurera de votre sécurité. Quand vous serez arrivée, montez directement à la chambre, ne traînez pas, au cas où le comte aurait découvert où vous logez. Si vous avez besoin de quoi que ce soit, vous pouvez aller frapper à la porte voisine et demander Brennan Carr, l'ami qui voyage avec moi.

Ils atteignirent le bord du quai avant que Gianna n'ait le temps de protester. Là, cependant, elle se campa devant lui, les bras croisés.

— Où pouvez-vous bien aller et pourquoi êtes-vous si pressé ? Vous m'avez presque traînée hors de l'église.

— Et vous devriez m'en remercier ! répliqua-t-il. Si nous nous étions attardés, nous aurions pu être découverts dans une situation particulièrement indécente. Et puis, je vous l'ai déjà dit : je dois aller jouer aux cartes. C'est *toujours* le cas.

— Quand rentrerez-vous ? Vous passez votre temps à me quitter !

Elle était furieuse, c'était évident.

Nolan se rapprocha et parla à voix basse, de peur d'être entendu par des oreilles indiscrètes.

— Voulez-vous vraiment que je reste ? Après ce qui est arrivé dans cette église, je préfère vous le dire, notre soirée ne pourrait pas s'achever en toute innocence.

Bon sang, allait-il vraiment être obligé de tout lui expliquer ?

— Vous me donnez envie de m'égarer, mais je ne pense pas que vous-même soyez vraiment prête à commettre de tels péchés.

Il ne put s'empêcher de lui caresser la joue du dos de la main. A ce contact, elle leva furtivement les yeux sur lui avant de se détourner. C'était la confirmation dont il avait eu besoin.

— Je ne suis pas sûr que vous compreniez à quel point le sexe peut être puissant. Des hommes sont partis en guerre pour cela...

Gianna saurait se montrer sensuelle, au lit, quand le moment serait venu. Mais il était trop tôt. Il ne voulait pas la *prendre* comme un butin à l'issue d'une bataille. Il ne voulait pas agir en conquérant.

— Quand vous aurez pris votre décision, venez me le dire.

Oui, il voulait qu'elle vienne à lui ; et là... Oh ! tout ce qu'il pourrait lui apprendre !

Rien n'était plus séduisant que le libre choix. En attendant, s'il avait vraiment besoin de sexe, il savait parfaitement où en trouver : Louisa von Haas saurait sans doute se montrer accommodante. Décidé à ne pas céder, il embrassa tendrement sa main gantée.

— Vous comprenez donc pourquoi il vaut mieux que nous nous séparions pour ce soir, dit-il. Montez dans cette gondole et partez.

Gianna n'avait pas vu venir ce rejet ! Quelle idiote elle avait été, de se montrer si imprudente... Elle avait osé penser qu'ils progressaient, dans l'église — enfin, peut-être pas *eux deux*, mais *elle*, tout au moins, avait progressé dans sa tentative de l'attendrir.

Arrivée dans la chambre d'hôtel, elle retira ses gants et les jeta sur le guéridon placé près de la porte. Apparemment, le fait d'embrasser une femme contre le mur d'une église suffisait à Nolan pour la soirée. C'était certainement pour cela qu'il avait si facilement réussi à la laisser partir, sans même un regard en arrière.

Il pouvait aussi y avoir une autre explication à son comportement, une explication bien moins plaisante. Peut-être avait-il simplement compris sa stratégie dès le début. Peut-être avait-il été conscient de ce qui avait poussé Gianna à agir ainsi.

Elle enleva sa cape et l'abandonna sur le dossier d'une chaise, mettant une touche de désordre dans le petit salon parfaitement rangé. Quelqu'un avait dû venir après leur départ pour mettre de l'ordre et nettoyer, ainsi que pour baisser les lampes. Dans la chambre, on avait même fait le lit et étendu sur les draps sa chemise de nuit en soie. Nolan Gray devait payer une véritable fortune pour avoir droit à un tel service — cela prouvait bien qu'elle ne l'avait pas ruiné, avec ses toilettes neuves et le dîner qu'elle avait commandé pour lui. Cela prouvait aussi qu'il n'avait pas *besoin* d'aller jouer aux cartes pour se renflouer, contrairement à ce qu'il avait dit.

S'il était parti et l'avait laissée seule, c'était pour une autre raison. Il avait ressenti le besoin de prendre ses distances ; effectivement, il lui avait semblé qu'il s'était détourné d'elle à regret, sur le quai désert. C'était au moins une consolation...

Elle aurait dû lui être reconnaissante de la maîtrise dont il avait fait preuve — si on pouvait bien parler de maîtrise, dans ce cas-là. Jusqu'au dernier moment, aucun d'eux n'avait contrôlé quoi que ce soit, après tout. Ce qui s'était passé, dans l'église, les avait bouleversés tous les deux.

Gianna enfila sa chemise de nuit, savourant le contact de la soie sur sa peau, qui lui rappelait une autre forme de caresse. La main de Nolan sur ses seins, ses lèvres dans son cou, sur sa bouche, et toutes les autres sensations qui avaient enflammé son corps. Chacun de ses gestes et chacune de ses paroles avaient éveillé des désirs fiévreux en elle, en des endroits dont elle soupçonnait à peine l'existence.

« Je veux vous embrasser sur la bouche, ici, ici et ici encore... »

Même dans le silence de la chambre, le souvenir de ces mots raviva la flamme au creux de ses reins.

Elle se regarda un instant dans le miroir et soupesa ses seins à travers la soie légère de la chemise, les palpa, effleura ses tétons de ses pouces. De nouveau, ils durcirent comme ils l'avaient fait sous les caresses de Nolan. Hélas, cela n'avait rien à voir avec les réactions passionnées et sauvages que lui avait su provoquer.

A présent, la vérité, brûlante, lui laissait un goût amer. Elle se rendait compte qu'elle n'avait pas souhaité qu'il reste par calcul — ce n'était pas nécessaire : elle avait déjà obtenu son consentement. Il allait cambrioler la maison du comte, quoi qu'il arrive entre eux. Il le lui avait promis en échange de son départ, pas en échange d'un quelconque acte charnel. Il attendait d'elle qu'elle disparaisse de sa vie et non qu'elle lui apporte du plaisir ou lui accorde des libertés contre le mur d'une église.

Non, si elle avait été déçue qu'il parte si vite, c'était par pur désir. Ce qu'ils avaient partagé ce soir ne lui suffisait pas ; elle en voulait plus, plus de baisers, plus de caresses, plus de ce corps indécent pressé contre elle. Elle voulait sentir à nouveau la fièvre qui s'était emparée de lui, sentir cette érection qu'il n'avait pas cherché à cacher.

Peut-être s'était-elle laissé emporter dans ce tourbillon voluptueux par curiosité — et pas uniquement à cause des baisers fougueux de Nolan. Avait-elle tort de tout faire pour résister à ses propres désirs ? Ou bien le danger qu'elle pressentait était-il réel ?

Nolan avait certainement cherché à la mettre en garde, à lui faire peur, ce soir ; mais cela n'avait servi qu'à renforcer le lien qu'elle sentait naître entre eux.

Ce qui s'était passé ce soir avait été un avertissement. Nolan avait essayé de la convaincre de se décider, de baisser les armes et de ne penser qu'au plaisir. Cependant, elle ne put s'empêcher de songer que ce conseil tacite était plus adressé à lui-même qu'à elle. Cet homme était une véritable énigme. Il la désirait et, en même temps, il voulait se débarrasser d'elle. Il ne pouvait pas tout avoir, pourtant.

Quels projets pouvait-il bien avoir, pour agir ainsi ? Une véritable maîtresse l'attendait-elle, quelque part ? Avait-il vraiment hâte qu'elle-même s'en aille ? Il fallait qu'il revienne sur sa décision, qu'il accepte sa présence un peu plus facilement — sans cela, sa prochaine révélation risquait d'être une mauvaise surprise pour lui...

Angoissée, elle se glissa sous les couvertures, au milieu du grand lit. Elle n'osait pas penser à ce qu'il adviendrait après la journée du lendemain et, surtout, après le bal masqué. Pour le moment, elle devait se concentrer sur la boîte à bijoux. Une fois qu'elle l'aurait, et seulement à ce moment-là, elle pourrait se permettre de réfléchir à la suite. Elle avait déjà vu trop de gens échouer à force de regarder trop loin devant eux. Il valait mieux viser l'avenir immédiat.

Quelque part, au loin, des cloches retentirent. Il était tard... Gianna souffla sa bougie, s'appuya contre les oreillers moelleux et récita ses prières. Elles finissaient par une phrase très simple, qu'elle répétait chaque soir depuis le décès de sa mère.

— Mon Dieu, je Vous en prie, faites que Giovanni soit sain et sauf, et faites que je lui suffise.

L'église sonna 2 heures et, fatigué, le comte Agostino Minotti balaya l'échiquier d'un revers de la main, envoyant les pièces rouler au sol.

— *Basta !* Assez !

Il était incapable de réfléchir, trop distrait par l'absence de Gianna. Qu'était-elle en train de faire ? Etait-elle toujours en ville ? Avait-elle réussi à convaincre l'Anglais de l'aider ? Pire encore : avait-elle couché avec ce gredin ? Tout cela l'énervait d'autant plus que si elle avait pu agir ainsi, c'était de sa faute à lui ; en faisant ce pari, il l'avait bêtement laissée lui échapper.

Son adversaire, le beau et décadent Romano Lippi, éclata de rire.

— Elle reviendra, dit-il en se penchant pour ramasser les pièces du jeu, éparpillées sur le tapis.

D'un geste triomphant, il reposa la reine noire sur sa case.

— L'Anglais vous la rendra quand il en aura fini avec elle. Après tout, cela ne fait qu'une journée.

Peu convaincu, le comte haussa les épaules sans rien dire. L'idée lui avait pourtant semblé bonne, sur le moment. Il comptait juste faire suffisamment peur à Gianna pour qu'elle accepte sa demande en mariage. Il avait pensé lancer son pari et la regarder le supplier de ne pas la sacrifier. Elle était censée réagir, elle aurait dû être prête à tout pour qu'il ne la vende pas à cet homme — même à l'épouser, ce qui lui aurait apporté tout ce qu'il désirait. Bien sûr, il savait qu'elle ne l'aimait pas et qu'elle ne lui faisait pas confiance ; mais elle aurait dû le choisir lui, plutôt que se laisser emmener par un étranger.

Du moins, c'est ce qu'il avait cru. Mais Gianna n'avait pas cillé. Elle n'avait pas protesté. Elle avait quitté le *palazzo* au bras de l'Anglais.

— Vous êtes simplement vexé qu'elle vous ait préféré un inconnu, reprit Romano d'un air tranquille, en remplissant de nouveau leurs verres.

Diable, oui, il était vexé ! Et il y avait de quoi !

Agostino but une longue gorgée, savourant la brûlure de l'alcool le long de sa gorge. Il avait mal jugé Gianna. Elle avait deviné qu'il cherchait à la faire chanter et avait préféré être vendue plutôt que pleurer et supplier.

Mais, même en constatant son attitude, il ne s'était pas plus inquiété que cela. Il avait une bonne main à ce moment-là, il avait été certain de gagner... Sans cela, il n'aurait jamais pris le risque de faire un tel pari. Il n'avait pas eu l'intention de l'abandonner, juste de lui faire peur. Mais l'Anglais avait dévoilé une main imbattable, et elle avait disparu.

En fait, il n'avait aucun remords par rapport au sort auquel il l'avait condamnée. Il ne se souciait ni d'avoir envoyé sa pupille coucher avec un étranger, ni qu'elle y laisse sa virginité. La seule chose qui le *dérangeait*, c'était d'avoir perdu tout contrôle sur elle. A cause de sa malchance au jeu, elle était lâchée dans Venise, capable de persuader l'Anglais de l'aider, et il avait peur qu'alors tous les deux le frappent, lui, s'il n'agissait pas en premier. S'il ne la prenait pas de vitesse. Oui, c'était cela qui le rendait si nerveux. Il y avait des bijoux et une petite fortune en jeu — suffisamment d'argent pour qu'il vive confortablement pendant quelques années.

Si Gianna restait libre pendant encore quatre semaines, tout cet argent lui reviendrait de droit, à elle, et lui perdrait tout espoir d'obtenir ce qu'il voulait. Tout le travail qu'il avait accompli depuis cinq ans s'écroulerait, à la façon de dominos alignés sur une table, et qui tombent l'un après l'autre.

Il perdrait le *palazzo* et deviendrait un *barnabotti* — un noble sans le sou — comme il l'avait été avant que la mère de Gianna ne vienne lui faire une proposition qu'il n'avait pu refuser...

Il joua un instant avec un pion avant de le reposer, pensif. Gianna avait peut-être gagné sa liberté, mais cela lui coûterait cher. Il lui avait laissé vingt-quatre heures pour décider de la suite des événements : maintenant, elle devait lui revenir, sinon...

Elle avait apparemment choisi de rester avec l'Anglais. Bien. Tout ce qui arriverait à partir de ce moment serait de sa faute. Dès le lendemain, il enverrait la lettre qui scellerait le destin de Giovanni. Tant qu'il contrôlerait le frère, il aurait de l'autorité sur elle.

Il examina longuement Romano, et son partenaire de jeu lui rendit son regard avant de se lever, de s'étirer et de masser ses épaules endolories. Agostino ne put réprimer un profond soupir. Il n'avait pas de soucis avec Romano. Cet homme était facile à satisfaire : tout ce qu'il désirait était de l'argent et un peu d'attention.

Mais les femmes, elles, étaient des créatures si incompréhensibles !

11

C'était la première fois que Nolan ressentait à nouveau autant de frustration à cause d'une femme que quand il avait eu sa première maîtresse, à l'âge de vingt et un ans. Olivia Donati, une chanteuse d'opéra... Elle aussi était italienne, était-ce une coïncidence ? Peut-être avait-il un problème avec les Italiennes, après tout.

Il avait passé les premières heures du jour à errer en ville, pour réfléchir, et sans qu'il s'en aperçoive ses pas l'avaient ramené devant l'hôtel. Mais il ne pouvait pas se permettre de rejoindre Gianna sans avoir de réponse à lui apporter. Il s'installa donc à la terrasse d'un restaurant, sur la place toute proche, et commanda un café.

Le café était très chaud et très fort. Nolan prit tout son temps pour le savourer, refermant ses mains frileuses sur la tasse. L'aube avait été froide et il n'avait pas vraiment prévu de marcher aussi longtemps.

Après sa partie de cartes, il s'était senti bien trop agité pour rentrer à l'hôtel — et il n'avait pas vraiment eu envie de dormir une nouvelle fois dans le salon du club. Il avait donc glissé ses mains dans les grandes poches de son manteau et s'était laissé envahir par l'air piquant de cette fin de nuit de février. Les petits matins d'hiver avaient quelque chose de magique...

Il sirota lentement le breuvage réconfortant, regardant la *piazza* San Marco s'éveiller peu à peu, à son rythme habituel. D'abord, il y aurait les charretiers et les vendeurs en route pour le marché ; puis les livreurs venus approvisionner les boutiquiers et les patrons de restaurants, qui eux-mêmes ouvriraient leur porte un peu plus tard. Enfin, plusieurs heures après qu'il ait achevé son café, les voyageurs et les promeneurs commenceraient à sortir de chez eux.

Après six semaines passées à Venise, il ne s'était toujours pas lassé de ce ballet. La cité des Doges était un lieu si agréable, un lieu qui lui correspondait, comme si la ville et lui étaient faits pour s'accorder. Et, d'une certaine manière, ce n'était pas si surprenant.

Comme Venise qui avait su asseoir son pouvoir par l'argent plutôt que par les propriétés terriennes, Nolan ne possédait rien — en tout cas, pas encore.

Bien sûr, cette description correspondait à l'ancienne Venise, la Venise du XVIe et du XVIIe siècles, et cette cité avait disparu depuis longtemps. Mais la Venise moderne lui ressemblait aussi : elle s'abandonnait au plaisir… tout comme lui. La ville entière avait été refaçonnée pour le plaisir. A l'instar du Phénix, elle renaissait des cendres laissées par Napoléon. Nolan, lui, renaissait des cendres de sa famille brisée par un père dominateur. Cette cité n'était peut-être plus la capitale du divertissement qu'elle avait été autrefois, mais sa réputation en la matière avait cependant survécu à l'occupant. Lui-même avait décidé de ne pas se laisser contrôler par son environnement et de tout faire pour changer son destin.

Il y avait un proverbe que Nolan appréciait particulièrement : « Si vous faites ce que vous avez toujours fait, vous obtiendrez ce que vous avez toujours obtenu ». En d'autres termes, le changement n'était possible que si l'on décidait, un jour, de dévier du chemin qui avait été tracé pour nous. Ce Grand Tour avait été la chance que Nolan attendait pour effectuer ce virage de manière radicale.

Dans ce cas, pourquoi ne fais-tu pas la même chose avec Gianna ? Tu sais que cela marche…

Cette pensée le bouleversa. Il avait voulu attendre qu'elle réalise que le sexe n'était pas qu'une arme, qu'un moyen pour arriver à ses fins ; mais peut-être aurait-elle besoin d'aide pour y parvenir. Si elle n'était pas capable de le comprendre toute seule, serait-il en mesure de la faire changer d'avis ?

Ils avaient encore toute la journée devant eux, avec rien d'autre à faire qu'attendre le bal masqué. Autant patienter de manière agréable.

Nolan acheva de boire sa tasse et se leva. Il allait séduire Gianna pour son bien à elle, et quelle ville était plus adaptée à ce genre de projet que Venise ? La ville des plaisirs...

— Levez-vous, petite marmotte, nous sortons !

Gianna, éblouie par la lumière soudaine, s'enfouit sous les couvertures. Elle avait très mal dormi... Comment Nolan pouvait-il paraître si frais et si reposé ? C'était injuste ! Pourtant, elle n'aurait jamais pensé qu'il soit si matinal. Le visage enfoncé dans les oreillers, elle poussa un petit grognement agacé.

— Qu'est devenu votre petit déjeuner de midi ?

— Nous avons beaucoup à faire, aujourd'hui.

Toujours sans ouvrir les yeux, elle entendit Nolan arpenter la chambre, ouvrir tiroirs et armoires. Quelque chose de doux et de soyeux atterrit soudain sur elle : l'une des chemises neuves que la couturière lui avait laissées.

Elle la repoussa d'un geste paresseux.

— S'il vous plaît, arrêtez de fouiller dans mes sous-vêtements.

— Dans ce cas, levez-vous et allez y fouiller vous-même, répliqua Nolan en lâchant brutalement une pile de vêtements sur le lit.

— Vous êtes vraiment insupportable ! On dirait...

Gianna s'interrompit, le cœur battant. Elle avait failli dire « mon petit frère ». Il était beaucoup trop tôt pour qu'elle lui confie un tel secret. Bien sûr, elle parlerait de Giovanni à Nolan quand le moment serait venu — si jamais le moment venait. Après tout, il y aurait toujours une chance pour qu'elle puisse aller sauver son frère toute seule, une fois qu'elle aurait la boîte à bijoux.

Nolan n'aurait peut-être même pas besoin de savoir que le

comte avait fait enfermer Giovanni à la campagne. Pour l'instant, la seule chose dont elle devait se soucier était le bal masqué et le coffret. C'était le premier pas à franchir pour sauver son frère. La gorge nouée, elle tenta de ravaler son angoisse.

— On dirait quoi ? demanda Nolan en s'écartant enfin du lit.

Elle l'entendit verser quelque chose et sentit un parfum délicieux envahir la chambre.

— Ahhhh, s'exclama-t-elle en se redressant, les yeux enfin ouverts. Vous avez apporté du café. Je vous aime !

Nolan lui tendit une tasse.

— Je vous laisse vingt minutes, pas une de plus. Il est déjà 10 h 30, nous perdons du temps.

Gianna but une longue gorgée revigorante.

— Où allons-nous ? demanda-t-elle ensuite. Vous n'avez tout de même pas oublié que nous devons nous introduire chez le comte, ce soir ?

Elle fit de son mieux pour garder un ton léger, mais ne put mettre de côté son inquiétude. Et si cette proposition de sortir, de se promener, n'était qu'un stratagème de la part de Nolan pour échapper à sa promesse ?

Il se pencha vers elle et son regard plongea dans les grands yeux gris du bel Anglais. Il souriait. Pourquoi est-ce que ce voyou n'arrêtait jamais de sourire ?

— Premièrement, nous allons au marché aux poissons et deuxièmement, je n'ai pas oublié notre expédition de ce soir. Mais nous avons toute la journée devant nous et il nous faut bien faire quelque chose pour passer le temps.

— Le marché aux poissons ? s'écria Gianna, déroutée. Pourquoi donc ?

— Vous verrez...

Nolan sourit de plus belle et tira sa montre à gousset de sa poche.

— Dix-huit minutes, Gianna. L'heure tourne.

Il était inutile de lutter contre cet homme. Elle enfila donc rapidement sa nouvelle robe d'après-midi rose profond — à la fois parce que Nolan avait réussi à piquer sa curiosité au vif, et parce que cette robe était réellement magnifique. Du moins, ce fut ce qu'elle se répéta en glissant une dernière épingle dans son chignon.

Si elle se dépêchait, cela n'avait rien à voir avec le plaisir qu'elle aurait à passer la journée avec Nolan. Non... Néanmoins, elle avait hâte de voir le tournant qu'allait prendre leur relation. Depuis leur rencontre, ils jouaient à un petit jeu sensuel et dangereux ; et comment s'en étonner, vu les circonstances qui les avaient conduits à se retrouver dans cette chambre d'hôtel ? Cependant, même si elle avait conscience du jeu, Nolan parvenait toujours à la surprendre...

La veille, ce concert avait été un moment merveilleux. Dans la pénombre de l'église, Nolan avait su tout à la fois la dénuder légèrement, donner vie à son désir par ses caresses, ses baisers, et annihiler ses plans en quelques phrases. Il émoussait toutes ses armes avec une facilité déconcertante. Il *savait* qu'elle voulait se servir du sexe pour le manipuler, le convaincre d'accéder à toutes ses demandes. Contre le mur froid de San Giorgio Maggiore, il avait réduit tous ces beaux projets à néant puis il l'avait laissée devant un choix : plutôt qu'essayer d'utiliser le sexe à des fins stratégiques, décider d'en explorer les plaisirs... *avec lui*.

Gianna enfila sa cape. Si c'était ce que Nolan espérait accomplir aujourd'hui, autant s'y préparer. *Ou se laisser aller*, lui murmura une petite voix malicieuse. Cette pensée la surprit.

Oui, peut-être qu'elle n'aurait pas tant besoin de rester sur ses gardes, aujourd'hui. Peut-être qu'elle ferait mieux de se laisser guider, de s'abandonner à Nolan. Lui faisait-elle assez confiance pour cela ? *Se* faisait-elle assez confiance ?

Une part d'elle voulait s'offrir pleinement à lui, se rappelant ce qu'ils avaient déjà partagé, dans la nef... Mais sa conscience se rebella.

Que se passerait-il si elle lui racontait tout ? Une telle perspective était vraiment effrayante... Se confier à Nolan présentait un trop gros risque. Depuis cinq ans, le monde de Gianna n'était qu'un labyrinthe sombre empli des trahisons et de la cruauté du comte.

Si Nolan en arrivait à vraiment connaître l'obscurité qui l'entourait, il risquait de tout remettre en cause : le cambriolage de ce soir, ou même sa relation avec elle. Hélas, elle ne pouvait pas penser qu'à elle : Giovanni avait besoin de son aide. Elle l'avait déjà trahi une fois ; son frère avait été éloigné. Le comte avait cherché à la punir en agissant ainsi — et il avait réussi son coup. Depuis quatre ans, l'exil de Giovanni avait influencé tous les actes de Gianna, l'avait amenée à supporter tout ce que le comte lui avait fait subir. Depuis quatre ans, elle ne pensait qu'à une chose : sauver Giovanni, construire une nouvelle vie pour eux deux, une vie dans laquelle son frère n'aurait plus à souffrir à cause d'elle.

Sa colère avait déjà coûté quatre ans de liberté à son frère, elle ne pouvait pas se permettre de lui demander plus de sacrifices. D'une manière ou d'une autre, elle se rachèterait ; même si cela l'obligeait à résister aux avances de Nolan.

Nolan l'attendait dans le hall. Quand elle le rejoignit, il lui offrit son bras et l'entraîna vers la *piazza*, au milieu de la foule de promeneurs venus profiter du carnaval. Apparemment, en sortant sa robe de l'armoire, il avait récupéré des vêtements propres et avait profité des quelques minutes qu'elle avait passées dans la chambre pour se changer aussi — peut-être dans le salon du club. Il avait échangé sa tenue de soirée pour un pantalon de marche et de hautes bottes à tige. Il avait même réussi à se raser. En le regardant, on ne se serait jamais douté qu'il était resté éveillé toute la nuit...

— Est-ce que nous ne faisons pas les choses à l'envers ? demanda-t-elle tandis qu'ils se dirigeaient vers le Rialto. Ne devrais-je pas *vous* montrer la ville ? Logiquement, c'est vous l'étranger, ici.

Nolan eut un petit sourire.

— Non, aujourd'hui, c'est vous qui visitez Venise. Je vais vous faire découvrir cette ville à ma façon.

Quand il souriait ainsi, et la regardait comme si elle était la plus belle chose du monde, elle avait l'impression qu'elle serait incapable de lui résister, en dépit de toutes ses bonnes résolutions.

Le marché aux poissons, la *pescheria*, se tenait au nord du pont du Rialto. C'était le plus grand et peut-être le plus vieux marché de la ville... et c'était aussi un lieu passionnant. Laissant Nolan passer son bras autour de sa taille, elle longea les étals, admirant les poissons et crustacés pêchés la nuit même dans le lagon ou plus loin dans l'Adriatique : crevettes, coquilles Saint-Jacques, homards, crabes, cabillauds, soles... Chaque table croulait sous les produits de la mer, fascinants de diversité — des animaux marins de toutes formes et couleurs qui la dévisageaient.

Le marché grouillait de clients. Les poissonniers vantaient leur marchandise, les gens négociaient les prix. Partout, des voix appelaient, criaient.

— C'est étrange, cela ne sent pas fort, remarqua Gianna alors qu'ils s'arrêtaient près de l'étal d'un vendeur de soupe.

— Le poisson frais n'a pas vraiment d'odeur, en général.

Nolan ponctua sa phrase d'un nouveau sourire avant de commander deux bols de soupe et une demi-miche de pain frais. Il lui tendit un des bols fumants.

— Si je ne me trompe pas, vous n'avez pas pris de petit déjeuner. Allons nous asseoir là-bas.

Il la conduisit jusqu'à un groupe de tables et de bancs en bois brut, au bout du marché.

Gianna n'aurait jamais pu imaginer de petit déjeuner plus agréable. Elle suivit Nolan et, une fois assise, trempa avec avidité son pain dans la soupe, riant quand elle en renversa. Nolan tira son mouchoir de sa poche et lui essuya le menton.

— C'est vraiment délicieux...

— A mes yeux, la nourriture simple est souvent la meilleure, répondit Nolan en coupant un nouveau morceau de pain pour le lui offrir. Dites-moi, est-ce que vous étiez déjà venue ici ?

Cette question la surprit. Elle leva les yeux et le dévisagea un instant, sans vraiment comprendre.

— J'ai vécu à Venise toute ma vie.

— Ce n'est pas ce que je vous ai demandé. Etes-vous déjà venue *ici* ?

— Pas depuis mon enfance, avoua-t-elle. Et puis, je ne suis venue qu'une ou deux fois. Ma mère avait des...

Sa gorge se serra, et elle hésita un instant.

— Euh... Des *protecteurs* qui se sont toujours arrangés pour que nous ayons des domestiques — au moins une cuisinière et une bonne.

Nolan acquiesça gravement. De toute évidence, ce rappel du métier de la mère de Gianna ne le choqua pas.

— Et le comte ?

— Il a aussi toujours eu des serviteurs, je n'avais pas besoin de faire le marché.

Emue, elle s'interrompit et se concentra sur son bol. Hélas, il était trop tard : elle en avait déjà trop dit.

— Si vous n'êtes jamais venue vous promener par ici, c'était par choix ? demanda Nolan. Ou bien le comte vous l'a-t-il interdit ?

Comme elle ne répondait pas, il insista avec douceur :

— Vous n'avez aucune raison de mentir pour lui, Gianna. Vous n'avez pas besoin de le protéger.

— Peut-être que j'ai besoin de mentir pour mon propre bien, répondit-elle, la gorge nouée, pour que nous puissions profiter de cette belle matinée d'hiver que vous avez prévue pour nous. Ce n'est certainement pas le moment de vous faire porter le fardeau de ma vie.

— Et si j'ai envie de partager ce fardeau avec vous ?

L'air détaché, il trempa un morceau de pain dans la soupe chaude et le lui tendit pour qu'elle morde dedans.

— Ou bien préférez-vous que je vous facilite la tâche, et que j'essaye de deviner ? Commençons donc : je crois deviner que le comte ne vous autorisait pas à quitter le *palazzo*.

Gianna rassembla tout son courage. Si elle lui disait tout, aurait-il poliment pitié d'elle avant de s'éloigner ? En même temps, il serait peut-être bon qu'elle sache dès cet instant quel genre d'homme il était, plutôt que de le découvrir trop tard — quand elle ne pourrait plus être sauvée...

— Après la mort de ma mère, commença-t-elle, laissant de côté ses angoisses, le comte ne nous a en effet plus autorisés à quitter le *palazzo*. Il disait que les domestiques servaient justement à cela, à nous éviter de nous soucier du monde extérieur, mais nous n'avons jamais été dupes. Si nous partions, nous pourrions ne jamais revenir, et mon beau-père le savait.

— Nous ? Comment cela, nous ?

Nolan lui tendit un nouveau morceau de pain trempé de soupe.

Voilà, l'instant qu'elle avait tant redouté était arrivé : c'était tout ou rien, à présent.

— Mon frère et moi, lâcha-t-elle.

Inquiète, elle guetta la moindre réaction dans les yeux gris de Nolan. Le brouhaha du marché semblait tout à coup s'être éteint, comme s'ils en étaient isolés, tous les deux seuls dans un cocon de silence. Il n'y avait plus qu'eux. Eux et l'histoire qu'elle lui racontait.

Heureusement, Nolan ne parut pas interloqué, seulement un peu surpris.

— Où est votre frère, en ce moment ? demanda-t-il à mi-voix.

Elle n'osa pas répondre immédiatement. La honte la submergeait : s'il était en exil, c'était uniquement de sa faute à elle.

— Le comte l'a envoyé au loin quand il avait treize ans.

Elle n'avait jamais eu l'intention d'en dire autant, mais cela lui avait échappé.

— Pourquoi ?

Nolan partagea le reste du pain en deux et lui en tendit une moitié.

— Vous pouvez tout me dire, Gianna. Ne vous en faites pas, vous n'arriverez pas à me choquer.

C'était ce que la plupart des gens disaient, mais elle avait remarqué que bien peu le pensaient vraiment. Cependant, Nolan la convainquit encore une fois qu'il avait fort peu de choses en commun avec les autres.

— J'ai un frère, moi aussi, Gianna, dit-il en la regardant droit dans les yeux. Je sais ce que c'est qu'essayer de sauver un être cher, ce que cela peut impliquer… et je sais ce que l'on ressent en échouant.

— J'étais obstinée. J'ai tenu tête au comte une fois de trop dans les mois qui ont suivi la mort de ma mère. J'avoue que j'étais furieuse qu'il ait réussi à devenir notre tuteur légal… Quant à lui, il m'en voulait de ne pas lui accorder tout pouvoir sur l'argent que ma mère m'a légué.

Elle coupa le pain en petits bouts, tout en essayant de raconter son histoire avec autant de détachement que possible. Ce souvenir était encore si net dans sa mémoire, même si tout cela s'était passé quatre ans plus tôt. Dans sa colère, le comte l'avait frappée en plein visage. Bien sûr, ce n'était pas la première fois qu'il la brutalisait pour la forcer à faire ce qu'il voulait, mais ce jour-là il l'avait fait pour la première fois en présence de Giovanni.

— Mon frère s'est interposé pour me protéger.

Toute la scène se déroula de nouveau devant ses yeux, au ralenti.

— Le comte l'a agrippé et l'a poussé contre le mur. Giovanni s'est cogné la tête.

C'était elle qui avait fait appeler le médecin. Elle était restée au chevet de son frère pendant des jours, craignant que le comte ne l'empêche d'y retourner si elle s'éloignait de lui. Elle aimait Giovanni de tout son cœur, et elle avait promis à sa mère de toujours rester à ses côtés.

Hélas, c'était une promesse qu'elle n'avait pas réussi à tenir.

— Quand il a été suffisamment remis pour voyager, le comte a banni mon frère pour me punir. Cela fait quatre ans que je ne l'ai pas revu ; mais je pense à lui tous les jours. Je n'arrête pas de me demander ce que j'aurais pu faire pour éviter cela.

— Je sais. On essaye toujours de faire de son mieux, mais ce n'est bien souvent pas suffisant, commenta gravement Nolan.

Sa réponse était étonnamment solennelle. Il paraissait toujours si confiant, si sûr de lui… Et pourtant, il venait d'avouer un échec. C'était incroyable.

Ils avaient achevé leur pain et leur soupe ; il était temps de repartir. Autour d'eux, le brouhaha du marché était assourdissant.

Nolan prit le bras de Gianna et l'entraîna dans l'*erberia* qui se tenait tout près de la *pescheria*. A n'importe quel autre moment, elle aurait été captivée par les étals parfumés de sauge et de romarin, ainsi que par les couleurs vibrantes des légumes. Mais aujourd'hui elle ne parvenait pas à détourner son attention de l'homme qui marchait à ses côtés et lui confiait ses secrets d'enfance. Il lui parlait à l'oreille, assez doucement pour que personne d'autre ne les entende. Ses aveux étaient à la fois émouvants et stupéfiants.

— Mon père est un homme très croyant, trop peut-être, et il est persuadé qu'il faut combattre le mal à la racine, en toutes circonstances.

Il parut tout d'abord hésitant, cherchant ses mots. Gianna eut même l'impression qu'il racontait cette histoire pour la première fois. Elle se montra patiente, le laissant rompre les silences à son rythme.

— Dès qu'il voit le mal, il se sent obligé de l'éradiquer et, à ses yeux, il n'y a rien de mieux pour cela qu'un fouet bien manié... J'ai deux ans de plus que mon frère. Quand je vivais encore à la maison, c'était facile pour moi de le protéger : je prenais le blâme pour tout ce dont mon père accusait mon frère.

— Et vous étiez fouetté pour cela, aussi ? demanda Gianna.

Elle sentit Nolan la regarder, c'était un regard noir, enflammé. L'espace d'un instant, elle crut qu'il allait crier, se fâcher, mais il n'en fit rien. Il n'avait pas besoin d'être davantage démonstratif pour qu'elle comprenne que ce qu'il lui confiait était intime et douloureux.

— Oui, dit-il simplement, les dents un peu serrées. Mon frère est un homme bon, un peu trop fragile, même s'il peut être exubérant par moments. J'aurais préféré être fouetté cent fois plutôt que de le voir brisé. C'était mon choix. Il ne m'a jamais rien demandé. Seulement, j'ai fini par être envoyé à l'école et il n'y eut plus personne à la maison pour le protéger. J'ai fait ce que j'ai pu pour lui faire gagner du temps avant qu'il ne puisse être en sécurité à l'école, lui aussi : je me suis arrangé pour être immédiatement renvoyé d'Harrow et de deux autres établissements. Vous savez, quand un jeune homme s'attire une certaine réputation, il n'est pas très difficile pour lui de se faire exclure.

Il s'interrompit un instant, puis haussa les épaules avec un air triste.

— Ma stratégie a été efficace, la première année ; mais ce ne fut pas suffisant. Mon grand-père est comte et mon père est vicomte. A eux deux, ils ont fait jouer leurs relations et m'ont fait entrer à Eton, le meilleur établissement d'Angleterre. Là, ils se sont arrangés pour que l'on me garde, afin de ne pas entacher l'honneur de la famille. Je ne pouvais plus rien faire.

Gianna sentit la main de Nolan se crisper sur son bras. Sa voix avait pris un accent désespéré, impuissant. Il avait l'air de se sentir coupable. Elle posa sa main sur la sienne pour lui donner un peu de courage. Pour la première fois depuis qu'ils se connaissaient, elle avait réellement l'impression qu'il avait besoin d'elle.

Combien de fois avait-elle ressenti la même culpabilité ? Combien de fois avait-elle protégé Giovanni de la même manière, pour finir par échouer, tout comme Nolan ?

— Il y a encore quelque chose que vous ne m'avez pas dit, n'est-ce pas ? murmura-t-elle sans le quitter des yeux. Que s'est-il passé ?

Elle voulait qu'il reste auprès d'elle, qu'il se confie, qu'il ne la repousse pas.

— Seul mon ami Archer est au courant. Je n'ai jamais parlé de cela à qui que ce soit d'autre, ni à Haviland, ni à Bren, mes deux autres compagnons d'études et de voyage.

Sa voix se brisait pour n'être plus qu'un murmure.

Il baissa les yeux sur la main de Gianna et prit une profonde inspiration pour trouver la force d'achever son récit.

— Cette année, mon père a poussé mon frère du haut des escaliers. Il s'est cassé la jambe dans la chute et restera boiteux tout le reste de sa vie… Il a d'ailleurs eu de la chance que ce ne soit pas pire.

— Seigneur, c'est horrible !

Gianna sentit les larmes lui monter aux yeux. Les paroles de Nolan réveillaient ses propres peurs, ses propres souvenirs. Si elle avait agi différemment, Giovanni serait toujours à ses côtés. Où le comte avait-il pu envoyer son frère ? Certainement pas dans une villa spacieuse et confortable... Qu'allait-elle trouver, le jour où elle pourrait enfin aller sauver son petit frère ?

Au bout de quelques instants, Nolan lâcha :

— J'ai toujours l'impression que tout cela est de ma faute. Si j'avais été là, j'aurais pu empêcher ce drame.

Que pouvait-elle répondre à cela ? Il aurait été inutile de nier, d'essayer de le rassurer ; quand elle avait été séparée de Giovanni, ce genre de paroles ne l'avaient pas aidée. Tout ce qu'elle pouvait faire, c'était soutenir le regard de Nolan et le laisser voir les larmes qui embuaient ses yeux.

Ce n'était pas seulement son histoire qui l'émouvait, mais l'homme en lui-même. Nolan était plus profond qu'il n'y paraissait. Sous ses apparences de joueur débauché, elle devinait un grand sens de l'honneur et un grand courage. Elle avait eu tort de penser que tout n'était que jeu pour lui, que la vie n'était que plaisanterie.

De nouveau, une petite voix la mit en garde : *Ne te laisse pas aller à l'aimer, Gianna*. Puis, immédiatement, vint un autre doute.

Qu'exigera-t-il en échange de ces confidences ?

Hélas, cela arriva trop tard. Dès qu'elle croisa son regard, elle vit son âme sensible se refléter quelques secondes dans les yeux de Nolan et elle sut qu'elle était perdue. Elle allait lui céder, plus rien ne pourrait la sauver. Jusqu'où s'abandonnerait-elle à lui ?

12

Nolan entraîna Gianna hors de l'*erberia*, loin de la foule qui se pressait entre les étals. Ils avaient tous les deux besoin d'espace et de silence pour réfléchir à ce qu'ils venaient de partager.

Pourquoi lui avoir avoué tout cela ? Une fois qu'il avait commencé, il n'avait pas su s'arrêter. Il avait entendu sa douleur quand elle avait parlé de son frère et il avait voulu qu'elle sache qu'il la comprenait. Seulement, les simples mots « je comprends » n'auraient pas suffi. Elle ne l'aurait pas cru.

Il avait alors voulu lui montrer qu'elle n'était pas seule dans son cas, en lui livrant son histoire — l'histoire de sa famille. Il lui avait donné un aperçu des drames qui hantaient sa famille depuis des années, en échange de ce qu'elle lui avait raconté ; après tout, elle lui avait laissé entrevoir son propre univers, ses motivations.

Il avait peut-être été difficile, pour lui, de se mettre à nu de cette manière, mais cela avait été payant, car ça les avait rapprochés. La vie de Gianna chez le comte avait dû être terrible. A présent, il la cernait mieux — il comprenait pourquoi elle était si méfiante, pourquoi elle ne considérait le sexe que comme une arme, et pourquoi elle était si désespérée. Après des années de mauvais traitements, elle avait enfin une chance de s'enfuir de cette prison, de mettre fin à cet isolement perpétuel. Cette simple pensée le faisait enrager : le comte allait devoir payer pour ce qu'il lui avait fait subir. Mais la justice devrait attendre la nuit et ils n'allaient pas passer toute la journée à se morfondre ou à se noyer dans leurs regrets.

Nolan avait réussi à faire un pas de plus vers la confiance. Ils s'étaient tous les deux avoué leurs secrets les plus douloureux. Maintenant, il était temps de penser au plaisir.

Ils passèrent devant quelques petites boutiques, quelques épiceries, et Nolan entra dans l'une d'entre elles pour y acheter un modeste panier de pain et de fromage. Passant devant une autre échoppe, il y ajouta une bouteille de vin, ce qui fit sourire Gianna.

— Que comptez-vous faire avec tout cela ?

— Tout cela, répondit Nolan en passant le panier à son bras, nous servira pendant la seconde partie de notre après-midi.

Il s'amusait de cultiver un peu de mystère. En quelques minutes, il leur trouva une gondole avec un *felze* qui leur offrirait un peu d'intimité, et aida Gianna à monter à bord. Cela fait, il donna l'ordre au gondolier de les emmener dans les petits canaux moins connus — là où ils ne pourraient pas être dérangés.

Gianna s'appuya contre l'un des coussins, sous le *felze*, et le regarda d'un air rusé s'asseoir en face, puis poser le panier entre eux. Sans se laisser déconcerter, il prit la bouteille de vin et la déboucha d'un geste bien exercé.

— Est-ce que vous avez l'intention de m'enivrer, avec ce vin ? demanda-t-elle d'une voix à la fois méfiante et charmeuse en prenant le verre qu'il lui tendait.

Ils trinquèrent, et Nolan ne put réprimer un sourire amusé.

— Vous vous trompez, ma chère. Considérez plutôt ce verre comme une mise en garde : j'ai l'intention de vous séduire...

Le mal était déjà fait... Quand il la touchait, elle perdait tout contrôle sur ses émotions, tout contrôle sur ses mouvements. Leur promenade dans ce marché aux poissons — un lieu pourtant pas vraiment romantique — avait réduit toutes ses défenses en miettes.

Sans un mot, elle sirota son vin rouge, contemplant cet homme énigmatique. Qui aurait pu penser qu'une sortie innocente au marché, un lieu si trivial et si peu intime, aurait pu la bouleverser à ce point ? Et pourtant...

Inquiète, elle fit de son mieux pour rassembler le peu de volonté qui lui restait. Elle ne le quitta pas des yeux, par-dessus le bord de son verre.

— Me croirez-vous si je vous dis que je n'ai pas quitté volontairement le *palazzo* Minotti depuis quatre ans ?

A chaque fois qu'elle était sortie de la maison, cela n'avait été que sous la surveillance de son beau-père, et pour servir ses intérêts, comme durant leur soirée passée au *palazzo* Calergi. De simples plaisirs comme se rendre à ce concert, la veille, ou marcher ce matin au milieu des clients du marché, y manger un peu de soupe de poissons, avaient été des expériences enivrantes — plus encore qu'elle n'aurait pu l'imaginer. Et cela, Gianna en était certaine, n'était qu'un avant-goût des plaisirs que Nolan pourrait lui faire découvrir.

— J'avoue que je ne pensais pas que vous ayez pu vivre en prisonnière jusqu'à ce matin, jusqu'à ce que vous vous confiiez à moi.

Le regard de Nolan était chaleureux et sincère.

— En êtes-vous certain ?

Elle ne put réprimer un élan de cynisme. S'il avait prévu tout cela pour la charmer, sa stratégie avait fonctionné : elle était en train de s'abandonner. Elle perdait la partie.

— Je pense plutôt que tout ce que vous avez fait, aujourd'hui, était méticuleusement calculé. Emmenez une pauvre fille au marché et elle vous ouvrira son cœur !

Elle aurait même pu ajouter : « Achetez-lui de nouveaux vêtements et elle se sentira aimée. Plaquez-la contre un mur d'église, embrassez-la pendant quelques minutes et elle se sentira désirée. »

Mais Nolan ne parut pas blessé. Au contraire, il éclata de rire.

— Est-ce que vous avez conscience du ridicule de cette logique ? Un homme si manipulateur n'aurait pas pris la peine de s'investir de quelque manière que ce soit ; il n'aurait pas accepté de cambrioler la maison du comte pour vous...

Gianna haussa les épaules, dubitative.

— Ma logique n'est pas « ridicule », comme vous le dites. N'importe quel homme aurait fait tout cela s'il avait su qu'il en serait récompensé.

— Récompensé comment ? demanda Nolan en buvant une nouvelle gorgée de vin. Par un séjour dans une prison italienne ? A ma connaissance, le vol est encore un crime à Venise et je doute que ce coffret à bijoux contienne quoi que ce soit qui mérite qu'on prenne un tel risque. Quoi qu'il en soit, si j'étais vous, je n'essaierais pas de le récupérer illégalement si je n'espérais en tirer qu'un profit matériel.

— Dans ce cas-là, pourquoi m'aider ?

Elle lâcha ces mots avant d'avoir pu s'en empêcher. C'était une question pertinente, mais pas forcément très sage. Comme on le disait : toutes les vérités n'étaient pas bonnes à entendre...

Que ferait-elle s'il s'apercevait de l'imprudence de sa promesse et décidait de se rétracter ? Oserait-elle se rendre seule au *palazzo* ? Elle s'aperçut soudain qu'elle avait commis une grave erreur : ces derniers jours, elle s'était entièrement livrée à lui, au point de dépendre de sa bonne volonté pour recouvrer sa liberté. Elle, qui pourtant s'était juré de ne jamais se retrouver piégée par le bon vouloir d'un homme, se reposait sur cet étranger rencontré deux jours auparavant. Il avait été généreux envers elle et, elle, tout ce qu'elle avait trouvé à faire était de le remercier par une question empreinte de cruauté.

La gorge nouée, elle s'excusa rapidement.

— Je suis navrée, je ne sais pas pourquoi j'ai dit cela.

— Moi, je le sais. Vous luttez depuis si longtemps pour votre survie que vous ne savez plus rien faire d'autre.

Il lui enleva son verre des mains et, ignorant le mouvement de la gondole, se pencha vers elle et lui caressa la joue avec douceur.

— Arrêtez de lutter, Gianna. Juste pour un après-midi. Laissez-moi vous montrer ce que le plaisir peut vous offrir.

Il n'attendit d'ailleurs pas son autorisation — mais, après tout, il l'avait prévenue, non ?

Il s'approcha d'elle et l'embrassa fougueusement, jusqu'à ce qu'elle s'abandonne sous lui. Sa langue était parfumée par le vin capiteux qu'ils venaient de boire.

Elle se laissa aller et explora les lèvres de Nolan, emportée par son désir. Arrêter de lutter, juste pour un après-midi. Cela semblait si facile, si innocent… Ce ne serait qu'une parenthèse, un petit plaisir temporaire après des années de solitude. Après tout, quel mal un seul après-midi pourrait-il engendrer ? Rien de bien grave, sans doute.

Elle sentit les bras de Nolan passer autour de sa taille, l'attirer contre lui tandis qu'ils s'allongeaient sur les coussins de velours, et s'y abandonna. Dans l'intimité du *felze*, ils étaient dans leur monde, là où personne ne pourrait les voir, où personne ne saurait ce qu'ils faisaient. C'était un instant de rêve qui ne s'achèverait qu'à la fin de leur promenade.

Elle sentit les lèvres de Nolan bouger contre les siennes dans un murmure tentateur :

— Laisse-moi te montrer ce qu'est le plaisir.

Comme si elle avait le choix… Non, ce choix était déjà fait — depuis plus longtemps qu'elle n'aurait voulu l'admettre. Peut-être même avait-elle décidé tout cela avant de se réveiller, ce matin-là.

Elle guida la main de Nolan jusqu'à sa poitrine et lui embrassa le cou, soufflant sa réponse à son oreille.

— Touche-moi, Nolan. Montre-moi ce à quoi tu penses.

Bien sûr, elle savait très bien à quoi il pensait. La veille, dans l'église, il lui avait déjà donné un aperçu de ces délices. Mais, cette fois, c'était différent.

Cette fois, il n'essayait pas de lui donner une leçon. Il n'essayait pas de l'effrayer pour la faire fuir, comme la veille — bien que cette leçon ait de toute manière été oubliée bien vite par eux deux.

Cette fois, ce qui se passait entre eux était plus doux, mais pas moins intense. Il dénoua les lacets de sa robe, laissant l'air frais caresser sa peau nue, bien vite remplacé par sa main chaude qui explorait sa poitrine. Chaud. Froid. Comme une danse décadente. Elle sentit sa chair s'éveiller, plus sensible à chaque instant, après chaque nouveau contact.

La paume de Nolan effleura avec révérence l'arrondi de ses seins et son corps se tendit, comme impatient de sentir ces mains expertes en explorer d'autres parties.

— Je veux te toucher aussi, murmura-t-elle en ouvrant son pantalon avant qu'il n'ait eu le temps de protester.

Son sexe était chaud sous ses doigts, prêt et si vivant... Nolan n'avait pas réagi de cette manière la première fois, quand elle s'était agenouillée devant lui, dans le petit salon. Il avait eu une érection, bien sûr, comme n'importe quel homme en bonne santé dans de telles circonstances. Mais, cette fois, il ne s'agissait pas que d'une excitation physique. Cela semblait plus profond, plus intense.

Elle fit glisser sa main le long du sexe de Nolan, caressant son sommet si doux de son pouce. Il eut un petit sursaut de surprise. Elle recommença et il gémit.

— Tu es une *tentatrice*, Gianna, lâcha-t-il avec un petit rire en lui mordillant le lobe de l'oreille.

Nolan n'était pas innocent, lui non plus : il savait la charmer d'un regard, d'un geste sensuel.

Sans hésiter, il passa une main sous sa jupe pour atteindre cet endroit si sensible entre ses cuisses. Ce contact intime lui coupa le souffle. D'instinct, elle sut que c'était ce qui serait arrivé, dans l'église, s'ils n'avaient pas couru le risque d'être interrompus. Ils se laissaient entraîner par leur désir jusqu'à partager une intimité bien plus intense que tout ce qu'elle avait connu jusqu'à présent ; un plaisir plus brûlant que ce qu'il lui avait déjà fait découvrir.

— Regarde-moi, Gianna, dit-il.

C'était à la fois un ordre et une douce invitation.

— Je veux voir naître le plaisir dans tes yeux.

Il se mit alors à la caresser, là, pressant sa peau du bout des doigts et effleurant sa perle précieuse de son pouce.

Surprise, elle lâcha un petit gémissement. C'était une sensation si étrange : étonnante, délicieuse et enivrante.

— Continue, Nolan, je t'en supplie, chuchota-t-elle.

Visiblement ravi du plaisir qu'il lisait dans ses yeux, Nolan répondit par un petit sourire. Il l'embrassa de nouveau avec passion, laissant son pouce imiter les mouvements de sa langue jusqu'à ce qu'elle se cambre contre lui, attendant désespérément le soulagement dont son corps avait besoin. Les doigts de Nolan étaient magiques et le plaisir la déchirait. Tout ce qu'elle voulait, c'était se laisser submerger par ce raz-de-marée et le sentir la traverser encore et encore, comme si elle se trouvait allongée sur une plage chaude où la mer venait la caresser sur un rythme lent.

— Laisse-toi aller, Gianna, ne lutte pas. Laisse le plaisir t'emporter, tu ne le regretteras pas. Fais-moi confiance.

Nolan paraissait aussi essoufflé qu'elle, aussi bouleversé par cette intimité qu'ils partageaient. Elle se laissa donc faire, comme il le lui avait dit, comme un nageur plongeant en pleine mer. Là, dans l'atmosphère confinée de la gondole, elle fut emportée, s'agrippant à Nolan de peur de perdre pied. L'extase l'envahit, mettant à l'épreuve sa passion et sa détermination. Tandis que sa passion l'entraînait au ciel, sa détermination se brisa en miettes.

Elle s'était trompée au sujet du plaisir sexuel, songea-t-elle dès qu'elle put reprendre ses esprits. Allongée contre Nolan dans la gondole, elle comprit ensuite rapidement qu'il n'avait pas commis la même erreur qu'elle ; il était bien trop expérimenté pour cela...

Il avait su dès le début qu'il faudrait lui apprendre que le plaisir était une chose particulièrement puissante, que le sexe n'était pas confiné au rôle d'arme. Ce n'était pas étonnant qu'il ait à ce point tenu à lui montrer cela, qu'il ait été si pressé de la désarmer. Peut-être avait-il aussi pressenti qu'ils seraient incapables de renoncer à ce plaisir après la fin de l'après-midi, d'oublier cette extase une fois le jour passé.

Mais Gianna avait encore une chose à découvrir : qu'est-ce que cette expérience détruirait en elle une fois que son émerveillement se serait évaporé ? Elle aurait voulu savourer encore un peu ce bien-être si nouveau pour elle, avant d'être contrainte à l'analyser, à le disséquer. La seule chose qui lui restait à faire, pour l'instant, était d'essayer de restaurer un peu d'équilibre entre eux...

— J'ai eu mon plaisir, mais tu n'as pas encore eu le tien.

Elle se retourna contre lui et saisit son sexe, mais Nolan l'arrêta avec douceur.

— Ne t'en fais pas, nous n'en avons pas fini, promit-il. Seulement, avant que nous n'allions plus loin, j'ai une question à te poser, Gianna. Est-ce que tu es vierge ?

Encore bouleversée par les sensations qu'il avait su éveiller sous sa peau, elle se sentait audacieuse et relativement téméraire.

— Est-ce que c'est vraiment important ?

Nolan la dévisagea gravement.

— Oui, c'est très important. Cela détermine le genre d'expérience que nous allons pouvoir partager. Dis-moi la vérité, Gianna. Es-tu vierge ? Ou est-ce que le comte a menti sur cela aussi ?

Doutait-il de la parole du comte ou de la sienne ? Non, Nolan l'aurait su si elle lui avait menti. Elle n'aurait pas pu le lui cacher.

— Il n'a pas menti, avoua-t-elle dans un souffle.

Il valait mieux dire la vérité à cet homme, même si elle avait conscience des conséquences. Maintenant qu'il savait qu'elle était vierge, il ne lui ferait pas l'amour, ni dans cette gondole, ni ailleurs...

Cet aveu la laissa perdue, désemparée. A présent qu'elle y avait goûté, elle voulait découvrir tout ce que l'amour lui réservait encore.

— Bien, cela règle notre problème.

Nolan relâcha la main de Gianna, mais n'essaya pas de l'éloigner de son sexe. Au contraire, il se rallongea confortablement sur les coussins et lui lança un sourire malicieux, le regard assombri par ses désirs inassouvis.

— Prends donc les choses en main, Gianna.

Elle comprit alors qu'il était en train de lui donner une nouvelle leçon dans l'art de l'amour : on ressentait autant de plaisir en donnant qu'en recevant. Elle allait trouver du bonheur en lui en offrant ; ce qui renforçait le pouvoir que le sexe pouvait avoir sur les gens. C'était quelque chose de partagé, et non une lame à double tranchant.

Tout en le caressant, elle se délecta du contact soyeux de sa peau sous ses doigts, et des gémissements que Nolan poussait, les yeux fermés. Cette sensation aussi était addictive — l'impression qu'elle pouvait faire découvrir de nouvelles émotions à cet homme si expérimenté.

Peu à peu, le corps de Nolan se préparait au plaisir, s'échauffait. Il avait rejeté sa tête en arrière, au milieu des coussins.

C'était beau. *Nolan* était beau en ces instants d'extase où il était si viril, et pourtant abandonné à elle.

Quand ce fut fini, elle se rallongea contre lui et posa la main sur son cœur qui battait un peu plus lentement, qui se calmait petit à petit. Nolan posa sa propre main sur la sienne.

— Je ne pense pas que j'en supporterai plus, murmura-t-il d'une voix rauque. Heureusement, nous avons une maison à cambrioler.

Ce rappel de l'épreuve qui les attendait brisa l'atmosphère idyllique qui les enveloppait et ramena brutalement Gianna à la réalité — si, du moins, elle était capable de retrouver pleinement cette réalité. Après ce qu'ils venaient de partager, elle ne redeviendrait plus jamais celle qu'elle était avant cette expérience ; elle ne pouvait plus qu'avancer.

Ils s'étaient confié leurs secrets les plus enfouis, s'étaient donné du plaisir mutuellement. Que cela ait ou non fait partie de leurs stratégies bien huilées, cela les avait transformés. Plus rien ne serait pareil, à présent…

13

Il fallait bien accorder cette qualité au comte : il savait organiser une fête, songea Nolan. Dans d'autres circonstances, il aurait grandement profité de ce bal masqué. On y trouvait des femmes charmantes, du vin capiteux, des plats délicieux. Champagne, escargots, huîtres, chocolat, fromages abondaient entre les petites alcôves privées qui permettaient un peu d'intimité aux invités.

Mais, ce soir-là, ce que Nolan appréciait surtout, c'était la foule, qui lui offrait un camouflage parfait. Cependant, même ce plaisir-là ne le satisfaisait pas complètement, car une question le hantait : où était passée Gianna ? Il était presque impossible de repérer qui que ce soit au milieu de tout ce monde !

Ils étaient arrivés ensemble, mais avaient décidé de se séparer pour éviter de trop attirer l'attention sur eux. Nolan avait réussi à garder un œil sur elle pendant presque toute la soirée — pour s'assurer de sa sécurité, se répétait-il. Rien de plus. En tout cas, pas parce qu'il ressentait une pointe de jalousie à chaque fois qu'il la voyait danser avec d'autres hommes. Elle faisait ce qu'elle jugeait bon, après tout. Ne pas danser aurait éveillé les soupçons, et il l'avait d'ailleurs imitée.

Toutes les partenaires qu'il avait eues étaient des femmes sophistiquées, qui lui avaient promis de lui faire des choses *sophistiquées* dans la pénombre des alcôves aux rideaux élégants que le comte semblait tant affectionner.

Brennan aurait adoré cette fête !

Trois mois, trois semaines, ou même trois jours plus tôt, Nolan aussi aurait participé avec entrain à ce genre de réjouissances. Il aurait même accepté de bon cœur les propositions décadentes de l'une de ces femmes superficielles... Si Brennan et lui étaient venus à Venise, c'était précisément pour connaître ce genre de plaisirs. Bien sûr, on pouvait prétendre y venir pour l'art ou l'histoire captivante de la Sérénissime ; mais les deux amis ne s'en cachaient pas, ils étaient là pour le sexe. Et au diable l'art ! De toute manière, Napoléon avait volé la plupart des œuvres.

Seulement, maintenant que Nolan pouvait participer à l'une de ces nuits parfaites offrant des plaisirs gratuits, il n'en avait plus envie. Toutes ces femmes et leurs avances ne l'excitaient pas, pas plus que tous les loisirs futiles auxquels il pouvait s'adonner pour passer le temps. Cela n'était rien, comparé aux frissons d'extase de Gianna, allongée sur les coussins de la gondole. Il avait été responsable de ce plaisir — le *premier* à le lui faire découvrir.

L'espace d'un instant, il songea que c'était peut-être sa mission de ce soir qui l'empêchait de profiter du bal, mais il était suffisamment honnête avec lui-même pour finir par admettre que c'était Gianna, et *uniquement* Gianna, qui le distrayait à ce point. Le problème, quand on était le premier, c'était qu'il y aurait forcément un second et un dernier... En général, ce concept ne le dérangeait pas plus que cela. Il avait toujours été le « suivant », et avait toujours su qu'il ne serait pas le dernier pour ses nombreuses conquêtes. Toute sa vie, il n'avait fréquenté que ce genre de femmes.

Mais Gianna était différente. S'il le voulait, il pourrait être son premier amant, mais ce serait tout. Il n'existait aucun avenir pour eux, pour leur histoire. Ils avaient été réunis par le hasard, rien de plus, et aucun d'eux ne cherchait à vivre une relation à long terme.

Nolan examina la foule à la recherche de sa reine de cœur en costume rouge. L'espace d'un instant, il crut percevoir un éclat carmin dans la foule, avant de le perdre une nouvelle fois de vue. Peut-être que ce n'était pas elle, après tout.

A bien y réfléchir, cette soirée marquait sans doute le début de la fin pour eux. Une fois qu'ils auraient récupéré le coffret à bijoux, elle serait libre de quitter Venise. Elle n'aurait plus besoin de lui — même si lui avait encore besoin d'elle.

Cela vaut mieux, Nolan. Elle est peut-être charmante, mais elle ne t'apportera que des ennuis.

Hélas, avoir conscience de cela ne rendait pas les choses plus faciles. Il aurait pu aisément la prier de repartir avant aujourd'hui, avant leur promenade au marché, avant les confidences qu'ils avaient échangées autour d'un bol de soupe. Cependant, il savait maintenant le danger qu'elle courait : sans sa protection, elle ne serait plus qu'une femme seule entre les griffes d'un adversaire redoutable. Que se passerait-il si le comte décidait de la pourchasser ? Et, après cette soirée, il était presque certain qu'il le ferait.

Nolan tira sa montre de sa poche. Il ne restait plus que dix minutes avant leur rendez-vous et il commençait à s'inquiéter... Gianna n'avait toujours pas réapparu. Son absence le rendait plus nerveux qu'il ne voulait bien se l'avouer. Elle n'était pas censée quitter la pièce ; ils s'étaient mis d'accord !

Quelqu'un l'avait-il reconnue ? Etait-elle en danger, en cet instant ? Ou peut-être avait-elle décidé de chercher le coffret sans lui ?

Plus les minutes passaient, plus il scrutait avec angoisse la foule des danseurs. Un nouvel éclat rouge attira son regard, près des portes de la terrasse. C'était elle ! Le soulagement de Nolan ne dura pas longtemps, car il fut rapidement remplacé par la colère. Gianna n'était pas seule : un homme la tenait par le bras et la tirait vers lui. A cause de la distance et du monde, Nolan ne pouvait pas voir ce qui se passait exactement. Perplexe, il entreprit de traverser la pièce, gêné par les invités qui se pressaient partout, par petits groupes.

Plus il approchait, plus il comprenait que son instinct ne l'avait pas trompé. De toute évidence, elle n'avait aucune envie de rester en compagnie de cet homme... Nolan plia le poignet, rassuré lorsqu'il sentit la présence de son poignard dissimulé dans sa manche.

— Qui que vous attendiez, chérie, il ne viendra pas, bafouilla l'homme qui la tenait, visiblement ivre. Et puis, nous portons tous des masques, alors comment le reconnaîtriez-vous ? Peut-être est-ce moi que vous devez retrouver ici, après tout. Allons, venez dehors avec moi, nous verrons bien...

Il ne faisait aucun doute qu'il avait assez bu pour devenir dangereux. Nolan allait devoir agir vite s'il ne voulait pas que leur confrontation attire trop l'attention. Sans hésiter, il s'interposa entre eux, protégeant Gianna de son corps.

— Que se passe-t-il, ici ? demanda-t-il en tirant sa lame pour la plaquer contre la gorge de l'homme.

D'habitude, le contact froid de l'acier contre la chair vulnérable du cou suffisait à faire dessoûler n'importe qui. Hélas, ce ne fut pas le cas, cette fois-ci.

— La reine de cœur et moi ne faisons que parler, répliqua l'autre de sa voix avinée. Qui diable êtes-vous, d'abord ?

Nolan appuya la pointe du couteau sous le menton de son adversaire, faisant perler une goutte de sang sur sa peau.

— Je suis le roi de cœur, alors fichez le camp !

Il repoussa l'homme, qui tituba jusqu'à la terrasse. Aux yeux de n'importe qui, ce n'était qu'un invité trop soûl qui allait prendre une bouffée d'air frais dehors. Sans attendre, Nolan attrapa Gianna par la main et disparut avec elle dans la foule. Une fois qu'il fut certain que personne ne les avait remarqués, il se dirigea vers une porte sombre qui ouvrait sur le reste de la maison. Après avoir traversé quelques pièces, ils atteignirent un petit hall désert, et Nolan se glissa dans une alcôve dont il tira les rideaux, les protégeant, Gianna et lui, des regards indiscrets. Là, il ôta son masque.

— Est-ce que tu vas bien ? demanda-t-il.

Gianna enleva son masque à son tour et il remarqua que ses mains tremblaient.

— Je vais bien, dit-elle cependant. Merci, Nolan.

Il voulut protester, mais elle le fit taire d'un geste autoritaire.

— Non, laisse-moi le dire : *merci*. J'aurais pu m'en sortir, mais… mais c'était agréable de ne pas avoir à me défendre seule, acheva-t-elle dans un murmure.

Nolan sentit sa gorge se nouer. Combien de fois avait-elle dû faire face à ce genre d'hommes seule ? Beaucoup trop, sans aucun doute. Son instinct protecteur s'éveilla. Cela ne lui arriverait plus, pas tant qu'il serait là pour elle. Même les cœurs les plus courageux avaient besoin d'un champion, de temps à autre.

Gianna l'embrassa tendrement sur la joue. C'était un geste doux, innocent, et cela même le rendait séduisant. Nolan sentit son sang s'échauffer sous la caresse de ces lèvres soyeuses. Le corsage ajusté du costume de Gianna, son baiser dans cette alcôve, et même sa propre imagination conspiraient contre lui, cherchaient à le déstabiliser.

Mais ils avaient du travail à faire et peu de temps devant eux. On enlèverait les masques à minuit, ce qui voulait dire qu'ils devaient partir avant. Nolan recula d'un pas et glissa de nouveau son couteau dans son fourreau.

Il la vit jeter un rapide coup d'œil à la manche dans laquelle la lame venait de disparaître, et elle eut un petit sourire.

— Est-ce que tu transportes cet objet partout où tu vas ?

— Oui, cet ami m'a déjà sorti de bien des situations délicates.

Il lui sourit une dernière fois avant de réajuster son masque. Il était temps pour Gianna et lui de passer aux choses sérieuses.

— Ce qui me vient à l'esprit, dit-elle, c'est que tu dois te retrouver souvent dans des situations *délicates* pour ressentir le besoin de te faire un tel « ami » !

Elle remit son propre masque devant son visage et le laissa lui attacher derrière la tête. Incapable de résister à ses désirs, il s'attarda un instant sur ses épaules, savourant le contact de la peau veloutée sous ses doigts, et se pencha à son oreille.

— Je suis un joueur, et un bon, tu sais. Les situations délicates font partie de mon métier.

Gianna avait dû saisir sans mal son sous-entendu : elle baissa la tête et sa voix se fit plus rauque.

— Je pense que ce n'est pas uniquement lié à ton métier, mais à tes fréquentations…

— Bon, à toi de jouer. Où allons-nous ? chuchota-t-il.

Elle comprendrait sans doute ce nouveau sous-entendu. Ils étaient encore libres d'abandonner leur quête pour en entamer une autre, dans cette alcôve... Mais Nolan savait bien quel choix elle ferait.

Sans un mot, Gianna le conduisit le long de couloirs sombres, au sommet d'un escalier à l'extrémité d'une autre aile du *palazzo*. Là, ils n'entendaient presque plus les bruits de la fête et seules quelques notes de musique flottaient encore jusqu'à eux. Ils étaient en territoire dangereux, à présent : aucun invité n'était susceptible de s'égarer si loin de la salle de bal. Nolan tira sa lame, par précaution. Le comte aurait-il posté des gardes dans ses couloirs ? Ce ne serait pas surprenant, en période de carnaval — les maisons devaient souvent accueillir des hôtes indésirables, lors des fêtes.

— C'est là, dans les appartements du comte, murmura Gianna.

Nolan ravala la boule qu'il avait dans la gorge. Ils allaient donc cambrioler la chambre de Minotti ? Bien sûr, le coffret ne pouvait pas être dans un bureau, une bibliothèque, ou toute autre pièce commune. Si tel avait été le cas, et s'ils eussent été surpris, ils auraient toujours pu prétendre y être entrés accidentellement en cherchant un peu d'intimité. Mais la chambre du maître de maison... Cela serait plus délicat.

Il resserra les doigts sur la poignée de son couteau. Si quelqu'un les prenait sur le fait, ils n'auraient aucune explication plausible à fournir.

Peu à peu, il commençait à se rendre compte de l'étendue des risques qu'il avait pris pour elle. Et pour quelle raison ? Qu'est-ce qui lui prouvait que Gianna était digne de confiance, à l'exception de sa beauté renversante et des rares aveux qu'elle lui avait faits ? Des aveux dont, d'ailleurs, il n'avait pas vérifié la véracité.

Quand elle lui avait dit que le comte était son ennemi, qu'elle était prisonnière dans cette maison, que le coffret à bijoux lui appartenait, il l'avait simplement crue.

Des centaines de questions et de « et si » vinrent le hanter. Voilà ce qu'il en coûtait de se montrer aussi critique envers tout et tout le monde. Encore que, cette fois, son esprit critique avait pris son temps pour faire son apparition ; il aurait dû penser à ces différentes possibilités bien plus tôt…

En effet, tout cela n'était-il pas qu'un piège méticuleusement préparé ? Gianna était-elle complice du comte, de quelque manière que ce soit ? L'avait-elle entraîné ici sur les ordres de son beau-père, pour que celui-ci puisse se venger de ses pertes au jeu ?

Bien sûr, c'était lui-même qui avait proposé de venir ce soir, précisément, mais c'était elle qui avait décidé de venir *tout court*. Le comte et elle n'avaient-ils pas l'intention de le prendre en flagrant délit pour le faire accuser de vol ? En partant pour son Grand Tour, Nolan n'avait pas prévu d'expérimenter de l'intérieur les prisons vénitiennes. Gianna avait si facilement réussi à l'entraîner dans cette maison, avec ses histoires, qu'il n'avait pas même pensé à lui poser la moindre question avant qu'il ne soit trop tard… Du moins, qu'il n'avait pas *voulu* poser de questions. Il avait *voulu* voir en Gianna une demoiselle en détresse, pas une femme fatale qui le manipulerait pour arriver à ses fins. Il voulait toujours croire qu'il n'avait pas bêtement été dupé par un beau minois.

Gianna entrouvrit doucement la porte de la chambre et tous deux se glissèrent à l'intérieur. On avait laissé une lampe allumée, sur une table.

— Je vais ouvrir le coffre-fort. Surveille la porte, chuchota-t-elle avant de se faufiler d'un pas sûr entre les meubles mal éclairés.

Obéissant, Nolan se posta près de la porte. Si un intrus passait le seuil, il se retrouverait face à lui et à son fidèle ami avant d'avoir pu faire un seul pas.

Il entendait Gianna, cachée dans la pénombre, travailler sur une serrure. Quelques secondes plus tard, elle murmura triomphalement :

— Je l'ai !

Nolan entendit encore la porte du coffre se refermer, le bruit, d'un tableau, pensa-t-il, que l'on remettait en place, puis vit enfin Gianna s'approcher, un écrin dans les mains.

— Allons-y.

Nolan jeta un rapide coup d'œil dans le couloir. Il était toujours aussi noir et vide. Il commençait enfin à se détendre. Peut-être que cela allait être facile, finalement.

Ils longèrent de nouveau les corridors et redescendirent l'escalier sur la pointe des pieds. Plus qu'un couloir. Bientôt, ils se retrouveraient en sécurité dans la lumière, la foule et le brouhaha du bal. Ils n'auraient plus qu'à traverser la salle en faisant de leur mieux pour cacher le coffret.

— Non, l'arrêta Gianna en posant sa main sur son bras avant d'indiquer une autre porte d'un signe de tête, allons par là. Ce couloir nous conduira jusqu'aux docks sans avoir à repasser par la salle de bal.

Cela aurait dû être une bonne décision : ils n'avaient rencontré personne jusque-là, à part quelques invités égarés à proximité du grand salon. Ils passèrent donc la porte d'un pas tranquille. Nolan prit même Gianna par la taille en la serrant contre lui, tant pour paraître crédible que pour la protéger. S'inquiétait-il plus pour elle ou pour lui ? Et était-il seulement capable de lui offrir toute la protection dont elle avait besoin ? Quoi qu'il en soit, c'était bon de la sentir contre lui.

Ils avaient presque atteint la porte de sortie donnant sur le canal quand Nolan aperçut deux silhouettes ; deux hommes immenses vêtus de la livrée de la maison. Contrairement à ce qu'il avait osé espérer, ce n'étaient sûrement pas des invités. Gianna se crispa et il sut que ses craintes étaient fondées.

Cela n'allait pas du tout. Il avait besoin qu'elle soit détendue. La tension était repérable, pour un œil exercé. Il n'y avait que deux raisons possibles pour que des hôtes se promènent dans cette partie de la maison. La première attirerait immédiatement les soupçons : s'ils cherchaient à partir, pourquoi ne pas passer par l'entrée principale, comme tout le monde ? L'autre, cependant, justifierait leur présence en cet endroit éloigné aux yeux de n'importe qui. Mais Gianna pourrait bien ne pas apprécier son idée… Tentant le tout pour le tout, il se pencha à son oreille.

— Vite, embrasse-moi, Gianna.

Surprise, Gianna faillit crier, mais Nolan la plaqua contre le mur pour l'embrasser fougueusement. Dans son geste, il fit disparaître le coffret entre eux. Pressée contre le mur, elle sentit l'angle de l'écrin s'enfoncer dans sa hanche, mais ignora facilement la douleur. Elle était bien trop occupée à essayer de deviner les intentions de Nolan. Tout son corps lui disait que leur étreinte devait être convaincante.

Il donnait des coups de reins agressifs contre ses cuisses et caressait brutalement sa taille et sa poitrine, renouvelant ses baisers presque goulus.

— Gémis, bon Dieu…

Elle obtempéra, comprenant soudain qu'il fallait qu'ils fassent tous les deux des efforts pour rendre la scène crédible. De toute manière, cela n'avait rien de difficile : le moindre contact avec Nolan allumait une flamme de désir au fond d'elle. Bien que tout cela ne fût que simulation pour distraire les deux valets, son corps, lui, ne faisait pas la différence. Elle sentit son cœur s'emballer, sa respiration se faire plus rauque. La main de Nolan remonta le long de sa cuisse, froissant sa jupe sur son passage.

Il gémit à son tour, tout contre ses lèvres, et murmura quelques mots incohérents en italien : *« Mia cara, mia cara, voglio fare l'amore con te… »* Pour ponctuer cette déclaration, il lui mordilla le lobe de l'oreille, comme un enfant joueur.

Gianna poussa un soupir de plaisir, fermant à demi les paupières, pas trop pour pouvoir guetter les deux hommes du coin de l'œil. Ils passèrent à leur hauteur, en se donnant des coups de coude potaches. L'un d'entre eux lâcha même un commentaire salace. Néanmoins, ils s'éloignèrent sans les déranger, songeant sans doute que ce petit couple avait besoin d'intimité. Du moins, du peu d'intimité qu'un couloir pouvait offrir.

Elle comprit soudain, comme lui ne les voyait pas, qu'elle devait prévenir Nolan que les deux gardes étaient partis, qu'elle devait mettre fin elle-même à ce câlin impromptu, puisqu'ils étaient de nouveau en sécurité.

Une petite voix l'incita à faire traîner délibérément ce moment. Elle ne voulait pas que cela se termine, pas encore…

De toute manière, ils faisaient semblant, c'était justement ce qui rendait ces écarts inoffensifs — bien plus inoffensifs, et moins réels, en tout cas, que ce qu'ils avaient fait dans la gondole. Néanmoins, cela n'empêcha pas son corps de se méprendre. Cambrée contre le mur, elle lâcha un soupir saccadé en sentant la main de Nolan remonter sa cuisse, s'approcher de sa toison, lui rappelant ce qu'elle avait ressenti dans l'après-midi, sous ses mains expertes.

— Est-ce qu'ils sont partis? murmura-t-il à son oreille.

— Je... Je crois que oui, balbutia-t-elle en faisant de son mieux pour paraître détendue.

Elle aurait préféré mourir plutôt que lui laisser deviner qu'elle avait prolongé de son plein gré ces préliminaires.

Nolan recula d'un pas et lui laissa un instant pour rajuster ses vêtements.

— Je suis désolé de m'être montré si audacieux, dit-il en lui offrant son bras tandis qu'ils reprenaient leur route.

— Ce n'est rien. Nous devions nous montrer convaincants.

Gianna essayait désespérément d'avoir l'air aussi tranquille que lui, mais eut du mal à ravaler sa déception. Cette expérience risquée avait été si excitante, si nouvelle pour elle... Apparemment, ce n'était pas le cas pour Nolan. A le voir, on eût pu croire qu'il faisait cela toutes les nuits. Peut-être que ce genre de mise en scène était aussi habituel pour lui que se promener partout avec un couteau dans sa manche. De toute évidence, la vie de Nolan était bien plus exotique que la sienne!

Arrivée au bout du couloir, elle ouvrit la dernière porte et ils se glissèrent dans la nuit. En quelques instants, son compagnon leur trouva une gondole; il y en avait des dizaines près du *palazzo*, attendant que les invités commencent à rentrer chez eux.

Gianna s'affala sur le siège rembourré et laissa son soulagement la submerger. Sa frustration et sa déception disparurent rapidement quand elle sentit la gondole s'éloigner du quai. Ils étaient sains et saufs : elle devait être heureuse. Ils étaient sains et saufs... et le coffret aussi. Elle avait fait un pas de plus pour sauver Giovanni, pour se sauver elle-même. Parvenant finalement à sourire, elle se tourna vers Nolan et serra l'écrin contre elle.

— Nous avons réussi !

Nolan lui rendit son sourire. Sous le *felze*, il s'approcha d'elle, l'air parfaitement à son aise.

— Voilà, tu as réussi à faire de moi un cambrioleur, dit-il d'une voix douce dans l'obscurité de la nuit.

Comme elle ne répondait pas, il lui caressa la joue et elle sentit son cœur bondir. Elle aurait dû être habituée à ce qu'il la touche, à présent, mais chaque effleurement la faisait encore frémir.

— Maintenant, dis-moi tout, Gianna : qu'y a-t-il de si précieux dans ce coffret pour que tu aies pris un tel risque, ce soir ?

Leurs regards se croisèrent un instant, cherchant chez l'autre une volonté de dire la vérité. C'était un test. Il la mettait à l'épreuve et elle comprit immédiatement qu'elle ne devait pas échouer si elle voulait rester à ses côtés. Il avait pris le risque de commettre ce que l'on pouvait appeler un crime, uniquement pour elle ; et maintenant, c'était à elle de prendre un risque. Que serait-elle prête à faire pour lui ?

Après tout, il s'était introduit chez le comte à l'aveuglette. Il s'était fié à elle sans hésitation. Lui devait-elle la vérité, en échange ? Elle ne mit pas longtemps à se décider. Que craignait-elle ? Peut-être même que dire la vérité pourrait l'aider...

Cependant, si elle répondait à sa première question, elle ne ferait qu'en provoquer d'autres. N'osant pas détourner les yeux, elle prit une profonde inspiration. Elle était sur le point de se livrer à lui, entièrement et sans retenue, et avait besoin qu'il le sache.

— Il y a tout, là-dedans. Ma vie entière...

Nolan eut assez de tact pour ne pas en demander plus tant qu'ils étaient dans la gondole, bien qu'elle eût préféré en finir tout de suite. Dès qu'ils seraient de retour à l'hôtel, leur conversation reprendrait son cours.

Elle aurait pu lui faire un résumé, s'il l'avait voulu. Mais peut-être avait-il deviné que leur court trajet en gondole ne suffirait pas à satisfaire toutes ses interrogations. Elle respecta donc son souhait tacite d'attendre qu'ils aient rejoint leur suite. *Là*, elle savait qu'elle ne pourrait plus retenir l'envie de Nolan de lui arracher tous ses secrets.

14

Ce fut le tintement de la porcelaine qui attira son attention. Assise en tailleur sur le lit, Gianna leva les yeux, les mains toujours posées sur le couvercle du coffret de sa mère.

Nolan se tenait dans l'encadrement de la porte, vêtu de son élégante robe de chambre, un plateau à la main. Ses cheveux blond foncé retombaient librement sur ses épaules et ses yeux gris la dévisageaient, plus perçants que jamais.

— Tout y est ? demanda-t-il avec un signe de tête en direction de l'écrin.

— Je ne sais pas, je n'ai pas encore tout examiné.

Elle eut du mal à se détourner de ce regard enflammé, en dépit de son envie d'inspecter la boîte à bijoux.

Il sourit gentiment, comme un ami soucieux d'elle, rien de plus. En cet instant, il n'avait plus rien du séducteur qui l'avait sauvagement enlacée dans le couloir sombre du *palazzo*. Il ne semblait pas non plus avoir envie de poursuivre ces écarts ici, dans cette chambre. Non, il paraissait plutôt avoir pitié d'elle. Suite à tout ce qui s'était passé entre eux dans l'après-midi, Gianna avait cependant du mal à se fier à sa propre retenue.

Le plaisir était addictif, surtout quand on en avait eu un aperçu sans pour autant avoir eu la liberté de s'y abandonner pleinement…

Nolan s'assit sur le lit et posa le plateau entre eux en prenant soin de ne rien renverser tandis qu'il croisait les jambes à son tour.

— J'ai pensé qu'un peu de thé te ferait du bien.

— Pas de brandy, ce soir ? plaisanta Gianna.

Elle fit de son mieux pour ignorer les papillons dans son ventre. Pourquoi se sentait-elle toujours aussi troublée quand il était là ? Lorsqu'elle l'avait suivi, le soir de leur rencontre, elle avait été loin d'imaginer qu'elle pourrait ressentir une telle inclination pour lui ; mais, plus ils passaient de temps ensemble, plus il lui était difficile de l'ignorer. Au fil des jours, cette attirance avait commencé à s'enraciner, à devenir plus profonde qu'un simple désir physique. En partageant leurs histoires, ils avaient pris un gros risque : la porte qu'ils avaient ouverte ne pourrait plus être refermée.

Nolan éclata de rire, les yeux pétillant de malice.

— Du brandy ? N'as-tu pas retenu la leçon ? Je me suis dit que nous irions mieux sans alcool, tous les deux, ce soir.

Il lui tendit une tasse fumante, et Gianna attendit ses questions, tout en savourant le contact chaud de la porcelaine contre sa peau. Nolan posa un instant son regard sur son propre thé, comme s'il hésitait à parler.

— J'ai aussi pensé que tu pourrais apprécier un peu de compagnie, ce soir. Mais si ce n'est pas le cas, le thé pourra au moins te faire du bien. Crois-moi, je sais que les souvenirs et la nuit ne font pas vraiment bon ménage.

Ses attentions étaient aussi séduisantes que ses baisers, une preuve de plus qu'un lien fort se tissait entre eux. Très bien. Dans ce cas, elle était prête à laisser la boîte à bijoux de sa mère de côté pour en apprendre plus sur lui. Quels autres souvenirs hantaient cet homme d'apparence si sûr de lui ? Cet homme qui savait toujours quoi faire ? Il était capable d'anticiper tous ses besoins et de lire dans ses pensées comme s'il la *connaissait* vraiment. Et c'était bien ce qui le rendait si dangereux...

Nolan n'était pas son ami, pas vraiment. Elle était assez futée pour ne pas se laisser duper par un simple sourire compatissant. Après tout, il n'était pas le seul, dans cette pièce, à savoir comment les gens pensaient et comment ils réagissaient en fonction des circonstances.

Là, c'étaient *justement* les circonstances qui leur donnaient l'impression d'être plus intimes qu'ils ne l'étaient réellement. Des gens qui cambriolaient des maisons ensemble, qui se découvraient des affinités dans un marché aux poissons, qui cherchaient leur plaisir sous le dais d'une gondole et faisaient semblant de faire l'amour contre un mur ne pouvaient s'empêcher de se sentir proches. Il était compréhensible qu'ils aient cette fausse impression de se connaître l'un l'autre, d'avoir le droit de rester ensemble. Etant donné qu'il l'avait sauvée de la noyade, qu'ils s'étaient embrassés plusieurs fois, qu'elle avait pris son sexe dans sa main et qu'ils s'étaient plusieurs fois retrouvés dans des situations peu orthodoxes, il était plutôt facile de comprendre comment était née cette illusion d'intimité.

Comme il était facile de comprendre pourquoi cette illusion paraissait si réelle, surtout ce soir. Ils étaient là, dans cette chambre, ensemble, tranquillement vêtus de leurs vêtements de nuit, assis sur un lit comme deux jeunes mariés en pleine lune de miel. Hélas, à en croire les réactions de son corps, cette comparaison était plutôt déplacée. Un éclair de désir la traversa. Ce devait être formidable de célébrer ensemble le début d'une vie de couple dans cette suite luxueuse, avec des domestiques prêts à satisfaire toutes vos envies...

Elle ne se souciait pas de la richesse de Nolan ; le plaisir était bien plus important. Pour la première fois de sa vie, elle envisageait d'être un jour mariée à un homme tel que lui, qui prendrait soin d'elle et ne la brutaliserait pas. Jusqu'à présent, l'idée du mariage avait toujours rimé avec dépendance, pour elle. Etait-il seulement possible de vivre cela d'une autre manière ?

Il ne prend soin de toi que pour te faire partir plus vite. Il a des projets, et tu n'en fais pas partie, lui rappela une petite voix amère.

Il valait mieux qu'elle se concentre sur ce qu'elle avait à faire pour sauver Giovanni. Il n'y avait pas de place pour la romance dans sa vie. Après tout, elle avait déjà eu son après-midi de bonheur — c'était tout ce à quoi elle avait droit, elle avait bien vu cela comme quelque chose de temporaire.

Reposant sa tasse de thé, elle souleva le couvercle du coffret et s'efforça d'ignorer la faible odeur familière de lavande et de cèdre. Même après cinq ans, l'écrin avait conservé le parfum de sa mère. Malgré les pillages du comte, cette odeur était restée intacte ; et, d'une certaine manière, c'était plus important pour elle que la poignée de bijoux qui se trouvaient encore au fond de la boîte. Cinq bagues, un collier et deux bracelets — un maigre souvenir de l'époque où cet écrin avait été rempli à ras bord de gemmes et de babioles hors de prix...

Gianna sentit des larmes lui monter aux yeux. Elle crispa le poing dans l'espoir vain de les retenir. Il était hors de question qu'elle pleure devant Nolan. Déjà qu'il l'avait vue vomir ! Elle n'allait tout de même pas ajouter cela à la liste de ses exploits.

Elle se promit de rester forte, quoi qu'il arrive. Elle avait su que le comte avait volé des bijoux, dans le coffret. Elle aurait dû s'attendre à ce qu'il soit presque vide. Comment, sans cela, aurait-il pu se permettre de fréquenter Romano Lippi avec son mode de vie extravagant ?

Le contenu matériel de cette boîte avait quasiment disparu, mais elle représentait malgré tout le premier pas vers une vie nouvelle aux côtés de Giovanni, quelque part loin de Venise et de leur passé douloureux. En effet, la réelle valeur de ce coffret n'avait rien à voir avec les bijoux de sa mère, et elle l'avait toujours su.

— Ma mère sent la vanille et la rose, dit Nolan d'une voix douce, la tirant de ses pensées. Je pense que l'odorat est un sens trop souvent ignoré, quand on se plonge dans nos souvenirs. Nous avons trop souvent le réflexe de nous appuyer uniquement sur notre vue.

Il posa précautionneusement le plateau par terre et s'allongea à côté d'elle, appuyé sur un coude pour mieux la regarder.

— Et pourtant, quand je regarde ces bijoux, chacun d'entre eux me raconte une histoire, répondit Gianna en tirant du coffret une bague d'améthyste. Ma mère avait l'habitude de me laisser jouer avec cet anneau quand elle se préparait à sortir.

Reposant la bague, elle prit un bracelet en péridot et petits diamants.

— Sa vie et tous ces présents me paraissaient si beaux, à l'époque. Elle me disait que, quand un homme faisait un cadeau à une femme, il était toujours sincère. Elle me disait qu'on pouvait juger un homme sur la magnificence de ses présents.

Nolan eut un petit rire désabusé.

— J'imagine qu'il y a une certaine vérité dans tout cela. Cela dépend de ce qu'on cherche à juger chez les hommes, bien sûr.

— Il n'y a qu'une seule chose qui en vaille vraiment la peine...

Peu à peu, les souvenirs revenaient se bousculer. Elle se revoyait, dans le boudoir de sa mère, assise en tailleur sur le lit avec le coffret sur les genoux — comme en ce moment. Elle ne s'était même pas aperçue de son geste, en s'installant. Elle revoyait aussi sa mère assise devant son miroir, en train de donner à sa bonne des leçons sur la nature des hommes, de sa voix toujours si joyeuse.

— Ma mère me disait que l'on pouvait mesurer la loyauté d'un homme, son respect et, à la fin d'une liaison, son souci pour le bien-être de la femme grâce à ses cadeaux. La vie d'une courtisane dépend principalement de cela, tu sais. Elle a besoin d'argent, à la fin d'une relation, pour survivre en attendant de trouver un autre homme sensible à ses charmes, qui soit digne d'elle. Les courtisanes ne s'offrent pas à n'importe qui et les femmes désespérées ne sont pas attirantes. C'est pour cela qu'elles ont besoin d'une certaine indépendance.

Elle jeta un rapide coup d'œil à Nolan.

— Quand je la regardais se préparer à sortir, le soir, j'avais l'impression que la vie n'était qu'une longue fête remplie de joyaux, de fourrures, de robes extravagantes et d'appartements somptueux. J'avais l'impression que tous les hommes étaient beaux et généreux. Mais, hélas, ce n'était pas toujours vrai...

Elle ne put réprimer un soupir un peu amer.

— Parfois, il n'y avait pas d'homme pendant longtemps et nos appartements étaient moins luxueux. Ma mère était une femme très particulière, tu sais, et cela participait à son charme.

Elle ôta le bracelet qu'elle avait instinctivement enfilé et attrapa une autre bague. Pendant quelques instants, elle se contenta de la tourner et de la retourner entre ses doigts.

— Je peux t'avouer quelque chose ? J'ai toujours secrètement aimé ces moments ; quand ma mère pouvait rester à la maison pour s'occuper de mon frère et de moi, même si je savais que ces périodes, entre deux hommes, l'angoissaient beaucoup. Parfois, une bague ou deux disparaissaient du coffret.

— Pourquoi a-t-elle épousé le comte ? demanda Nolan d'une voix douce, dans le silence de la chambre.

Gianna reposa la bague et leva les yeux sur lui.

— Pour la seule raison qui pousse une mère à agir, quoi qu'il arrive. Pour ses enfants. Elle voulait que nous ayons une vie respectable. J'avais quatorze ans, à l'époque, et je grandissais vite. Je pense qu'elle avait peur de voir un gentilhomme s'enticher de moi. Comme la plupart des parents, elle voulait m'offrir une vie meilleure que celle qu'elle avait connue. Le comte était un homme titré et il était prêt à lui offrir cette respectabilité en échange de sa petite fortune. C'était un accord équitable — en apparence, bien sûr. Le genre de destin heureux dont rêvent toutes les courtisanes...

— Tu as parlé de la fortune de ta mère, fit remarquer Nolan.

Bien sûr, cela devait paraître étrange, au vu du coffret à bijoux presque vide qu'elle tenait entre ses mains et en écoutant son récit de périodes de disette.

Patiente, Gianna lui sourit et poursuivit :

— Son dernier protecteur était un veuf déjà assez âgé, très riche et très attaché à elle. J'ai toujours cru que, si ma mère devait se marier, ce serait lui qu'elle épouserait. C'était un marchand avec des enfants déjà grands. Hélas, il est mort brutalement, un jour, alors qu'il visitait son entrepôt. Mais heureusement il n'avait pas oublié ma mère dans son testament.

Et elle avait donc utilisé cet argent pour acheter une certaine respectabilité à ses enfants. Seulement, cela n'avait pas fonctionné comme elle l'avait prévu.

Face au regard grave de Nolan, Gianna haussa les épaules.

— Je n'ai pas besoin de te raconter la suite, n'est-ce pas ? J'imagine que tu en sais assez pour tout deviner. Tu as dû entretenir quelques maîtresses, toi aussi ?

— Quelle question directe ! s'écria-t-il d'un air faussement offensé.

Quoi qu'il en soit, il ne répondit pas... Détournant la conversation, il prit une autre bague, ornée d'un diamant carré, qu'il tint dans la lumière pour faire scintiller les facettes de la pierre.

— Celle-ci est magnifique. Absolument splendide. Raconte-moi son histoire.

Ce n'était qu'une petite diversion, tout à fait innocente aux yeux de Nolan, pourtant Gianna sentit le danger rôder autour d'eux. Elle ne pouvait plus lui raconter d'autres histoires ; cela ne faisait que nourrir la fausse impression d'intimité qu'ils avaient.

Mais Nolan la dévisageait sans ciller. Son sourire semblait dire : « Parle-moi, fais-moi rêver avec tes histoires d'enfance, apprends-moi ce que c'était, de grandir avec une mère courtisane. Raconte-moi tout. »

Il avait eu bien raison de lui dire que les souvenirs et la nuit ne faisaient vraiment pas bon ménage. Après toutes ces années de silence forcé, elle *voulait* se confier. Elle avait *besoin* de parler de sa mère à quelqu'un. Sa mère, une femme qu'elle avait toujours aimée sans jamais complètement la comprendre.

— Cet anneau est un cadeau de son premier amant, répondit-elle donc doucement. Elle adorait me parler de lui. Quand il lui avait offert ce bijou, il lui avait dit que la perfection de ce diamant lui faisait penser à elle, qu'elle scintillait autant que la pierre... Mais je suis certaine qu'elle a embelli l'histoire au fil des ans.

— Peut-être pas, murmura Nolan d'une voix sensuelle.

Il passa la bague au doigt de Gianna, effleurant sa main un instant. Elle fut parcourue d'un délicieux frisson à ce contact.

— On n'oublie jamais son premier amant, ajouta-t-il.

Devait-elle prendre cela pour un sous-entendu ? Une invitation ? Lors de cette partie de cartes, il avait gagné le droit d'être son premier homme, et lui avait prouvé depuis qu'il en était digne. Cependant, cette invitation s'effaça aussi rapidement qu'elle était venue dans le regard de Nolan.

Gianna finit par refermer le couvercle de l'écrin, prenant

conscience pour la première fois de tout ce que le comte avait volé, tout ce qu'il lui avait pris.

— J'espérais qu'il en reste plus… Je ne peux pas croire que presque tout ait disparu.

Le dernier mot s'étrangla dans sa gorge. Huit bijoux, plus sa parure de perles, c'était tout ce que son beau-père lui avait laissé.

— J'ai tellement essayé de ne pas être comme elle, de ne pas dépendre de qui que ce soit ; mais cela ne veut pas dire que je ne l'aimais pas…

Cette fois, ses larmes se mirent à couler, brûlantes et incontrôlables. Elle n'essaya même pas de les retenir, ne voulut pas les retenir. Ces larmes, c'était cinq ans de rage et de tristesse qui se déversaient. Bouleversée, elle leva les yeux vers Nolan.

— Il devrait rester plus de sa vie que huit malheureux bijoux, tu ne penses pas ?

En voyant la détresse de Gianna, Nolan sentit la colère l'envahir. Le comte devrait être flagellé sur la *piazza* San Marco en punition de sa cruauté !

Sans hésitation, il s'approcha de Gianna et la prit dans ses bras, étouffant ses sanglots dans le creux de son épaule. Il lui murmura quelques paroles réconfortantes, le visage enfoui dans ses longs cheveux bruns, incapable pourtant de réprimer ses envies de meurtre et de torture.

— Je sais que c'est idiot de se mettre dans un état pareil pour quelques bijoux, lâcha-t-elle en hoquetant. Ce ne sont que des objets, après tout…

— Ce sont plus que des bijoux pour toi, voyons. Ce sont des souvenirs. Le comte n'avait pas le droit de te les prendre.

A bien y réfléchir, la mort serait une sentence bien trop légère pour un homme comme Minotti. Mais être réduit à la mendicité… Ça, c'était une autre histoire. La pauvreté serait une mort sociale douloureuse et lente pour un homme comme le comte — tout comme chaque scandale de Nolan, à Londres, avait été un clou de plus enfoncé dans le pieux cercueil de son père. Avec ses nombreux talents, il pourrait le faire ; il pourrait ruiner le comte. Il lui suffirait de passer une soirée aux tables de jeu. Quelques parties de cartes, et le tour serait joué.

Non ! lui cria une petite voix. Ce combat n'était pas le sien. Il avait d'autres projets. Gianna aussi avait d'autres projets, et il n'en faisait pas plus partie qu'elle ne faisait partie des siens. Ils avaient récupéré le coffret et leur association pouvait prendre fin.

Pourtant, l'odeur de ses cheveux, effluves de romarin et de sauge, et le souvenir de son corps dans ses bras lui faisaient oublier la réalité. La seule chose à laquelle il pensait était ce qu'il pourrait lui offrir si elle acceptait de lui donner sa chance.

Il déposa un petit baiser sur ses cheveux, puis sur ses joues où les larmes avaient séché, puis sur ses lèvres qui s'entrouvrirent pour lui. Elle s'abandonna contre lui. Ses mains se refermèrent sur les pans de la robe de chambre, fiévreusement, comme si elle avait besoin de lui. Lentement, Nolan la séduisait avec de tendres baisers, de doux baisers, qui leur firent peu à peu oublier la tristesse, la nostalgie, pour les animer d'un sentiment plus affamé, plus passionné.

Il s'allongea au-dessus d'elle, la faisant passer de son torse au matelas en un geste souple. Ses longs cheveux s'étalèrent comme une auréole sombre sur l'oreiller. Ses grands yeux noisette le dévisageaient, brûlants de désir.

Elle le caressa, glissant ses mains sous la robe de chambre, ses pouces pressés contre ses tétons, ses hanches rejoignant les siennes. Elle ne pouvait que sentir son érection et répondit à cette invitation muette. Lui-même passa ses mains sous l'ourlet de la chemise de nuit, retroussa le vêtement au-dessus des cuisses de Gianna, jusqu'à sa taille. Il l'embrassa, descendant de plus en plus jusqu'à trouver la peau nue. Cette fois, il laisserait son corps atteindre l'extase. Il achèverait ce qu'il avait commencé dans l'église et sur la gondole.

Il embrassa son nombril, appréciant le frisson d'excitation qui la traversa alors. Il descendit encore, déposant un baiser sur sa toison, enivré par son odeur, par cette chaleur qui émanait d'elle.

— Tu es prête ? murmura-t-il sans se redresser.

Ses lèvres trouvèrent la fente intime entre les chairs et, du bout de la langue, il joua avec la petite perle sensible qui y était nichée. Gianna sursauta, puis cria en découvrant ce nouveau plaisir. Emporté par la joie de son amante, Nolan but son essence, pris de vertige à son tour. C'était un tel plaisir de la sentir si abandonnée. Cambrée sous lui, elle gémissait, lui offrant au moins autant de sensations qu'il lui en donnait. Il pouvait sentir les spasmes qui la traversaient, de plus en plus rapides, et l'entendit crier à nouveau, d'une voix plus rauque, quand la jouissance la submergea.

Alors, tandis qu'elle se détendait à nouveau, il remonta, laissant une piste de baisers sur son passage. Son nombril, à nouveau, ses seins, sa gorge. Partout où il passait, Gianna se laissait aller, revenant peu à peu à la réalité.

— Tu es vraiment délicieuse, murmura-t-il avant de l'embrasser sur les lèvres.

— Et tu es dépravé, répondit-elle avec un sourire.

Elle plia les genoux et passa lascivement les jambes autour de sa taille. Son invitation était claire. Elle embrassa doucement le lobe d'une de ses oreilles tandis que son souffle chaud effleurait délicieusement son cou. C'étaient ces petites choses qu'elle faisait, ces petites caresses, ces petits baisers, qui lui faisaient perdre tout contrôle. Et s'il n'avait pas encore entièrement perdu pied, les paroles de Gianna finirent de le faire basculer :

— Nolan, je veux que tu me fasses tout oublier, ce soir.

Seigneur, il en avait tellement envie ! Ce serait si facile... Mais, combien de fois avait-il fait cela ? Combien de fois avait-il demandé la même chose qu'elle ?

Lady X, lady Y, miss Ce-Soir, miss Hier-Soir, faites-moi tout oublier.

Cela n'avait jamais fonctionné. Pas sur le long terme, du moins. Cet oubli délicieux ne durait jamais bien longtemps. Non, il ne pouvait pas exaucer la prière de Gianna. Au contraire, il savait parfaitement ce qu'il devait faire, même si c'était difficile.

Il l'embrassa une dernière fois au coin de la bouche, à contrecœur.

— Tu serais déçue, le matin venu, crois-moi.

Le corps entier de Gianna protesta et lui-même parvint à peine à comprendre pourquoi il renonçait à ce dont il avait tant envie. Il avait été attiré par elle dès le premier jour et maintenant qu'elle était là, qu'elle lui demandait de la prendre, qu'elle l'avait *choisi*, il la repoussait... C'était à peine croyable, en effet. Mais il ne voulait pas que cela se passe de cette façon. Elle était affaiblie par toutes les émotions de la soirée — le cambriolage, le fait qu'ils aient presque été découverts dans le couloir, l'homme ivre dans la salle de bal, le coffret à bijoux pillé... Sa réaction était logique, elle avait besoin de réconfort mais elle regretterait son geste dès le lendemain. Pire encore, elle pourrait lui en *vouloir*. Et il ne le supporterait pas. C'était peut-être absurde, mais il ne voulait pas faire partie de ses mauvais souvenirs.

Refusant d'admettre sa défaite, elle s'agrippa à lui, l'enlaçant dans un geste de désespoir.

— Nolan, je t'en prie.

Il lui prit les mains et les maintint en place.

— Crois-moi, si le sexe apporte du plaisir, il n'apporte pas l'oubli.

Il déposa un baiser sur sa joue et se releva. S'il restait plus longtemps dans ce lit, il se perdrait. Elle était bien trop séduisante pour qu'il puisse lui résister...

— Où vas-tu ? lança-t-elle tandis qu'il se rhabillait en hâte dans la pièce d'à côté.

— Je dois jouer aux cartes, grommela-t-il.

Le jeu qu'il aimait le moins. La réussite. Que pouvait-il faire d'autre, maintenant qu'il était devenu saint Nolan, protecteur des vierges vénitiennes ?

15

Il fallait à tout prix qu'il arrête de dormir dans les fauteuils du salon, ou alors qu'il demande au personnel du Danieli d'en trouver de plus confortables !

Mieux encore, on pourrait inventer des fauteuils qui se transforment en lit pour les pauvres hommes victimes de femmes capricieuses, partout dans le monde. Nolan s'étira douloureusement et massa ses épaules nouées.

— Quelque chose ne va pas, dans ta chambre ? lança la voix enjouée de Brennan Carr.

Son ami venait d'entrer dans la pièce encore déserte. Il était déjà habillé pour la journée. Seigneur, depuis combien de temps était-il endormi là ? Brennan n'était habituellement pas un lève-tôt...

De plus, Nolan n'avait pas prévu de se réveiller tard : il avait beaucoup de choses à faire, ce jour-là. Il était censé aller voir son homme d'affaires, ici, à Venise, pour régler quelques problèmes financiers ; les vêtements de Gianna devaient être livrés ; et il avait aussi des problèmes à régler avec Gianna elle-même, bien qu'il ne sache pas encore très bien lesquels.

Brennan s'assit en face de lui et s'étira à son tour, cherchant un instant sa position.

— Ce n'est pas l'idéal pour se reposer, j'imagine. D'ailleurs, je dois te dire que tu as une très sale tête, ce matin...

D'un geste, il envoya le *facchino* qui attendait près de la porte leur chercher du café et le petit déjeuner.

— Merci, murmura Nolan en passant la main dans ses cheveux ébouriffés. Qu'est-ce que tu veux ?

Brennan se pencha vers lui, ses yeux bleus aussi rieurs que d'habitude, et scintillant de malice. Il paraissait tout à fait réveillé et prêt à embrasser sa journée.

— Je veux savoir ce qui se passe. Cela fait trois jours que l'on ne s'est pas croisés. Quand vous êtes en voyage avec quelqu'un que vous ne voyez plus apparaître qu'à minuit pour vous demander une chemise de nuit, vous devenez...

— Jaloux ? intervint Nolan.

Brennan s'affala dans son fauteuil avec un petit éclat de rire.

— J'allais plutôt dire « intrigué ».

Le *facchino* revint avec un plateau dont il disposa le contenu entre eux. Un petit déjeuner à l'anglaise, comme Brennan les aimait : des œufs en cocotte, des harengs fumés, de la saucisse, des toasts et un grand pot de café. Nolan, préférant la tradition italienne, opta pour des toasts et du café, sans rien de plus, tandis que son ami se préparait une assiette bien garnie de tout ce qu'il appréciait.

— Tu manges comme quatre ! remarqua Nolan en voyant le monceau de nourriture empilé devant son ami.

Brennan haussa les épaules et lui fit un clin d'œil.

— J'en ai besoin ; et tu as l'air d'en avoir au moins autant besoin que moi. Tu ressembles à un cerf en fin de rut !

Ce disant, il enfourna une pleine cuillerée d'œufs dans sa bouche. En dépit de la gastronomie extraordinaire qu'ils avaient trouvée à Paris et en Italie, Brennan avait toujours mangé uniquement pour reprendre des forces, sans se soucier des plats qu'on lui servait. Il ne faisait qu'alimenter sa chaudière.

— Alors ? reprit son ami entre deux bouchées. Qui est cette femme ? Est-ce qu'elle en vaut la peine ?

En temps normal, Nolan se serait confié librement. Il avait l'habitude de ne pas avoir de secrets pour ses amis ; mais ce matin, il hésitait.

— Ce n'est pas ce que tu crois, Bren. Cette fois, c'est quelque chose de différent, de compliqué.

Il sirota lentement son café, surpris — comme toujours — de voir l'assiette de Brennan déjà à moitié vide.

Son ami n'eut pas l'air convaincu par ses vagues explications.

— Ça n'a pas l'air bien différent. Je l'ai entendue, hier soir, à travers le mur, je *vous* ai entendus. Apparemment, cette jolie petite chemise de nuit a fait son effet...

— Oui et non.

Nolan reposa sa tasse et se pencha vers son ami pour poursuivre, à mi-voix :

— Est-ce que je peux te poser une question sérieuse ?

C'était quelque chose de nouveau, pour eux deux. Avant, ils se confiaient à Haviland ou à Archer ; mais tous deux étaient mariés maintenant et vivaient leurs propres aventures, loin de Venise. Le petit groupe de quatre qui avait quitté l'Angleterre s'était réduit à leur duo improbable. Ils avaient toujours été les plus sauvages. Ils avaient toujours vécu leur vie comme une longue plaisanterie, sans jamais prendre leurs responsabilités pour quoi que ce soit... Et voilà qu'ils étaient seuls, tous les deux, sans personne pour les épauler.

Brennan parvint à se concentrer et à laisser son petit déjeuner de côté.

— Que se passe-t-il ? demanda-t-il.

— Bren, est-ce que cela t'est déjà arrivé de rencontrer une femme avec laquelle tu ne peux pas coucher ?

Un long silence s'éleva entre eux et Brennan parvint même à paraître relativement soucieux. Hélas, sa voix fut *particulièrement* forte quand il lui répondit.

— Oh ! Seigneur, Nolan, est-ce que tu es devenu impuissant ? Comment est-ce possible ? Depuis quand ? La semaine dernière, avec la comtesse, je croyais que tu... Et cette nuit, comment expliques-tu ce que j'ai entendu ?

Nolan le fit taire d'un geste de la main ; les *facchini* commençaient à leur jeter des regards en coin.

— Parle moins fort, bon sang ! Bien sûr que non, je ne suis pas impuissant, dit-il, les dents serrées.

— Qu'y a-t-il, alors ?

Soudain, Brennan parut terrifié.

— Tu as la syphilis ? demanda-t-il dans un souffle qui résonna malheureusement comme dans un théâtre.

Il aurait tout aussi bien pu le crier à tous les *facchini* occupés à préparer le salon pour la journée.

— Non, coupa Nolan qui commençait à perdre patience. Je n'ai *pas* la syphilis et je ne suis pas impuissant ! Je suis tout à fait capable de satisfaire une femme.

Brennan avait décidément une drôle de façon de l'obliger à se justifier de la manière la plus ridicule !

Il prit une profonde inspiration et essaya une nouvelle fois de s'expliquer :

— Je *pourrais* avoir cette femme, mais ça gâcherait tout.

Son ami paraissait vraiment intrigué, cette fois. Cela faisait au moins deux minutes qu'il n'avait pas touché à son assiette.

— Et la nuit dernière ? Est-ce que tu ne l'as pas vraiment « eue » ? Ce n'était pas cela, les cris que j'ai entendus à travers le mur ? Parce que, franchement, ça en avait l'air...

— Cunnilingus, clarifia Nolan.

Brennan le dévisagea un instant, l'air songeur.

— Qu'est-ce que tu veux dire par : « ça gâcherait tout » ? finit-il par demander. Que peut-on gâcher, en une seule nuit ? Et puis, est-ce que tu ne l'as pas gagnée au jeu ? Je croyais que tu étais censé être libre de faire ce que tu voulais avec elle.

De nouveau, il s'interrompit, comme s'il n'arrivait pas à comprendre.

— Tu ne l'as pas déshonorée ? Pendant tout ce temps, je croyais que tu étais un vrai étalon, dans cette chambre, et tu ne l'as même pas touchée ? Pourquoi ? Tu es sûr de ne pas avoir la syphilis ? Je connais quelqu'un qui pourrait t'aider, tu sais...

— Non ! Arrête, avec tes histoires de syphilis, coupa froidement Nolan. Tu sais que tu commences à parler comme ton père ?

Son ami pâlit brusquement. C'était méchant, et Nolan le savait parfaitement : le père de Brennan n'était pas plus doué que le sien en ce qui concernait l'instinct paternel...

Cet homme avait envoyé son fils faire son Grand Tour sans

un mot tendre ou la moindre accolade ; mais avec un paquet de lettres françaises et une seule injonction : « N'attrape pas la syphilis. » Nolan était présent quand il le lui avait dit.

— Je suis désolé, Bren.

Au moins, Brennan avait eu droit à un « au revoir », lui.

— Je t'en prie, écoute-moi. Il ne s'agit pas de sexe.

— Je ne suis peut-être pas le mieux placé pour te conseiller, mais je te promets d'essayer.

En effet, Bren était peut-être de bonne volonté, mais sa vie entière tournait autour du sexe, depuis que son père l'avait conduit dans une maison close pour fêter ses quinze ans.

D'habitude, cela rendait Brennan intéressant à ses yeux ; mais, ce matin, il se rendait compte que cela limiterait l'aide que son compagnon de voyage pourrait lui apporter. En toute honnêteté, cette situation était nouvelle pour lui aussi. Gianna avait su faire naître des sensations inconnues et inconfortables en lui.

— Si je couchais avec elle, cela ne prouverait rien en dehors du fait que je suis capable de séduire une femme pour lui faire l'amour.

Ce qu'il savait déjà. Cela faisait plus de dix ans qu'il charmait les femmes pour les coucher dans son lit.

— De son point de vue, elle ne serait qu'un pari de plus pour moi, un prix que j'aurais gagné.

Cela lui ferait croire qu'il n'était pas différent, ni meilleur que tous les autres hommes qu'elle avait connus.

— Mais à tes yeux, à toi ? demanda Brennan. Ne me dis pas que tu as des sentiments pour cette belle demoiselle.

Tout en parlant, il se servit une nouvelle assiette pour un second petit déjeuner.

— A mes yeux ? Eh bien, je pense tout simplement qu'elle a des problèmes et qu'elle a besoin d'être secourue.

— Oui, elle a *indubitablement* des problèmes. Et tu veux me faire croire qu'elle a besoin de protection ? reprit son ami d'un air peu convaincu. Tu voudrais faire quoi ? Etre son chevalier en armure ? Dis-moi, pourquoi fais-tu cela ?

— Elle a été mise en gage contre sa volonté, pour la punir

d'avoir refusé une demande en mariage... Je lui ai proposé de la sauver de cette situation.

— Je vois : tu es un homme sage. Mais je croyais que tu avais tes propres projets.

Brennan le dévisageait froidement.

— Seulement, ces projets se sont envolés parce que cette femme est tombée dans le canal. Maintenant, elle occupe ta chambre luxueuse, te pousse à emprunter des chemises de nuit à ton ami, te fait dormir dans les fauteuils du club, et voilà qu'elle est toujours là au bout de trois jours.

Il poussa un profond soupir.

— Tu ne vois donc pas ce qu'elle fait, Nol ? Elle te manipule, elle joue avec toi ! Elle t'a fait acheter de nouveaux vêtements pour elle, et quoi d'autre encore ? Et tu sais le plus beau ? Elle a réussi à te faire croire qu'elle est vraiment vierge, qu'elle n'a jamais écarté les jambes pour qui que ce soit. Tu sais ce que tu es pour elle ? Des vacances ! Elle obtient tout cela gratuitement, sans rien donner en échange, pendant que tu t'inquiètes de ce qui risquerait de lui arriver si jamais tu couchais avec elle.

Nolan sentit une vague de colère l'envahir.

— Tu es vraiment un goujat cynique quand tu le veux. Je croyais que tu voulais savoir ce qui m'arrivait, que tu voulais m'aider...

En temps normal, Brennan était un homme énergique et toujours de bonne humeur. Nolan avait supposé qu'il compatirait, qu'ils émettraient des hypothèses sur les ennuis de Gianna, et qu'il lui proposerait une solution.

Mais son ami se contenta de hausser les épaules.

— Que veux-tu ? Je ne laisse pas souvent mon côté sombre s'exprimer ; mais, quand je le fais, il devient mortel.

Le problème, c'était que les craintes de Brennan n'étaient pas très éloignées des siennes. Il avait raisonné de la même façon, avait accusé directement Gianna de la même chose, et il avait reçu une gifle en retour.

A présent, il comprenait ce qui avait poussé Gianna à faire cela. S'il avait pu, il aurait fait pire à Brennan que le gifler...

— Une partie de moi aimerait te frapper, tu sais, confessa-t-il, agacé.

— Et, est-ce que tu t'es demandé pourquoi ?

Bren était tout à fait sérieux, à présent. Il attrapa sa tasse de café et but une longue gorgée, grimaçant un peu sous la morsure du breuvage trop chaud.

— Je ne peux pas croire que je sois devenu aveugle à ce point-là. Elle ne me manipule pas. Je l'aurais senti, protesta Nolan. Tu me connais, je sais lire dans les gens ; je sais quand ils mentent, je sais ce qui les pousse à agir.

— Peut-être que c'est précisément pour cela que tu ne vois pas clair dans son petit jeu. Tu n'ignores pas comment ça marche : le maître qui est habile à déjouer le complot le plus délicieusement complexe est souvent vaincu par les manœuvres les plus grossières, le prévint Brennan, en buvant plus prudemment son café.

— Non, je suis sûr de moi. Elle a de graves problèmes. La nuit dernière, pendant le bal masqué, nous nous sommes introduits chez le comte pour récupérer le coffret à bijoux de sa mère...

Nolan n'eut pas le temps d'achever sa phrase.

Brennan s'étouffa, cracha et toussa en lâchant une bordée de jurons. Le reste du café se renversa, encore brûlant, sur ses genoux.

— Bon sang ! Bon sang ! Aïe ! Apporte-moi une serviette !

Puis, une fois qu'il eut essuyé son pantalon, il reprit :

— Ne dis plus rien. Est-ce que j'ai bien entendu ? Tu as pris un coffret à bijoux chez quelqu'un, sans permission ? Ne parle pas de *récupération*, Nolan ; nous avons un mot plus adapté pour ce que tu as fait : *voler*. Elle a réussi à te faire commettre un *vol*. Et tu oses prétendre qu'elle ne te manipule pas ?

Nolan soupira. Il aurait dû informer son ami au fur et à mesure. Il y avait tellement à expliquer, maintenant, et raconter toute l'histoire en une seule fois lui donnait une impression d'absurdité profonde.

— Le coffret appartient à Gianna, non au comte, et il l'a presque entièrement vidé. Je te le jure, il ne reste presque plus rien à l'intérieur. Si quelqu'un doit être traité de voleur, c'est bien lui.

Au souvenir des larmes et du désespoir de Gianna, Nolan sentit de nouveau sa gorge se nouer. Il eut du mal à contrôler sa rage.

— Gianna était effondrée quand elle a découvert ce carnage...

— Cela ne m'étonne pas : elle comptait certainement vivre grâce à ces bijoux jusqu'à ce qu'elle trouve un autre Anglais à ruiner.

— Joue les cyniques autant que tu le veux ! Tu ne la connais pas aussi bien que moi.

Nolan entendit l'amertume dans sa voix. Il était sur la défensive, mais c'était pour une bonne raison. Brennan n'avait pas sauvé Gianna du canal. Il n'avait pas vu la peur dans ses yeux quand il avait tiré son couteau pour couper les lacets de son corset. Il n'avait pas non plus senti son abandon sincère, sa passion quand il la touchait ; ne l'avait pas entendue crier de plaisir — enfin si, il l'avait entendue la nuit dernière, apparemment...

Dans une telle situation, il était facile de douter, pour Brennan. Il n'avait pas vu Gianna et ne lui avait jamais parlé. Il n'avait aucun lien avec elle.

Et toi, qu'est-ce que tu vis avec elle ? Peut-on vraiment parler de lien après seulement trois jours ?

Quoi qu'il en soit, dois-tu voir cela comme trois jours de liaison, ou trois jours de mensonge aux mains d'une tentatrice expérimentée ? Sa mère était une célèbre courtisane, après tout ! Les chiens ne font pas des chats, à ce que l'on dit...

Non, c'était injuste. C'était comme prétendre que lui-même était forcément semblable à son père, ce butor puritain qui n'avait su appliquer sa justice qu'en battant son fils jusqu'à ce qu'il soit assez âgé pour fuir la maison.

— Je suis désolé, mon vieux, je vois bien que cette conversation ne mène à rien, dit Brennan comme s'il était prêt à abandonner. Et puis, quelle importance si elle se sert de toi ? Ça pourrait être amusant, tant que tu ne t'investis pas trop.

Bren essayait de lui remonter le moral, et Nolan lui en fut reconnaissant.

— Promets-moi simplement d'être prudent, Nol. Je suis ton ami et je suis là pour toi, bien que je préférerais que tu évites les ennuis, reprit-il avec un petit sourire. Tu sais que Louisa von Haas a demandé de tes nouvelles, hier ? Elle semble *très* attachée à toi ; il paraît que tu as une langue efficace et une certaine compatibilité avec une partie spécifique de son corps...

Nolan se força à rire, pour sauver les apparences ; mais le cœur n'y était pas. Il savait très bien de quoi parlait Brennan — prendre le sexe pour un simple plaisir physique et fréquenter des femmes qui suivaient cette règle. Des femmes comme la comtesse...

Les femmes comme Gianna, en revanche, celles qui étaient soit vierges et en danger réel, soit manipulatrices, jouant un jeu qui allait bien plus loin que de simples cabrioles sous les draps, étaient dangereuses.

Au bout d'un instant, Brennan se leva, lissant les pans de sa veste. Le salon commençait à se remplir d'hommes qui venaient lire leurs journaux du matin.

— Je vais rendre visite à mon tailleur, annonça-t-il. Est-ce que tu veux venir avec moi ? Tu pourrais te rafraîchir là-bas.

Nolan refusa poliment.

— Je pense que je vais plutôt finir mon café ici. J'ai un rendez-vous, dans la matinée.

En fait, il voulait surtout être seul un moment après toutes les émotions de la nuit et les commentaires étonnamment durs de Brennan. Quelque chose le troublait, au sujet de ce coffret à bijoux. Quelque chose qu'il n'arrivait pas tout à fait à comprendre.

Hélas, il n'avait pas été capable d'y penser tout de suite après l'épisode de l'ouverture de l'écrin.

Il parviendrait plus facilement à réfléchir dans l'après-midi, quand il aurait retrouvé tout son calme. Est-ce que Gianna avait vraiment pris le risque de retourner dans une maison qu'elle craignait pour un coffret qui, sans le moindre doute, avait été vidé ? Y avait-il autre chose dans cette boîte ? Que voyait-elle d'important là et qui lui échappait, à lui ?

Il devait forcément y avoir quelque chose de plus précieux à l'intérieur, quelque chose que le comte n'avait pas découvert au bout de cinq ans. Quelque chose de caché.

Très bien, Gray, tu n'as qu'à te concentrer et tu trouveras.

Il suivit son propre conseil et parvint à la conclusion que ce coffret devait renfermer un compartiment ou un tiroir secret. Si c'était vrai, cela impliquait aussi une seconde conclusion bien plus sombre, et plus amère : Gianna ne lui avait pas révélé toute la vérité après leur expédition de la veille. Elle l'avait distrait en lui racontant des histoires au sujet des quelques bijoux qui restaient dans l'écrin, en pleurant sur son affreux beau-père, et il s'était laissé avoir par ce petit jeu de comédienne.

Au moins, contrairement à tout ce qui se passait entre eux, cette hypothèse pouvait être rapidement vérifiée. Décidé à en avoir le cœur net, il se leva, abandonnant le reste de son café. Il n'y avait qu'un moyen de découvrir la vérité.

Il était déjà au milieu de l'escalier quand il croisa la *signora* Montefiori qui redescendait.

— *Signor !* Vous voilà, lança-t-elle. Je croyais avoir mal compris pour l'horaire de livraison des vêtements. Vous n'étiez pas dans votre chambre.

Nolan lui adressa un grand sourire.

— *Signorina* Minotti devait être là.

— Non, *signor.* J'ai frappé à la porte, mais personne ne m'a répondu.

— Oh ! elle doit être encore endormie. Nous avons veillé tard, hier.

Nolan fit de son mieux pour continuer à sourire, mais il lui fallut toute sa volonté pour ne pas monter en courant, pris de panique.

Arrivé devant la porte, il l'ouvrit et appela Gianna. Peut-être était-elle dans la salle de bains : le bruit de l'eau pouvait couvrir les coups frappés à la porte. Mais une rapide recherche confirma l'hypothèse de la couturière : il n'y avait personne dans l'appartement.

— Laissez les robes sur le lit, dit-il avec un sourire un peu plus douloureux que le précédent. On dirait qu'elle est sortie. Elle a dû aller faire les boutiques.

Ou pas. Gianna ne pouvait pas être allée faire les boutiques, pas toute seule et pas sans argent. Sa gorge commençait à se nouer. Il suivit la couturière jusqu'au couloir, une fois qu'elle se fut déchargée de son fardeau, et la remercia pour la rapidité de son travail.

Une fois seul derrière la porte refermée, il s'adossa contre le battant et soupira. Pourquoi Gianna avait-elle quitté la chambre ? Il n'y avait aucune bonne raison à cela.

Le comte l'avait-il retrouvée et l'avait-il enlevée ? L'avait-il obligée à quitter l'hôtel ? Non, le concierge en poste dans le hall aurait remarqué ce genre d'incident — une femme violemment traînée dans la rue — et puis le coffret à bijoux était toujours posé sur le bureau.

Avait-elle estimé qu'elle avait tenu sa part du marché et était-elle simplement partie ? Cela non plus n'avait pas de sens. La veille, ils n'avaient pas parlé de se séparer ; et pourquoi serait-elle partie avec rien d'autre que sa chemise de nuit, un costume de bal masqué et deux robes prêtes à porter quand elle savait que des vêtements sur mesure étaient sur le point d'être livrés ? Elle n'aurait eu que quelques heures à attendre pour avoir une garde-robe complète à sa disposition. Peut-être avait-elle décidé d'aller vendre certaines des perles de sa robe abîmée… Mais un rapide coup d'œil suffit à Nolan pour voir que la toilette était intacte.

Où qu'elle soit allée, Gianna lui avait au moins laissé la possibilité de tester son hypothèse au sujet du coffret.

16

Nolan souleva prudemment le couvercle pour s'assurer que ce qu'il restait de la collection de bijoux était encore là. Oui, bracelets et bagues étaient posés au fond, comme la veille. Tout y était. Gianna n'avait donc pas fui.

Soudain, il se sentit coupable de fouiller ainsi dans ses affaires. Il ne le faisait que parce qu'il n'avait pas confiance en elle, seulement il avait plus encore l'impression d'être un voleur que lorsqu'il s'était faufilé dans les couloirs du *palazzo* du comte. Peut-être pensait-il, au fond de lui, que Minotti avait mérité de voir son intimité violée ; pas Gianna.

Cette pensée souleva un nouveau doute plus inconfortable que les précédents : selon lui, que méritait vraiment cette femme, et pourquoi ?

Il fit doucement courir ses doigts sur le satin qui tendait le fond de la boîte, à la recherche d'une irrégularité, d'une texture différente. Rien. Il fit de même sur le bord du couvercle, guettant l'épaisseur de quelque chose caché sous l'étoffe. Toujours rien.

Perdant patience, il prit le coffret et le secoua, doucement d'abord, puis plus fort. Finalement, le fond lâcha, faisant voler une poignée de morceaux de papier froissés qui se retrouvèrent sur le sol. Que pouvait-on garder dans un tel compartiment, à part des choses que l'on devait protéger ? Des secrets qui ne devaient pas tomber dans de mauvaises mains, et qui pourraient devenir dangereux s'ils étaient divulgués ?

Il fut pris d'un affreux soupçon — un soupçon qu'il eût préféré ne pas avoir. Il lui fut plus facile de se concentrer sur l'étude de la boîte, de remarquer la finesse de la construction du double-fond. Cette astuce avait permis de dissimuler les documents pendant des années et de rendre vaines les recherches sans doute acharnées du comte. C'était vraiment un excellent travail de marqueterie. Nolan lui-même aurait pu le rater si le fond du coffret avait été correctement maintenu. S'il ne l'était pas, c'était parce que le crochet qui le bloquait n'avait pas bien été remis en place.

Bien ! Un mystère de résolu… De nombreux autres attendaient encore une réponse.

Nolan s'agenouilla au pied du bureau et rassembla les notes éparpillées par terre. Ce que Gianna tenait à tout prix à récupérer devait se trouver là ; ou *s'était* trouvé là. Soudain, il comprit : ce n'était plus là, c'était avec elle, où qu'elle soit allée. Elle avait eu suffisamment confiance en lui pour lui avouer ses souvenirs, lui offrir son corps ; mais pas assez pour lui parler de ce secret.

S'il avait été un vrai gentleman, il n'aurait pas regardé. Il aurait laissé là les vieux papiers pliés sans les ouvrir. Cependant, son instinct de survie s'opposait au droit à la vie privée de Gianna. Après les commentaires de Brennan, il sentait qu'il ne pouvait se permettre de négliger sa propre sécurité.

Quel genre de femme était-elle ? S'était-elle *vraiment* servie de lui ? Il avait le droit de le savoir, après tout. Si ces documents recelaient une once d'information, alors il *méritait* d'être mis au courant.

Les deux premiers ne lui apprirent rien, ce n'étaient que des billets de personnes qu'il ne connaissait pas. Mais le troisième était adressé à Gianna. Nolan le parcourut rapidement, lisant la date, la signature et l'en-tête : « Très chère fille… » C'était une lettre de sa mère, écrite un peu plus de cinq ans plus tôt. L'écriture était tremblante, trahissant l'immense effort qu'elle avait dû faire pour rédiger ces quelques lignes. Peut-être était-ce un mot d'adieu. Peut-être y trouverait-il les dernières instructions d'une mère à sa fille.

Il se sentit soudain coupable de trahir ainsi la confiance de

Gianna. C'était une intrusion dans son jardin secret. Il eut du mal à poursuivre sa lecture : le contenu de cette missive était très intime. Le dernier paragraphe, cependant, lui apporta un peu de lumière sur les événements des derniers jours.

> « Quand tu auras vingt-deux ans, prends le reçu que tu trouveras ici et emporte-le à la bijouterie qui se trouve au pied du pont du Rialto. »

Nolan replia soigneusement la lettre et la reposa avec les autres. Ses soupçons étaient donc fondés ! Il ne pouvait pas ignorer ce qu'il venait de lire.

Gianna avait eu besoin du coffret à bijoux pour passer à l'étape suivante de son plan — qui n'était pas, comme elle le lui avait laissé croire, de quitter simplement Venise pour fuir le scandale. Il aurait dû s'en douter. C'était trop facile… Ce scénario était trop bien dessiné : la fille obtenait ses bijoux, quittait la ville et vivait tranquillement jusqu'à la fin de ses jours loin de son tuteur si cruel.

Hélas, la vérité était bien plus complexe. Récupérer cet écrin n'avait pas été une fin ; c'était un commencement.

Une centaine d'hypothèses différentes se bousculèrent dans l'esprit de Nolan. C'était son fardeau ; le fardeau d'un homme trop critique. Il ne pouvait s'empêcher de réfléchir aux faits jusqu'à les voir sous de nombreuses perspectives.

Le comte avait voulu effrayer Gianna pour l'obliger à l'épouser. Dans quel but ? Pour ce coffret ? Simplement pour dissimuler le fait qu'il avait empoché sa dot et avait volé les bijoux avant même qu'elle ne se marie ? Ou bien tenait-il à l'épouser pour mettre la main sur les secrets contenus dans le double-fond ? Ce fameux reçu était-il assez précieux pour justifier un mariage ?

De toute évidence, la mère de Gianna avait anticipé la perfidie du comte avant sa mort et s'inquiétait de l'avenir de sa fille. Nolan n'avait pas besoin de savoir ce qu'elle avait caché si minutieusement, seule la conclusion importait.

Gianna et le comte menaient leur petite bataille pour obtenir de l'argent et des bijoux — une somme sans doute suffisante pour assurer une vie indépendante à Gianna si elle le souhaitait, ou constituer une dot. Ce n'était pas une mince affaire et les deux options méritaient qu'on se batte pour elles : les deux options représentaient une certaine liberté, un moyen de fuir l'oppression. Gianna n'avait rien raconté de précis à Nolan au sujet de son quotidien au *palazzo* Minotti, mais elle avait laissé échapper suffisamment d'indices pour qu'il sache que le comte ne lui avait pas facilité la vie.

Puisqu'ils étaient à ce point en guerre, c'était plus que probable. Jusqu'où le comte serait-il prêt à aller pour récupérer Gianna et mettre la main sur les secrets que contenait le coffret ? Même s'il ne s'était pas encore aperçu de la disparition de la boîte, sa belle-fille était en danger... S'il voulait obtenir la fortune — quelle qu'elle soit — de Gianna, il allait devoir la posséder, elle, et le temps allait finir par lui manquer. Cela faisait déjà trois jours qu'elle lui avait échappé, et qu'il n'avait plus aucune autorité sur elle. Il devait commencer à craindre qu'elle ne lui revienne pas... à moins qu'il ait encore un moyen de pression sur elle ?

La dernière interrogation qui l'assaillait était celle-ci : qu'allait-il faire, personnellement, au sujet de toute cette histoire ? Brennan et lui avaient raison tous les deux. Gianna avait des problèmes. Ses propres hypothèses étaient certainement proches de la vérité ; mais il restait qu'elle s'était servie de lui avec une maestria impressionnante. Elle lui avait délivré des miettes d'informations, comme un sentier de petits cailloux blancs pour l'attirer, le conduire à cet instant présent. Assis sur le sol, la tête dans les mains, Nolan réalisa qu'il était face à cette alternative : allait-il continuer à aider Gianna ou bien valait-il mieux la quitter et fuir ? Après tout, il ne devait rien de plus à cette fille.

Techniquement parlant, il pouvait partir. Le carnaval touchait à sa fin et il avait gagné suffisamment d'argent. En ce moment même, ses gains étaient transférés à son frère, en Angleterre, et l'acte notarié dont il avait tant rêvé était rédigé, prêt à être signé. Il n'avait plus qu'à faire ses adieux à Gianna et à Venise avant de rejoindre la prochaine étape de son voyage ! Brennan voulait voir la Grèce ; ils pouvaient aussi envisager de visiter Naples, même la Turquie, en espérant que le comte le laisse partir. Après tout, eux aussi étaient pressés !

Nolan avait bel et bien offert un refuge à Gianna, il lui avait donné les moyens de rester loin de chez elle. En effet, le comte pourrait être en train de préparer sa vengeance à l'heure qu'il était.

Finalement, il n'aurait peut-être pas à prendre la décision de rester ou de fuir. Les actions accomplies avaient déjà choisi pour lui, avaient déjà dessiné la prochaine étape à suivre. Il devait partir à la recherche de Gianna.

En quelques minutes, il se leva, s'habilla, attrapa une veste, lissa sa chemise et sentit la pression rassurante du couteau dissimulé dans sa manche. Cette fois-ci, son petit poignard ne serait peut-être pas suffisant. Il préféra rester prudent et tira du tiroir du bureau son pistolet de poche, discret à souhait. Il le glissa dans la poche de son manteau et observa son reflet dans le miroir.

Brennan avait raison. Il avait l'air épuisé. Il aurait dû se raser, mais il n'en avait pas le temps : Gianna était seule en ville. Elle ne pourrait rentrer à l'hôtel que si le comte n'avait pas encore commencé à la rechercher. Dans le cas contraire, elle n'aurait aucune chance.

— Je veux qu'elle revienne immédiatement ! gronda Agostino Minotti.

Il arpentait nerveusement son bureau tout en donnant ses ordres aux deux valets qui se tenaient devant lui. En fait, il s'agissait plus de gardes que de domestiques : des hommes qu'il avait engagés pour surveiller Francesca, puis Gianna à la mort de sa mère. Plus pour les surveiller que pour les protéger, oui, car il avait toujours eu l'impression que la mère et la fille complotaient contre lui.

— Cela fait trois jours. Si nous attendons plus longtemps, elle pourrait quitter la ville et nous n'aurions plus aucune chance de la retrouver !

Il y avait pire encore, mais c'était bien trop embarrassant à avouer. Il avait bien sûr blâmé les gardes qui avaient travaillé la veille, mais cela n'avait pas effacé l'insulte qui lui avait été faite.

— Vous n'avez qu'à commencer par l'Anglais, proposa Romano Lippi, affalé sur une chaise, d'où il regardait la scène avec intérêt. De deux choses l'une : soit elle est encore avec lui, soit il saura où elle est.

— *Signor* ? demanda l'un des valets en se retournant vers Agostino. S'il la protège, que faisons-nous ?

C'était bien ce que le comte craignait depuis le début : que Gianna ait réussi, d'une manière ou d'une autre, à persuader l'Anglais de l'aider. Tant qu'elle resterait seule, elle serait vulnérable et il comptait là-dessus. En effet, sans nulle part où aller, elle serait facile à trouver.

Souriant, Minotti se rassit derrière son bureau.

— Je pense que vous découvrirez que cet homme aura surtout envie de se protéger lui-même si vous savez vous y prendre... Vous êtes armés, n'est-ce pas ?

Les deux hommes lui rendirent son sourire.

— Nous voulions seulement savoir jusqu'où nous avions le droit d'aller pour suivre vos ordres. Nous commencerons par les hôtels.

— Allez dans les plus chers. L'Anglais a de l'argent, précisa Romano.

Il se leva, dépliant ses longues jambes, et traversa la pièce, le regard enflammé. Il était temps de renvoyer les valets. Une fois qu'ils furent partis, il se glissa derrière le comte et posa ses mains sur ses épaules.

— Vous pensez qu'elle est encore vierge ?

— Je me fiche qu'elle le soit ou non, aboya le comte. Ce qui m'importe, c'est qu'elle a presque vingt-deux ans et qu'elle pourra donc bientôt prendre possession de son héritage.

Romano eut un petit rire et massa les épaules d'Agostino, comme pour l'aider à se détendre.

— Pourquoi tant vous soucier de cela ? De toute manière,

vous avez déjà dépensé le plus gros de son argent. Le coffret à bijoux est presque vide.

Agostino poussa un profond soupir. Romano était bel homme, avec ses cheveux sombres et ses yeux profonds qui trahissaient la cruauté fermement ancrée en lui ; mais, alors qu'il savait faire preuve de finesse dans certaines circonstances, il restait particulièrement obtus concernant quelques sujets. Romano ne voyait l'argent qu'en surface, il n'avait aucune idée de ce qu'il cachait.

— Il ne s'agit pas de cela. Elle était *là*, dans cette maison, hier soir, et elle nous a échappé, avec la boîte à bijoux qui plus est. Que celle-ci ait été presque vide ou non, c'est une question de principe. Cette garce a eu l'audace de venir ici !

Incapable de contenir sa colère en y repensant, il frappa du poing sur la table. Après le bal, il était monté à sa chambre et avait vu le tableau accroché un peu de travers sur le mur. Pris de panique et encore ivre, il avait bataillé pour ouvrir la serrure et avait découvert le coffre vide. C'était ce qu'il avait soupçonné depuis le début : il y avait autre chose dans cet écrin en dehors des quelques bijoux. Une chose qu'en dépit de ses efforts il avait été incapable de trouver.

— Voyons, ce n'est qu'un coffret, insista Romano d'une voix douce.

Mais cela ne suffisait pas. Agostino allait devoir lui avouer toute la vérité.

— Ce n'est pas qu'un coffret, lâcha-t-il en plongeant son visage dans ses mains.

Les mains de Romano s'immobilisèrent. Le comte avait réussi à capter son attention — l'argent avait cet effet, en général. Romano adorait le faste et le scintillement de Venise… Quand Agostino l'avait rencontré, il n'était encore qu'un simple gondolier. A présent, c'était son compagnon ; il le suivait presque partout, accomplissant les basses tâches que le comte ne pouvait faire lui-même.

Agostino avait créé Romano. Il l'avait vêtu avec l'argent de sa femme, Francesca, lui avait ouvert les cercles les plus débauchés de la société vénitienne, où hommes et femmes l'engageaient pour assouvir leurs plaisirs sordides.

Soudain, le comte fut envahi par un doute. Romano le quitterait-il si son argent venait à s'épuiser ? Que se passerait-il s'il ne retrouvait pas Gianna avant son anniversaire et perdait le reste de la fortune de Francesca ?

— Puis-je parler librement, Agoste ? demanda Romano en recommençant à le masser.

Le comte sentit progressivement ses tensions se dénouer, un peu plus à chaque mouvement. C'était la première fois qu'il se sentait aussi bien depuis trois jours.

— Toujours, soupira-t-il, relaxé.

— Il est peut-être temps d'envisager des mesures plus drastiques pour se débarrasser de Gianna.

Tout en parlant, il fit remonter sa main le long du cou d'Agostino, le libérant peu à peu du poids qui l'habitait.

— Tu parles de meurtre ?

Ce n'était pas la première fois. Romano avait déjà suggéré d'en arriver à une telle extrémité, et cela mettait le comte profondément mal à l'aise.

— Ma réponse est toujours la même. L'épouser est une solution moins risquée. Quand je deviendrai son époux, je prendrai immédiatement le contrôle de son héritage. Ce sera bon pour moi autant que pour toi. Même si je suis obligé de l'épouser après son anniversaire, je reprendrai tout ce qu'elle possède.

Il déposa sa main sur celle de Romano, encore posée sur son épaule.

— Ce mariage ne changera rien à ce qui se passe entre nous, n'est-ce pas ? Ce n'est qu'une question d'affaires. Ce que nous partageons, toi et moi, cela va bien au-delà, non ?

Il avait besoin de l'entendre, d'avoir la preuve que Romano tenait à lui.

Le jeune homme se pencha à son oreille et murmura :

— De combien d'argent sommes-nous en train de parler ?

— Vingt mille lires, plus les diamants s'ils existent encore.

Gianna est la seule à savoir où les trouver, c'est pour cela qu'elle doit rester en vie.

La main de Romano caressa son cou, faisant naître sur son passage un délicieux frisson.

— Vingt mille lires justifient amplement le meurtre. Nous pouvons même renoncer aux diamants, si nous n'avons pas d'autre choix. Il nous suffit de la trouver et de la tuer avant ses vingt-deux ans, et tout sera à vous, à nous.

C'était très tentant... Cela pourrait facilement résoudre tous ses problèmes ; et puis, ce n'était pas comme s'il n'avait jamais commis de meurtre. Hélas, Agostino ne pouvait se résoudre à abandonner l'or et les diamants.

— Non, nous ne ferons rien tant que nous ne saurons pas où sont les diamants, Romano, dit-il donc fermement. Le meurtre est définitif. Nous devons être certains d'avoir en notre possession tous les éléments nécessaires avant de faire une chose pareille. La dernière fois, le meurtre ne m'a pas vraiment apporté ce que j'attendais.

Il avait cru être sûr de l'endroit où Francesca avait caché les diamants, il avait cru connaître les termes de son testament aussi. Et il avait eu tort en tout point. Quand il s'en était rendu compte, il avait été trop tard pour remédier à son erreur.

Il avait donc été réduit à piller le coffret à bijoux de feu sa femme pour maintenir son train de vie, ces cinq dernières années, en attendant que Gianna atteigne sa majorité.

— Il ne s'agissait pas de meurtre, mais d'une lente mort par poison, corrigea Romano. Le *meurtre* est un mot si mal utilisé. C'est le crime que commettent les brigands dans les allées sombres ; mais, nous, nous sommes des maîtres et le meurtre est un art pour nous. Et puis, ne vous en faites pas, Agoste, cette fois nous nous assurerons que tout est en ordre. Ce sera rapide, pas comme la « longue maladie » de cette pauvre Francesca. Je n'arrive toujours pas à croire qu'elle n'ait jamais rien suspecté, durant tout ce temps !

Romano éclata d'un gros rire bruyant.

Agostino préféra ne pas protester. Pendant ses dernières

années, il avait commencé à penser que Francesca en savait plus qu'elle n'aurait dû. En tout cas, il avait été surpris de voir son testament modifié à la dernière minute. Elle avait dû payer cher pour s'assurer que tout son argent revienne à Gianna. La seule chose qu'Agostino avait réussi à obtenir avait été d'être nommé tuteur de la gamine ; et cela ne lui donnait pas un accès permanent à quoi que ce soit, juste un contrôle temporaire.

Soudain, il sentit le souffle de Romano lui caresser le cou.

— Laissez-moi faire. Je le ferai pour vous, pour nous, et je vous garantis qu'il n'y aura pas d'erreur cette fois.

— Tu es vraiment un ange, murmura le comte.

Il serait facile de se décharger de ce fardeau, de laisser Romano s'occuper de tout. Par moments, il avait l'impression que cet homme était fou à lier, un extraordinaire génie du macabre. Qui d'autre pourrait lui parler tranquillement de meurtre tout en cherchant à l'exciter ?

— Tu es un ange, mais cela ne suffira peut-être pas : Giovanni la protège. Si elle ne se marie pas, tout l'argent reviendra au garçon ; tandis que, si elle se marie, cela reviendra à l'époux.

Il cracha le nom du gamin avec dégoût. Giovanni, le cavalier inattendu de sa partie d'échecs...

Il avait haï cet enfant dès le premier jour. Un petit garçon inutile qui traînait toujours en travers de son chemin — presque autant que Gianna.

De nouveau, les murmures de Romano le firent frémir de désir.

— Dans ce cas, je les tuerai tous les deux. Ce pauvre garçon ne me verra même pas arriver, ajouta-t-il, riant tout seul de sa mauvaise blague.

17

Le problème, quand on faisait les choses en secret, c'était qu'on avait toujours l'impression que tout le monde nous regardait.

En réalité, Gianna savait qu'il n'en était rien. Chaque passant s'occupait de ses propres affaires, sans même lever les yeux sur elle. Non, le vrai danger était le comte... C'était bien ce qui lui faisait peur et la faisait sursauter à chaque instant pendant qu'elle attendait le bijoutier dans la petite boutique, près du Rialto.

Si Minotti n'était pas encore venu la chercher, il ne tarderait pas. Il ne pouvait pas se permettre de la perdre des yeux encore longtemps, vu les circonstances, et il avait certainement compris maintenant que Nolan ne la renverrait pas chez elle. Bien sûr, il fallait d'abord qu'il la retrouve — ce qui ne serait sans doute pas très difficile. Les riches Anglais qui visitaient la ville avaient certaines préférences, en termes de logement...

Impatiente, elle avait envie de se mettre à frapper du pied par terre mais se retint de justesse. Dès qu'elle aurait le collier, elle serait libre de partir ; peut-être même avant la nuit, si elle le pouvait. Il valait mieux pour cela que Nolan ne soit pas dans la chambre au moment où elle y retournerait.

Si seulement le joaillier voulait bien se dépêcher, elle n'aurait pas à craindre de croiser le bel étranger à l'hôtel, ce qui serait pour le mieux. Ils avaient déjà pris quelques... habitudes, lorsqu'ils étaient ensemble, des habitudes qui rendaient son départ difficile, et auxquelles elle aurait du mal à résister si elle le rencontrait. Ce qui s'était passé la nuit précédente en était la preuve.

D'ailleurs, elle n'était pas tentée que par la promesse de plaisirs physiques.

Lâche ! Tu ne supportes pas l'idée de lui dire au revoir en face, c'est tout !

Non, ce n'était pas de la lâcheté mais son instinct de survie. Si elle voyait Nolan, elle pourrait s'effondrer. Il refuserait de la laisser partir, il insisterait pour l'aider ; et, s'il se montrait assez convaincant, elle risquait fort de lui céder.

Comment avait-elle pu tomber si bas, si vite ? Elle était en grand danger de devenir ce qu'elle avait rejeté sa vie durant : une femme dépendante d'un homme. Elle avait pourtant été prudente, elle avait soigneusement planifié chacun de ses gestes, avait pesé chacune de ses décisions, s'était efforcée de voir chaque action généreuse de Nolan d'un œil cynique, mais cela n'avait pas été suffisant. Nolan Gray avait su faire tomber ses défenses avec une facilité déconcertante — la facilité d'un maître qui savait ce qu'il voulait et comment l'obtenir. La seule chose qu'elle pouvait encore faire était de fuir discrètement, par la porte de derrière, sans se faire remarquer.

Bien sûr, l'option de ne partir que le lendemain était particulièrement tentante. En passant un dernier moment avec Nolan, elle aurait une chance de plus de découvrir la profondeur de cette passion vibrante, brûlante, qui l'habitait dès qu'elle était à ses côtés. A chaque fois, cette passion avait menacé de rompre les digues, de la submerger. Une nuit de plus serait une nouvelle opportunité de laisser libre cours à ses émotions.

Hélas, le comte finirait par la retrouver si elle s'attardait à Venise. Il ne devait pas être bien loin d'elle — elle le sentait et cela lui faisait peur. S'il mettait la main sur elle, les conséquences pourraient être terribles, voire mortelles. En fait, il était presque certain qu'elles seraient mortelles. Elle savait très bien ce qu'avait provoqué son refus obstiné d'épouser son beau-père. Le comte n'avait plus beaucoup de temps devant lui et il risquait de devenir de plus en plus agressif pour obtenir gain de cause.

Leur petit jeu du chat et de la souris allait prendre fin. Jusqu'à présent, le secret de la cachette des diamants l'avait protégée. Le comte ne pouvait pas lui faire de mal sans perdre tout espoir de les trouver ; mais, une fois qu'elle les aurait récupérés, s'il la découvrait… plus rien ne pourrait l'arrêter.

Oui, il lui fallait partir dès qu'elle aurait le bijou. Ce serait la meilleure solution pour les protéger tous les deux : car si le comte la trouvait, cela voudrait dire qu'il aurait aussi débusqué Nolan.

Rester plus longtemps le mettrait en danger et elle ne supporterait pas la responsabilité de cela. Nolan n'était que spectateur de ce drame, entraîné là-dedans à cause d'une « bonne » main aux cartes, rien de plus.

Le bijoutier finit par revenir de l'arrière-boutique avec un sourire triomphant et Gianna ne put réprimer un soupir de soulagement.

— Voilà ! J'ai la boîte. Veuillez m'excuser pour cette attente : nous la gardons chez nous depuis très longtemps, elle s'est retrouvée enfouie. Voulez-vous que nous jetions un coup d'œil à son contenu, *signorina* ?

Il souffla sur le couvercle en velours brun du long écrin et souleva un nuage de poussière.

— Oh, Seigneur ! Je vous demande un instant, je vais chercher un chiffon, s'écria l'homme d'un air confus.

— Non, ce ne sera pas nécessaire, répondit vivement Gianna.

Elle n'avait plus de temps à perdre ; son sixième sens commençait à s'agiter. Il fallait qu'elle retrouve au plus vite le sanctuaire de la chambre d'hôtel. Elle avait pris un très gros risque en sortant en ville toute seule.

Le bijoutier la dévisagea d'un air surpris avant d'ouvrir le couvercle.

— Nous allons juste regarder à l'intérieur pour nous assurer que tout est en place avant que vous ne signiez le reçu.

Gianna lui sourit dans le vague espoir de dissimuler son impatience. Après tout, il ne faisait que son travail ; mais sa courtoisie lui coûtait de précieuses minutes. Elle eut un accès soudain de panique. Et s'il lambinait exprès pour la retenir dans son échoppe ? S'il avait envoyé un messager au comte, pendant qu'il était dans l'arrière-boutique ?

Non, c'était idiot. Le comte ne savait pas que le bijou se trouvait là, sinon il serait déjà venu depuis longtemps et elle serait morte à l'heure qu'il était — son beau-père n'aurait plus eu besoin d'elle.

Le bijoutier retira le morceau de lainage rose qui protégeait les pierres. Enfin un peu de chance ! Toutes les gemmes étaient là ; le collier était intact. Gianna sentit des larmes lui monter aux yeux. Les lèvres pincées, elle fouilla sous le petit coussin à la recherche de la petite carte épaisse sur laquelle était inscrite l'origine du bijou. Elle était là. Gianna n'eut même pas besoin de la lire. Elle la connaissait par cœur, avait dû l'apprendre mot pour mot il y avait bien longtemps.

Justement en prévision d'une journée comme celle-là. En dépit de ses craintes, elle se sentit le cœur léger.

« Les diamants Marchetti : un collier de huit parfaits diamants taillés, originaires des mines du Cachemire, apportés en République vénitienne dans le courant du XVIIe siècle. »

C'était un cadeau offert à sa mère par son marchand enamouré, avant que Francesca ne décide de devenir « respectable » à n'importe quel prix, et bien avant la majorité de Gianna.

— Oui, tout va bien. Tout est là, dit-elle en prenant la boîte. Où dois-je signer ?

Elle avait déjà glissé l'écrin dans les plis de sa cape quand le regard du bijoutier fut attiré par quelque chose, par-dessus son épaule. La clochette de la porte d'entrée sonna et Gianna se crispa. Elle avait été si près de partir...

— *Buongiorno, signor*, prenez le temps de regarder les bijoux. Je suis à vous tout de suite, lança le bijoutier avec une courtoisie obséquieuse.

— Ne vous en faites pas, j'ai déjà trouvé ce que je cherchais, répondit une voix d'homme, grave, arrogante et confiante. Gianna, tu as été très imprudente.

Nolan ! Soulagée, elle crut qu'elle allait s'écrouler. Il semblait en colère, mais cela n'avait aucune importance. Si quelqu'un devait la retrouver, autant que ce fût Nolan.

Elle le sentit s'approcher dans son dos, rassurée par sa présence, en dépit de l'énervement qui émanait de lui.

— Je suis venu pour te raccompagner, si tu en as fini. J'imagine que tu as récupéré ce que tu étais venue chercher ?

Arrivé à sa hauteur, Nolan lui lança un demi-sourire.

Il attendit qu'elle ait signé son reçu et qu'ils soient ressortis dans la rue pour la gronder, sa main refermée comme un étau sur son bras.

— Que diable pensais-tu faire, à te promener toute seule en pleine ville ? Le comte aurait pu t'enlever à chaque instant !

Il s'interrompit, le regard soudain soupçonneux.

— A moins qu'il ne soit dangereux que dans ton imagination...

Gianna se libéra d'un geste agacé. Comment osait-il la traiter de menteuse avec un tel aplomb ?

— Il *est* dangereux ! protesta-t-elle. Tu ne sais même pas à quel point, c'est pour cela que je suis venue ici, aujourd'hui. Si j'attends plus longtemps, ce sera trop tard.

Nolan attrapa de nouveau son bras, plus doucement cette fois, pour la guider à travers la foule qui se pressait sur le pont, et elle se laissa faire. Elle se sentait plus en sécurité, au milieu de tout ce monde, maintenant qu'il était avec elle.

— Trop tard pour quoi ? demanda-t-il.

Avant de répondre, elle examina la rue, de l'autre côté du pont, et aperçut un endroit où ils pourraient avoir un semblant d'intimité. Une fois qu'ils se furent extirpés du flot de passants, elle lui fit face, prête à l'affronter.

— Trop tard pour partir, Nolan.

Trop tard pour vivre, trop tard pour sauver Giovanni, trop tard pour tout...

— J'essaie simplement de tenir ma part du marché, tu sais. Je t'ai promis de partir dès que tu m'aurais aidée à récupérer le coffret à bijoux. Tu l'as fait, et tu m'as offert plus encore. Maintenant, laisse-moi tenir parole.

Nolan aurait dû accepter. Son âme de joueur lui répétait que c'était un bon marché. Cette petite « miss Problèmes » allait disparaître de sa vie et il serait libre de poursuivre ses projets, libre de continuer son Grand Tour.

Hélas, en regardant le beau visage sincère de Gianna, ses yeux qui le suppliaient de dire oui, il ne put s'y résoudre. Sa façon de vouloir le quitter si vite était étrange, elle était trop impatiente. Cela suffit à mettre ses sens en alerte, à réveiller sa conscience morale. Jusqu'à présent, elle avait tout fait pour obtenir sa coopération ; et maintenant, elle cherchait à tout prix à le repousser. Il ne trouvait qu'une seule raison qui pût la faire changer d'avis de cette manière, mais il voulait le lui entendre dire. Il *voulait* qu'elle l'admette à voix haute.

Il lui lança un sourire un peu cynique.

— Est-ce que tu crois vraiment que c'est si facile, Gianna ? Je t'ai secourue et tu penses que tu peux simplement me rejeter ?

— Non !

Ses beaux yeux noisette s'enflammèrent, elle semblait indignée. Ce simple mot suffit à apaiser les doutes de Nolan.

— Non, je suis d'accord, ce n'est pas si facile, répondit-il tranquillement. Tu es en danger, tu sais que moi aussi je le suis, et tu essaies de me préserver en disparaissant de ma vie, de cette ville. Tu sais, si tu tiens vraiment à me protéger, il vaut mieux que tu me racontes tout. Laisse-moi t'aider encore.

D'un geste autoritaire, il l'entraîna de nouveau au milieu de la foule.

— Nous devons continuer à avancer. Si quelqu'un nous recherche, il aura plus de mal à nous voir…

— Si quelqu'un *me* recherche, corrigea-t-elle.

— Non, *nous*.

Nolan posa une main possessive au bas de son dos.

— Ne crois pas que je puisse me défaire de cette histoire, à présent. Il est trop tard, tu m'as déjà impliqué par association.

S'il n'avait pas d'autre choix, il n'hésiterait pas à la faire culpabiliser pour qu'elle parle enfin.

Il l'entraîna dans une ruelle plus calme de San Polo. Là, l'eau du canal clapotait doucement contre les rebords de briques du trottoir. Plus loin, il y avait une église qu'il avait découverte au gré de ses nombreuses promenades en ville. C'était l'un de ses quartiers préférés, avec ses petits marchés aux poissons et ses odeurs prenantes ; mais aujourd'hui, tout ce qu'il cherchait, c'était un sanctuaire pour la protéger.

Il s'était inquiété pour elle, c'était pour cela qu'il était allé la rejoindre chez le bijoutier, l'esprit encombré par toutes sortes de scénarios plus horribles les uns que les autres, craignant de n'avoir pu éviter le pire.

Heureusement, le pire n'était pas arrivé, du moins pas encore. Il n'y avait personne d'autre dans la boutique quand il y avait trouvé Gianna, debout devant le comptoir, en train d'admirer un bijou dans un coffret, comme si elle n'avait aucun souci.

L'église était déserte. Ni le prêtre ni les fidèles n'y viendraient avant vêpres. Ils s'arrêtèrent devant une série de tableaux — des Tintoretto, songea-t-il distraitement.

— Tu avais l'intention de partir sans me dire au revoir.

Pendant qu'il traversait la ville pour voler à son secours, il avait bien pensé que, peut-être, elle avait eu l'idée de fuir. Cela l'avait blessé : ce qui s'était passé la veille entre eux, et les jours précédents, n'avait-il donc aucune importance pour elle ?

— Je comptais rentrer à l'hôtel, répondit-elle sans lever les yeux sur lui, contemplant le tableau qui se trouvait devant elle.

— Avec l'espoir que je ne sois pas là, sans doute, compléta-t-il. Tes robes sont arrivées. Elles ont l'air ravissantes.

Comment réagirait-elle s'il lui disait qu'il avait hâte de la voir dedans ?

— Tu as trouvé le double-fond et tu as lu les lettres de ma mère.

C'était au tour de Gianna de proférer des accusations, de le faire culpabiliser, mais il ne lui ferait pas le plaisir de la laisser gagner.

— Je m'inquiétais ! Que voulais-tu que je fasse ? Que je reste assis là sans rien faire ? Que j'attende gentiment que tu reviennes ? Si jamais tu m'avais attendu, je serais venu avec toi, tu sais. Dis-moi tout, Gianna. Dis-moi quel danger tu redoutes tant. De toute manière, j'ai déjà compris que notre expédition chez le comte pour récupérer les bijoux de ta mère n'était pas une fin, mais le début de ton plan...

Il avait aussi saisi que ses efforts pour rassembler tous les objets de valeur qu'elle pouvait et protéger ses richesses n'étaient pas non plus une fin mais le moyen de faire quelque chose de plus important, sans doute *pour quelqu'un*.

— Malgré tout ce que tu m'as raconté, tu as encore des secrets pour moi.

Cela dit, il était aussi fautif qu'elle : il ne lui avait pas posé beaucoup de questions. Il s'était contenté de ses suppositions. Il s'était contenté de la voir comme une pauvre jeune femme oppressée par son tuteur. Mais, au fur et à mesure que le temps passait, il soupçonnait que les problèmes de Gianna allaient bien au-delà d'un homme, criblé de dettes de jeu, qui vendait la virginité de sa pupille pour les rembourser. Il ne pouvait plus la quitter, à présent. Sa conscience le poussait à rester.

Et, de toute manière, même si son sens moral ne l'y avait pas obligé, d'autres sentiments en lui l'auraient fait. En quelques jours à peine, elle était devenue bien plus qu'une personne qui avait besoin d'aide — et bien plus qu'une *conquête* potentielle.

Jamais plus il ne voulait revivre ce qu'il avait ressenti en entrant dans sa chambre d'hôtel pour la découvrir vide. Non seulement parce qu'il s'était rendu compte du risque qu'elle avait pris en étant partie seule, mais aussi parce qu'il ne se sentait plus capable de poursuivre sa route sans elle.

Sans un mot, elle s'assit sur l'un des bancs. Elle semblait hésiter, en proie certainement à un débat intérieur. Nolan attendit patiemment. C'était à elle de décider comment s'y prendre. Finalement, elle tira l'écrin des plis de son manteau et le posa sur ses genoux.

— C'est cela que le comte cherche, en fait.

Elle souleva doucement le couvercle, et Nolan lâcha un sifflement admiratif.

Il avait déjà vu des diamants, bien sûr ; il en avait même *acheté*. Mais il n'avait encore jamais rien connu de tel... Le coffret contenait un collier. Huit gros diamants parfaitement taillés occupaient le centre, entourés le long de la chaîne par une myriade de reproductions miniatures, tout aussi parfaites et scintillantes.

— Ce n'est pas la rançon d'un roi, mais presque, murmura-t-il. Avec une telle fortune, tu pourras vivre en sécurité toute ta vie.

Ou pas. Ces pierres pouvaient aussi signer son arrêt de mort. Avait-elle pensé à cela ? Maintenant que Nolan avait vu le bijou, il était certain que le comte ne reculerait devant rien pour mettre la main dessus. Quelle liberté Gianna pouvait-elle espérer ? Etait-elle prête à passer sa vie entière à regarder par-dessus son épaule, à déménager en permanence ?

Gianna referma le couvercle.

— Ma mère m'a légué ce collier et tous ses autres bijoux dans son testament. Ils m'appartiennent légalement mais, tant que je n'aurai pas vingt-deux ans, le comte sera toujours considéré comme mon tuteur. Il est encore censé veiller sur tout ce que ma mère m'a laissé ; cela veut dire qu'il ne peut pas m'empêcher de récupérer ces diamants, mais il peut décider de ce que j'en fais. Je ne peux pas les vendre sans sa permission. Il n'est pas au courant de l'endroit où ils étaient gardés, il sait simplement qu'ils sont à moi.

— C'est donc une sorte de garde-fou pour toi, le seul bouclier qui te protège de ton beau-père, dit Nolan amèrement.

Pour l'instant, si jamais le comte décidait de se débarrasser de Gianna, il perdrait tout lien avec les diamants.

— Oui, admit Gianna d'un air détaché, résigné.

De toute évidence, cela faisait des années qu'elle jouait cette dangereuse partie d'échecs avec Minotti. Elle paraissait s'y être habituée. Soudain, l'admiration qu'il avait déjà pour elle redoubla. Ce n'était pas étonnant qu'une femme dans sa situation ait du mal à accorder sa confiance.

Sans lever les yeux, elle poursuivit :

— Le comte a pris le coffret à bijoux de ma mère quand elle est morte, et l'a caché avant même que je ne pense à le prendre. Peut-être même l'avait-il mis de côté plus tôt, je n'en sais rien.

Ma mère était si malade... J'avais trop de soucis en tête, à cette époque, pour prêter attention aux faits et gestes du comte. Nous nous sommes alors trouvés dans une impasse. Je ne pouvais pas m'enfuir sans les diamants, et lui ne pouvait pas à la fois me tuer et mettre la main sur la fortune. J'étais sa prisonnière, mais lui aussi était enchaîné à moi, d'une certaine manière.

Gianna continuait à fixer ses mains, l'air absent.

— Cela ne veut pas dire que je n'ai pas essayé de fuir, bien sûr. Une fois qu'il a eu renvoyé Giovanni, j'étais plus disposée à tenter ma chance sans les diamants que lui ne l'était.

Sa voix se brisa et Nolan attendit qu'elle reprenne le contrôle de ses émotions. Parfois, le silence invitait plus aux confidences que les questions.

— Il m'a rattrapée. Une fille de dix-sept ans ne va pas très loin, toute seule, surtout quand elle vit sur un îlot.

Elle essaya de détendre l'atmosphère par un petit rire mais Nolan ne fut pas dupe. Sa tentative de fuite avait dû avoir de graves conséquences.

— Je n'ai pas réessayé, avoua-t-elle dans un souffle.

— C'était si terrible ? demanda doucement Nolan.

Gianna haussa les épaules.

— Ce n'est pas tant ce qu'il m'a fait qui importe, mais ce qu'il a fait à Giovanni à cause de moi.

De nouveau, elle baissa les yeux sur ses mains.

— J'étais naïve. Giovanni avait déjà été envoyé au loin, à cette époque... Je pensais que le comte ne pouvait pas faire pire, mais j'avais tort. Il m'a enfermée dans ma chambre pendant une semaine, sans vêtements, et ne m'a nourrie que de pain et d'eau. Mais, comme je ne voulais toujours pas promettre de ne plus jamais m'enfuir — j'étais bien trop fière pour cela — il m'a dit qu'il allait envoyer un messager là où mon frère était retenu pour qu'il soit puni, lui aussi. C'est là que j'ai cédé.

Elle eut un petit reniflement, vite étouffé.

— Comme tu peux le voir, ma vie est un vrai chaos. Tu devrais partir dès maintenant, me laisser. Il n'est pas trop tard. Crois-moi, le comte est un monstre, de plus influencé par Romano Lippi qui le pousse à faire le mal.

— Lippi ?

C'était un nom que Nolan n'avait encore jamais entendu...

— C'est l'amant du comte, murmura-t-elle avec un frisson. Je sais à quoi tu penses : plus tu en apprends, plus la situation te paraît étrange, et moi aussi. Tu avais raison de vouloir me renvoyer, le soir de notre rencontre, cela t'aurait épargné tant de soucis.

De nouveau, elle s'interrompit sous le coup de l'émotion.

— Qui voudrait de moi, Nolan ? s'écria-t-elle désespérément. Qui voudrait de la fille d'une courtisane qui, une fois son heure de gloire passée, a épousé un comte corrompu ? Cette situation familiale suffit à entacher mon nom et ma réputation. En grandissant, j'ai essayé de rester loin de tout cela ; j'ai tout fait pour que ma vie ne ressemble en rien à celle de ma mère. Elle avait toujours été très à son aise, au milieu de ce monde sensuel et théâtral, mais moi je ne voulais pas d'un tel destin. Tout ce que je souhaitais, c'était une vie normale... Et, au final, regarde ce que cela m'a apporté !

Nolan lui prit la main. Il pouvait sentir sa douleur — une douleur très proche de celle qu'il avait lui-même ressentie, autrefois.

— Nous voulons tous une vie normale, mais nous n'y avons pas tous droit. Cependant, tu as tort sur un point, Gianna : *je* te veux. Je suis si heureux que tu ne sois pas partie...

Oh oui, il la voulait ! Il voulait qu'elle soit saine et sauve, dans son lit, dans ses bras, dans sa vie.

Mais il allait devoir se montrer prudent. Comme la nuit dernière, elle s'offrirait sans doute à lui — uniquement parce qu'elle était seule, effrayée et désespérée. Il était hors de question pour lui de la posséder de cette manière. Il souhaitait être plus qu'une échappatoire temporaire, un moyen de fuir ses peurs pendant quelques jours. S'il la laissait se donner de cette façon, elle finirait par le regretter ; elle considérerait ce choix comme une faiblesse.

Non, bien que son désir d'elle fût intense, il ne la prendrait que lorsqu'elle serait vraiment sauvée, et alors capable de prendre des décisions par elle-même, posément. Il ferait d'abord tout son possible pour la libérer des griffes du comte et s'assurer qu'elle soit hors de danger.

Dans le silence de l'église, un plan commençait à prendre forme dans sa tête. Il l'emmènerait en Angleterre. Là, il pourrait la protéger...

— Nous allons retourner à l'hôtel, emballer nos affaires et partir, dit-il simplement.

Il valait mieux qu'il ne lui dévoile pas tout son projet d'un coup, elle pourrait prendre peur. Après tout, elle n'avait pas l'habitude d'accepter l'aide de qui que ce soit. S'il voulait la convaincre, il allait devoir avancer à petits pas.

Cependant, son esprit, lui, commençait à lister les choses qu'ils allaient devoir faire avant de partir. Il faudrait qu'il parle à Brennan, peut-être même qu'il l'incite à les accompagner au cas où le comte apprendrait qu'il ne voyageait pas seul.

— Nous pourrions aller à Sienne, suggéra-t-il. J'ai des amis, là-bas.

Il songea à la villa d'Archer, à la campagne, et à la demeure de l'oncle d'Archer, en ville. Là, ils pourraient trouver toute la protection dont ils avaient besoin ; et la femme qu'Archer avait récemment épousée, Elisabeta, accueillerait sans doute Gianna à bras ouverts. Elle comprendrait sans peine ce que cette dernière avait dû endurer.

— Non, s'écria-t-elle en s'agrippant à son bras d'un geste paniqué. Nous ne pouvons pas aller au sud. Nous devons aller à Padoue !

— Padoue ? Comme dans *La Mégère apprivoisée* de Shakespeare ?

Il lui fallut quelques instants pour se souvenir de Giovanni. Bien sûr, elle ne partirait jamais sans son frère. Le coffret à bijoux, les diamants, tout cela n'était pas le plus précieux à ses yeux. Avant de s'éloigner définitivement du comte, elle devait sauver Giovanni.

— Est-ce là que ton frère est détenu ? répondit-il. Dans ce cas, bien sûr, nous irons à Padoue.

— Ce soir ? Est-ce que nous pouvons toujours partir ce soir ?

Un éclair d'inquiétude traversa son regard.

— Nous devons y arriver avant le comte. Giovanni sera incapable de voir le danger avant qu'il ne le frappe…

Elle se mordit soudain la lèvre, comme si elle était sur le point de fondre en larmes, et Nolan eut une furieuse envie de laisser courir son pouce sur cette bouche pour effacer les traces de dents. De l'embrasser pour lui faire oublier toutes ses peurs.

— Quel âge a-t-il ?

Giovanni était-il si jeune pour ne pas avoir conscience des menaces qui pesaient sur lui ? Il ne pouvait pas avoir moins de sept ans, sinon le comte serait son père.

— Il a dix-sept ans, répondit Gianna, et il n'est pas naïf ou simplet. Il sait exactement de quoi mon beau-père est capable. Seulement il ne le verrait pas arriver, littéralement… Giovanni est aveugle.

Nolan lâcha un hoquet de stupéfaction. Les surprises ne faisaient que se succéder les unes aux autres. Il s'apprêtait donc à fuir le comte tout en guidant Gianna, ses diamants *et* son frère aveugle à travers l'Europe.

En face de lui, Gianna sourit.

— Quoi ? demanda-t-il. Qu'y a-t-il de si drôle ?

Elle eut un petit rire nerveux, oubliant un instant ses angoisses.

— C'est toi qui me fais rire. Tu as un tel regard… J'ai enfin réussi à te surprendre. Depuis le début, tu as compris tant de choses à mon sujet, tu as *deviné* tant de choses que cela devenait inquiétant. Mais ce que je viens de te dire là, tu n'aurais jamais parié dessus.

— Comme je le répète souvent à mes amis, j'étudie la nature humaine ; cela ne fait pas de moi un devin, répondit-il, souriant à son tour.

La tâche qui l'attendait était peut-être herculéenne, mais il allait l'affronter, un obstacle à la fois. Pour le moment, il pouvait déjà se féliciter d'une chose : elle avait accepté son aide. C'était une étape importante, surtout pour elle.

— Rentrons à l'hôtel. Après, nous partirons pour Padoue.

Gianna lui prit le bras d'un geste tendre.

— Tu es vraiment un homme bon, d'accepter de secourir mon frère. Je ne l'oublierai pas.

Si seulement elle savait... Son frère n'était rien. Padoue n'était rien. Pour elle, Nolan serait prêt à aller jusqu'en enfer, rien que pour la protéger et s'assurer qu'elle soit enfin libre. Personne ne devait être enchaîné comme elle l'avait été par le comte. N'était-ce pas pour cela qu'il avait lui-même envoyé tant d'argent à son frère et avait acheté le titre de propriété ? Pour que des gens comme lui, comme son frère, comme Gianna, comme Giovanni, des enfants qui subissaient des abus insoutenables aient quelque part où aller.

Il lui serra furtivement les doigts.

— J'ai aussi un petit frère, tu t'en souviens ? Je sais très bien ce que l'on est capable de faire pour les sauver.

— En tout cas, merc...

Nolan la fit taire d'un doigt posé sur ses lèvres.

— Ne me remercie pas, cela ne nous a pas vraiment porté chance, jusqu'à présent. Tu devrais pourtant le savoir.

— Dans ce cas, murmura-t-elle, laisse-moi au moins t'embrasser.

Gianna se mit sur la pointe des pieds et passa les bras autour de son cou. Nolan se laissa faire sans protester.

Il songea furtivement que Brennan aurait sans doute du mal à le laisser quitter Venise avec une femme au passé aussi trouble... Mais il écarta rapidement de son esprit la pensée des sautes d'humeur de son ami. Pour le moment, seule Gianna comptait à ses yeux. Il sourit et répondit à mi-voix :

— Oui, *ça*, je crois que je peux le permettre.

18

Ce fut le baiser qui changea tout.

Gianna attira Nolan contre elle, laissant ses lèvres s'attarder sur les siennes, savourant cet instant suspendu dans le temps. Cet instant au goût d'éternité. A présent, son existence serait divisée en deux ; il y aurait « la vie avant le baiser » et « la vie après le baiser »...

Nolan ne l'avait pas repoussée. Il n'avait pas été dégoûté en entendant l'histoire de sa vie. Il n'en avait pas eu assez d'elle. Au contraire, il lui avait offert son appui sans la moindre hésitation.

Bien sûr, il lui avait déjà proposé de l'assister auparavant, mais cela n'avait été que dans le but explicite de se *débarrasser* d'elle au plus vite. Cette fois-ci, leur attirance mutuelle rendait les choses différentes ; *la* rendait différente. Cette fois-ci, il lui proposait son concours pour la garder auprès de lui. Il ne voulait plus la laisser partir.

Il n'y avait plus à réfléchir à ce qu'il ou elle devait faire. Il ne s'agissait ni de devoir ni de dépendance ; elle n'avait plus à se demander si, oui ou non, elle avait le choix. Elle n'était pas *obligée* d'accepter cette aide qui lui était offerte. Aujourd'hui, elle était libre de prendre sa décision, peut-être pour la première fois de sa vie. Cette simple pensée suffit à rendre son cœur plus léger.

Elle caressa les dents de Nolan du bout de la langue, dans une danse langoureuse. Elle aimait tellement sentir ses grandes mains, si fortes et si chaudes, dans son dos... Un petit gémissement lui échappa. Elle ne connaissait pas encore très bien

Nolan, mais cela lui importait peu. Tout ce qui comptait était ce qu'elle *savait* de lui : il l'avait sauvée, protégée, lui avait offert à manger, lui avait commandé de nouveaux vêtements, lui avait fait découvrir le plaisir et n'avait jamais essayé de profiter d'elle — pas une seule fois.

Les lèvres de Nolan glissèrent jusqu'au lobe de son oreille et elle eut un soupçon de regret quand il murmura :

— Nous allons devoir partir.

Mais, avant qu'elle ne recouvre pleinement ses esprits, il ajouta un mot de plus avec un sourire licencieux :

— Plus tard...

— J'aime bien cette idée, répondit-elle à mi-voix.

« Plus tard » sonnait comme une promesse, un avenir et, dans la félicité de cet instant, elle était tout à fait prête à envisager cette possibilité.

Quand ils ressortirent de l'église, la nuit était en train de tomber. Même en plein hiver, Venise était magnifique à cette heure — entre chien et loup. Quand pourrait-elle revoir cette si belle cité à nouveau ? Sans doute pas avant longtemps.

Gianna sentit sa gorge se nouer. Maintenant qu'elle était déterminée, la réalité pesa d'un coup, trop lourde, sur ses épaules. Elle était sur le point de quitter la seule ville qu'elle ait jamais connue. Dans sa frustration, après avoir vu son projet initial déjoué, après avoir dû réajuster sa stratégie pour récupérer le coffret à bijoux et les diamants plus tôt, elle n'avait pas pris le temps de réfléchir à la suite, de se demander ce qui allait lui arriver, plus tard — surtout parce qu'elle ne pouvait rien y faire, parce qu'elle n'avait eu jusque-là aucun contrôle sur son destin.

Tant que le comte s'y trouverait, Venise ne serait pas un endroit sûr pour elle. Tandis qu'ils remontaient la rue qui menait au Rialto, elle s'arrêta un moment pour admirer le pont, saisie d'une soudaine hésitation.

— Tu reviendras un jour, ne t'en fais pas, lui glissa Nolan à l'oreille. Le comte ne vivra pas éternellement.

Il passa son bras autour de sa taille et l'attira contre lui.

— Quand on veut prendre un nouveau départ, on a souvent

besoin de s'installer dans un endroit éloigné du précédent. Tout ira bien, Gianna, je te le promets.

En dépit des paroles rassurantes de Nolan, en retournant vers l'hôtel, Gianna ne put s'empêcher d'imprimer dans sa mémoire toutes les images si familières qui défilaient sous ses yeux : le palais des Doges, la *piazza* San Marco et ses terrasses, les gondoles qui cabotaient le long des quais à l'entrée de la lagune.

Une fois qu'ils furent devant le Danieli, Nolan s'arrêta face à l'entrée, hésitant. Il eut soudain peur, même si cela ne lui ressemblait pas.

— Pourquoi ne partons-nous pas immédiatement ? Oublions tout ce qu'il y a à l'intérieur. Mon ami pourra emballer nos affaires et nous les apporter plus tard.

— Mais... le coffret, protesta Gianna. Je ne peux pas l'abandonner.

La mâchoire de Nolan se crispa instinctivement et il contracta le bras, un peu rasséréné en sentant la présence réconfortante de son couteau dans sa manche. Il examina rapidement les larges marches qui menaient à la porte.

— Je vais monter. Reste dans le hall.

Gianna sentit soudain une vague d'angoisse la traverser. Elle essaya de l'ignorer, mais en vain.

— Le comte n'est pas là, dit-elle.

Hélas, assener cette affirmation ne la rendait pas vraie...

Nolan haussa les épaules. Il ne changerait pas d'avis. Elle le connaissait déjà assez pour savoir que personne sur terre n'était capable de l'influencer quand il avait pris une décision.

— Je ne veux pas te voir en haut, là où tu pourrais te retrouver piégée dans une petite pièce et où il n'y aurait personne pour témoigner de ce qui se serait passé.

Evidemment, sa logique était inattaquable. Dans le hall, au moins, elle aurait la possibilité de fuir, si cela devenait nécessaire, et, faute de mieux, elle pourrait crier. Il y aurait du monde pour l'entendre.

— D'accord, finit-elle par murmurer. Je vais nous trouver un bateau pour le continent.

Si elle ne le suivait pas, elle pouvait au moins se rendre utile. Sans cela, elle deviendrait folle en moins de deux minutes, imaginant des ennemis partout autour d'elle.

C'était de la folie ! De la folie pure !

Montant l'escalier quatre à quatre, Nolan dressa rapidement la liste de ce qu'il devait prendre avec lui. Il attraperait le coffret, des vêtements de rechange et l'argent qu'il avait gagné au jeu. Cela ne lui prendrait pas plus de trois minutes.

Il aurait voulu ne pas retourner dans sa chambre — son intuition l'avait mis en garde — mais il ne pouvait pas aller contre le souhait de Gianna de récupérer les bijoux de sa mère. Le comte lui avait déjà tellement pris, sans le moindre remords...

Arrivé devant ses appartements, il ouvrit la porte avec précaution, s'attendant à moitié à trouver le petit salon sens dessus dessous, cambriolé, ou à se faire attaquer par une bande de coupe-jarrets.

Le comte devait être en train de les chercher. Il devait savoir, à présent, que Gianna ne reviendrait pas ; et il aurait certainement aussi appris où elle se cachait.

Cependant, la chambre était intacte. Ils avaient encore un peu d'avance sur le scélérat... Evidemment, il se sentirait mieux une fois que Gianna et lui seraient installés dans un bateau, avec Venise loin derrière eux. Même si, bien sûr, la fuite ne résoudrait rien dans l'immédiat : le comte devinerait qu'ils avaient l'intention de secourir Giovanni, à Padoue.

Soudain, avant même qu'il n'ait atteint la seconde pièce, il entendit un cri strident s'élever du hall d'entrée. Le cœur battant, Nolan se précipita dans le couloir et se pencha par-dessus la rambarde.

Le comte était là ! Il avait attrapé Gianna par la taille et essayait de la traîner de force dans la rue, sans le moindre ménagement. C'était une lutte désordonnée et sauvage. Gianna se débattait de toutes ses forces, criait, donnait des coups de pied à l'aveuglette, griffait son agresseur.

Nolan descendit l'escalier en courant, au risque de perdre l'équilibre, son couteau dans une main et son pistolet dans l'autre. Bon sang, il aurait dû écouter son instinct : ils n'auraient jamais dû revenir.

Pourquoi est-ce que personne n'aidait Gianna ? Les Vénitiens étaient-ils donc incapables de se rendre compte qu'ils avaient affaire à un enlèvement quand cela arrivait ? Tous les badauds s'étaient réfugiés dans les coins du hall, attendant que cela se passe ; quelques-uns, même, fuyaient par la porte du fond.

Nolan examina rapidement la pièce depuis les escaliers, à la recherche du moindre détail pouvant lui être utile. Si, quelqu'un avait dû essayer d'aider Gianna : il aperçut en effet la silhouette ensanglantée d'un homme, effondré près du comptoir du concierge. Cela voulait-il dire que le comte avait amené de l'aide ? Romano Lippi, son amant pervers, peut-être ?

Oui, Nolan repéra quelqu'un d'autre. Un homme aux cheveux noirs pointait son couteau sous la gorge du concierge pour faire en sorte que plus personne n'intervienne — comme si le corps mutilé n'était pas assez dissuasif.

Ayant mesuré la situation, Nolan retrouva instantanément tout son calme, et redevint méticuleux et calculateur comme il l'était toujours. Il neutraliserait d'abord l'agresseur brun et s'en servirait comme d'un otage pour libérer Gianna. Il utiliserait son pistolet contre lui et garderait son couteau pour Minotti.

— Laissez-la partir ou je tue votre acolyte ! cria-t-il d'une voix forte pour se faire entendre dans tout le hall.

Le volume et le mouvement étaient toujours intimidants, et il le savait très bien. Pistolet levé, il descendit donc pour rejoindre le complice du comte.

— Je trancherai la gorge du concierge avant que vous ne me tuiez, menaça l'assaillant avec un sourire mauvais.

Bien, il était temps de bluffer, comme il savait si bien le faire au jeu...

— Je m'en moque, répondit Nolan d'une voix glaciale. Tout ce qui m'intéresse, c'est la fille.

Dans son for intérieur, il n'en pensait pas un mot : il agirait au contraire au mieux pour que personne d'autre ne soit blessé.

Il avait trois coups — son pistolet possédait une chambre secrète. A lui d'en faire bon usage. Le premier coup claqua dans le hall, à présent silencieux, et la balle passa au ras de l'oreille de l'attaquant avant de se ficher dans le bois épais du comptoir, derrière lui. L'homme pâlit.

Sans perdre un instant, Nolan continua d'avancer, son arme toujours pointée sur lui.

— C'est facile de se pavaner et de se vanter d'être prêt à mourir, n'est-ce pas ? Mais ce n'est pas la même chose quand la Faucheuse est là près de vous ! Est-ce vraiment comme cela que vous voulez partir ? Abattu dans le hall d'un hôtel ?

L'homme hésitait, faiblissait, et Nolan sentit sa propre autorité s'affirmer. Le complice de Minotti était peut-être quelqu'un de vicieux, de pervers, il était peut-être tortueux et cruel, mais cela ne le rendait pas plus téméraire qu'un autre. Et, en ce moment de vérité, son courage était justement mis à l'épreuve.

Nolan voyait la peur au fond de ses yeux. Finalement, cet individu n'était pas si différent du joueur de cartes de Douvres...

— Ne t'en fais pas, Romano, il n'a plus de balle.

Le comte se rapprochait peu à peu, traînant Gianna, qui se débattait encore, avec lui. Nolan ne put réprimer un sourire. C'était exactement ce qu'il voulait : Minotti et Gianna plus près de lui et plus loin de la porte. Il avait craint que le comte ne soit assez égoïste pour laisser son amant, puisqu'il s'agissait bien de lui, mourir pendant qu'il prenait la fuite avec sa prisonnière.

— J'ai un second coup, prévint-il en tirant le chien de son arme.

— Vous mentez ! coupa le comte. Il ment, Romano !

Mais Nolan remarqua que Romano Lippi ne paraissait pas convaincu.

— Si j'étais vous, Minotti, je ne parierais pas là-dessus,

rétorqua-t-il, toujours aussi froidement. Si je me rappelle bien, vous n'avez pas été très chanceux, la dernière fois que vous avez mis en jeu le destin de quelqu'un… Vous avez perdu votre belle-fille, n'est-ce pas ? Allez, lâchez-la, maintenant.

Il était temps d'en finir. Il n'avait jamais aimé les bains de sang, n'avait jamais été fier de participer au moindre combat même s'il s'était retrouvé impliqué dans des bagarres musclées plus d'une fois. Hélas, de temps en temps, on n'avait pas d'autre choix que de blesser quelqu'un pour se faire comprendre…

— Je vais compter jusqu'à trois, lança-t-il à voix haute. Laissez partir Gianna ou je tire et nous pourrons tester votre théorie des deux balles.

Minotti et son amant échangèrent un rapide regard.

— Un, commença Nolan. Deux…

Il se prépara. Il s'attendait à ce que le comte fléchisse mais, en revanche, il se doutait qu'il ne se montrerait pas honnête.

— Agoste ! supplia Lippi d'un air désespéré.

— Très bien ! finit par grommeler Minotti.

D'un geste brusque, il poussa Gianna loin de lui, tout droit dans les bras de Nolan. Sans doute espérait-il lui faire perdre l'équilibre, mais Nolan avait anticipé cela. Il fit un pas de côté et attrapa Gianna pour la mettre en sécurité près de lui.

La seule chose qu'ils pouvaient faire, tous les deux, était de rejoindre la porte et de fuir. Il était hors de question de rester là pour attendre l'arrivée de la garde — quel que soit son nom à Venise.

Nolan fit siffler sa lame, entaillant profondément la joue de Minotti, qui s'écroula un peu plus loin, la main pressée contre la plaie sanglante.

— Cours, Gianna !

Romano hésita un instant, ne sachant pas s'il devait s'élancer à la poursuite de leur proie ou aider le comte qui hurlait de douleur sur le carrelage. Nolan se dirigea vers la porte, prenant la décision à sa place. Sans la moindre hésitation, il tira sa seconde balle, atteignant Lippi à l'épaule.

Ce fut seulement là, une fois que les deux agresseurs furent mis hors d'état de nuire, qu'il se permit d'empocher son pistolet et d'attraper la main de Gianna. Il fallait à tout prix qu'ils partent avant que quelqu'un, dans le hall, ne décide qu'ils étaient finalement en tort.

Sans le moindre regard en arrière, il descendit les marches du perron en courant et héla un bateau. Il n'attendit pas la réponse du batelier, attrapa Gianna par la taille et la poussa à bord.

— Conduisez-nous sur le continent aussi vite que vous le pouvez, cria-t-il en fourrant une poignée de billets dans la main de l'homme, abasourdi.

Peu importait la somme ; la seule chose qui comptait était que le marinier prenne l'argent et obéisse.

— Allez-y ! insista-t-il avec un geste paniqué en direction de la lagune.

L'individu, indécis, jeta un rapide coup d'œil aux billets, puis à Nolan.

— Ne posez pas de questions, et vous aurez plus d'argent quand nous serons de l'autre côté.

S'attendant à une réponse positive, il enjamba le rebord et s'installa. Le batelier aurait plus de mal à refuser, à présent — et, en effet, il s'exécuta. Sans un mot, il détacha les amarres et s'engagea dans le canal en direction du continent.

— Est-ce que tu vas bien ? murmura-t-il à l'oreille de Gianna.

Depuis qu'il l'avait rencontrée, Nolan avait l'impression de passer son temps à lui poser cette même question. Et maintenant, la seule chose qu'il souhaitait, c'était de ne plus avoir besoin de la lui poser. Il voulait pouvoir enfin être sûr qu'elle allait bien — toujours.

— Je suis désolée, murmura-t-elle en resserrant sa cape autour de ses épaules pour se protéger du vent.

Sur l'eau, la nuit était froide... Ou bien peut-être cherchait-elle seulement à récupérer du choc de l'agression du comte et de son mignon.

— A cause de moi, nous n'avons plus rien. Comment allons-nous atteindre Padoue, à présent ?

Nolan éclata de rire, pour la rassurer.

— Ne t'en fais pas, ce ne sera pas un problème. Je n'aurai qu'à trouver une partie de cartes.

Sa remarque fit son effet : Gianna sourit face à sa confiance tranquille.

— Est-ce qu'il t'arrive de perdre ? demanda-t-elle d'un air curieux.

— Non, à moins que je ne le décide. Parfois, perdre peut s'avérer très bénéfique, crois-moi.

Peu à peu, il la sentait se détendre tout contre lui. Sans doute essayait-elle de se concentrer sur autre chose, pour oublier l'incident affreux et sanglant de l'hôtel.

— Comment fais-tu pour être si sûr de toi ? Comment peux-tu gagner aussi souvent ?

Elle s'accouda à la rambarde, laissant le vent repousser le capuchon de sa cape et libérer le flot de ses cheveux. La lune montante soulignait son profil, la baignait d'un halo bleuté. En cet instant, elle ressemblait à une madone de Tintoretto : forte et pourtant si bonne. Son courage allait de pair avec une gentillesse infinie, perceptible dans la chaleur de son regard.

Nolan lui prit doucement la main, envahi par une vague de tendresse. Brennan avait raison : elle lui faisait tourner la tête et cela pourrait lui amener des problèmes. D'un seul sourire, elle le convainquait de fuir une ville, de voler des bijoux, de partir au secours d'un petit frère aveugle, et il n'avait même pas encore couché avec elle ! En plus, elle avait réussi à le pousser à avouer tous ses secrets — enfin, presque tous...

La première fois, il s'était confié pour l'inciter à l'imiter. Mais il avait fini par lui dire des choses qu'il n'avait pas prévu de dévoiler.

— Je peux voir les cartes, répondit-il à mi-voix. Enfin, pas vraiment. Je les vois dans mon esprit. Une fois qu'une carte a été jouée, je m'en souviens.

Il avait expliqué cela à son père, une fois, quand il avait eu onze ans, croyant bêtement gagner ainsi ses faveurs. Cela avait été une grave erreur.

— C'est incroyable, s'écria Gianna, admirative. Et combien de cartes peux-tu mémoriser à la suite ? Beaucoup ?

— Quatre ou cinq jeux complets. D'habitude, je n'ai pas besoin d'en mémoriser autant, sauf pour le jeu du vingt et un — il est un peu plus complexe...

Il n'avait pas dit cela pour se vanter ou charmer Gianna, bien au contraire. Il essayait simplement de lui changer les idées, de faire en sorte qu'elle ne s'inquiète pas trop de ce qui les attendait.

— C'est un vrai don, que tu as...

Nolan ne put réprimer un petit hoquet d'amertume.

— Mon père n'était pas de cet avis. Quand j'étais enfant, j'ai pensé que c'était un cadeau de Dieu. J'ai pensé qu'il serait impressionné — mon père, pas Dieu, bien sûr. Mais il n'a pas réagi comme je l'espérais : il a au contraire pensé que mon « don » était une malédiction, un signe du diable...

Il s'interrompit un instant, laissant son regard se perdre dans les reflets argentés des vagues. Encore une chose qu'il n'était pas censé lui avouer. Une chose qu'il aurait préféré garder pour lui à tout jamais.

Mais maintenant qu'il avait commencé... autant tout lui dire. Le secret n'avait plus aucune importance.

— Mon père m'a battu pour conjurer la malédiction et, quand il a vu que cela ne marchait pas, il m'a privé de nourriture jusqu'à ce que je capitule. Depuis, je ne lui ai plus jamais parlé de mon talent pour compter les cartes.

Il risqua un rapide coup d'œil en coin pour épier la réaction de Gianna.

— Tu vois, ajouta-t-il, tu n'es pas la seule qui voulait un peu de normalité et ne l'a jamais obtenue. Tu as subi les accès de rage du comte, et moi, ceux d'un père puritain obsédé par sa religion et ses grands principes.

Gianna ne répondit pas mais se contenta de lui serrer la main très fort, avec un soupir à peine audible. Dans certaines circonstances, le silence en dit plus long que les mots — et cet instant ne faisait pas exception.

Une fois qu'ils eurent mis pied à terre, Nolan paya le batelier et chercha une voiture. Il finit par trouver un cocher qui accepta de les conduire un peu plus loin, de prendre la route en dépit de la nuit noire. Bien sûr, cela lui coûta très cher, et quand il eut payé, ses poches lui parurent bien vides. Cependant, il n'avait pas vraiment le choix. Plus Gianna et lui seraient loin, plus ils seraient en sécurité. Cela en valait la peine — même si l'auberge à laquelle ils arrivèrent juste avant minuit, au bout d'un court trajet cahotant, ne valait pas grand-chose, elle.

Quand il s'était installé au Danieli, il pensait avoir laissé définitivement derrière lui la crasse des petites auberges disséminées le long des routes italiennes. Visiblement, il avait eu tort.

Quoi qu'il en soit, il était plus sage de s'arrêter là. De toute façon, plus ils s'éloigneraient de Venise, plus les auberges seraient mauvaises, et Gianna paraissait épuisée. Ils ne trouveraient certainement pas mieux que cet établissement avant le lendemain.

Heureusement pour eux, il y avait encore une chambre de libre et Nolan la prit sans hésiter, trop fatigué pour discuter le prix exorbitant qu'on leur en demanda.

— Ce n'est pas le Danieli, déclara-t-il en laissant Gianna entrer dans leurs nouveaux quartiers et en abandonnant sa veste sur une chaise, mais tu y seras en sécurité, cette nuit. On pourra même barrer la porte, histoire de s'assurer que personne ne rentre sans prévenir.

D'ailleurs, après avoir aperçu les mines patibulaires des quelques clients tardifs qu'ils avaient croisés dans la grande salle, Nolan était plutôt ravi de découvrir l'épaisse barre de métal fixée au panneau de la porte. Il ne devait pas être le premier client à s'en servir.

Si seulement il avait pu trouver un logement plus convenable, pour Gianna… et pour lui. Il n'y avait qu'une pièce et il n'avait pas vraiment l'intention de descendre dormir dans la salle commune. Son séjour au Danieli l'avait transformé ; l'avait rendu plus pointilleux, voire même trop sensible.

— Cela suffira, le rassura Gianna en palpant le matelas. Ce

lit sera très bien. Nous aurons peut-être quelques courbatures demain matin, mais ce n'est pas bien grave.

S'apercevant certainement qu'il hésitait, elle demanda :

— Qu'y a-t-il ?

— Je vais passer la nuit en bas, tu auras suffisamment de place, comme cela. De toute manière, je ne suis même pas sûr que j'aurais réussi à fermer l'œil, ce soir. Peut-être pourrai-je ainsi trouver quelques joueurs, gagner un peu d'argent pour la suite de notre voyage.

Il lui sourit, comme pour dire : « Ne t'en fais pas pour moi, tout ira bien », mais elle ne fut pas dupe.

— C'est ridicule ! Tu es aussi fatigué que moi et il est hors de question que tu redescendes. Les hommes que nous avons croisés ne semblent pas du genre à jouer aux cartes.

Elle rejeta les couvertures et il la vit vérifier la propreté des draps, en dessous.

— Ils sont étonnamment propres, non ? Ce serait dommage de ne pas en profiter.

Seigneur, cette femme aurait pu dévoyer un saint — et Nolan était très loin d'en être un !

Devait-il réellement tout lui expliquer ? Comprenait-elle le danger qu'elle courrait en passant une nuit avec lui, dans *ce* lit ? Il était bien plus petit que celui, immense, qu'on avait mis à sa disposition au Danieli et tous deux savaient très bien ce que cela impliquerait. Cela finirait avec son visage entre les jambes de Gianna, et leurs gémissements qui passeraient au travers des murs trop fins.

Il soupira.

— Gianna, qu'est-ce qui arrivera, à ton avis, si je reste là, cette nuit ?

Cette question transforma l'atmosphère de la chambre et le désir brûlant qui couvait entre eux s'enflamma brusquement. Gianna se redressa et le dévisagea de ses grands yeux noisette, graves et solennels.

— Ce qui aurait déjà dû arriver depuis longtemps...

Elle leva les mains dans un geste provocateur qui souligna

la forme généreuse de sa poitrine à travers le corsage serré de sa robe, et les glissa dans ses cheveux. Lentement, elle ôta les épingles qui maintenaient son chignon en place, et sa crinière sombre se déroula sur ses épaules en une cascade de boucles opulentes. Elle était lady Godiva, Vénus et Eve réunies en une seule femme. Belle. Envoûtante.

— Nous avons déjà trop attendu. Maintenant, porte-moi jusqu'au lit, Nolan Gray.

19

Gianna s'approcha de lui, et mit ses bras autour de son cou avant qu'il n'ait pu refuser. En vérité, il n'avait aucune envie de refuser...

Elle avait raison, cela *aurait dû* arriver il y avait plusieurs jours déjà, mais les circonstances dans lesquelles ils s'étaient rencontrés avaient entravé leurs ardeurs. A présent, cependant, Nolan ne se souciait plus de circonstances ou de motivations. Ils étaient allés au-delà de cela ; ils n'étaient plus deux étrangers que le destin avait jetés dans les bras l'un de l'autre. Non, ils étaient devenus bien plus que cela.

Mais que voulait vraiment dire ce « plus » ? Allaient-ils devenirs amis, amants, conspirateurs sensuels, ou bien autre chose encore ?

Gianna l'embrassa et il se laissa faire. Il ne se défendit pas, ne lutta pas contre l'appel du désir. Seigneur, qu'il aimait cette bouche... A chacun de leurs baisers, il avait voulu goûter un peu plus la saveur de ses lèvres, il avait désiré les sentir sur son sexe comme cela aurait pu se produire, lors de la première nuit, s'il ne l'avait pas arrêtée.

— Je vais te déshabiller moi-même, susurra-t-elle.

Elle commençait déjà à dénouer sa cravate et à défaire les boutons de son veston.

— Ce soir, ce sera moi, ton valet, ajouta-t-elle avec un sourire malicieux.

— Je croyais que c'était *à moi* de te porter jusqu'au lit.

Il essayait de rester sérieux, mais il appréciait trop ces petites attentions toutes féminines pour se plaindre.

Elle lui jeta un petit coup d'œil un peu narquois.

— En effet, mais il y aura d'abord cela.

« Cela » fut une manière très érotique de lui retirer sa chemise. Aucun tailleur, ni aucun valet ne l'avaient jamais dévêtu de cette manière. Les ongles de Gianna griffèrent doucement son torse, ses tétons, laissant une pluie de frissons sur leur passage ; elle caressa sa gorge du bout des doigts, descendit le long de ses côtes et vint poser ses mains sur ses hanches, à la ceinture de son pantalon.

— Tu es si beau, si musclé et si bien dessiné, comme une statue vivante, chuchota-t-elle à son oreille.

Sa main s'aventura plus bas encore, sur son sexe déjà dressé qu'elle enveloppa de ses longs doigts à travers l'étoffe du pantalon. Elle le caressa un instant, de haut en bas. Elle lui mordilla doucement le lobe de l'oreille, et il gémit ; elle referma un peu plus la main autour de son sexe, et il gémit plus fort. C'était une torture délicieuse, une lente montée du plaisir…

— Si tu continues comme ça, tu vas me faire perdre le contrôle en un rien de temps.

Pourvu qu'elle n'ait pas envie de mettre sa parole à l'épreuve : c'était un mensonge. Il était *déjà* en train de perdre pied sous ses caresses.

Il ne se souvenait pas d'avoir déjà vu une femme prendre ainsi les devants pour l'inciter à coucher avec elle. D'habitude, les rôles étaient inversés, ses maîtresses partant du principe que lui était prêt pour elles.

Le simple fait que Gianna ne tienne pas cela pour acquis avait quelque chose d'aphrodisiaque. Pour une fois, il n'était pas un simple outil, il n'était pas là uniquement pour le plaisir de sa partenaire… Non, quoi qu'ils fassent cette nuit, ils le feraient ensemble.

— Fais attention, Gianna. Je veux que tu sois sûre de faire cela pour les bonnes raisons.

Quand avait-elle décidé qu'elle en avait envie ? La nuit

précédente ? N'était-ce qu'une réponse instinctive, née des émotions brutales de l'après-midi ?

Les hommes avaient souvent besoin du soulagement apporté par le sexe, après un combat. Est-ce que cet abandon soudain n'était qu'une réaction consécutive à la bataille qu'ils avaient menée, ou quelque chose de plus profond ?

Gianna le dévisagea, les mains toujours posées sur lui.

— Je le fais pour moi, pour nous. Ce n'est pas une question de possession.

Elle lâcha son sexe et recula d'un pas, l'examinant lentement de la tête aux pieds.

— Enlève ton pantalon, ordonna-t-elle. Je veux voir tout ton corps.

Nolan ne s'était pas trompé. Elle était parfaitement consentante et avait décidé de prendre en main leurs deux plaisirs en même temps. Cette nuit promettait d'être délicieusement libertine.

S'abandonnant aux promesses sensuelles qu'il devinait dans le regard enflammé de Gianna, il sourit — ses instincts carnassiers libérés.

— Comme tu voudras.

Elle paierait ses avances par un feu d'artifice de plaisir, il y veillerait...

D'ailleurs, il ne se contenta pas d'ôter son pantalon, il fit de ce geste quotidien un avant-goût de ce que lui réservait la suite. Sans la quitter des yeux, il déboutonna lentement sa braguette, bouton après bouton, avec une dextérité langoureuse. Il n'était pas pressé et prit un malin plaisir à la faire attendre.

Sans un mot, il guetta la moindre des réactions de Gianna, peu à peu emporté par le désir fougueux qu'il lisait en elle. Elle n'essaya même pas de dissimuler ses émotions. Tant mieux ! Les mensonges et les demi-vérités n'avaient pas leur place entre eux. Ce soir, ils ne joueraient pas aux devinettes. Ce soir, ils feraient l'amour et il n'y aurait plus qu'honnêteté.

Il fit doucement glisser son pantalon sur ses hanches, remarquant le léger sursaut de Gianna quand le tissu tomba en gros plis sur ses chevilles. Elle regarda son sexe sans honte, sans gêne, puis le regarda à nouveau dans les yeux, admirative.

— Seigneur, Nolan, tu es un dieu grec déguisé en homme !

— Non, je ne suis qu'un homme, rien de plus.

En dépit de ses efforts pour rester calme, il sentit une flamme brûler au creux de ses reins. Elle aimait le regarder. Il était nu et elle le trouvait beau... C'était un début bien prometteur.

Ce soir, il lui offrirait tout le plaisir possible et voulait qu'elle en savoure chaque instant. Il prit donc les choses en main à son tour et s'approcha d'elle pour défaire les lacets de sa robe.

— Il est temps de commencer à jouer vraiment, murmura-t-il en faisant glisser la robe de ses épaules.

Le vêtement ne résista pas et Gianna non plus. Elle était visiblement aussi pressée de se retrouver nue que lui de la déshabiller. Docile, elle leva les bras pour qu'il fasse passer sa chemise par-dessus sa tête, le laissa lui enlever son jupon, jusqu'à ce qu'elle soit nue comme la main. Elle pressa alors son corps contre lui tout en frissonnant et son sexe, plus tendu que jamais, effleura la peau veloutée du ventre de Gianna. S'il ne s'était pas maîtrisé, il aurait joui en un instant.

Dans un ultime effort pour reprendre le contrôle de son corps, il la prit dans ses bras, la souleva de terre et la porta jusqu'au lit. La paille du matelas craqua quand il la déposa dessus et s'allongea à ses côtés.

— Dis-moi que tu me désires, murmura-t-il en embrassant sa joue, sa pommette.

— Je te désire, Nolan, tu le sais bien...

Sa réponse ne fut qu'un souffle, un chuchotement émerveillé. Nolan continua à l'embrasser, dans le cou et le long de sa clavicule. Elle était si excitée : à chaque baiser, elle lâchait un petit hoquet, ses yeux noisette scintillaient d'un éclat fiévreux, son pouls battait fort dans son cou et sa peau sensible réagissait au moindre contact entre eux.

— Dis-moi où tu me désires. *Montre-moi*. Tu es responsable de ton plaisir, Gianna. C'est à toi de me le dire, à toi de prendre tes décisions.

Il parlait à voix basse, tout en continuant à l'embrasser, à explorer sa gorge du bout des lèvres.

— Ici ? Est-ce que tu me veux ici ? Et là ?

Descendant jusqu'à sa poitrine offerte, il happa son téton entre ses lèvres et le titilla du bout de la langue jusqu'à ce qu'il se tende en un petit bourgeon dur.

— Dis-moi où, Gianna... Dis-moi où tu veux que j'aille.

Partout ! Elle le voulait partout, elle voulait qu'il lui fasse découvrir tout ce qu'il savait de l'amour. Qu'il se serve de sa bouche, de sa langue, de ses doigts, de ses mains, de son sexe — ce sceptre magnifique dressé pour elle et qui ne s'était jusqu'alors que brièvement pressé contre sa peau.

Il avait réussi à faire d'elle une dévergondée. Elle avait cru pouvoir contrôler son désir, le garder en laisse, savourer ce que Nolan avait à lui offrir sans s'abandonner corps et âme... Mais, si cela avait été possible à un moment, ce n'était plus le cas à présent. Maintenant qu'elle était là, allongée nue dans ses bras, elle ne pourrait plus rien maîtriser, rien retenir.

Et le murmure suivant de Nolan lui fit complètement perdre pied :

— Montre-moi, Gianna. Montre-moi ce que tu veux de moi.

Il cherchait à éveiller toute la sensualité qui dormait en elle et elle était prête à le suivre. Ce soir, elle pouvait se permettre d'être décadente. Ce soir, elle était en sécurité.

Pendant quelques heures encore, jusqu'à l'aube, elle avait la liberté de mettre ses angoisses et ses projets de côté pour se faire plaisir ; pour penser à elle. Quand donc aurait-elle une autre occasion de faire cela ?

Elle fit glisser sa main jusqu'à son nombril et murmura d'une voix à la fois rauque et autoritaire :

— Embrasse-moi ici.

Il obéit, avec douceur. Ses lèvres étaient chaudes, sur son ventre, et ses grandes mains enlacèrent ses hanches en une caresse possessive.

Gianna descendit encore la main, plus bas, entre ses cuisses — là où Nolan avait su la faire jouir une fois. Elle effleura la fente entre les chairs.

— Je veux ta bouche ici, là où je suis déjà humide pour toi.

Jamais elle n'aurait pensé prononcer un jour des paroles si choquantes ; mais avec Nolan elle ne pouvait se sentir gênée par ce qu'elle disait, ce qu'elle lui demandait ou ce qu'elle faisait. Elle était certaine d'une autre forme de sécurité par rapport à cette audace nouvelle : Nolan ne se servirait jamais de ses désirs ou de ses suppliques libertines pour lui faire honte. Il *voulait* qu'elle le guide par ses paroles et ses mouvements.

Sans un mot, il fit glisser ses doigts jusqu'à sa toison et la caressa, au plus intime de son corps. Il la prépara pour sa bouche avant de se pencher dans le creux de ses cuisses. En un instant, il sut découvrir le centre de son plaisir et l'embrassa. Du bout des lèvres. Du bout des dents.

Au premier contact, son corps se souleva, se cambra instinctivement, enfiévré par les caresses de la langue de Nolan. Plus il lui en offrait, plus elle en voulait…

Seigneur, elle allait exploser ! Elle *voulait* exploser. Elle cria, incapable de contenir ce besoin qu'il avait fait naître en elle, incapable de le maîtriser jusqu'à ce qu'il envahisse tout son corps. Les doigts agrippés aux cheveux de Nolan, elle finit par se laisser emporter par ce raz-de-marée — mais ce fut encore pire que tout. C'était une première libération, mais ce n'était pas encore assez. Pas ce soir.

Ce soir, ce petit avant-goût de plaisir n'était qu'un préliminaire qui la rendait folle, sans pour autant la satisfaire pleinement.

Nolan redressa la tête, ses cheveux lâchés et emmêlés retombant sur ses épaules, ses yeux assombris de désir. Il était aussi excité, aussi affamé qu'elle. Cela n'avait été qu'une mise en bouche pour chacun d'eux.

Gianna l'attira à elle pour qu'il s'allonge sur son corps, écartant les jambes pour qu'il puisse s'y glisser. Leurs hanches se rencontrèrent, fermes et volontaires. Il la serra dans ses bras et son sexe effleura le sien, pressant.

— Gianna...

Sa voix n'était plus qu'un murmure essoufflé, étouffé par ses efforts pour contenir ses pulsions.

— Est-ce que tu es sûre de toi ? Je ne sais pas si je pourrai être assez doux.

Gianna chassa quelques mèches de son visage et lui caressa les joues.

— Oui, je suis sûre de moi.

Et elle était aussi certaine qu'il ne serait pas doux. Il n'était pas ce genre d'amant. Ce n'était tout simplement pas dans sa nature : il était autoritaire, confiant, résolu. Il n'avait pas été doux dans l'église, ni dans la grande chambre du Danieli. De toute manière, la douceur n'était pas pour eux. Leur passion n'avait rien de tiède, bien au contraire.

Nolan trouva cependant le bon équilibre entre la sauvagerie qui les enflammait et la pondération — il serait le premier homme à entrer en elle.

Il la pénétra d'un geste confiant, allant de plus en plus profondément en elle, s'arrêtant de temps en temps pour lui laisser le temps de s'habituer à lui. C'était un va-et-vient hypnotique, qui les emportait loin, leur faisait perdre toute notion du monde autour d'eux.

Le corps de Gianna se mit instinctivement à suivre ce rythme, arqué, cambré, fiévreux. Ils s'embrassèrent langoureusement en trouvant peu à peu leur harmonie. Instinctivement, elle noua ses jambes autour de la taille de Nolan et agrippa son dos. Il bougea plus vite, l'entraînant avec lui vers la promesse d'une jouissance encore inconnue d'elle. Elle sentit son grand corps viril se crisper sous ses mains, sa respiration se faire plus saccadée, dans un concert de gémissements et de soupirs inarticulés. Ce qu'ils partageaient était au-delà des mots...

Jamais elle n'aurait cru pouvoir connaître le corps de Nolan de cette manière. Jamais elle n'aurait cru possible de sentir leurs âmes se rejoindre ainsi dans une telle intimité. Aucune parole ne rendrait justice à ce qu'elle ressentait. Quand ils atteignirent le plaisir, le sommet de jouissance tant promis dans une explosion extraordinaire, la sensation de leurs deux corps se soulageant ensemble l'emporta dans un havre d'extase qu'elle n'aurait jamais pu imaginer.

C'était incroyable, une chose qui ne devait arriver qu'une fois dans une vie... Voilà la première pensée qui la traversa lorsque la tension délicieuse qui avait envahi son corps se calma. Non pas qu'il fût improbable qu'une telle expérience se reproduise — bien qu'elle en doutât — mais parce qu'elle serait incapable de supporter cela une seconde fois. Ou, plus précisément, elle n'y *résisterait* pas. Ce plaisir que Nolan lui avait offert la lierait irrémédiablement à lui ; elle ne pourrait plus jamais le quitter. Ce serait un emprisonnement bien plus profond que celui enduré sous le joug du comte. Pire encore, c'était elle-même qui avait demandé cela.

« Porte-moi jusqu'au lit, Nolan Gray. »

Il lui avait obéi. Il l'avait prise dans ses bras et amenée jusqu'au lit, et avait fait bien plus encore. Il lui avait fait goûter au plaisir, à un plaisir inimaginable.

Le cœur battant, elle passa doucement la main dans les cheveux de son amant. Il s'était endormi, ne pensait plus à rien. Seule dans la pénombre, elle sourit pensivement, laissant son excitation retomber dans le silence.

Si elle souriait, ce n'était pas uniquement à cause de ce qu'elle venait de ressentir. Elle ne pouvait s'empêcher de rire d'elle : elle avait été si audacieuse. Jusqu'à présent, elle n'avait pas pensé une seule fois qu'elle pourrait être l'artisan de sa propre chute.

Chute ? C'était peut-être prématuré... Elle était encore capable de se contrôler, de dominer ses désirs, si seulement elle prenait la peine de faire un effort ; et pour ce faire, il fallait simplement qu'elle garde ses objectifs en tête. Rejoindre Giovanni avant que le comte ne l'atteigne. Trouver un endroit sûr où s'installer avec son frère. Commencer une nouvelle vie quelque part où elle ne serait plus fille de courtisane ou belle-fille d'un comte sadique et avide.

— Arrête de réfléchir, marmonna Nolan d'une voix empâtée de fatigue.

Il était donc éveillé ?

— Comment sais-tu que je réfléchis ? Il fait sombre et tu es presque endormi, répondit Gianna en s'écartant un peu, appuyée sur son coude pour mieux le voir.

— Presque endormi ne veut pas dire endormi, murmura Nolan avec un petit éclat de rire. Tu as arrêté de me caresser et ta main s'est immobilisée sur mon torse, cela veut dire que quelque chose est venu occuper tes pensées.

Gianna lui frappa l'épaule d'un air faussement choqué.

— Comment es-tu devenu si doué pour cela ? Tu lis dans les gens comme dans un livre ouvert !

— Tous les joueurs sont obligés d'apprendre à faire cela, tu sais, s'ils veulent être bons.

Tout en parlant, il se mit à jouer avec une de ses longues boucles, retombée devant ses yeux. Sa question le mettait visiblement mal à l'aise. Peut-être n'aimait-il tout simplement pas parler de lui...

Mais Gianna ne put s'empêcher d'insister.

— Est-ce comme cela que tu te vois ? Comme un joueur ?

Elle savait encore si peu de choses de lui, en dépit de ce qu'ils avaient traversé ensemble. Il fallait qu'elle corrige la situation et, même s'il n'avait pas envie de se dévoiler, elle ferait tout son possible pour en apprendre un peu plus sur lui.

A quoi avait ressemblé sa vie, en Angleterre ? Qu'étaient ces projets dont il avait vaguement parlé ? Tout l'intéressait au sujet de Nolan.

Face à son air perplexe, il eut un petit sourire contrit.

— Ça te déçoit ? Tu espérais que je sois une sorte de gentilhomme déguisé en voyou ? Le prince charmant, peut-être ?

Cette remarque amère la mit immédiatement sur la défensive. La moquerie de Nolan avait quelque chose d'insultant, bien qu'elle ne sût pas vraiment pourquoi.

— Non, je n'ai jamais pensé une telle chose, répliqua-t-elle sèchement. Je n'ai jamais *espéré* cela ! Tout ce que je voulais, c'était en savoir un peu plus sur toi...

Le regard de Nolan s'adoucit et sa main s'immobilisa dans ses cheveux.

— Je suis un joueur, c'est tout, dit-il moins froidement. J'ai joué dans tous les pays que j'ai traversés pour me payer mon voyage en Europe. C'est ce qui me remplit les poches. Je n'ai absolument rien d'autre pour me recommander que le contenu de mes bagages — ni terres, ni domaine secret où me retirer quand je serai fatigué de la route.

Et maintenant, à cause d'elle, il n'avait plus que les vêtements qu'il portait, songea Gianna. Tout ce qu'il possédait au monde était resté derrière eux, au Danieli...

Elle se sentit soudain mal pour lui.

— Je suis désolée, tout cela est ma faute.

Bientôt, il comprendrait qu'elle n'attirait que le malheur et la quitterait, sans un regard en arrière. A ce moment-là, elle n'aurait plus personne pour l'aider, la protéger. Pourvu seulement qu'il ne parte pas avant qu'elle ait réussi à sauver Giovanni.

Nolan haussa les épaules, ses belles épaules musclées. Avec une infinie tendresse, il lui caressa la gorge du bout du doigt, la faisant délicieusement frissonner.

— Je suis toujours partant pour de nouvelles aventures, Gianna. Ne t'en fais pas, Brennan nous rapportera mes malles et ton coffret. Je lui ferai parvenir un message dès que nous aurons atteint notre destination.

Il la dévisagea un instant, comme s'il attendait plus de détails de sa part. Il devait se demander quelle serait leur destination finale. En effet, il en savait assez pour comprendre que Padoue ne serait qu'une étape, le temps de récupérer Giovanni.

Au bout d'un instant, il eut un petit sourire triste.

— Tu ne sais pas où aller, après Padoue, n'est-ce pas ?

— Je suis certaine que je trouverai quelque chose, le moment venu, répondit Gianna, espérant avoir l'air plus confiante qu'elle ne l'était réellement.

Mais pour l'instant, effectivement, elle n'en avait pas la moindre idée.

— J'ai seulement besoin d'en endroit où nous pourrons prendre un nouveau départ.

Hélas, une partie d'elle commençait à comprendre que ce serait loin d'être suffisant. Si elle voulait la liberté, elle ne pourrait que fuir, et pour rester vivante, elle allait devoir se montrer plus rapide et plus futée que le comte. Ses diamants à eux seuls inciteraient Minotti à la suivre, et sa soif de vengeance lui donnerait des ailes. Il ne s'arrêterait pas avant de l'avoir retrouvée... Et une jeune femme comme elle, assez riche pour vivre confortablement, accompagnée d'un petit frère aveugle ne pourrait pas tout simplement se fondre dans la population d'un village.

Il y aurait toujours quelqu'un pour poser des questions. Non, elle ne trouverait pas le havre de paix de ses rêves ; elle serait contrainte de passer sa vie sur les routes, de veiller en permanence sur Giovanni. Cela laissait peu de place pour un époux, une famille, un foyer paisible. *Jamais* elle n'aurait la liberté de s'installer où que ce soit.

Mais, ce soir, elle pouvait s'autoriser quelques heures de répit. Le comte et Romano Lippi étaient coincés à Venise au moins jusqu'au matin, trop occupés à lécher leurs plaies. Nolan et elle avaient au moins une demi-journée d'avance sur eux et ils seraient en sécurité jusqu'au matin.

Elle ne laisserait pas ses inquiétudes gâcher ce précieux moment de tranquillité ; elle ne laisserait pas Nolan comprendre à quel point son espoir était mince.

Bien décidée à mettre fin à cette conversation, Gianna passa une jambe au-dessus des cuisses de son amant et se mit à cheval sur lui avant de l'embrasser langoureusement.

— Arrête de parler, Nolan Gray. Cette nuit n'est pas faite pour les grands projets, mais pour la passion...

Elle glissa une main entre ses cuisses et caressa ses bourses fragiles, rapidement récompensée par un gémissement.

— C'est à moi de te faire l'amour, cette fois.

Elle avait encore un peu mal, trop pour l'accueillir en elle une nouvelle fois, aussi vite, mais il existait d'autres moyens pour eux d'atteindre le plaisir.

Elle glissa au-dessus de lui, caressant la peau douce de son torse si musclé tout en continuant à l'embrasser.

— Tu es en forme, pour un joueur qui passe ses nuits autour d'une table de jeu, murmura-t-elle entre deux baisers.

— Je monte à cheval. Je fais de l'escrime et de la boxe. Je tire au pistolet et à l'arc, parvint-il à dire dans un souffle pendant qu'elle s'occupait de lui.

Gianna éclata de rire, enhardie de voir à quel point ses attentions l'affectaient. Elle pinça ses tétons entre ses lèvres et les effleura du bout de la langue — comme il l'avait fait pour elle.

— Tout cela ?

Elle laissa ses cheveux caresser le torse de Nolan et traça une longue ligne de baisers le long de son ventre jusqu'à atteindre ses hanches. Là, elle leva les yeux et lui sourit malicieusement.

— Veux-tu que j'aille plus loin ?

Nolan s'humecta brièvement les lèvres, lâchant un nouveau gémissement d'excitation.

— Je t'en prie...

De nouveau, elle lui lança un coup d'œil sensuel avant de plonger entre ses cuisses, commençant par faire courir sa main le long de son sexe déjà dressé. Il était prêt pour elle, et elle en caressa le sommet, soyeux et humide. Comme un petit animal vivant, il eut un sursaut sous ses doigts et elle sut qu'il était temps de passer à la suite.

Elle se pencha et le happa entre ses lèvres. Il avait un goût masculin et salé. Nolan gémit de plus belle. Tout son corps fut parcouru d'un frisson. Cet homme, si sûr de lui, si confiant dans sa force, commençait à lâcher prise, laissait le désir qui l'enflammait se déchaîner librement et Gianna en fut stimulée. Elle voulait qu'il sente monter en lui, grâce à elle, l'insupportable frisson du plaisir qui venait, qui l'envahissait. Elle voulait qu'il la supplie de le soulager.

— Gianna ! cria-t-il soudain d'une voix rauque.

C'était à la fois un avertissement et un hommage. Tout à

coup, son corps entier se crispa, puis se relâcha dans un soupir viril. Nolan était si beau en pleine jouissance, si abandonné et si... *vulnérable*.

En cet instant, son amant était sans défense face à elle — son amant qui, quelques heures plus tôt, avait blessé le comte au visage, son amant qui l'avait sauvée plus d'une fois, et dont les talents physiques et intellectuels lui conféraient une quasi-invincibilité.

Oui, en cet instant, il avait perdu tout contrôle sur lui-même et cela rendait leurs ébats magnifiques à ses yeux. Il lui avait laissé les rênes, l'avait autorisée à le voir dans sa fragilité. Il s'était permis cette fragilité face à elle — un Samson sans ses cheveux. Elle lui en fut si reconnaissante qu'elle ne put l'autoriser à parvenir à sa jouissance seul. Elle tint son sexe jusqu'au bout, le sentit frémir dans sa main, plein de vie ; elle laissa sa semence, chaude, s'écouler sur ses doigts.

Quand il eut fini, elle leva les yeux sur lui. Apaisé, il lui caressa doucement les cheveux.

Toutes les peurs de Gianna revinrent la hanter, plus amères et plus tristes, cette fois. Il fallait à tout prix qu'elle le quitte avant de tomber amoureuse de lui. Il serait si facile de rester, si facile de l'aimer...

Mais elle ne pouvait pas se permettre de l'entraîner dans sa chute. Il ne méritait pas cela.

Deux jours. Elle se laissait deux jours. Cela suffirait sans doute pour atteindre Padoue et faire ses adieux à Nolan avant qu'il ne commence réellement à regretter de l'avoir rencontrée.

20

Que va-t-il se passer, à présent ?

Nolan s'endormit, tourmenté par cette question, et ce fut la première pensée qui l'accueillit à son réveil. Cette interrogation le hanta sans relâche durant leur long trajet en voiture jusqu'à Padoue.

Gianna semblait aussi soucieuse que lui, l'esprit certainement occupé par les mêmes craintes, les mêmes incertitudes — mais sans doute pas pour les mêmes raisons. Il lui jeta un rapide coup d'œil par-dessus le livre qu'il avait pris dans la salle de l'auberge.

Depuis leur départ, il avait pris soin de tourner régulièrement les pages — approximativement une par minute — pour lui faire croire qu'il lisait, tout comme elle. Mais il aurait juré qu'elle n'avait pas avancé d'une seule ligne. Pas plus que lui. La matinée s'était écoulée dans un silence de mort et l'après-midi menaçait de prendre le même chemin...

— Est-ce que tu as des difficultés à lire ? lui demanda-t-il enfin, d'un air faussement naïf.

Gianna leva les yeux, sur la défensive — comme souvent.

— Non, qu'est-ce qui te fait croire cela ?

Nolan fit un petit signe en direction de l'ouvrage qu'elle tenait ouvert dans ses mains.

— Tu n'as pas tourné de page depuis près de trois quarts d'heure. Peut-être es-tu trop occupée à regretter la nuit dernière pour te concentrer sur l'histoire.

Elle rougit à ces mots et le dévisagea avec une profonde honnêteté dans le regard.

— Je n'ai aucun regret au sujet de la nuit dernière, affirma-t-elle.

— Dans ce cas, peut-être que tu penses à ton frère ou peut-être que tu réfléchis à ce que tu feras une fois que tu l'auras trouvé. Où tu iras... Est-ce qu'une idée t'est venue, depuis hier ?

Il faisait de son mieux pour ne pas paraître trop pressant, mais il était incapable de cacher qu'il souhaitait qu'elle lui confie ses projets plus en détail.

Lui-même avait longuement réfléchi la veille, après que Gianna s'était endormie, allongée contre lui. Si elle restait seule avec Giovanni, il ne donnait pas cher de son avenir. Avait-elle aussi compris cela ? Etait-ce pour cette raison qu'elle ne savait pas où se rendre, après avoir sauvé son frère ?

Nolan avait cependant pensé à quelques solutions possibles et il n'aurait peut-être pas de meilleure opportunité de les partager avec elle.

Il posa donc son livre sur la banquette, à côté de lui, et la regarda un instant.

— Pourquoi est-ce que vous ne viendriez pas avec moi en Angleterre, ton frère et toi ?

Il n'avait pas vraiment prévu de rentrer, mais après tout... Il pourrait ainsi voir la propriété qu'il avait offerte à son frère et l'aider à mettre en route leur projet.

Gianna lui lança un regard sceptique.

— Je croyais que tu n'avais pas d'habitation, là-bas.

— Techniquement, je n'en ai pas. Le domaine auquel je pense appartient à mon frère.

Il s'interrompit un instant. Il n'avait encore jamais parlé de ce projet à personne, pas même à ses amis. Prenant finalement sa décision, il se pencha et prit la main de Gianna pour la caresser doucement avec son pouce.

— C'est un endroit sûr et il pourrait y avoir une place pour toi. En fait, on pourrait même avoir *besoin* de toi. La maison est située dans la campagne, loin de toute ville ; ce sera un refuge pour les jeunes garçons issus de foyers brisés. On accueillera peut-être aussi, un jour, les filles, mais on va commencer par les garçons...

Parce que Edward et lui comprenaient les garçons marqués dans leur chair. Ils savaient, et pour cause, comment ils pensaient, comment ils appréhendaient le monde. Ils avaient une idée de la culpabilité qu'ils ressentaient quand leur mère s'en allait ou mourait trop jeune. Ils voyaient parfaitement de quelle manière ils cherchaient à se protéger entre eux, avec leurs petits poings, quand leurs pères les frappaient. Ils connaissaient aussi les raisons pour lesquelles ces garçons finissaient souvent par abandonner et s'enfuir, espérant se perdre. Espérant que le monde finisse enfin par les laisser tranquilles.

Gianna l'examina gravement un long moment.

— Et où vivrais-tu pendant que ton frère et moi dirigerions ce foyer ?

— A Londres, ou peut-être à Paris, répondit-il. J'ai beaucoup aimé Paris, au printemps dernier. J'irai partout où je pourrai trouver des tables de jeu et où je pourrai parier. Les enfants ne peuvent être ni nourris ni habillés pour rien. Si nous voulons que l'établissement reste ouvert, cela coûtera de l'argent — et l'argent, c'est mon affaire.

— Tu m'as menti, hier soir, Nolan. Tu n'es pas qu'un simple joueur, dit-elle avec douceur. Tu es un grand frère, un propriétaire, un sauveur et aussi un fuyard.

Ce dernier mot fut prononcé d'une voix amère, avec un soupçon de réprobation.

— C'est peut-être pour cela que je te comprends si bien, tu ne crois pas ? répliqua-t-il sèchement.

Ils commençaient à aborder des sujets jusque-là restés tabous entre eux et l'atmosphère déjà étouffante de la voiture parut s'alourdir. De quoi allait-elle encore l'accuser ?

— Et toi, reprit-il, quel genre d'existence penses-tu mener sur le continent ? Tu as certainement compris que le comte n'abandonnera jamais la traque tant qu'il aura le moindre espoir de te retrouver... Si tu restes à sa portée, tu seras condamnée à errer de ville en ville, de pays en pays. Tu devras sans cesse te cacher et te créer de fausses identités — jamais sereine, toujours en train de regarder par-dessus ton épaule.

— Je sais, répondit solennellement Gianna, mais je dois essayer. Je n'ai pas le choix.

— Est-ce que tu as envisagé de laisser les diamants et ton argent à Minotti ? En effet, s'il a ce qu'il veut, il n'aura plus aucune raison de te pourchasser.

A peine eut-il prononcé ces mots qu'il saisit à quel point cette idée était ignoble. Mais, si cela pouvait apporter sécurité et liberté à Gianna... Si cela lui permettait de ne pas passer sa vie entière dans la peur, peut-être pourrait-elle tolérer d'abandonner l'héritage de sa mère. Parfois, avoir de grands principes pouvait coûter très cher.

Gianna lui lança un regard meurtrier. De toute évidence, cette éventualité lui était aussi insupportable qu'à lui.

— Même si je parvenais à accepter le fait d'avoir laissé le mal gagner, même si j'oubliais toute mon éthique, de quoi est-ce que je pourrais vivre dans ce cas ? Comment serais-je capable d'aider Giovanni ? Il nous serait impossible d'avoir une maison à nous, aussi petite soit-elle.

Elle leva une nouvelle fois les yeux sur lui.

— Je ne veux pas devenir une courtisane, comme ma mère.

— Je pourrais t'aider, te donner une petite rente. Rien d'extravagant, peut-être, mais assez pour vivre, proposa vivement Nolan. Il ne supportait pas l'idée qu'elle se prostitue pour assurer sa survie et celle de son frère. En fait, il n'avait même pas pensé à cette possibilité quand il avait suggéré qu'elle abandonne son argent.

Mais Gianna refusa catégoriquement.

— Tu veux m'entretenir comme tu entretiendrais une maîtresse ? C'est hors de question, Nolan. Je ne veux pas être à nouveau dépendante d'un homme, je ne veux pas avoir à me sentir redevable ma vie entière : ce ne serait pas la liberté, pas vraiment...

Soudain, la voiture heurta une bosse et elle s'agrippa

instinctivement à la poignée de cuir qui pendait du plafond. Jetant un coup d'œil par la portière, elle reprit :

— Nous sommes bientôt arrivés.

Elle lui lança un sourire empli d'excuses comme si elle était navrée que leur conversation doive faire place à des inquiétudes plus pressantes.

Mais elle ne lui ferait pas lâcher prise aussi facilement.

— Nous n'en avons pas terminé, affirma Nolan d'une voix ferme. Nous en reparlerons plus tard.

Peut-être qu'elle changerait d'avis lorsqu'elle aurait sauvé son frère et se retrouverait face à la réalité de sa situation, lorsqu'elle comprendrait qu'elle n'avait pas d'autre option. Peut-être qu'elle reconsidérerait son offre.

Parfois, le plus difficile était de protéger les gens d'eux-mêmes et, s'il voulait continuer à aider Gianna, il allait devoir faire preuve de patience.

Ils atteignirent enfin leur destination. L'endroit était situé en dehors de la ville, loin des regards. C'était un vieux manoir délabré, mal entretenu et menaçant de tomber en ruines ; pas vraiment un environnement accueillant pour un enfant...

L'apparence de la bâtisse ne lui parut d'ailleurs pas plus chaleureuse quand ils descendirent de voiture et s'en approchèrent. D'un regard, Nolan examina les fenêtres, fermées par d'épaisses barres métalliques. Le comte avait-il donc tellement peur de voir un garçon aveugle s'enfuir en sautant depuis le premier étage ? Et où irait-il ? Autour du domaine, il n'y avait rien d'autre qu'une campagne déserte, et cela aurait relevé du miracle si Giovanni, un jour, avait réussi à parcourir les cinq lieues qui le séparaient de la ville sans se faire capturer.

— On dirait une prison, murmura-t-il.

— C'en est une. Une prison pour les gens mentalement et physiquement invalides, répondit rapidement Gianna avant de prendre la main de Nolan pour descendre de voiture.

Elle ne la lâcha pas une fois qu'elle fut face au bâtiment sombre.

— Nous allons le sortir de là, ne t'en fais pas, murmura-t-il pour la rassurer. Que devons-nous faire ?

Il compta rapidement l'argent qui restait dans ses poches. Ce serait peut-être suffisant pour soudoyer quelques gardes qui se montreraient tatillons ; mais hélas, il avait dépensé presque tout ce qu'il avait pour payer la chambre d'hôtel et le cocher.

— Nous allons devoir signer des papiers pour le libérer.

Retrouvant son courage, Gianna faisait preuve de plus d'autorité. Quelle que soit la peur qu'elle ressentait en se retrouvant devant la façade austère de l'asile, elle se contrôlait assez bien pour la dissimuler.

Des papiers à signer, donc, et sans doute aussi des charges à payer — certaines légitimes, d'autres beaucoup moins mais nécessaires pour accélérer la négociation.

De nouveau, Nolan lista ce qu'il avait dans ses poches et sur lui : sa montre en or, sa pince à billets d'or, l'anneau d'onyx à son doigt... Eveilleraient-ils les soupçons s'ils payaient en objets plutôt qu'en monnaie ? Se soucierait-on même de la manière dont les factures seraient réglées ?

Les gens qui tenaient ce genre d'institutions étaient en général aussi moralement dépravés que certains de leurs patients...

— Accepteront-ils de te remettre ton frère ?

Finalement, à bien y réfléchir, l'option « pas de problème tant qu'il y aurait assez d'argent sur la table » serait sans doute la meilleure pour eux. Moins de questions, plus de silence.

— Non, pas à moi en tout cas, répondit-elle. Pas avant trois semaines et deux jours de plus, quand j'aurai vingt-deux ans.

Elle repoussa les pans de sa cape et tira sur le devant de sa robe jusqu'à ce que son décolleté dévoile une bonne partie de sa poitrine.

— Mais... ils pourraient te remettre Giovanni s'ils te prennent pour le comte.

Gianna leva les yeux sur lui. Son regard, sous ses longs cils noirs, s'était soudain fait plus doux. Seigneur, pensait-elle que son numéro de charme suffirait à l'amener à faire une chose pareille ?

En la voyant s'apprêter, il avait pensé que sa petite exhibition était destinée aux gardes ou à quiconque, à l'intérieur, pouvant être mieux convaincu par des atouts féminins… mais pas à lui ! Maintenant, il n'en était plus si sûr.

Il la dévisagea un instant, surpris. Ce décolleté et ces yeux aguicheurs étaient-ils supposés le convaincre de se rendre coupable de fraude ?

— Tu me demandes de me faire passer pour le comte ?

A côté de cette demande, cambrioler le *palazzo* Minotti semblait un vrai jeu d'enfant. De plus, ce qu'elle lui proposait était impossible !

— Est-ce qu'ils ont déjà vu le comte, ici ? Parce que, à part notre taille, nous ne nous ressemblons pas vraiment !

— Mon beau-père n'est pas revenu depuis des années, répondit Gianna en dépoussiérant son grand manteau et en ajustant sa cravate comme s'il avait déjà accepté. Et puis, je doute que le même gardien soit encore en poste. Ce n'est pas exactement le genre de travail que l'on veut garder toute sa vie…

Nolan lui attrapa les mains et les serra contre son cœur.

— Gianna, je suis anglais. Mes vêtements, mon accent, tout en moi me trahira.

Il avait souvent pris des risques, dans sa vie, mais cela avait toujours été des risques calculés. Ce que Gianna proposait, au contraire, était vraiment dangereux.

— C'est toi qui dois te présenter. Moi, je ne serai que l'homme de main du comte, son secrétaire peut-être ou son émissaire… Il paraît qu'il est récemment devenu anglophile, ajouta-t-il avec un clin d'œil.

Une fois qu'ils se furent mis d'accord, ils pénétrèrent dans l'asile. Le hall était sombre et humide, étouffant.

Nolan se plaça sur le côté, laissant Gianna prendre la parole en premier. Elle était décidément brillante, avec son ton froid et affairé, le ton d'une femme très occupée. Elle se pencha légèrement sur le bureau pour annoncer à l'employé qui les avait accueillis qu'elle était venue chercher Giovanni Angelico, son frère. C'était la première fois que Nolan l'entendait utiliser son vrai nom de famille — en fait, il ne lui avait même pas demandé comment elle s'appelait réellement. Il se rendit compte qu'il la connaissait très peu finalement, en premier lieu parce qu'il ne lui avait pas posé beaucoup de questions.

Le clerc tira une liasse de papiers d'un tiroir et vérifia le nom du tuteur officiel.

— Je suis ici pour agir au nom du comte, expliqua Gianna sans paraître déstabilisée.

Elle sourit et caressa innocemment le rang de perles à son cou. Nolan savait mieux que personne à quel point ce geste pouvait être troublant et, bien sûr, le clerc n'y fut pas insensible.

— Laissez-moi aller chercher le directeur, lança le pauvre homme avant de quitter précipitamment la pièce.

Nolan en profita pour examiner rapidement les documents encore étalés sur le bureau.

— Dans quelle cellule est-il ? Ah, la 34. Ça pourra être utile... Plus on a d'informations, mieux c'est dans ce genre de situation. Est-ce que tu crois que tu peux t'occuper du directeur ?

Gianna pâlit.

— Qu'est-ce que tu comptes faire ? Tu ne viens pas avec moi ?

— Non, tu vas devoir séduire le directeur : j'ai besoin de vingt minutes. De mon côté, je vais chercher Giovanni. Tu as une poche, dans ta robe ?

Elle acquiesça et Nolan lui glissa son petit pistolet dans la main. Il se sentirait moins coupable de la laisser seule si elle était armée et prête à se défendre.

Soudain, la porte du bureau du directeur s'ouvrit.

— Si tu n'arrives pas à le séduire, tu pourras toujours lui tirer dessus, glissa Nolan à l'oreille de Gianna, ne plaisantant qu'à moitié, avant de reculer d'un pas.

— *Signorina !*

Le directeur passa la porte. C'était un gros homme sale et qui sentait mauvais — même à cinq pas de distance, Nolan le remarqua et cela lui souleva le cœur. Il tendait les mains en signe de bienvenue, les yeux fixés sans honte sur le décolleté de Gianna.

Nolan détesta cet homme dès le premier regard. S'il n'avait pas dû tenir son rôle, il lui aurait volontiers montré ce qui arrivait aux hommes qui se permettaient de lorgner ses compagnes : ils perdaient quelques dents ! Mais le directeur semblait déjà en avoir perdu plusieurs — toutes les blanches, en tout cas. Etait-ce vraiment sage de laisser Gianna seule avec lui ?

Mais la jeune femme n'hésita pas un seul instant. Elle prit les mains du directeur et lui sourit comme s'il était l'homme le plus séduisant d'Italie.

— *Signor*, je suis ici pour mon frère. Le comte ne pouvait pas venir lui-même, et voilà...

Sa voix charmeuse se perdit comme lors du premier soir, sur la gondole, quand elle avait glissé sa main dans la poche de Nolan. Elle lança un regard éloquent au directeur, féminine et vulnérable.

— Voilà qu'il semblerait que nous ayons un problème avec les papiers. Nous serions apparemment venus pour rien et, après tout le mal que nous nous sommes donné pour arriver jusqu'ici...

Elle était douée. Il lui faudrait sans doute moins d'une minute pour se mettre à pleurer. Elle renifla d'un air désemparé, et le directeur tomba dans le piège. Il était trop faible pour résister aux larmes d'une femme — ou aux promesses d'un décolleté avantageux.

— Pourquoi ne venez-vous pas dans mon bureau ? Nous boirons une tasse de thé et nous réglerons ce malentendu. Je suis certain que nous pourrons trouver un arrangement.

Il jeta un second regard expressif sur la poitrine de Gianna et Nolan n'eut pas besoin de faire appel à son imagination pour deviner quel genre d'arrangement il avait en tête.

Surmontant son dégoût, il se tourna vers le clerc avec un petit sourire.

— Pendant que nous attendrons, pourquoi ne me feriez-vous pas visiter le bâtiment ? J'aimerais pouvoir faire un rapport au comte.

Il fit de son mieux pour ne pas paraître trop professionnel, ni trop intelligent. Il valait mieux que ces hommes pensent que Gianna était le cerveau, et pas lui.

— Oui, emmenez-le, acquiesça le directeur d'une manière un peu trop enthousiaste.

Nolan n'avait pas douté de la réponse de cet homme. En effet, il serait bien plus facile pour lui de « négocier » avec sa visiteuse sans la présence d'un secrétaire attendant de l'autre côté de la porte.

Le clerc tira donc un lourd trousseau de clés et déverrouilla l'épaisse porte de bois qui devait ouvrir sur l'asile à proprement parler. Nolan plia discrètement le poignet pour sentir la présence rassurante de sa lame dans sa manche.

— Y a-t-il un endroit en particulier que vous souhaitez visiter ? demanda l'employé, qui semblait surpris par sa requête.

Et comment lui en vouloir ? Personne n'avait envie de voir l'intérieur d'un asile... Nolan sourit et passa amicalement son bras autour des épaules de son guide.

— Bien sûr ! J'aimerais visiter l'aile T, dit-il avant d'éclater de rire comme un bossu. Vous avez compris ? Visiter l'aile T ! Ça rime !

Il tira son mouchoir et s'essuya les yeux.

— Pardon, j'imagine que c'est seulement drôle en anglais puisque, en italien, visiter se dit *visitare*.

Le clerc le dévisagea, comme s'il était aussi fou que ses patients. Parfait. On ne se méfie jamais des idiots... Moins l'homme le croirait dangereux, mieux cela vaudrait. Quand il tirerait sa lame, il serait bien content de produire un certain effet de surprise.

Gianna aurait ri à la plaisanterie ratée de Nolan si les circonstances n'avaient pas été si graves — ou si des choses si graves n'avaient pas pesé dans la balance. Son amant était décidément très convaincant — et hilarant — dans son rôle de secrétaire un peu idiot.

Mais une autre part d'elle jubilait. Nolan allait chercher Giovanni. Son frère serait bientôt libre. Elle avait tellement appris à faire confiance à Nolan, en si peu de temps, qu'il ne lui vint même pas à l'esprit qu'il pût échouer.

Tout ce qu'elle avait à faire de son côté était distraire le directeur en essayant de ne pas être obligée de se déshabiller ; ce qui risquait d'être plus difficile que ce qu'elle avait imaginé.

— Votre thé est délicieux, très apaisant, dit-elle une fois qu'ils furent installés dans le bureau.

Elle lança au directeur un grand sourire par-dessus le bord de la tasse ébréchée.

L'homme sourit à son tour et étala devant lui le dossier de Giovanni pour y jeter un coup d'œil.

— Parfait, dites-moi quel est le problème exactement...

— Je suis venue récupérer mon frère. Le comte souhaiterait le ramener quelque temps à la maison.

Gianna se pencha exagérément par-dessus le plateau de thé pour attraper le sucrier. Le regard du directeur suivit son mouvement, s'animant d'une étincelle lubrique.

— Il n'y aurait aucun problème, je vous assure, si le comte avait payé tous les frais d'internement. Vous comprenez que nous ne pouvons relâcher personne sans que toutes les factures soient réglées.

Les yeux du directeur, de plus en plus avides et concupiscents, croisèrent les siens.

— Vous imaginez sans doute qu'il serait très facile pour qui que ce soit de partir avec un patient sans jamais revenir si nous n'étions pas vigilants. Nous n'aurions aucun moyen de récupérer l'argent qu'on nous doit.

Gianna sourit gentiment, comme si elle comprenait tout à fait que l'asile se serve de ses patients comme otages pour extorquer des sommes extravagantes à leurs familles ; bien qu'elle doutât que les familles vraiment aimantes envoient des parents dans un endroit aussi sordide. Non, seuls des sans-cœur comme Minotti étaient capables de telles choses.

— Combien vous doit-on, monsieur ?

Il fallait qu'elle évite de se montrer choquée en entendant le montant.

Le directeur fut visiblement pris par surprise. Il s'était sans doute attendu à la voir protester, défendre le comte. La plupart de ses clients devaient discuter ses prix, mais elle se contenta de sourire patiemment.

Cet homme, jusqu'à présent si sûr de lui, ne savait plus quoi faire. Quelle somme exiger ? Gianna voyait les pensées se bousculer derrière ses petits yeux mesquins. S'il demandait trop peu, ce serait pour lui une opportunité perdue. S'il réclamait un montant exorbitant, elle pourrait avoir des soupçons, refuser de payer ou pire, faire chercher le comte — ce qui la ferait entièrement sortir de l'équation. Et ce n'était pas ce qu'il voulait. Il la voulait, *elle*, c'était évident.

— Trois cents lires, finit-il par annoncer.

Gianna fit de son mieux pour paraître inquiète, caressant nerveusement le rang de perles à son cou.

— Cela semble raisonnable, finit-elle par concéder, mais je ne voyage pas avec de telles sommes sur moi. Ce n'est pas très prudent, vous en conviendrez.

Elle s'humecta les lèvres d'un air ingénu. Plus que quelques minutes... Nolan reviendrait bientôt avec Giovanni.

Et s'il échouait ? Si le clerc se montrait plus dangereux que prévu ? Dans ce cas-là, elle devrait tenir son rôle jusqu'au bout. Pourvu qu'elle n'ait pas à en arriver là, se répétait-elle avec inquiétude.

— Peut-être pourrais-je vous payer d'une autre manière ? avança-t-elle. J'ai ce collier. Il appartenait à ma mère.

— Oh ! voyons, je ne voudrais pas vous priver d'un souvenir de votre maman.

Il se leva, lourd et corpulent, et contourna le bureau pour se placer devant la chaise de Gianna, lui caressant soudain la nuque d'un geste brusque.

— Je pourrai peut-être vous accorder une faveur si vous-même voulez bien m'en accorder une. Ne vous en faites pas, je ne vous demande pas grand-chose.

Il laissa retomber sa main sur la ceinture de son pantalon et en dénoua les liens.

— Je ne sais pas. Le comte pourrait ne pas approuver, dit-elle en se levant à son tour.

Elle se sentait plus à l'aise sur ses pieds. Résistant à une vague de nausée en sentant l'odeur de crasse et de transpiration du directeur, elle se força à sourire. Seigneur, jamais elle ne pourrait le toucher *là*.

Prise de panique, elle commença à reculer vers la porte mais le directeur fut plus rapide que ce que sa taille imposante avait pu laisser croire.

Il attrapa son bras et l'attira contre lui, abandonnant définitivement sa bonhomie de façade. Il était grand, fort et déterminé.

— J'ai déjà eu l'occasion de rencontrer le comte, et il ne m'a pas donné l'impression d'être homme à ne pas aimer partager... Allons, à genoux. Ça ne vous tuera pas d'être gentille pour aider votre frère.

Cela dit, il l'obligea à s'agenouiller.

Une vague de terreur et de répulsion traversa Gianna. Elle connaissait bien cette sensation. En un instant, elle eut l'impression de se retrouver dans la maison du comte. Elle n'aurait jamais pu imaginer oublier ses peurs aussi vite après une semaine à peine passée en compagnie de Nolan. Instinctivement, elle referma la main sur le petit revolver caché au fond de sa poche.

Soudain, un énorme brouhaha éclata dans le hall. Le directeur tourna la tête vers la porte et Gianna saisit sa chance. Elle bondit sur ses pieds et sortit son arme.

— Restez où vous êtes !

Le cœur battant, elle recula lentement vers la porte, le canon du pistolet braqué sur lui.

— Espèce de petite garce, gronda le directeur.

De nouveau, il se jeta sur elle ; mais, cette fois, elle était prête. Courant vers la porte, elle l'ouvrit à la volée et appela Nolan.

Il était là, dans le foyer, accompagné par un Giovanni sale et en haillons. Elle vit ses yeux aveugles chercher tout autour de lui, son petit corps maigre crispé, prêt à profiter de la confusion pour s'enfuir à toutes jambes.

— Nolan ! cria-t-elle de nouveau en se réfugiant derrière ses larges épaules tandis que le directeur bondissait hors de son bureau, le pantalon ouvert sur son sexe apparent.

— Qu'est-ce qui se passe, ici ?

Le directeur examina Nolan, puis Giovanni.

— Et toi, l'estropié, tu n'as rien à faire dehors !

— Cela non plus n'a rien à faire dehors, remarqua froidement Nolan en jetant un coup d'œil aux parties intimes de l'homme.

Gianna vit sa main se refermer sur la garde de son couteau et elle eut un instant de jubilation. Le directeur allait regretter de l'avoir menacée...

— Maintenant, reprit Nolan, si vous voulez bien nous excuser, nous allons partir.

— Vous ne pouvez pas partir ! Vous ne pouvez pas l'emmener, il faut payer d'abord.

Le directeur bafouillait, encore sous le coup de la surprise. Sans hésiter, Gianna tira un coup de feu devant ses pieds.

— On dirait que mon secrétaire a déjà remboursé cette dette, monsieur. *Ciao.*

21

— Qu'est-ce que vous entendez par : « Il est parti » ?

Agostino Minotti allait finir par étrangler quelqu'un — du moins, si ce n'était pas Romano qui les poignardait en premier. Ils s'étaient levés à l'aube pour parcourir les vingt-six lieues qui les séparaient de Padoue, et n'y avaient trouvé qu'une bande d'incapables.

— Giovanni Angelico est aveugle, enfermé dans une cellule, ici, au milieu de nulle part. Comment a-t-il pu *simplement* partir ?

Agostino, rageur, hurlait dans le hall de l'asile.

— C'est votre pupille qui est venue le chercher, répondit le clerc, tout en regardant nerveusement le directeur. Elle a affirmé que vous l'aviez envoyée pour ramener son frère à la maison, le temps d'une visite.

— Et vous l'avez crue ? s'écria Agostino.

L'employé tremblait comme une feuille. Minotti, voyant son impuissance, décida de retourner sa colère contre le directeur qui n'avait encore rien dit.

— Et *vous aussi*, vous l'avez crue ?

Il pointa un doigt accusateur sur son torse. C'était sa faute, après tout : il était responsable de ce taudis.

— Elle était accompagnée d'un homme qui prétendait être votre secrétaire.

Le directeur était sur la défensive et Agostino sentait l'odeur âcre du mensonge au milieu des autres effluves qui émanaient de lui.

— Est-ce que, par hasard, il s'agissait d'un Anglais avec un couteau ? demanda-t-il en montrant sa joue balafrée. Cet homme n'a rien d'un secrétaire. Il aide ma belle-fille à me voler : bijoux, personnes, argent ! Ils ne reculeront devant rien. C'est même lui qui m'a fait ça.

La plaie le faisait atrocement souffrir, en dépit des efforts de Romano pour nettoyer et recoudre sa blessure durant la nuit. A cause de ce bâtard d'Anglais, il allait être affublé d'une cicatrice pour le reste de sa vie ; et rien que pour cela, il pourchasserait ce voyou au bout du monde ! Entre le couteau de cet homme, qui l'avait défiguré, et les diamants de Gianna, qui lui avaient échappé, les fuyards paieraient cher le jour où il mettrait la main sur eux.

Romano vint se placer à ses côtés, posant la main sur son bras pour le calmer.

— Ce qui est fait est fait, dit-il. Ce que nous devons découvrir, à présent, c'est l'endroit où ils sont allés. Plus longtemps nous resterons là, à discuter avec ces deux idiots, plus ils s'éloigneront de nous...

Agostino acquiesça. Bien sûr. Romano avait raison : rattraper Gianna était plus important qu'obtenir quelques mauvaises excuses embrouillées.

— Par où sont-ils partis ?

— Vers l'ouest, répondit le directeur évasivement, incapable d'en dire plus.

Oui, vers l'ouest, c'était évident. Il aurait pu le deviner lui-même : vers l'est, ils seraient retournés à Venise, tout droit dans la gueule du loup, et ce n'était certainement pas ce que Gianna voulait.

Romano eut un petit sourire de triomphe.

— Ils ont trois heures d'avance sur nous mais il n'y a qu'une seule route. Nous les rattraperons demain au plus tard. Ils seront obligés de s'arrêter pour la nuit, de trouver une auberge. Giovanni aura besoin de soins et il leur faudra un nouveau cocher — je doute que l'homme qui les aura ramassés sur la route accepte de les emmener plus loin, après ce qui s'est passé aujourd'hui.

Ils allaient devoir trouver un autre moyen de transport, aussi discret que possible. Et des vêtements. Mais, avant tout, ils avaient besoin de nourriture chaude, de chambres et d'un bon bain.

Pourtant, Gianna aurait préféré ne pas s'arrêter, sachant qu'il ferait encore jour au moins une heure — cela représentait la possibilité de mettre quatre ou cinq lieues de plus entre le comte et eux.

Ils avaient cependant décidé de faire halte. En effet, comment être certains qu'il y ait une autre auberge un peu plus loin ? Une fois plongés dans l'obscurité, ils ne seraient plus en sécurité : les routes italiennes étaient connues pour leur mauvais état et leurs bandes de coupe-jarrets. Et puis, Giovanni était trop mal en point pour voyager plus longtemps, ce soir…

Son frère était assis en face d'elle, dans la voiture, se tenant raide pendant qu'ils attendaient que Nolan négocie leur hébergement pour la nuit. C'était à peine croyable. Giovanni était là, vraiment là, tout près d'elle, après plus de quatre ans de séparation. Mais, Seigneur, dans quel état il était !

Son odeur emplissait la voiture — une autre raison pour laquelle ils ne pouvaient pas poursuivre leur route avant de s'être arrêtés. La saleté n'était rien. Un bon bain suffirait à l'en débarrasser. Les corps se lavaient, les cheveux se coupaient, les barbes se rasaient en un rien de temps. En revanche, il lui faudrait plusieurs mois pour reprendre des forces, plusieurs mois et *beaucoup* de plats nourrissants. Il était si maigre…

Serait-elle en mesure de lui procurer cette nourriture, une fois sur la route, quand son souci principal serait de fuir le comte ? Comment pourrait-elle protéger son frère ? Et serait-il un jour capable de se protéger lui-même, sans voir le monde autour de lui ?

L'énormité de ce qu'elle avait commis, du poids qui lui tombait sur les épaules, la bouleversa tout à coup. L'avenir se dessinait plus sombre encore que ce qu'elle avait imaginé.

— Je sais, c'est horrible. Je suis horrible, balbutia Giovanni d'une voix hésitante, comme s'il avait presque oublié comment parler.

Gianna s'était tellement inquiétée de l'apparence physique de son frère qu'elle n'avait pas pensé au reste. Dans quel état se trouvait son esprit ? Il avait été enfermé pendant des années. Personne ne pouvait traverser une telle épreuve et s'en sortir indemne.

Le cœur serré, Gianna attrapa sa pauvre petite main sale.

— Non, tu n'es pas horrible, crois-moi. Nolan est en train de nous retenir une chambre. Nous allons bientôt pouvoir te laver et tu te sentiras déjà mieux.

Maintenant que l'excitation de l'avoir sauvé s'apaisait, elle commençait à se sentir coupable.

— J'aurais dû venir plus tôt.

— Comment aurais-tu fait, Gia ? lui demanda Giovanni. Tu étais prisonnière, tout comme moi, mais dans un autre endroit. C'est moi qui aurais dû mieux nous protéger.

— Comment ? dit-elle à son tour. Tu n'avais que treize ans.

Il était ridicule de penser qu'il aurait pu en faire plus. Il en avait déjà fait trop, et l'avait payé cher.

Un faible sourire se dessina sur ses lèvres crevassées.

— Exactement, j'avais treize ans et toi, à peine dix-sept. Tu n'étais qu'une fille seule, sans ressources, sans pouvoir. Qu'aurais-tu pu faire pour nous tirer de là ?

— J'ai du pouvoir, maintenant, Giovanni. J'ai les diamants et, dans quelques semaines, j'aurai l'argent.

Hélas, elle ne savait pas vraiment comment elle pourrait récupérer son héritage sans que le comte ne découvre où elle logeait. Si elle se montrait, si elle donnait de ses nouvelles à qui que ce soit, Minotti saurait où la retrouver. Mais, pour le moment, c'était le cadet de ses soucis.

— Je peux prendre soin de nous. Nous pourrons vivre quelque part tous les deux. Plus rien ne nous séparera et nous serons en sécurité, je te le promets.

Une promesse qu'elle n'était pas certaine de pouvoir tenir, malheureusement.

— Tous les deux ? Et le *signor* Gray ? Il a pris beaucoup de risques pour venir me chercher dans ma cellule et je doute qu'il l'ait fait par pure charité. Que représente-t-il pour toi ?

— Il faudra absolument que tu me racontes ce qui s'est passé là-bas, d'ailleurs, éluda Gianna, refusant de dévoiler ses secrets à son frère. Comment Nolan a-t-il réussi à convaincre le clerc d'ouvrir ta chambre ?

Giovanni lui sourit de nouveau, visiblement loin d'être dupe de ses efforts pour changer de sujet.

— Je pense que le clerc a trouvé le poignard du *signor* Gray suffisamment persuasif. Mais tu ne m'as pas répondu : que représente-t-il pour toi ?

Soudain, la porte de la voiture s'ouvrit et Nolan passa la tête à l'intérieur, la voix joyeuse comme s'il était parti pour un agréable voyage.

— Tout est réglé. J'ai retenu des chambres et ils sont en train de préparer un bain chaud. Giovanni, donnez-moi la main. Je vais vous aider à descendre. Faites attention, il y a de la boue sur votre droite. La cour entière n'est qu'un grand marécage, j'en suis navré. Allons, courage, vos pieds n'ont plus que quelques pas à faire et nous pourrons les laver. Je vous trouverai des chaussures, je vous le promets.

Donnant le bras à Giovanni, il se tourna vers elle.

— Reste là. Je reviens te chercher dans un instant. Gianna les regarda traverser la cour de l'auberge, les larmes aux yeux. Nolan s'éloignait, soutenant Giovanni de la main, le guidant avec douceur et considération, attentif à préserver le peu de fierté qui pouvait lui rester.

Une fois que Giovanni fut à l'abri sous le porche, Nolan le laissa, traversa de nouveau les flaques et lui tendit la main.

— Tu es prête ? demanda-t-il avant de la prendre dans ses bras. Je peux au moins te porter pour t'éviter de salir ta robe.

— Nolan, attends une seconde.

Elle lui caressa la joue et déposa un petit baiser sur ses lèvres.

— Merci pour ce que tu as fait aujourd'hui et ce que tu fais encore pour nous. Je n'avais aucun droit d'exiger tant de sacrifices de ta part... Jamais je ne te remercierai assez.

Nolan la souleva de la banquette et la porta à travers la cour, répondant d'un ton un peu bourru :

— Je n'ai pas fait tout cela pour être remercié. Je pensais que tu l'aurais compris, depuis le temps.

Gianna fut tentée de lui demander *pourquoi* exactement il avait choisi de l'aider, mais elle n'était pas certaine de vouloir entendre la réponse. Au final, leurs sentiments ne changeraient rien. Elle serait toujours obligée d'abandonner son amant. Maintenant qu'elle avait sauvé Giovanni, elle n'avait plus d'excuses pour rester auprès de lui.

Il était temps pour elle de prendre la route et de commencer sa nouvelle vie de fugitive. C'était surprenant : durant toutes ces années passées à rêver de sa liberté, elle n'avait pas une seule fois songé qu'elle serait contrainte à la passer sur les routes, la peur au ventre.

Nolan grimpa l'escalier de l'auberge quatre à quatre, le cœur léger. Les choses s'amélioraient enfin. Quelle différence feraient quelques heures ? Ou même une journée ? La chance était de leur côté. Ils avaient réussi à dénicher un établissement décent où passer la nuit — alors qu'il n'aurait pas parié qu'une telle perle rare existât en Italie. Ils avaient soupé d'un bon ragoût chaud, et Nolan venait même de troquer son veston de soie contre des vêtements et des chaussures pour Giovanni. L'aubergiste avait d'ailleurs été ravi de recevoir quelque chose d'aussi raffiné en échange de vieux habits qui avaient appartenu à son fils devenu adulte.

Après cela, il s'était montré plus ouvert aux négociations. Nolan avait ainsi été capable d'échanger sa montre à gousset contre une charrette et un cheval. Ce n'était pas une voiture élégante, et rien ne protégerait les voyageurs des éléments, mais c'était sans aucun doute le mieux qu'ils pourraient trouver en pleine campagne. Si son Grand Tour lui avait appris quelque chose, c'était au moins que l'Angleterre avait le meilleur système d'auberges de voyageurs de toute l'Europe. Il y avait de plus belles routes aussi — deux choses qu'il n'aurait jamais pensé regretter auparavant...

Ce qui le contentait encore plus que la voiture et les vêtements, c'était d'avoir rencontré quelques joueurs prêts à faire une partie de cartes. Rien de bien extravagant, évidemment, juste des fermiers et quelques personnes de passage. Nolan avait joué prudemment pour ne pas s'attirer les foudres des locaux mais cela avait suffi à remplir ses poches de quelques pièces. Grâce à cela, ils pourraient s'acheter de quoi manger sur la route, le lendemain.

Arrivé en haut des marches, il ouvrit la porte de sa chambre et s'immobilisa sur le seuil, le souffle coupé. La nuit s'annonçait encore plus merveilleuse que la soirée : Gianna était assise en chemise de nuit, devant la cheminée, occupée à coiffer ses cheveux.

Une sensation vive et viscérale frappa Nolan ; un « coup de foudre », peut-être, comme le disaient les Français. C'était tout ce dont il avait besoin, ce soir. Une chambre chauffée, un lit accueillant, une belle femme à ses côtés et quelques pièces dans sa poche pour financer leur prochaine journée d'aventures.

En l'entendant, Gianna leva les yeux et lui sourit.

— Comment s'est déroulée ta partie de cartes ? Est-ce que tu as gagné ?

Elle posa cette question simplement, comme une femme pourrait demander à son homme comment s'était déroulée sa journée au travail.

Son homme. Est-ce que Gianna le voyait réellement comme cela ? Est-ce qu'elle voyait en lui plus qu'un amant, plus qu'une personne qui pourrait lui être utile pour un temps ? Et lui, voulait-il vraiment que les choses tournent de cette manière ? Que deviendraient ses beaux projets si Gianna restait dans sa vie ?

— Oui, répondit-il en faisant tinter les pièces dans sa poche, ça s'est bien passé. J'ai aussi réussi à nous trouver une charrette, pour la suite de notre voyage.

Gianna se leva. A travers la toile fine de sa chemise, sa silhouette délicate était soulignée par les reflets du feu. Elle s'approcha de lui, lentement, et glissa ses bras autour de son cou.

— Je savais que tu en étais capable.

Elle l'aida à ôter son manteau, fit un petit commentaire en voyant qu'il n'avait plus de veston et rit quand il lui expliqua ce qui lui était arrivé.

— Il nous a bien rendu service, alors, dit-elle.

Elle dénoua sa cravate avec des gestes minutieux, attentionnés. Il allait finir par s'habituer à ce genre de petits rituels, si cela continuait. Gianna qui le déshabillait, qui riait avec lui, qui l'attendait le soir… C'était un vrai bonheur.

— Giovanni est-il bien installé pour la nuit ? demanda-t-il en lui mordillant l'oreille et en la laissant lui enlever sa chemise.

Cela faisait des années qu'une femme n'avait pas fait cela pour lui. C'était un moyen de séduction si direct, si efficace pourtant. A l'instant où elle avait posé les mains sur lui, peut-être même avant, il avait senti son sexe s'éveiller, prêt pour une nuit d'ébats passionnés. En fait, son corps s'était enflammé au moment où il était entré dans la chambre et l'avait vue, assise là au coin du feu.

Elle lui sourit et ses doigts s'immobilisèrent sur la ceinture de son pantalon.

— Oui, il va bien. Il dort dans la chambre d'à côté. Il a déjà l'air bien plus en forme… Je te remercie pour le bain, les vêtements et pour l'avoir aidé.

Elle s'interrompit un instant et poussa un petit soupir.

— Je n'aurais jamais pu faire tout cela seule.

— Oh ! tu aurais fini par trouver un moyen de le sauver, je le sais, la rassura Nolan, conscient de l'amertume qu'elle devait ressentir à ce constat.

Ce n'était pas un aveu de faiblesse, loin de là, mais un moyen de reconnaître la froide vérité. Il était évident qu'elle n'aurait pas pu faire cela seule et elle avait elle-même vu ses limites durant leur visite à l'asile — lui aussi, d'ailleurs. Et cela avait renforcé sa volonté de l'aider jusqu'à ce qu'elle soit en sécurité, qu'elle le veuille ou non.

Il avait été terrifié de voir le directeur, son ridicule sexe pendouillant hors de son pantalon, lui courir après d'une façon aussi lubrique. Il avait demandé à Gianna de le charmer pour le distraire, mais elle avait visiblement trop bien fait son travail...

Il lui prit doucement le menton et l'invita à le regarder dans les yeux, à l'embrasser langoureusement. Il était grand temps de lui montrer qu'elle n'avait pas à craindre son assistance, que son plan n'entraverait en rien l'autonomie et la liberté après lesquelles elle soupirait.

— Tu n'as pas besoin de faire tout cela par toi-même. Tu as le choix, Gianna. Tu m'as, moi. Nous pouvons partir pour l'Angleterre, tous les trois.

En dépit du refus qu'il avait essuyé le matin, il avait décidé d'insister. Quel meilleur moment pour la convaincre que lorsqu'elle était dans ses bras, suspendue à ses baisers ? Là, il pouvait lui rappeler tout ce qu'il était capable de faire pour elle.

— Nous pouvons partir pour le nord dès demain. Nous passerons par Turin, puis par l'Allemagne.

Il voyait déjà la route se dessiner dans sa tête, aussi distinctement qu'il voyait les cartes quand il jouait. Ils pourraient prendre un bateau à Ostende ou traverser l'Europe vers l'ouest en direction de Paris pour s'y arrêter quelques jours.

Elle glissa ses doigts dans ses cheveux, sur ses tempes, sans le quitter des yeux. Nolan se laissait peu à peu emporter par son délicat parfum de romarin et de sauge.

— Pas ce soir, susurra-t-elle. Est-ce qu'on peut simplement faire l'amour, ce soir ? Je t'en prie...

Elle cessa de le caresser et passa les mains dans son pantalon.

— J'ai besoin de ça. J'ai besoin de *toi*.

Il aurait dû résister. De nombreux petits drapeaux rouges s'agitèrent dans son esprit. Il y avait encore tant de choses dont ils devaient parler — en particulier, comment ils envisageaient leur avenir, leur relation future. Ils ne pourraient pas aller beaucoup plus loin sans discuter de cela, sans se dire clairement ce qu'ils représentaient l'un pour l'autre.

Mais, hélas, Nolan n'avait jamais été très doué pour résister à la tentation. Il avait passé sa vie à y céder, au contraire. Cela aurait été dommage de briser ces bonnes habitudes au moment où Gianna avait besoin de lui, au moment où elle avait besoin qu'il se montre persuasif. Il avait enfin une chance de la sauver, de s'assurer qu'elle vivrait saine et sauve en Angleterre. Les enjeux de cette nuit devenaient bien plus intenses qu'il ne l'aurait cru. Dieu merci, il savait exactement ce qu'elle voulait.

Elle voulait oublier les démons de la journée ; elle voulait oublier les conditions déplorables dans lesquelles son frère avait vécu, leur fuite, le directeur qu'elle avait menacé d'une arme. Ils avaient réussi, mais la peur ne l'avait pas encore quittée. Elle était toujours là, vibrante, entre eux. Le comte les cherchait, il devait même être sur la route à l'heure qu'il était. Ou pas. Comment savoir ? Minotti avait l'esprit tellement retors. En fait, c'était là que se logeait la vraie peur : dans le fait de ne pas savoir ce qui les attendait. Gianna ne pouvait que partir du principe qu'elle était poursuivie. Cela faisait beaucoup de choses à oublier, mais Nolan était prêt à relever le défi.

Ce soir, il n'y aurait ni murs, ni lit — du moins, pas pour commencer. Il examina rapidement la chambre et trouva bien vite ce qu'il cherchait : la coiffeuse haute chargée d'une vasque et ornée d'un miroir fendu. Il conduisit Gianna jusqu'au meuble, la plaça devant lui face à la glace et lui glissa à l'oreille :

— Regarde. Regarde cette belle femme.

Il l'embrassa dans le cou et sentit son pouls sous la peau fine.

— J'aime les cheveux de cette femme, j'aime la manière dont ils coulent entre mes doigts. J'aime son parfum de sauge et de romarin — le parfum d'un jardin en plein été.

Il ferma les yeux et inspira profondément en nichant son visage au creux de l'épaule de Gianna, embrassa sa gorge et entoura ses seins lourds de ses mains, dessinant leur forme à travers l'étoffe fine de sa chemise. Il dénoua ensuite les liens du col avant de faire glisser le vêtement de ses épaules pour le laisser tomber à ses pieds.

— Cette femme est vraiment trop charmante pour se cacher, reprit-il dans un souffle, ses mains repartant avec délice palper sa belle poitrine maintenant nue.

Il la souleva, la caressa avec tendresse. Il fit aller et venir ses pouces contre les perles tendues de ses tétons. Gianna soupira et commença à se cambrer instinctivement, cédant aux premiers élans de plaisir.

Elle avait envie de fermer les yeux mais il ne la laissa pas faire.

— Regarde cette femme. Regarde-la prendre vie, ordonna-t-il d'une voix toujours douce mais empreinte de fermeté.

Nolan comptait bien lui faire oublier des choses, ce soir. Il avait besoin de savoir que ce serait lui qu'elle verrait quand le plaisir l'emporterait. Il voulait qu'elle n'ait aucun souvenir parasite à cet instant-là ; juste lui et l'extase.

Il fallait qu'il lui prouve qu'elle était à lui, que ni le directeur, ni le comte n'avaient leur place dans sa vie. A partir de ce soir, il n'y aurait qu'eux, ce couple dans le miroir : un homme sur le point d'offrir un plaisir sauvage à une femme, et la femme prête à savourer ce plaisir.

Il lui mordilla le cou. Ses mots d'amour se firent plus rudes, comme un prélude à ce qui allait venir — peut-être même une sorte d'avertissement instinctif pour la prévenir que ce qui suivrait ne serait pas doux.

Gianna répondit à ses paroles par un gémissement, levant les bras en arrière pour passer les mains dans sa nuque, s'appuyant contre lui jusqu'à ce qu'il sente ses fesses se presser contre son sexe dressé.

Alors, il la pencha sur la coiffeuse et murmura un nouvel ordre à son oreille, d'une voix rauque de désir :

— Regarde bien. Ton guerrier va te faire sienne.

Sans davantage de préliminaires, il la pénétra, une main pressant l'un de ses seins et l'autre sur son intimité. Du bout des doigts, il caressa sa perle sensible sur le rythme de ses coups de reins. Peu à peu, il la rendit folle — il se rendit fou aussi... C'étaient des ébats bruts, sauvages et bien menés, à la fois rapides et bouleversants.

Nolan la regardait dans le miroir, se noyant dans son reflet, dans l'ombre de ses cheveux décoiffés, dans ses yeux enflammés de désir, de désir pour *lui*. C'était *lui* qui avait fait naître cela en elle. Elle gémissait, soupirait, s'offrait à lui, abandonnée à la moindre de ses caresses. Alors, Nolan se laissa submerger à son tour. Quand le plaisir les envahit, il oublia toute tentative de délicatesse. Il ne savait même plus qui dominait qui. Ils parvinrent à une jouissance bestiale ensemble, heureux et comblés. Avait-il déjà perdu le contrôle à ce point ?

Il maintint fermement Gianna contre lui, pressant son bassin contre ses fesses, son sexe toujours en elle mais calme, à présent que la tempête était passée. Elle commença à respirer plus doucement et, l'admirant dans le miroir, il la vit reprendre ses esprits petit à petit. Son regard si doux, langoureux et apaisé, s'attarda un instant sur leur reflet.

— Je ne mérite pas cela. Je ne te mérite pas, mais je te remercie. Tu as réussi à me changer les idées pendant quelques minutes...

Ce n'était pas exactement ce qu'un homme souhaitait entendre après avoir fait l'amour aussi passionnément devant un miroir, mais cela ferait l'affaire. Pour le moment...

22

Nolan porta Gianna jusqu'au lit et s'allongea à côté d'elle. A présent, au moins, elle était détendue et pourrait se laisser aller à parler des choses qu'elle gardait secrètes au fond d'elle. En général, le contact physique invitait aux confidences ; Nolan avait souvent remarqué que les gens se montraient plus ouverts quand on les touchait. Il commença donc, du bout des doigts, à dessiner des formes sur le ventre lisse de Gianna, un petit geste méditatif bien assorti à son humeur alanguie.

— Est-ce que tu savais ce qui se passait dans cet... endroit ? demanda-t-il.

Comment appeler l'asile dans lequel Giovanni avait été enfermé ? C'était à la fois un hôpital et une prison... En tout cas, ce n'était absolument pas un lieu accueillant et propice aux soins.

— Je m'en doutais un peu. Le comte m'a dit que c'était une école. Il m'a affirmé qu'il envoyait Giovanni dans une école spéciale pour garçons infirmes et qu'il serait traité avec une attention toute particulière là-bas.

Elle soupira et hocha tristement la tête, perdue dans ses pensées.

— Mais je pensais bien que ce lieu devait être « spécial » dans le mauvais sens du terme.

Sa voix se brisa sous l'émotion et Nolan leva les yeux vers elle, attendant qu'elle poursuive son récit.

— Il a été envoyé dans cet asile par ma faute. C'est à cause de moi s'il a vécu quatre ans dans cet enfer.

Soudain, elle se redressa au milieu du lit, son beau visage déformé par la colère.

— Mon beau-père l'a enfermé là-bas pour me punir et, jusqu'à aujourd'hui, je n'ai rien pu faire pour le sauver !

Frustrée, rongée par la culpabilité, elle ferma les poings, froissant les draps.

— Je l'ai laissé souffrir alors que j'aurais dû résister au comte, quoi qu'il m'en coûte. J'aurais dû trouver un autre moyen pour m'enfuir. J'aurais dû essayer, encore et encore, jusqu'à ce que je réussisse.

Nolan posa ses mains sur les poings de Gianna dans l'espoir d'apaiser sa colère.

— Ce n'est pas ta faute, murmura-t-il avec douceur. Minotti aurait utilisé n'importe quelle excuse pour écarter Giovanni. Tant que ton frère et toi restiez ensemble, vous étiez une menace pour lui. Vous vous souteniez l'un l'autre et il n'aurait pas pu vous anéantir ; mais, s'il vous séparait, il avait plus de chance de vous faire chanter, de menacer l'un pour faire obéir l'autre.

Il lâcha un petit soupir à son tour.

— Je sais ce que tu ressens, Gianna. J'ai réagi de la même manière que toi, à une époque, dit-il en la prenant dans ses bras pour la bercer. Mon frère et moi avons vécu la même chose. Tu ne peux rien changer au passé. Tout ce que tu peux faire, c'est aller de l'avant.

Et t'assurer que cela n'arrive plus jamais...

C'était ce que son frère et lui tentaient de faire avec leur refuge en Angleterre. Ni l'un ni l'autre ne reviendraient sur leur enfance perdue, mais ils pouvaient au moins permettre à d'autres garçons de retrouver la leur — des garçons comme Giovanni. Giovanni adorerait le foyer, en Angleterre. Il deviendrait le mentor d'autres enfants, plus jeunes que lui.

Non, murmura une petite voix en Nolan, il fallait qu'il arrête de divaguer. Il était en train de mettre la charrue avant les bœufs. Gianna n'avait pas encore accepté de le suivre.

Mais, pendant qu'il avait aidé Giovanni à se laver, Nolan avait été incapable de penser à quoi que ce soit d'autre. Il pourrait tant l'aider, une fois de retour en Angleterre — tout aveugle qu'il était, Edward et lui le soutiendraient. Il pourrait offrir une nouvelle vie à Giovanni, là-bas. Si seulement il pouvait en faire autant pour Gianna. Si seulement il pouvait chasser la peur dont elle semblait ne pas pouvoir se départir.

Bien sûr, il y avait une solution pour cela. Il avait commencé à y penser à Venise le jour où il avait découvert le compartiment secret du coffret à bijoux. Ce serait une proposition dangereuse ; non pas parce que Gianna risquait de le repousser, mais à cause de ce que ce rejet menaçait de dévoiler en lui, des choses auxquelles il ne voulait pas faire face.

— Gianna, j'ai beaucoup réfléchi, commença-t-il en déposant un baiser dans le creux de son cou, sous son oreille, comme il aimait tant le faire, les bras passés autour d'elle dans la semi-obscurité. Si tu avais une opportunité d'être libérée des poursuites du comte sans pour autant avoir à abandonner tes diamants, est-ce que tu le ferais ?

— Oui, je ferais n'importe quoi...

Elle paraissait défaite, comme si elle était fatiguée de cet exercice futile.

— Dans ce cas, épouse-moi. Laisse-moi te protéger de mon nom : cela mettrait définitivement tes diamants hors de sa portée, suggéra-t-il dans un souffle.

La chambre était de plus en plus sombre et Nolan attendit, le cœur battant. Pourquoi le consentement de Gianna était-il devenu si important tout à coup pour lui ? La semaine précédente, elle n'avait été qu'un obstacle contrecarrant ses plans ; et voilà que maintenant elle *était* le plan.

— Tu veux que je t'épouse pour que le comte te tue, au lieu de me tuer moi ? Tu veux faire de moi une veuve ? lâcha-t-elle sèchement en s'écartant de lui. C'est une idée *merveilleuse*, dis-moi ! C'est sûr que ça résoudra tous nos problèmes.

Elle le vit frémir dans l'obscurité et ressentit une pointe de culpabilité. Finalement, même ce mondain de Nolan Gray qui secourait sans le moindre effort des demoiselles *et* leurs frères avait des sentiments. Il venait de la demander en mariage et elle l'avait repoussé sans ménagement. Quoi qu'il en soit, il valait mieux qu'elle soit en colère plutôt que se laisser émouvoir par son offre.

Elle reprit donc plus doucement :

— C'est une proposition généreuse, Nolan, mais elle n'est pas logique. Et quand tu prendras le temps d'y réfléchir, tu sauras que j'ai raison.

— Tu sais, c'est un peu blessant de voir que *tu* penses que *je* n'y ai pas réfléchi, que ce n'est que la demande en mariage spontanée d'un homme repu après l'amour. Laisse-moi donc te dire que ce n'est pas ce que tu crois, répondit Nolan.

Elle se sentit plus mal encore. Parfait ! A eux deux, ils avaient réussi à transformer ce qui était censé être le moment le plus romantique de la vie d'une femme — une demande en mariage — en quelque chose d'étrange, en une dispute. Ce genre de demande n'était définitivement pas fait pour elle...

— Nolan, sois raisonnable, dit-elle avec douceur. Regarde-nous. Nous sommes ici, assis nus sur un lit, dans une chambre louée, en train de fuir un fou furieux, et tu trouves soudain que le mariage pourrait être une bonne idée ? Notre situation même enlève toute logique à ta réflexion.

Nolan s'affala sur les oreillers, les mains derrière la tête, et son corps triomphant exposé à la lumière mourante du feu.

— Je suis tout à fait *logique*, au contraire. Le comte ne veut pas de *toi*, il veut ce qui t'appartient, *donc* si tu le prives définitivement de cet argent, il arrêtera de te pourchasser. Et, que tu le veuilles ou non, le mariage est le meilleur moyen légal de contrôler les biens d'une femme.

Il roula sur le côté et plia le genou. C'était une position avantageuse qui montrait les muscles saillants de ses cuisses et la retombée élégante de son sexe, si masculin. On aurait cru à une version alanguie du *David*.

— Je sais, dit-elle d'une voix triste. C'est pour cela que je m'enfuis, au cas où il faudrait te le rappeler... Et tu peux arrêter de faire ça ?

— Faire quoi ?

— Rester allongé comme cela. Comme si je ne savais pas déjà que tu as été sculpté par les dieux de l'Olympe.

Sa demande en mariage était finalement bien plus tentante que ce qu'elle lui avait laissé entendre ; même si c'était pour de mauvaises raisons. Pour *une* mauvaise raison, en fait. Si elle acceptait de l'épouser, elle aurait droit à cela, à *lui*, toutes les nuits si elle le souhaitait.

Toujours installé sur ses oreillers, Nolan sourit.

— Au moins, tu admets que tu aimes mon corps. C'est un bon début. Moi, j'aime le tien.

— On ne devrait pas se marier uniquement pour le sexe.

Elle regretta immédiatement la froideur de ses paroles. A l'entendre, on aurait cru une vieille fille aigrie, et pas une femme qui venait de se regarder dans le miroir fendu d'une chambre d'auberge pendant qu'elle se laissait monter comme une jument par un véritable étalon.

— Et pourquoi pas ? Moi, je trouve que c'est une meilleure raison que la plupart de celles qu'on invoque en général. Personnellement, je choisirais le plaisir mutuel plutôt que l'admiration mutuelle sans la moindre hésitation si je devais prendre une femme.

Bon sang, il rendait cela plus difficile encore avec ses arguments ridicules — comme s'ils discutaient sérieusement de cette affaire. Il se leva et s'étira consciencieusement avant de se rapprocher de la cheminée. Là, il ramassa le tisonnier et arrangea les bûches crépitantes, bougeant avec une grâce toute virile. Décidément, il lui rendait les choses de plus en plus difficiles — même si elle aurait dû être capable de résister.

Gianna savait à quoi s'attendre ; elle savait que le sexe ne suffisait pas. La vie d'une courtisane le prouvait, jour après jour. Chaque nuit qu'un homme avait passée avec sa mère était une nuit durant laquelle il avait délaissé sa propre femme ; une nuit pendant laquelle il avait allègrement trahi son épouse et les vœux qu'il avait prononcés. Comment supporterait-elle une telle trahison de la part de Nolan ? Car Nolan finirait par la trahir. Presque tous les hommes le faisaient, et son amant était plus beau et plus charismatique que la plupart. Les femmes se jetteraient à son cou et, quand il serait fatigué d'être son preux chevalier en armure, il aurait largement le choix.

Mais elle s'égarait. Tout cela n'était pas une histoire de sexe, cela allait plus loin.

— Le sexe, ce n'est qu'une diversion ; donc tu peux tout à fait reposer ce tisonnier et arrêter de me montrer tes jolies fesses. Aussi séduisant sois-tu, j'ai aussi d'autres arguments pour refuser de t'épouser — des arguments plus pratiques, comme par exemple ta sécurité. Le comte n'est pas ton problème et ne devrait pas le devenir, Nolan.

Son amant revint tranquillement vers le lit, les poings posés sur les hanches.

— Peut-être, admit-il, mais il est *ton* problème et, toi, tu es devenue mon problème au moment où je t'ai gagnée au jeu.

Il lui sourit, enfantin, beau et si vivant. Comme si tout ceci n'était qu'une farce. Comme si la décision qu'il lui demandait de prendre n'était pas si importante que cela.

Quand Nolan la regardait de cette manière, elle n'avait qu'une envie : dire oui. Mais un « oui » serait dangereux. Bien trop dangereux...

— Fais la liste de ce que je t'ai apporté depuis qu'on se connaît, reprit-elle sèchement. Tu as dû me tirer du canal, tu as été obligé de quitter ton hôtel, de te défendre une arme à la main... pas seulement une fois mais deux ! Tu t'es infiltré dans un asile et un *palazzo* ; tu y as volé un patient et un coffret à bijoux. Tu as même dû abandonner toutes tes possessions derrière toi et tu as échangé tes vêtements contre une charrette et un vieux cheval.

Le sourire de Nolan s'élargit plus encore. Il se jeta sur le lit, la faisant rebondir sous l'impact.

— Oui, tu as raison et j'avoue que je m'amuse comme un fou depuis que je te connais. C'est bien la meilleure aventure que j'ai vécue depuis longtemps et je ne suis absolument pas pressé d'en finir.

Il la dévisagea un instant d'un regard rieur.

— Ça fait perdre tout poids à tes arguments, non ? reprit-il avec un petit rire.

Il avait l'air si content de lui... C'en était désarmant.

— Que veux-tu faire, alors ? Les gens ne se marient pas après une relation de quelques jours seulement ! Cela fait à peine une semaine que tu m'as rencontrée.

— Correction. Les gens *normaux* ne se marient pas après une semaine.

Il avait vraiment réponse à tout ! Cela en devenait insupportable.

— Mais il me semblait que nous avions déjà conclu que nous n'étions pas normaux, toi et moi, Gianna. Donc, nous n'avons pas besoin de nous encombrer de contraintes normales.

— Arrête avec tes *donc* ! Il ne te suffit pas de te donner un air logique pour résoudre tous nos problèmes.

Elle était en train de perdre cette bataille ; la situation allait finir par dégénérer rapidement. Qui essayait-elle de tromper ? Ça avait *déjà* dégénéré !

Exaspérée, elle attrapa un oreiller et le lui lança à la figure. Nolan lâcha un cri étouffé.

— Aïe ! C'est bon, j'arrête de parler. Je vais juste te faire l'amour jusqu'à ce que tu acceptes mon offre.

Sans lui laisser le temps de réagir, il l'attrapa par la taille et la coucha sous lui d'un geste brusque. Gianna essaya de protester, de paraître indignée, mais ne parvint pas à se rendre crédible.

Nolan prit ses poignets et les plaqua au-dessus de sa tête pour l'empêcher de se débattre, mais son geste n'avait rien d'intimidant. Ce n'était qu'un petit jeu sensuel, une autre facette très attirante de Nolan Gray.

S'abandonnant à sa passion, elle atteignit rapidement le plaisir, en même temps que lui, les yeux fixés sur son visage quand il se laissa aller. Ce sourire. Ces yeux rieurs qui savouraient le moindre instant de joie, de bonheur. Cet homme capable d'être sauvage au lit et en dehors.

Seigneur, elle allait avoir tant de problèmes... Ce serait si facile pour elle de dire oui, de déposer ses fardeaux à ses pieds, de se décharger sur lui de tout ce qui pesait sur elle. Dire non serait bien plus difficile, mais elle n'avait pas le choix : ce serait pour le bien de Nolan. Un jour, il finirait par le comprendre.

Dès le lever du jour, elle partirait avec Giovanni. Parfois, le meilleur — voire le seul — moyen de gagner une dispute était de fuir.

23

Nolan tendit le bras à travers le lit. Son corps chercha Gianna avant même qu'il ne soit parfaitement réveillé, anticipant déjà la sensation de ses courbes chaudes contre lui, l'arrondi de son sein sous sa main pendant qu'il l'attirerait à lui.

Mais il ne trouva qu'une feuille de papier froissée, froide, sans vie. Il ouvrit instantanément les yeux, sentant d'instinct que quelque chose ne tournait pas rond. Le simple fait qu'il y ait déjà de la lumière dans la chambre n'était pas normal non plus. Il devait être tard...

Il leva le papier devant la fenêtre pour le déchiffrer. La feuille déchirée ne comportait qu'un mot : « Merci. » Ce n'était pas un mot qui éveillait normalement la moindre crainte dans le cœur d'un homme qui passait sa vie à jouer avec un poignard dissimulé dans sa manche et un pistolet au fond de sa poche mais, à ce moment-là, ce fut la chose la plus terrifiante que Nolan avait jamais vue.

Bon sang ! Etait-elle vraiment partie ? Qu'avait-elle bien pu faire ?

— Gianna ! appela-t-il dans l'espoir qu'elle soit encore à proximité, peut-être dans la chambre voisine avec Giovanni.

Personne ne répondit. Le cœur battant, il rassembla ses vêtements éparpillés par terre et enfila rapidement son pantalon et sa chemise. La panique était une émotion irrationnelle et il fallait à tout prix qu'il la mette de côté et parvienne à réfléchir.

Il devait analyser la situation de façon logique. Si elle n'était pas dans la chambre de son frère, peut-être était-elle encore dans la salle du bas, en train de prendre son petit déjeuner. Cependant, il sentait que sa panique ne devait pas le tromper : une partie de lui savait exactement ce qu'elle voulait dire par « merci ».

Tout en passant son manteau, Nolan examina la chambre à la recherche d'un signe, d'un objet qu'elle aurait pu laisser derrière elle. Quelle heure était-il ? Il n'en avait pas la moindre idée : il avait échangé sa montre contre la voiture et le cheval qui seraient incapables de lui dire à quel point la matinée était avancée et — bon Dieu ! — étaient sans doute déjà partis au loin avec elle. Saisi par ce soupçon soudain, il se lança dans les escaliers et les descendit quatre à quatre. En une minute, il était au milieu de la cour.

— *Buongiorno !* lança le valet d'écurie, l'air stressé. La matinée a été bien agitée, vous savez. Que puis-je faire pour vous ?

— La femme avec les cheveux sombres et son frère aveugle, quand sont-ils partis ?

— Juste après le lever du soleil. Elle a pris la charrette, répondit le valet.

Il le dévisagea un instant d'un air moqueur, pressentant une histoire croustillante. Les belles femmes ne partaient pas seules en voiture à l'aube sans raison.

— Est-ce qu'elle vous a volé, vous aussi ? Personnellement, je ne lui en voudrais pas : une voleuse au si joli minois pourrait me détrousser quand elle veut !

— Comment ça, vous aussi ? coupa froidement Nolan.

— Deux cavaliers sont arrivés vers 8 heures. Ils avaient l'air bien pressés, je vous le dis. Ils cherchaient la fille ; ils l'ont très bien décrite, ainsi que le garçon.

Une chape glacée s'effondra sur les épaules de Nolan, pire qu'un seau d'eau en plein hiver.

— Quelle heure est-il ?

Gianna l'avait quitté. Elle avait *voulu* le quitter, et voilà qu'elle était seule sur la route avec son frère, sans la moindre protection, et suivie de près par le comte. Celui-ci la rattraperait sans mal.

Lippi et lui voyageraient plus vite à cheval qu'elle en voiture — en supposant qu'elle sache comment conduire un attelage.

— Quelle heure ? reprit le valet en haussant les épaules. A peine plus de 9 heures, à mon avis.

Sans hésiter, Nolan tira de sa poche une des pièces gagnées aux cartes la veille et la fourra dans la main du jeune homme.

— Il me faut un cheval.

Se protégeant les yeux du soleil, il examina la route qui s'étendait devant la porte de l'auberge.

Gianna et ses poursuivants n'avaient pu choisir qu'une direction, celle de Vérone...

Le valet prit son argent, mais hocha la tête avec un soupir.

— Hélas, je n'ai pas grand-chose pour vous. Les deux gentilshommes ont changé de monture et pris nos deux seuls chevaux frais. Leurs bêtes ont été nourries et abreuvées, mais elles ne se sont reposées qu'une heure.

C'étaient quand même de bons chevaux, remarqua Nolan en examinant leurs sabots et leurs flancs. Leur pelage était frais ; cela voulait dire qu'ils n'étaient pas trop fatigués.

— Je prendrai celui-ci, dit-il au bout d'un instant.

En face de lui, le puissant cheval noir piaffait dans son box. Nolan plongea la main dans sa poche et en tira quelques pièces de plus. En quelques minutes, il était parti, coupant à travers champs pour gagner du temps, et poussant sa monture autant qu'il l'osait. Il fallait à tout prix qu'il rejoigne Gianna à temps — non, ça, c'était impossible. Il faudrait avoir des pouvoirs surnaturels pour rattraper tout ce retard.

Gianna avait peut-être trois heures d'avance sur lui, mais le comte n'en avait qu'une. Tout ce qu'il avait à faire, c'était atteindre Minotti avant que lui-même ne retrouve sa proie.

Si Brennan était là, il ne se gênerait pas pour lui lancer : « Je te l'avais bien dit ! », et pour rire comme un bossu. Après tout, il y avait de quoi... Lui, un étudiant assidu de la nature humaine, qui se laissait ensorceler par une femme ! Bren lui dirait que Gianna s'était enfuie quand elle n'avait plus eu besoin de son aide. Elle avait réussi à le convaincre de s'introduire illégalement dans un *palazzo* et d'enlever un patient dans un asile, puis l'avait laissé là, froidement.

Et Brennan aurait entièrement raison de se moquer. Cependant, si Gianna s'était enfuie *froidement*, en tout cas elle ne l'avait pas laissé *froid*. Au contraire, il était plus chaud, plus enflammé que jamais et il ne pouvait pas l'ignorer.

Mais — Nolan l'aurait parié —, si elle s'était vraiment servie de lui, elle l'aurait fait jusqu'au bout, et elle serait encore à ses côtés. Elle aurait su qu'elle avait toujours besoin de lui : il lui avait prouvé qu'il était capable de se battre pour elle, de préparer un voyage pour elle et de s'assurer que son frère et elle auraient chaque soir un repas et un abri. Non, ironie du sort, elle l'avait abandonné en pensant bêtement que cela suffirait à le protéger, lui. Elle lui rendait sa vie, sa liberté, et se sacrifiait pour cela.

Atteignant la route, il ralentit le pas, laissant son cheval se reposer un peu et reprendre son souffle. Que croyait-elle qu'il arriverait quand le comte lui mettrait la main dessus ? Nolan n'avait-il pas réussi à lui faire clairement comprendre les risques qu'elle encourait ? Minotti se vengerait sur elle et prendrait son temps pour savourer son triomphe.

Heureusement, la chance était de son côté : les routes n'étaient pas trop boueuses. Cela dit, la vitesse qu'elles lui permettaient, elles l'accordaient aussi au comte. Il lança de nouveau son cheval au trot, bien décidé à ne pas se laisser abattre. Il lui fallait réfléchir pour anticiper : quand il aurait retrouvé le comte, de quelles ressources disposerait-il face à lui ? Son couteau était prêt dans sa manche mais son petit pistolet était vide — les balles avaient déjà été tirées à l'hôtel et à l'asile, pendant leur fuite. Il n'avait pas pu le recharger. Toutes ses munitions, spécialement fabriquées pour le barillet et sa chambre secrète, étaient restées au Danieli. De toute manière, même si son arme avait été opérationnelle, elle ne lui aurait pas été très utile. Elle était prévue pour le défendre en cas d'urgence, rien de plus. En tout cas, elle n'aurait pas été suffisante pour assaillir Minotti et son amant. La situation était encore bien plus délicate avec, en tout et pour tout, un simple poignard, se dit Nolan amèrement...

Soudain, il aperçut quelque chose de gros et de sombre sur la route devant lui, comme une ombre chinoise dans le gris du ciel hivernal. Nolan se sentit tout à coup profondément seul... Il tira sa lame de son fourreau ; la dernière chose dont il avait besoin, c'était de se trouver nez à nez avec une troupe de bandits italiens !

Allait-il tomber dans une embuscade ? Ou bien avait-il enfin retrouvé le comte ? Seigneur, que ses amis lui manquaient ! Haviland, Archer, et même Brennan. Ils auraient pu le couvrir. S'ils avaient été là, jamais ils ne l'auraient laissé partir seul, jamais ils ne l'auraient laissé tomber, quoi qu'ils aient pu penser de Gianna.

S'approchant de la masse posée en travers du chemin, Nolan fit ralentir son cheval et lâcha un juron. Il aurait mille fois préféré des bandits à cela... Ce qui lui barrait la route était la charrette, vide et sans cheval. Nolan mit rapidement pied à terre et examina le véhicule en faisant de son mieux pour ne pas paniquer. Pas de conclusions hâtives, c'était trop tôt pour cela. On abandonnait des charrettes pour toutes sortes de raisons : un essieu brisé, une roue abîmée... Mais la voiture n'avait visiblement aucun problème mécanique. Peut-être que Gianna et son frère avaient décidé de partir à cheval, pour aller plus vite — mais cela eût été un choix bien étrange. La pauvre bête n'irait pas loin en portant deux cavaliers.

Nolan contourna la voiture et s'immobilisa, étouffant un cri de surprise et de terreur. Le cheval était là, sur le flanc, une balle en pleine tête. Mort. Des mouches bourdonnaient déjà autour de la carcasse. De là où il était descendu de sa propre monture, il n'avait pas pu voir l'animal.

C'était un acte aussi cruel qu'insensé. Le vieux cheval n'était pas une menace pour Minotti. Mais Nolan savait très bien pourquoi le comte avait fait cela : pour intimider Gianna. Il ferma douloureusement les yeux, essayant désespérément de chasser l'image de Gianna perdue au milieu de cette route déserte, face à deux assaillants, faisant de son mieux pour protéger son frère. Hélas, il la voyait très clairement, debout entre son frère et le comte, impuissante. Est-ce que Minotti s'était abaissé à menacer Giovanni pour la contraindre à obéir ?

Nolan n'avait pas envie de s'approcher du cadavre mais il n'avait pas le choix. Il fallait à tout prix qu'il sache depuis combien de temps le drame s'était déroulé. Il s'agenouilla et toucha le pelage du cheval, puis trempa un doigt dans la mare de sang. Il était encore tiède. Une heure, peut-être. S'il se dépêchait, il pourrait les rattraper avant la tombée de la nuit. Pourvu que Gianna tienne bon jusque-là, se dit-il.

Le comte risquait de se fatiguer de ses petits jeux et déciderait peut-être de prendre un chemin plus expéditif pour mettre enfin la main sur la fortune de sa belle-fille.

La gorge nouée, Nolan rejeta la tête en arrière, face au ciel, et lâcha un cri d'impuissance.

— Bon Dieu !

Au moins, Gianna n'était pas couchée là, près du cheval. Cela était un immense soulagement, bien sûr, mais à bien y réfléchir cela était pour le moins surprenant. Minotti et son amant s'étaient trouvés là, au milieu de nulle part, sans témoin. Pourquoi le comte n'avait-il pas simplement pris les diamants avant de tuer ses deux pupilles ? Cela aurait été facile, et Lippi n'aurait certainement pas eu de scrupules à tenir sa langue. Seulement, ils n'avaient pas choisi d'agir ainsi, et c'était bien ce qui inquiétait le plus Nolan. Cela voulait dire que le comte désirait se venger au moins autant qu'il convoitait les diamants. Peut-être comptait-il faire payer sa rébellion à Gianna d'une autre manière.

Quoi que le comte ait décidé de faire, Nolan pouvait lui être reconnaissant pour une chose : en emmenant deux captifs avec lui, Minotti avait ralenti sa progression, et lui avait donc accordé une opportunité de la rattraper...

Nolan donna un coup de pied par terre et s'écarta sur le bas-côté, passant nerveusement une main dans ses cheveux. Partir sur un coup de tête n'aiderait pas vraiment Gianna. Il avait besoin de se calmer d'abord, et d'échafauder un plan avant de se remettre en selle.

Perdu dans ses pensées, il faillit marcher sur un long écrin de velours brun, abandonné près du chemin. En l'apercevant, il sentit son cœur bondir. Il connaissait cette boîte !

Il la ramassa rapidement et souleva le couvercle pour s'assurer de son contenu. Les diamants de Gianna !... Avait-elle essayé de s'enfuir ? Ou bien avait-elle jeté le collier intentionnellement, juste avant que le comte ne la rattrape ?

Un peu soulagé, Nolan glissa l'écrin dans la poche de son manteau. Gianna était une fille intelligente... Avoir perdu les diamants leur permettrait de rester en vie, son frère et elle. Une fois que le comte se rendrait compte qu'elle n'avait pas les joyaux sur elle, il comprendrait aussi qu'elle était la seule à savoir où ils étaient ; la seule à pouvoir l'aider à mettre la main dessus. Cela ne résoudrait pas tous les problèmes de Gianna, mais lui offrirait un peu de temps.

Nolan retourna vers son cheval et se mit en selle.

— Nous avons encore du chemin à faire, mon vieux, murmura-t-il à l'oreille de l'animal.

Gianna l'attendait. Son avenir l'attendait, quelque part sur la route de Vérone. Quand il rattraperait Minotti, il n'hésiterait pas à échanger les diamants contre les otages. Aucune fortune ne méritait qu'on sacrifie une vie. Nolan éperonna son cheval pour le lancer au galop. Il ne faillirait pas !

Gianna restait rigide, assise devant le comte sur son haut cheval. Elle faisait de son mieux pour demeurer aussi loin de lui que possible, tolérant à peine le bras de fer passé à sa taille, qui la tenait en équilibre. Sans cela, elle serait tombée depuis longtemps, et un bras cassé ou une cheville foulée ne lui serait pas très utile... Si elle avait la moindre chance de s'échapper, elle ne s'en priverait pas et elle aurait besoin de toute sa mobilité.

Mais elle se serait bien passée de la pression des cuisses du comte et de la chaleur de son entrejambe... surtout après la nuit passionnée qu'elle avait passée avec Nolan.

Pour tenter d'oublier ce contact qui la répugnait, elle

s'abandonna de nouveau à des pensées qui lui revenaient en boucle depuis son enlèvement. Nolan avait-il trouvé le collier ? Etait-il en route, à l'heure qu'il était, ou bien avait-il décidé de la laisser partir ? Peut-être qu'il s'était réveillé ce matin, avait trouvé son message, et s'était dit : « Bon débarras ! » Peut-être qu'il était déjà en route pour Venise, pour retrouver sa luxueuse chambre d'hôtel et ses vêtements élégants.

C'était ce que tout homme normal aurait fait, mais Nolan lui avait déjà prouvé qu'il n'avait rien d'un homme normal. En fait, il lui avait déjà montré qu'il était tout à fait extraordinaire. Pas seulement au lit ou en apparence. Il était exceptionnel en tout point.

Si elle avait été parfaitement altruiste, elle aurait prié pour qu'il ne se lance pas à sa poursuite, qu'il embrasse sa destinée et qu'il fuie le chaos qu'elle avait amené dans sa vie. Mais elle n'était pas prête à se sacrifier — elle avait déjà atteint sa limite d'abnégation ce matin... Il lui avait fallu toute sa volonté pour quitter le lit chaud, le contact de Nolan et sa présence rassurante, en sachant qu'elle ne revivrait probablement jamais cela.

A présent, cependant, elle ne pouvait s'empêcher d'être égoïste et d'espérer, contre toute attente, qu'il ait choisi de se mettre à sa recherche. Quoi qu'il en soit, pour l'instant, elle n'avait pas d'autre choix que d'essayer de se sauver et de sauver Giovanni.

Elle jeta un rapide coup d'œil à son petit frère, assis en selle derrière Romano Lippi. Son cœur se serrait à cette vue, mais elle ne regrettait pourtant pas d'être partie de l'auberge, bien que les choses aient mal tourné. C'était la meilleure solution : Nolan l'avait demandée en mariage, la veille, et elle ne pouvait pas lui permettre d'abandonner toute ambition, tous ses projets, juste pour la protéger. Si elle l'aimait, si elle tenait vraiment à lui, le quitter était le plus précieux cadeau qu'elle pouvait lui faire. Giovanni avait protesté, bien sûr. Il n'avait pas apprécié d'être réveillé avant l'aube et avait eu envie de rester avec Nolan, qui l'avait déjà impressionné par sa bonté.

Gianna avait même dû écouter son frère énumérer toutes les qualités de Nolan pendant la première heure du voyage. Cela avait rendu le départ encore plus difficile… Hélas, elle n'avait pas pu protester ; Giovanni avait raison, à l'exception peut-être de la dernière chose qu'il lui avait confiée.

— Il tient énormément à toi, Gia, je l'entends à ses mots, à sa voix quand il te parle. Et je pense que tu tiens à lui aussi. Tu aurais dû rester et le laisser nous aider.

Oui, peut-être, mais elle n'avait pas fait demi-tour pour autant… Une heure plus tard, le comte et Lippi les avaient fait quitter la route, pistolets à la main.

Cela avait été terrifiant. Instinctivement, Giovanni et elle avaient essayé de sortir de la charrette pour s'enfuir à pied, mais ils n'avaient pas été de taille contre deux cavaliers armés. Cependant, cette vaine tentative lui avait laissé le temps de cacher ses diamants dans l'herbe, sur le bas-côté. Garder les diamants sur elle serait revenu à signer son arrêt de mort. D'ailleurs, elle avait eu raison de faire vite : en un éclair, Lippi avait retourné son arme contre Giovanni pendant que le comte la cherchait, grondant et jurant.

Sa joue brûlait encore de la gifle qu'il lui avait assénée quand il s'était aperçu qu'elle n'avait pas les diamants…

— Où sont-ils ? avait-il demandé de sa voix de stentor.

— Où pensez-vous qu'ils soient ? avait-elle répliqué, oubliant dans sa colère le danger qui les menaçait.

— Si je le savais, crois-tu vraiment que j'aurais pris la peine de te suivre jusqu'ici ? Je me serais contenté de les prendre, je ne suis pas idiot !

Puis il s'était retourné vers son amant et avait aboyé :

— Romano, le pistolet !

Gianna avait alors entendu le chien cliqueter, pas pour elle mais pour Giovanni. C'était là qu'elle s'était souvenue du risque qu'ils couraient. Le cœur battant, elle n'avait pas eu besoin de faire semblant d'avoir peur en bafouillant son mensonge :

— Venise ! Ils sont encore à Venise !

Cela avait satisfait le comte, pour un moment. De toute évidence, il n'avait pas l'intention de la tuer tant qu'il n'aurait pas mis la main sur le trésor.

Elle n'avait pas beaucoup de pouvoir : ils allaient retourner à Venise et elle ne pourrait que suivre sans dire un mot. Au moins, sa petite ruse lui avait fait gagner du temps... un jour et demi tout au plus. Une fois qu'ils auraient regagné Venise et qu'elle serait incapable de lui remettre le collier, que ferait-elle ?

Elle n'avait plus qu'à espérer qu'ils n'atteignent pas Venise ; que Nolan trouve la charrette, les diamants et qu'il les rattrape rapidement. Bien sûr, c'était un espoir un peu fou, étant donné qu'elle avait repoussé le seul homme susceptible de l'aider.

— Est-ce que tu sais ce qui t'arrivera si tu m'as menti ? avait menacé le comte en lui tordant le bras dans le dos sans la moindre pitié.

Pour toute explication, il avait tiré une balle dans la tête de son cheval, lui faisant clairement comprendre qu'il n'accepterait aucune rébellion de sa part. Sous le choc, elle avait hurlé et Minotti s'était contenté de rire.

Hélas, les choses étaient allées de mal en pis : ils n'avaient pas pris le chemin de Venise et avaient continué à avancer en direction de Vérone.

— J'ai hâte de voir qui va se lancer à notre poursuite, pas toi, Romano ? avait dit le comte avec un rire mauvais. Moi, je suis étonné que nous n'ayons pris que deux oiseaux dans nos filets.

Il avait alors caressé rudement la poitrine de Gianna.

— A moins que tu n'aies chassé notre bon Anglais ? J'aurais cru le trouver avec toi ; on m'a affirmé qu'il t'accompagnait encore hier.

Puis il s'était tourné vers Romano.

— Arrêtons-nous à la prochaine auberge et facilitons la tâche à notre amant éconduit. Je parie qu'il nous rejoindra avant la fin de l'après-midi, à l'heure du thé comme aiment le dire les Anglais.

S'interrompant un instant, il avait dévisagé Gianna d'un regard à la fois cruel et lubrique puis l'avait forcée à monter sur son cheval, devant lui.

— Est-ce que tu as hâte de revoir ton bien-aimé, Gianna ? Une dernière fois avant que je ne vous récompense tous pour votre audace ? lui avait glissé Minotti à l'oreille, au bout d'un long moment de route dans le silence. Bien sûr, je me suis dit que je pourrais peut-être t'épargner si tu m'épousais après m'avoir rendu les diamants. Tu pourrais me dire, à ce moment-là, ce que valent les Anglais, en comparaison d'un homme, d'un vrai...

— Il ne viendra pas, répondit stoïquement Gianna.

Décidément, les choses se présentaient mal. Si jamais elle revoyait Nolan, elle ne se contenterait pas de le remercier, cette fois. Elle lui dirait à quel point elle l'aimait, à quel point il était exceptionnel. Comment ne pas tomber amoureuse d'un tel homme ?

De nouveau le comte lui palpa les seins à travers sa robe, comme on palpe un fruit pour voir s'il est mûr, et Gianna dut lutter pour ne pas le gifler.

— Crois-moi, il viendra. Il ne pourra pas résister après avoir goûté à ça !

24

S'il n'avait pas vu les chevaux, Nolan aurait pu traverser le village sans s'arrêter. Enfin, un village, c'était beaucoup dire... Devant lui s'élevait un bâtiment de pierres et de briques orné d'une enseigne d'auberge, et il y avait quelques cahutes à l'entrée des champs. C'était à peine un hameau, mais le comte était là, c'était certain. Personne ne possédait de si belles bêtes dans une campagne aussi reculée.

Nolan mit pied à terre et soupesa les quelques pièces qui sonnaient encore au fond de sa poche avant de s'approcher d'un garçon qui traînait devant l'auberge, le nez en l'air.

— Qui est le propriétaire de ces deux chevaux ? demanda-t-il, l'air simplement curieux.

Le gamin, visiblement ravi de pouvoir lui apprendre quelque chose, bomba le torse.

— Deux gentilshommes de Venise. L'un d'entre eux dit même qu'il est comte.

Puis, s'interrompant un instant, il examina Nolan de la tête aux pieds.

— Est-ce que vous êtes comte, vous aussi ?

Nolan ne put réprimer un éclat de rire.

— Loin de là, répondit-il avant de tendre une pièce au garçon. Prends soin de mon cheval et assure-toi qu'il soit prêt à repartir rapidement. Quand je ressortirai, j'aurai besoin de me remettre en selle très vite. J'aimerais aussi que tu prépares l'un de ces deux-là.

Pourvu que Gianna soit habituée à faire du cheval, songea-t-il. Il allait prendre Giovanni avec lui ; elle serait donc obligée de monter seule.

Soudain, il réfléchit à une autre complication possible.

— Est-ce que le comte a retenu une chambre ou un salon privé ?

Autant savoir dans quoi il s'engageait avant d'entrer dans l'auberge ; cela était important pour envisager la suite. Tomberait-il face à face avec son adversaire immédiatement ? Ou bien pourrait-il compter sur un certain effet de surprise ?

— Il a demandé un salon privé, *signor*. Une dame l'accompagne, répondit le gamin en tendant la main pour obtenir une autre pièce.

A ce rythme-là, il allait ruiner Nolan... Il le paya et pénétra dans la grande salle. Il lança un petit signe de tête à l'aubergiste, debout derrière le bar, s'habituant peu à peu à la faible lumière qui éclairait l'intérieur. Il n'y avait pas le moindre client et le propriétaire des lieux dévisagea l'arrivant d'un air surpris.

— Je suis là pour la femme, dit Nolan en guise d'explication à sa présence.

L'homme indiqua une porte, au fond de la salle, et Nolan lui lança une pièce.

— Est-ce que, par hasard, vous avez un jeu de cartes ?

— Dans le tiroir du buffet, dans le salon, répondit l'aubergiste d'un air sceptique.

Sans se laisser intimider, Nolan traversa la salle, le regard baissé. Autant ne pas laisser à l'homme la moindre occasion de poser des questions. S'il avait de la chance, il pourrait ressortir avant d'avoir dû répondre à ses interrogations. Et puis, comment raconter toute cette histoire ?

Il essaya de résumer la situation dans sa tête : *Un comte avide vient d'enlever une femme que je ne connais que depuis une semaine ; je suis fou amoureux d'elle, mais le comte veut ses diamants et ne la relâchera pas tant qu'il ne les aura pas trouvés.* Seigneur, non... Personne ne le croirait jamais s'il s'y prenait de cette manière. Il pouvait déjà imaginer Brennan en train de lever les yeux au ciel.

Il était arrivé devant le salon quand il entendit Gianna hurler derrière la porte. On se battait, dans cette pièce !

— Lâchez-moi immédiatement ! cria-t-elle de nouveau.

Son couteau dans la main droite et son pistolet dans la gauche, Nolan ouvrit la porte d'un coup de pied, examinant la pièce d'un rapide regard exercé. Gianna avait été plaquée sur la table et le comte était occupé à retrousser ses jupes, les mains prises dans les dentelles du jupon. Du coin de l'œil, Nolan aperçut une forme qui se jetait sur lui. Lippi pensait sans doute l'attaquer par surprise, mais Nolan avait de bons réflexes. Sans réfléchir, il donna un coup de couteau et atteignit son agresseur à la gorge.

Le comte leva un regard horrifié vers son amant qui étouffait, une main plaquée sur la plaie.

— Romano ! cria Minotti, désemparé, mais trop collé à Gianna pour que celle-ci puisse s'échapper.

D'un geste rageur, il l'attira contre lui, s'en servant comme d'un bouclier.

— Vous l'avez tué ! gronda-t-il en plaquant son arme contre le cou de sa prisonnière.

— Vous m'avez pris quelqu'un... je vous prends quelqu'un en retour. C'est plutôt équitable, il me semble. Vous ne trouvez pas ? répondit Nolan avec une froideur feinte mais nécessaire.

La seule chose qui était équitable, c'était les risques qu'ils couraient — d'une certaine manière. Ils étaient en tête à tête. Seulement, le pistolet du comte était chargé et pas le sien. Pointant néanmoins son arme vide sur Minotti, Nolan chercha Giovanni du regard. Finalement, il aperçut le jeune garçon, attaché à une chaise près de la cheminée.

— Je suis là, Giovanni, dit-il pour le rassurer, tout en se tournant une nouvelle fois vers le comte. Je suis près de la porte et je tiens le comte en joue. Je viendrai te chercher dès que je le pourrai.

— Est-ce que vous pensez ce que vous dites, l'Anglais ? prononça le comte d'une voix grinçante.

— Oh oui !

Bien, il était temps de mettre son bluff en pratique — le plus grand bluff de sa carrière de joueur, sans doute.

— Nous pouvons soit rester ici, en pleine impasse, soit je vous tire une balle en pleine tête. Permettez-moi de vous rappeler que je suis bon tireur. De toute manière, vous ne blesserez pas cette femme, pas tant que vous n'aurez pas vos diamants.

Le comte parut surpris et Nolan connut un instant de triomphe. Il ne put s'empêcher de sourire.

— En effet, je suis au courant, pour les joyaux ; donc je sais que vous ne vous servirez pas de votre couteau. Je dirais même que vous n'êtes pas en position de négocier quoi que ce soit. Vous ne pouvez pas gagner, ici ; mais peut-être y a-t-il un autre terrain sur lequel vous seriez plus à votre avantage...

— Gianna est *ma* pupille, vous n'avez rien à faire ici ! répliqua le comte.

Cependant, Nolan surprit une lueur d'intérêt au fond de ses yeux. Il avait ferré le poisson et n'avait plus qu'à le ramener en douceur. Minotti serait pris à son piège avant de se rendre compte de quoi que ce soit.

— Elle est à moi, maintenant. Je l'ai gagnée aux cartes, répondit alors tranquillement Nolan. Vous l'avez perdue, vous vous rappelez ? Mais, pour être honnête, je préférerais vous laisser une chance de la récupérer plutôt que de vous tirer dessus.

Allez, bon sang ! Mords à l'hameçon !

— Vous êtes un bon joueur, vous avez simplement manqué de chance, l'autre soir.

— Et qu'est-ce que vous proposez ?

— Nous n'avons qu'à régler ce différend en gentlemen. Je n'ai aucune envie de vous blesser. Tout ce que je veux, c'est Gianna.

Nolan examina ostensiblement la jeune femme de la tête aux pieds. Il lui fallait à tout prix faire croire au comte qu'il n'y avait qu'un désir charnel entre eux. Si Minotti suspectait le moindre attachement affectif, Nolan perdrait le mince avantage qu'il possédait encore.

— Croyez-moi, elle est vraiment douée au lit.

A ces mots, il vit Gianna se crisper. Une fois qu'ils seraient sortis de ce mauvais pas, Nolan paierait cher cette remarque, cependant il était prêt à tout pour la sauver, pour l'arracher aux griffes de son beau-père. Il ne pouvait pas se permettre de la regarder trop longtemps, il risquerait de trahir ses sentiments pour elle. Non, il fallait qu'il feigne une attirance physique et rien de plus. Décidé à ne pas céder d'un pouce, il se redressa face au comte.

— Jouons-la aux cartes, en trois manches. Vous m'avez déjà demandé une chance de la récupérer : la voilà. Le gagnant gardera Gianna.

Seigneur ! Il ne pouvait pas être sérieux !

Abasourdie, Gianna regarda les deux hommes en train d'installer la table pour leur partie. Nolan tira un jeu de cartes du vieux buffet sans lui lancer le moindre coup d'œil. Il ne faisait même pas attention à elle... Elle le tuerait, pour son commentaire au sujet du lit ! Le seul indice qu'il lui donna — pour lui faire comprendre que tout ceci n'était qu'un stratagème, se dit-elle — fut une caresse furtive sur son bras tandis qu'il l'invitait à s'asseoir entre le comte et lui.

Après tout ce qui s'était passé, sa vie allait encore se jouer en trois malheureuses mains de cartes — de la même manière que tout cela avait commencé...

— Faisons un vingt et un, lança Nolan en mélangeant le jeu d'un geste expert avant de l'étaler en éventail sur la table. La main la plus haute, sans dépasser vingt et un, gagne.

Il s'interrompit un instant, l'air pensif, puis reprit :

— Je veux que le garçon distribue. Il est aveugle, il ne risque pas de tricher.

Gianna ne se fit pas prier pour détacher son frère et le guider jusqu'à la table. Maintenant que Giovanni était libre, une fuite devenait envisageable.

Elle aurait voulu fixer son attention sur Nolan, mais elle n'osait pas trop le regarder. Si seulement elle pouvait croiser son regard et y voir une confiance rassurante. Hélas, tout ce qu'elle parvint à faire fut se concentrer sur ses mains de joueur tandis qu'il étudiait ses cartes — une retournée sur chaque face visible.

Il paraissait si détendu, si détaché... Comme s'il ne s'agissait que d'une partie parmi tant d'autres ; comme s'il n'était pas en train de jouer une vie, sa vie à elle.

Nolan avait sans doute compris que le comte refuserait catégoriquement de la laisser partir. Et que, même s'il obtenait les diamants, il se débarrasserait d'elle sans la moindre hésitation.

Minotti montra un dix. Nolan, un neuf. Minotti ne demanda pas de nouvelle carte, Nolan, si. A peine l'eut-il regardée qu'il grimaça. Etait-ce sincère ? Ou bien jouait-il la comédie ? Il dévoila ses cartes : une reine et un trois. Vingt-deux. Le comte sourit et montra sa main : un roi qui, avec le dix, donnait vingt.

Nolan se contenta de sourire et écarta les deux mains jouées avant de faire glisser à nouveau le jeu de cartes vers Giovanni.

— Vous avez un point, lança-t-il au comte. Jouez encore une fois de la même manière, et elle est toute à vous.

Il tapotait le plateau de la table avec une nonchalance exaspérante.

— Que diriez-vous de pimenter la partie ? Ajoutons le garçon aux enjeux. Après tout, je me suis donné beaucoup de mal pour le sortir de l'asile et le hasard semble jouer en votre faveur. Je dois encore me refaire et vous, vous avez déjà parcouru la moitié du chemin...

Oh ! il était doué. Il avait réussi à faire détacher Giovanni et voilà qu'il attirait le comte exactement là où il le voulait, d'après la réaction de celui-ci. En effet, l'*ego* du comte était palpable, il se pavanait, comme un paon prêt à faire la roue. Mais c'était une chose de flatter l'*ego* d'un homme, et une autre de gagner la partie.

Est-ce que Nolan avait délibérément perdu la première main ? Que lui avait-il dit, déjà ? « Perdre peut être bénéfique. » Gianna priait pour que ce soit le cas cette fois. Mais, comment en être certaine ?

Giovanni distribua les cartes et Nolan montra un huit. Le comte, lui, dévoila un six en fronçant les sourcils. En face de lui, son adversaire restait de marbre. Minotti demanda une seconde carte, puis une troisième. Nolan se contenta de la première et la retourna.

— Dix-huit.

— Quinze, répondit le comte en jetant ses cartes d'un air dépité.

L'espace d'un instant, Gianna se sentit soulagée — jusqu'à ce qu'elle réalise que son sort allait se décider sur la dernière main. Giovanni distribuait avec soin, d'un geste précis.

Quatorze cartes avaient déjà été jouées. Gianna était incapable de les citer, mais Nolan, si. Derrière ses grands yeux gris, elle devinait qu'il comptait et calculait ses chances. Giovanni distribua la dernière main et Gianna songea que le simple fait de compter les cartes n'assurait pas la victoire. Cela vous donnait simplement un peu plus de contrôle sur le déroulement du jeu ; et ce contrôle se renforçait au fur et à mesure de la partie.

La seule question qui se posait était aussi la plus grave : le jeu était-il assez avancé pour que ce contrôle soit efficace ? Nolan avait-il plus de chances de minimiser l'ascendant du comte, à présent ?

— Dernière main ! Tout se joue maintenant, n'est-ce pas ? lança Nolan.

Minotti acquiesça, tapotant à son tour la table nerveusement.

Giovanni reposa le jeu de cartes sans un mot. Le comte obtint un deux et un roi : douze. Nolan eut un trois et un quatre. Aucune des deux mains n'était assez haute et ils allaient tous les deux devoir demander de nouvelles cartes.

Si le comte décidait d'en rester là, tout ce que Nolan aurait à faire, c'était tirer un cinq ou plus. Même elle était capable de voir que ses chances de réussite étaient plutôt élevées. Sept cartes de petite valeur avaient déjà été jouées. Mais le comte pouvait perdre en demandant plus : une figure ou un dix détruirait ses chances.

— Carte, lança le comte.

Giovanni la lui fit glisser et Gianna crut que son cœur s'arrêtait quand son beau-père la retourna. Un quatre. Seize… Ce n'était pas excellent mais cela suffirait.

— Une autre ? suggéra Nolan.

Le comte réfléchit un moment.

— Non. Je pense que je vais en rester là.

Gianna frémit. C'était à Nolan de jouer.

Il prit une carte, un trois. Le comte lâcha un juron.

— J'aurais dû la prendre ! J'aurais obtenu dix-neuf !

— J'en suis à dix, j'en prends une autre.

Gianna retint son souffle, priant pour un six ou plus. Giovanni lui donna une carte et Nolan la retourna. Un sept ! Un profond soulagement envahit Gianna : c'était enfin fini...

Non, ce n'était pas fini. En un éclair, le comte se jeta sur Nolan par-dessus la table et elle eut à peine le temps d'écarter Giovanni pour le mettre en sécurité. Elle avait été idiote de penser que le comte se plierait aux règles.

Heureusement, Nolan était prêt et lui lança un crochet du droit en pleine mâchoire. Horrifiée, Gianna vit le comte basculer en arrière, tituber sous le choc puis s'écrouler, sa tête heurtant les briques de l'âtre.

— Bon Dieu ! lâcha Nolan en se précipitant vers lui pour vérifier son état.

Après avoir cherché son pouls, il s'assit par terre en poussant un grand soupir.

— Il est vivant ; mais il va avoir une sacrée migraine quand il se réveillera...

— Dans ce cas, partons vite.

Elle était prête à tout pour oublier cet horrible endroit, avec l'homme mort dans un coin, le comte inconscient à ses pieds et les restes de la sordide partie de cartes sur la table. Mais Nolan ne paraissait pas pressé.

— Je t'en prie, allons-y ! Il va être hors de lui.

Quand il reprendrait ses esprits, mieux vaudrait pour elle qu'elle soit à des lieues de cette auberge.

Nolan eut un petit sourire.

— Ne t'en fais pas, il n'ouvrira pas les yeux de sitôt. Nous avons tout notre temps et je ne veux plus fuir. Pour une fois, j'aimerais quitter un endroit en marchant, comme les gens normaux.

Avant d'ouvrir la porte, il plongea une main dans la poche de son manteau.

— J'ai quelque chose pour toi, dit-il en lui tendant un long écrin de velours sombre. Je crois que tu as perdu cela.

Gianna sentit son cœur s'emballer et dut prendre un instant pour retrouver son calme.

— Tu les as trouvés, murmura-t-elle, émerveillée. Giovanni, il a retrouvé les diamants ! Nous ne serons pas obligés de vivre dans la pauvreté.

Par contre, ils seraient contraints de vivre dans la peur d'être rattrapés. Cette journée lui avait bien prouvé qu'elle n'était pas à la hauteur de la tâche. Cette journée lui avait fait comprendre autre chose aussi : elle avait trouvé un trésor plus précieux que les diamants et il se tenait juste devant elle.

— Tu as quitté mon lit, et je n'ai pas vraiment apprécié, remarqua Nolan d'une voix sévère.

— Pour te protéger, c'est tout ! Tu vois bien comment ça se passe quand on reste avec moi. Tu nous as peut-être sauvés, aujourd'hui, mais cela ne résout rien. Le comte finira par se remettre et il partira à notre poursuite... Nolan, est-ce que ta demande en mariage est toujours valable ou bien as-tu changé d'avis ?

Elle ne pourrait pas vraiment l'en blâmer, si c'était le cas...

Le regard de Nolan s'assombrit. Sans doute essayait-il de comprendre où elle voulait en venir.

— Elle est toujours valable. Je pourrais t'emmener en Angleterre avec moi si tu le voulais.

— Et est-ce que tu voudrais toujours de moi si je n'avais plus les diamants ? Si je n'avais rien à t'offrir ? Je pense que ce serait la seule façon pour moi de venir à toi.

Elle ne voulait pas que les diamants continuent à les séparer. Cédant enfin à ses émotions, elle s'approcha de lui et lui caressa la joue. Comme sa présence lui avait manqué en quelques heures à peine...

— Je ne veux pas que tu en viennes un jour à douter des raisons qui me poussent à t'épouser. Je veux que tu saches que je ne fais pas cela par désespoir ou parce que j'ai besoin de protection.

Nolan eut un petit sourire.

— Dans ce cas, pourquoi veux-tu m'épouser, Gianna ?

Etait-il vraiment en train d'insister pour qu'elle le lui dise ? Très bien.

— Parce que je t'aime et que je t'aimerai toujours autant même quand plus personne ne nous poursuivra ; même quand nos vies seront redevenues — oserais-je prononcer ce mot ? — normales.

Sans attendre sa réponse, elle lâcha l'écrin qui tomba au sol dans un petit bruit sec. Pour une fois, Nolan parut surpris. Une semaine plus tôt, elle aussi aurait eu du mal à croire en son propre geste.

— J'ai passé cinq ans à protéger ce trésor. Maintenant, je veux passer le reste de ma vie à prendre soin du nouveau trésor que j'ai découvert en vivant ces quelques jours à tes côtés.

— Tu es sûre de toi ?

— Laisse-moi te montrer à quel point, murmura-t-elle alors.

Elle passa ses bras autour de son cou, savourant la chaleur des grandes mains d'homme qui se posèrent sur sa taille, et l'embrassa.

— J'ai eu tellement peur de ne jamais pouvoir faire cela à nouveau quand ils nous ont trouvés, sur la route…

Nolan la fit taire en posant doucement un doigt sur ses lèvres.

— N'y pense plus. Tu ne seras plus jamais en danger, je te le promets ; pas tant que nous serons ensemble.

— Je sais.

Elle l'embrassa à nouveau et Giovanni lâcha une petite toux gênée.

— Je suis toujours là, vous savez. Je suis aveugle, mais cela ne m'empêche pas de comprendre ce qui se passe.

Gianna vint lui prendre le bras et Nolan ouvrit la porte pour eux. Si l'aubergiste s'interrogeait sur ce qui venait de se passer dans le salon, il eut la sagesse de ne rien dire. Les chevaux les attendaient dehors. Nolan avait visiblement prévu de partir en hâte — tout comme elle. Jamais elle n'aurait pensé pouvoir quitter si tranquillement cette auberge. Elle avait même craint ne pas la quitter du tout, à un moment : elle aurait très bien pu mourir dans ce salon, et personne ne s'en serait jamais inquiété.

— J'ai une question, dit-elle tandis qu'ils chevauchaient lentement le long de la route, elle sur un cheval, Nolan et Giovanni sur l'autre. Pourquoi n'as-tu pas simplement tiré sur le comte ?

Nolan éclata de rire.

— Seigneur, que tu es avide de sang aujourd'hui, Gianna !

— Sérieusement, si tu avais pensé depuis le début que le comte ne respecterait pas les règles du jeu, quel était l'intérêt de jouer contre lui ?

Elle l'examina un moment, surprise de le voir aussi calme après tout ce qui s'était passé.

— Parce que mon pistolet était vide, tout simplement : je n'ai pas pris de balles pour le recharger quand nous avons quitté Venise.

— Tu as menacé le comte avec une arme déchargée ?

Gianna n'en croyait pas ses oreilles. Elle se crispa sur les rênes de son cheval, bouleversée par l'énormité de ce qu'il avait fait.

— Tu es venu me chercher avec rien d'autre que ton couteau pour te défendre ? Le comte aurait pu te tuer !

Après avoir abandonné sa lame dans le corps de Romano Lippi, il avait été désarmé...

— Pourquoi as-tu fait une chose pareille ?

De nouveau, Nolan rit comme s'il n'avait aucune inquiétude au monde.

— Tu ne l'as pas encore compris ? Parce que tout ce que j'aime au monde se trouvait dans ce salon, Gianna, tout simplement.

— Et tout ce que j'aime se trouve sur ton cheval, répondit-elle, le cœur léger.

Ce soir, elle lui montrerait à quel point elle tenait à lui. Ce soir, et le soir suivant, et encore le suivant... Après tant d'années d'angoisse, elle pouvait enfin s'abandonner pleinement à son bonheur et commençait à peine à réaliser qu'elle était enfin libre. L'amour ne rendait pas toujours une femme dépendante, comme elle l'avait si longtemps craint ; cela pouvait la rendre simplement heureuse. C'était ce qu'elle ressentait aujourd'hui : elle était comblée, épanouie, et dans son obstination elle avait failli passer à côté de cela.

La vie dont elle avait tant rêvé commençait enfin — et commençait plutôt bien ! Bien sûr, elle n'avait rien de plus que les vêtements qu'elle portait et la compagnie de Nolan Gray, mais avait-elle réellement besoin de quoi que ce soit d'autre ?

Non, absolument pas.

Epilogue

Vérone

— Est-ce que tu as l'alliance ? demanda nerveusement Nolan à Brennan.

Cela faisait déjà quelques minutes qu'ils piétinaient dans l'église — San Lorenzo, si Nolan avait bien compris. Il y avait beaucoup d'églises, à Vérone, et c'était difficile de s'y retrouver. Peu importait, la première église venue pouvait faire l'affaire.

Ce qui importait vraiment, en revanche, c'était la femme qui remontait lentement jusqu'à l'autel au bras de son frère, dans une simple robe de mousseline lavande, un bouquet de petites fleurs blanches à la main.

— Oui, je l'ai. C'est la dixième fois que tu me le demandes, répondit Brennan d'un air revêche. Tu crois que je suis un gamin, ou quoi ? Je ne l'ai pas perdue entre l'auberge et ici, tu sais. J'ai réussi à transporter tous tes bagages depuis Venise, je crois que je suis capable de porter une bague sur une distance de trois rues.

C'était vrai, Nolan devait au moins reconnaître l'efficacité de Bren. Quand il lui avait écrit, une semaine auparavant, son ami n'avait pas perdu de temps : il avait empaqueté tout le contenu de la chambre, au Danieli, et était venu le rejoindre à Vérone.

Gianna, Giovanni et Nolan avaient simplement retenu des chambres en ville et l'avaient attendu. Il lui semblait qu'ils avaient passé la semaine à attendre. Attendre l'arrivée de Brennan. Attendre que leur licence de mariage soit approuvée — le prêtre n'avait d'ailleurs pas été ravi, et ce pour deux raisons : Nolan n'était pas catholique, et le carême commençait dès le lendemain. Il avait rappelé aux jeunes fiancés qu'on ne célébrait pas de mariages pendant le carême mais Nolan avait catégoriquement refusé d'attendre *quarante jours* de plus pour épouser Gianna. Il avait donc fait une importante donation au fonds de l'église pour la réfection du clocher et cela avait suffi.

A part cela, leur semaine avait été une sorte de longue fête. Gianna découvrait la vraie liberté pour la première fois de sa vie, mais elle avait continué aussi à être inquiète et Nolan avait dû faire de son mieux pour lui faire oublier ses craintes. Il la connaissait assez à présent pour deviner qu'elle croyait ce bonheur trop beau pour être vrai, qu'elle avait peur à chaque instant que quelque chose vienne briser ses espoirs. Il lui avait fallu la semaine pour être convaincue que le comte ne les poursuivrait plus. Minotti avait peut-être gagné les diamants, mais c'était bien lui, Nolan, le vrai vainqueur de cette lutte acharnée.

— Dis donc, nos mariages sont de plus en plus intimes, murmura Brennan tandis que Gianna approchait.

Il était vrai qu'il n'y avait personne, dans l'église, à l'exception d'un témoin que le prêtre avait trouvé à la dernière minute — une jeune femme qui travaillait à l'auberge.

— Toutes les personnes qui importent sont déjà là, répondit Nolan.

Il s'avança vers sa promise et lui prit doucement la main. Sans un mot, Giovanni resta un peu en retrait. Sans doute Nolan craignait-il lui aussi de voir le rêve s'achever, d'une certaine manière.

Quand il avait quitté Douvres, l'année précédente, il n'avait pas imaginé un seul instant que son Grand Tour s'achèverait par un mariage ; ou même qu'il s'achèverait tout court. De leur petit groupe d'amis, il avait été le seul à partir avec rien d'autre que du temps devant lui.

Emu, il souleva le voile de dentelle de Gianna.

— Tu es magnifique, murmura-t-il en déposant un petit baiser sur sa joue.

Gianna eut un petit rire un peu gêné et jeta un rapide coup d'œil au prêtre.

— Attends un peu pour ça, tu vexes le prêtre...

Nolan haussa les épaules.

— Avec ce que je le paie, il pourrait même nous marier nus !

Mais, lorsque l'homme de Dieu commença à parler, Nolan se tut, plus sage. Il ne se marierait qu'une fois, après tout, et il voulait se souvenir de chaque instant de la cérémonie. Il fit de son mieux pour mobiliser son exceptionnelle mémoire afin de n'oublier aucun détail : la robe de Gianna, ses cheveux sombres qui reflétaient les éclats dorés du soleil, son collier de perles qui reposait sur la chair de sa gorge, le parfum de son bouquet de fleurs, l'émotion de sa voix quand elle prononça ses vœux, le tremblement de sa main quand il passa l'alliance à son doigt. Il mémorisa la chaleur de son corps, la douceur de ses lèvres quand il l'embrassa, quand ils se coulèrent l'un en l'autre comme s'ils ne faisaient qu'un.

Le prêtre les déclara mari et femme et tout fut fini. Brennan ne perdit pas de temps pour donner une tape amicale à Nolan et lancer :

— Bon, allons manger un peu avant que vous ne partiez.

Un déjeuner de mariage les attendait à l'auberge, mais Nolan ne put s'empêcher de chercher à passer directement à la nuit de noces. Tout ce qu'il voulait, c'était voir son épouse nue devant lui.

Hélas, cela devrait attendre : ils partaient avant la nuit, pressés de se remettre en route. Leur nuit de noces aurait lieu dans une simple auberge, tout comme les nombreuses nuits qui allaient suivre tant qu'ils seraient sur la route.

— Tu es sûr que tu ne veux pas venir ? demanda-t-il à Brennan en achevant sa première flûte de champagne.

Il se sentait mal à l'idée de laisser son ami derrière lui.

— Moi ? A *ta* lune de miel ? gloussa Brennan d'un air incrédule. Je ne crois pas.

Nolan haussa les épaules, avec tout le sérieux dont il était capable.

— Pourquoi pas ? Giovanni nous accompagne bien, lui.

Brennan éclata franchement de rire, cette fois.

— Non merci, je ne suis pas prêt à partir. Dis bonjour à Haviland et Alyssandra de ma part.

Nolan acquiesça. Il reverrait bientôt son ami à Paris, en coupant droit à travers les Alpes. A présent que le comte n'était plus une menace, ils étaient enfin libres de prendre leur temps. Peut-être même s'arrêteraient-ils dans les montagnes pour revoir quelques villages que Nolan avait appréciés, l'été précédent. L'air alpin, frais et pur, serait bon pour Giovanni et ils n'avaient pas besoin de se hâter. Ensuite, une fois en France, ils s'arrêteraient à Paris puis passeraient en Angleterre.

Nolan admira un instant sa belle épouse assise à côté de lui.

— Franchement, je n'aurais jamais pensé être le premier à rentrer à la maison ; mais je suis ravi que ce soit le cas.

Il fit tinter sa flûte contre celle de Gianna, le cœur léger.

— Si j'avais été joueur — et je le suis — j'aurais parié sur Archer ou Haviland. Mais, pour être honnête, je suis enchanté d'avoir perdu ce pari.

Par moments, il y avait mieux à faire que compter les cartes ; compter les miracles que la vie plaçait sur votre route, par exemple. Il était sur le point de quitter le continent, et c'était sans doute la meilleure sortie de toute sa vie !

BRONWYN SCOTT

Un lord très convoité

Traduction française de
HÉLÈNE ARNAUD

HARLEQUIN

Titre original :
RAKE MOST LIKELY TO SIN

Ce roman a déjà été publié en 2017.

A Pong et Louis, nos merveilleux serveurs du Magic.
Merci d'avoir rendu notre voyage avec vous si spectaculaire !
C'était une exploration inoubliable de lieux extraordinaires.

1

Douvres — mars 1835

Par les cornes de Lucifer ! Quelle heure était-il ? Brennan Carr sortit un bras des draps froissés et tâtonna pour attraper sa montre posée sur la table basse, juste pour être sûr. Il se redressa sur un coude et essaya de lire l'heure dans le faible rai de lumière qui traversait la chambre. Agacé, il s'affala de nouveau sur son oreiller dans un grognement : il était l'heure — plus que l'heure. Son bateau partait dans moins de soixante minutes et le jour n'était pas encore levé. Encore un peu embrumé par le sommeil, il se frotta les yeux. Il n'avait pas vu la nuit passer...

A côté de lui, la délicieuse Sarah — non, ce n'était pas Sarah, mais il n'en était pas loin. Sylvia ? Serena ? Cynthia ! Oui, c'était ça ! La délicieuse Cynthia s'étira et se redressa un peu, explorant les couvertures d'une main aventureuse.

— C'était merveilleux, cette nuit. Tu es encore prêt pour ta petite Cynthia ?

Elle sourit dans la pénombre, sa longue chevelure blonde retombant sur son épaule. D'un geste souple, elle se plaça à cheval sur lui.

— Tu as de la chance : Cynthia est prête, elle.

Elle gloussa, amusée de parler d'elle-même à la troisième personne. Elle se redressa au-dessus de lui, soulevant sa généreuse poitrine pour qu'il la voie mieux.

— Les seins de Cynthia veulent que tu les embrasses.

Brennan soupira, un peu las. Il avait dû cuver dans la nuit car il se souvenait tout à fait que ce petit jeu de troisième personne lui avait paru hilarant, la veille, après la quantité de pintes qu'il avait bues dans la grande salle ; mais ce n'était plus vraiment le cas. De toute manière, il ne pouvait pas se permettre de fainéanter au lit. Il allait être en retard, et être en retard voulait dire manquer son bateau. Son corps appréciait peut-être encore les charmes de Cynthia, mais son esprit s'ennuyait déjà avec elle. De plus, il n'avait aucune envie de vérifier l'adage qui disait que le temps et la marée n'attendaient personne.

Ses amis allaient finir par s'inquiéter, surtout Haviland. Durant leurs douze années d'amitié, Haviland avait passé son temps à s'inquiéter pour lui ; mais Brennan s'était promis de s'améliorer pendant ce voyage, pour que son ami soit moins inquiet à son sujet. Il allait lui prouver qu'il était adulte, responsable. Hélas, alors qu'ils avaient quitté Londres depuis trois jours à peine, il échouait déjà à cette mission…

Il délogea donc poliment Cynthia pour se lever.

— Je suis désolé, je dois y aller.

Cynthia lui attrapa le bras et passa de nouveau une jambe sur lui, ses lèvres pulpeuses formant une petite moue.

— C'est trop tôt. Tu as bien le temps de faire encore une fois l'amour à Cynthia. Personne n'a de rendez-vous à cette heure !

— Moi, si.

Il essaya une seconde fois de s'écarter mais elle tint bon, ignorant délibérément le refus ferme de Brennan.

Bien sûr, il aurait pu la repousser, s'il l'avait voulu, mais il n'avait pas envie de se disputer avec elle. Il voulait partir dans le calme. Les disputes avaient le don de gâcher les souvenirs du plaisir partagé et Brennan aimait le plaisir plus que tout.

Mais Cynthia était étonnamment forte et de plus en plus tenace — ou désespérée.

— Non, tu ne peux pas partir, pas encore !

Elle lui sourit et attrapa le lien qui maintenait les rideaux du lit ouverts.

— On pourrait essayer des cordes, on n'a pas encore fait

cela, murmura-t-elle en tirant d'un coup sec pour détacher le cordon. Je pourrais même appeler Mary qui est dans la chambre d'à côté. Elle pourrait très bien...

Brennan n'attendit pas de savoir ce que Mary pouvait faire. Il bondit du lit, repoussant Cynthia sans plus se soucier de sa sensibilité. C'était vraiment l'heure de partir, à présent. De plus, il commençait à soupçonner qu'il y avait quelque chose en jeu, autre qu'une couturière boudeuse qui voulait une nouvelle partie de jambes en l'air avant de retourner au travail. Il attrapa ses vêtements, enfilant rapidement son pantalon.

Cynthia se leva alors du lit, nue, splendide — il était difficile de ne pas se laisser distraire... Brennan aurait même pu en oublier le bateau, si elle n'avait pas posé sur lui ce regard froid, calculateur, un regard qui disait que ce n'était plus le moment de jouer.

— Dans ce cas, tu ne peux pas partir sans payer la pauvre Cynthia. Elle t'a donné toute la nuit.

Brennan s'immobilisa, glacé, sa chemise à moitié boutonnée. La payer ? C'était une prostituée ?

— Tu m'as dit que tu étais couturière, que vous travailliez toutes chez la confectionneuse.

En dépit des vapeurs d'alcool qui flottaient encore autour de lui, il se souvenait très bien de cela. Les trois filles étaient entrées dans la salle à manger de l'hôtel, souriantes et visiblement décidées à les charmer, ses amis et lui. Nolan avait discuté avec elles quelques minutes avant de se rendre aux tables de jeu et Archer l'avait suivi, comme d'habitude. Les « demoiselles » étaient parties après cela, quittant la salle à manger pour le bar. C'est là que Brennan les avait retrouvées.

Quel idiot ! Il aurait pourtant dû s'en douter : des femmes au bar... Elles ne pouvaient être que des prostituées.

Cynthia s'avançait lentement vers lui, d'un pas autoritaire.

— Je suis couturière le jour, mais Cynthia a bien besoin d'un peu d'argent, tu sais. Cette chambre n'est pas donnée.

Ils étaient arrivés chez elle vers minuit. Elle avait expliqué à Brennan que c'était son foyer, à quelques rues à peine de l'hôtel.

Sans répondre, il enfila ses bottes, tirant dessus d'un geste sec. Mais ce n'était qu'une vaine tentative pour gagner du temps. Comment dire à Cynthia qu'il n'avait pas un sou sur lui ? Toutes ses affaires étaient déjà empaquetées et chargées sur le bateau. Une vague de panique soudaine le traversa à cette idée : s'il ratait le départ, il n'aurait plus rien, ni vêtements, ni argent, rien. Il n'aurait plus que les habits qu'il portait.

Il écarta donc les bras d'un geste d'excuse et eut un petit sourire un peu contrit.

— J'ai mal compris la nature de notre relation, Cynthia. Je n'ai pas cru que vous étiez ce genre de demoiselle.

Demoiselle. C'était le terme le plus élégant qu'il pouvait trouver pour décrire sa profession. Peut-être qu'elle se contenterait de ce compliment...

— Nous avons passé un bon moment, reprit-il. J'ai eu du plaisir et toi aussi.

De cela, il était certain. La nuit dernière n'avait certainement pas été une épreuve pour elle.

— Pourquoi ne nous considérons-nous pas quittes ?

Cela dit, il se dirigea vers la porte, ramassant sa montre qui traînait encore sur la table de chevet. Il ne repensa que trop tard à son manteau abandonné sur le dossier d'une chaise, de l'autre côté de la chambre. Il songea à retourner le chercher quand Cynthia se mit à crier.

Et crier.

Et crier encore.

Elle allait finir par réveiller toute la maison ! Ce que, bien entendu, elle avait l'intention de faire... Il n'avait pas d'autre choix que d'abandonner son manteau.

Paniqué, il ouvrit donc la porte à la volée et jeta un rapide regard dans le couloir. Des visages surpris apparaissaient à toutes les portes mais il ne s'y arrêta pas et courut jusqu'aux escaliers. Il entendait toujours Cynthia crier, appeler des gens — un certain Jake, entre autres, sans doute une sorte de protecteur.

Alors qu'il avait atteint le milieu de l'escalier, il entendit un bruit précipité de bottes sur ses talons. Deux hommes à demi habillés s'étaient lancés à sa poursuite.

Heureusement, le quai n'était pas loin. S'il n'avait pas de quoi payer une prostituée, Brennan n'avait certainement pas de quoi prendre une voiture — pour peu qu'il y en eût une dans les environs. Il courut donc à toutes jambes dans le lever de soleil, manquant de percuter un livreur de fruits au coin de la rue.

— Où sont les docks ? demanda-t-il, le souffle court.

L'homme répondit et Brennan reprit sa course effrénée, descendant allées larges et ruelles tortueuses en suivant son odorat. N'importe quel chemin serait le bon, tant qu'il menait à la mer. Les deux hommes le suivaient toujours.

Tu vas y arriver, tu vas y arriver... Tu y arrives toujours.

Ces mots résonnaient dans sa tête, comme une prière qui lui donnait des ailes. Ce n'était pas la première fois qu'il se faisait poursuivre par des maris en colère, des frères ou d'autres parents masculins et il avait toujours réussi à s'en sortir indemne.

Il atteignit finalement le quai quand il réalisa qu'il ne savait pas quel bateau prendre. Haviland s'était occupé de tout et, comme d'habitude, Brennan ne l'avait pas écouté. Son ami avait pris toutes les responsabilités et lui n'avait qu'à arriver à l'heure, sans se poser de question — mais, même cela, il était incapable de le faire correctement, ce matin.

Une fois sur les docks, il eut plus de mal à courir. Les jetées étaient encombrées de passants, de travailleurs et de marchandises prêtes à être chargées. Il lui fallut éviter charrettes et caisses entreposées sur le passage. Quelques hommes l'insultèrent même quand il fit peur à leurs chevaux. Sans s'arrêter pour si peu, il continua sa route au milieu des ouvriers portant des sacs de grain.

De temps à autre, il risquait un coup d'œil par-dessus son épaule pour voir s'il était toujours poursuivi. Terrifié, il aperçut soudain un pistolet dans la main d'un des hommes qui sentait certainement la fin de la course arriver. Et c'était le cas : Brennan allait atteindre le bout du quai et, s'il ne trouvait pas bientôt le bateau, c'en serait fini de lui. Il n'aurait plus nulle part où aller...

Ce fut alors qu'il entendit des cris et leva les yeux vers l'extrémité du quai. Trois hommes étaient penchés sur la rambarde d'un bateau qui commençait à s'éloigner du bord. L'un d'entre eux lui faisait de grands gestes, haute silhouette autoritaire dans la brise matinale. Haviland ! Brennan aurait reconnu cette posture guindée n'importe où. Derrière Haviland, Nolan et Archer arrivaient au pas de course et se penchèrent sur la rambarde, lui indiquant désespérément quelque chose, derrière lui. Archer hurlait de longues phrases incompréhensibles et Brennan ne parvint qu'à en tirer un mot — le mot préféré de son ami. *Cheval*. Cela n'avait aucun sens ! Qu'est-ce qu'un cheval ferait, tout seul, sur un quai ?

Comme si c'était fait exprès, un roulement de sabots se mit à résonner dans son dos et il perçut la respiration lourde d'un cheval au grand galop. En quelques instants, le cheval arriva à sa hauteur et ralentit pour s'adapter à son rythme de course.

— Monte ! Monte ! hurla Archer, se servant de ses mains comme d'un porte-voix.

Brennan comprit immédiatement ce qu'il avait à faire. Il ne prit pas le temps de réfléchir — réfléchir ne lui apportait pas grand-chose, en général, et ce n'était certainement pas le moment de tenir un débat philosophique avec lui-même.

Il agrippa la crinière de la bête et sauta sur le dos du cheval, à cru. Il lui restait vingt pas jusqu'au bout du quai, et puis ce serait le saut. Brennan ne pensa même pas aux conséquences s'il échouait, ni à l'impossibilité du bond qui l'attendait. Ce n'était pas plus difficile qu'une course libre au milieu de la campagne au cours de laquelle on saute des barrières et des haies. Il valait mieux ne pas songer au fait que son cheval n'était probablement pas entraîné pour ce genre d'exercice, ou au fait qu'il n'avait aucune idée des capacités de cette bête.

Le bord du quai approchait et Brennan compta les enjambées qui lui restaient à parcourir. *Quatre, trois, deux...*

Il se redressa, maintenant son équilibre très en avant sur l'encolure du cheval pour lui permettre de sauter sans se soucier de son poids. *Une...* Les pattes de l'animal prirent appui sur le sol et, en un éclair, la bête bondit comme un oiseau au-dessus de l'eau noire. Brennan se crispa légèrement, le regard fixé sur l'horizon, s'obligeant à ne penser qu'à l'atterrissage. Il ne fallait pas qu'il échoue. Il ne fallait pas qu'il tombe. Le saut était vraiment risqué et Brennan avait peut-être eu tort de s'en remettre ainsi au hasard. Seulement, s'il doutait, son cheval perdrait aussi son assurance...

Mais les sabots percutèrent sèchement le bois. Brennan connut un instant de soulagement avant que le cheval ne s'écroule, déséquilibré par la violence du choc. L'animal trébucha, tomba à genoux, puis s'étala de tout son long sur le pont du bateau. Tout n'était plus que chaos. On l'attrapa par le bras, Haviland le poussa violemment pour que le cheval ne lui écrase pas la jambe, et Archer et Nolan se précipitèrent auprès de la bête pour qu'elle reste couchée.

A terre ! Brennan renversa fiévreusement Haviland, le protégeant de son corps. Le vrai danger ne venait pas du cheval pris de panique mais des hommes restés sur le quai, avec leurs pistolets. Le bateau était peut-être assez loin de la jetée pour qu'on ne puisse plus y sauter à dos de cheval, mais une arme à feu restait à redouter.

Et il était hors de question que Haviland meure parce que Brennan avait été incapable de quitter le lit d'une prostituée à l'heure !

Sous lui, son ami se débattait pour se relever, poussé par une curiosité instinctive ou ne comprenant peut-être pas entièrement la gravité de la situation.

— Reste couché ! ordonna Brennan alors qu'une première balle sifflait au-dessus de leurs têtes.

Il s'assura que tout le monde reste au sol assez longtemps pour que le bateau soit hors de portée, puis il se releva le premier. Si quiconque devait payer pour ses péchés, autant que ce soit lui. Il examina les alentours, et fit signe à ses amis de l'imiter. Tous trois se redressèrent, époussetant leurs vêtements et se mettant à parler tous ensemble.

Haviland frotta son pantalon, les yeux fixés sur quelque chose derrière Brennan. Celui-ci se retourna, suivant son regard. Sur le quai, les deux hommes, impuissants, les menaçaient de leurs poings, et Brennan leur répondit par un geste obscène, ravi de sa victoire. De toute manière, le manteau qu'il avait dû abandonner suffirait à couvrir la dette qu'il avait envers Cynthia et ses maquereaux. Vu son prix, un seul bouton aurait suffi à payer pour la nuit entière...

— Seigneur, Bren, dans quoi t'es-tu encore fourré ? grommela Haviland, l'air plus inquiet qu'agacé.

Brennan, qui remettait sa chemise dans son pantalon, s'arrêta pour jeter un regard de fausse contrition à son ami, essayant de garder un air insouciant.

— C'est comme cela que tu remercies celui qui vient de te sauver la vie ?

Il n'aimait pas les démonstrations d'émotion sincères et Haviland ne savait pas se contenter d'apparences. Sous ses sourires de façade, Brennan était déchiré de voir son ami si soucieux et de savoir qu'il était la cause de ses inquiétudes. Encore une fois — ce n'était hélas pas rare.

Haviland haussa les sourcils, visiblement peu convaincu par sa pirouette.

— *Tu* m'as sauvé la vie, hein ? Il m'a pourtant semblé que c'était *toi* que ces hommes pourchassaient.

Le dévisageant encore un instant, Haviland soupira puis le serra dans ses bras en lui tapotant affectueusement le dos.

— J'ai cru que tu allais rater le départ du bateau, espèce d'idiot !

Brennan lui rendit son étreinte quelques instants et lui glissa à l'oreille :

— Tu m'as dit que la seule chose que j'avais à faire était d'arriver à l'heure et je l'ai fait.

Haviland éclata de rire. Bien, c'était exactement ce que Brennan avait espéré. Son ami avait besoin de rire plus souvent ; il avait été bien trop sérieux, ces trois derniers mois... Bien sûr, il s'était beaucoup occupé des préparatifs de leur voyage, mais il n'y avait pas que cela. Sa gravité si soudaine venait de plus loin, de quelque chose de profond qu'il gardait pour lui.

Cependant, il était difficile pour Brennan d'imaginer que Haviland ait de vrais problèmes : sa vie était parfaite, de bout en bout. Si son ami avait des soucis, il se serait sans doute confié. Brennan avait vécu chez lui depuis ses quinze ans, dès l'instant où Hav l'avait pris sous son aile, à l'école. Sa famille « adoptive » s'était toujours montrée accueillante, toujours polie. Leur maison était bien rangée, entretenue. Il revoyait encore la mère de Haviland, souriante à un bout de la table, et son père de l'autre côté. Ce calme et cette tranquillité faisaient apparaître sa propre maison comme un véritable royaume du chaos.

Même ses adieux à sa famille s'étaient passés sans une once de sentiment. Il n'y avait eu ni dîner d'au revoir, ni étreintes larmoyantes dans le hall le jour de son départ — alors que Haviland, lui, avait dû avoir droit à toutes ces attentions.

Le père de Brennan l'avait simplement appelé dans son bureau cinq minutes avant qu'il parte, juste le temps pour eux de partager un dernier verre. Et ce n'avait pas été un moment intime : Nolan, venu le chercher, était présent. Au moment du départ, son père avait simplement dit :

— N'attrape pas la syphilis, tu sais...

L'air un peu gêné, il avait bafouillé quelques instants.

— Juste au cas où, tu sais...

Brennan n'avait pas eu besoin qu'il se montre plus clair pour comprendre le sous-entendu : *juste au cas où nous aurions besoin de toi, au cas où ton frère ne parvienne pas à produire un héritier avec cette insipide Mathilda qu'il a épousée.*

Puis, son père lui avait glissé dans les mains une poignée de redingotes anglaises avec un clin d'œil — « ce sont les meilleures ».

Ce dernier commentaire était étrange, après tous les efforts de son père pour lui apprendre une certaine responsabilité sexuelle ; mais ce n'était pas tout à fait incongru. Son père avait toujours été plus à l'aise dans un rôle d'ami que de parent, du moins, quand il montrait le moindre intérêt pour ce qui se passait chez lui.

C'étaient les adieux auxquels Brennan s'était attendu, seulement il avait espéré mieux. Il partait pour un an, peut-être plus. N'avait-il donc pas le droit à un peu d'affection avant de quitter l'Angleterre ? Il avait regardé son père un long moment, un peu déçu mais n'osant rien dire. Il aurait tellement voulu entendre : « Je t'aime, tu vas me manquer. Prends soin de toi. »

Nolan avait sans doute raison, quand il lui avait dit, un soir de libation, que Brennan utilisait le sexe pour compenser un vide émotionnel dans sa vie. Après tout, Nolan s'était toujours vanté d'être fin connaisseur de la nature humaine, mais Brennan avait éclaté de rire. Il était toujours plus facile de rire de ce genre de choses. Personne n'aime reconnaître ses propres déficiences.

Une fois le calme revenu sur le pont, Archer conduisit le cheval dans son petit box improvisé et les trois autres s'installèrent près du bastingage. Assis entre Nolan et Haviland, Brennan regarda l'Angleterre disparaître peu à peu au loin, de plus en plus petite. Finalement, Nolan lui fit un clin d'œil, avec un petit sourire malicieux.

— Alors, murmura-t-il, la vraie question n'est pas *où* tu étais, mais est-ce qu'elle en valait la peine ?

Brennan éclata de rire. En effet, il lui était bien souvent difficile d'admettre ses propres erreurs, mais cela n'avait pas de réelle importance.

— Toujours, Nol. Toujours.

Puis, silencieusement, il salua son pays qui s'effaçait. Encore une échappée belle…

2

Kardamyli, péninsule du Péloponnèse, Grèce
Début de printemps 1837

Brennan allait devoir trouver un moyen de s'échapper. Encore une fois. La fête d'anniversaire de Konstantin avait commencé une heure à peine auparavant, et Brennan était déjà sur le point de s'enferrer dans un désastre féminin — s'y noyer serait plus correct. Déjà, il regrettait d'avoir dansé avec Katerina Stefanos. Maintenant, il était coincé entre elle et son père, qui lui énumérait les nombreuses qualités féminines de sa fille dans l'intention évidente de le charmer.

L'espace d'un instant, Brennan avait espéré que, cette fois, ce serait différent. Il avait toujours de tels espoirs, quand il arrivait quelque part ; mais aujourd'hui, il avait vraiment fait de son mieux. Cette fois, *il* était différent — ou, du moins, c'était ce qu'il croyait. Il était arrivé aux confins de l'Europe, à la pointe du Péloponnèse, avait troqué son pantalon pour la traditionnelle *foustanella* — le kilt porté par les hommes grecs. Il avait même fui les lieux habituellement visités par les Anglais lors de leur Grand Tour, l'Acropole et le Parthénon, Olympie et ses colonnes en ruine, et avait choisi de résider dans le petit village de pécheurs de Kardamyli, si petit qu'il ne figurait pas sur les cartes et pouvait d'antant moins s'inscrire au programme d'un Grand Tour.

Bref, il avait fait tout son possible pour ressembler à un natif ;

autant que possible, bien sûr, pour un Anglais aux cheveux auburn perdu au fin fond de la Grèce (à la fois métaphoriquement et géographiquement).

Mais tout cela n'avait eu aucun résultat. Pas vraiment. Tous ses efforts n'avaient prouvé qu'une chose : on pouvait essayer de fuir les ennuis, mais on ne pouvait pas empêcher les ennuis de nous rattraper. Il avait essayé de se transformer, avait parcouru des milliers de lieues mais, apparemment, certaines choses ne changeaient jamais... En particulier son don pour se fourrer dans des situations compromettantes sans vraiment le vouloir.

Il y avait déjà eu cette femme, à Douvres, avant son départ ; la prostituée plutôt possessive, à Paris ; sa beauté alpine, à Berne, *et* la chanteuse d'opéra de Milan. Comme s'il était incapable de retenir sa leçon en une seule fois ! La liste était plutôt... longue, pour un seul homme. Et voilà qu'il allait devoir y ajouter Katerina Stefanos. Une femme de plus qui ne comprenait pas qu'il ne cherchait pas de relation avec qui que ce soit — qu'il était *incapable* de ce genre d'engagement.

Le père de Katerina, un gros homme trapu, lui donna une grande tape dans le dos, sa voix de stentor couvrant la musique.

— Ma Katerina fait les meilleurs *diples* du village. Avec une telle femme dans sa vie, aucun homme ne pourrait avoir faim. C'est une bonne cuisinière et une bonne ménagère, vous pouvez en être certain : son linge est toujours le plus blanc et ses points de couture, les plus droits. Sa mère lui a beaucoup appris et elle a...

Encore un peu de patience... Brennan résista à une brusque envie de s'enfuir. Il savait très bien ce qui venait ensuite, une chose qu'il avait entendue trop souvent ces derniers mois : « elle a deux oliveraies à apporter en dot ».

Il le savait ! Il le savait ! C'en était assez !

A côté de lui, la jolie Katerina-aux-deux-oliveraies rejeta élégamment ses cheveux noirs en arrière et plaça audacieusement une main possessive sur son bras — un indice de plus qu'il allait devoir agir vite.

Son inquiétude se mua peu à peu en panique. De toutes les situations qu'il avait vécues, celle-ci était de loin la plus dangereuse. Aucune des autres femmes qu'il avait rencontrées n'avait voulu *l'épouser* — ce n'était pas leur genre. Tout ce qu'elles avaient voulu était son argent, et son corps, accessoirement.

Katerina et son père, eux, désiraient quelque chose de bien plus... définitif. Peut-être était-il temps pour lui de songer à une solution définitive à son tour. Peut-être cet incident était-il à prendre comme un signal de départ. Il était installé dans ce village depuis six mois ; aucune autre étape ne l'avait retenue aussi longtemps. Pour l'instant, il n'avait aucune idée de ce qu'il ferait ensuite. Il aurait tout le temps d'y penser plus tard. Tout ce qu'il avait à faire était partir, au plus vite, et il aurait besoin d'un allié pour cela.

Hélas, cette fois, ses amis n'étaient pas là pour l'aider. Il n'y avait plus ni Haviland, ni Archer, ni Nolan pour le tirer de ce mauvais pas. Il allait donc devoir forger une alliance de dernière minute avec un inconnu.

Le cœur battant, il examina rapidement la foule qui dansait, à la recherche de quelque chose — de *quelqu'un* — qui pourrait lui donner une excuse pour quitter élégamment Katerina et son père. Bien sûr, il n'était pas question non plus de quitter la fête, pas si tôt. C'était l'anniversaire de Konstantin et son ami avait insisté pour qu'il soit présent. Brennan ne pouvait pas se permettre de le décevoir devant tout le village. Il lui fallait simplement mettre un peu de distance entre sa jolie cavalière et lui.

— Il y a une maison au bout de l'oliveraie et Père dit qu'il ne faudrait pas grand-chose pour la réparer, babillait Katerina, l'examinant en coin de ses grands yeux noirs.

Deux oliveraies et une maison... Décidément, ils faisaient tout pour le faire fléchir. La plupart des hommes qui vivaient dans les environs auraient déjà dit oui depuis longtemps. Embarrassé, Brennan piétinait à ses côtés sans lui renvoyer ses sourires. Plus il attendait, plus il aurait de mal à refuser poliment sans paraître fou ou mal poli. Quel homme pouvait tourner le dos à une belle femme, une maison et un revenu régulier ? Aucun. Et c'était bien ça le problème. *Aucun* homme ne refuserait une offre pareille.

La guerre récente avait fait plus de vingt mille morts et, comme la plupart des petits villages de la péninsule, Kardamyli avait perdu presque tous ses jeunes hommes à marier. C'était certainement la raison de l'insistance des Stefanos...

Quels hommes restaient, ici, pour épouser toutes ces jeunes femmes quand tous ceux de leur âge avaient péri à la guerre ? Non, il ne fallait pas qu'il *compatisse* avec elles. S'il ne posait pas de limites claires, il finirait par tomber dans le piège. Qui que puissent épouser Katerina Stefanos et ses nombreuses amies, ce ne serait pas lui.

Il aurait pourtant dû s'y attendre. Six mois, c'était long. Il avait vécu dans ce village, avait passé ses journées à travailler aux côtés des hommes, retirant de l'eau de lourds filets chargés de poissons, récoltant les olives pendant les longues heures de la moisson d'octobre... Il avait adoré ce dur travail, s'était senti utile — peut-être pour la première fois de sa vie. Avec sa *foustanella* et son énergie de travailleur, il avait réussi à se faire accepter.

Les villageois l'avaient accueilli avec générosité et les femmes avaient su lui montrer leur reconnaissance par de bons petits plats aux noms exotiques : souvlakis, moussaka, spanakopita, agneau à la broche, tzatziki et pitas fraîchement cuites dans lesquelles on pouvait glisser toutes sortes de garnitures délicieuses.

Cependant, après tout ce temps, la générosité du village commençait à changer de visage. Cela avait été évident, avant même que Katerina ait eu l'audace de l'inviter à danser. Brennan avait senti ce changement dans les conversations qu'il avait eues avec les hommes, ces dernières semaines. On sous-entendait qu'il avait un avenir, dans ce village, qu'il pourrait s'y installer définitivement. Quelle fille préférait-il ? Katerina et ses oliveraies ? Ou peut-être Maria, et son père prêt à s'associer à son beau-fils pour l'entretien de ses bateaux de pêche ?

S'il avait été tenté par le mariage, il aurait facilement pu trouver une épouse ravissante... Mais il n'était pas tenté et, depuis plusieurs semaines, avait choisi d'ignorer tous les signes, à cause de ce qu'ils impliquaient. Il n'avait plus que deux choix, à présent : s'installer définitivement au village et épouser une des beautés qu'on lui proposait, ou partir. Cependant, il n'était pas encore prêt à quitter Kardamyli. Pour le moment, c'était le seul endroit au monde où il voulait être, au milieu de ces jolies maisons, de la musique, des lanternes et des longues tables regorgeant de nourriture. Aucune salle de bal londonienne ne lui plairait plus.

En dépit de cette pression nouvelle pour qu'il se marie, il aimait cet endroit. Bien plus que Londres. Bien plus que toutes les villes d'Europe visitées ces deux dernières années. Il devait forcément exister un juste milieu entre le mariage et le départ, un moyen de prouver sa loyauté au village sans épouser qui que ce soit.

Il devait aussi y avoir un moyen pour lui de passer une bonne soirée sans quitter brutalement la fête pour fuir Katerina ou rester au risque de devoir prononcer ses vœux. Si seulement il pouvait trouver une solution, et vite…

Se serrant contre lui, Katerina effleura discrètement son bras de ses seins, et son père posa sa main sur l'épaule de Brennan, sans la moindre subtilité, pour l'encourager à se déclarer. Après tout, Alexei Stefanos venait de lui offrir le monde. Qu'est-ce qu'un père aimant pouvait faire de plus pour son enfant ? C'était en tout cas plus que ce que le père de Brennan avait jamais fait pour lui. Et pourtant, une seule pensée occupait son esprit : *cours* !

A tout moment, Katerina pouvait lui proposer de partir se promener ensemble et il était hors de question qu'il accepte. S'il s'éloignait de la foule avec elle, il serait compromis.

C'était étrange… Il avait toujours pensé que, s'il se trouvait un jour dans une situation compromettante, cela se passerait dans l'autre sens. La panique le submergeait totalement, à présent. *Cours, cours, cours !* Courir, c'était bien, mais où ? Qui pourrait bien l'aider ?

De l'autre côté de la place, il aperçut Konstantin qui passait de groupe en groupe pour saluer ses invités. Il arriverait rapidement jusqu'à eux et Brennan ne put réprimer un soupir de soulagement. Son ami pourrait venir à son secours. Il fallait juste qu'il fomente un plan en attendant que Kons soit là.

De nouveau, il examina rapidement l'agora remplie de danseurs, au milieu, et de spectateurs sur les côtés, calculant ses options, rejetant des candidates. Non, pas celle-là, trop désespérée. Pas celle-ci, trop compétitive. Déjà mariée. Seigneur, non pas elle ! Peut-être celle-là. Non, non, non.

Après avoir dévisagé les deux tiers des femmes présentes, il s'arrêta. Cela ne marcherait jamais : il était trop difficile.

Il embrassa la place du regard une troisième fois, désemparé. Non. Non. *Attends.* Ses yeux s'habituaient peu à peu à la pénombre qui régnait aux abords de la place. Il y avait quelqu'un, là-bas, un peu à l'écart des lanternes. Brennan la reconnut rapidement : Patra Tsipras, la veuve qui achetait son poisson à Konstantin. Et elle était seule.

C'était parfait, il n'aurait pas à s'expliquer auprès de son entourage. Leurs regards se croisèrent un instant mais elle détourna bien vite les yeux, sans doute gênée d'avoir été surprise en train de le dévisager. Brennan ne put s'empêcher de sourire. Elle l'avait regardé, avait été intriguée par lui. C'était réglé : elle serait son échappatoire. Il irait la rejoindre. Elle serait son ticket de sortie. Il n'avait plus qu'à choisir le bon moment pour agir.

Konstantin arriva enfin près d'eux d'un pas conquérant, donnant des tapes dans le dos des hommes et embrassant les femmes sur les joues.

— Est-ce que vous vous amusez ? demanda-t-il.

Sa voix, aussi forte que celle de Stefanos, s'éleva par-dessus la musique. Radieux, il échangea un clin d'œil avec le groupe et ouvrit grand les bras comme quelqu'un qui accueille une vieille connaissance.

— Ce soir, je veux que tout le monde s'amuse. Servez-vous : il y a de quoi boire et manger pour tout le monde !

On trinqua à la santé de Konstantin pour le remercier et Brennan saisit sa chance. C'était maintenant ou jamais. Il fit un petit signe de tête en direction du recoin de la place, plongé dans les ténèbres, où se trouvait Patra.

— Je pense que tu as réussi, Kons : tout le monde s'amuse,

à part une personne. Je devrais peut-être aller la voir pour m'assurer qu'elle va bien.

Sans attendre de réponse, il salua rapidement le groupe et traversa la place à grands pas, profondément soulagé, pour aller rejoindre celle qui, inconsciemment, venait de le sauver.

Patra n'avait absolument aucune envie d'être ici ! Elle s'était discrètement glissée dans la pénombre avec une assiette de baklava qu'elle avait jetée dans un recoin sombre. Si seulement elle pouvait disparaître aussi facilement...

Durant toute la soirée, des amis bien intentionnés avaient essayé de la nourrir ; non, plus que cela. Ils voulaient qu'elle mange et qu'elle danse — qu'elle danse avec tout un troupeau de parents masculins plus âgés qu'elle, venus de différents villages alentour. Et Patra n'avait aucune envie de passer ainsi de main en main. De toute manière, même si elle avait jeté son dévolu sur l'un de ces hommes, elle ne pouvait se permettre le moindre écart.

Si elle avait trouvé une excuse pour ne pas venir à la fête, elle l'aurait saisie sans hésiter ; mais il était plus facile pour elle de se montrer et de disparaître plus tard, une fois la politesse observée. En attendant, elle avait opté pour la solution la plus simple : rester à l'écart des festivités, essayer de se fondre dans l'obscurité et remercier le ciel pour les quelques instants de solitude qu'il lui avait offerts.

Elle avait toujours aimé ses amis, mais ce soir elle tolérait mal leurs attentions maladroites. Les femmes plus âgées, qui l'entouraient depuis la mort de son époux, avaient clairement décidé qu'elle avait porté le deuil de Dimitri assez longtemps. Elles considéraient qu'il était temps pour elle de se remarier, en dépit des efforts de Patra pour leur faire comprendre qu'elle n'avait aucune intention de prendre un second époux.

Soudain, un grand éclat de rire attira son attention sur les danseurs et elle eut un petit sourire. Bien sûr, ce rire ne pouvait provenir que de l'Anglais, Brennan Carr, qui virevoltait sur la piste au bras de Katerina Stefanos. Ils formaient un très beau couple, tous les deux, avec leurs sourires lumineux et leur beauté stupéfiante.

Patra sentit une pointe de jalousie en les regardant. Ou bien était-ce de la mélancolie ? Dimitri et elle leur avaient ressemblé, à une époque. Chaque journée, chaque nuit, chaque danse avait été une occasion de plus de célébrer leur vie ensemble. A présent, cette vie n'était plus, un malheur de plus dû à la guerre d'indépendance de la Grèce... Le combat lui avait arraché son époux en même temps que sa naïveté. Les naïfs aimaient pleinement, complètement, corps et âme. Jamais elle ne prendrait le risque de ressentir tant de douleur une seconde fois. L'amour était trop destructeur et vous rendait trop vulnérable...

Mais il y avait encore de nombreuses jeunes femmes innocentes, au village ; des filles prêtes à prendre ce risque, quoi qu'il leur en coûte. Patra était peut-être la seule femme entre seize et soixante ans, à Kardamyli, qui n'était pas « intimement intéressée » par Brennan Carr. De toute manière, elle était aussi la seule à ne pas pouvoir prendre ce risque.

La danse s'acheva et elle regarda Brennan reconduire Katerina auprès de son père. Le sourire de la jeune femme était à la fois joyeux et possessif. L'Anglais avait-il compris le danger qui planait sur lui ? Elle faisait peut-être de son mieux pour vivre à l'écart de l'animation du village, mais elle savait que tous les pères de Kardamyli cherchaient à attirer Brennan dans leurs filets, pour qu'il reste au village et fasse pleinement partie de la communauté.

Elle le regarda piétiner d'un air embarrassé, regarder la foule à la recherche de quelque chose — ou de quelqu'un. Ah... Ainsi, il avait *bel et bien* compris. Il devenait de plus en plus nerveux ; et il avait raison de l'être. Un Anglais qui venait se perdre à Kardamyli n'avait certainement pas l'intention d'y rester. Brennan Carr était un aventurier, c'était évident et le mariage mettrait immédiatement fin à ses aventures.

Il examinait toujours la foule. Encore quelques instants et ses yeux tomberaient sur elle. Elle aurait dû s'écarter, se cacher, s'assurer qu'il ne l'aperçoive pas : elle n'avait absolument pas envie de compagnie, ce soir. Hélas, son instinct la cloua sur place et la poussa à croiser son regard quand il se posa sur elle, l'encouragea à se plonger un peu trop longtemps dans ces yeux enflammés. Soudain, elle comprit ce que Brennan Carr cherchait. Une échappatoire. Il cherchait une excuse pour fuir Katerina et s'était arrêté sur elle. Prise de panique, Patra baissa les yeux et recula précipitamment dans l'ombre, mais le mal était fait. Il était trop tard pour faire quoi que ce soit ; elle l'avait regardé trop longtemps et voilà que l'Anglais marchait dans sa direction. L'Anglais, ses yeux bleus et sa démarche souple de fauve... Elle ne pouvait en vouloir qu'à elle-même.

Sur la place, les gens remarqueraient forcément l'incident, d'une part, parce que cela ne lui ressemblait pas, et d'autre part, parce qu'il s'agissait de *lui*. Malgré sa petite vie reculée, elle savait très bien qu'il avait réussi à envoûter toutes les femmes du village depuis son arrivée.

C'était pour cela — entre autres raisons — qu'elle s'était prudemment tenue à distance. Elle n'était tout simplement pas intéressée par cet homme et, même si elle l'avait été, il avait à peine trente ans, ce qui le rendait bien trop jeune pour ses trente-cinq à elle. Du moins, c'était ce qu'elle pensait.

La gorge nouée, elle se crispa. Il était arrivé devant elle, ses yeux aussi bleus que ce que l'on racontait, ses grandes mains tannées posées sur la ceinture de cuir de sa *foustanella* nouée bas sur ses hanches. Il était là, confiant, impudent, comme un homme qui connaissait son pouvoir.

— Vous étiez en train de me regarder.

— J'étais *inquiète* pour vous, corrigea-t-elle, répondant à son audace par une froideur qu'elle avait su pratiquer au fil des ans.

Retrouvant ainsi son calme, elle fit un petit signe de tête en direction des Stefanos.

— Vous n'aviez pas l'air très à votre aise, là-bas.

— Oui, en effet.

Il sourit de plus belle et Patra sentit son cœur s'emballer. Il avait un visage si expressif, quand il souriait... Ses traits étaient si bien ciselés — un vrai rêve de sculpteur : des pommettes un peu saillantes, bien dessinées, qui encadraient un nez droit et une bouche façonnée pour pécher. Objectivement, Patra comprenait pourquoi tout le monde l'appréciait tant et elle eut soudain peur des commérages qu'elle provoquerait si elle restait trop longtemps en sa compagnie. Les femmes seraient prêtes à se battre pour un tel homme ; sa beauté était capable de déclencher une guerre de Troie d'un nouveau genre.

Brennan lui lança un regard éloquent, s'attardant sur ses lèvres. Quand il reprit la parole, sa voix se fit basse, sourde, et il s'approcha suffisamment d'elle pour que personne ne puisse l'entendre dans le brouhaha musical qui régnait sur la place. Ainsi, il évitait de trop attirer l'attention.

— Vous m'avez sauvé, Patra, et je suis prêt à vous montrer ma reconnaissance...

Seigneur, il était si audacieux ! Son murmure éveilla un violent éclair de désir en elle, incontrôlable, qu'elle soit ou non intéressée par lui. Elle aurait pu survivre à cette rencontre, en sortir indemne, s'il n'avait eu qu'un beau visage ; mais il avait aussi une sorte de charme étrange et des yeux si... fascinants, du même bleu sombre que la Méditerranée au coucher du soleil. Elle avait déjà senti le pouvoir de ce regard quand il l'avait aperçue, de l'autre côté de la place, et voilà qu'elle le sentait encore, plus intensément, tandis qu'il admirait ses lèvres.

Si elle avait été plus naïve, elle aurait pu tomber dans le piège de ce séducteur chevronné. Mais son innocence l'avait abandonnée depuis bien longtemps. Elle n'était pas une Katerina Stefanos ou une Maria Kouplos. Elle n'avait plus aucune illusion au sujet de l'amour et du mariage.

Hélas, cela ne la rendait pas entièrement indifférente à la chaleur du corps de l'Anglais, au parfum de son savon, simple et frais, ou à ses longues jambes tannées par le soleil nues sous sa *foustanella*.

Elle sentit son corps s'échauffer, tentée par une audace qu'elle ne se connaissait pas. Il était venu à elle à la recherche d'une distraction, pour fuir les pères en chasse de maris pour leurs filles. Elle pouvait bien lui offrir cela, après tout, et accepter de sa part un *remerciement* en échange de son aide. Au moins, cela la protégerait quelque temps des efforts déplacés des matriarches du village, improvisées entremetteuses.

Oui, pourquoi ne pas accepter la reconnaissance de Brennan Carr ? Une reconnaissance judicieuse, bien sûr ; elle n'allait pas se laisser entraîner dans une ruelle sombre par cet homme pour échanger quelques baisers sordides...

Patra releva les yeux et lui lança un sourire mutin, quoique peut-être un peu maladroit. Cela faisait longtemps qu'elle n'avait pas joué à ce jeu-là...

— Votre reconnaissance ? Est-ce donc si facile de s'attirer vos faveurs, monsieur Carr ?

Il pouvait la remercier pour son aide, bien sûr, mais elle n'allait certainement pas lui rendre les choses faciles pour autant ! Il allait d'abord devoir passer une petite épreuve.

— Est-ce qu'au moins vous connaissez mon nom ?

Elle avait sa fierté. Peut-être éveillait-il sa curiosité, mais elle n'était pas prête à s'abandonner à lui aussi facilement ; elle ne serait pas qu'un outil interchangeable dans son plan pour fuir Katerina.

Elle vit ses yeux bleus scintiller sous la lumière des torches. Il avait clairement décidé de relever le défi.

— Vous êtes Patra Tsipras, répondit-il. Je vous ai déjà vue au marché du village. Vous achetez votre poisson chez Konstantin, le mercredi.

Heureusement pour Patra, il faisait trop sombre pour qu'il la voie rougir. Cette simple remarque suffit à lui enflammer les joues.

Ainsi, il avait posé des questions à son sujet... C'était stupide et enfantin, mais elle fut secrètement ravie de savoir qu'il avait cherché à en savoir plus sur elle.

Ce fut son sourire qui rendit cette remarque si personnelle, presque intime. Son sourire et la manière dont il avait prononcé ces quelques mots. En dépit de tous ses efforts, elle ne put empêcher son cœur de battre la chamade, comme une jeune fille à son premier bal. Les paroles de Brennan Carr lui rappelaient qu'elle était Patra Tsipras, et pas seulement la veuve de Dimitri — alors que, depuis des années, elle avait eu l'impression que son mariage et son défunt époux étaient tout ce qui la définissait en tant que personne.

Bien sûr, elle serait toujours la veuve de Dimitri, cela faisait partie de ce qu'elle était ; mais cela ne suffisait pas. Elle était quelqu'un d'autre, et seul Brennan semblait le voir.

Par moments, elle désirait n'être que Patra, avoir une vie qui n'appartenait qu'à elle, s'abandonner à ses désirs et non à ceux que l'on façonnait pour elle sans lui demander son avis...

Son courtisan, après avoir prouvé en quelques phrases qu'il la connaissait un peu, la salua avec élégance, la main sur le cœur.

— Je suis Brennan Carr.

Amusée par son formalisme, elle l'interrompit en riant :

— Je le sais. Tout le monde sait qui vous êtes...

Il éclata de rire à son tour avant de lui offrir son bras.

— Dans ce cas, considérons que nous nous sommes présentés. J'ai promis à Konstantin de m'assurer que vous passiez une bonne soirée. Me feriez-vous l'honneur de m'accorder une danse ?

Il se pencha une nouvelle fois à son oreille et elle fut enveloppée un instant par l'odeur délicate de son savon.

— Je pense que quelques pas de danse donneraient plus d'authenticité à ma fuite, vous ne croyez pas ? murmura-t-il.

Oui, et cela permettrait à Patra d'avoir une bonne excuse pour oublier la fête et les marieuses qui l'entouraient, songea-t-elle, même si Brennan n'avait aucune idée de la faveur qu'il lui faisait. Pendant quelques minutes au moins, elle verrait son vœu se réaliser.

Pendant quelques minutes, elle serait Patra. Seulement Patra. Après tout, il n'y avait aucun mal à s'accorder un peu de plaisir, de temps en temps...

3

Sans danger furent les premiers mots qui vinrent à l'esprit de Brennan tandis qu'il guidait sa cavalière au milieu de la foule. Danser avec Patra Tsipras était *sans danger*. Elle n'attendait rien de lui à part ces quelques instants passés ensemble parce qu'elle aussi avait désespérément cherché une échappatoire. Il l'avait vu au fond de ses yeux quand leurs regards s'étaient croisés.

Sans un mot, ils prirent place au milieu des autres danseurs et Brennan plaça doucement sa main sur la taille de sa partenaire. Patra, elle, effleura son bras de ses doigts légers. Il se pencha alors sur elle, savourant son délicat parfum de lavande et de sauge.

Incapable de résister, il lui sourit.

— Je vous préviens, j'ai bien l'intention de vous faire changer d'avis.

— A propos de quoi ? dit-elle en riant.

Elle le dévisagea un instant de ses yeux sombres scintillants et Brennan eut clairement l'impression qu'elle cherchait à le séduire. Cela le prit par surprise : il ne s'était pas attendu à une telle audace de sa part. Au contraire, Patra Tsipras donnait l'impression d'être une femme réservée, qui se tenait à l'écart de l'agitation du village. Il ne l'avait même jamais vue sourire.

La musique commença et il l'entraîna dans le rythme soutenu d'un galop campagnard, sans jamais la quitter des yeux. Il ne s'était peut-être pas préparé à sa réaction audacieuse quand il était allé la voir ; mais, par Dieu, il saurait se montrer tout aussi effronté qu'elle. Bien décidé à s'amuser, il lui fit un petit clin d'œil et sourit de nouveau.

— Vous ne voulez pas être *ici*, n'est-ce pas ?

Dans le mille ! Elle rougit instantanément mais ne baissa pas les yeux alors qu'ils virevoltaient au bout de la piste de danse.

— Est-ce si évident ?

Elle rit une nouvelle fois, le souffle un peu court, et dans l'excitation de la danse ses cheveux commençaient à se détacher, formant un halo aux reflets de caramel qui adoucissait les traits de son visage.

Brennan sourit encore une fois, le cœur léger.

— Pas aussi évident que votre tentative pour jeter votre baklava sans que personne ne s'en aperçoive.

— Oh non ! Vous m'avez vue ? s'écria-t-elle d'un air faussement terrifié.

— Vous n'aimez pas le baklava ? plaisanta-t-il.

— Plus après trois assiettes pleines.

Elle rit encore. Elle avait un rire clair, sincère. Délicieux. Brennan l'entraîna dans un nouveau demi-tour qui la laissa pantelante, le souffle coupé. S'il y avait une chose qu'il savait faire, c'était danser.

En fait, il était doué pour deux choses — la première entraînant souvent la seconde. Souvent, mais pas ce soir. Danser avec Patra Tsipras était sans danger, se répéta-t-il. C'était une veuve, dévouée à son défunt époux et à sa mémoire. Cependant, tout ce qu'il savait d'elle était en contradiction totale avec la femme qu'il tenait dans ses bras.

Cette femme n'avait rien de discret. Tout son corps clamait un désir de vivre passionné, enflammé. Ses yeux, ses courbes, son rire un peu éraillé… Sa vivacité excitait Brennan. Il dansait d'un pas endiablé pour sentir le corps de Patra se presser contre le sien et traversait la foule de danseurs sans prêter attention aux couples qui l'entouraient. Il l'attirait contre lui à chaque instant et elle suivait son rythme, brûlante et rayonnante comme une flamme. *Belle.*

Comment avait-il fait pour ne pas voir cet appétit de vie en elle, chaque semaine au marché ? Comment avait-il fait pour ne pas déceler cette étincelle profonde, dans ses yeux ? Comment n'avait-il pas entendu la sensualité de son rire ? Comment n'avait-il pas *senti* cette fougue qui émanait d'elle ?

Peut-être tout simplement parce qu'il n'avait pas essayé et qu'elle avait fait de son mieux pour dissimuler tout cela sous sa robe de deuil. Après tout, ils n'avaient eu aucune raison de s'intéresser l'un à l'autre, jusqu'à présent.

Mais, ce soir, les choses étaient différentes. Ce soir, ils avaient besoin l'un de l'autre.

Au bout de quelques minutes, la danse s'acheva et les musiciens enchaînèrent sur un *reel* que Brennan aimait beaucoup. Patra fit mine de quitter la piste, mais elle hésita lorsqu'il ne lui proposa pas son bras pour la raccompagner.

Loin de vouloir la laisser partir, il lui prit le poignet d'une main ferme et murmura avec insistance :

— Une autre danse, Patra, je vous en prie...

N'attendant pas sa réponse, il se mit en position et laissa une seconde fois la sensualité sauvage de cette femme le submerger.

— Nous ferions peut-être bien de nous arrêter à deux, suggéra sa cavalière à la fin du *reel*, le souffle court.

Elle avait raison, bien sûr, même si Brennan n'avait qu'une envie en cet instant : rester sur la piste de danse avec elle. Après tout, ce n'était pas Londres et aucune règle de courtoisie ne les empêchait de partager plus de deux danses.

— Je pense que vous avez justifié votre fuite, monsieur Carr. Vous ne croyez pas ?

Oui, plus que justifié en effet. Brennan était même sans doute allé trop loin, à en croire le regard glacial que lui jetait Katerina depuis l'autre côté de la place.

Patra parut le remarquer, elle aussi.

— Katerina n'a pas l'air enchantée, murmura-t-elle. Vous feriez peut-être bien de retourner la voir et de l'assurer de votre affection...

Encore sous le coup de l'émotion, Brennan refusa catégoriquement.

— Comment pourrais-je vous abandonner, alors que vous venez de me demander de vous raccompagner chez vous ?

C'était un coup risqué : ils n'avaient pas vraiment envisagé ce genre de projets. Allait-elle refuser ?

Penserait-elle que partir avec lui causerait plus de scandale que prendre le risque de rester à la fête ? Heureusement pour lui, elle parut excitée par l'euphorie de la danse, elle aussi.

— Oh ! je vous l'ai demandé ? Vraiment ?

Brennan fit de son mieux pour paraître sérieux — bien sûr, elle ne serait pas dupe, mais cela pourrait tromper ceux qui les regardaient si attentivement.

— Oh oui, j'en suis certain. Vous avez une pierre dans la chaussure qui vous fait souffrir le martyre.

L'air incrédule, elle l'examina un instant avant de sourire.

— Une pierre ? N'est-ce pas un peu excessif ? Nous pourrions nous contenter d'un petit caillou...

Puis elle ajouta d'une voix mutine :

— ... pour mieux justifier notre départ, bien sûr.

En ce qui la concernait, Patra fut très crédible, boitant légèrement au bras de Brennan quand ils firent leurs excuses à Konstantin. En quelques minutes à peine, ils avaient quitté la place, sans esclandre, ni explications complexes et messages secrets pour organiser un rendez-vous anonyme. Non, ils partirent simplement ensemble.

D'un seul coup, le « sans danger » devint « amusant ». Tellement amusant, en fait, qu'il n'avait aucune envie de voir cette soirée s'achever. Qui aurait pensé que le simple fait de remonter un chemin de terre au bras de Patra Tsipras pourrait être si agréable ?

Les étoiles scintillaient au-dessus de leurs têtes, plus brillantes à présent qu'ils avaient quitté la place illuminée. Brennan savait déjà où il voulait la conduire. Ils atteignirent rapidement un croisement. Le sentier de gauche grimpait au flanc de la colline vers un point de vue que Brennan aimait particulièrement ; tandis que celui de droite conduisait chez Patra, bien qu'il n'y soit encore jamais allé. Dans un petit village, on savait toujours où chacun habitait. Dans un petit village, on savait toujours tout...

S'il la raccompagnait chez elle, leur soirée s'achèverait — et il n'en avait pas envie. Patra commença à se diriger vers la droite mais il ne la suivit pas ; pas plus qu'il ne lâcha son bras. C'était le moment pour eux de prendre leur décision.

Elle le dévisagea d'un air surpris puis s'écarta un peu, jetant un bref regard sur la main qui s'était légèrement refermée sur son bras.

— Je vous remercie, je peux rentrer seule, à partir d'ici.

— Est-ce que c'est vraiment ce que vous voulez ? Rentrer chez vous ?

Il la regarda dans la lueur bleutée de la nuit, s'attardant sur ses yeux, à la recherche d'un éclat de vérité, d'une émotion qui la trahirait. Puis, après un instant, il lui montra le butin qu'il avait emporté avec lui — rapidement ramassé sur une table alors qu'ils quittaient la place.

— J'ai une bouteille de vin et la vue, depuis le sommet de la colline, est spectaculaire...

Voyant qu'elle ne répondait pas, il insista avec un sourire :

— Je vous le demande donc encore une fois : êtes-vous certaine de vouloir rentrer chez vous ?

C'était une question simple — cela *aurait dû* être simple. Et elle *aurait dû* vouloir rentrer ; tout comme elle savait que la bonne réponse était « oui ». Elle voulait rentrer. Elle voulait être seule. C'était ce qu'elle avait souhaité quand ils avaient laissé la musique et les lanternes derrière eux. Après tout, elle avait rempli sa part de leur contrat, elle l'avait sauvé des intentions un peu trop marquées de Katerina, elle avait parfaitement le droit de s'échapper à son tour. Hélas, le sourire de Brennan et ses yeux enflammés posés sur elle la tentaient, et risquaient de la perdre.

Loin d'être naïve, elle savait pertinemment ce qu'il voulait, ce que tous les hommes de son âge voulaient. Ce serait d'ailleurs mentir que nier combien elle était flattée de voir cet homme autant intéressé par elle. Et ce serait mentir aussi que refuser d'admettre l'attirance qu'elle ressentait, également, pour lui.

Il était si difficile d'être seul, même quand on n'avait pas le choix, et elle avait été seule pendant si longtemps... Toute sa vie, elle avait fait de son mieux pour se plier à ce que l'on attendait d'elle. Elle n'avait pas trop attiré l'attention sur elle, et avait vécu dans le calme, à l'écart de la société, s'était arrangée pour que personne ne s'intéresse de trop près à elle. Mais voilà qu'*il* était entré dans sa vie, tentateur, splendide. Un bel homme qui dansait mieux que personne. Il était là et tout en lui la détournait du droit chemin. Il était amusant et attentionné, des qualités bien plus importantes que l'apparence. Elle avait appris, il y avait longtemps, que la beauté était trompeuse alors que les actions, elles, l'étaient beaucoup moins.

Ce soir, elle avait remarqué que Brennan avait fait tout son possible pour ne pas mettre Katerina dans l'embarras. Il n'était pas homme à s'imposer quand on ne voulait pas de sa présence, et voilà qu'il lui proposait une promenade nocturne sur la colline.

Mais elle était libre de refuser. Si elle disait non, il la raccompagnerait chez elle, n'ouvrirait pas sa bouteille de vin et ne lui offrirait pas la vue spectaculaire qu'il lui avait promise. Il la laisserait sur le seuil de sa porte, sans l'embrasser, ni enflammer son corps de désirs depuis longtemps oubliés.

Il serait peut-être prêt à repousser certaines limites, ce soir ; mais pas elle. Si jamais elle acceptait de le suivre sur la colline, elle aurait besoin de respecter quelques règles élémentaires. Par exemple, elle *n'embrasserait pas* cet audacieux Anglais qui avait probablement déjà embrassé la moitié de l'Europe avant d'arriver jusqu'à elle.

Oui, *pas* de baiser. Si elle s'en tenait à cela, pourquoi ne pas l'accompagner ? Pourquoi ne pas grimper au sommet de la colline et regarder les étoiles ?

De nouveau, la tentation se fit plus forte. Une nuit, ce n'était pas grand-chose — ce n'était pas assez grave pour la mettre en danger. Qui le saurait ? Qui pourrait le répéter à qui que ce soit ? De toute manière, l'Anglais ne resterait pas éternellement à Kardamyli. Si les entremetteuses du village ne le poussaient pas à partir, sa propre nature finirait par avoir le dessus. Il reprendrait la route parce qu'il n'était pas homme à s'installer où que ce soit.

Quel risque courait-elle à lui céder ? Tant que ce n'était qu'une nuit...

Elle l'examina un instant, faisant mine de réfléchir encore un instant.

— Vous dites que vous avez du vin ?

Pour toute réponse, Brennan secoua la bouteille et lui tendit la main.

— Vous venez ? Allons, vos efforts seront récompensés, je vous le promets.

La vue a intérêt à être vraiment belle, songea Patra, fatiguée, à mi-chemin.

La montée était plus raide qu'elle ne l'avait imaginé et ses escarpins de danse n'étaient pas faits pour ce genre d'expédition — surtout dans l'obscurité. Elle n'avait pas eu réellement un caillou dans sa chaussure quand ils avaient quitté le bal, mais maintenant c'était fait.

Après quelques mètres, s'apercevant sans doute qu'elle prenait du retard, Brennan l'attendit et lui tendit la main. Elle fut heureuse de cette aide inattendue et l'accepta.

— Comment allez-vous ? demanda-t-il. Nous y sommes presque, rassurez-vous.

Même si elle ne voyait pas bien son visage, elle entendit le sourire dans ses paroles, sentit son enthousiasme, tandis qu'il l'encourageait à poursuivre leur route. Soudain, elle songea que Brennan Carr était peut-être un peu impétueux...

Les gens normaux ne grimpaient pas spontanément des collines en pleine nuit ! Non, il n'était pas qu'*un peu* impétueux... Il était *très* impétueux — elle en aurait mis sa main au feu. S'il menait sa vie de la même manière qu'il dansait, il avait certainement l'habitude de se lancer dans l'existence à corps perdu, aventure après aventure, sans réfléchir aux conséquences, jusqu'à ce qu'il soit trop tard. Un peu comme il l'avait fait avec Katerina Stefanos.

Peu à peu, ce qui avait commencé comme un petit jeu devenait de plus en plus sérieux. Patra avait-elle vraiment pris la bonne décision ?

Oh ! ça n'allait pas du tout... Il ne fallait pas qu'elle soit si curieuse : la curiosité menait aux questions, et les questions, aux réponses, et les réponses appelaient la familiarité. Moins elle en saurait au sujet de Brennan, mieux cela vaudrait pour eux deux.

Finalement, elle sentit le sol se faire plus plat sous ses pieds et les buissons qui encadraient le sentier disparurent pour laisser la place à une grande étendue d'herbe souple.

Brennan lança un cri de triomphe.

— Nous y sommes ! Regardez cela et dites-moi que ce n'est pas magnifique !

Il fallait l'admettre, la vue était aussi spectaculaire qu'il l'avait promis. Cela valait tous les cailloux qu'elle avait dans ses chaussures.

Au-dessus de leurs têtes, le ciel paraissait si proche qu'elle aurait presque pu le toucher, et les étoiles si basses qu'elle aurait pu les cueillir, comme on cueille des pâquerettes. En bas, elle devinait encore la forme sombre des bateaux qui flottaient dans le port, entassés le long des jetées, et le faible halo des lanternes de la fête de Konstantin. Là-bas, la foule devait être bruyante mais, ici, tout était silencieux et paisible.

Ici, il n'y avait pas d'autre musique que le chant des criquets et des oiseaux nocturnes. Derrière elle, elle entendit Brennan fouiller dans les buissons.

— Ah, voilà, annonça-t-il en tirant une couverture.

Il la secoua pour en faire tomber les brindilles et feuilles mortes qui s'y étaient accrochées avant de l'étendre sur l'herbe. Il s'y installa et tapota la place libre à côté de lui.

— Venez vous asseoir, Patra. Profitez de la vue.

Elle obtempéra. Brennan déboucha la bouteille, enlevant le dernier morceau de liège avec les dents.

— J'imagine que vous n'avez pas de verres cachés sous un buisson, plaisanta-t-elle.

Il lui lança un bref regard un peu perplexe.

— Non. Pourquoi ? J'aurais dû ?

Patra haussa les épaules. Elle se sentait un peu bête d'avoir posé cette question.

— Je pensais juste que... Enfin, vous aviez l'air si bien préparé.

Son sous-entendu ne sembla pas troubler Brennan plus que cela. Au contraire, il sourit de plus belle.

— Je viens ici presque tous les soirs pour admirer le soleil couchant, et parfois pour réfléchir un peu.

L'air amusé, il lui donna un petit coup de coude amical.

— Vous êtes surprise, non ? Avouez, vous pensiez que j'avais l'habitude d'amener des femmes ici.

Il lui fit passer la bouteille, lui offrant la première gorgée.

— Croyez-moi, vous êtes la seule. En plus, je n'étais même pas certain que vous accepteriez de venir, alors apporter des verres m'a paru un peu présomptueux...

— Comment puis-je être sûre que vous ne dites pas cela à toutes les femmes ? insista-t-elle, ne plaisantant qu'à moitié.

Toutes les jeunes filles du village se seraient damnées pour grimper sur cette colline avec lui.

— Vous n'avez que ma parole, mais je vous jure que vous êtes la première, répondit-il avec un sérieux soudain. J'espère que vous me croyez.

Patra songea soudain qu'elle *voulait* lui faire confiance. Peut-être était-ce à cause du visage si ouvert et si amical de Brennan. Toutes les femmes devaient réagir de la même manière. Et toutes devaient se confier à lui.

Mais cela faisait longtemps qu'elle n'avait pas eu la liberté de faire confiance à qui que ce soit, qu'elle ne s'était pas ouverte à qui que ce soit. Ses secrets étaient bien trop sombres pour cela.

A qui pouvait-elle raconter sa vie ? Qui pouvait-elle charger du mal qui planait en permanence sur sa vie ? Personne. Mais, depuis peu, l'espoir renaissait. Les heures noires avaient-elles réellement fui ailleurs ?

Cela faisait quatre ans, à présent, que Castor Apollonius n'était pas revenu la hanter, tentant de la charmer de manière perverse. Etait-il vraiment parti pour de bon, cette fois ? Etait-il finalement convaincu qu'elle ne lui appartiendrait jamais ?

Peut-être pouvait-elle enfin s'accorder un peu de bonheur. Juste un peu.

— Est-ce que vous pouvez vous en passer ? De verres ? demanda Brennan.

Pendant la guerre, elle s'était passée de bien plus que de verres. Elle lui lança un bref regard de défi et prit la bouteille, buvant une longue gorgée de vin rouge parfumé. L'espace d'un instant, elle se sentit décadente, aventureuse. Libre.

Le vin était bon, après la danse et la longue marche... Elle tendit la bouteille à Brennan et le regarda boire un long moment. Il essuya le goulot avec sa manche avant de lui rendre le vin.

Cela fait, il s'étira longuement et s'allongea, s'appuyant sur un coude en regardant le ciel.

— Dites-moi ce que vous savez des étoiles. Moi, je connais Cassiopée ; et voilà la ceinture d'Orion, dit-il en montrant du doigt les deux constellations.

Patra se prit au jeu.

— Il y a les Gemini, ici, les Gémeaux ; et, ici, c'est le Dragon, répondit-elle en examinant le ciel.

Il valait mieux se concentrer sur les étoiles plutôt que sur le corps chaud et si viril étendu à côté d'elle avec une surprenante familiarité — comme s'ils étaient de vieux amis, ou pire encore. Comme s'ils avaient, tous les deux, l'habitude de se trouver côte à côte, et n'étaient pas deux étrangers qui n'avaient partagé qu'une danse et une fuite.

Il ne semblait cependant pas conscient de cette intimité soudaine ou de la proximité de leurs corps, sur cette petite couverture.

— Vous savez reconnaître beaucoup d'étoiles, je suis impressionné, remarqua-t-il en se détournant du ciel pour la regarder.

Elle croisa son regard, sachant pertinemment qu'elle prenait là un grand risque.

— Quand on grandit au milieu des bateaux et des marins, on apprend très tôt à reconnaître les constellations, vous savez. On ne peut pas se permettre de faire autrement...

Elle attrapa la bouteille de vin et but une nouvelle gorgée.

— Vous avez vécu là toute votre vie ?

La voix de Brennan se fit douce dans la pénombre. Il lui reprit la bouteille, effleurant un instant ses doigts.

— Toute ma vie d'épouse, en tout cas. Kardamyli est le foyer de mon défunt mari. Je suis venue m'installer ici quand nous nous sommes fiancés.

Elle avait à peine dix-huit ans, à l'époque, folle d'amour et impatiente de commencer une nouvelle vie avec Dimitri dans ce petit village.

Elle préféra ne pas dire à Brennan d'où elle venait, cela ne ferait qu'appeler de nouvelles questions. Par exemple, est-ce que sa maison lui manquait ? Avait-elle déjà pensé à rentrer chez elle ? Avait-elle une famille ?

Elle n'avait pas envie de réveiller d'anciens souvenirs douloureux. Pas ce soir. Répondre à ces questions lui rappellerait tout ce qu'elle avait perdu, au lieu de se concentrer sur ce qu'elle possédait encore.

— Et vous ? Où habitez-vous ?

Peut-être que, s'il parlait un peu de lui, il serait moins pressé d'en savoir plus sur elle.

— Je viens d'un endroit appelé le Sussex, au sud-est de Londres.

Il semblait ne pas avoir envie d'en raconter plus. C'était compréhensible : les lieux abritaient les souvenirs.

Elle n'avait certainement pas voulu le blesser, simplement changer de conversation...

— Je suis désolée. Je vois bien que vous n'aimez pas parler de cela, reprit-elle à mi-voix.

Brennan secoua la tête, le regard baissé.

— Non, ce n'est pas cela. Je suis parti depuis deux ans, comprenez-moi. Je n'ai même plus vraiment l'impression de venir de là-bas. J'ai voyagé avec des amis, nous avons vu de nombreux endroits différents et je pense que je n'ai plus vraiment de racines où que ce soit, à présent.

Patra fut surprise : elle n'avait encore jamais entendu parler de ses amis. Il était arrivé seul à Kardamyli.

— Où sont vos compagnons de voyage ? Est-ce qu'ils vont vous rejoindre ?

— Non, gloussa Brennan, les yeux traversés par une lueur d'excitation. C'est amusant, ils se sont tous mariés : Haviland à Paris, Archer à Sienne et Nolan à Vérone bien qu'il ait rencontré sa promise à Venise. A chaque fois, ils m'ont demandé de rester avec eux, mais je ne voulais que continuer mon voyage.

Patra joua pensivement avec la frange de la couverture, l'entortillant autour de ses doigts. Oserait-elle lui poser des questions plus personnelles ? Oserait-elle lui demander de satisfaire sa curiosité un peu égoïste ?

— Et vous voilà ici. Vous m'étonnez : Kardamyli n'est pas vraiment la destination rêvée des voyageurs qui traversent le pays...

Brennan haussa de nouveau les épaules. Visiblement, ses questions ne le dérangeaient pas plus que cela. Ce devait être merveilleux d'être aussi ouvert, de n'avoir rien à cacher !

— J'aime bien être ici, répondit-il tranquillement. C'est agréable de se trouver quelque part où il n'y a aucun autre Anglais, personne qui pourrait me reconnaître. Ici, je peux me contenter d'être moi, de laisser tomber les masques.

Il lâcha un bruit, mi-grognement, mi-rire amer, comme s'il se souvenait de quelque chose de désagréable.

— Vous auriez dû voir Rome ! La ville grouillait d'Anglais. Je pouvais passer des journées entières sans voir un seul Italien. C'était affreux...

Patra se laissa aller à rire, elle aussi, parce que son rire était contagieux et ses histoires très vivaces. On ne pouvait s'empêcher d'être saisi par sa sincérité. Cet homme était différent d'elle ; sa *vie* était différente. Il avait tant voyagé, avait vu tellement d'endroits différents ; alors qu'elle n'avait connu que Kardamyli et son village natal. Pour elle, les quinze lieues qui séparaient son foyer et celui de Dimitri avaient été importantes, significatives.

Brennan eut un petit sourire un peu mélancolique.

— Si je voulais voir des Anglais, j'aurais tout à fait pu rester chez moi et m'épargner le voyage.

— Je ne saurais pas dire, avoua-t-elle, je ne me suis jamais éloignée de plus de vingt lieues de ce village.

Soudain, leur différence d'âge parut s'inverser. Elle avait trente-cinq ans et pourtant, d'une certaine manière, il paraissait plus âgé qu'elle, plus expérimenté. Il avait traversé la moitie de l'Europe, alors qu'elle n'avait jamais quitté sa région.

Brennan la dévisagea un long moment, plus calmement. Son regard rieur se fit plus sérieux et son sourire se mua en une expression un peu triste. Il lui caressa doucement les cheveux et la joue. Elle n'avait qu'à tourner la tête pour lui embrasser la main.

Seigneur, elle était ivre ! La bouteille de vin était presque vide, à présent, et elle avait bien participé au méfait. Si elle posait sa bouche sur sa main à cet instant, elle ouvrirait la porte à d'autres baisers — des baisers qu'elle s'était promis d'éviter.

— C'est plutôt une bonne nouvelle pour vous, murmura-t-il. Si vous n'êtes jamais partie, c'est sans doute que vous n'avez jamais rien eu à fuir.

Oh ! comme elle aurait aimé le détromper !

Ce n'était pas vrai, malheureusement. Elle avait des dizaines de choses à fuir : les souvenirs de Dimitri, les souvenirs de la guerre, les souvenirs de l'homme qui avait conduit Dimitri et tant d'autres soldats à une mort certaine, qui l'avait poussée, elle, à penser qu'un tel sacrifice en valait la peine.

Hélas, si elle le détrompait, elle devrait se justifier. Elle devrait raconter son histoire, se dévoiler entièrement.

Brennan lui prit la main.

— Allons, venez vous allonger, Patra.

Elle s'exécuta. Dans ce genre de situation, il valait mieux choisir le moindre mal. Elle préférait s'allonger à côté de lui et continuer à regarder les étoiles plutôt que gâcher cette soirée en pensant trop à tout ce qu'elle ne pouvait changer ou à des personnes qu'elle ne pouvait sauver.

— Et vous, qu'avez-vous dû fuir ?

Elle s'étira à côté de lui, reproduisant sa position détendue, la tête appuyée dans sa main. Cela faisait des années qu'elle ne s'était pas trouvée si proche d'un homme — pas un homme aussi séduisant, en tout cas.

— Tout... et rien.

Ses yeux bleus se posèrent un instant sur elle. La nuit et les étoiles accentuaient un peu plus leur intimité, lors de cette imprudente dégustation de vin.

Cet homme aurait su la bouleverser sans la boisson. Il fallait à tout prix qu'elle soit prudente. Elle n'avait pas violé sa règle de ne pas l'embrasser, pas encore en tout cas ; mais elle jouait avec le feu et le savait.

Elle aurait peut-être dû inventer d'autres règles avant d'accepter de le suivre dans cette expédition risquée et dangereuse. Par exemple : *ne t'allonge pas auprès d'un homme que tu ne connais pas, ne regarde pas les étoiles avec lui et — surtout — ne bois pas de vin avec lui.*

— Je n'avais simplement aucune raison de rester en Angleterre, à Paris, Venise, Milan ou Sienne, répondit Brennan en lui caressant les cheveux et en replaçant une mèche derrière son oreille.

Cela devenait si facile, de laisser cet homme la toucher... C'était bien trop agréable pour résister.

— Et à Kardamyli ?

Elle prononça ces mots sans réfléchir, instinctivement, avant de songer aux conséquences s'il disait *oui*. Plus il restait, plus elle serait en danger de succomber à son charme dévastateur.

— Je verrai bien. J'avoue que j'aime beaucoup ce village...

Le « mais » qu'il ne prononça pas flotta dans le silence. Seigneur, qu'il était doué : il savait exactement quoi dire pour la bouleverser.

... mais si une femme me donnait une raison de rester, je pourrais y réfléchir.

Ce n'était pas étonnant que Katerina Stefanos se soit si

facilement laissé séduire. Il était expérimenté et comprenait les femmes.

Mais Patra n'était pas une jeune innocente assoiffée de romantisme. Elle allait le rappeler à la réalité — et *se* rappeler à la réalité par la même occasion. Il était temps qu'il prenne conscience qu'ils n'étaient pas faits l'un pour l'autre. Elle ne cherchait qu'un moyen de fuir ses amies si affairées et si « bien intentionnées ».

— On pourrait vous imposer des conditions, si vous choisissez de rester, vous savez, remarqua-t-elle.

Des conditions, comme le mariage.

Mais, loin de paraître inquiet, Brennan eut un nouveau haussement d'épaules, un geste qui paraissait habituel chez lui, pour balayer les conséquences à venir.

— Vous avez réussi à rester célibataire, envers et contre tous, ces dernières années, non ? Pourquoi ne ferais-je pas de même ? Peut-être pourrions-nous d'ailleurs y travailler ensemble...

En disant cela, il glissa la main dans sa nuque pour caresser ses cheveux comme il l'avait fait pour sa joue. Il laissa ses yeux s'attarder sur ses lèvres, s'approcha lentement. C'était un avertissement. Il lui accorda largement le temps de réagir avant de l'embrasser passionnément, d'un geste confiant et tendre à la fois.

4

Elle le laissa faire. D'une certaine manière, elle ne trahissait pas vraiment la promesse qu'elle s'était faite : *il* l'embrassait et non le contraire. Elle n'avait pas vraiment de contrôle sur les actions de cet homme, après tout.

C'était une conclusion rapide, sans doute peu rationnelle, et elle risquait fort de la regretter... plus tard. Mais, pour le moment, ses lèvres et son corps étaient bien trop occupés à se fondre dans ce baiser pour regretter quoi que ce soit.

Seigneur, il savait embrasser. Sa bouche se montrait patiente. Il savourait les lèvres de Patra, la séduisait avec une assurance tranquille. Sans doute était-il certain de la manière dont cette soirée allait s'achever et il ne paraissait pas pressé. Du bout de la langue, il la chatouilla, joua comme un enfant. Ses mains exploraient son dos, l'attiraient contre lui sur la couverture. Et elle avait envie de cela : rester contre lui, sentir sa chaleur l'envelopper, s'abandonner à ce corps si musclé. Jusqu'à présent, elle ne s'était pas rendu compte de ces désirs frustrés, enfouis en elle. Il fallait à tout prix que cela s'arrête, et vite ! Elle ne pouvait pas se permettre de se laisser aller, même si elle en avait envie.

Si Brennan était incapable de voir les conséquences que leur escapade pourrait avoir, elle allait devoir se montrer raisonnable pour deux. Le village ne tolérerait jamais un tel comportement, pas après que Brennan avait flirté avec toutes les jeunes femmes à marier de Kardamyli — et leur avait aussi fait Dieu sait quoi. De plus, sa propre fierté interdisait à Patra de participer à un tel méfait. Elle ne pouvait pas le laisser se servir d'elle de cette manière et la quitter ensuite. Elle avait aussi d'autres raisons de se méfier, et celles-ci étaient les plus pressantes.

Elle sentit la main de Brennan, chaude, se poser sur sa jambe, glisser sous sa jupe jusqu'à son genou. Le cœur battant, elle le repoussa doucement et s'écarta un peu de lui. Les yeux bleus de Brennan trahissaient sa perplexité — sa déception, même, soupçonna-t-elle.

— Je pense qu'il est temps pour nous deux de rentrer chez nous...

Elle fit de son mieux pour adoucir son refus, sourit, mais resta ferme. Il devait comprendre que ce n'était pas négociable.

— Vraiment ?

Bien sûr, elle aurait dû s'en douter : il ne s'avouerait pas si facilement vaincu. Ses cheveux aux reflets d'acajou coulèrent sur ses épaules et ses yeux bleus la fixèrent, irrésistibles, pour appuyer sa protestation. De toute évidence, il la mettait au défi de le quitter.

De la distance ! Elle avait besoin de prendre ses distances ! Elle se releva maladroitement, prise d'une certaine panique. Si elle restait sur la couverture ne serait-ce qu'une seconde de plus, elle serait perdue. Il avait trop de cartes en main et elle ne pouvait se permettre aucune erreur : la victoire de Brennan leur coûterait très cher...

Bien décidée à suivre la voix de la raison, elle lissa les faux plis de sa jupe et entreprit de rattacher ses cheveux.

— Oui, *vraiment*. Il est tard et nous ne voulons pas vraiment faire cela, vous et moi. Croyez-moi, nous le regretterions demain matin.

Ses arguments sonnaient faux, répétés, artificiels, et ses mains tremblaient tandis qu'elle remettait les épingles en place.

Brennan se leva à son tour et s'approcha d'elle, ses grandes mains chaudes recouvrant les siennes.

— Laissez-moi vous aider.

Il lui prit les épingles et les remit en place d'un geste adroit. Enfin, elle devait ressembler à une femme honnête. Quand il eut fini, il la regarda un long moment, si près d'elle que Patra pouvait apercevoir quelques éclats noirs dans le bleu de ses yeux.

Un sourire illumina lentement son visage.

— Vous êtes très bien comme ça.

Puis, se penchant à son oreille, il ajouta dans un murmure diabolique :

— Personne ne soupçonnera que vous avez embrassé ce débauché d'Anglais.

Cela dit, il se détourna et commença à rouler la couverture pour dissimuler toute preuve de leur présence. Sa voix aux accents joueurs s'était parée d'une sorte d'autodérision plus sombre, plus amère. Comment devait-elle prendre cette dernière remarque ?

Elle eut la très nette impression de l'avoir blessé.

— Je ne fais pas cela uniquement pour moi, vous savez, lança-t-elle, sur la défensive. Je le fais aussi pour vous. Provoquer un tel scandale ne pourra que vous faire chasser du village ou vous conduire à l'autel et j'ai l'impression que vous n'êtes prêt pour aucune de ces solutions, pour le moment.

Une fois la couverture glissée sous le buisson, il se retourna, les poings sur les hanches.

— Je n'ai pas besoin que vous preniez des décisions pour moi. Sachez que je ne regrette jamais *rien*, au matin, Patra. Jamais.

Sous-entendait-il qu'elle non plus n'aurait pas regretté une nuit passée avec lui ? Elle ne put s'empêcher de rougir.

En termes de satisfaction personnelle, il n'avait sans doute pas tort... Sa manière de danser, de l'embrasser, avait été un bon préambule. Sans doute était-il aussi doué dans bien d'autres domaines, en effet. Mais c'était l'aspect social que pouvait prendre une telle aventure qui inquiétait Patra.

Cependant, il était encore jeune et elle avait heurté sa sensibilité. Elle savait pourtant bien que les hommes étaient vulnérables quand on s'attaquait à leur fierté.

Se sentant un peu coupable, elle s'approcha, voulant le consoler par une petite caresse sur l'épaule. Elle tenait à s'expliquer.

— Brennan, je ne veux prendre aucune décision à votre place. Ce n'est pas cela...

Que dire ? Comment justifier ses paroles ?

Ce n'est pas que je doute de vos talents en tant qu'amant. D'un point de vue purement technique, je suis certaine que vous seriez extraordinaire...

Non, elle ne pouvait *certainement pas* dire cela. Elle préféra opter pour quelque chose de plus platonique :

— Il y a beaucoup de jeunes femmes, au village, qui apprécieraient vos attentions ; mais je ne suis pas comme elles.

L'air surpris, presque incrédule, Brennan la dévisagea un instant dans la pénombre, les bras croisés.

— Est-ce que vous préféreriez les attentions de ces prétendants grisonnants qui vous tournent autour comme des mouches attirées par du miel ?

Sa voix, jusque-là si mielleuse, s'était faite brute et froide. Une voix qui détonnait avec ses regards charmeurs. Il n'avait pas encore abattu toutes ses cartes.

— Ce que je préfère ou non ne vous regarde pas, coupa-t-elle, prête à redescendre la colline.

Il était temps de partir. Elle avait des secrets à protéger — des secrets qui commençaient vraiment à être en danger. En les sauvegardant, elle protégeait aussi Brennan, même s'il n'appréciait pas ses efforts. Elle n'avait pas le choix. Il fallait qu'elle rentre chez elle, et seule.

Mais, sans un mot, Brennan la rejoignit et lui prit le bras pour la guider dans l'obscurité, en dépit de la tension qui s'était installée entre eux. De nouveau, elle devina l'étendue de sa gentillesse sous son masque d'homme déterminé, habitué aux épreuves et désagréments de la vie.

Oui, même en pleine dispute, il n'avait pas oublié sa promesse : la raccompagner pour qu'elle rentre chez elle en toute sécurité. En effet, il était gentil, mais ne semblait pas prêt à oublier leurs divergences pour autant.

Il l'aida à enjamber une large fissure au milieu du chemin.

— C'est pour cela que vous aviez besoin de moi, ce soir, non ? demanda-t-il d'un air innocent. Vous cherchiez à fuir ces hommes qui vous traquent comme des chasseurs.

Bon sang, pourquoi était-il si perspicace ? Cela aurait été bien plus facile s'il n'avait été qu'un débauché de plus, adepte du beau langage et des mœurs légères, mais il semblait plus doué que cela et cela le rendait beaucoup moins manipulable.

— Mes amies pensent qu'il est temps pour moi de me remarier, que j'ai porté suffisamment longtemps le deuil de mon époux. J'ai beau leur répéter que je n'ai aucune envie de me remarier, elles ne m'écoutent pas.

Elles n'écoutaient pas parce qu'elles ne comprenaient pas les vraies raisons qui poussaient Patra à rechercher le célibat — et elle ne pouvait pas se permettre de les leur avouer.

— Au lieu de chercher à voir les choses de mon point de vue, elles font tout leur possible pour attirer en ville tous les hommes de leur connaissance.

Brennan eut un petit rire pendant qu'elle résumait son calvaire. Peu à peu, la tension s'apaisait, ils retrouvaient leur tranquille familiarité. La plaisanterie s'invitait de nouveau dans leur conversation.

— Est-ce que vous êtes simplement opposée à un nouveau mariage, ou au fait d'épouser un vieillard ? demanda-t-il.

— Les deux.

Ils étaient obligés de descendre lentement le flanc de la colline pour éviter de glisser sur les cailloux qui parsemaient le chemin, et Patra fut heureuse de pouvoir s'appuyer sur le bras stable et ferme de Brennan. Trop heureuse pour le repousser.

Elle ne pouvait s'empêcher d'envier son assurance. Il était si jeune, si plein de vie à chaque instant... Pendant combien de temps cet attachant jeune homme resterait-il si libre ? Combien d'années encore résisterait-il aux épreuves de la vie ? C'était agréable de penser qu'il n'avait encore jamais croisé un défi qu'il n'ait su relever.

— Pourquoi repousser l'idée de mariage ? insista-t-il avec un clin d'œil complice. Que feriez-vous, si l'homme de vos rêves arrivait ? Un homme jeune et doué avec les femmes ?

Il lui prit la taille et la porta par-dessus un trou dans le sol. Voilà, ils étaient presque arrivés en bas. Lorsqu'ils seraient parvenus au croisement des deux routes, il n'aurait plus vraiment de prétextes pour la toucher, pour lui rappeler ce qu'ils avaient fait sous les étoiles. Il n'aurait plus d'occasion de lui dire qu'*il* était un homme jeune et doué avec les femmes.

— Le mariage demande tant d'efforts. C'est un investissement de tous les jours qui dépasse tout ce que vous avez pu connaître dans votre vie, Brennan, et quand vous le perdez, cela vous arrache une part plus grande encore de vous-même. Pour être honnête, je ne pense pas être prête à faire tout cela une seconde fois.

Elle avait essayé de paraître dure, de calmer les ardeurs de son compagnon, mais ses paroles n'eurent pas l'effet désiré.

Il haussa les sourcils — *encore* — et s'immobilisa pour la dévisager — *encore*. Elle commençait à s'habituer à ce regard.

— Vraiment ?

Et elle commençait à s'habituer à cette question.

— Je ne vous voyais pas comme une femme qui abandonne si facilement.

Si facilement ? Il pensait qu'*elle* abandonnait facilement ? S'il y avait bien une chose capable de la mettre en colère, c'était cela ! S'entendre dire une chose pareille de la bouche d'un homme qui ne la connaissait pas, d'un Anglais qui n'avait pas vécu ici ces douze dernières années, était presque insultant.

— Vous dépassez les limites, monsieur Carr. Vous n'avez aucune idée de ce que j'ai pu endurer et je n'ai pas à sauter simplement parce que je me trouve au sommet d'une falaise.

Elle le repoussa et poursuivit sa route — c'était au moins une bonne excuse pour qu'ils se séparent avant d'être arrivés chez elle.

— Je peux rentrer seule, maintenant, monsieur Carr. Merci de m'avoir raccompagnée.

Avant qu'elle ait eu le temps de s'éloigner, il la rattrapa fermement par le bras.

— Vous savez, Patra, le problème avec les falaises, c'est que, tant que vous ne sautez pas, vous n'apprenez pas à vous envoler...

Elle tenta de s'écarter mais il ne la lâcha pas.

— J'ai promis de vous raccompagner jusque chez vous et je compte bien le faire.

Il lui serrait le bras, maintenant, trop fort pour qu'elle puisse se débattre. Elle n'avait pas d'autre choix que de supporter sa compagnie un peu plus longtemps.

Ils s'engagèrent donc sur la route qui formait une longue courbe avant de déboucher devant sa maison. C'était un bâtiment carré, blanchi à la chaux, typique de la région. Sous l'éclat moiré de la lune, les murs avaient quelque chose de fantomatique et Patra dut lutter pour ne pas rougir de honte. Sa demeure n'avait jamais été très grande mais elle avait déjà été mieux entretenue...

Hélas, le petit domaine demandait trop de travail pour une femme seule et elle n'osait pas demander d'aide au village.

— Nous y voilà, dit-il d'une voix qui paraissait un peu déçue.

Sans doute s'était-il attendu à mieux de sa part que cette demeure délabrée.

Regardant à nouveau sa maison, elle essaya de la voir à travers les yeux de Brennan. Oui, elle avait quelque chose de misérable, en effet. Même la douce lumière de la lune ne parvenait pas à dissimuler les fissures de ce bâtiment jadis si fier. Les murs avaient grand besoin d'une couche de chaux fraîche, les volets, d'une couche de peinture, le patio était envahi de mauvaises herbes et le jardin était à l'abandon. La liste des tâches à accomplir était effroyablement longue.

Jour après jour, elle passait déjà son temps à faire le nécessaire pour s'occuper de l'essentiel, s'habiller et se nourrir. Elle n'avait pas la force d'en faire plus.

Voilà, Brennan allait voir sa maison et serait heureux qu'elle l'ait empêché d'aller trop loin, sur la colline. Il verrait sa maison et comprendrait toute la vérité. Il saurait que Patra était une femme profondément pitoyable ; pas seulement une veuve, mais une veuve pauvre, sans famille, aussi seule qu'on peut l'être... Pouvait-il seulement imaginer l'étendue de sa solitude ? Sans doute pas.

Il examina la maison un long moment, mais — heureusement — son regard ne trahit pas ses pensées et il ne fit aucune remarque. Patra lui en fut profondément reconnaissante. Elle aurait eu du mal à supporter ses critiques ou sa condescendance.

— Merci, dit-elle sans préciser pourquoi elle le remerciait.

Il était libre d'interpréter ce petit mot comme il le souhaitait : merci pour la danse, le vin, la promenade, l'escorte jusqu'à la maison, ou le fait qu'il n'ait fait aucun commentaire sur sa demeure en ruines. Seigneur, elle devait le remercier pour tant de choses, déjà !

Elle s'apprêtait à poursuivre sa route seule, mais Brennan posa doucement la main sur son bras.

— Je devrais peut-être rentrer avec vous pour m'assurer que tout va bien.

Cela dit, il s'avança comme pour la protéger et tira un petit poignard de sa ceinture. De toute évidence, il avait remarqué qu'elle n'avait ni domestique, ni employé pour veiller sur la maison pendant son absence et cela l'inquiétait…

— Ce n'est pas nécessaire, intervint-elle vivement. Je n'ai jamais eu le moindre problème.

Voir le grand corps viril de Brennan Carr et sa personnalité éclatante emplir l'espace étriqué de sa demeure était bien la dernière chose qu'elle voulait, ce soir. Elle ne se faisait pas assez confiance pour être sûre de ne pas lui céder — cela avait déjà été suffisamment difficile de le repousser, sur la colline.

Brennan parut réfléchir un instant, peser le pour et le contre de la décision, avant de reculer d'un pas et de ranger sa dague dans son fourreau d'un geste définitif.

— Si vous en êtes certaine…

— Oui, j'en suis certaine, répondit-elle d'un air aussi détendu que possible. Je possède un pistolet et une dague ; et croyez-moi, je suis tout à fait capable de m'en servir.

Il lui lança l'un de ses sourires si désarmants.

— Je suis convaincu que vous en êtes capable, Patra. Seulement, vous ne devriez pas avoir à le faire ; c'est bien le problème. Entrez seule, si vous le voulez, mais j'attendrai ici jusqu'à ce que vous allumiez une lampe à l'intérieur.

Il la laissa s'éloigner un peu, puis l'interpella :

— Patra ! J'ai menti tout à l'heure : il y a une chose que je regrette. Je regrette déjà de vous quitter.

C'était gentil, une délicate attention — juste ce qu'il fallait pour achever en beauté cette soirée décadente. Ces quelques mots suffirent à lui rappeler l'exaltation enivrante de la danse et celle, plus fiévreuse encore, de leur baiser. Une femme plus fragile qu'elle, ou moins déterminée, aurait certainement fait demi-tour.

Mais Patra continua à marcher vers sa maison d'un pas vif. Elle ne pouvait pas se permettre de fléchir, de lui donner la moindre arme contre elle. Elle passa donc le seuil et lança, sans se retourner :

— Bonne nuit, Brennan.

Brennan attendit jusqu'à ce qu'il vît la lueur d'une lanterne briller à la fenêtre puis tourna les talons, en proie à une profonde réflexion.

De toute évidence, elle ne voulait pas de sa pitié ; mais, quoi qu'elle en pense, elle en avait *besoin*. Maintenant, il comprenait pourquoi elle avait tellement insisté pour qu'il la laisse finir le chemin seule. Elle lui avait demandé deux fois de la laisser, de retourner au village pour participer à la fin de la fête.

Pensait-elle vraiment qu'il allait la juger ? Pensait-elle qu'il n'était pas depuis assez longtemps en Grèce pour apprécier la vie simple et un peu brute que l'on menait sous le soleil ou les trésors que le pays offrait ? Si c'était le cas, elle avait bien tort. De toute manière, la maison de Brennan n'était pas en meilleur état — seulement un peu plus grande.

Oui, qu'elle veuille l'admettre ou non, elle avait *besoin* de lui et il avait besoin d'elle. Il avait été plus sincère qu'elle ne semblait le croire, sur la colline. Pourquoi ne pas former une alliance entre eux ? Après avoir vu sa maison, il était convaincu de pouvoir lui être utile. Il savait se servir d'outils et réparer presque tout ce qui lui tombait sous la main. Il avait déjà beaucoup fait pour sa maison de famille, quand son père avait été trop distrait pour s'en charger lui-même ou engager quelqu'un pour cela.

A présent, Brennan était tout à fait prêt à fournir ses services à Patra en échange d'un peu d'aide. S'ils parvenaient à faire croire aux villageois qu'il était sincèrement intéressé par elle, qu'il lui faisait la cour en toute bonne foi, cela leur permettrait peut-être de se protéger des avances déplacées de leurs prétendants et prétendantes.

Puis, au dernier moment, six mois plus tard, un an plus tard, ou quelques semaines à peine, il renoncerait publiquement à son idylle, prétendant être rappelé d'urgence en Angleterre pour une affaire ou une autre...

Là, le village pourrait rager contre lui tout son soûl, soutenir Patra dans sa douleur d'avoir été abandonnée. On blâmerait Brennan pour s'être servi de l'une des leurs de manière aussi cavalière, mais il serait déjà trop loin pour s'en soucier.

Oui, c'était une solution idéale. Ce soir, quand Katerina Stefanos avait posé une main aussi possessive sur son bras, il avait senti un besoin pressant de fuir Kardamyli. Cependant, il n'était pas prêt à partir. Pas encore.

Dans la nuit silencieuse et déserte, il se mit à siffler, le cœur léger. Les choses commençaient enfin à paraître plus lumineuses. Il lui suffisait de convaincre Patra d'entrer dans son petit jeu. S'il était vrai qu'on gagnait le cœur d'un homme en flattant son appétit, on pouvait aussi facilement gagner celui d'une femme avec des outils à la main. Il n'avait jamais encore rencontré de femme capable de résister à un homme qui savait combler tous ses besoins, au lit et en dehors.

Patra lui avait peut-être résisté ce soir, mais c'était juste un début. Elle n'avait pas encore vu de quoi était capable le vrai Brennan Carr, celui qui se dissimulait sous son vernis de courtoisie et de politesse. La situation, de banale, se transformait en un défi qui promettait d'être des plus excitants. Après tout, il ne cherchait pas à séduire Patra, juste à la convaincre de se fier à lui, et il savait exactement comment y parvenir...

5

Aïe ! Trop de lumière. Gros bruit dans la maison. Aïe encore ! Quelle était cette pulsation insupportable ?

Patra gémit et s'enfouit sous ses oreillers qu'elle plaqua sur ses oreilles. Elle avait la bouche pâteuse et un désagréable arrière-goût sur la langue. Elle n'avait pas précisément mal à la tête, mais elle était traversée par de violents accès de vertige. Qu'est-ce qui lui avait pris de boire autant de vin rouge avant d'aller se coucher ?

Elle lâcha un second gémissement, plus agacé cette fois, en se souvenant des événements de la veille. Des images de la fin de soirée défilèrent devant ses paupières closes : la danse, la colline, les étoiles, le baiser. Trop de vin, définitivement, *et* trop de Brennan Carr.

Pourquoi donc avait-elle laissé les choses lui échapper à ce point ? Peu importait ! Ce n'était qu'une question rhétorique, de toute manière : elle savait très bien avec quelle facilité elle avait fait taire la voix de la raison pour profiter de l'instant. Voilà. C'était fait. Maintenant, elle n'avait plus qu'à se repentir à loisir...

Hélas, elle n'eut pas même cette liberté. Les coups continuaient à résonner et elle lâcha un soupir d'exaspération. Seigneur, d'où venait donc ce bruit ? Elle avait la désagréable impression que le battement assourdissant provenait de l'autre côté du mur. Tant que ce brouhaha ne cesserait pas, elle serait incapable de se détendre.

Bien qu'elle n'en ait pas envie, elle allait être obligée de se lever pour trouver l'origine de ce tintamarre. Exaspérée, elle roula jusqu'au bord du lit et se redressa lentement. La pièce tournait encore autour d'elle et elle avait les jambes en coton. Hélas, elle tenait tout de même debout et n'avait plus aucune excuse pour retourner s'enrouler dans ses draps.

Lâchant un second soupir, elle ouvrit le rideau de dentelle blanche qui occultait la fenêtre et ne put réprimer un soupir abasourdi. Dieu du ciel, il y avait un homme torse nu devant sa fenêtre !

Aussi surpris qu'elle, il sursauta et lâcha une série de jurons en crachant une pincée de clous retenue dans sa bouche.

— Bon sang, femme, voulez-vous me faire avaler ces clous ?

Patra pouvait le voir de près : il ne s'agissait pas de n'importe quel homme... Il s'agissait de Brennan Carr, à demi nu, et sculpté comme un héros antique. Ses bras et ses épaules avaient été façonnés par des mois de travail sur les bateaux du village, son torse large s'affinait à la taille avec délicatesse et, plus bas, sa *foustanella* venait recouvrir la peau tannée. Un filet de duvet cuivré descendait jusqu'à sa ceinture, délicieusement sensuel.

Quel spectacle, pour un réveil encore embrumé de vin !

— Qu'est-ce que vous faites ? parvint-elle à balbutier après avoir repris un peu le contrôle de ses émotions.

Brennan était peut-être splendide, dans la lumière matinale, mais il était aussi venu sans avoir été invité. La nuit dernière n'était pas censée mener à cela, bien au contraire ; le retrouver chez elle à peine levée était bien la dernière chose qu'elle désirait.

En face d'elle, l'Anglais leva son marteau et lui sourit d'un air triomphateur.

— J'ai remarqué que vos volets n'étaient pas en très bon état et j'ai pensé venir les réparer pour vous.

Une partie de Patra aurait voulu le frapper pour lui faire ravaler son arrogance. Avait-il simplement pensé qu'elle pouvait tout à fait le chasser de sa propriété ? Cependant, une petite voix lui murmurait que ce n'était qu'un geste de gentillesse de la part d'un voisin, qu'il voulait l'aider, qu'elle n'avait qu'à lui en laisser l'opportunité. Pouvait-elle vraiment se le permettre ?

Jetant un coup d'œil derrière lui, elle vit une pile de planches peintes en bleu au milieu de sa cour envahie de mauvaises herbes.

— Il me semble que vous avez fait plus que reclouer quelques volets abîmés, non ?

Il avait pris la peine de les dégonder et de les repeindre. Ils étaient si beaux, à présent, éclairés par le soleil. Cela faisait longtemps qu'ils n'avaient pas paru aussi propres.

Brennan haussa les épaules comme s'il n'avait rien fait d'important.

— Konstantin avait de la peinture et il ne s'en servait pas. J'ai pensé que vos volets avaient besoin d'être rafraîchis et cela n'aurait servi à rien de les reclouer simplement pour les décrocher et les peindre plus tard. Il valait mieux tout faire d'un seul coup...

Il indiqua alors d'un signe de tête une charrette garée à l'entrée du terrain tandis que l'âne paissait avec les chèvres de Patra.

— J'ai aussi apporté de la chaux. Je me disais que je pourrais travailler sur les murs de la maison quand vous seriez levée, dit-il avec un nouveau sourire.

Elle aurait dû refuser sans hésiter. Elle aurait dû le remercier pour les volets et le renvoyer ; elle avait de très bonnes raisons pour cela, après tout. Tout d'abord, les hommes ne rendaient jamais service à une femme gratuitement. Brennan attendrait certainement quelque chose de sa part en retour et, après la nuit précédente, elle avait une petite idée de ce qu'il devait espérer. Si c'était le cas, il serait bien déçu !

Elle ne pouvait pas lui céder, quel que soit le nombre de volets qu'il repeignait...

— Monsieur Carr, merci pour vos efforts. J'apprécie beaucoup ce que vous avez fait. Cependant, je ne voudrais pas vous tenir éloigné de vos obligations.

Quelles qu'elles puissent être.

Patra réalisa soudain qu'elle n'avait aucune idée de la manière dont il occupait ses journées — à part pêcher avec Konstantin et travailler avec lui sur son étal au marché.

Brennan jeta un coup d'œil théâtral autour de lui, comme s'il cherchait quelqu'un, puis s'appuya contre le mur pour se pencher vers elle. Ses yeux scintillaient de malice, aussi irrésistible que la veille.

— *Monsieur Carr* ? Franchement, Patra, à qui parlez-vous ? L'espace d'un instant, j'ai cru que mon père était caché derrière moi... Il me semblait pourtant que vous étiez tout à fait disposée à m'appeler Brennan, hier soir.

En dépit de ses efforts pour rester distante, Patra ne put s'empêcher de sourire. Décidément, cet homme était aussi exaspérant que séduisant !

Résolue à ne rien laisser passer, elle reprit donc plus fermement :

— Je ne sais pas ce que vous désirez, mais je n'ai absolument aucune intention de coucher avec vous en échange de quelques menus services. Certaines veuves accordent peut-être facilement leurs faveurs, mais pas moi.

De nouveau, Brennan se pencha à son oreille, éveillant une étincelle d'excitation en elle.

— Je vais vous avouer un petit secret, Patra, murmura-t-il de sa voix grave, sensuelle. Je n'ai jamais eu besoin de rendre service à qui que ce soit pour obtenir les faveurs d'une femme. Quant à ce que je désire... Je pense qu'un petit déjeuner serait un bon point de départ, si cela ne vous dérange pas trop.

Se protégeant les yeux de la main, il jeta un coup d'œil vers la route.

— Il y a eu du passage, ce matin, vous savez, déclara-t-il en la dévisageant gravement. Vous feriez peut-être mieux de vous habiller. Il ne sert à rien de montrer vos charmes si vous ne cherchez pas à attirer les hommes.

Anticipant sans doute la gifle qu'elle risquait de lui envoyer, il recula d'un pas et se remit au travail le plus tranquillement du monde en lançant par-dessus son épaule :

— Ne prévoyez pas un petit déjeuner trop sophistiqué, des œufs brouillés m'iront très bien.

Vraiment ? Il s'inquiétait de *sa* pudeur quand c'était *lui* qui arpentait sa cour à moitié nu ? Oh oui, elle allait lui faire des œufs brouillés, mais pas avant d'avoir ajouté « incorrigible » à la longue liste des défauts de Brennan Carr !

C'était une bonne chose, qu'il soit aussi irrésistible, parce que c'était le seul détail qui le sauvait d'un bon coup sur le nez. Cela, et une vérité plus inavouable : ça avait été excitant de le découvrir devant sa fenêtre alors qu'elle venait de se lever...

Soudain un peu intimidée, elle croisa les bras dans une tentative vaine pour se couvrir. Dans sa surprise à le découvrir là et son désir d'admirer plus longtemps le corps divin de cet homme dans le soleil du matin, elle avait oublié son propre état ; oublié qu'elle dormait dans une vieille chemise de nuit en coton qui avait été tout à fait convenable quand elle l'avait cousue, dix-sept ans plus tôt, pour son trousseau.

Au fil des ans, l'étoffe s'était élimée, affinée. Bien sûr, cela n'avait d'habitude aucune importance, puisqu'il n'y avait personne pour la voir. Mais aujourd'hui, il y avait eu *quelqu'un*. Elle prit alors conscience de l'ourlet usé de son décolleté, du tissu qui n'était plus que l'ombre de lui-même. Elle songea aussi à ce que cette étoffe si légère avait accidentellement pu dévoiler. A quoi ressemblait-elle, en haillons et avec ses cheveux ébouriffés par le sommeil ? Elle ne devait pas être bien belle, ce matin — tout comme sa maison.

Cela faisait si longtemps qu'elle n'avait eu personne à qui plaire, qu'elle n'avait pas eu besoin de s'apprêter pour qui que ce soit. Au contraire, ces derniers temps, elle avait plutôt fait de son mieux pour donner l'impression de *ne pas* s'apprêter, pour essayer de se fondre dans la masse sans attirer l'attention.

Elle quitta donc la fenêtre et attrapa des vêtements pour s'habiller derrière son paravent. Il ne manquerait plus que Brennan la voie entre les plis du rideau...

Elle enfila une blouse large, une jupe sombre et passa un tablier blanc. Elle ne se moquait pas de son apparence, bien au contraire. Tout comme elle faisait de son mieux pour maintenir l'intérieur de sa maison propre et rangé, elle restait bien coiffée et bien habillée. C'était important à ses yeux.

Après la mort de Dimitri, elle aurait pu se laisser aller, mais elle avait refusé et s'était efforcée de garder une tenue correcte. Seulement, la coquetterie ne faisait pas partie de ses nombreuses préoccupations. Elle préférait être discrète, de peur d'attirer l'attention des mauvaises personnes — cela aurait pu avoir de fâcheuses conséquences pour elle.

Seulement, quand on n'avait personne à charmer, personne qui puisse apprécier les efforts que l'on faisait, on finissait tout simplement par arrêter ces efforts. En toute honnêteté, cela lui manquait : elle avait aimé être une épouse mais elle avait dû abandonner ce plaisir, et tant d'autres, pour la sécurité de ses proches. C'était un faible prix à payer pour sauver des vies...

Elle s'habilla et s'installa devant la petite table qui lui servait de coiffeuse pour démêler ses cheveux. Elle tendit la main vers les épingles abandonnées là, la veille, mais s'immobilisa. D'habitude, elle attachait ses cheveux en un chignon serré, une coiffure sévère mais très pratique pour travailler dans la maison.

Peut-être pourrait-elle se permettre un brin de fantaisie, aujourd'hui, puisqu'elle n'allait nulle part ? Elle attrapa alors un ruban bleu foncé ; il serait à peine visible dans ses cheveux châtain sombre, comme cela, si on venait la voir, on ne pourrait pas l'accuser d'être trop futile, trop charmeuse. On ne pourrait pas dire d'elle qu'elle cherchait à séduire ou à attirer l'attention des hommes.

Enfin prête, elle se rendit dans la cuisine et rassembla de quoi préparer le petit déjeuner. De toute évidence, elle avait dormi trop tard et n'avait plus vraiment le temps d'accomplir ses tâches matinales. Personne n'avait trait les chèvres ou nourri les poules, mais heureusement il lui restait quelques œufs de la veille, un peu de pain et un demi-pichet de lait de chèvre. Cela devrait suffire à Brennan. Quant aux animaux, ils pourraient bien attendre un peu plus longtemps.

Elle entreprit donc de préparer le petit déjeuner. Elle cassa les œufs et plaça quelques tranches de pain sur le gril, au-dessus du feu, pour les faire griller. Plus elle cuisinait, plus son chagrin dû aux commentaires de Brennan s'amenuisait.

Elle avait toujours aimé cuisiner. Cela la détendait, lui permettait de se recentrer. En fait, elle avait eu la mauvaise pensée de cuire les œufs de Brennan et de brûler son pain pour lui montrer comment elle considérait ses « désirs », mais la nourriture était rare et, bien qu'elle appréciât la cuisine, cela prenait du temps — trop de temps pour saboter le plat volontairement.

Et puis, elle avait sa fierté. Elle ne pouvait pas laisser Brennan penser qu'une fille comme Katerina Stefanos était meilleure cuisinière !

Non pas que les avis de Brennan lui importent, loin de là, se rappela-t-elle en préparant le plateau. Elle n'avait *aucune* intention de se battre pour lui, de quelque manière que ce soit. Ce n'était pas parce qu'elle avait choisi une serviette de coton immaculée et une assiette en céramique bleue pour faire ressortir le jaune doré des œufs qu'elle entrait en compétition avec les autres femmes du village. En Grèce, une femme apprenait à *toujours* faire preuve d'hospitalité, c'était une fierté pour une famille ; et cela n'avait *absolument* rien à voir avec l'Anglais à demi nu qui travaillait dans sa cour.

Peut-être était-il simplement temps pour elle de recommencer à chercher sa fierté dans les petites choses ; il n'y avait pas de mal à cela. Après tout, cela faisait quatre ans... Oui, elle avait sans doute assez attendu.

Seigneur, c'étaient des pensées dangereuses et ce n'était pas la première fois qu'elles lui venaient en tête depuis que Brennan l'avait attirée sur la piste de danse, la veille. Chaque sourire, chaque regard, chaque caresse audacieuse de cet homme l'incitaient à aller un peu plus loin, à prendre un peu plus de risques et lui murmuraient qu'elle était certainement trop prudente.

Il était difficile de se souvenir de la colère de Castor Apollonius et du danger qu'il présentait face au sourire de Brennan. Et si elle se laissait aller, juste une fois...

Brennan posa ses outils et s'approcha du petit bosquet de citronniers, à l'extrémité de la propriété, sous lequel était installées une table au bois grisé par les éléments ainsi que deux chaises. Patra venait de poser un plateau chargé sur la table.

Le petit déjeuner sentait bon ; particulièrement bon, pour un homme qui avait peu dormi et avait passé la matinée à travailler le ventre vide. Il huma avec bonheur l'arôme matinal des œufs et du pain grillé. Seigneur, qu'il aimait le petit déjeuner ! C'était son repas préféré de la journée, son moment privilégié...

Seulement, ce matin, il s'attendait à ce que ce délice soit un piège. Ses commentaires sur la tenue de Patra l'avaient fâchée — ou embarrassée. A moins qu'elle n'ait été en colère avant cela, quand elle avait songé qu'il attendait une récompense pour ses efforts. De toute évidence, elle avait vu, dans sa proposition, une offre de « compagnie avec bénéfices ».

Elle n'avait pas vraiment tort : il voulait bel et bien quelque chose d'elle, mais pas ce qu'elle croyait. Du moins, pas comme elle l'imaginait. S'ils devaient ensuite coucher ensemble, alors ce ne serait que la cerise sur le gâteau. Bien entendu, il ne dirait pas non, mais l'accord qu'il voulait obtenir d'elle ne passait pas par cette étape. S'il atteignait son but, il s'écoulerait beaucoup de temps avant qu'il n'ait à négocier une nuit avec elle.

Il enfila sa chemise avant de s'asseoir en face de Patra, conscient de son regard posé sur lui. Il se permit même un petit clin d'œil.

— Déçue ? Vous préféreriez peut-être que je l'enlève ?

Patra éclata de rire, comme il l'avait espéré.

— Pas vraiment, non, répondit-elle d'une voix tranquille.

Brennan sourit avant de savourer une première fourchetée d'œufs.

— Oh ! ne vous en faites pas pour ma chemise, ce n'est que temporaire : je compte bien l'enlever à nouveau plus tard.

— Est-ce que vous êtes toujours comme cela ?

Patra étala un peu de beurre sur un toast, un léger sourire aux lèvres. Oui, elle appréciait ses plaisanteries, même si elle ne voulait pas l'admettre.

— Oui, admit-il, la plupart du temps en tout cas, mais j'avoue que vous m'inspirez beaucoup, murmura-t-il avec assurance. Quand vous riez, vous paraissez plus vivante et vos yeux s'illuminent ; c'est vraiment un beau spectacle...

Il guetta ses réactions, attendit de voir si elle accepterait son compliment. Peut-être se montrait-il trop familier : après tout, ils se connaissaient uniquement depuis la veille. Familier ou non, cela ne rendait pas ses paroles moins sincères.

Il avait senti cette vie brûlante qui palpitait en elle quand ils avaient dansé, quand ils s'étaient embrassés, et même quand ils s'étaient querellés. Depuis combien de temps n'avait-elle pas ressenti ce genre d'émotions ?

— Vous vivez seule ici depuis longtemps ?

C'était ce qu'il avait trouvé de mieux pour lui demander indirectement depuis quand elle était veuve, sans pour autant la vexer.

— Ça fera douze ans cet été.

Brennan fit un rapide calcul. Elle avait dû être très jeune, vingt-trois ans tout au plus, quand son époux était mort. Sans doute n'avaient-ils pas vécu plus de cinq ans ensemble — si elle s'était mariée à dix-sept ou dix-huit ans. Et elle ne s'était probablement pas mariée plus tôt que cela.

Donc, cela faisait douze ans qu'elle essayait de s'occuper seule de cet endroit. Ce n'était pas étonnant que la propriété ait été un peu négligée...

Il aurait voulu lui poser tant de questions : quel genre d'homme était son époux ? Avait-il été aussi jeune qu'elle ou plus âgé ? Est-ce qu'il était mort de causes naturelles ? De maladie ? A quel point était-elle bouleversée par cette perte, même après tout ce temps ? Avait-elle l'intention de porter son deuil le reste de sa vie ?

Hélas, ces questions étaient bien trop personnelles pour qu'il les ose. Il préféra changer de sujet.

— J'ai remarqué un cabanon, au bout de votre terrain. On dirait qu'il a servi de grange, autrefois.

Peut-être parviendrait-elle plus facilement à parler du terrain.

— Oui, le toit a fini par s'écrouler l'an dernier et je ne l'ai pas fait réparer. Les chèvres vivent dehors, depuis.

— Je peux le faire, proposa rapidement Brennan. Cela ne prendra que deux jours et, comme cela, vos chèvres ne seront plus confinées à l'oliveraie. Si on ne les en sort pas rapidement, elles finiront par dévorer les arbres et cela n'améliorera pas votre récolte, en octobre, non ?

Il s'était en effet aperçu de ce problème dès son arrivée, au petit jour.

— De toute manière, je ne suis pas certaine que ces arbres doivent être sauvés, prévint-elle. Cela fait trois ans que je n'ai pas réussi à récolter quoi que ce soit, à part ce dont j'ai besoin pour mon usage personnel.

Accoudé à la table, Brennan se pencha vers elle, intrigué par sa profonde solitude.

— Personne ne peut vous aider, au village ?

Il était surprenant d'imaginer les habitants de Kardamyli, habituellement si solidaires, ne pas soutenir quelqu'un dans le besoin.

Sans répondre, Patra se leva et entreprit de rassembler les assiettes. De toute évidence, elle n'avait plus envie de discuter ou de tolérer ses questions trop personnelles. Hélas, il ne comprit son erreur que trop tard. Elle *ne voulait pas* d'aide et, dans son obstination, elle avait dû rejeter le soutien du village. A présent, cependant, elle avait besoin de quelqu'un et n'osait pas le demander.

Bien décidé à ne pas la quitter sur ce silence, Brennan se leva pour l'aider à rassembler la vaisselle sur le plateau.

— Merci pour ce petit déjeuner, c'était un enchantement !

Dès qu'elle disparut de nouveau dans la maison, il ôta sa chemise, ramassa son marteau et se remit au travail. Quoi qu'elle fasse, elle n'arriverait pas à le chasser ou à le décourager : il avait trop besoin de son aide. De plus, il commençait à la cerner et savait reconnaître quelqu'un qui avait besoin d'aide.

Elle le critiquait peut-être pour être torse nu, mais il avait bien remarqué qu'elle ne pouvait pas le quitter des yeux. Se croyant sans doute discrète, elle fit de son mieux pour passer le plus clair de la matinée dehors. Tout d'abord, elle alla ramasser les œufs du jour, puis elle s'occupa de traire ses chèvres et enfin, quand elle n'eut plus d'excuse, elle vint directement vérifier ses travaux pour lui faire quelques suggestions.

Au début de l'après-midi, elle ressortit avec un plateau pour lui apporter son déjeuner et une fine bouteille avec un bec verseur. Ils savourèrent des pitas garnis de fromage de chèvre et de viande.

A la fin du repas, elle prit la bouteille de verre.

— Si vous insistez pour ne pas porter de chemise, vous allez avoir besoin de cela, dit-elle.

— De l'huile d'olive ?

Brennan paraissait sceptique. De toute évidence, il n'avait pas suivi son raisonnement.

— Ce n'est pas de la simple huile d'olive. Allons, vous avez déjà vécu en Grèce pendant un été entier et un printemps. Vous avez dû vous apercevoir que le soleil d'ici est chaud, probablement bien plus que votre soleil anglais. Maintenant, retournez-vous et étalons cela sur votre dos, sinon vous allez brûler.

Brennan obtempéra avec un sourire. Il ne put s'empêcher de se moquer gentiment.

— Vous savez, vous pouvez me frotter le dos quand vous voulez, Patra, vous n'avez pas besoin d'huile pour cela.

Elle répondit d'un ton pincé, plus sévère que nécessaire, dans l'espoir sans doute de lui faire comprendre qu'elle ne faisait cela que par souci pour sa santé.

— Vous attraperez un coup de soleil sans cela. Vos jambes sont peut-être tannées, mais vous n'avez pas encore exposé votre dos à un tel soleil. J'imagine que les roux ne bronzent pas facilement...

Brennan éclata de rire.

— Oui, c'est vrai, en général, dit-il en passant un doigt sur son épaule pour sentir le parfum de l'huile. Est-ce que ça marche vraiment ?

Les mains de Patra étaient fraîches sur sa peau. Elle étalait l'huile d'un geste expert.

— Oui, ça marche.

Elle lui massa les épaules quelques instants et il baissa la tête pour l'inciter à continuer mais, hélas, elle s'arrêta.

— Voilà, cela vous protégera du pire.

Il l'entendit reculer d'un pas. Non, il ne fallait pas qu'elle s'arrête ! C'était si bon...

D'un geste ferme, elle lui tendit la bouteille.

— Je pense que vous pouvez faire le reste, dit-elle simplement. Mettez-en sur votre torse et votre visage.

— Je ne sais pas si je suis aussi expert que vous, murmura-t-il, tout en sachant qu'elle le gronderait pour son audace.

Que pouvait-il y faire ? Il ne pourrait résister au contact des mains de Patra sur son torse. Il aurait au moins essayé...

— Vous pouvez le faire, j'en suis certaine : j'ai pleine confiance en vos capacités de masseur, répondit-elle avec un sourire amer, au lieu de se fâcher comme il l'avait craint. Quoi qu'il en soit, ne travaillez pas trop longtemps ; je ne voudrais pas que vous vous épuisiez à la tâche et que vous tourniez de l'œil.

— Aaah, alors vous vous souciez *bel et bien* de moi !

Il ne put réprimer un sourire et fit couler un peu d'huile dans le creux de sa main pour l'étaler rapidement sur son torse. D'un coup d'œil, il vit Patra rougir imperceptiblement. En effet, il ne lui était *pas* indifférent.

— Vous êtes simplement trop grand : je ne pourrais pas vous traîner à l'intérieur si vous étiez inconscient, répondit-elle froidement. Je vais m'occuper de mon raccommodage à l'ombre, si vous avez besoin de quoi que ce soit...

Oh oui, il aurait besoin d'elle ! Il n'allait pas se priver du moindre instant passé avec elle.

Il finit de passer la façade de la maison à la chaux et commença à nettoyer ses outils pour les ranger — des outils qu'il avait empruntés à Kons, bien entendu. Cela fait, il les enveloppa d'un vieux tissu et les replaça dans la charrette. Un peu de recul lui permit d'examiner son travail : la maison paraissait déjà en bien meilleur état. La chaux immaculée faisait briller les murs sous le soleil et les volets bleus des deux fenêtres ajoutaient un peu de fantaisie à l'ensemble. Il finirait de rafraîchir les autres murs le lendemain. Pour le moment, il avait autre chose à faire : un autre projet à mener à bien.

Cherchant Patra du regard, il l'aperçut sous un arbre, son

ouvrage sur les genoux. Elle n'avait pas rassemblé ses cheveux en chignon, aujourd'hui. Il l'avait remarqué au petit déjeuner, mais n'avait pas osé faire de commentaire — pas après l'incident de la chemise de nuit. Cette coiffure informelle lui donnait un air plus jeune, libéré. Elle n'était pas vieille, après tout ; pourquoi s'habillait-elle comme si elle l'était ? Ses contraintes de veuve et son deuil avaient certainement duré bien assez longtemps.

Ses longs cheveux auburn retombaient sur son épaule comme un écheveau soyeux pendant qu'elle cousait, penchée sur son travail, en fredonnant un air grec. Cette scène sembla soudain familière à Brennan et le frappa comme un coup en pleine poitrine : Patra qui cousait devant la maison fraîchement chaulée, l'oliveraie qui s'étendait derrière dans un halo vert-argent. Les arbres n'étaient pas en très bonne santé, mais Brennan s'en occuperait et, en octobre, quand il en aurait fini, ils retrouveraient leur santé.

Non, il fallait qu'il cesse de rêver son avenir ! Serait-il encore à Kardamyli, en octobre ? Cela voulait dire attendre encore six mois avant de partir.

S'il voulait vraiment un tel destin, s'il voulait vraiment passer sa vie dans ce village, il n'avait qu'un mot à dire et Katerina deviendrait son épouse. Ce serait si facile... Cependant, il ne voulait pas partager cette vie avec Katerina — il aurait manqué quelque chose à ce fantasme.

D'ailleurs, voulait-il seulement une épouse ? La nuit précédente, il avait passé son temps à éviter de sentir les griffes d'un tel destin se refermer sur lui. Il n'était tout simplement pas homme à se marier : le mariage était si définitif. Comment accepter de s'y soumettre, alors qu'il ne savait même pas de quoi serait faite sa vie, le lendemain ?

A Oxford, il n'avait cessé de changer de sujet d'étude. Il avait d'abord été fasciné par l'araméen pendant cinq semaines, puis par la jolie fille d'un commerçant, et cela avait sonné le glas de ses études d'araméen. S'il avait réussi à rester fidèle à une matière en particulier, il serait certainement devenu expert, au lieu de n'être qu'un touche-à-tout, maître en une seule chose importante : le sexe.

Oui, Brennan se connaissait bien. Il savait comment il fonctionnait ; il n'avait aucun pouvoir de concentration sur le long terme et son séjour à Kardamyli était une sorte d'anomalie, d'une certaine manière. Jamais il n'avait séjourné si longtemps au même endroit... Tout ce qu'il appréciait pour l'instant, c'était l'excitation du moment. Le défi nouveau que présentait Patra.

Lorsqu'il arriva à sa hauteur, elle leva les yeux, l'aiguille à la main.

— Est-ce que vous avez besoin de quelque chose ?

Brennan sourit pour dissimuler l'émotion qui l'avait saisi et fit de son mieux pour paraître nonchalant.

— Oui, en effet. J'ai besoin d'une réponse à la proposition que je vous ai faite hier soir.

Elle le dévisagea un instant, d'un air perplexe, sans savoir quoi répondre. Alors, tranquillement, Brennan s'allongea dans l'herbe près d'elle et reprit :

— Vous savez, la proposition que je vous ai faite juste avant de vous embrasser.

6

Evidemment, il fallait qu'il parle de *ça*. Patra sentit ses joues s'enflammer et batailla un instant pour enfiler son fil dans le chas de l'aiguille. Il ne jouait pas franc-jeu !

La nuit précédente était censée être un événement isolé. Rien de ce qui s'était passé n'était officiel. Ce n'était qu'une escapade temporaire sans la moindre conséquence. Et maintenant, il se servait de cette soirée au clair de lune pour lui faire des propositions insistantes, indécentes. D'ailleurs, elle ne se souvenait pas très bien de ce qu'il lui avait dit. A ce moment-là, elle avait été bien plus concentrée sur sa bouche que sur les paroles qu'il prononçait.

Brennan lui prit l'aiguille des doigts et y passa le fil avec une aisance exaspérante avant de la reposer hors de sa portée, lui indiquant clairement qu'il ne comptait pas la laisser jouer l'indifférence.

— Peut-être avez-vous besoin d'un petit rappel ?

Sa voix grave se faisait sensuelle, caressante. Irrésistible.

— Je crois que j'étais installé comme cela...

Il se rapprocha d'elle, comme il l'avait fait la veille, éveillant une pluie de frissons sous sa peau.

— Ma main était là, poursuivit-il en lui caressant la joue.

Sa main était chaude et douce.

— Mes lèvres s'approchaient — il était si près d'elle, maintenant, qu'elle en eut le souffle coupé — et j'ai dit...

Patra retint sa respiration. Le simple fait d'être touchée par cet homme risquait de lui faire perdre le contrôle à tout moment. Oui, elle se souvenait, à présent. Il avait parlé de « travailler ensemble à quelque chose ». Sur le moment, elle n'avait pas accordé beaucoup de poids à ces paroles : ce n'étaient que des mots murmurés dans la chaleur du moment. Rien d'important.

— Alors, qu'est-ce que vous en pensez ? Nous sommes tous les deux victimes de prétendants qui nous importunent. Si nous faisons semblant d'être ensemble, nous pourrions peut-être les convaincre que leurs efforts sont inutiles.

C'était difficile de résister, avec ce murmure charmeur qui bourdonnait à ses oreilles. La bouche de Brennan était si proche de la sienne... Elle lui rappelait ce baiser — ce baiser qu'elle n'aurait jamais dû lui accorder.

— Cela en vaudrait la peine, Patra, croyez-moi.

Incapable de lui résister plus longtemps, elle rassembla le peu de courage qui lui restait et repoussa Brennan.

— Cela en vaudrait la peine pour qui ? Pour vous ? Et qu'est-ce qui se passera, quand vous repartirez ? Je ne serai plus qu'une pauvre veuve que l'on a abandonnée.

Oui, c'était bien cela qui l'inquiétait : en faisant cette proposition, Brennan n'avait pensé qu'à ce qui pourrait *lui* être utile. Tout ce qu'il voulait était un moyen de fuir les attentions déplacées de Katerina. Rien de plus.

— Ce sera bon pour vous aussi, vous savez, protesta-t-il en lui caressant une nouvelle fois la joue. Cela vous permettrait de satisfaire le village qui veut vous voir retrouver une vie sociale sans avoir à distraire tous ces vieux qui vous tournent autour sous de fausses raisons.

Oui, à première vue, la proposition de Brennan pouvait semblait une bonne solution pour lui permettre de se débarrasser de ses soupirants. Cependant, elle n'était pas aussi naïve : Brennan n'était probablement pas aussi altruiste qu'il voulait bien le lui faire croire.

— Vous savez, je doute que les choses soient aussi faciles, protesta-t-elle. Est-ce que, par hasard, vous espérez finir dans mon lit ? Ou me voler quelques baisers ?

— Je vous jure que rien n'arrivera, si c'est ce que vous souhaitez. Je vous propose une ruse ; ce qui se passe entre nous, dans l'intimité, ne regarde que nous, répondit-il avec une certaine solennité.

Patra voulut le croire : cet homme était peut-être un débauché, mais il avait un certain sens de l'honneur. Il ne la forcerait sans doute jamais à faire quoi que ce soit.

Hélas, le problème n'était pas là. Elle ne craignait pas d'avoir à se défendre contre lui ; mais qu'arriverait-il si elle-même voulait autre chose ? Ou si elle *pensait* le vouloir ?

Les événements de la nuit précédente lui avaient prouvé que cet homme était capable d'éveiller toutes sortes de désirs en elle, et que, de plus, elle n'était pas indifférente à l'attraction animale qui les attirait l'un vers l'autre.

Cette attirance continuerait à les rapprocher et elle n'aurait pas la force de lutter. Ils ne pourraient pas passer de temps ensemble sans que cela les affecte. Oserait-elle explorer une nouvelle fois ce désir inconnu s'il revenait la hanter ? Et, avant tout, pourrait-elle protéger Brennan, s'il restait trop longtemps auprès d'elle ? Toute relation avec elle, quelle qu'elle soit, pourrait bien être *mortelle*, si les mauvaises personnes en avaient vent...

Vraiment ? Le danger rôdait-il toujours autour d'elle ?

Et puis, combien de temps Brennan resterait-il vraiment au village ? Qui pouvait le dire ? Elle se souvint de leur dispute de la veille, et se remémora une ritournelle insistante qui commençait depuis peu à s'ancrer en elle : peut-être que les quatre dernières années avaient suffi, peut-être que Castor l'avait oubliée. Après tout, Brennan était anglais. Un jour ou l'autre, il finirait par partir, rentrer chez lui : son avenir ne résidait pas ici et personne ne pourrait le blâmer de son départ. Castor Apollonius ne pourrait pas l'atteindre.

Patra ferma les yeux et fit une rapide promesse silencieuse. Pendant quelque temps au moins, elle pourrait accepter ce que Brennan lui offrait : une ruse bien pratique et même plus si elle le décidait. Seulement, elle poserait une condition sans laquelle rien ne se passerait. Au premier signe de danger, elle le quitterait et ce ne serait pas négociable.

Elle ravala sa nervosité et soutint le regard bleu profond de Brennan. Ce qu'elle lut dans ses yeux la rassura, l'encouragea, la convainquit qu'elle venait de prendre la bonne décision. Seigneur, une femme avait-elle déjà réussi à lui refuser quoi que ce soit ?

— Très bien, finit-elle par dire. J'accepte votre proposition.

Avec un grand sourire, Brennan se pencha vers elle et lui prit doucement le menton.

— Vous ne le regretterez pas, je vous le promets.

Voilà, elle avait accepté. Il avait obtenu ce qu'il voulait, mais il ne recula pas pour autant.

— Qu'est-ce que vous faites ?

En un instant, elle eut la réponse à sa question. Instinctivement, son corps sut ce que Brennan s'apprêtait à faire, et ses lèvres s'entrouvrirent, ses yeux se fermèrent.

— C'est une vieille tradition anglaise, souffla-t-il en reprenant là où il s'était arrêté la veille avant leur dispute. Scellons notre accord par un baiser...

Patra se laissa emporter par ces lèvres si sensuelles parce qu'elle le voulait, parce que les baisers de Brennan étaient enivrants, et parce que c'était plus agréable que d'écouter la petite voix contestataire qui murmurait encore, quelque part en elle. Cette petite voix lui répétait qu'elle allait regretter ce qu'elle faisait. Elle lui répondit ce que tous les hédonistes répondent toujours quand leur raison les met en garde : oui, elle le regretterait peut-être, mais pas aujourd'hui. Pour l'instant, cela lui suffisait. Aujourd'hui, tout n'était que lumière et chaleur...

Modon, péninsule du Péloponnèse

La lumière vacillante des bougies dessinait des ombres sur les murs de pierre de la petite pièce obscure, donnant un air de conspiration à la réunion. Dans le silence, le Grand Maître de la Filiki Eteria prononça les mots qui enflammèrent le sang de Castor :

— Il y a eu du nouveau. J'ai besoin que vous fassiez quelque chose pour moi.

Castor ne vivait que pour cela : les opportunités dangereuses, mortelles. Ce n'était pas la première fois qu'il avait ce genre de conversation avec le Grand Maître, dans ce genre de lieu. Le secret et l'intimité étaient les mots d'ordre de la Filiki Eteria, surtout en ces heures sombres où le pouvoir de l'association était contesté par le nouveau gouvernement athénien. C'était un problème contre lequel Castor était pressé de lutter.

Il s'inclina donc respectueusement face au Grand Maître.

— Je suis toujours à votre disposition.

Il fit de son mieux pour rester calme, mais son cœur commençait à s'emballer sous le coup de l'excitation.

Enfin, la Filiki Eteria, l'organisation qui avait fait le succès du mouvement indépendantiste, était prête à retrouver un peu de sa splendeur. Il était temps !

Les quelques années qui avaient suivi la guerre n'avaient pas vu l'organisation grandir autant qu'il l'avait anticipé quand le roi Othon était monté sur le trône de Grèce. Ce nouveau souverain n'était qu'un garçon et la Filiki Eteria avait vu son influence se réduire.

A présent, il était temps d'appliquer la seconde étape du chemin vers l'indépendance : se libérer de la monarchie, ou du moins d'Othon, et installer à sa place un homme qui ne serait pas contrôlé par les gouvernements européens.

— Nous devons rassembler un groupe d'hommes. Il est temps pour nous d'aller à Athènes, reprit le Grand Maître en se tournant vers Castor.

Oui, c'était cela qu'il avait attendu toutes ces années ! Enfin, ils allaient accomplir leur mission.

— Nous aurons besoin d'hommes loyaux du Péloponnèse, c'est pour cela que l'on m'a demandé de me charger de ce travail, et c'est pour cela que je choisis de faire de vous mon émissaire.

Castor répondit à ce compliment par un nouveau salut, plus bref. Les hommes du Péloponnèse avaient vu, plus que tout autre sans doute, l'horreur de la guerre et en avaient souffert. Ils méritaient l'honneur de tenir un rôle prédominant dans cette nouvelle étape de libération. Ils avaient *gagné* le droit de faire partie de ceux qui iraient à Athènes.

— Frère Castor, je veux que vous commenciez par Kardamyli, poursuivit le Grand Maître.

Ces paroles prirent Castor par surprise, mais il fit de son mieux pour ne pas trahir ses émotions. Le Grand Maître aimait les hommes de sang-froid, qui ne se laissaient pas guider par leurs passions.

— Pourquoi Kardamyli ?

C'était une question osée pour le chef régional de la Filiki Eteria : on ne le défiait pas, même quand on était aussi haut placé dans la hiérarchie que Castor.

Cela faisait quatre ans qu'il n'avait pas mis les pieds à Kardamyli, bien qu'il ait laissé des hommes dans les environs pour surveiller le village de temps à autre. Après tout, *elle* était toujours là-bas, la femme qu'il ne pouvait oublier.

Le Grand Maître l'étudia un instant, tapotant des doigts sur le plateau de la table.

— On raconte qu'un Anglais s'est installé là-bas depuis quelque temps. Je me suis donc dit que cette situation pourrait nous être utile, maintenant que nous avons décidé de marcher contre Othon.

Ce n'était pas vraiment une grande nouvelle. Les hommes de Castor lui avaient déjà parlé de la présence de l'Anglais, quelques mois plus tôt, quand il était devenu évident que l'homme avait l'intention de rester. Mais, à l'époque, cela n'avait eu aucune conséquence…

Aujourd'hui, Castor soupçonnait le Grand Maître de ne pas tout lui dire. Il allait devoir l'interroger avec précaution.

— Que représente cet Anglais pour nous, monsieur ?

Le Grand Maître lui lança un sourire machiavélique.

— Il pourrait avoir des informations pour nous. Peut-être saurait-il si la Grande-Bretagne compte nous aider.

Castor, surpris, réfléchit un instant.

— Vous pensez qu'il pourrait s'agir d'un espion ?

— S'il ne l'est pas, il pourra au moins servir d'exemple. Peut-être même qu'on parviendra à l'utiliser pour inciter son pays à nous soutenir : l'Angleterre n'apprécierait sans doute pas que l'un des siens soit tué dans notre pays. Cela pourrait engendrer des représailles.

— Ah, vous avez l'intention d'en faire un martyr ?

Castor commençait à comprendre le genre d'*utilité* dont le Grand Maître parlait. La Grande-Bretagne pourrait alors décider de ne pas soutenir plus longtemps une monarchie qui ne savait pas protéger ses ressortissants.

— Je veux que vous preniez la tête des opérations.

Le Grand Maître s'interrompit un instant, puis enchaîna, gravement :

— Il y a aussi autre chose. La pauvre charmante veuve de notre frère Dimitri vit toujours là-bas. Elle pourrait nous servir d'interprète, si nous la convainquions de rejoindre une fois de plus nos rangs. Vous avez toujours eu des sentiments particuliers pour elle, n'est-ce pas ? Peut-être que vous pourriez la convaincre de se rallier à nous, renouer les liens.

Le Grand Maître avait l'air détendu, comme s'il ne devinait pas la profondeur des sentiments de Castor pour Patra Tsipras.

La seule mention de son nom suffit à échauffer son sang. Autrefois, il avait attendu qu'elle mette fin à son deuil, qu'elle reprenne ses esprits et reconnaisse enfin la passion qui brûlait entre eux ; mais elle l'avait purement et simplement rejeté. Ses doigts se portèrent instinctivement sur la garde du poignard qu'il portait à la ceinture. Plusieurs années plus tôt, il avait fait un serment : s'il ne pouvait pas avoir cette femme, alors personne ne l'aurait.

Il salua une nouvelle fois le Grand Maître avec déférence, sans trahir l'excitation qui l'envahissait à l'idée d'accomplir cette mission.

— J'irai à Kardamyli, je partirai dès que je serai prêt, vous pouvez en être certain.

Cette fois-ci, Patra ne se refuserait pas à lui. Il en avait assez d'agir en gentleman ; ce qu'il n'obtiendrait pas par la persuasion, il le prendrait par la force.

C'était aussi simple que cela !

7

Résister était futile, songea Patra en riant, plongeant avec délice ses pieds dans le sable fin et brûlant baigné de soleil de la petite plage silencieuse. Cela avait été sa devise de la semaine. Oui, elle avait eu sept jours pour s'habituer à la ruse qu'ils avaient mise au point, pour s'habituer à *lui*.

Cependant, il s'était aussi passé tant de choses auxquelles elle n'était pas préparée — par exemple, la présence constante de Brennan. Il mettait un point d'honneur à la voir tous les jours, même si ce n'était que durant une courte promenade dans le marché quand il vendait le poisson de Konstantin. Bien entendu, elle savait que ce n'était que de la comédie : personne ne pourrait croire que Brennan s'intéressait sincèrement à elle, et vice versa, si on ne les voyait jamais ensemble. Se promener en plein jour, au milieu des étals, était un parfait moyen pour suggérer la naissance d'une relation entre eux après une danse qui avait conduit Brennan à réparer gracieusement la maison de Patra.

Il avait d'ailleurs réfléchi à une progression très crédible de leur histoire et prenait soin — comme un amant attentionné — à ne jamais passer les limites de la bienséance en public. Seulement, ils n'étaient pas toujours en public… C'était dans ces moments d'intimité qu'elle devait se rappeler que tout cela n'était qu'un stratagème, qu'ils faisaient semblant ; surtout lors de journées comme celle-là, quand il n'y avait personne pour les voir. Dans ces moments-là, il était hélas facile de s'oublier.

Les vaguelettes, réchauffées par le soleil, venaient caresser les orteils de Patra. Brennan avait voulu aller nager et elle avait accepté. C'était une suggestion audacieuse et potentiellement scandaleuse : nager. *Avec* Brennan Carr. Encore un ajout à la longue liste des choses qu'elle n'aurait jamais dû faire et qu'elle avait pourtant faites.

En dépit de ses craintes, Brennan avait été particulièrement persuasif. Il faisait trop chaud pour travailler, cet après-midi, et la plage était cachée dans une petite crique. Personne ne les verrait, avait-il dit avec un sourire irrésistible en lui tendant la main pour l'aider à monter sur l'étroit siège de la charrette empruntée.

Ils étaient donc allés à la plage et elle se tenait là, debout, les orteils enfoncés dans le sable mouillé, les vagues venant lécher ses pieds, et le cœur battant la chamade. Qu'allait faire Brennan, à présent ? Qu'allait-il lui *proposer* de faire ?

Toute la semaine, elle avait découvert que Brennan ne faisait pas grand-chose de scandaleux lui-même, mais qu'il avait un don extraordinaire pour entraîner les autres à mal agir à sa place. Patra était engagée sur un chemin dangereux : d'abord la danse, puis la promenade sous les étoiles, les repas qu'ils avaient partagés et maintenant la baignade…

Elle devait bien admettre que Brennan n'avait pas trahi sa promesse et il ne faisait rien qu'elle n'ait désiré. Seulement, elle ne parvenait pas à se retenir et chaque choix qui se présentait à elle lui paraissait plus simple que le précédent. Oui, le problème n'était pas Brennan, c'était elle. Uniquement elle. Elle prenait *seule* les décisions qui les conduisaient à une intimité de plus en plus embarrassante — et, à en croire ce qui était en train de se passer, à une nudité imprévue.

Au bord de l'eau, Brennan enlevait déjà sa chemise et la jetait dans le sable avec une joie non dissimulée à l'idée de plonger dans l'eau. Son plaisir visible lui faisait penser à celui d'un enfant qui quitte l'école pour profiter d'un jour de repos inattendu. Elle ne put s'empêcher de sourire, ni de réprimer un soupçon de jalousie. Depuis quand ne s'était-elle pas sentie aussi insouciante ?

En voyant Brennan se débarrasser de sa chemise, elle sentit une rage refoulée s'éveiller en elle ; elle aurait tant voulu pouvoir jouir de la même liberté que lui.

D'ailleurs, il ne s'arrêta pas là : il laissa sa *foustanella* tomber à ses chevilles, là où les vagues n'atteignaient pas le sable, offrant à Patra une vue imprenable sur ses fesses musclées et fermes. Son corps aurait pu être taillé dans le marbre. Un vrai délice pour un sculpteur — ou une femme. Qui n'aurait pas voulu laisser glisser ses doigts sur un tel chef-d'œuvre ? Même de loin, elle devinait la ligne claire qui séparait la peau tannée de son dos et celle, pâle encore, de ses fesses.

Brennan jeta un rapide coup d'œil au-dessus de son épaule. Il n'avait pas l'air gêné par le regard hypnotisé de Patra...

— Vous venez ? Vous ne comptez tout de même pas rester là à me scruter !

Ce qui, de toute évidence, ne le dérangerait pas beaucoup... Elle vit pour la première fois à quel point il était à l'aise vis-à-vis de son corps, qu'il soit ou non habillé. C'était pourtant un trait du peuple, pas le comportement auquel elle s'était attendue venant d'un gentleman — en tout cas, les officiers qu'elle avait rencontrés pendant la guerre n'auraient jamais agi comme cela.

— Alors ? reprit-il avec un sourire de défi. Venez !

La jalousie de Patra se mua en désir ardent. Elle aurait tant voulu être comme lui, avoir confiance en elle et en son corps, comme autrefois, savourer ce que son corps avait à lui offrir au lieu de le craindre.

Douze ans, c'était bien long — surtout pour rester cachée. Si cette semaine lui avait prouvé que le refus était futile, elle lui avait peut-être aussi prouvé que le danger tant redouté était enfin écarté. Castor avait dû l'oublier, se détourner définitivement d'elle. Il était sans doute temps qu'elle fasse la même chose.

Cette décision soudaine lui emplit le cœur d'une joie nouvelle, d'une légèreté qu'elle n'avait plus ressentie depuis des années. Ici, sur cette plage, avec cet homme, elle allait enfin se débarrasser des dernières chaînes de son passé. Elle lança donc à Brennan un grand sourire pour répondre à son petit défi et ôta ses chaussures, puis ses bas. Elle laissa ensuite tomber sa jupe le long de ses jambes et enleva sa blouse large pour se retrouver debout, sur la plage, portant uniquement sa fine chemise.

— Voilà qui va mieux, lança Brennan, l'air ravi en lui tendant la main. Faisons la course jusqu'à l'eau !

Elle glissa sa main dans la sienne et ils se mirent à courir, s'affalant dans un éclat de rire au milieu des vagues chaudes. En un instant, Patra oublia tous ses doutes et toutes ses craintes vis-à-vis des intentions de Brennan : ils nageaient, tout simplement. Emerveillée par cet instant magique, dans la petite crique déserte, elle ne se soucia nullement de sa nudité ou de sa chemise mouillée qui devait dévoiler une bonne partie de son anatomie,

Il n'y avait plus que la vie et c'était *amusant*. Dans le mouvement des vagues, elle se sentit renaître et profita pleinement de sa liberté pour la première fois de sa vie.

Près d'elle, Brennan plongea et disparut sous la surface. Ce fut à cet instant qu'elle réalisa qu'elle ne l'avait pas encore regardé — vraiment regardé. Elle n'avait vu que ses fesses. Cela en disait long sur la réelle nature de leur expédition à la plage. Finalement, il était peut-être possible pour un homme et une femme de s'amuser simplement, sans le moindre sous-entendu sexuel...

Brennan réapparut plus loin d'elle et se mit à nager le crawl en faisant de grands mouvements qui dessinaient les muscles de ses bras, la forme athlétique de ses jambes, de son torse qui se mouvait souplement dans l'eau. En un instant, Patra revint sur ses premières impressions. Non, l'innocence était impossible entre hommes et femmes.

Il était en train de fanfaronner pour elle et cela la fit sourire. Sans doute ne le faisait-il pas exprès. La vie entière n'était qu'un grand jeu de séduction pour lui, comme leur relation, censée n'être qu'une façade, un faux-semblant.

Après tout, ce n'était peut-être pas une si mauvaise idée. Pourquoi ne pas rentrer dans ce jeu ? Pourquoi ne pas profiter de la compagnie de cet homme, tant que c'était sans danger ? Car ça l'était.

Elle plongea donc à son tour et nagea jusqu'à lui. Elle aussi pouvait fanfaronner : elle était bonne nageuse.

Ils passèrent donc un moment à jouer ensemble comme des enfants, à se lancer des défis, à faire la course. Ils plongeaient et replongeaient pour nager au milieu des poissons colorés. La mer était calme, l'eau chaude et ils n'étaient pas pressés de rentrer. Quand ils étaient trop fatigués, ils se contentaient de se laisser flotter sur le dos, au gré des vagues, détendus et profondément heureux.

Enfin, ils décidèrent de regagner la rive quand le soleil commença sa lente descente sur l'horizon. Leurs serviettes et une couverture les attendaient sur la plage, réchauffées durant l'après-midi. Brennan enroula sa serviette autour de ses hanches et s'allongea sur la couverture avec un soupir de satisfaction.

— Voilà tout ce dont j'ai besoin : une plage, du sable, de l'eau, une couverture ou deux...

Puis, avec un sourire envoûtant :

— Et une charmante femme avec qui partager tout cela, bien sûr.

Patra s'enveloppa dans sa propre serviette et s'assit à côté de lui sans un mot. Elle ne pouvait s'empêcher de retrouver une certaine forme d'excitation en sachant qu'ils étaient tous deux presque nus sur cette couverture. Peut-être était-ce dû aux paroles de Brennan.

Chassant sa gêne, elle fit de son mieux pour se raccrocher aussi longtemps que possible à la magie de leur après-midi passé dans l'eau, comme deux esprits marins antiques. Elle ne détournait pas le regard de l'horizon ; se tourner vers Brennan serait trop dangereux...

Cela pourrait même briser cet émerveillement si nouveau, si délicieux.

— Vous me surprenez, dit-elle à mi-voix. Vous ne ressemblez décidément à aucun des gentlemen que j'ai rencontrés jusqu'à présent. Ils sont bien trop occupés par leurs domaines, leurs fortunes. Leurs vies sont trop compliquées pour qu'ils prennent le temps de profiter de la mer et du sable.

Brennan eut un petit rire.

— Vous êtes décidément une femme bien mystérieuse, Patra. Dites-moi, que savez-vous des gentlemen anglais ? plaisanta-t-il. Il semblerait que vous me cachez des choses...

— Il y a eu beaucoup d'officiers britanniques sur la péninsule, pendant la guerre et nous en avons rencontré quelques-uns, expliqua-t-elle en lui jetant un rapide regard.

— C'est comme cela que vous avez appris à parler anglais ?

L'air tranquille, Brennan s'appuya sur son coude pour mieux la voir. Patra acquiesça, tentant autant que possible d'ignorer le frisson qui la parcourait, simplement en le voyant.

— Oui, les interprètes sont rares, si loin d'Athènes, et j'ai toujours eu une certaine aptitude pour les langues.

Un court silence régna sur la plage. Finalement, Brennan reprit la parole, d'une voix étrangement douce et sérieuse, solennelle.

— Vous avez donc été impliquée dans la guerre. Est-ce comme cela que vous avez perdu votre époux ?

Sa petite hésitation était révélatrice : de toute évidence, il avait conscience de repousser les limites de ce qui aurait pu être une simple conversation polie. Patra aurait pu s'en offenser, mais elle n'en fit rien.

Après tout, à quoi bon se soucier des convenances quand ils s'étaient déjà affranchis de tant de tabous, aujourd'hui ? Songeuse, elle se mit à tresser les franges de la couverture. Peut-être que tout cela faisait partie de sa nouvelle liberté... Peut-être pouvait-elle enfin se permettre de faire face à son passé au lieu de le fuir en permanence.

— Oui. Ça s'est passé au début de l'année 1825. Il était rangé du côté d'Ibrahim, le fils de Mehmet Ali, durant la bataille du fort turc de Modon. Les Turcs installés dans la péninsule n'avaient aucune intention de partir aisément et nous n'avions aucune intention de les laisser rester chez nous.

Brennan acquiesça gravement.

— La campagne de la terre brûlée. J'en ai entendu parler. Il paraît que c'était terrible.

— Comment avez-vous deviné que j'avais perdu mon époux à la guerre ? demanda Patra, surprise.

Elle lui jeta un nouveau coup d'œil, plus long que le précédent, craignant un peu ce qu'elle allait lire sur le visage de Brennan. Pourvu qu'il ne la prenne pas en pitié…

Il soutint son regard, d'un air tranquille, comme s'il ne voulait pas qu'elle se détourne à nouveau.

— Vous n'êtes pas faite pour partager la vie d'un vieil homme, Patra. Votre époux était forcément jeune, comme vous.

— Jeune ? J'ai trente-cinq ans, Brennan — cinq ans de plus que vous. Je ne suis pas vraiment ce que l'on peut appeler une jeune fille rougissante.

Pas comme Katerina Stefanos qui avait à peine vingt ans et dont les parents protégeaient la virginité comme des gardiens de prison. Patra, elle, avait perdu ce joyau féminin depuis bien longtemps.

En face d'elle, Brennan haussa les épaules avec un sourire.

— Si trente-cinq ans est un âge trop jeune pour vivre recluse comme une nonne, vingt-trois aussi ! Vous ne pouvez pas gâcher votre vie à préserver la mémoire de votre époux, pas quand la vie a encore tant à vous offrir, à vous faire *découvrir*.

Sa voix tendre adoucit ses paroles un peu sévères. Ce n'était pas la première fois que Patra entendait cet argument… Cela faisait deux ans, maintenant, que les femmes du village le lui répétaient à loisir : apparemment, dix ans étaient la durée maximale de deuil acceptée par la société. Il était seulement dommage que cela n'ait pas suffi pour *oublier*. Et Patra ne voulait pas oublier Dimitri. Tout ce qu'elle voulait oublier, c'était comment il était mort et pourquoi — elle ne voulait pas oublier que tout cela était sa faute. Si elle n'avait pas été là, il serait certainement toujours en vie.

Hélas, si tous considéraient qu'elle avait assez pleuré son époux, elle n'avait pas d'autre choix que de continuer à vivre seule. Les souvenirs du passé étaient sa pénitence et toute la liberté du monde ne pourrait jamais changer cela.

— Je suppose que vous souhaitez que je fasse l'expérience de cette vie avec vous, reprit-elle, un peu agacée par la nonchalance de Brennan. Voulez-vous donc que je sacrifie ma réputation pour un jeune homme tel que vous, qui pourra rester ou partir sans prévenir, au gré de ses envies ?

Son euphorie avait été de courte durée. Rapidement, la colère la gagna : qu'est-ce que Brennan pouvait bien savoir de la perte ou du sacrifice, bien protégé par sa vie de luxe et d'insouciance ?

— Je trouve que vous tirez bien trop de conclusions, alors que vous ne me connaissez absolument pas.

Peut-être valait-il mieux qu'elle rentre chez elle avant que cette belle journée ne s'achève par des regrets. Elle essaya de se lever mais la main de Brennan se referma sur son poignet.

Un frisson d'excitation la traversa, comme à chaque fois qu'il la touchait. Peu importait où ils se trouvaient, le simple contact — même une main sur son bras, au marché — l'enflammait comme s'il s'agissait de la plus intime des caresses.

— Patra, ne faites pas cela.

— Faire quoi ? Je me lève, c'est tout.

Elle essaya de résister de toutes ses forces, résister au désir, à l'envie de se couler dans les bras de cet homme pourtant si exaspérant.

— Arrêtez, je vous en prie, dit-il en l'entraînant doucement sur la couverture pour qu'elle s'asseye de nouveau. Vous fuyez, physiquement et verbalement ; vous faites toujours cela quand la conversation devient plus grave, plus difficile pour vous.

Elle aurait voulu protester, lui assurer qu'elle ne fuyait jamais rien, ni personne. Mais Brennan poursuivit, sans lui laisser le temps de prononcer un mot :

— Vous l'avez déjà fait le premier soir, sur la colline, puis quand je suis venu repeindre vos volets, et voilà que vous recommencez. Vous refusez de parler du passé, de songer à vos besoins, alors vous vous arrangez pour provoquer une dispute entre nous.

Cette voix passionnée avait quelque chose d'inquiétant, aussi inquiétant que les doigts toujours refermés sur son poignet. L'instinct de Patra criait, désespérément : « défends-toi, défends-toi, il te comprend trop bien ! »

Quelqu'un d'autre, depuis douze ans, avait-il vu aussi clair en elle que lui, maintenant ? Certainement pas. C'était à la fois effrayant et étonnamment agréable, une sensation douce-amère qu'elle n'avait encore jamais éprouvée. Comment se faisait-il que, de toutes les personnes au monde capables de voir si clairement en elle, ce soit cet Anglais, un inconnu ne faisant que traverser sa vie, qui soit venu à elle ? Comment se faisait-il que ce soit lui, alors qu'il ne pouvait pas compter pour elle, alors qu'aucun avenir commun ne les attendait ?

Peu importait, elle s'occuperait de cela plus tard. Pour le moment, une seule chose comptait : les yeux bleus de Brennan plongés dans les siens. En cet instant, le monde entier se résuma à ses yeux, brûlants, intenses, qui la contraignaient à écouter ce qu'il avait à dire sans bouger.

— N'ayez pas peur des sentiments que je peux éveiller en vous. Pour être réellement libre, Patra, vous allez devoir accepter votre passé : pas uniquement les faits, mais aussi vos émotions. Sans cela, vous ne serez jamais capable de bâtir la vie que vous méritez...

Oui, il avait raison, c'était certain. Cet instant si intime, ces paroles, ces conseils étaient bien réels ; ce n'était pas un faux-semblant ou une façade. Cet instant *leur* appartenait, bien loin de la relation fictive qu'ils avaient inventée pour satisfaire le village.

Elle comprit alors ce qui se passait en elle et sentit son cœur s'emballer. Brennan se souciait vraiment d'elle.

— Comment savez-vous tout cela ? murmura-t-elle.

Leurs visages s'étaient insensiblement approchés et ils baissaient la voix, entraînés par l'intimité divine de l'instant. Et, quand ils se taisaient, Patra entendait le doux chant lancinant des vagues, derrière elle.

— Parce que j'ai déjà éprouvé la même chose, répondit-il, si proche à présent que leurs lèvres s'effleurèrent un instant.

Cet aveu bouleversa Patra. Il avait éprouvé la même chose ? Qu'est-ce que cela voulait dire ? Il fallait à tout prix qu'elle sache !

Sans s'écarter des lèvres enivrantes de Brennan, elle chuchota à son tour :

— Que s'est-il passé ? Dites-moi.

Contre quoi avait-il dû se battre, dans sa vie ? Quels fantômes obsédants pouvaient bien hanter le passé de cet homme-enfant ?

Hélas, il ne répondit pas, se contentant de l'embrasser doucement dans une délicieuse communion de pécheurs. Deux êtres imparfaits en quête de salvation...

Brennan allongea Patra sur la couverture, sous son corps si chaud, si fort. Voilà. C'était certainement la stratégie qu'il avait choisie, lui proposer d'abandonner toute discussion pour une autre forme d'intimité — physique, cette fois. Elle n'y perdrait pas au change, c'était certain.

Les yeux bleus de Brennan étaient fixés sur elle, ses cheveux aux reflets noisette encore humides tombaient en mèches éparses autour de son visage tanné. Un lent sourire sensuel anima ses lèvres et ses bras encadraient la tête de Patra, appuyés sur le sable. Elle sentit son souffle s'accélérer en dépit de sa volonté de garder la tête froide. Elle était en train de perdre pied... et ce n'était pas désagréable !

Elle essaya d'écouter la voix de la raison, de se rappeler qu'elle n'avait pas prévu ce qui allait arriver ; mais elle savait très bien, au fond, qu'elle désirait cela depuis le début.

— Laisse-moi te donner ce dont tu as besoin, souffla-t-il avec une soudaine familiarité qui la fit frissonner.

Il lui demandait la permission. Il prenait cette peine, alors qu'il savait sans doute pertinemment comment la faire céder sans cela. En fait, il ne voulait pas qu'elle l'autorise à aller plus loin mais qu'elle *s'autorise* à le faire, qu'elle s'accorde cette liberté à voix haute, devant lui.

Alors, incapable de lutter plus longtemps, elle murmura ce seul mot :

— Oui.

Brennan l'embrassa alors une seconde fois. Ce n'était plus une invitation, une demande, une promesse. Non, cette fois, c'était une affirmation.

Elle accueillit avec bonheur la pression de ses lèvres, les caresses joueuses de sa langue, le poids de son corps sur elle.

Ce corps viril et puissant. Le moindre mouvement des lèvres de Brennan éveillait des flots d'étincelles en elle. Elle avait passé tant d'années seule... Elle avait même oublié qu'elle était capable de ressentir cela.

La main de Brennan se glissa sous sa chemise mouillée, lui arrachant un soupir et enveloppa son sein dans une tendre caresse. A son tour, il gémit contre ses lèvres, contre la chair de son cou, laissant sur son passage une piste de baisers. Il descendit encore à la naissance de sa poitrine, dévoilée par le décolleté de la chemise.

En quelques instants, ses mains expertes se retrouvèrent sur les hanches de Patra, retroussèrent son vêtement, dénouèrent la serviette maladroitement enroulée sur son corps. Il embrassa alors son nombril, lui faisant clairement comprendre ses intentions. Il lui laissait le choix et elle ne l'arrêta pas. Son corps délaissé si longtemps s'ouvrait à lui, lui offrait ses trésors les plus intimes. Seigneur, c'était à la fois délicieux et insoutenable. Comment faisait-il pour savoir exactement de quoi elle avait besoin ?

Il glissa une main entre ses cuisses. Patra sentit son corps frissonner sans contrôle avant de s'apaiser sous les murmures rassurants de Brennan. Cela faisait si longtemps qu'elle n'avait pas ressenti, qu'elle n'avait pas *voulu* ressentir cela. Brennan se mit à la caresser lentement — un geste exercé, déterminé. Une torture de plaisir. A chaque seconde, il l'emportait plus haut, plus près de l'extase.

Elle ne put se retenir de gémir, de plus en plus fort. Elle ne put contrôler son corps qui attendait désespérément de goûter la jouissance que Brennan lui promettait.

— Laisse-toi aller, Patra... Laisse-toi faire, laisse le plaisir venir à toi, murmura-t-il.

Sa voix était à la fois douce et autoritaire. Une voix en laquelle elle pouvait avoir confiance. Il ne la trahirait pas, pas en cet instant.

Elle obéit, et laissa le plaisir la submerger dans le coucher de soleil bleu-mauve qui les entourait, au-dessus du sable encore chaud de l'après-midi qui leur servait de lit, les mains de son amant posées sur elle, ensorcelantes.

Oui, même après tout ce temps, son corps se souvenait de *ça* et les lourdes chaînes qu'elle s'était si longtemps imposées se brisèrent dans un feu d'artifice de plaisir. Pendant ces douze dernières années, elle avait oublié sa vraie nature — elle avait caché cette femme passionnée, enflammée, qui savait embrasser la vie à chaque instant.

Heureusement, cette femme était restée en elle, enfermée loin de la lumière du jour pour des raisons dont Patra elle-même ne se souvenait plus. La main de Brennan, toujours entre ses cuisses, la faisait renaître à la vie, à la passion, et lui accorda un soulagement fiévreux. Oui, dans cet instant, sur cette plage, elle était libre.

La petite voix qui l'incitait à la prudence depuis des années s'était enfin tue...

8

Pendant ces instants d'extase, Brennan ressentit une intense satisfaction primale. Patra était belle, dans sa jouissance, la tête rejetée en arrière, la gorge exposée aux rayons cuivrés du soleil. Qui aurait pu imaginer qu'une telle passion, qu'une telle fièvre, se cachait sous le stoïcisme sévère de la femme qu'il voyait chaque semaine au marché ?

La vulnérabilité allait bien à Patra et éveillait au fond de lui une émotion poignante et refoulée depuis des années. Accepter que quelqu'un vous voie dans votre fragilité, c'était faire confiance. A ce moment, Patra lui *faisait* confiance et il lui en fut reconnaissant — d'autant plus que, depuis leur rencontre, elle avait tout fait pour lutter contre ses instincts et rester distante. Bien sûr, ce n'était pas contre lui qu'elle se battait, mais contre elle-même...

Lorsque le souffle rauque de Patra commença à s'apaiser, il lui caressa les cheveux et déposa un tendre baiser sur sa tempe.

— Maintenant, tu sais que tout est possible. Tu n'as plus besoin de résister.

— Je ne résiste pas, murmura-t-elle d'une voix ensommeillée, ses yeux rêveurs posés sur lui.

— Si, tu résistes contre ta propre nature.

Il s'installa de nouveau confortablement à côté d'elle, appuyé sur son coude, particulièrement détendu.

— Crois-moi, j'ai vu suffisamment de personnes plongées dans ce type de combat pour le reconnaître au premier coup d'œil.

De sa main libre, il dessinait pensivement des petits cercles autour du nombril de Patra.

— Mon ami, Haviland, a lutté contre le mariage arrangé par sa famille et a préféré épouser la femme dont il était tombé amoureux, expliqua-t-il. Archer, un autre ami, a été confronté au décès de sa mère, cherchant un moyen de lui rester fidèle sans pour autant trahir sa famille. Tu sais, ce sont des problèmes importants, pour des hommes d'honneur : les réponses qu'ils pourront trouver vont façonner le reste de leur vie. Ils doivent absolument gagner ce combat, parce que cela peut leur permettre d'obtenir la seule chose qui compte vraiment.

— Et quelle est cette chose ?

Elle lui lança un sourire lumineux et Brennan sentit une réponse très différente de ce qu'il pensait naître en lui.

Toi. Tu pourrais être l'unique raison de vivre d'un homme et il se considérerait chanceux de t'avoir.

Mais ce n'était qu'un fantasme éphémère, né du chant de la mer, de la chaleur de l'après-midi et peut-être des souvenirs que Patra ravivait en lui.

— Le bonheur, répondit-il donc. Le bonheur est la seule chose qui importe.

— Le bonheur ? Pas l'amour ?

Elle voulait débattre ; Brennan pouvait le lire dans ses yeux scintillants de malice. Sa somnolence l'avait bien vite quittée !

— L'amour est une forme de bonheur.

Il regarda l'eau moirée qui s'étendait jusqu'à l'horizon. Au-dessus, le grand orbe du soleil restait suspendu quelques instants avant de plonger dans la mer.

— Compte avec moi, Patra. Attendons que le soleil se couche.

Elle s'assit et il passa son bras autour de ses épaules pour l'attirer contre lui avec douceur. Quand elle posa sa tête sur son épaule, Brennan sentit un profond et paisible bonheur l'envahir. Il s'y abandonna quelques instants, sans réfléchir. Bien sûr, cela ne durerait sans doute pas longtemps, mais au fil de sa vie chaotique il avait appris à savourer ce qu'il avait sans jamais demander plus. Tous deux murmurèrent dans le chant des vagues :

— Cinq, quatre, trois, deux, un... Bonsoir, soleil.

Patra finit par se redresser et passa ses longs cheveux sur le côté de sa tête. Elle examina longuement Brennan, ses grands yeux sombres soudain plus lointains. A quoi pensait-elle donc ?

— Dis-moi, est-ce que tu crois que l'on peut trouver l'amour, le véritable amour qui dure, plus d'une fois dans une vie ?

Si Katerina Stefanos lui avait posé cette question, Brennan se serait enfui en courant ; mais de la part de Patra, ces mots n'avaient rien de menaçant.

Elle ne cherchait pas à le séduire. Ils avaient passé un accord précis et, à l'exception de ce qui venait de se passer entre eux sur cette plage, elle n'était pas émotionnellement prête à aller plus loin. Ni elle ni lui ne cherchaient à se marier pour le moment. Oui, si elle posait cette question, ce n'était pas parce qu'elle avait des sentiments pour lui. Elle avait besoin d'une réponse pour être enfin en paix avec elle-même...

— Parfois, reprit-elle, je me demande si mon époux était ma seule et unique grande passion. Si c'est le cas, aurais-je tort de chercher l'amour auprès d'un autre homme ? S'il était ma seule chance de bonheur, ce serait sans doute futile de poursuivre ma quête : je ne trouverai aucune réponse.

— Je ne sais pas, répondit gravement Brennan.

Au-dessus de leurs têtes, les premières étoiles commençaient à briller dans le ciel bleu lavande.

— En fait, je ne sais même pas si nous sommes tous certains de trouver quelque chose d'aussi rare que le grand amour, une fois dans notre vie.

— Ah... Je vois, murmura-t-elle avec un soupçon de tristesse. Tu n'as donc jamais été amoureux.

— Non, pas encore.

Une étoile filante traversa le ciel, traînée pâle et furtive, et Brennan ferma les yeux.

— Pas encore, mais je continue à espérer.

Vraiment ? Espérait-il sincèrement trouver l'amour ? Cette question hanta Brennan longtemps après qu'il eut raccompagné Patra chez elle et fut retourné dans sa petite chambre, chez Konstantin.

S'il était toujours en train de voyager alors que tous ses amis étaient restés en arrière, était-ce dans l'espoir de trouver l'amour, d'une manière ou d'une autre ? Etait-il plongé dans cette quête insensée ? Jusqu'où cela pourrait-il le conduire ? Devrait-il faire le tour du monde avant de trouver une réponse à ses questions ?

Jusqu'à ce jour, il n'avait jamais pensé à sa vie de cette manière. Il avait cru chercher des distractions, satisfaire sa soif d'aventure. Ne s'était-il pas plutôt voilé la face ? N'avait-il pas laissé ses désirs superficiels lui cacher un besoin plus profond ?

Trop agité pour dormir, en dépit de l'heure tardive et des émotions de la journée, Brennan s'étira et s'extirpa de ses draps. Il était bien trop éveillé et soucieux pour se détendre pleinement ; il ne trouverait certainement pas le sommeil avant le lever du jour.

De toute manière, il avait appris à suivre ce genre de rythme depuis longtemps. Il mangeait et dormait à la manière des chevaux — c'était Archer qui lui avait appris cela, quand ils étaient encore à l'école. Les chevaux pouvaient survivre en ne dormant que deux heures par jour. En grimpant l'escalier qui menait à la terrasse, sur le toit de la maison, Brennan ne put réprimer un petit rire. Deux heures, ce n'était déjà pas si mal, après tout... Toute sa vie, il avait pensé qu'il dormirait bien assez quand il serait mort. Jusque-là, il avait bien trop à faire.

— Est-ce que j'ai manqué quelque chose d'amusant ? demanda Konstantin, appuyé sur la rambarde, en l'entendant arriver en riant.

— Non, je pensais simplement aux chevaux.

Brennan le rejoignit, s'accouda à la rambarde et plongea son regard sur le port, loin devant. De là, il voyait le bateau de Kons. Quel dommage que les maisons de Londres ne profitent pas d'une vue aussi paisible, aussi spectaculaire.

Depuis son arrivée à Kardamyli, Brennan avait apprécié cette terrasse, toujours fraîche et si intime. C'était l'endroit rêvé pour venir réfléchir, le soir, loin de l'animation du village.

— Je suis surpris que tu penses aux chevaux et pas aux femmes, remarqua Konstantin en lui donnant un petit coup de coude amical.

En dépit de son sourire, Brennan sentit qu'il était très sérieux.

— Tu dois vraiment être particulièrement irrésistible pour arriver à mettre Patra Tsipras, la recluse, à tes pieds... Même le grand héros de guerre Castor Apollonius n'a pas réussi à gagner ses affections. Pour être honnête, ce n'est pas une grande perte pour le village — tout le monde serait d'accord avec moi.

Konstantin s'accouda à nouveau à la rambarde, lui aussi, et examina le port à son tour.

— Apparemment, la veuve et lui n'ont pas les mêmes opinions politiques. Lui voulait soutenir une — euh — certaine organisation, dirons-nous, pour former le nouveau gouvernement mais elle n'était pas d'accord avec lui. Apollonius a persisté, fort de ses convictions, et elle l'a chassé de sa vie. C'est à ce moment-là qu'elle a commencé à vivre en retrait de notre petite communauté. Tout le village en a été très surpris.

— Pourquoi cela ?

Kons eut un petit rire.

— Eh bien, il est riche, puissant, beau et il était très proche de l'époux de Patra, expliqua-t-il. Il était même à ses côtés quand le pauvre Dimitri est mort. Nous avons tous pensé que la douleur rapprocherait Apollonius et Patra.

Brennan sentit naître en lui une pointe irrationnelle de jalousie. Ainsi, un autre homme avait désiré Patra et l'avait activement courtisée.

Konstantin s'interrompit, mais Brennan sut immédiatement qu'il avait autre chose à lui dire. Il s'était passé une semaine, depuis la fête d'anniversaire ; une semaine depuis que Katerina avait tenté de le charmer avec tant d'audace.

Il savait ce que Konstantin voulait lui demander sans pour autant oser poser la question.

— Je n'ai pas l'intention d'épouser Katerina Stefanos, dit-il doucement, dans la pénombre. Son offre est très généreuse, je le reconnais, et j'ai conscience de la bonté de sa famille envers moi — qui ne suis qu'un étranger — mais je ne pourrai pas rendre cette femme heureuse.

Et, surtout, il ne pourrait pas *être* heureux, pas avec elle. Il n'avait déjà pas beaucoup de choses à offrir à une femme, alors autant s'assurer de lui apporter le bonheur. Après tout, n'était-ce pas le plus important, comme il l'avait dit à Patra, sur la plage ?

A côté de lui, Kons se montra patient. Il acquiesça gravement, compréhensif.

— Est-ce que tu en es bien sûr ? Leur offre est parfaite : cela te permettrait de mener une vie confortable et paisible, tu sais.

Brennan sentit sa gorge se nouer.

— Je sais.

Avec Katerina, il pourrait mener la vie simple dont il avait toujours rêvé. Une vie de travail manuel, de création modeste et satisfaisante. Il serait heureux de ramasser les olives, chaque automne, d'entretenir les arbres, de veiller sur eux toute l'année et de gagner lui-même son argent.

— J'avoue que je ne sais pas pourquoi je n'arrive pas à dire simplement oui, pour en finir, soupira-t-il. Tu sais, parfois, je me demande ce qui ne va pas chez moi.

Kons éclata de rire une nouvelle fois.

— Non, tu n'as pas plus de problèmes que tous les hommes qui n'ont pas encore rencontré la femme de leur vie. Tu n'aimes pas Katerina et tu n'as simplement pas envie de te résigner à vivre sans amour.

Cependant, malgré le sourire de son ami, Brennan sentit que les enjeux étaient bien plus sérieux que cela.

— Je ne veux pas te dire quoi faire, soupira Konstantin, mais tu es nouveau ici, et tu pourrais avoir besoin de conseils. Le village se fiche que tu choisisses Katerina ou une autre femme. De toute manière, il n'y a jamais eu d'annonce officielle, de fiançailles publiques entre vous. Seulement, si tu restes, le village voudra que tu te maries.

Brennan écouta, patiemment. Cela faisait déjà plusieurs

semaines qu'il avait compris, qu'il avait senti un changement dans ce que les villageois attendaient de lui. C'était d'ailleurs cela qui l'avait poussé à concevoir son stratagème avec Patra.

Comme s'il avait lu dans ses pensées, Konstantin reprit :

— Je ne pense pas que Patra puisse être la femme que tu attends...

Brennan fut traversé par un élan de colère. Instinctivement, il voulut la protéger.

— Pourquoi pas ? lança-t-il avec plus de virulence qu'il l'aurait voulu.

— Je ne sais pas...

Konstantin parut chercher ses mots, comme s'il voulait à la fois être clair et respecter son ami.

— J'ai l'impression qu'elle cache quelque chose. Il y a une raison qui la pousse à rester à l'écart de nous, et ce n'est pas uniquement sa peine de la mort de son époux.

Il lui donna une petite tape dans le dos.

— En tout cas, je suis heureux qu'elle te laisse l'approcher. Le village a besoin de cela. Nous lui avons tous proposé notre aide, à un moment ou à un autre, mais...

Dans un soupir, il laissa sa phrase en suspens. Patra était décidément une femme bien mystérieuse.

D'ailleurs, Brennan lui-même avait senti que sa réticence venait d'un élément inavoué de son passé. N'était-ce pas la raison qui l'avait poussé à lui proposer un accord dès le premier jour ? Elle ne semblait pas en position d'accepter autre chose qu'une alliance temporaire. Au moins, cela évitait à Brennan d'avoir à lui offrir plus que cela.

Leur petit accord avait été parfait, jusqu'à aujourd'hui. La plage... oui, la plage avait été une révélation — c'était le moins qu'il puisse dire. Et voilà qu'il était là, dans la nuit, jaloux de soupirants qu'il n'avait jamais rencontrés.

— Je pense qu'il est trop tôt pour s'inquiéter. Je n'ai fait que me promener une ou deux fois avec elle et réparer quelques petites choses dans sa maison, dit-il avec nonchalance.

Pourvu que cela suffise à étouffer les soupçons de Kons. Il se sentit un peu coupable de mentir à son ami. Kons ne lui disait tout cela que parce qu'il avait été trompé par le stratagème, comme tout le village, et parce qu'il voulait le mettre en garde.

— Je serai prudent, Kons, je te le promets. En tout cas, merci pour tes conseils.

Il était sincère. Depuis six mois, Konstantin était devenu un véritable ami. Il lui avait offert une chambre dans sa propre maison, un travail sur son bateau de pêche et avait même insisté pour le payer un peu. Bien sûr, il avait compris que l'argent n'était pas le plus important aux yeux de Brennan. Ce travail lui apportait beaucoup : un but et un peu de discipline à ses journées, de quoi s'occuper les mains — ce qui était bon — et il lui avait permis de se faire rapidement accepter par une communauté qui se méfiait des étrangers.

Brennan avait une importante dette envers Kons et son épouse, Lydia ; une dette qu'il ne pourrait jamais rembourser avec quelque chose d'aussi vulgaire que l'argent.

— Je ne veux pas que tu souffres, c'est tout, répondit son ami en s'écartant de la rambarde. Maintenant, si tu veux bien m'excuser, Lydia m'attend.

Sur un petit clin d'œil, il repartit vers l'escalier. Avant de s'y engager, il se retourna une dernière fois.

— Fais ce que tu veux, Brennan. Je voulais juste que tu saches que, bien que Patra ait besoin d'aide, elle vit aussi seule parce qu'elle l'a décidé.

Brennan acquiesça et regarda son ami disparaître dans l'escalier. Peut-être ferait-il mieux d'arrêter de chercher l'amour. C'était ce qu'avaient fait Haviland, Archer, et même Nolan. Ils avaient cessé de chercher et l'amour les avait trouvés.

Bien sûr, Brennan ne cherchait pas l'amour avec Patra Tsipras. Tout ce qu'il avait voulu, c'était gagner un peu de temps pour réfléchir à ce qu'il voudrait faire ensuite. En tout cas, c'était ce qu'il s'était dit, mais cette réponse le laissait dubitatif. Que cherchait-il d'autre, au fond ?

Peu importait : la vie était belle, pour le moment. Cela aurait dû lui suffire...

9

La vie était belle, en ce moment, et c'était plus que suffisant pour elle, songea Patra en se promenant tranquillement au marché. Son panier était presque plein, mais elle n'était pas encore prête à rentrer chez elle. La matinée était déjà bien avancée et l'agora fourmillait de monde sous le ciel bleu clair. Une brise légère faisait voyager les voix et les commérages murmurés.

Son attention fut attirée par l'étal de poissons de Konstantin et elle remarqua bien vite qu'elle n'était pas la seule : de nombreux clients s'étaient arrêtés, fascinés par le spectacle. Konstantin et Brennan étaient tous les deux là, torse nu, créant un impressionnant spectacle en se lançant d'énormes poissons pour les découper et servir leur clientèle. Toute la foule semblait entraînée par leur bonne humeur. Par moments, un cri de triomphe jaillissait du public, suivi par une salve d'applaudissements pour saluer un lancer particulièrement impressionnant.

— Combien de poissons, aujourd'hui, Kiria Pachis ? lança Brennan à une vieille femme, dans la foule, une riche veuve que Patra connaissait bien.

— Le plus gros que vous ayez, je veux voir vos muscles ! répliqua-t-elle, provoquant de nouvelles acclamations.

Konstantin prit un poisson et le lui montra, attendant son approbation.

— Celui-ci vous ira ?

La veuve acquiesça et Konstantin lança la bête à Brennan qui le rattrapa d'un grand geste théâtral pour l'ouvrir d'une main devenue experte. De nouveau, la foule applaudit, impressionnée par la rapidité avec laquelle il ôtait les arêtes et emballait le poisson. En effet, il était fascinant : un véritable artiste au travail. Jamais encore Patra ne l'avait vu faire cela…

— Ton bel Anglais se donne en spectacle, glissa Lydia, l'épouse de Konstantin, à son oreille.

Patra ne l'avait pas entendue arriver dans son dos. Lydia passa un bras amical sous le sien avec un petit sourire.

— Ils ont décidé de commencer à se lancer le poisson, pour attirer la clientèle, chuchota-t-elle. Brennan a dit à Kons que ce serait bon pour les ventes si leur travail ressemble à un spectacle…

Patra sourit, peu convaincue. Cela ferait-il une telle différence ? Après tout, les gens achetaient du poisson quoi qu'il arrive. Mais, si cela rendait la tâche des deux hommes plus agréable, qui était-elle pour gâcher leur plaisir ?

Brennan entreprit de vider un autre poisson, son long couteau effilé scintillant au soleil, et elle se retrouva en transe, comme le reste des villageois.

De nouveau, Lydia se pencha à son oreille :

— Personnellement, je pense que ton Anglais serait capable de vendre du sel à la mer elle-même.

Patra rougit instinctivement.

— Ce n'est pas *mon* Anglais…

Mais ses tentatives de déni furent inutiles : Lydia lui lança un sourire entendu.

— Tu en es sûre ? Entre nous, ne le lâche pas, tu trouveras difficilement mieux.

Elle referma ses doigts sur la main de Patra et sourit à tous ceux qui les entouraient, l'air tranquille. Clairement, elle voulait qu'ils sachent bien que Patra était avec elle — comme toujours. C'était agréable, par moments, d'avoir ce genre de soutien.

Si Lydia était prête à accepter de la voir aux côtés de Brennan, d'autres pourraient aussi se montrer disposés à approuver cette relation.

— J'avais peur que les gens en veuillent à Brennan de ne pas demander la main de Katerina, confessa Patra.

Mais Lydia haussa les épaules.

— Il n'y a jamais rien eu d'officiel entre eux et Brennan s'est comporté avec honneur vis-à-vis d'elle. Je pense que ce qui compte le plus aux yeux du village, c'est qu'il reste. Peu importe avec qui ou pour qui. Il a été très bon pour nous et tout le monde l'apprécie, dit-elle en serrant doucement le bras de Patra. S'il te choisit, j'en serais heureuse. Tu mérites de retrouver le bonheur.

Puis, en baissant la voix pour que personne d'autre ne puisse l'entendre, elle ajouta :

— Ne t'inquiète pas pour Katerina. Elle trouvera un époux. Les jolies filles comme elle ne restent jamais seules longtemps.

Patra répondit par un petit sourire, mais sa culpabilité la hantait toujours. Lydia était son amie ; elle l'avait été depuis son arrivée au village. Elles s'étaient d'ailleurs mariées au même moment. Konstantin et Dimitri avaient l'habitude de partir à la pêche ensemble, de temps à autre.

Puis, Dimitri était mort et toutes deux s'étaient éloignées. Patra avait été happée par le petit groupe de veuves du village, par les femmes plus âgées, tandis que Lydia avait un époux et des enfants. Elles n'avaient plus évolué dans les mêmes cercles, n'avaient plus partagé la même vie sociale. Elles ne se voyaient plus qu'occasionnellement, lors de rassemblements au marché, à l'église ou lors de l'anniversaire de Konstantin. Leur amitié était peut-être différente depuis plusieurs années, mais cela n'aidait pas Patra à mieux accepter le fait de mentir à Lydia — comme elle mentait au reste du village.

Après quelques instants, Brennan l'aperçut dans la foule et lui sourit sans la quitter du regard. De nouveau, elle sentit ses joues s'enflammer. Quand il la regardait de cette manière, elle avait l'impression que leur relation était plus qu'un simple stratagème...

— Kons ! appela Brennan en lui lançant un poisson. Tu sais ce que l'on dit : « apprends la pêche à un homme, et il se nourrira toute sa vie ». Mais, qu'est-ce qu'on dit quand on *donne* un poisson à une femme ?

— Je ne sais pas, répondit son ami en rattrapant la bête par sa queue glissante.

— On dit qu'elle vous invitera à dîner !

La voix de Brennan résonna dans l'agora, claire et puissante. Toute la foule éclata de rire avec lui, trouvant certainement la plaisanterie très bonne.

— Donnez-moi un poisson et je vous invite à manger pendant un mois ! cria une femme d'une voix légère.

Mais, de nouveau, Patra sentit le regard de Brennan sur elle, comme un avertissement. Il se tourna ensuite vers la femme avec son sourire dévastateur.

— Je suis désolé, ma chère, mais je suis déjà pris.

Voilà, c'était fait. Après tout, quel meilleur moyen pour rendre leur liaison publique que de l'annoncer devant tout le monde, sur le ton du badinage ? Bien sûr, il sut se montrer discret, d'une certaine manière : il ne donna aucun nom. Cela valait mieux. De toute manière, ceux qui avaient réellement besoin de savoir qu'il parlait d'elle étaient déjà au courant...

La nouvelle fut accueillie par un chœur de soupirs exagérés, de murmures de déception et de conseils que Brennan écouta patiemment, sans se départir de son sourire.

Patra ne put s'empêcher de se sentir étonnamment émue à le voir là, auprès de Konstantin et au milieu des autres villageois. Il était devenu l'un d'entre eux ; ils le traitaient comme s'il était chez lui, à Kardamyli, et il agissait en tant que tel. Etait-elle fière ? Ressentait-elle un élan possessif ? Peut-être était-ce un peu de tout cela qui lui serrait la gorge.

Ou peut-être que ce qui s'était passé la veille, sur la plage, avait changé plus de choses en elle qu'elle ne le pensait.

A côté d'elle, Lydia lui donna un petit coup de coude complice.

— Ce n'est pas ton Anglais, hein ? lui glissa-t-elle à l'oreille. On dirait qu'il n'est pas du même avis. Il peut te faire du bien, tu sais. N'aie pas peur de t'abandonner au bonheur, Patra... Tu as suffisamment pleuré Dimitri.

Sur ce, elle lui fit un petit clin d'œil et disparut dans la foule.

Patra ne put s'empêcher de sourire toute seule. Elle *était* heureuse. Etre avec Brennan la rendait heureuse, comprit-elle soudain, quand bien même cela ne pourrait durer. Même si leur liaison n'était pas *faite* pour durer... Au moins, l'autre partie de son bonheur durerait plus longtemps, elle. Maintenant qu'elle avait décidé de laisser son passé derrière elle et de ne plus en être prisonnière, elle serait libre à tout jamais. Elle avait perdu assez d'années à vivre dans la peur.

Elle se plaça alors discrètement un peu à l'écart de la foule et regarda Brennan travailler, charmer sans honte les clientes qui se pressaient devant l'étal. Oui, Lydia avait raison : sa présence faisait du bien au village. Il était si vivant, si énergique, comment pourrait-on *ne pas* être attiré par lui ? Comment pourrait-on vouloir rester loin de lui ?

Savait-il seulement à quel point il était irrésistible et séduisant ? Avait-il conscience de tout ce qu'il faisait pour le village, simplement en étant présent ? Rien d'étonnant que tout le monde veuille le convaincre de rester.

Si elle n'avait pas été si profondément plongée dans sa rêverie et son bonheur tout neuf, elle aurait peut-être senti le mal approcher avant qu'il ne jette sa longue ombre sur elle ; avant qu'il ne parle d'une voix grave et intime. En une phrase, l'homme brisa en mille morceaux la félicité qu'elle commençait à peine à savourer.

— La Filiki n'a pas entendu parler de toi depuis un long moment, ma chère...

Castor Apollonius. Elle aurait reconnu cette voix rauque entre mille. En un éclair, toute joie et toute chaleur parurent disparaître du monde. Le soleil même se fit glacial sur sa peau. Elle sentait la présence de l'homme dans son dos : grand, imposant, intimidant...

Le tourbillon rapide des pensées de Patra empêcha sa terreur de gonfler comme un raz-de-marée pour la briser en un souffle. Elle ne le regarderait *pas*. Elle ne lui ferait *pas* ce plaisir. Elle ne lui lancerait même pas le moindre coup d'œil. Déterminée, elle maintint ses yeux fixés sur Brennan, sur ses cheveux cuivrés, son regard rieur couleur ciel et ses muscles tannés. Prise de panique, elle réfléchit aussi vite qu'elle le put. Il fallait qu'elle trouve un plan, et vite !

— Je n'avais simplement rien à rapporter.

Rester vague était sa meilleure option pour le moment, jouer le détachement pour éviter qu'il devine sa peur.

— Rien, à part un Anglais qui refuse de partir, reprit-il. J'avoue ne pas comprendre comment un petit village de pêcheurs, au milieu de nulle part, peut intéresser à ce point un étranger tel que lui. Et j'imagine que tu savais que ce genre d'information pourrait être précieux à la confrérie.

Un filet glacé coula le long de son dos en dépit de la chaleur de la journée. Ainsi, Castor était là pour Brennan. Tous les instincts protecteurs de Patra s'éveillèrent : Brennan la regardait. *Les* regardait. En quelques secondes, ses gestes étaient devenus moins enthousiastes et son sourire un peu moins lumineux.

— L'Anglais n'est rien, dit froidement Patra.

Si elle parvenait à convaincre Castor que Brennan n'avait aucun intérêt pour lui, peut-être se contenterait-il de repartir comme il était venu. Ce ne devait pas être une mission bien difficile — d'autant plus que c'était la vérité...

— La vie du village est nouvelle pour lui et ce n'est qu'une étape de son Grand Tour. Depuis qu'il est arrivé, il se contente de pêcher et de faire chavirer les cœurs.

La main de Castor se posa alors sur son bras, caressante. Elle aurait voulu le repousser, saisie de dégoût, mais se retint. Comment osait-il la toucher ? Comment osait-il se montrer aussi possessif en public, comme si elle lui appartenait ?

— Est-ce qu'il te fait des avances ?

Cette fois, ce n'était pas une question froide, détachée.

Patra réfléchit un instant mais comprit bien vite qu'un mensonge ne ferait qu'empirer les choses. Elle préféra donc se montrer sincère — du moins, en partie.

— Il fait des avances à tout le monde, dit-elle avec un signe de tête en direction de la foule pressée devant l'étal. Tu n'as qu'à regarder et tu verras que je dis vrai. Toutes les femmes de seize à soixante ans se pâment devant lui.

Justement, Brennan choisit ce moment pour charmer outrageusement la vieille Anastas, assez longtemps pour glisser un paquet dans son panier sans qu'elle s'en aperçoive — du crabe, si Patra avait bien vu. Personne au village n'avait plus besoin de nourriture que la vieille femme ; et personne ne refusait la charité avec plus de véhémence. Konstantin et Brennan avaient dû préparer ce petit numéro pour l'aider en toute discrétion.

Derrière Patra, Castor restait silencieux. Elle le sentait réfléchir, entendait sa lourde respiration. Sans doute ses petits yeux sombres étaient-ils fixés sur Brennan.

— Peut-être serait-il bon qu'il te fasse des avances. Tu devrais l'encourager, finit par murmurer Castor.

Pendant la guerre, il avait su charmer de nombreuses femmes grâce à sa voix mielleuse. Il prit une longue mèche de cheveux entre ses doigts et la laissa retomber en cascade dans le dos de Patra.

— Tu recommences à les laisser lâchés. J'aime bien quand tu fais cela : ça te va très bien. Tu sais que tu es une très belle femme, Patra, même si tu essaies de le cacher.

De nouveau, il souleva ses cheveux et les drapa sur son épaule, par-dessus sa poitrine.

Elle aurait voulu crier, le frapper, le repousser. Mais à quoi bon ? Il savait *pertinemment* à quel point elle le haïssait, tout comme il savait ce qu'elle ressentait quand il la touchait d'une manière aussi possessive — surtout en public. Il était hors de question qu'elle le laisse gagner par une crise émotionnelle.

— Je suis trop vieille pour lui. L'Anglais est jeune, répondit-elle avec toute la nonchalance dont elle était capable.

En effet, Brennan avait l'air particulièrement jeune, ce matin, avec ses cheveux décoiffés retombant sur son visage, rendus plus sauvages que d'habitude par son travail acharné.

— Un homme dans la force de l'âge, à ce que je vois... Je ne pense pas qu'il se montrera trop difficile. Les hommes ont des besoins, tu sais, roucoula Castor en lui caressant doucement la joue.

Cette fois, Patra ne put s'empêcher de frémir de dégoût. La situation devenait trop intime.

— Ne me touche pas !

— Sinon quoi ?

Toute bonté disparut de la voix de Castor, se muant en un petit rire cruel.

— Personne ici ne m'empêchera de faire ce que je veux. Qu'est-ce que tu crois ? Qu'un autre pourrait te sauver ? Je suis un bon parti pour toi, Patra : je suis riche et bel homme, je pourrais t'offrir tout ce que tu souhaites. Si seulement tu m'accordais ma chance, je te sortirais de cette vie de dur labeur et de misère. Tu ne manquerais plus de rien.

Il soupira d'un air nostalgique.

— Tu étais ma meilleure source d'information, tu sais... Pour être honnête, la Filiki espère que tu le redeviendras bientôt. C'est en partie pour cela que je suis venu.

— En partie ? Quelles sont tes autres raisons pour te perdre dans un village aussi petit ?

Patra avait à tout prix besoin d'informations. Est-ce qu'il ne faisait que passer ou bien avait-il une mission à accomplir ? La Filiki avait-elle décidé de se lancer à l'assaut d'Athènes pour détrôner le roi ? A moins que la visite de Castor soit personnelle — ce qui serait bien plus inquiétant.

— Je suis là pour plusieurs raisons, répondit-il. Les affaires, le plaisir, toi... Je pense qu'il est temps que nous nous retrouvions un peu, toi et moi. Quatre ans, c'est bien long, tu ne trouves pas ? J'ai réservé un petit salon, à la taverne ; viens avec moi, nous pourrons y parler en toute tranquillité.

Patra ne répondit pas. Parfois, le silence était le meilleur moyen de transmettre le dédain. Elle avait besoin d'informations, certes, mais elle ne risquerait pas de se trouver en tête à tête avec lui pour les obtenir. Ce serait trop dangereux.

Elle avait déjà commis cette erreur auparavant, et jamais plus elle n'accepterait de se retrouver seule avec lui !

Mais Castor lui attrapa le bras et la tira vers lui, tentant de l'entraîner de force.

— Tu m'admirais autrefois, Patra, ne l'oublie pas.

Oui, elle l'avait admiré et cela avait été l'une des pires méprises de sa vie. Cette fois, elle était à bout de patience et tenta d'un geste brutal de se dégager. Hélas, elle avait oublié à quel point il était fort, à quel point il était grand... Ses efforts ne provoquèrent qu'un petit rire mauvais.

Mais, au même instant, un mouvement brusque dans la foule attira l'attention de Patra. En un éclair, Brennan bondit par-dessus le comptoir, son couteau à la main, et écarta les clients pour se jeter à la gorge de Castor.

— Lâchez cette femme immédiatement !

Sa voix si suave n'était plus qu'un grondement menaçant et son corps, si beau, était déjà tendu, anticipant le combat. Jamais encore elle ne l'avait vu comme cela. Le charmeur enfantin et insouciant avait disparu, laissant la place à un guerrier armé prêt à la défendre bec et ongles.

Une vague de satisfaction primale traversa Patra. Brennan n'était pas qu'un guerrier. Il était *son* guerrier — et Castor n'avait pas prévu cela. Bien sûr, elle en paierait le prix, plus tard, mais pour le moment, elle ne ressentait que soulagement.

Brennan referma sa main libre sur le bras de Patra et l'attira loin de Castor. Il se plaça entre son adversaire et elle. Seulement, en dépit de cette autorité, Castor ne s'avoua pas vaincu. Ce ne serait pas si simple, songea Patra, debout devant la foule amassée.

— Du calme, mon garçon, lança Castor en levant les mains en signe de soumission. La dame et moi ne faisions que parler. Nous sommes de vieilles connaissances, vous voyez ; alors vous n'avez pas besoin de tirer les armes.

Cette dernière remarque fut prononcée avec une pointe de sarcasme, comme pour déprécier le modeste couteau que Brennan pointait contre sa gorge. Derrière Patra, la foule eut un petit rire gêné, ne voulant ni abandonner Brennan, ni s'élever contre Castor. Bien sûr, personne au village n'oserait s'opposer à lui de cette manière...

Brennan, lui, pressa cependant la lame contre la peau de son rival jusqu'à faire perler une goutte de sang.

— Laissez-moi en juger par moi-même.

Patra aurait voulu bondir, retenir sa main, lui dire de ranger son arme ; mais cela n'aurait fait que servir les intérêts de Castor, donner l'impression qu'elle appréciait sa compagnie — et cela, elle ne pouvait pas s'y résoudre.

Elle resta donc figée sur place, comme tout le monde, attendant anxieusement le dénouement. Par bonheur, Konstantin finit par s'avancer et posa doucement la main sur l'épaule de Brennan.

— Capitaine, pardonnez-lui, il n'est pas d'ici et ne vous connaît pas. Voici Brennan Carr, commença-t-il d'une voix ferme, pour apaiser son ami. Brennan, cet homme est Castor Apollonius, l'un des héros de la dernière guerre.

Brennan baissa son couteau, mais ne se détendit pas pour autant. Malgré tout, Patra lâcha un soupir de soulagement : la crise était passée, pour le moment en tout cas.

Sans un mot, elle recula d'un pas, puis de deux, jusqu'à se trouver à l'extrémité de l'agora. Là, elle prit ses jambes à son cou et s'enfuit sans un regard en arrière, le cœur battant. Toute la frayeur qu'elle avait contenue au marché se libéra enfin, incontrôlable et déchaînée.

En quelques secondes, les événements des quinze dernières minutes défilèrent dans son esprit. Castor était là ! Son pire cauchemar avait repris vie sous ses yeux. Elle s'était trompée du tout au tout : elle n'était pas libre et elle faisait courir des risques insensés à Brennan...

Lorsqu'elle arriva enfin chez elle, épuisée et en larmes, elle avait du mal à respirer. Elle traversa la maison d'un pas vif, s'agenouilla devant son lit, les mains tremblantes et tira un long étui de bois de sous le matelas. Elle n'arrivait plus à penser qu'à une seule chose. Charger les pistolets.

Seigneur, qu'elle avait été stupide ! Le destin se rappelait à elle en lui jouant un tour des plus cruels. A l'instant même où elle s'accordait un peu de bonheur, où elle s'autorisait enfin à rêver, la vie lui arrachait sans pitié le peu de bonheur qu'elle avait réussi à obtenir.

Peu à peu, ses mains cessèrent de trembler tandis qu'elle

manipulait ses armes. Les vieilles habitudes ont la vie dure... Tout en versant méticuleusement la poudre dans les pistolets, la colère vint remplacer la peur. Ce n'était pas plus mal : la colère appelait l'action tandis que la peur ne faisait que vous figer sur place en attendant que le couperet tombe. Elle arma le premier, puis le second, avec un profond sentiment d'accomplissement en entendant le déclic du chien.

Oui, son passé était revenu la hanter mais, cette fois, elle serait prête à l'accueillir.

10

Voilà une évolution inattendue et bien malheureuse, songea Castor en faisant les cent pas dans son bureau de fortune, à la taverne. Patra s'était trouvé un champion, et il n'aimait pas cela du tout ! Patra était *à lui*. Elle lui appartenait depuis douze ans, depuis la mort de Dimitri ; et cet Anglais menaçait ouvertement de la lui voler.

Ce jeune fanfaron allait devoir apprendre ce qui arrivait aux hommes qui essayaient de courtiser Patra, comme tant d'autres avant lui : si Castor ne pouvait pas l'avoir, alors personne ne le pourrait.

— Je veux tout savoir au sujet de Brennan Carr, aboya-t-il en direction de son secrétaire, un grand homme un peu maigre dont la soif de cruauté n'avait d'égale que celle de Castor lui-même. On ne peut rien faire tant que je ne saurai pas précisément qui il est.

Si Carr était un informateur britannique, il faudrait se montrer plus circonspect ; alors que s'il était ce que prétendait Patra, un simple plaisancier, les choses seraient plus simples... Après tout, Castor ne pouvait pas se permettre de tuer un homme envoyé pour aider la Filiki — même s'il n'avait reçu aucun message d'Athènes annonçant une quelconque aide des Anglais pour renverser Othon. Ce n'était cependant pas non plus une impossibilité.

— Je ne peux pas rester, reprit Castor, mais j'attends un rapport complet à mon retour.

Sur ce, il fourra quelques vêtements dans une sacoche de

selle. Il avait d'autres villages à visiter et d'autres informateurs à contacter. Le Péloponnèse était-il prêt à se soulever de nouveau ? Etait-il prêt pour passer à la prochaine étape vers l'indépendance ?

Déterminer cela était sa mission première et, bien qu'elle lui fût agréable, il aurait préféré pouvoir rester à Kardamyli pour surveiller Brennan Carr en personne.

— Je reviendrai dans une semaine. Prépare un banquet pour mon retour : nous devons à tout prix rappeler aux villageois la gloire de la guerre, pas son coût. Je veux que les personnes les plus influentes de Kardamyli soient présentes, et assure-toi que Patra Tsipras et Brennan Carr soient sur la liste d'invités. Je compte sur toi.

Au fond, peu importaient les projets de l'Anglais vis-à-vis de Patra. Quand Castor quitterait Kardamyli, elle l'accompagnerait, qu'elle le veuille ou non. Bien entendu, il lui laisserait une chance de venir volontairement ; mais si elle résistait... La Filiki savait parfaitement comment traiter ceux qui n'étaient pas fidèles à la cause, et Patra n'avait prévenu personne de la présence de l'Anglais au village. S'il le fallait, Castor n'aurait aucun mal à rassembler des preuves contre elle. La menace d'un procès au sein de l'ordre la convaincrait sans doute de se montrer conciliante et docile.

Une fois loin de son village et sous le coup d'une condamnation à mort pour trahison, elle serait tout à fait seule. Elle n'aurait plus que Castor et le supplierait de l'aider.

Bien entendu, les charges ne tiendraient pas. Patra n'était pas vraiment membre de la Filiki, uniquement veuve d'un membre. Seulement, cela suffirait à lui faire quitter Kardamyli et c'était tout ce qui importait. Quand elle serait libérée du poids de son deuil, de sa vie plus que modeste, grâce aux efforts de Castor et de personne d'autre, il lui rappellerait que c'était la seconde fois qu'il la sauvait du désastre. Alors, elle apprendrait enfin à se montrer reconnaissante. *Très reconnaissante.*

Perdu dans ses pensées, il ajusta son pantalon qui lui parut soudain un peu trop étroit. Il ne pouvait pas encore satisfaire ses désirs, mais cela arriverait très bientôt. Patra finirait par le voir comme un ami fidèle, un amant, et pas un ennemi.

— On dirait que tu t'es trouvé un rival, remarqua amèrement Konstantin tandis que Brennan examinait l'agora à présent presque déserte.

Il n'y aurait plus de clients, aujourd'hui : les gens étaient trop bouleversés pour acheter quoi que ce soit, après l'esclandre que Bren avait déclenché. Tous les promeneurs s'étaient éclipsés aussi vite qu'ils le pouvaient, tête baissée, dans un murmure gêné ou surpris. Apparemment, personne n'avait envie de côtoyer Castor Apollonius.

Brennan commença à remballer le poisson invendu.

— J'espère que les choses seront revenues à la normale demain, je ne voudrais pas causer du tort à ton affaire...

A présent que l'adrénaline du combat, à peine évité, retombait, il commençait à comprendre que ce qu'il avait fait pourrait avoir de lourdes conséquences. Une fois encore, il s'était précipité sans réfléchir, sans se poser la moindre question !

Heureusement, Kons éclata de rire — un rire chaleureux et rassurant.

— Les ventes vont peut-être ralentir quelque temps, mais les gens reviendront, ne t'en fais pas. Tout le monde a besoin de poisson et Castor ne restera pas longtemps ici. Nous n'avons qu'à attendre qu'il reparte, dit-il avec un clin d'œil en essuyant rapidement son couteau sur son long tablier. Par « nous », je veux parler de toi, moi, et du village, bien sûr !

D'après l'altercation entre ce Castor et Brennan, il était évident que tout le monde craignait le pouvoir de cet homme — pas uniquement Patra. Cependant, la crainte qu'il inspirait à la belle veuve paraissait plus profonde, plus personnelle...

Le capitaine Castor Apollonius était un homme intimidant qui semblait ne pas hésiter à se servir de son statut privilégié pour obtenir ce qu'il voulait. Cela se voyait dans la manière dont il s'habillait et se comportait. Il ne parlait pas, il *donnait des ordres*.

— Personne n'aime Apollonius, poursuivit Konstantin. Il a peut-être assuré notre victoire pendant la guerre, cela nous a coûté très cher. De nombreux soldats sont tombés et il n'a reculé devant aucun sacrifice — même les moins nécessaires. En le voyant revenir ici, je suis sûr que tout le monde a peur qu'il soit venu réclamer d'autres hommes pour provoquer un nouveau bain de sang.

Brennan se redressa et s'étira longuement après avoir passé de longues minutes penché sur l'étal. Il examina la façade de la taverne, de l'autre côté de la place du marché.

— Pourquoi le village ne se rebelle-t-il pas, si tout le monde le déteste à ce point ? Pourquoi personne ne se dresse contre lui ?

Konstantin laissa un instant ses caisses de poissons de côté et dévisagea Brennan avec sérieux.

— Nous le tolérons, ici, parce que nous chérissons notre indépendance plus encore que nous ne méprisons Apollonius. La Filiki Eteria nous a apporté une certaine cohésion, une organisation, le succès dans la rébellion — choses qu'aucun de leurs prédécesseurs n'avait obtenues. Et cela a marché. Nous avons chassé les Turcs du pays, Brennan. Nous avons réussi à obtenir cette indépendance si chère à nos cœurs, mais une récompense plus importante encore nous attend : nous pourrions vivre libres, sans être à la merci de petits chefs corrompus. La guerre n'est pas encore finie et, tant que nous aurons des batailles à mener, nous aurons besoin d'hommes comme Apollonius qui ont les mêmes buts que nous, même s'ils ne partagent pas nos idéaux.

Les arguments de Konstantin forcèrent Brennan à plus d'humilité. Il eut même un peu honte de ne pas avoir réfléchi plus que cela. Jamais encore il ne s'était vraiment investi dans une cause quelconque ; pas comme Konstantin s'investissait pour l'indépendance de la Grèce. Et le plus impressionnant était que Konstantin n'était qu'un pêcheur... Il n'avait pas étudié dans une grande université, n'avait pas exploré le monde. C'était un homme simple, qui vivait à des centaines de lieues de la capitale du pays ; et pourtant, il comprenait les enjeux de la guerre. Brennan en fut ému et un peu jaloux.

— Est-ce que c'est pour cela qu'Apollonius est ici ? Pour mettre en route la prochaine étape ?

— Oui, probablement, répondit Konstantin avec un rapide regard en direction de la taverne. Le voilà, déjà prêt à partir et à rendre visite aux villages de la région.

En effet, Castor se tenait devant la porte, se tapotant impatiemment la cuisse avec sa cravache tandis qu'on lui amenait son cheval — une grande bête noire, magnifique.

— Si nous avons de la chance, nous ne le reverrons pas avant une semaine. Cela te laissera le temps de décider quoi faire...

— Qu'est-ce que tu veux dire par là ?

Brennan fit de son mieux pour paraître naturel, l'estomac noué par un soudain sentiment de malaise. S'il ne savait pas précisément de quoi parlait son ami, il pouvait aisément le deviner.

— Si Apollonius est là, ce n'est pas que pour l'effort de guerre, reprit solennellement Konstantin. Il est là pour Patra. Tu sais, il n'acceptera pas d'être repoussé par qui que ce soit. Je te l'ai déjà dit, si tu t'en souviens.

Bon sang, les choses allaient de mieux en mieux — ou de pire en pire, suivant la manière dont on envisageait la situation.

— Rectificatif : tu m'as dit qu'il s'agissait d'un ancien courtisan. Tu ne m'as jamais laissé supposer qu'il serait encore attaché à elle.

Mais il savait ce à quoi Kons faisait allusion : il avait encore le temps de partir, de disparaître, tout simplement, avant le retour de Castor. Peut-être ferait-il mieux d'écouter ce conseil. De toute manière, il avait toujours eu l'intention de partir, à un moment ou à un autre. Alors, pourquoi ne pas le faire avant de s'attirer plus de problèmes ?

— Je pense que je devrais parler à Patra avant de prendre la moindre décision.

Ils avaient presque fini de remballer le poisson et Brennan ôta son tablier.

— Est-ce que cela te dérangerait, si j'allais la voir dès maintenant ?

Il ne voulait pas *que* lui parler. Il voulait surtout s'assurer qu'elle allait bien. Il avait remarqué sa pâleur quand Castor était près d'elle. Rien à voir avec le sursaut effrayé de quelqu'un surpris par l'arrivée imprévue d'une ancienne connaissance. C'était une terreur profondément ancrée en elle, qui venait de loin et dont les causes échappaient totalement à Brennan.

Il avait besoin de réponses — et immédiatement. Dès l'accord de Kons, il remonta la petite route à grandes enjambées, impatient, et laissa le village derrière lui. Patra s'était éclipsée du marché dès qu'elle l'avait pu et il avait dû se contraindre à attendre avant de lui courir après. Il ne pouvait pas se permettre de se montrer trop pressant. De toute manière, Kons, posant la main sur son épaule, lui avait clairement fait comprendre qu'il vaudrait mieux réfléchir avant d'agir.

La petite maison de Patra paraissait calme — trop calme même — au bout de la route. L'espace d'un instant, il eut peur qu'elle soit partie. Non, elle n'avait pas eu le temps de se préparer à abandonner le village, de rassembler ses affaires et de fuir. Une chèvre bêla dans le fourré de mauvaises herbes qui avait été l'oliveraie, autrefois, et Brennan fut soulagé : elle était là.

Il s'avança encore de quelques pas et entendit soudain le déclic reconnaissable entre mille du chien d'un pistolet.

Sans plus d'avertissement, un coup de feu éclata et la balle s'enfonça dans la terre poussiéreuse, aux pieds de Brennan. Bon sang, avait-elle perdu la tête ?

— Patra ! C'est moi, Brennan !

Cherchant à trouver sa cachette, il commença prudemment à contourner la maison.

— Patra, chérie, pose ce pistolet !

Quelques centimètres de plus, et son Grand Tour s'achèverait de manière sordide ici, au milieu de nulle part... Bien sûr, personne ne s'en soucierait vraiment. Mais lui, si. Il était venu là pour voir si Patra allait bien, pas pour qu'on lui tire dessus !

La porte de la maison s'entrouvrit, certainement pour vérifier qu'il s'agissait bien de lui et Patra apparut, un pistolet toujours pointé sur lui. Cela voulait donc dire qu'elle en avait deux. Que diable faisait-elle, avec *deux* pistolets chargés ?

Il le comprit rapidement, en l'examinant de plus près. La réponse était écrite sur son visage maculé de la poussière du chemin dans laquelle se dessinaient les longues traînées humides de ses larmes et dans ses cheveux emmêlés qui s'étaient échappés de son ruban et retombaient à présent sur son épaule. Elle cherchait seulement à s'accorder une chance, à se défendre contre tout ce qui pourrait venir à elle par la petite route.

Il y avait une sauvagerie en elle, une sorte de désespoir sombre qui émut profondément Brennan. Ses questions n'eurent alors plus aucune importance. De toute manière, elles paraissaient bien égoïstes, face au tableau qui se peignait devant lui : Patra contrainte de braquer une arme sur quelqu'un pour défendre son foyer. Il y avait peu de crimes susceptibles de provoquer une telle réaction, et tous aussi méprisables... Lequel avait donc pu commettre Castor ? Peu importait. La seule chose à retenir était qu'Apollonius avait fait souffrir Patra, avait dû se comporter en scélérat vis-à-vis d'elle.

Une détermination nouvelle envahit Brennan tandis qu'il restait là, immobile, fasciné par elle, par le courage dont elle faisait preuve. Le pistolet commença à trembler dans sa main, l'émotion semblait la gagner. Et il sut.

Il sut qu'il ne pourrait pas partir. Quitter le village dès maintenant serait facile, mais cela condamnerait Patra à tomber entre les griffes d'un homme qui incarnait son pire cauchemar, sans personne pour la protéger. Il ne serait pas dit que Brennan Carr abandonnerait qui que ce soit. Pour la première fois, il ne voulait pas être celui qui part, mais celui qui reste.

Avec douceur, il s'avança d'un pas.

— Repose cette arme, Patra : je suis là.

Elle baissa alors le canon du pistolet, lentement.

— J'ai cru que tu étais *lui*...

Voilà : une preuve de plus que ce qui avait pu se passer entre le capitaine et elle allait au-delà d'une romance contrariée. Qu'est-ce qu'il avait bien pu lui faire, pour la terroriser à ce point ?

Encore deux pas dans sa direction. Tous les instincts de Brennan l'encourageaient à avancer doucement, prudemment ; alors que tout ce qu'il aurait voulu était se jeter sur elle, la prendre dans ses bras et la serrer contre lui sans jamais la lâcher.

— Tu es en sécurité. Castor est reparti à cheval avec un sac plein il y a une demi-heure. Il est parti.

Deux pas de plus, et il pourrait la toucher. Le déclic du chien le figea sur place.

— Tout se passera bien, Patra, je te le promets, insista-t-il avec un sourire pour la rassurer.

Une brève vague de soulagement traversa le regard de Patra, mais elle ne bougea pas pour autant.

— Non, ça n'ira pas bien. Il va revenir et tu devras être parti d'ici là, déclara-t-elle fermement.

Que voulait-elle dire par là ? Allait-il revenir chez elle, ou à Kardamyli comme l'avait supposé Konstantin ?

Brennan commençait à en avoir assez qu'on veuille le contraindre à partir. Il attrapa gentiment le pistolet et le posa à l'écart puis prit la main de Patra pour l'attirer à lui.

— Viens t'asseoir avec moi sous les citronniers. Il faut que nous parlions.

Le parfum des fruits et la brise qui soufflait entre les feuilles la calmeraient sûrement. Une fois entourée par ce décor familier, elle se sentirait peut-être plus en sécurité…

Elle le suivit sans un mot et il lui offrit un autre sourire en s'asseyant avec elle à table, à l'ombre de l'arbre.

— Maintenant, dis-moi exactement pourquoi tu tiens tant à ce que je fuie Castor Apollonius.

— Rester serait stupide, dit-elle au bout d'un instant.

Ses beaux yeux brillaient d'une flamme sombre et Brennan sentit ses doigts se crisper dans sa main, sur la table. Il prit soin de ne pas la lâcher. Les gens parlaient plus facilement quand on les touchait et, pour l'inciter à se confier, il avait besoin d'établir ce genre de connexion intime.

— Il est dangereux. Il pense que tu es un espion…

Un espion ? Jamais il n'avait entendu une chose pareille ! Il allait falloir qu'il écrive à Haviland pour lui raconter cette histoire. Si Nolan avait été là, il aurait éclaté de rire à s'en étouffer.

Brennan faillit sourire, mais il se retint. Ce n'était pas quelque chose d'amusant pour Patra, et s'il voulait sa confiance, il devait prendre ses inquiétudes au sérieux.

— Je ne suis pas un espion, je peux te le garantir. Et puis, pourquoi y aurait-il un espion à Kardamyli ?

Ce petit village de pêcheurs paraissait bien trop isolé pour attirer l'attention de qui que ce soit. Qu'est-ce qu'un espion pourrait bien espérer accomplir, ici ?

— La Filiki espère que l'Angleterre l'aidera à renverser Othon, expliqua Patra. Tu aurais pu être là pour jauger nos forces armées, pour voir si la péninsule était prête à se soulever de nouveau, si l'aide de ton pays pourrait être utile.

— Ah, la Filiki. L'organisation secrète pas si secrète que cela, murmura Brennan, presque pour lui-même. Ton époux en faisait partie, pendant la guerre, n'est-ce pas ? Et toi ?

— Oui, Dimitri était un membre mais moi, je n'étais qu'un soutien officieux. Les femmes ne peuvent pas entrer dans la confrérie.

— Mais tu les as aidés ? insista Brennan.

Il commençait à mieux comprendre les enjeux, mais il avait besoin de tout savoir s'il voulait l'aider à se débarrasser du capitaine.

— Apollonius est venu te demander de rejoindre la cause une nouvelle fois ?

Patra fit tristement non de la tête.

— Ce n'est qu'un stratagème. En fait, il a été envoyé pour enquêter sur toi, mais s'il reste plus longtemps, c'est à cause de moi.

— Que fera-t-il, quand il apprendra que je ne suis pas un espion ?

Brennan se sentit soudain très coupable. C'était sa présence à Kardamyli qui avait ravivé le pire cauchemar de Patra. Seulement, comment aurait-il pu savoir que son séjour au village suffirait à la mettre en danger ?

— Quand il apprendra la vérité, le vrai danger nous menacera, dit-elle avec un calme glacial. Quand il sera certain que tu ne peux rien lui apporter, tu deviendras superflu et alors il n'hésitera pas à te tuer. Il pourrait même essayer de faire de toi un martyr dans l'espoir de rallier l'Angleterre à sa cause.

Cédant soudain à un élan de panique, elle lui serra désespérément les mains.

— C'est pour cela que tu dois partir, tu comprends. Tu devras être déjà loin quand il reviendra ici !

Elle baissa un instant les yeux sur leurs mains entrelacées.

— Je suis désolée, j'ai peur de ne pas avoir été d'une grande aide, aujourd'hui. Quand il m'a parlé de sa théorie d'espionnage, j'ai fait tout ce que j'ai pu pour l'en dissuader. Je n'ai pas réfléchi, sur le moment... Et s'il me croit, il comprendra vite que tu ne lui seras d'aucune utilité.

— Oh ! je suis comme les mauvaises herbes : dur à éradiquer, plaisanta Brennan dans l'espoir de la rassurer.

De nombreux époux en colère avaient déjà essayé de s'attaquer à lui au fil des ans. Heureusement, il avait appris à maîtriser les couteaux grâce à Nolan, les épées grâce à Haviland et, quand tout le reste échouait, il pouvait toujours fuir à cheval plus vite que n'importe qui grâce à Archer. Cependant, sa sécurité n'était pas la chose qui le préoccupait le plus en ce moment.

— Je peux prendre soin de moi et te protéger en même temps, Patra.

Il s'interrompit un instant mais elle ne réagit pas, ne leva même pas les yeux.

— Regarde-moi. Je veux que tu me regardes dans les yeux ; comme ça, tu ne pourras pas douter un seul instant de ce que je te dis.

Ils en arrivaient à l'instant critique, l'instant où elle devait à tout prix lui faire confiance.

Elle leva lentement les yeux, l'air encore un peu méfiant. C'était cette méfiance qui gênait le plus Brennan, non pas parce qu'elle ne se fiait pas à lui, mais parce qu'elle doutait d'elle-même. Il y avait encore quelque chose qu'elle ne lui disait pas, quelque chose de terrible qu'elle lui cachait.

— Patra, je ne te laisserai pas te mesurer seule à cet homme. De toute manière, j'ai annoncé à tout le village que j'avais l'intention de te courtiser, ce matin. De quoi aurais-je l'air, si je prenais mes jambes à mon cou à la première difficulté ?

— Mais ce n'est qu'une ruse. Tu comptais partir, à un moment ou à un autre, répondit-elle toujours aussi calmement.

Cependant, en dépit de ses efforts pour maîtriser ses émotions, Brennan vit sa mâchoire se crisper. Ses paroles l'avaient bel et bien rassurée, même si elle tenait à lui faire croire le contraire.

— Oui, je partirai un jour, très probablement, mais pas aujourd'hui, reprit-il donc patiemment. Je ne laisserai pas Apollonius te faire de mal. Quoi qu'il ait pu se passer entre vous par le passé, je te jure que ça n'arrivera plus jamais — pas tant que je serai là.

— Tu n'as pas à faire cela, Brennan. Nous nous sommes mis d'accord pour faire croire à une fausse liaison passagère afin de nous protéger des demandes en mariage importunes. Jamais tu ne t'es engagé à me protéger contre une telle menace et je ne peux pas exiger ça de toi.

— Mais moi je veux le faire, Patra.

Oui, il le voulait, autant pour elle que pour lui. Il n'était pas encore prêt à quitter Kardamyli et il ne laisserait certainement pas un capitaine indépendantiste trop zélé le chasser au moment même où il avait enfin trouvé un combat à mener.

Brennan sourit donc d'un air dégagé.

— Et puis, je n'ai pas encore fini de passer les murs de ta maison à la chaux ou de réparer le toit de la grange. D'ailleurs, je ferais peut-être mieux de me remettre au travail.

— Tu ne peux pas ! On va penser qu'il se passe quelque chose de malhonnête entre nous !

Ses protestations étaient bon signe. Cela voulait peut-être dire que sa peur commençait à s'évaporer.

— Les gens méprisent Apollonius. Ils vont penser que je

suis chez toi uniquement pour te protéger et, crois-moi, ils approuveront : personne ne considère qu'une veuve qui vit seule devrait avoir besoin de deux pistolets pour protéger sa maison. Et c'est vrai, lui certifia-t-il.

S'il en avait besoin, il pourrait sans doute convaincre facilement Konstantin de l'aider à répandre cette rumeur dans tout le village avant la nuit. Castor était peut-être parti pour une semaine, ou bien seulement deux jours. Quoi qu'il en soit, Brennan ne pouvait pas prendre le risque de le laisser surprendre Patra seule chez elle — ou n'importe où d'ailleurs...

Il l'examina longuement. Bien qu'elle ne prononçât pas un mot, il pouvait suivre l'évolution de ses pensées dans son regard, dans son corps qui commençait à se détendre. Il fit de son mieux pour paraître aussi insouciant que possible, dans l'espoir de la soulager. Il voulait la voir sourire, avant d'aller chercher ses outils pour se mettre au travail.

— Et en ce qui concerne les choses malhonnêtes, qui sait ? murmura-t-il donc d'un air taquin. En une semaine, tout est possible.

11

Oui, une semaine… Et tout était possible. Elle le laissa partir et pendant un long moment le regarda remonter la petite route en concluant avec elle-même ce marché inconvenant.

Déjà, elle se sentait seule sans lui. Il reviendrait probablement moins d'une heure plus tard, le temps de rassembler ses outils et de prévenir Konstantin de sa décision ; mais il lui manquait. En fait, ce n'était pas qu'un simple problème de solitude. Elle se sentait plus en sécurité avec lui. Castor avait toujours aimé agir en solitaire, il n'aimait pas laisser de témoin. S'il revenait plus tôt que prévu, il n'apprécierait certainement pas de trouver un rival auprès d'elle.

Hélas, ce n'était pas très juste pour Brennan. Si tout le village les croyait intimes, il courrait un danger bien plus important que ce à quoi il pensait ; et cela donnerait à Castor une raison de plus de le haïr.

Elle n'avait pas été tout à fait franche avec son beau soupirant : la menace que représentait Castor pour lui n'était pas uniquement politique. Elle était personnelle. Troublée, elle retourna dans la maison, perdue dans ses pensées. Elle aurait peut-être dû tout raconter à Brennan, en fin de compte. S'il savait l'entière et horrible vérité, il serait sur la route, à présent, au lieu d'aller récupérer ses outils chez son ami. S'il connaissait toute l'histoire, il n'aurait jamais promis de protéger une femme comme elle, qui ne méritait pas son affection.

Malheureusement, ce qui s'était passé était difficile à avouer, parce qu'elle l'impliquait, elle, tout autant que Castor... Brennan pourrait la mépriser, la haïr pour lui avoir menti, en découvrant qu'elle n'avait rien de la veuve dévouée et vertueuse qu'il voyait en elle.

Seigneur, comment pouvait-elle être aussi égoïste ? Elle voulait garder Brennan auprès d'elle aussi longtemps que possible ; elle s'agrippait à lui en dépit du bon sens. La réapparition soudaine de Castor lui avait arraché la liberté qu'elle s'accordait enfin, mais cela ne pourrait pas l'empêcher de recommencer à savourer la vie — même temporairement. Elle n'oserait pas aller trop loin, ce soir, car la journée avait été chargée en émotions. Mais dès le lendemain...

Oui, c'était ce qu'il fallait faire. Profiter de la présence de Brennan autant que possible durant une semaine, puis le libérer de sa promesse pour ne pas lui faire courir de danger. Ainsi, elle ne pourrait pas s'en vouloir d'avoir fait passer son propre bonheur avant celui des autres.

Quand elle avait séduit son bel Anglais, elle avait voulu que leur histoire leur appartienne. Elle avait voulu que cela ne concerne personne, à part eux ; et n'avait pas souhaité qu'une crise ou un accès de terreur vienne les séparer. Ce soir, elle accueillerait Brennan à sa table et essaierait d'oublier les horreurs de cette journée — en particulier les caresses insidieuses de Castor. Mais demain... Demain serait différent. Demain, elle se permettrait de retrouver les délices de la plage, et plus encore.

Demain, elle s'offrirait pleinement à Brennan Carr.

Elle noua son tablier à sa taille et embrassa sa cuisine du regard. Elle avait largement assez de provisions pour une semaine, même avec un homme qui mangeait comme Brennan. En un instant, sa décision fut prise.

Elle s'abandonnerait au plaisir avant qu'il ne soit trop tard, et elle avait sept jours pour le faire. En échange de ce plaisir, elle avouerait toute la vérité à Brennan au sujet de Castor. Ce serait certainement son seul moyen de le convaincre de partir, de se préoccuper enfin de sa propre sécurité. Après cela, il s'en irait et elle retrouverait sa solitude. C'était le prix à payer. De toute manière, Brennan ne lui avait jamais appartenu. Il ne pouvait pas vivre avec elle, tout comme il ne pouvait pas rester éternellement à Kardamyli.

Ses efforts débutèrent à l'aube, le lendemain. Brennan avait commencé à travailler dès le lever du soleil et, cette fois, elle était prête à l'accueillir. Elle s'était levée avant son arrivée, avait préparé le petit déjeuner et dressé la table sous le petit bosquet de citronniers avec une nappe à carreaux bleue et blanche. Elle y avait déposé un plateau chargé de bols de yaourt et d'un petit pot de miel de thym pour le parfumer ; d'une assiette de *trilaka*, les saucisses épicées qu'on préparait dans la péninsule ; et d'un pichet de lait de chèvre. Elle avait remarqué dès le premier jour qu'il avait un grand appétit alors, aujourd'hui, elle avait préféré anticiper.

Quand il commença à manger, elle le regarda savourer ses bouchées — au lieu de se précipiter, comme la première fois. Elle lui tendit l'assiette de saucisses.

— Il en reste, sers-toi, je t'en prie.

Sans se faire prier, il planta sa fourchette dans une saucisse épaisse.

— Pourquoi est-ce que tu souris ? demanda-t-il soudain. Est-ce que j'ai quelque chose entre les dents ?

Puis, avec une fausse grimace horrifiée, il reprit théâtralement :

— A moins qu'il y ait quelque chose *dans* la saucisse ? Tu l'as empoisonnée pour te débarrasser de moi ?

Avec un sourire, il croqua dedans à pleines dents.

— C'est juste agréable de voir un homme manger, confessa Patra.

Voilà, il allait la croire folle, maintenant. Quoi qu'il en soit, elle avait du mal à se concentrer sur quoi que ce soit de « normal », trop occupée à songer à la nuit qui les attendait.

— C'est agréable de cuisiner pour quelqu'un d'autre, après tout ce temps. Quand on ne cuisine que pour soi-même, cela perd vite tout son intérêt, ajouta-t-elle dans l'espoir de lui faire comprendre qu'elle n'avait pas perdu l'esprit.

En fait, depuis la mort de Dimitri, elle cuisinait très peu, se contentant la plupart du temps de cuire sa pita. La plupart de ses repas se limitaient à cela : de la pita, du fromage de chèvre et quelques fruits qu'elle cueillait sur les arbres mal entretenus du jardin.

Brennan lui fit un petit clin d'œil.

— Tu peux cuisiner pour moi autant que tu veux... On me dit toujours que je mange comme un ogre !

Elle voulut protester, mais il l'en empêcha d'un geste amusé de la main.

— Non, crois-moi, c'est vrai. C'est sans doute lié à la manière dont je digère la nourriture : apparemment, je brûle mon énergie plus vite que la plupart des gens.

Il acheva son copieux petit déjeuner et s'essuya la bouche avec sa serviette immaculée.

— Merci, c'était vraiment délicieux. Tu sais, je pourrais m'habituer à des repas aussi princiers... Bon, je ferais tout de même mieux de retourner travailler avant qu'il fasse trop chaud pour peindre. J'aimerais finir de passer les derniers murs à la chaux avant ce soir.

— Est-ce que tu as prévu de garder ta chemise, aujourd'hui ? demanda Patra en ramassant les couverts.

Brennan lui tendit son assiette en souriant et ses doigts s'attardèrent un instant sur les siens pendant qu'elle empilait la vaisselle sur le plateau.

— Tu aimerais que je la garde ?

— Eh bien... J'ai de la lessive à faire, aujourd'hui, et j'ai remarqué que ta chemise pourrait avoir besoin d'un bon lavage. C'est bien le moins que je puisse faire, pour te remercier, répondit-elle tranquillement.

Elle regretta immédiatement sa proposition. Elle n'avait pas pensé à mal, bien sûr, mais quand les mains de Brennan la touchaient, rien ne paraissait innocent. Il le faisait exprès, c'était certain.

Elle avait prévu de *le* séduire, et c'était le contraire qui se passait. Avait-il deviné ses intentions ? Après tout, il devait avoir l'habitude de cela. Les femmes devaient essayer de le charmer en permanence... Peut-être avait-il fini par s'y habituer.

Il lui fit un petit clin d'œil.

— Si tu es prête à faire cela pour moi, le moins que *je* puisse faire, c'est d'accepter.

Puis, d'un geste rapide, il passa sa chemise au-dessus de sa tête. C'était un mouvement souple, fascinant. Hypnotisée par son torse cuivré, elle faillit rater le vêtement quand il le lui lança. Pourtant, elle n'aurait pas dû être si surprise. Elle l'avait déjà vu torse nu au marché — et complètement nu quand ils étaient allés nager. Et pourtant, même une aveugle ne se lasserait jamais de le voir se déshabiller !

Elle remarqua alors une fine ligne plus claire, sur sa hanche. Une ligne qu'elle n'avait pas encore vue. Enfin, « pas encore » n'était peut-être pas la bonne expression. « Pas encore » impliquait un certain passif, une intimité qu'ils n'avaient pas. Elle n'avait pas vu cette ligne quand ils étaient allés à la plage, c'était tout.

Mais elle ne pouvait pas simplement rester là, à le dévisager. Il fallait qu'elle dise quelque chose, n'importe quoi ; sinon, il allait croire qu'elle le dévorait des yeux comme une jeune fille innocente. Elle était femme, mûre. Elle avait déjà vu des hommes à demi nus ou complètement nus, dans sa vie. Elle avait d'ailleurs déjà vu Brennan à demi nu et même nu.

Cependant, tout ce qu'elle parvint à dire fut :

— Pense à mettre de l'huile plus tôt, aujourd'hui. Tu es un peu rouge...

Faire la lessive n'était finalement pas une si bonne idée que cela, songea-t-elle plus tard en se battant contre une tache tenace sur le col de la chemise de Brennan. Quand elle lui avait proposé de laver son linge, elle n'avait pas pensé que ce serait un acte si intime. Mais à présent, ses vêtements étaient étendus autour d'elle, séchant au soleil. Elle n'aurait pas pu trouver message plus clair pour lui faire comprendre ses intentions — pour lui dire : « je te veux dans mon lit, ce soir. » A moins qu'elle n'ait trop d'imagination. Peut-être qu'elle accordait trop de sens à une simple corvée quotidienne.

A l'époque où elle lavait le linge de Dimitri, la chose ne lui avait pas paru si personnelle. Ça n'avait été qu'un devoir comme un autre et elle s'était enorgueillie de le faire, en tant que jeune épouse. Cela avait été son rôle, c'était tout. Si un homme paraissait soigné en public, cela voulait dire que sa femme était bonne maîtresse de maison.

Elle essora une blouse et l'étendit sur une pierre, près de sa propre chemise fine — celle qu'elle avait portée quand ils étaient allés nager. Leurs vêtements abandonnés là, côte à côte, donnaient un spectacle presque érotique. Comme si deux amants les avaient laissés là pour s'ébattre dans l'herbe. Un simple coup d'œil à la chemise de Brennan suffisait à éveiller des souvenirs brûlants en elle. Elle sentait de nouveau ses mains sur elle, ses doigts qui se glissaient sous sa chemise pour toucher sa peau, sa poitrine, et un endroit intime, plus bas.

Elle attrapa un autre vêtement froissé et se mit à le frotter énergiquement. Qu'est-ce que Dimitri aurait pensé de tout cela ? Ils n'avaient jamais vraiment parlé de ce qui arriverait si l'un d'entre eux mourait avant l'heure. En temps de guerre, parler de cela était de mauvais augure ; personne n'envisageait clairement la possibilité de ne pas rentrer à la maison. Son époux aurait-il voulu qu'elle aille de l'avant ? Avec un autre homme que lui ? Ou bien aurait-il voulu qu'elle reste fidèle à leur amour toute sa vie, mis à part la menace qui planait sur elle ?

En douze ans, elle ne s'était jamais vraiment posé la question. Sa douleur avait été trop grande, au début, puis elle n'avait simplement pas trouvé de raison valable pour penser à cela sérieusement. Le danger même que représentait Castor à lui seul rendait toute réflexion inutile.

Les épaules endolories par son travail, elle s'étira et en profita pour jeter un coup d'œil à la maison que Brennan repeignait avec assiduité. Il était si bel homme, dans la pleine lumière. Il lui rappelait un portrait de David qu'elle avait vu une fois ; l'image idéale d'un jeune homme dans la force de l'âge. Elle ne put réprimer un sourire. Brennan serait son David aux cheveux flamboyants pendant quelques jours. Elle le vit interrompre un instant ses mouvements rythmés, chasser une mèche de ses yeux. Il avait une véritable crinière ondulée, constamment décoiffée, remarqua-t-elle, mais qui brillait d'un éclat rouge doré au soleil.

S'arrachant à sa contemplation, elle ramassa son panier de linge et le cala contre sa hanche. Brennan était incapable de lui offrir le grand amour. Quoi qu'il arrive, il restait anglais et finirait par rentrer chez lui, tôt ou tard. Leur marché avait toujours pris cela en compte : elle savait depuis le début comment cette histoire se terminerait. Même dans un monde parfait où ses secrets n'auraient pas le pouvoir de les séparer, d'autres obstacles se dresseraient entre eux.

Pour commencer, il était bien plus jeune qu'elle. Un jour ou l'autre, il voudrait fonder une famille. Les hommes comme lui faisaient des pères formidables… Elle avait bien vu sa manière de se comporter avec les enfants, au village et au marché. Il aimait les porter sur ses épaules et avait toujours une petite tâche facile à confier aux plus grands garçons quand ils venaient lui demander du travail. Elle voyait bien qu'il les aimait. Elle l'entendait à son rire, le devinait à sa nature joueuse.

Elle posa instinctivement une main sur son ventre. Elle avait porté un bébé, autrefois, pendant peu de temps ; et cela avait été merveilleux. Peut-être pourrait-elle encore en avoir un autre, mais certainement pas plus, à son âge.

Elle chassa rapidement ces pensées absurdes. Une famille ? Des enfants ? Qu'est-ce qui lui arrivait ? Voilà qu'elle s'abandonnait au rêve d'un futur impossible, un futur qui ne pourrait jamais devenir réalité…

Elle n'avait qu'une semaine à passer auprès de Brennan, et cette semaine s'achèverait rapidement. Après, il n'y aurait plus rien. Il ne *pourrait* plus rien y avoir. Jamais elle ne laisserait un autre homme mourir pour elle. Il fallait qu'elle fasse très attention : elle avait décidé de *le* séduire, pas de s'entraîner seule dans un fantasme irréalisable.

Pendant l'après-midi, ils s'installèrent à l'ombre des citronniers, Patra occupée à raccommoder quelques vêtements, et Brennan s'activant, outils en main. Il avait décidé de rafraîchir la table du jardin.

— Je vais la poncer et la repeindre. Tu verras, elle sera comme neuve, avait-il lancé avec un clin d'œil confiant.

Patra aurait aimé en dire autant, mais elle avait du mal à se concentrer pour bien travailler. Elle jetait trop de coups d'œil à Brennan, travaillant à côté d'elle, pour coudre droit...

— Est-ce que tous les gentlemen anglais sont aussi doués que toi pour la menuiserie ? demanda-t-elle finalement avec un sourire, abandonnant définitivement son ouvrage.

Brennan eut un petit rire.

— Non, bien au contraire. Ce genre de talent n'est pas considéré approprié pour un gentleman. En fait, le but même du gentleman est de *ne pas* avoir à travailler.

— Comment faites-vous, dans ce cas, pour vous occuper de vos maisons ?

Les mouvements de Brennan étaient si souples, si faciles, pendant qu'il ponçait le bois — comme quand il travaillait le poisson au marché. De toute évidence, il avait une certaine pratique dans ce domaine.

Il secoua la tête mais ne ralentit pas, répondant au rythme de ses gestes.

— Je ne suis pas ce qu'un Anglais appellerait un gentleman, les gens se soucient donc peu de ce que je fais. Mon grand-père est comte, mais il a eu trois fils et mon père est le plus jeune. Ensuite, mon père a eu deux fils, mon frère et moi, tout comme chacun de ses frères. Pour faire court, tout cela fait de moi le plus jeune des plus jeunes. Je suis le petit-fils d'un comte, mais c'est tout.

Dans un soupir, il se redressa et passa doucement une main sur la surface du bois, pour la tester. Patra envia le bois, en cet instant : elle aurait aimé qu'il la touche avec tant d'attention...

— Qu'est-ce que cela veut dire, être le petit-fils d'un comte ? demanda-t-elle encore, sincèrement intriguée.

Elle savait très peu de choses des habitudes anglaises, à l'exception de ce que les officiers lui avaient dit ; mais ce n'était pas une simple curiosité culturelle qui la poussait. Elle voulait en savoir plus sur cet homme qui venait d'entrer dans sa vie et lui était déjà indispensable.

Elle avait pourtant l'impression que la fête de Konstantin s'était déroulée des années plus tôt.

Satisfait de son ouvrage, Brennan ramassa un outil pour adoucir les angles de la table.

— Cela veut dire que j'ai été envoyé dans les meilleures écoles, mais que personne ne s'attendait à ce que j'y excelle, répondit-il. Cela veut dire que je pouvais aller passer la Saison à Londres pour danser avec les débutantes de l'année, mais que personne ne s'attendait à ce que j'en épouse une. En fait, tout le monde espérait même que j'échoue : je n'ai rien à offrir à une femme, à l'exception de mon nom. Je suis le gentleman qui danse avec les cousines de tout le monde, mais doit se contenter d'épouser la fille d'un propriétaire terrien local ou d'un petit gentilhomme sans envergure.

Patra entendit la déception pointer dans sa voix, l'amertume qui transparaissait dans ses histoires, dans le souvenir de sa vie en Angleterre. C'était étrange, de le voir ainsi, lui qui était d'habitude si enjoué.

— Je comprends pourquoi tu es venu ici, dit-elle avec douceur. Moi aussi, j'aurais quitté mon foyer, si personne n'avait eu la moindre attente pour moi.

Le tableau que Brennan avait dressé était bien sombre, en effet : en Angleterre, il était censé être un bel homme sans importance, sans destin à accomplir. Il devait être beau, dans ses costumes anglais bien taillés et devait agir en hôte plus que convenable : dansant avec les débutantes, charmant les jeunes femmes les plus effacées, les faisant s'épanouir avec son sourire, ses regards, sa courtoisie confiante... Mais, en fin de compte, il n'était qu'une décoration de plus dans les vastes salles de bal.

— Je trouve que la vie à Kardamyli te va mieux...

Ce n'était peut-être pas la meilleure chose à dire, étant donné leur relation et ce qui devait inéluctablement arriver à la fin de la semaine. Mais c'était vrai.

Elle ne le connaissait personnellement que depuis quelques jours, mais elle l'avait beaucoup observé, au marché, ces six derniers mois. Il était aisé de comprendre que la vie britannique qu'il décrivait ne lui convenait pas.

Il leva les yeux et la dévisagea un instant de son regard bleu dansant.

— Tu me connais donc déjà si bien ?

Relevant son défi, Patra soutint son regard sans hésiter.

— Je sais que tu es un homme qui a besoin d'activité, de travail manuel. Je t'imagine mal mener une vie d'oisiveté. Je t'ai vu travailler le poisson avec Konstantin, jouer avec les enfants, glisser de la nourriture dans le panier des veuves quand elles ne regardent pas et je t'ai vu travailler ici. Tu es incapable de rester assis sans rien faire : ton corps a besoin de bouger. Tu prends soin des gens, tu répares les choses et tu es très doué pour cela...

Peu à peu, elle sentit la culpabilité, insidieuse, naître en elle. Il *appartenait* à ce village, cet endroit, et, par sa seule présence, elle l'empêchait de rester.

Il se détourna, soudain très occupé à chercher l'un de ses outils. Patra comprit que ses paroles l'avaient touché. Le compliment l'avait ému, mis mal à l'aise. C'était assez étrange... Brennan Carr, si sûr de lui en toutes circonstances, avait donc un point faible ? Ou bien était-il simplement peu habitué aux compliments ? C'était assez difficile à imaginer.

Finalement, il abandonna sa recherche et s'appuya sur la table, les bras croisés et les yeux fixés sur elle, scintillants de malice.

— Est-ce que tu sais ce que mon corps veut faire, en ce moment ?

Le charme. Son mécanisme de défense, sans doute. Oui, elle avait touché un point sensible, c'était évident.

L'air chaud et immobile pesa plus fort autour d'eux. Excitée par le regard enflammé de Brennan, Patra se mordilla instinctivement la lèvre.

— Est-ce que j'ai droit à trois chances ? demanda-t-elle.

Les yeux de Brennan s'attardèrent un instant sur ses lèvres.

— Tu n'as pas encore deviné ? dit-il au bout de quelques secondes en lui tendant la main. Viens, j'aimerais essayer le hamac.

12

Décidément, Patra pourrait s'habituer à se reposer dans le hamac — surtout avec Brennan Carr. Il avait l'air si tranquille qu'elle se laissa bercer avec plaisir par la douceur de l'après-midi, installée tout contre lui. C'était simple, facile. Trop facile peut-être. Dans le hamac, ils partageaient soudain une intimité profonde, intense.

Elle s'était allongée, la tête dans le creux de son épaule, trouvant tout naturellement sa place dans ses bras. Il donna un peu d'élan au hamac pour que le doux mouvement les apaise. Etre là, avec lui, si près, si familièrement... Cela semblait juste, comme lors de leur escapade à la plage. Etre avec lui semblait à Patra la chose la plus naturelle au monde. C'était une impression étrange qui ne lui était pas arrivée depuis... depuis toujours.

Elle avait l'habitude de séparer sa vie en deux parties : celle avec Dimitri, et celle d'après. Mais aujourd'hui, elle n'avait pas envie de faire ce genre de comparaison.

De l'autre côté du jardin, elle apercevait la maison blanche et bleue, neuve dans l'éclat du soleil. Elle n'avait pas été aussi belle depuis des années.

— J'avais l'intention de repasser les murs à la chaux depuis longtemps, commença-t-elle.

Pourquoi avait-elle attendu si longtemps ? Pourquoi avait-elle laissé son foyer se dégrader à ce point ?

— J'avoue que je ne me suis jamais décidée. Pendant les premières années, la maison n'était pas en si mauvais état et j'ai repoussé le chantier. Après cela, j'avais toujours des choses plus urgentes à faire : cuire du pain, laver des vêtements, faire du savon, aider quelqu'un au village... J'ai fini par attendre trop longtemps et la tâche est devenue trop importante. Les murs étaient si sales que je n'aurais pas pu les rénover seule.

C'était en tout cas l'une des raisons qui l'avaient retenue. Cela aurait demandé trop de travail pour elle ; et elle n'aurait pas pu se permettre d'accepter l'aide d'un homme pendant autant de temps, de peur d'attirer sur lui la colère de Castor. Mais elle ne pouvait pas aborder de tels détails avec Brennan, pas tout de suite.

— Tu n'as pas à te justifier, tu sais.

Il bougea doucement dans le hamac, comme si ce semi-compliment le rendait à nouveau mal à l'aise.

— Il fallait faire le travail et je l'ai fait, tout simplement, reprit-il. Je pense que je devrais aussi m'occuper de l'oliveraie. Dis-moi, qu'est-ce que tu en faisais, avant ? Combien produit-elle ?

— Cela dépend. Nous avons une grosse récolte tous les deux ans, environ. C'est habituel, pour les oliviers. Heureusement, toutes les plantations de Kardamyli ont des cycles décalés, donc il y a toujours quelqu'un, au village, qui fait une bonne récolte. Ça équilibre les choses. J'avoue que j'ai oublié où se situe mon oliveraie, dans ce rythme. Depuis trois ans, je me contente de cueillir les fruits des arbres les plus accessibles pour satisfaire mes besoins.

Elle ne put réprimer un regret en songeant à l'état désastreux de la plantation.

— Ça doit être un vrai désastre, là-bas. Je n'ai que cinq acres de terre, derrière la maison, sur la colline...

Est-ce qu'il allait repenser à Katerina Stefanos et son énorme terrain ? Est-ce qu'il allait regretter sa décision ?

— Cinq acres, c'est déjà beaucoup, si on n'est pas cultivateur d'olives, répondit Brennan, la rassurant d'un sourire.

— Mon époux était pêcheur, comme Konstantin, expliqua Patra. L'oliveraie servait surtout à nos besoins quotidiens. Je fabriquais aussi du savon à l'huile d'olive pour le vendre au marché.

Elle avait aimé faire cela. Elle avait apprécié de rapporter elle-même un peu d'argent à la maison, de contribuer à leur petite vie simple. Elle avait eu plaisir à pouvoir s'offrir un petit peu de fantaisie de temps à autre, ou faire un cadeau à Dimitri. Hélas, sa liberté financière était morte avec lui...

A présent, ce qu'elle pouvait fabriquer et vendre était son seul moyen de survie. C'était suffisant pour se nourrir, mais ne lui permettait pas le moindre écart — et encore moins de s'acheter une longueur de dentelle pour orner ses blouses.

— Une fois que l'oliveraie sera redevenue utilisable, tu pourras recommencer, glissa Brennan, comme s'il avait lu dans ses pensées.

Oui, si du moins elle parvenait à mieux l'entretenir, à l'avenir. Cependant, les efforts de Brennan risquaient de ne servir à rien après son départ, quand elle serait à nouveau seule pour s'occuper de son domaine. Et elle ne voulait pas que tout son travail devienne inutile.

Il donnait une seconde chance à sa maison et à son petit terrain. Parviendrait-elle à maintenir le tout en état ? Peut-être que oui, avec un peu d'effort. Ou peut-être pourrait-elle engager un jeune garçon du village pour l'aider ; un homme trop jeune, trop « insignifiant » pour provoquer la colère de Castor.

Brennan lui caressa la joue, les lèvres, et son cœur s'emballa.

— Arrête de réfléchir, Patra. Ce n'est pas pour cela qu'on a inventé les hamacs.

Une brise légère souffla dans les feuillages et lui rafraîchit les joues. Elle se sentait soudain somnolente et plus audacieuse...

— Alors, dis-moi pourquoi on les a inventés ?

Il s'appuya prudemment sur son bras et se pencha sur elle, le regard malicieux.

— Pour cela, murmura-t-il.

Et il l'embrassa avec douceur, sa main chaude posée sur son ventre pour la stabiliser dans la toile du hamac. Oh oui, elle pourrait définitivement prendre l'habitude de ces petites siestes à l'ombre des arbres...

Attention, Brennan : les repas en tête à tête sous les citronniers risquaient de devenir rapidement indispensables. En fait, c'était plus une certitude qu'un risque, songea-t-il en rejoignant Patra.

Il était allé se laver derrière la maison et, en revenant, il sentit le parfum délicieux du *trikala* flotter dans l'air. Patra était déjà près de la table, dos à lui, occupée à déposer les derniers plats sur la nappe. Il ne put s'empêcher de sourire et de la regarder s'activer un instant. Elle avait fait un effort particulier pour s'habiller, ce soir. Elle avait attaché ses cheveux en une tresse sophistiquée, portait une blouse brodée et une jupe qu'il n'avait pas encore vue. Tout cela *pour lui*.

Quand une femme avait-elle pris soin de s'habiller spécialement pour lui, la dernière fois ? Etait-ce seulement déjà arrivé ?

A Paris, quelques prostituées s'étaient bien *déshabillées* pour lui, mais ce n'était pas la même chose. Les femmes de Londres s'habillaient pour elles-mêmes, pour se comparer aux autres, ou faire étalage de la fortune d'un père, d'un époux. Cependant, ce soir, Patra s'était habillée pour lui. Cette attention, si personnelle, le touchait plus qu'il ne l'aurait cru.

— Le dîner sent très bon, dit-il en arrivant près de la table. Est-ce que je peux aller chercher quelque chose dans la maison ?

Elle aussi avait travaillé toute la journée et, en plus, elle avait préparé le repas — une autre attention personnelle. Ici, il n'y avait ni cuisinier, ni filles de cuisine pour prendre tout cela en charge.

Elle se retourna et lui sourit, l'examinant rapidement du regard. Sous ses yeux, Brennan se sentit plus grand, plus fort. Il se redressa instinctivement pour mettre en valeur la chemise immaculée qu'elle avait lavée pour lui.

— Tout est déjà là, répondit-elle. Viens t'asseoir.

Elle s'écarta de la table pour la lui montrer. Le spectacle était charmant… Elle avait placé une nappe blanche sur le bois fraîchement poncé et avait déposé une épaisse bougie dans un vase de verre en son milieu. Et il y avait les plats d'été : une salade de romaine, d'artichauts, de tomates et d'olives ; un bol de houmous ; une petite assiette de *trikala* qui restait du petit déjeuner et un panier de pitas encore chaudes. Deux gobelets de terre et un pichet de vin parachevaient le tableau. A l'exception de la nappe, la table n'avait rien de luxueux. Ni faïence peinte, ni cristal.

Les Londoniens n'appréciaient peut-être pas les choses simples, mais Brennan trouva cela parfait. Qui aurait voulu des plats lourds, gorgés de sauce, alors qu'il faisait si chaud dehors ? La salade, les légumes et le pain étaient parfaitement adaptés au climat — et la table en était pleine. Tandis qu'il s'asseyait, Patra servit le vin et lui tendit l'un des gobelets. Il se sentit comme un roi.

— J'aurais aimé pouvoir garder une image de cette soirée, dit-il. La nourriture, le jardin, tout est si beau...

Il s'interrompit et la regarda longuement. Elle était bien sûr comprise dans tout cela.

— Si le jardin est si beau, c'est surtout grâce à toi, répondit-elle en embrassant le décor du regard. Tu as repeint la maison, après tout.

Elle leva son gobelet.

— Nous devrions porter un toast : à ta santé, parce que je trouverai certainement d'autres tâches à te confier.

Brennan poussa un grognement exagéré ; mais son esprit établissait déjà une liste de tous les travaux qu'il pourrait encore accomplir pour rendre ce domaine plus beau, plus « fini ».

— Demain, je m'occuperai du toit de l'abri à chèvres. Comme ça, elles pourront enfin sortir de l'oliveraie, lança-t-il en cognant son verre contre le sien. A ta santé.

C'était agréable, d'avoir des projets. Agréable, et assez nouveau pour lui, en fin de compte. Il n'avait jamais vraiment regardé vers l'avenir, jusque-là. A Londres, il s'était contenté de se laisser porter par le courant, passant d'une activité à une autre, d'une journée à une autre, sans but précis. Oui, la vie était bien différente, ici...

Il remplit une assiette pour Patra avant de s'occuper de la sienne. Attendant patiemment qu'il ait fini, elle sirota une petite gorgée de vin et l'examina pensivement.

— Comment se fait-il que tu sois si doué pour réparer les

choses, si les gentlemen ne sont pas éduqués comme cela ? demanda-t-elle finalement en prenant une première bouchée de salade.

— La maison de ma famille a plus de trois cents ans, dit-il simplement en trempant un morceau de pita dans le houmous. Elle ne nous appartient pas depuis trois cents ans, bien sûr, mais cela ne la rend pas plus jeune pour autant. Les vieilles maisons ont besoin de travail, tu sais. Il y a toujours un volet à réparer ou une cheminée qui menace de s'écrouler à renforcer.

Patra réfléchit quelques instants à ce qu'il venait de dire et finit par arriver à la conclusion la plus évidente :

— N'y a-t-il pas des domestiques, pour s'occuper de tout cela, dans les maisons anglaises ?

— Parfois, oui. Mais même comme cela, mon père ne remarque pas toujours les travaux à accomplir.

Il valait mieux expliquer les choses ainsi, plutôt qu'admettre la tendance à l'insolvabilité chronique de sa famille... Les réparations coûtaient cher, et son père avait acheté une demeure bien trop vaste pour ses moyens. Il ne pouvait pas l'entretenir correctement.

Cet achat avait été impulsif, comme la plupart des achats de son père — entre autres, son cheval de course qui vieillissait à présent tranquillement dans le pâturage, derrière la maison, depuis que son père avait appris qu'il ne pourrait pas le monter. Les Carr n'étaient pas pauvres, mais ils avaient l'habitude de ne pas compter leurs dépenses et cela les mettait souvent en difficulté. Le père de Brennan disait toujours que l'argent « rentrerait », sans jamais prendre la peine d'expliquer comment. L'argent rentrerait, c'était tout, et ça lui suffisait — même s'il fallait vendre un ou deux tableaux, en attendant.

— Ton père n'est pas menuisier, alors ? Pas comme toi ? demanda-t-elle en se servant un nouveau verre de vin.

— Non, pas vraiment.

Il avala une nouvelle bouchée de salade, un peu trop grosse, pour éviter de devoir s'expliquer davantage. Il n'aimait pas vraiment parler de son père. Hélas, Patra ne se satisferait pas d'une simple pirouette.

— « Non, pas vraiment », c'est tout ? reprit-elle avec l'un de ses sourires si charmants. Quel genre d'homme est ton père ? Est-ce qu'il te ressemble ?

C'était une bonne question. Est-ce qu'il lui ressemblait ?

Brennan trempa lentement un nouveau morceau de pita dans le houmous, cherchant une réponse adéquate.

— Je ne sais pas, en fait. Peut-être que oui ; ou peut-être qu'il me ressemblait autrefois mais que ce n'est plus le cas.

Il la regarda à la dérobée. Elle attendait, patiemment, sans le brusquer.

— Ici, en Grèce, la famille, c'est tout, tenta-t-il d'expliquer. On est jugé en fonction de la famille à laquelle on appartient...

C'était aussi vrai en Angleterre, bien sûr, mais les regards que l'on posait sur vous étaient moins sévères quand on venait de la haute société, quand on était en position de se faire respecter par ses pairs — ce qui n'était pas vraiment le cas de Brennan.

— Et tu ne veux pas être jugé en fonction de ta famille ? finit-elle à sa place.

Brennan acquiesça gravement.

— Je veux que toi (ou toutes les personnes que je rencontre) puissiez me juger en fonction de mes actions et de rien d'autre. Je veux que mes éventuels succès et mes erreurs n'appartiennent qu'à moi.

C'était dans ce but qu'il avait voyagé dans toute l'Europe depuis deux ans. C'était le démon de la famille qui l'avait poussé à fuir, encore et encore. Jamais il n'avait exprimé cette certitude à voix haute ; mais ces inquiétudes ne l'avaient jamais quitté, comme un démon sombre, informe, qui le guettait dans les recoins les plus noirs de son esprit. Et il n'avait trouvé qu'un seul moyen de tenir ce monstre à l'écart : les femmes, le vin, les fêtes perpétuelles dans lesquelles il s'était jeté à corps perdu.

Il était venu en Europe pour se retrouver, pour être lui-même. Cependant, jusque-là, il n'avait réussi qu'à fuir cette vérité que, pourtant, il cherchait. Cette prise de conscience soudaine le bouleversa.

— Tu es parti depuis deux ans. Ta famille te manque ? demanda Patra.

Bonne question. Brennan réfléchit un instant.

— Oui, peut-être un peu, admit-il avant de se pencher vers elle. Ne crois pas que je n'aime pas ma famille. Ma mère rit et chante à longueur de journée. Elle aime tant les fleurs que la maison est toujours remplie de bouquets fraîchement coupés. A chaque instant, on risque de trouver mon père en train de l'embrasser — ou pire — dans n'importe quelle pièce de la maison. Ils se sont mariés jeunes et sont toujours très amoureux. Certains diraient même qu'ils sont un peu trop candides...

Il eut un petit sourire et Patra le lui rendit immédiatement.

— Est-ce que c'est si mal, d'être candide ?

Brennan poussa un profond soupir.

— Le problème est que cet amour a laissé très peu de place à leurs enfants. Mon frère et moi avons plus ou moins grandi seuls ; sans aide ou conseils, même quand nous en aurions eu vraiment besoin. Notre foyer n'était pas très discipliné et les précepteurs se succédaient en un battement de paupières, dit-il, un peu désabusé. On faisait l'école buissonnière pour aller nager et, quand le précepteur allait s'en plaindre à mon père, celui-ci se contentait de rire en disant : « Les garçons sont tous les mêmes. »

Patra lui lança un regard amusé.

— Tous les garçons adoreraient avoir un tel père.

— J'imagine que oui. En tout cas, dans un premier temps. Mais, au final, les garçons ont besoin de discipline et de règles. Ils ont besoin d'un père qui sache se montrer ferme quand il le faut. Seulement, mon père voulait n'être qu'un ami pour nous. Quand je suis parti en voyage, il n'a pas organisé de fête ou de dîner. C'était comme si ma famille entière avait oublié mon départ... A la dernière minute, mon père m'a cependant fait venir dans son bureau, seulement je n'étais même pas seul avec lui : mon ami Nolan était là.

Soudain, il s'interrompit, un peu gêné.

— Excuse-moi, ça me met mal à l'aise. Je ne devrais pas te raconter ces choses-là. Tu sais quoi, oublie ce que je viens de dire, il vaut mieux que tu n'en saches pas plus.

Patra eut une petite moue déçue.

— Oh non, tu ne peux pas commencer une histoire pareille et t'arrêter en plein milieu ! Tu dois tout me dire, maintenant.

Elle attrapa la bouteille de vin qu'ils avaient posée près d'eux, et la leva comme un appât.

— Je te laisse le reste si tu me racontes tout, proposa-t-elle, un éclat de malice au fond des yeux.

Il sourit et se repoussa au fond de son siège. Comment refuser quoi que ce soit à Patra, quand elle le regardait comme cela ?

— D'accord... Tu es dure en affaires ; mais rappelle-toi que je t'ai prévenue. Mon père me fait appeler, et je pense : enfin, il va me dire qu'il m'aime, que je vais beaucoup lui manquer et qu'il a hâte que je rentre à la maison. Mais non ! Au lieu de cela, il me donne une poignée de redingotes anglaises et me dit : « N'attrape pas la syphilis. »

— Des redingotes anglaises ? demanda Patra d'un air dubitatif.

— Des préservatifs.

Elle mit un instant avant de comprendre puis rougit jusqu'aux oreilles. Brennan se mit alors à parler très vite, pour dissimuler sa gêne, sa culpabilité. Il aurait dû écouter son instinct et ne pas raconter la fin de son histoire...

— C'est le nom français. C'est assez amusant, parce qu'ils les appellent comme cela en pensant que seuls les Anglais sont assez débauchés pour inventer un tel objet ; et nous les appelons *french letters*, les lettres françaises, pour la même raison, dit-il avec un rire un peu embarrassé. Je suis désolé, je n'aurais pas dû te parler de cela. Ce n'est pas une histoire appropriée pour une femme.

Patra déposa doucement sa main sur la sienne, sur la nappe blanche.

— Si, c'est approprié, d'une certaine manière, dit-elle doucement, les yeux brillants. Je veux tout savoir à ton sujet !

C'était peut-être la chose la plus douce, la plus gentille qu'elle aurait pu lui répondre. Elle voulait le connaître, sincèrement... Une femme lui avait-elle déjà dit cela ? Non. Personne n'avait encore montré de réel intérêt à Brennan Carr, plus jeune fils du plus jeune fils d'un comte.

Il baissa les yeux sur leurs mains jointes au milieu des assiettes. D'habitude, c'était toujours lui qui prenait l'initiative de ce genre de contact intime. Voir les rôles s'inverser était... étrangement agréable. Et cela le rendait timide. Il réfléchit un instant à ce qu'il pourrait dire ; une repartie amusante, intelligente, lui permettrait peut-être de reprendre un peu l'ascendant.

— Maintenant, tu sais ce qui arrive aux garçons qui grandissent comme des enfants sauvages. Ils finissent dans des villages de pêcheurs, au bout du Péloponnèse.

— Et est-ce une bonne ou une mauvaise chose, pour toi ? Notre vie serait trop simple à ton goût ? demanda-t-elle avec un sourire un peu anxieux.

Elle voulait paraître insouciante, mais Brennan sentit que sa réponse lui importait beaucoup, que quelque chose d'important en dépendrait.

Quoi qu'il en soit, l'honnêteté était sans doute sa meilleure arme.

— C'est une très bonne chose, à mes yeux, répondit-il donc en serrant sa main, tendrement. Ici, je me sens plus vivant. J'ai l'impression de devenir l'homme que j'ai toujours voulu être.

Il essaya de s'expliquer, de mettre des mots sur les sensations qu'il ressentait depuis six mois.

— Ici, nous chargeons nos tables de nourriture que nous cultivons, récoltons ou pêchons de nos propres mains. Les vêtements que nous portons, nous les cousons nous-mêmes. Chaque journée que nous vivons a un but, dit-il lentement. Cela fait déjà six mois que je vis ici. J'aurais cru être prêt à poursuivre mon voyage après tout ce temps, mais ce n'est pas le cas. En fait, je crois avoir trouvé l'endroit où je veux vivre.

Une ombre traversa le regard de Patra et il ne put réprimer

un éclat de rire. Comment pourrait-elle comprendre un discours aussi décousu ?

— Tu me crois fou, n'est-ce pas ? Ce que je dis n'a aucun sens pour toi ?

— Non, je ne te trouve pas fou, au contraire. Les tâches du quotidien ne sont pas juste des corvées ; ce sont des cadeaux que l'on se fait l'un à l'autre. Il y a un but *et* de l'honneur dans tout cela. Ça évite de perdre le moral, de penser à cela, répondit-elle.

En quelques mots éloquents, elle avait réussi à exprimer à la perfection ce qu'il avait voulu dire.

Brennan sourit, admirant les reflets de la bougie sur son beau visage. La nuit tombante et le vin créaient une atmosphère magique. Peut-être avait-il juste imaginé l'ombre de tristesse dans les yeux de Patra, finalement...

— Oui, soupira-t-il. En effet, tu comprends. Je savais que tu me comprendrais.

Sa voix était un peu rauque, un peu essoufflée. Une vague soudaine d'émotions le submergeait lentement.

En cet instant, il comprit une chose, une vérité profonde : il voulait cette femme. Pas parce qu'il désirait poursuivre son rêve grec, ce rêve auquel ses propres paroles avaient donné vie ; mais pour elle. Patra Tsipras ne se contentait pas de comprendre ce qu'il lui disait. Elle le comprenait, *lui*, d'une manière intime.

Elle le comprenait comme jamais personne ne l'avait compris...

13

Oui, Patra comprenait ce qui se passait — et trop bien. C'était justement cela le problème. Brennan avait touché juste et éveillé une profonde culpabilité en elle. Dans une semaine, leur aventure serait terminée et le rêve de Brennan s'évaporerait.

Un homme de plus verrait sa vie détruite à cause d'elle. Et pourtant, il était certainement prêt à échanger son destin d'Anglais privilégié pour une vie simple à Kardamyli.

Cette idée donna naissance à une idée dangereuse, une étincelle d'espoir alors qu'elle n'aurait dû s'en permettre aucun. Que se serait-il passé, si Brennan et elle s'étaient rencontrés dans d'autres circonstances ? Quel avenir si sa vie n'était pas menacée ? S'il n'y avait ni ruse ni stratagème pour les séparer ? S'ils étaient libres — vraiment libres — de laisser leurs émotions les guider naturellement ?

Le cœur serré, elle se leva et commença à rassembler les assiettes sur le plateau. Il fallait à tout prix qu'elle oublie ses espoirs absurdes. C'était dangereux, de jouer avec des « si », surtout dans sa situation. La bouteille de vin était vide et elle la ramassa.

— Tu veux que j'en apporte une autre, tant que je suis à l'intérieur ?

Brennan se leva à son tour et lui prit le plateau des mains avec une douce autorité.

— Rentrons plutôt ensemble.

Sa voix n'était qu'un souffle dans la nuit et elle ne put résister.

Sous le coup de l'émotion, ses mains se mirent à trembler. Heureusement qu'elle ne portait pas les assiettes, elle les aurait certainement laissées tomber. Pourtant, ce qui allait se passer n'aurait pas dû l'étonner : toute cette soirée, toute cette journée avait lentement mené à cela. A cette douce intimité qui les enveloppait peu à peu. Elle avait pris sa décision la veille et n'avait pas changé d'avis depuis.

Cependant, son corps réagissait à sa manière, à la fois surpris et excité par ce qui se passait. Elle prit une profonde inspiration dans l'espoir de retrouver un peu de contrôle sur ses gestes maladroits. Qu'est-ce qui lui arrivait ? Elle n'était plus une jeune fille et Brennan n'était pas son premier prétendant ! Elle pouvait faire mieux que cela...

Elle le fit attendre un peu dans la maison, le temps de se reprendre. Au départ, c'était justifié : la nourriture devait être stockée à l'abri, et les plats, au moins mis à tremper. Seulement, Brennan était capable de transformer les tâches les plus triviales en préliminaires alléchants d'un simple regard — ou d'un simple sourire.

Ses yeux de braise la suivirent partout. Il la regarda pendant qu'elle faisait la vaisselle, qu'elle rangeait les assiettes dans sa haute armoire ou jetait l'eau de vaisselle dehors. Le poids de ce regard la rendait plus timide. Elle sentait qu'il appréciait chacune de ses courbes, chaque morceau de peau dévoilé par ses vêtements. Jamais encore laver quelques plats ne lui avait paru si sensuel. Elle se mit sur la pointe des pieds pour attraper une bouilloire, mais les doigts de Brennan se refermèrent sur sa main. Il l'obligea à reposer la bouilloire. Elle sentit alors la chaleur de son corps dans son dos et entendit le murmure de sa voix vibrer à son oreille.

— Cela suffit. Nous n'avons plus besoin de tout cela, ce soir. Tu essaies de gagner du temps, Patra. Tu préfères que je rentre chez moi ?

Il voulait qu'elle le dise, qu'elle lui demande de rester. Rien d'étonnant à cela : elle avait su qu'il agirait ainsi. De toute manière, il avait été clair depuis le début. Rien n'arriverait entre eux tant qu'elle ne l'aurait pas décidé. Il lui avait déjà prouvé qu'il était capable de respecter cette règle, sur la plage ; et il le lui prouvait à nouveau ce soir.

Ses mains se crispèrent sur elle. Avait-il peur qu'elle le rejette ? Qu'elle lui refuse cet ultime bonheur ?

Il avait raison, au fond. Elle gagnait bel et bien du temps, mais pas pour les raisons qu'il avait cru deviner. Elle se retourna dans ses bras et passa les mains dans son cou.

— C'est juste que je te désire plus que je ne le croyais, et j'ai peur de m'être laissé emporter par mes émotions...

Je ne veux pas te décevoir. Cela fait très longtemps que je n'ai pas fait cela et jamais avec un autre homme que mon époux.

Elle n'osa pas en dire plus. Brennan serait-il capable de comprendre ses inquiétudes, de comprendre ses non-dits ?

Il lui prit doucement le menton et l'embrassa avec tendresse. Un baiser qui lui rappela toutes les étapes qui les avaient lentement menés à cette soirée, à cette inévitable conclusion. Ce n'était pas une décision prise au hasard. Ce baiser lui prouva, s'il en était besoin, qu'elle avait eu raison de faire ce choix.

Ils ne pourraient pas se décevoir l'un l'autre, c'était impossible. Ils savaient déjà que le plaisir pouvait s'inviter entre eux et les paroles de Brennan qui suivirent effacèrent ses derniers doutes :

— Tu sais, Patra, c'est la première fois pour moi aussi.

Il l'embrassa à nouveau, s'attardant sur ses lèvres. Sa bouche avait encore un léger goût de vin fruité. Il savait à quel point tout cela était difficile pour elle — il n'ignorait pas ses difficultés à aller au-delà de ce que sa vie était devenue, à dépasser son destin figé depuis tant d'années.

Déposant une série de petits baisers dans son cou, il reprit à mi-voix :

— Viens au lit avec moi, Patra. Allons faire l'amour.

C'était une invitation sincère, respectueuse, emplie de promesses. En un instant, Patra oublia ses derniers remords, ses dernières hésitations.

— Oui, allons faire l'amour, murmura-t-elle dans le silence de la nuit.

Elle glissa la main sous la *foustanella* de Brennan, remonta le long de sa cuisse jusqu'à se refermer sur son sexe chaud et déjà éveillé. Il eut un léger frisson. Les yeux mi-clos, elle sentit son sexe enfler dans sa paume.

Brennan l'embrassa encore une fois, avec plus de passion, la serra dans ses bras. Elle sentit l'effet de ses paroles sur lui. Son corps s'échauffait et leurs désirs se libéraient enfin…

Il la prit soudain dans ses bras et elle eut un petit rire de surprise quand ses pieds quittèrent le sol, et qu'il la conduisit jusqu'à la chambre comme une jeune mariée. Il la posa sur le lit. Mais, quand elle voulut lui prendre la main pour l'attirer à elle, il recula de quelques pas.

— Pas encore.

Il alluma la petite lampe posée à côté du lit et se plaça dans la lumière, commençant déjà à retirer sa chemise.

— D'abord, je veux que tu me *regardes*. Regarde-moi, Patra…

Comment pourrait-elle ne pas le regarder ? Sa seule présence mettait tous ses sens en alerte. Il était là, éclairé par la petite lampe, torse nu. Son odeur emplissait la chambre, odeur de savon et d'homme qui émanait de ses vêtements. Elle ne pouvait oublier le goût du vin sur ses lèvres, le grondement sourd de sa voix. *Regarde-moi*.

Il était si beau… Bien sûr, elle savait déjà cela. Ce n'était pas la première fois qu'elle le voyait torse nu, ou même entièrement nu. Finalement, elle comprit le vrai sens de ses paroles. Il ne voulait pas qu'elle le *voie*, mais qu'elle le *regarde*. Qu'elle le regarde vraiment.

Cette fois, ils n'étaient pas en train de courir au milieu des vagues, dans le soleil clair de l'après-midi. Ils n'avaient pas de tâches à accomplir. Rien ne viendrait la distraire. Rien ne la limitait à quelques petits coups d'œil furtifs.

Cette fois, elle pouvait l'admirer autant qu'elle le voudrait. Elle pouvait librement profiter de cette intimité si précieuse.

Il dénoua la ceinture de sa *foustanella* et l'entrouvrit lentement. Sa voix douce s'éleva dans le silence.

— Tu sais, le culte hindou comprend un rite appelé *darshan*, la double vision lors de laquelle le dieu et le priant se dévisagent l'un l'autre... Les hindous pensent que les yeux sont les fenêtres de l'âme. Pour respecter cette croyance, les hommes et les femmes évitent de se regarder dans les yeux en public ; même les couples mariés ne cèdent à une telle intimité qu'en privé.

Les mains de Patra se crispèrent instinctivement sur le drap, refoulant une soudaine vague de désir. Le simple son de sa voix, sourde et caressante, la sensation de ses yeux sur elle, pendant qu'il la regardait le contempler, suffit presque à la faire gémir.

Les mains de Brennan s'attardèrent un long moment à la ceinture de sa *foustanella*. Puis il la laissa couler au sol d'un mouvement vif et se dressa, nu, devant elle. Nu et triomphant, sans honte, sans gêne. Il était splendide dans son immobilité...

Elle le caressa du regard, se laissant aller au plaisir qu'il lui offrait, commençant par l'arrondi de son épaule, les muscles bien dessinés de son bras, puis descendant le long de son torse et de son ventre ferme. Les os de son bassin se devinaient dans les reflets dansants de la lampe, attiraient l'œil jusqu'au nuage auburn au milieu duquel se dressait son sexe, fier devant elle. Ses cuisses étaient puissantes, ses jambes s'étaient musclées par la marche, la randonnée, le cheval et la course. C'était le corps d'un homme qui vivait dehors, qui passait ses journées à travailler et pas seulement à se distraire. Un homme qui savait comment dompter sa propre puissance — et le faisait à la perfection.

Patra s'humecta les lèvres, frissonnant face à cet homme si merveilleux. Ce corps lui avait permis de travailler pour elle ; et, ce soir, il s'en servirait pour lui donner du plaisir. Elle se leva lentement du lit et s'approcha de lui, caressant son torse du bout des doigts. Elle voulait toucher ces muscles ciselés, cette peau douce. Ce corps était une sculpture antique dotée de vie...

Elle le fixa dans les yeux, quelques instants, pour qu'il lise son plaisir sur son visage, qu'il sache qu'il en était la cause et qu'elle avait compris le message : à présent, c'était son tour.

Elle le repoussa doucement sur le seul fauteuil de la chambre et se recula d'un pas. Laissant la lumière tomber sur elle, l'embrasser et dessiner des ombres mouvantes dans les plis de ses vêtements. Par moments, les choses les plus sensuelles sont ce que l'on cache, et non ce que l'on dévoile. Brennan croisa les jambes, la dévisageant d'un regard sombre et brillant. Le désir qu'elle devinait en lui raviva son courage, effaça le peu de pudeur qui la retenait encore. Elle voulait qu'il frémisse d'impatience et de désir, tout comme elle l'avait fait à l'instant, en le voyant se déshabiller pour elle.

Lentement, elle dénoua le col de sa blouse et l'enleva sans un mot. Sa poitrine tendait l'étoffe fine de sa chemise. Elle sentait le regard de Brennan l'examiner et ses tétons se tendirent sous le tissu. Les yeux de l'homme, le lin de la chemise, tout conspirait à l'exciter d'avantage. Elle fit alors glisser sa jupe le long de ses jambes pour qu'elle rejoigne la *foustanella* abandonnée au sol. Voilà, elle lui dévoilait toute son intimité, jusqu'au triangle sombre niché entre ses cuisses au-dessous de l'ourlet de sa mince chemise.

Brennan la regardait toujours, sans rien dire.

Patra posa son pied sur son genou et plia sa jambe en douceur. Là, elle ôta une à une les épingles qui retenaient ses cheveux en chignon, défit sa tresse et laissa ses mèches retomber sur ses épaules. Brennan prit une profonde inspiration, un peu saccadée. Elle s'humecta les lèvres et lui sourit, heureuse d'arriver à le faire réagir de cette manière.

— Peut-être préfères-tu les Londoniennes, avec leurs robes sophistiquées et leurs dentelles ? Se déshabiller n'est pas une tâche bien compliquée, ici : nous n'avons ni bas de soie à rouler, ni jupons à enlever...

— C'est parfait, au contraire. Vraiment parfait, souffla-t-il de sa voix douce.

— Je devrais sans doute enlever ça aussi, reprit-elle en se débarrassant de sa chemise qu'elle laissa aussi tomber par terre. Est-ce que c'est mieux ?

— Tu es une diablesse, Patra. Tu le sais ?

Sans perdre de temps en paroles inutiles, il déposa un baiser à l'intérieur de sa cuisse, lui rappelant qu'ils étaient tous les deux nus, à présent. Exposés. Pas seulement physiquement, mais émotionnellement.

Brennan caressa doucement sa jambe, toujours appuyée sur son genou. Dans la faible lumière, ses yeux brillaient d'un éclat sombre. Elle se sentait belle, sous ce regard de braise, parfaite... Arrivé en haut de sa cuisse, il effleura du bout du doigt le bord de sa toison et elle retint son souffle, le cœur battant.

— J'ai l'impression d'être la seule femme au monde, quand tu me touches comme cela...

— Tu es la seule femme au monde ; la seule qui importe parce que tu es mienne.

Il l'attira sur ses genoux et la fit asseoir à cheval face à lui. Elle sentait son désir contre elle.

Ce ne serait sans doute rien, pour lui, de la prendre ici, sur cette chaise, mais il semblait avoir d'autres projets. Il voulait la voir, la toucher et elle n'avait pas la volonté de protester — pas avec sa main qui suivait la courbe de ses côtes, soupesait tendrement son sein ; pas avec sa tête penchée et ses lèvres si proches de son téton. Pas quand chaque caresse enflammait son corps entier.

La chambre de Patra se transformait peu à peu en un doux paradis, un sanctuaire de plaisirs envoûtants et délicieux qui nourrissaient le feu en elle. Brennan passa les mains dans son dos et elle se cambra instinctivement ; la poitrine en avant, le suppliant de l'embrasser, de satisfaire son désir. Elle ne supporterait pas cette attente très longtemps...

— Passe tes jambes autour de moi, dit-il en la soulevant un peu et en glissant ses mains sous ses fesses pour la porter — enfin — jusqu'au lit.

Là, il l'allongea doucement, s'étendant au-dessus d'elle. Leurs corps se correspondaient parfaitement, comme s'ils étaient faits l'un pour l'autre. Il trouvait aisément sa place entre les cuisses de Patra. Parfait. Tout était si parfait.

Elle passa ses mains autour du cou de Brennan et l'attira contre elle. Il n'avait pas à craindre de la briser, elle n'avait rien d'une petite chose fragile. Ils continuèrent à s'embrasser, plus fiévreusement, plus passionnément qu'avant. Le désir qui les guidait s'impatientait, bouillonnait, voulait se libérer enfin.

Brennan désirait être en elle, elle pouvait le deviner à ses gestes plus pressants. Elle le sentit s'ajuster entre ses jambes. Son sexe se pressa un peu plus contre sa peau, prêt à entrer en elle. Il était prêt ; et elle l'était aussi.

D'un coup de reins, il se prépara à entrer en elle et elle s'ouvrit à lui, épanouie. Un mouvement de plus et il la pénétra avec douceur. Cela faisait si longtemps... Elle en avait même oublié ce que c'était, de faire l'amour avec un homme ; et pourtant, elle sut instinctivement que chaque instant de sa vie l'avait menée là, que son destin s'accomplissait enfin. Elle était faite pour cette vie-là.

Un gémissement lui échappa quand Brennan donna un nouveau coup de reins. Elle avait oublié, certes, mais de toute manière, jamais encore elle n'avait éprouvé des sensations pareilles.

Son corps se cambra pour s'ajuster au rythme de Brennan. Tout son être éprouvait un mélange de fièvre et de désir qui allait au-delà de ce qu'elle avait connu dans les bras de Dimitri. Non, ce qu'elle ressentait en cet instant était unique. C'était une forme de passion qui ne pourrait exister qu'entre Brennan et elle, qui emplissait son cœur comme un éclair blanc à chaque coup de reins et qui devint, peu à peu, une flamme insoutenable.

Non pas qu'elle souhaitât le soulagement... Au contraire, elle voulait la flamme. Elle désirait la chaleur. Elle aspirait à se laisser emporter loin jusqu'à ce qu'elle ne puisse plus rien faire d'autre que... crier. Etait-ce bien elle qui criait ? Elle ne reconnaissait même plus sa voix, rauque, essoufflée, presque sanglotante de bonheur. Bientôt, un autre gémissement se joignit aux siens, plus grave, plus enroué. Le corps de Brennan fut saisi de violents tremblements, la rejoignant dans l'extase. Elle s'agrippa à lui, ses jambes nouées autour de sa taille, le serrant contre elle très fort. Chacun de ses muscles se crispa, accueillant le plaisir sans penser à rien.

Il se passa un long moment, avant que leurs tremblements passionnés ne s'apaisent. Mais Patra n'était pas pressée de voir le calme régner à nouveau en elle. Elle voulait rester là, dans la chaleur des draps, tout contre son amant, conserver le plus longtemps possible ce sentiment de paix, de plénitude. Ici, rien d'autre n'avait d'importance. Ici, ils étaient en paix.

Brennan avait posé la tête contre sa poitrine. A en croire sa lente respiration apaisée, il sombrait peu à peu dans un sommeil tranquille. Patra caressa doucement ses cheveux décoiffés. Comment pouvait-il s'endormir aussi aisément ? Bien sûr, il ne dormirait sans doute pas longtemps. Cet après-midi, dans le hamac, il s'était réveillé très vite, plus énergique que jamais. Si seulement c'était aussi facile pour elle... Si rien d'autre ne comptait que cette chambre, et ce qu'ils pouvaient faire dans ce lit. Pouvait-elle retarder le lever du jour ? Elle ne se sentait pas prête à faire face aux réalités qui l'attendaient au petit matin.

— Patra, murmura Brennan dans un souffle, après quelques instants, tu es en train de réfléchir.

— Tu es déjà réveillé ?

— Je ne me suis pas vraiment endormi, je voulais juste profiter de tes caresses dans mes cheveux, répondit-il avec un petit éclat de rire.

Elle sentit son souffle chaud vibrer contre sa poitrine. C'était un son chaleureux, réconfortant.

— Tu réfléchis, mais pas au sujet de mes cheveux.

— Non, répondit-elle vivement pour cacher son trouble, je pensais à cela.

Tout en parlant, elle glissa une main sous le drap jusqu'au sexe de Brennan qu'elle sentit revivre au premier contact. Il valait mieux profiter de cette nuit, plutôt que perdre son temps en regrets. Elle aurait bien le temps de s'attrister, plus tard.

Brennan lui lança un sourire malicieux et entraîna Patra au-dessus de lui d'un geste tendre, la plaçant sur ses hanches.

— Tu as dit que tu voulais me faire l'amour, dit-il. C'est ta chance...

Elle ne se fit pas prier pour saisir cette chance, se redressant avec confiance pour qu'il entre une nouvelle fois en elle. Grâce à ses caresses, le sexe de Brennan était déjà prêt pour elle, pour lui donner une nouvelle fois ce plaisir incommensurable. Elle le chevaucha lentement, concentrée sur la respiration de son amant, sur l'éclat d'ébène de ses prunelles fixées sur elle. Elle caressa sa poitrine, sensuellement, comme un spectacle pour lui tout seul, et il frémit. Elle laissa descendre ses mains sur son corps jusqu'à sa toison soyeuse et ses ongles griffèrent doucement la peau sensible des cuisses de Brennan. Cette fois, il lâcha un gémissement de plaisir.

— Oh ! Zeus, ayez pitié de nous, soupira-t-il, la tête rejetée en arrière, ses mains crispées sur les hanches de Patra tandis qu'elle bougeait sur lui.

Elle aimait le voir ainsi, prêt à se laisser emporter par ce frisson qu'elle lui apportait — qu'elle était peut-être même *la seule* à pouvoir lui apporter...

Il poussa un gémissement sourd, mélange de plaisir et de douleur. Un lamento de jouissance dans un dernier coup de reins. Faire l'amour n'était pas qu'un jeu pour lui, c'était un acte précieux, unique qui envoûtait Patra. Il voulait partager cela et se perdre en elle. C'était peut-être le plus beau des compliments qu'il puisse lui faire : vivre cet instant d'intimité avec elle, et seulement elle.

Et il se perdit bel et bien en elle... Elle sentit son corps trembler, emporté par l'extase. Pendant quelques instants, Patra eut l'impression de se perdre aussi. Pendant quelques secondes, elle s'abandonna à l'espoir, à toutes les possibilités qui s'offraient à elle, aussi improbables soient-elles.

14

Le capitaine n'allait pas aimer cela...

Le secrétaire de Castor Apollonius s'extirpa de sa cachette, sur la colline, et s'étira pour détendre ses jambes engourdies. Il venait d'attendre une demi-heure de plus, au cas où l'Anglais ressorte de la maison. Mais il était resté dedans. Après tout, pourquoi serait-il rentré chez lui ? Ce qu'il faisait avec Patra Tsipras derrière les rideaux tirés était évident. Cela aurait été évident, même si le secrétaire n'avait pas été témoin du dîner romantique aux chandelles, sous le citronnier. Un homme ne rentrait pas innocemment dans la maison d'une femme seule à une heure pareille de la nuit.

Que l'Anglais soit ou non un espion, cela ne changeait rien au fait qu'il était au lit avec la dulcinée du capitaine. Quelle audace de leur part ! Cet homme avait à peine attendu le départ de Castor pour se glisser à sa place. Le secrétaire ne put s'empêcher de rire dans le calme de la campagne. Pour le bien de l'Anglais, il fallait espérer que cette petite partie de plaisir valait le coup ; car le prix à payer serait élevé, au retour du capitaine.

Patra Tsipras avait-elle oublié le goût de la peur ? Avait-elle oublié ce qui arrivait à ceux qui décevaient le capitaine ? Si c'était le cas, tant pis pour elle. Le secrétaire, lui, ferait son travail : dès le lever du jour, il enverrait un coursier avec son rapport. Dès que le capitaine serait au courant de ce qui se tramait dans son dos, il rentrerait sans doute à Kardamyli sans tarder.

Retournant vers le village, le secrétaire tira un carnet de sa poche et un petit crayon pour prendre quelques notes. En ce qui concernait Patra Tsipras, Castor apprécierait d'avoir des détails...

« Le diable est dans les détails », dit-on souvent. Au petit matin, Brennan se réveilla et s'étira longuement. Le soleil baignait déjà la chambre d'une lumière douce à travers les rideaux. Il étendit le bras en travers du lit et ne trouva qu'un oreiller vide à ses côtés.

Ce fut le premier détail qu'il remarqua : Patra était déjà debout et s'agitait dans la maison. Il l'entendit bouger dans la pièce d'à côté. Ce qui venait de se passer était une nouveauté pour lui ; jamais encore il n'avait passé une nuit *entière* dans le lit d'une amante. En général, c'était *lui* qui se levait en premier, qui partait aussitôt. Cela lui permettait d'éviter les lendemains gênants.

Le fait qu'il se soit laissé aller à dormir si tard était une preuve supplémentaire de l'émerveillement de la veille. Leurs étreintes avaient été bien plus qu'un soulagement physique ; c'était sans doute pour cela qu'il n'avait pas cherché à éviter la rencontre du lendemain et toutes les conséquences qu'elle pourrait avoir.

C'était la première fois qu'il faisait tant d'efforts et attendait aussi longtemps pour séduire une femme. Patra Tsipras était décidément unique... Il lui était même arrivé d'emmener une femme au lit cinq minutes à peine après l'avoir rencontrée ! En comparaison, le temps passé à courtiser Patra semblait une éternité.

Après ce qui était arrivé, ce genre de comparaison était absurde. Ce qu'ils vivaient ensemble n'était pas de la séduction : celle-ci implique une sorte de jeu. Elle exige une certaine maestria, un don pour les manœuvres stratégiques. Mais là, rien de tout cela n'existait.

Ce qui se passait entre elle et lui paraissait si évident, si naturel ; cette constatation entraînait Brennan sur un terrain qui lui était encore totalement inconnu. Il n'avait pas menti, la veille, en disant que cette soirée était une première fois pour lui aussi.

Il était habitué aux prostituées et aux courtisanes, aux femmes manipulatrices, audacieuses. Il connaissait par cœur les petites habitudes des femmes du grand monde londonien, les petits jeux auxquels elles aimaient jouer avec un jeune homme volontaire, prêt à leur rendre leur jeunesse pour une nuit, en échange d'un peu d'attention. Cependant, il n'avait jamais encore fréquenté de veuves vertueuses, capables d'aimer sans limites, avec honneur. Il n'avait pas fréquenté de femmes pour qui une nuit d'amour symbolisait plus qu'un simple moment de plaisir physique — et il avait attendu avec impatience de faire cette découverte. D'où le second détail : le lendemain. La tranquillité domestique.

Le bruit des casseroles et le parfum épicé de la *trikala* le poussèrent à sortir du lit. Encore un peu engourdi par le sommeil, il se pencha sur le broc et la bassine qui attendaient, posés sur une petite commode. En quelques gestes rapides, il se savonna le visage. Cette matinée commençait comme un rêve, simple et délicieux. Que pouvait-on souhaiter de plus ?

Se réveiller pour entamer une journée de travail enrichissante, et entendre le son réconfortant de quelqu'un préparant le petit déjeuner. Pendant ses années vides de sens au cœur du beau monde, il avait tant espéré trouver ce genre d'intimité. Ce n'était pas étonnant que ses nombreuses liaisons lui aient laissé un amer goût d'inutilité. Un rasoir l'attendait et il le fit doucement courir sur sa joue pour la lisser. Si seulement il pouvait effacer ses pensées parasites aussi facilement… Et si cette vie était ce qu'il avait inconsciemment cherché depuis des années, que devait-il en conclure ? Maintenant qu'il avait atteint son but, que devait-il faire ? Qu'allait-il lui arriver ?

Se satisfaisait-il simplement de la vie qu'il menait à Kardamyli ou bien y avait-il une autre cause, plus profonde, à ce bonheur soudain ? Est-ce que cette joie de vivre était née grâce à Patra ? C'était impossible à savoir, en si peu de temps ; autant se dire que seul le village éveillait ces émotions en lui. C'était plus sûr, du moins pour le moment.

De cela, il pouvait être certain après avoir résidé six mois chez Konstantin.

Mais Patra ?

Son sens logique lui répétait qu'il était trop tôt pour être sûr de quoi que ce soit. Ils ne se connaissaient vraiment que depuis quelques jours et n'avaient encore passé qu'une nuit, certes magique, ensemble. Cela ne garantissait pas un amour éternel... Cependant, les histoires de ses amis n'avaient-elles pas indiqué le contraire ? N'étaient-elles pas la preuve que le coup de foudre pouvait exister ?

Brennan finit de se laver et chercha ses vêtements. Ils avaient été soigneusement placés sur le dossier de la chaise ; un autre détail qui retint son attention. Pour la première fois, il découvrait le bonheur d'avoir quelqu'un à ses côtés, qui *se souciait* de lui. C'était pourtant un geste simple de la part de Patra, un geste attentionné — juste pour lui. Elle avait pris la peine de ramasser ses vêtements par terre, là où il les avait abandonnés, et de les étendre pour les défroisser. C'était important. Ces petits détails si personnels étaient *importants*...

Il enfila rapidement sa chemise, l'esprit en ébullition. Comment réagirait Patra, si elle savait à quoi il pensait ? Il était en train de franchir la limite d'une liaison désinvolte, même si ce n'était qu'en rêve. Mais comment s'en empêcher, quand ce qu'ils avaient partagé cette nuit avait été si spécial ? Faire l'amour avec elle n'avait pas été simplement « faire l'amour ». Et, surpris par ses propres réactions, il ne put qu'admettre qu'il n'avait pas envie de faire semblant. Cette seule pensée était une violation de leur accord : se servir l'un de l'autre pour chasser leurs prétendants. Entre les événements de la nuit et la petite scène avec Castor, au marché, leur stratagème prenait des airs de réalité.

Perdu dans ses pensées, il noua sa *foustanella* autour de ses hanches. Etait-ce parce que tout devenait plus vrai que Patra s'était levée si tôt ? Qu'elle n'était pas restée au lit avec lui ? Brennan comprenait mieux que personne ce besoin de fuir le nid quand les choses devenaient trop sérieuses. Etait-ce cela qui avait poussé Patra à quitter la chambre ? Avait-elle compris, comme lui, qu'une ligne avait été franchie ? Et avait-elle également du mal à décider quoi faire ?

Soudain, une crainte le saisit. Serait-elle prête, comme lui, à aller de l'avant sans se soucier des conséquences ; ou bien préférerait-elle se protéger derrière les apparences de leur mensonge sans qu'aucun sentiment ne vienne la menacer ?

Après tout, beaucoup de choses étaient en jeu pour elle : surmonter sa peur de Castor, préserver sa réputation au village... Cela faisait d'importants risques à prendre pour un jeune étranger qui avait si peu à lui offrir en retour. Cependant, elle n'était pas la seule à se retrouver face à un choix crucial, un choix qui pourrait transformer sa vie pour toujours.

Pour la première fois, il avait peur d'entendre la réponse d'une femme à ses avances ; mais cela ne voulait pas dire qu'il ne se battrait pas pour elle. Déjà, un plan commençait à se former dans son esprit. Il n'avait encore jamais rencontré de femme capable de lui résister. Hors de question d'abandonner maintenant.

Décidé, il sortit de la chambre et passa dans la pièce principale de la maison. Il n'était pas entré dans la maison avant la veille : il avait passé le plus clair de son temps dehors. C'était une habitude, en Grèce. Les maisons étaient petites, construites pour conserver un peu de fraîcheur et offrir un abri, mais pas pour recevoir du monde contrairement aux grandes demeures anglaises avec leurs salons, leurs salles de bal capables d'accueillir deux cents invités et leurs salles à manger où l'on pouvait confortablement s'installer à vingt-quatre...

La pièce de vie de la petite maison était propre et bien tenue ; de toute évidence, Patra faisait ce qu'elle pouvait pour l'entretenir convenablement. En l'entendant arriver, Patra se détourna de la cuisinière devant laquelle elle s'affairait, un plateau à la main. Il y avait là tous les éléments du nouveau petit déjeuner préféré de Brennan : de la *triskala* et du yaourt recouvert d'un filet de miel. Elle souriait. Il était temps de mettre en place la première étape de son plan. Lui rendant son sourire, il lui prit doucement le plateau des mains.

— Alors, qu'allons-nous faire, aujourd'hui ?

Brennan eut du mal à la convaincre de s'accorder une journée de repos, mais, à la fin du petit déjeuner, il réussit à la persuader de se promener avec lui dans les collines. Là, ils seraient seuls, loin de tout ce qui pourrait rappeler à Patra ses nombreuses inquiétudes. Avant de partir, elle avait rassemblé un petit repas dans un sac que Brennan portait sur son épaule. Il faisait plus frais, dans les collines, et d'anciennes ruines y étaient nichées. A force de les voir de loin, Brennan était devenu curieux. Il voulait les examiner de près. Patra les connaissait bien et elle profita de la longue marche pour lui raconter leur histoire.

— Nous appelons cet endroit le Vieux Kardamyli. Aujourd'hui, nous vivons au bord de la mer, mais autrefois ce n'était pas toujours possible ou prudent. Depuis le sommet des collines, on voit plus facilement arriver l'ennemi. C'est une position plus facile à défendre, expliqua-t-elle. Il y a deux cents ans, cette partie de la péninsule a été envahie par des bandits et des criminels. Les familles les plus riches ont donc commencé à bâtir des tours de pierre pour protéger leurs terres.

Elle s'interrompit un instant et lui lança un petit sourire amer.

— Bien entendu, ces familles ne faisaient pas cela par pure générosité. Si l'on voulait profiter de la protection de la tour, il fallait en payer le prix, soit en versant une dîme, soit en faisant vœu d'allégeance.

Ils arrivèrent finalement au pied de la tour. Brennan vit avec surprise qu'il ne s'agissait pas que d'un simple donjon : le bâtiment était encore flanqué d'une prison et d'une église — Saint-Spyridon, d'après Patra. Tous deux pénétrèrent prudemment dans la chapelle, fraîche et sombre.

— Saint Spyridon ? lança Brennan avec un petit rire. Je n'en ai jamais entendu parler. Ça ne doit pas être un prénom très populaire... Je ne me vois pas baptiser un enfant Spyridon. Matthew, James, Peter, oui, mais...

Patra lui frappa amicalement le bras.

— C'est parce que vous, les Anglais, vous manquez cruellement d'imagination en matière de prénoms. Qui voudrait bêtement être baptisé Peter ou James quand on peut s'appeler Agfayah ou Ambrus ?

— Ou Spyridon ? Non, ça rime avec charançon, répondit Brennan avec un frisson. D'ailleurs, je suis sûr qu'il y en a partout, ici !

Patra éclata de rire.

— Tu as peur ? C'est une église *abandonnée*, à quoi t'attendais-tu ? Quant à Spyridon, son histoire te fera peut-être revenir sur ton jugement hâtif. Au IIIe siècle, c'était un travailleur miraculeux. Les légendes des saints racontent qu'il employait ses biens terrestres pour aider ceux qui en avaient besoin, en particulier les vagabonds. Pour le récompenser de son immense générosité, Dieu lui accorda le pouvoir de guérison. On raconte aussi beaucoup d'histoires au sujet des gens qu'il a soignés.

Ils arrivèrent près d'une saillie taillée dans le mur de l'église et Brennan s'y assit, attirant Patra auprès de lui.

— Tu vois, je pense que c'est une preuve de plus de l'inutilité d'Oxford. J'y ai passé quatre ans et je n'ai rien appris au sujet de Spyridon ou de ces tours de pierre.

Il y avait tant de choses qu'il n'avait jamais apprises à l'université...

— Qu'est-ce que c'est, Oxford ? demanda Patra.

— C'est une grande école, en Angleterre, où on envoie les fils des gentlemen. Nous sommes censés parachever notre éducation là-bas, mais tout le monde sait que ce n'est pas le cas. C'est ce qu'on appelle un secret de Polichinelle : on y passe plus de temps à boire et à charmer les femmes, soupira Brennan. J'ai essayé d'étudier sérieusement, tu peux me croire ; mais je n'ai pas réussi à m'accrocher à un sujet assez longtemps.

— Pourquoi est-ce qu'on y envoie les jeunes hommes, si on sait que vous n'y apprenez rien ?

— Pour se débarrasser de nous, j'imagine. Il vaut mieux pour nos familles que nous fassions les quatre cents coups loin de la maison, comme cela personne n'a à s'occuper des conséquences. Autant laisser les doyens s'en charger, c'est plus facile...

Il ne put réprimer un petit rire désabusé.

— J'ai toujours pensé que c'était d'autant plus vrai dans mon cas : mes parents ont toujours été pressés de m'éloigner d'eux.

Patra le dévisagea gravement.

— Et ce « Grand Tour » que tu as décidé de faire ? C'est aussi censé être éducatif ? demanda-t-elle d'une voix douce dans la faible lumière de l'église.

— Oui. On part pour découvrir d'autres cultures et d'autres systèmes politiques ; cela doit nous aider à mieux tenir notre rôlc dans le corps diplomatique ou à la Chambre des lords, si jamais nous sommes des héritiers, lâcha-t-il amèrement. Bien entendu, je ne suis pas destiné à des postes si importants.

C'était peut-être mieux. S'il devenait un jour diplomate, combien de guerres pourrait-il déclencher par inadvertance au lieu d'apaiser les conflits ? Il ne se voyait pas passer des heures plongé dans la lecture de traités interminables ou supportant d'épuisantes négociations. A choisir, il préférait pêcher sur le bateau de Kons !

La main de Patra se posa doucement sur la sienne.

— Dans ce cas, pourquoi es-tu venu jusqu'ici ?

— Il vaut mieux que tu ne le saches pas, répondit-il.

Archer et Haviland avaient eu leurs raisons pour entreprendre ce voyage ; cet apprentissage faisait partie de ce que le destin leur réservait. Mais Nolan et lui ne les avaient suivis que pour fuir — encore une fois — l'ombre du scandale. Ce n'était pas ce dont on pouvait se vanter. En tout cas, cela ne risquait pas d'impressionner Patra ou de lui prouver qu'il était fiable, digne de confiance. Surtout pas après l'histoire qu'il lui avait racontée pendant le dîner...

— Si, je veux tout savoir, reprit-elle. Tu ne peux pas commencer un récit et t'arrêter comme ça, en plein milieu !

Elle s'interrompit un instant, doutant peut-être de la sagesse de ses protestations. Est-ce qu'elle essayait d'imaginer toutes les mauvaises choses qu'il avait pu faire, en Angleterre ? Elle risquait de se faire peur... Il fallait qu'il la rassure.

— J'étais le second d'un ami pendant un duel. Les duels sont illégaux, mais nous l'avons quand même fait. Enfin, techniquement, *il* l'a fait. Comme j'étais son second, on me considérait aussi coupable ; donc, quand il a été décidé que tout serait oublié si Nolan passait quelque temps à l'étranger pour que le scandale s'éteigne, je l'ai suivi.

— Est-ce qu'il s'est battu pour une femme ? murmura Patra, le souffle court, clairement charmée par l'aspect romantique du duel.

Brennan eut un petit rire.

— Non, désolé de devoir gâcher ton plaisir. Il s'agissait d'une affaire de cartes. Un fils de vicomte avait accusé Nolan de tricher et mon ami a trop d'honneur pour laisser un mensonge impuni.

Même après tout ce temps, il revoyait la scène aussi clairement que si cela s'était passé la veille. Haviland et Archer avaient déjà quitté le club. Le fils de vicomte n'aurait pas osé proférer de telles accusations devant eux, par respect pour leur statut. Mais Nolan et Brennan n'étaient pas du même rang : ils pouvaient être provoqués sans crainte. Du moins, c'était ce que cet homme semblait croire.

— Mon ami a un grand talent, un don en fait — un peu comme le travail miraculeux de Spyridon, expliqua-t-il avec un clin d'œil en direction de Patra. Il sait compter les cartes et ne perd jamais.

Seigneur, il allait la décevoir... C'était un duel stupide pour une raison encore plus stupide. Cependant, la réaction de Patra le laissa sans voix.

— Evidemment, tu es allé avec lui ! Même si tu n'avais pas à le faire. Tu es un homme loyal, tu me l'as dit. Tu as soutenu ton ami pour les mêmes raisons qui t'ont poussé à te dresser face à Castor pour me défendre, au marché.

Etait-ce l'obscurité ou la fraîcheur silencieuse de l'église qui lui jouait des tours ? Ou bien les paroles de Patra et la bonté dont elle faisait preuve ? Quoi qu'il en soit, il ne put s'empêcher d'être profondément ému. A Londres, tout le monde le voyait comme un débauché, un pécheur invétéré. Mais elle, elle le voyait comme un sauveur...

Il se pencha à son oreille, baissant la voix :

— Je serai loyal *envers toi*, Patra. Je t'en donne ma parole solennelle.

Seigneur, qu'il la désirait en cet instant, dans cette église. Qu'il désirait cette belle femme qui savait voir le bon en lui. Il lui aurait promis n'importe quoi pour l'avoir dans ses bras à nouveau.

Il voulait revivre la nuit passée, voir si le miracle qui les avait touchés pouvait se répéter. Il avait déjà éprouvé du plaisir physique en de nombreuses occasions, avait éprouvé cette sensation de se sentir vide, entièrement vide ; mais ce qu'il avait ressenti dans les bras de Patra était unique.

Emporté par son désir, il déposa un petit baiser dans le creux de son cou, juste sous l'oreille, en lui caressant les côtes dans un geste plutôt explicite. Patra le repoussa en douceur.

— Pas ici, dit-elle fermement.

— Allons ailleurs, dans ce cas, proposa-t-il en enfouissant son visage dans son cou, au milieu des petits cheveux qui s'étaient échappés de sa coiffure simple.

Il sentit son pouls s'accélérer sous ses lèvres. Avec Patra, faire l'amour ne l'avait pas « vidé ». Au contraire, il s'était senti étrangement comblé. Entier. Pour la première fois, il n'avait pas eu l'impression d'être seul après coup. En temps normal, il faisait passer le plaisir de la femme en priorité. Cependant, la nuit précédente, leur bonheur avait été mutuel. Ils s'étaient occupés l'un de l'autre avec tendresse, avec passion. Patra avait fait cela *avec lui* et ne s'était pas contentée de profiter de ses attentions.

Elle lâcha un petit rire musical qui fit vibrer sa gorge et résonna dans l'église.

— Tu es vraiment obstiné, quand tu t'y mets !

Il passa un bras autour de sa taille et l'entraîna au soleil, hors du bâtiment.

— Il me semble que tu en as besoin, non ?

Seulement, il n'était pas Spyridon : il ne gagnerait rien à faire preuve d'altruisme. Il n'était pas assez désintéressé pour cela...

Une fois dehors, il trouva un recoin herbeux à l'ombre de la tour en ruines et y étendit leur couverture.

— Voilà, je ne peux pas faire mieux, dit-il.

Patra l'allongea d'un geste autoritaire sur la couverture et s'assit à cheval sur lui.

— Tu ne peux pas faire mieux ? Si c'est vrai, tu me déçois beaucoup.

Elle glissa une main sous les plis de sa *foustanella* et ses doigts se refermèrent sur son sexe déjà dressé et prêt pour elle. Cette constatation lui arracha un sourire mutin.

— Vous mentez, *monsieur* : vous pouvez m'offrir bien plus...

Patra jouait à un jeu dangereux, envoûtant, qui bouleversait toutes ses certitudes. La nuit précédente avait été une pente glissante et, au lieu de la combler pleinement, elle n'avait fait qu'attiser son désir. En continuant ainsi, elle ne faisait que rendre la fin plus difficile — et, quoi qu'elle fasse, la fin arriverait *forcément*. Il ne lui restait tout au plus que cinq jours de rêve, d'extase, et elle avait bien l'intention d'en profiter.

Elle pouvait bien offrir un peu de sa tendresse à Brennan — une faible compensation pour tout ce qu'elle finirait par lui coûter. Quand tout serait fini, il serait incapable de l'aimer ; mais peut-être qu'elle pourrait l'aider à s'aimer lui-même. Un mal pour un bien, en quelque sorte.

La confession de Brennan, dans le silence de l'église, l'avait émue aux larmes, en dépit des remarques plaisantes qu'il avait ajoutées sur l'éducation anglaise. Elle avait senti la profonde tragédie derrière ses paroles, la douleur qui le suivait en permanence, comme une ombre. Décidément, cet homme si beau et si séduisant ne savait pas à quel point il était unique. Il n'avait aucune idée de sa vraie valeur.

Dans ses bras, à l'ombre de la tour, elle maudit silencieusement la famille qui avait insufflé tant de doutes en lui. Si elle en avait le temps, elle lui apprendrait à se voir d'un œil neuf.

Elle retroussa doucement la chemise de Brennan et lui caressa le torse du bout des doigts.

— Je ne sais pas si je te l'ai dit, mais tu étais vraiment magnifique au marché, l'autre jour.

Le cœur battant, elle se pencha et déposa une petite piste de baisers le long de son torse.

— J'ai beaucoup aimé ton idée de lancer le poisson, comme au spectacle.

Il eut un petit sourire amusé.

— Vraiment ? Il n'en faut pas plus pour te distraire ? Un homme torse nu qui lance du poisson, et c'est tout ?

De nouveau, il se rabaissait, c'était comme un réflexe chez lui : au fil du temps, elle commençait à mieux comprendre son humour. Ce n'était qu'un mécanisme de défense de plus...

— Pas *n'importe quel* homme torse nu, répondit-elle d'un ton léger en laissant glisser son ongle sur la peau qu'elle venait d'embrasser.

Brennan frissonna. A cette étape de leur relation, elle pouvait difficilement lui en dire plus, aborder des sujets plus graves. D'ailleurs, qu'en était-il de leur relation ? Pour le moment, elle était à la fois réelle et irréelle, comme un rêve qui s'attarde quelques instants au réveil. C'était étrange.

De temps en temps, bien sûr, la limite entre la vérité et les apparences était floue, imprécise. Cependant, il valait mieux que Brennan ne s'en doute pas, *pour le moment*. Tout d'abord, parce que tout cela ne faisait pas partie de leur stratagème ; mais aussi parce que le stratagème semblait de moins en moins important depuis la réapparition de Castor au village.

Depuis le retour du capitaine, la seule chose que Patra pouvait encore faire pour protéger Brennan était de le convaincre qu'elle voulait qu'il parte.

— Oh ! je ne suis pas difficile, répondit-elle avec un sourire. Tu n'es pas obligé de lancer du poisson. Tu peux aussi être torse nu et réparer une table, peindre une maison ou tailler mes buissons. J'ai d'ailleurs hâte de te revoir à l'œuvre...

— Tu veux que je taille tes buissons ?

Il éclata de rire.

— Je vais te montrer comment je vais m'occuper de ton buisson, vilaine fille…

Sans prévenir, il l'attrapa par la taille et l'allongea sur le dos. Surprise, elle poussa un petit cri mais le laissa néanmoins retrousser sa jupe pour dénuder ses jambes. Se retrouver à demi nue au soleil était à la fois intimidant et sauvage. Un érotisme brut et délicieux. Brennan riait toujours. Elle sentait son souffle chaud sur les boucles fines de sa toison.

C'était peut-être bon, mais ce n'était rien comparé à la sensation de sa bouche sur elle, de sa langue explorant son sexe. Emportée par ce plaisir exquis, intime, elle se cambra vers lui et poussa des gémissements incontrôlés quand il effleura sa petite perle, joua avec, gourmand. Incapable de résister au flot de plaisir qui l'envahissait, elle s'agrippa à l'herbe de toutes ses forces. Il lui fallait un point d'ancrage, sans cela, elle risquait de se perdre entièrement.

Cependant, tous ses efforts furent vains et elle se laissa emporter avec délice par le plaisir, tout en sachant que ce n'était qu'un prélude. Avant même que son cœur s'apaise, Brennan s'étendit au-dessus d'elle, retroussa sa *foustanella* et entra en elle d'un coup de reins puissant. Et le plaisir revint l'envahir, plus fort cette fois parce qu'ils le partageaient.

— Alors, tu aimes mon travail sur ton buisson ? murmura-t-il à son oreille, le souffle court et la voix rauque.

Il poursuivait ses va-et-vient, avec un mélange de force et de tendresse.

— Je… Euh…

Les mots avaient du mal à se former dans le brouillard délicieux qui enveloppait Patra.

— Tu es un bon jardinier, Brennan Carr…

Ce furent les dernières paroles qu'elle prononça avant de longues minutes. En cet instant, parler n'avait plus d'importance. Seul comptait le corps brûlant de Brennan étendu contre elle.

15

— J'adore la Grèce...

Brennan s'était allongé sur le dos et admirait le ciel pendant que Patra caressait pensivement son torse.

Patra aimait peut-être autant ces instants intimes, après l'amour, que les minutes qui y conduisaient, qui les menaient à cette sérénité profonde. Là, plus rien d'autre ne comptait pour elle. Le monde disparaissait autour d'eux pour les laisser seuls dans le silence. C'était à la fois excitant et très dangereux...

Brennan savait la bouleverser plus que n'importe qui. Auprès de lui, elle se sentait à nouveau jeune. Innocente. Une sensation qui ouvrait la porte à des émotions qu'elle n'aurait pas dû ressentir pour lui.

— Je crois que jamais je n'ai été quelque part où le soleil brille tant, murmura-t-il d'un air absent. En Angleterre, l'hiver ne finit jamais vraiment et le printemps reste boueux et pluvieux jusqu'en mai. Puis, quand la chaleur finit par arriver, Londres devient insupportable. Sans oublier que nous sommes obligés de porter en permanence nos tenues de gentlemen — veste, chemise, veston et cravate — en faisant semblant de ne pas étouffer.

Il frémit à ce souvenir et Patra ne put réprimer un petit éclat de rire.

— Je ne m'étonne plus de te voir tant aimer ta *foustanella*...

— Et il n'y a pas que le climat, confessa-t-il. La nourriture est si fraîche ici, si parfumée. Crois-moi, Patra, la gastronomie anglaise est lourde et insipide. Toute la vie là-bas est ainsi. Au moins, ici, je peux travailler de mes mains.

Il s'interrompit un instant et elle vit un nuage traverser son regard, un instant d'intense réflexion pendant qu'il cherchait les mots justes.

— Ici, je suis *moi-même*. Cela fait des années que je cherche désespérément un endroit où m'épanouir, reprit-il finalement avec un petit sourire, le regard perdu dans le bleu du ciel. Il a fallu que je traverse l'Europe pour trouver ce havre de paix, mais j'ai enfin réussi...

Il avait trouvé son paradis et il ignorait encore qu'il était sur le point de le perdre... La culpabilité, endormie quelques instants, revint hanter Patra. Il fallait qu'elle lui dise la vérité, mais comment s'y résoudre, alors qu'il paraissait si heureux, si apaisé ?

Elle avait accepté le stratagème que Brennan lui avait proposé parce qu'elle avait pensé qu'il finirait par quitter Kardamyli, un jour ou l'autre. Avant l'arrivée de Castor, d'ailleurs, elle n'avait vu aucune raison de se presser — mais Castor était réapparu dans sa vie, et cela changeait tout... Maintenant, si elle voulait protéger Brennan, elle allait devoir le chasser bien plus tôt qu'elle ne l'aurait cru et bien avant que ce qu'il semblait prévoir. Pire encore, elle allait le contraindre à abandonner son rêve pour elle et il ne s'en doutait pas le moins du monde.

Soudain, il se rassit et se mit à fouiller la pochette qu'il portait à la ceinture.

— J'ai failli oublier : j'ai quelque chose pour toi.

Trouvant enfin ce qu'il cherchait, il tira de sa poche une longueur de ruban d'un beau bleu vif et Patra ne put s'empêcher de rêver à nouveau à tout ce qui serait possible « si... » ; s'il ne partait pas, s'il décidait finalement de rester et de passer sa vie ici. Cette idée éveilla à la fois un immense espoir et de profondes terreurs en elle. Il ne pourrait rester que le temps que Castor lui octroierait. Cependant, au bout d'une semaine, d'un mois, d'un an, peu importe, le capitaine finirait par vouloir se venger et l'attente ne serait qu'une torture supplémentaire.

Ignorant de son mieux la boule qui pesait dans sa gorge, Patra sourit, émue aux larmes par ce simple cadeau.

— C'est pour moi ?

— Oui, je l'ai trouvé au marché, l'autre jour, et j'ai pensé à toi. J'ai remarqué que tu portais tes cheveux attachés par des rubans, depuis quelque temps.

C'était absurde, d'être aussi bouleversée par un simple morceau de soie ; mais cela faisait si longtemps qu'elle n'avait pas eu de cadeau purement futile, égoïste. Elle ne s'était rien offert de ce genre depuis des années : on ne peut pas manger un ruban, ni s'habiller avec. Ce genre d'objet est simplement fait pour assouvir la coquetterie et elle ne pouvait habituellement pas se permettre ce genre de luxe.

— Tu permets ? demanda Brennan en passant ses mains dans son cou.

Elle sentit avec délice ses doigts effleurer sa nuque et le laissa rassembler ses cheveux en une queue-de-cheval souple. Il les attacha avec le ruban et s'attarda un instant sur ses épaules.

— Le bleu te va si bien, murmura-t-il. Tu devrais porter plus de couleurs...

Il avait peut-être raison, cependant, les vêtements colorés n'étaient pas pratiques et ils attiraient un peu trop l'attention au goût de Patra. Elle avait préféré faire ce sacrifice pour préserver son anonymat.

Peu à peu, l'ombre commençait à tomber. L'après-midi touchait à sa fin et, avec l'arrivée du soir, viendrait l'heure de se séparer... Brennan prit la main de Patra et ils entreprirent de redescendre le petit sentier qui conduisait aux maisons. Elle aimait plus qu'elle ne l'aurait dû le contact de la main chaude de Brennan sur son bras. Elle avait accepté de se rapprocher de lui pour sa propre sécurité et il aurait certainement réussi à la protéger des efforts de ses amies pour lui trouver un époux, sans le retour inattendu de Castor. Mais voilà, qui pourrait la protéger de Brennan qui savait lui donner l'impression d'être si vivante avec son sourire lumineux, ses yeux rieurs, sa bouche si tendre et son corps taillé pour l'amour ? Jamais elle n'aurait cru être si sensible à ses charmes. Mais dès qu'elle le voyait, elle perdait tout contrôle sur ses sentiments.

Quand tout avait commencé, elle avait été préparée à perdre Brennan — pas à tomber amoureuse de lui...

Patra semblait distraite. Elle l'avait été depuis leur départ des ruines. Même à présent, chez elle, pendant qu'elle préparait le repas du soir, elle avait une maladresse qui ne lui ressemblait pas. Elle fit tomber une fois son couteau et renversa du vin tout en refusant obstinément son aide à chaque fois que Brennan la lui proposait.

Il n'avait pas besoin d'avoir la perception exceptionnelle de Nolan pour deviner que Castor Apollonius était au cœur de ses préoccupations. Mais il n'en savait pas encore assez pour comprendre la nature de l'emprise de cet homme sur elle. Lentement, l'énigme commençait à se dévoiler. Quelques éléments se mettaient en place. Tout d'abord, il y avait eu le ruban, qui l'avait émue aux larmes. Il ne s'était pas attendu à une réaction aussi intense pour un cadeau si simple. Et puis, il y avait tout ce que Konstantin lui avait raconté. Cette femme avait *choisi* sa vie discrète et plus que modeste depuis la mort de son époux. Elle avait préféré laisser sa maison se dégrader, année après année, plutôt qu'accepter l'aide des hommes du village. Elle s'était même interdit le moindre luxe personnel au quotidien.

Brennan avait bien vu ses jupons et chemises propres mais raccommodés ; comme si elle avait délibérément cherché à être la plus invisible possible. Jusqu'à ce qu'il entre sans sa vie.

C'était bien l'autre dilemme qu'il devinait. Il comprenait pourquoi elle avait accepté sa proposition, pourquoi elle avait si facilement joué le jeu. Prétendre être ensemble lui permettait de préserver son anonymat, de fuir des relations sociales pourtant légitimes. Cependant, quoi qu'elle ait espéré tirer de leur arrangement, elle avait redécouvert la vie — la vraie — auprès de lui et cela lui faisait peur. Elle regrettait peut-être, et cherchait un moyen de le fuir ; surtout à présent que Castor avait fait sa réapparition. D'une certaine manière, le passé et le présent de Patra s'étaient rejoints et cela la terrifiait. Pourquoi ?

Il était temps pour lui de découvrir la vérité. Il avait bien observé la femme silencieuse et stoïque, au marché, au fil des mois. Cette femme n'était pas heureuse... Et aujourd'hui, la Patra qui avait dansé avec lui sous les étoiles, qui s'était si facilement éveillée sous ses caresses, avait redécouvert le bonheur.

Et il ne voulait pas la perdre, pas maintenant qu'il percevait vraiment qui elle était — et qu'elle finissait par le reconnaître elle-même. S'il devait faire une réelle bonne action dans sa vie, une action qui importait vraiment, autant que ce soit celle-là. Patra Tsipras méritait de retrouver le bonheur.

Ils dressèrent ensemble la table sous les arbres, dehors, plaçant sur la nappe des assiettes remplies d'olives, de tomates, de fromage de chèvre, de houmous, ainsi que du vin et du pain. Patra essaya d'allumer une bougie mais se brûla les doigts avec l'allumette. Brennan les lui prit doucement des mains et les posa à l'écart. Il ne trouverait sans doute pas de meilleur moment pour la pousser à se confier.

— Patra, dit-il donc à mi-voix, nous devons parler avant que tu ne brûles autre chose que tes doigts...

Elle s'assit, lui jetant un regard méfiant.

— Parler de quoi ?

Bien sûr, elle n'allait pas avouer son secret si facilement. Il allait devoir se montrer prudent et convaincant.

Mais il était préparé. Il soutint un instant son regard.

— Parlons de ce qui te distrait tant : Castor Apollonius. Parle-moi de la guerre, Patra. Dis-moi ce qui est arrivé à ton époux. Comment est-il mort ?

Elle lui lança alors un sourire mignon.

— En quoi est-ce important à tes yeux ? Tout cela n'est que du passé et on ne peut rien y changer.

Elle glissa doucement une main le long de sa jambe. Clairement, elle cherchait à lui faire oublier ses questions — Brennan connaissait bien cette manœuvre pour l'avoir employée lui-même de nombreuses fois afin d'éviter les discussions déplaisantes. Seulement, il ne se laisserait pas distraire, cette fois. Il posa tendrement sa main sur celle de Patra.

— Pour se libérer du passé, il faut d'abord l'affronter, tu sais, dit-il avec douceur et fermeté. Mais tu n'as pas à y faire face seule. Je suis ici pour toi et je veux savoir ce qui s'est passé entre Castor et toi. Le village pensait qu'il allait t'épouser, t'offrir une vie de richesse et de prestige. On raconte aussi que tu as renoncé pour des raisons politiques ; mais moi, je crois que cela va plus loin.

Il lui serra tendrement la main, pour la rassurer, l'encourager à se confier.

— Patra, Castor finira par revenir, un jour ou l'autre. Si tu veux vraiment me protéger de cet homme, tu dois tout me dire. Qu'est-ce qui a pu obliger une femme passionnée, telle que toi, à se retirer de manière si brutale de sa communauté, de la vie qui lui ouvrait les bras ?

En dépit des efforts de Patra pour se fondre dans un anonymat protecteur, son pire cauchemar avait fini par se réaliser. Castor Apollonius était revenu la chercher.

Et après tout ce que Brennan avait fait pour elle ces derniers jours, tous les risques qu'il prenait pour elle, il avait le droit de savoir. C'était sa vie qui était en danger...

Le cœur serré, elle lui retira sa main et croisa les bras sur la table. Elle ne supporterait pas de sentir ses doigts trembler quand il comprendrait, quand il la repousserait — écœuré par ce qu'elle allait lui avouer. Elle soutint son regard azur quelques instants. Ce regard sincèrement inquiet pour elle. C'était peut-être la dernière fois qu'il la regarderait de cette manière ; autant savourer cet instant tant qu'il durait.

— D'accord, commença-t-elle doucement, je vais tout te dire. Mais je sais déjà que tu me haïras quand j'aurai fini.

Il secoua la tête, voulant protester, mais elle ne lui en laissa pas le temps.

— Tu ne sais pas ce que j'ai fait, Brennan.

Elle commença donc son récit depuis le début, lui dressant un portrait de sa vie pendant la guerre et de la manière dont l'organisation de Castor, la Filiki Eteria, avait su apporter de l'espoir au peuple pour la première fois. Elle lui expliqua comment Dimitri avait rejoint la fraternité, accompagné par quelques habitants du village et un certain nombre de personnes dans le Péloponnèse. A l'époque, tout le monde, dans la région, brûlait d'une ardeur patriote et chacun était prêt à participer au combat pour l'indépendance. Partout, il y avait des réunions stratégiques, des rassemblements optimistes...

Mais, une fois la fièvre retombée, les choses avaient semblé bien différentes.

— Je me suis retrouvée emportée par la vague à mon tour, poursuivit-elle. J'étais une bonne fille, tu vois : j'entendais mes parents raconter des histoires de rébellion venues des provinces du Nord. Seulement, avec le temps, j'ai fini par comprendre que ces rébellions qui me paraissaient si grandioses n'étaient que des incidents isolés provoqués par des petits groupes qui ne pouvaient espérer tenir longtemps face au puissant Empire ottoman. Quand Dimitri et moi nous sommes mariés, la Filiki avait prévu de bouleverser cet équilibre précaire : le groupe a commencé à rassembler les Grecs dans tout l'empire. Un effort commun est né dans l'espoir que cela suffise à vaincre les Ottomans en les obligeant à combattre sur plusieurs fronts. Nous voulions créer une hydre grecque à plusieurs têtes.

Réveillant ces souvenirs fiévreux, Patra ne put réprimer une certaine fierté.

— Et notre stratégie a marché : le Péloponnèse s'est soulevé. Nous nous laissions emporter par l'excitation de la victoire. Mais aujourd'hui, quand j'y repense, je vois à quel point nous avions surestimé notre réussite. Si les troupes turques ont abandonné la plus grande partie du Péloponnèse, ce n'est pas parce que nous avons réussi à les renverser, mais parce qu'elles se concentraient sur le centre du pays pour lutter contre Ali Pasha. Néanmoins, nous avions tout de même une victoire à notre actif et la Filiki en a profité pour lever de nouvelles troupes et mener d'autres batailles dans l'espoir que l'une des grandes puissances européennes — la France, l'Angleterre ou la Russie — décide de nous aider.

Elle s'interrompit un instant, la gorge soudain nouée.

— Tout cela s'est passé en 1821. En 1822, nous attendions toujours et nos hommes mouraient toujours sous les coups des Turcs qui cherchaient à reprendre le Péloponnèse.

Après la joie de la victoire était venu le temps du sang. Patra avait passé des heures sombres à s'inquiéter pour Dimitri qui voyageait beaucoup, accompagnant les troupes. Pendant des jours et des jours, elle avait eu peur que l'armée soit défaite et que les Turcs arrivent au village pour se venger. Que feraient-ils subir à ceux qui avaient tenté de se révolter ? Après tout, la bataille de Tripoli avait été un véritable massacre et de nombreux soldats turcs y avaient perdu la vie.

— Nous avions très peur qu'ils arrivent jusqu'ici et nous fassent payer le prix fort pour notre impudence, reprit-elle. C'est à ce moment que nous avons rencontré Castor. La Filiki l'a envoyé au village pour nous redonner courage.

Castor Apollonius avait été le chef militaire de la région depuis le début de la guerre. Quand Patra l'avait rencontré, elle avait découvert un bel homme, enflammé et patriotique, plein de charisme. Il savait aussi se montrer particulièrement persuasif. Sa présence au village avait été rassurante en ces temps difficiles — et elle s'était sentie mieux de le savoir là.

Seulement, il était aussi profondément dévoué à la Filiki Eteria et savait inspirer cette fidélité chez les autres, même quand la guerre s'éternisa et que sa loyauté envers la fraternité commença à paraître déplacée.

— Mon époux était toujours au combat et je me suis désespérément raccrochée aux espoirs que m'apportait Castor. A présent, je dois avouer que je regrette d'avoir confondu son patriotisme enflammé avec une démonstration de bonté… Au début de 1823, c'est devenu clair : les grandes puissances du continent nous apporteraient un peu d'aide, vu que la victoire semblait inévitable. Suite aux efforts de la Filiki et à la présence de clubs grecs à Londres, quelques Anglais ont fini par arriver. Seulement, le gouvernement n'a rien fait. Ceux qui sont venus étaient de simples citoyens ayant fait eux-mêmes ce choix pour aider notre cause. Un peu comme votre poète Byron, ou les militaires qui nous ont aidés à entraîner des troupes dans les îles Ioniennes. Les Français sont arrivés plus tard. Grâce à eux, nous avons pu vaincre les Turcs à Modon. Hélas, il était déjà trop tard pour sauver Dimitri...

Le récit commençait à devenir difficile et Patra sentit des larmes lui monter aux yeux. Elle n'arrivait même plus à exprimer ses émotions ou s'abandonner à ses souvenirs. Elle ne pouvait qu'exposer froidement les faits.

— Ton époux est tombé à Modon, murmura Brennan avec gentillesse.

Elle ravala sa douleur. Il fallait qu'elle se montre forte et aille de l'avant ; elle en avait trop dit pour s'arrêter là.

C'était le moment de faire comprendre à son amant qu'il devait penser à sa propre sécurité et quitter le village. Elle ne pourrait pas supporter de voir un autre homme mourir à cause d'elle — surtout quand cet autre homme se souciait à ce point d'elle et de son bien-être.

Elle rassembla donc tout son courage.

— Oui, il est mort et c'était entièrement ma faute. A ce moment-là, je connaissais Castor depuis trois ans et je pensais qu'il était mon ami, *notre* ami. Il a décidé de faire transférer Dimitri dans son propre régiment pour « veiller sur lui », m'a-t-il assuré. Hélas, je ne savais pas que ses sentiments pour moi étaient bien plus profonds que les miens.

Angoissée, elle guetta la réaction de Brennan. Elle le vit comprendre peu à peu ce qu'elle venait de dire ; comprendre les conséquences. Elle surprit des vagues d'émotions variées traverser le regard de son amant. Il y eut d'abord la colère vertueuse du chevalier qui voulait la protéger, la sauver d'une telle injustice. Elle devina la question qu'il allait poser avant même qu'il ouvre la bouche.

— Comment peux-tu être certaine des sentiments de Castor ?

Elle ne pouvait pas le blâmer : il était normal qu'il doute. En fait, ce n'était pas vraiment les doutes qui semblaient le guider, mais plutôt l'incrédulité. Quel genre d'homme faisait subir de telles horreurs à une femme ?

— Est-ce que tu connais l'histoire de David et Bethsabée, dans la Bible ?

Ses lèvres s'asséchaient de plus en plus et elle sentait sa gorge se nouer de plus belle. Jamais encore elle n'avait raconté cela à qui que ce soit. Brennan la croirait-il ? Et s'il ne la croyait pas, était-ce si important ?

Au contraire, s'il la prenait pour une folle, cela pourrait suffire à le convaincre de s'éloigner — et c'était justement ce qu'elle essayait de faire.

La voix de son amant se faisait plus sombre. Sans doute était-il en train de comprendre la situation, l'horrible situation. Finalement, il reprit, avec un soupçon de nervosité :

— Le roi David a placé l'époux de Bethsabée en première ligne, au combat, pour s'assurer qu'il meure…

— C'est pour cela que je suis certaine des sentiments de Castor à mon égard, murmura-t-elle dans la nuit tombante. Et c'est aussi pour cela que j'ai peur pour toi. Il a été très clair avec moi : si lui ne peut pas m'avoir, alors aucun homme ne le pourrait, pas même mon époux.

16

Seigneur ! Ainsi, Apollonius était à la fois un meurtrier *et* un fou manipulateur ?

Heureusement, Brennan était assis, sinon le choc l'aurait sans doute fait vaciller. Apollonius s'était servi du patriotisme, de la confiance, de l'amitié pour organiser un assassinat et essayer de voler l'épouse d'un autre. Et cela suffit à faire frémir Brennan : à présent, il devenait un rival pour Castor, ce qui voulait dire qu'il était à son tour en danger de mort…

Bien sûr, ce n'était pas la première fois qu'un homme voulait le tuer à cause d'une femme, mais c'était la première fois que la menace qui pesait sur lui était aussi froide et préméditée. D'habitude, quand un époux en colère, ou un amant bafoué, le pourchassait, c'était toujours dans la « chaleur du moment ».

Si ces hommes avaient réussi, ils auraient certainement regretté leur action dès le lendemain ; mais Castor ne semblait pas homme à regretter quoi que ce soit. S'il décidait de tuer un homme, pas un seul instant il ne se sentirait coupable.

Brennan dévisagea longuement Patra. Elle attendait sa réponse. Elle se préparait à ce qu'il la haïsse, à ce qu'il pense qu'elle avait agi en catin et était responsable de la mort de son époux. Il voulut quitter la table, s'installer plus confortablement avec elle un peu plus loin pour commencer une nouvelle conversation. Il se leva donc et lui tendit la main, comme il l'avait fait la nuit précédente.

— Viens marcher un peu avec moi.

Il sentit la tension dans ses doigts, surprit son regard effrayé, vulnérable. Il n'avait pas encore répondu à son aveu. Que dire, quand on apprend que quelqu'un s'apprête à vous tuer ? Que dire à une femme qui avait gardé pendant des années le secret du meurtre de son époux ? Et que faire quand, comme Brennan en ce moment, on avait à répondre à ces deux questions à la fois ?

Aucune des paroles de réconfort auxquelles il pensait ne lui paraissait adaptée. Il préféra donc se réfugier dans une question :

— Pourquoi n'as-tu rien dit à personne, pendant tout ce temps ?

Avant même qu'elle ouvre la bouche, il connaissait déjà la réponse.

— Et qui m'aurait crue ? Il n'y a jamais eu aucune preuve. Les hommes meurent à la guerre ; la bataille de Modon n'était pas différente des autres... En fait, si. Elle était pire. Cela a été un véritable massacre. Tant d'hommes y ont laissé la vie. En quoi Dimitri est-il différent des autres soldats tombés ? Les gens se seraient contentés de dire que ma douleur me faisait perdre la raison, que j'avais besoin de blâmer quelqu'un pour cette perte et que j'étais prête à accuser n'importe qui. Après tout, beaucoup de gens réagissent comme cela quand ils perdent un proche, non ?

Et Apollonius avait su se créer une place de choix auprès d'elle après avoir fait tuer Dimitri.

Tout le monde a dû penser qu'elle accepterait de l'épouser, que le deuil les rapprocherait.

Grâce à la guerre, Apollonius et elle avaient été assez intimes pendant toute cette période. Brennan ne put réprimer un élan de colère animale et jalouse. Il pouvait presque imaginer Apollonius jouant les amis du défunt et de sa veuve. Il le voyait la réconforter pendant qu'elle pleurait, lui murmurer des paroles apaisantes à l'oreille ; lui dire que son époux était mort en soldat, qu'il avait été à ses côtés jusqu'à la fin — sans doute en prenant de grands risques lui-même — et il avait émergé de la débâcle en héros.

Il aurait voulu frapper de toutes ses forces cet homme en plein visage pour lui faire payer sa trahison et, instinctivement, son poing se crispa. Dès qu'il se retrouverait face à son rival, il n'hésiterait pas un seul instant.

— Apollonius est décidément bien abject et bien vil... Je suis vraiment désolé, Patra.

Ils s'étaient lentement approchés du hamac, qui rappellerait peut-être à Patra des souvenirs plus agréables. Brennan comptait bien faire son possible pour apaiser sa douleur et sa culpabilité. Il s'y installa en premier et s'étira un instant avant d'attirer Patra dans ses bras. C'était si bon, de la serrer contre lui, de pouvoir la réconforter un peu...

Cependant, il savait bien que quelques caresses et quelques murmures désolés ne suffiraient pas. Ça n'effacerait pas les années qu'elle avait dû passer sans sourire, sans danser, sans se rapprocher de qui que ce soit ; pas uniquement à cause des menaces d'Apollonius, mais aussi parce qu'elle cherchait encore à protéger la cause. Le capitaine était le seul lien que le village avait encore avec l'indépendance, avec ce grand espoir pour lequel tant d'hommes étaient morts. Il était le seul à symboliser pour eux cette cause en laquelle ils croyaient tant.

Que lui avait dit Konstantin, déjà ? « Les villageois aiment leur indépendance plus qu'ils ne haïssent Castor. » Patra avait donc passé tout ce temps à protéger la cause ; à se sacrifier, jour après jour, pour que l'image du combat reste pure aux yeux des habitants de Kardamyli.

— Tu devrais me détester, Brennan, soupira-t-elle tout contre lui, au bout d'un moment. J'ai mis ta vie en danger.

— Pourquoi te détesterais-je ? Tout cela n'est pas ta faute. Castor est le seul responsable.

Il comprit alors autre chose, allongé avec elle dans le hamac, alors que la vérité pesait encore entre eux.

— Est-ce qu'Apollonius veut me tuer, moi, ou tous les hommes qui osent t'approcher ?

— Tous les hommes, lâcha-t-elle dans un souffle — comme si parler à mi-voix rendait la situation moins dangereuse. Il me l'a dit lui-même.

Cela expliquait l'attitude de Patra... Pourquoi, par exemple, elle conservait son masque de veuve dévouée depuis tant d'années, alors qu'elle aurait pu mettre fin à son deuil il y a longtemps. Ou pourquoi elle rejetait obstinément les efforts de ses amies pour la marier. Elle avait fait de son mieux pour rester aussi discrète que possible — même sa maison était devenue presque invisible, au milieu de son jardin à l'abandon. Elle avait refusé l'aide des villageois parce que cette aide serait obligatoirement venue des hommes et que cela aurait pu attirer l'attention d'Apollonius sur les bonnes âmes assez gentilles pour s'occuper des travaux dont elle était incapable seule. Peut-être même qu'elle avait souhaité voir sa maison et son terrain se dégrader, d'une certaine manière. Elle avait ainsi protégé tout le monde et pas seulement la cause.

Jusqu'à ce que Brennan arrive et réduise à néant tous ses efforts.

Envahi par un élan amer de culpabilité, il ferma les yeux et poussa un petit soupir. Quel idiot était-il !

— Je... Je n'ai pas compris, commença-t-il avant de s'interrompre.

Il sentait bien que ses paroles étaient maladroites. Ce n'était pas vraiment la possibilité de se faire tuer qui le hantait ; mais plutôt sa responsabilité dans ce qui arrivait à Patra.

Elle avait réussi à rester en sécurité, sans s'attirer d'ennuis, jusqu'à ce qu'il vienne repeindre ses murs, refaire le chaume de sa grange et se servir d'elle pour fuir les jeunes filles du village. Il avait attiré une nouvelle fois l'attention de Castor Apollonius sur elle avec son stupide stratagème.

— Je dois réparer le tort que je t'ai causé, murmura-t-il au bout d'un long silence.

Il ne savait pas encore comment, mais il trouverait un moyen — il le fallait. Patra n'avait pas à souffrir de son inconscience.

— Pourquoi devrais-tu réparer un quelconque tort ?

— Rien de tout cela ne serait arrivé, si je t'avais laissée tranquille. Après tout, tu as accepté de danser avec moi, le premier soir, rien de plus. C'est moi qui ai insisté...

Et maintenant, il comprenait pourquoi elle n'avait pas voulu qu'il la raccompagne. La pénible vérité l'aveuglait de sa clarté :

elle avait su ce qui arriverait et avait essayé de le prévenir, mais il ne l'avait pas écoutée.

— Tout est ma faute, lâcha-t-il encore.

Sa faute ? Que voulait-il dire par là ? Interloquée, Patra se redressa prudemment sur le coude pour mieux le voir. Dans le mouvement, le hamac se mit à se balancer quelques secondes.

— Comment est-ce que cela pourrait être ta faute, quand c'est *moi* la seule responsable de cette situation ? demanda-t-elle.

C'était elle qui avait attiré l'attention de Castor dès le départ et avait causé la mort de Dimitri. Elle avait aussi su ce qui arriverait si elle encourageait Brennan, que ses sentiments soient réels ou simulés. Néanmoins, elle s'était persuadée qu'elle pouvait s'autoriser un peu de bonheur, que Castor ne l'apprendrait jamais et elle avait *su* à quel point elle jouait avec le feu...

— Ecoute, Brennan, je savais comment tout cela risquait de finir. Je n'aurais jamais dû accepter ta proposition.

Seulement, si elle avait refusé, elle n'aurait pas connu le bonheur de partager ces trois derniers jours, de nager avec lui. Rien de ce bonheur n'aurait jamais existé.

Elle soutint son regard un instant, attendant de voir une ombre de colère naître au fond de ses yeux. Maintenant qu'il savait tout, il la haïrait pour l'avoir entraîné dans cette affaire sordide.

Mais la colère ne vint pas. Si elle voulait le convaincre de partir, elle allait devoir faire plus d'efforts.

— Je t'ai délibérément *séduit* hier soir, Brennan, alors que nous savions que Castor était de retour.

Cette accusation devrait suffisamment l'incriminer. Mais Brennan se contenta de rire. Les efforts de Patra ne semblaient pas destinés à payer...

— Oh ! je t'ai séduite aussi, répondit-il. Sur ce point-là, je dirais que nous sommes à égalité. Tu as peut-être fait le premier pas hier soir, mais notre excursion à la plage était mon idée, ainsi que Saint-Spyridon et au moins une partie de ce que nous avons fait cette nuit. Ce que je m'apprête à refaire.

Sur ce, il l'embrassa doucement, s'attardant sur ses lèvres et éveillant de nouveau la douce chaleur familière dans le creux de ses reins. Pendant quelques instants, elle pouvait se permettre de laisser une sensation agréable remplacer ses peurs.

Cependant, elle ne pouvait pas abandonner. Pas encore. Elle ne pouvait pas laisser Brennan ignorer la gravité de la situation, faire comme si rien de tout cela n'avait de réelle importance.

— Brennan, murmura-t-elle entre deux baisers. Apollonius ne ménagera pas ses efforts tant qu'il n'aura pas atteint son but, tant qu'il ne t'aura pas tué. Nous ne pouvons pas faire comme si aucune menace ne pesait sur nous.

Elle sentit ses lèvres sourire sans qu'il cesse pour autant de l'embrasser. Il eut un petit rire doux et chaleureux.

— Dans ce cas-là, je veux être sûr de connaître le bonheur avant de mourir...

— Sois sérieux, enfin !

En dépit de ses protestations, Patra commençait à comprendre qu'elle avait perdu la bataille. Brennan réussit miraculeusement à s'allonger au-dessus d'elle sans renverser le hamac.

— Est-ce que tu as déjà fait l'amour dans un hamac ? lui glissa-t-il à l'oreille avant de passer une main sous les plis de sa jupe.

— Non. Et toi ?

Elle avait du mal à se concentrer sur les gestes tendres de Brennan, encore hantée par l'autre conversation — celle qu'ils devaient avoir.

Il rit de nouveau, ses yeux scintillants fixés sur elle.

— Non. Je ne sais même pas si c'est possible, mais nous allons le découvrir.

Il fit un mouvement un peu brusque et Patra lâcha un cri mi-terreur, mi-amusement en sentant le hamac basculer dangereusement.

— Bon, reprit Brennan. Règle numéro un : tout doit se faire lentement.

Il riait toujours et attendit que le hamac se stabilise avant de bouger de nouveau.

Respectant sa règle, il s'assura en effet que tout se fasse *très lentement* — ce qui fut à la fois une torture et un délice insoupçonné. Faire l'amour dans un hamac était décidément tout un art.

— Ce serait sans doute plus facile si nous étions nus, plaisanta Brennan en se glissant en elle dans un soupir de satisfaction. Ah... Enfin...

Dans l'impatience de leur désir, ils avaient eu du mal à retrousser la jupe de Patra. Cela avait semblé durer des heures.

Mais ce « enfin », n'était qu'un prélude à une autre sorte d'attente. La torture délicieuse n'était pas près de s'achever. Brennan était méticuleux, entrant lentement en elle pour se retirer délibérément puis revenir, encore et encore ; jusqu'à ce que, finalement, tout le corps de Patra lui rappelle qu'elle n'avait pas encore eu son plaisir, ce soir.

Et, Seigneur, comme ce plaisir mettait de temps à monter, rendant l'attente peu à peu insoutenable. Brennan savait ce qu'il faisait, connaissait les parties les plus sensibles de son corps et s'en servait pour la faire frémir et gémir. Elle lutta contre son envie de se cambrer, de s'agripper à lui de peur de faire basculer le hamac et de les faire tomber tous les deux. Etre obligée de rester immobile, ou presque, ne faisait qu'accentuer son désir brûlant, presque trop pressant pour être supportable.

— Brennan, je t'en prie...

Puisque son corps n'osait rien faire, elle n'avait plus que ses mots, saccadés, pantelants. Ses doigts se refermèrent instinctivement sur les franges de la toile et tous ses muscles se crispèrent dans ses efforts désespérés pour ne pas bouger. Elle y était presque. Il n'y aurait plus besoin que de deux ou trois coups de reins pour que la digue cède et que cette délicieuse torture s'achève enfin...

Brennan lui lança un sourire dévastateur, conscient qu'il était à la fois la cause de ses frustrations et de son extase. Un murmure résonna entre eux :

— Attends...

Attendre ? Mais elle ne pouvait plus attendre ! Elle eut envie de le frapper mais il fut plus rapide qu'elle. Il lui attrapa les poignets et les coinça au-dessus de la tête de Patra, en douceur, le souffle court et saccadé.

— Je. Ne. Veux. Pas. Finir. Par terre. Pas tout de suite.

A la vérité, elle non plus ne le voulait pas. Elle s'immobilisa donc et le laissa entrer en elle une dernière fois et Patra sut immédiatement que son attente en valait la peine. Ce qui l'envahit ne fut pas simplement une vague de plaisir ou même de soulagement. Ce fut une ivresse incontrôlable. Chaque fibre de son corps, chaque muscle se crispa puis se détendit, tandis que Brennan insufflait la vie en elle. Peut-être fut-elle si bouleversée parce qu'elle avait conscience du danger qu'elle courait, ou parce qu'elle savait que cette félicité finirait bientôt.

Brennan s'effondra ensuite sur elle, sa peau légèrement perlée de transpiration.

— Maintenant, nous le savons, murmura-t-il en déposant un petit baiser sur son épaule. On peut faire l'amour dans un hamac... Qu'est-ce que je ne ferais pas pour la science, hein ?

Patra voulut rire avec lui, mais elle était incapable de chasser ses pensées sombres et inquiétantes.

Seigneur, que ferait-elle, si elle le perdait ? Elle ne pourrait plus vivre sans lui, sans son rire, sans le soleil qu'il lui apportait, jour après jour. Ces dernières années, elle n'avait pas vu sa vie devenir de plus en plus oppressante, de plus en plus désespérée ; jusqu'à ce que Brennan arrive à Kardamyli.

Néanmoins, si elle avait pu supporter la peur et l'isolement, elle pourrait le faire de nouveau. Seulement, cette fois, elle avait plus que jamais conscience de la différence entre « vie » et « survie »...

Elle chassa d'un revers de main les mèches aux reflets de miel qui tombaient devant les yeux de son amant. Elle avait une question très importante à lui poser et elle voulait voir la réponse dans ses yeux.

— Brennan, un homme veut ta mort. Cela ne t'inquiète donc pas ?

Il la gratifia de nouveau de son sourire malicieux — ce sourire qui avait si facilement su séduire toutes les femmes du village.

— Si, cela m'inquiète, mais je refuse d'en faire une obsession. Je préfère voir les choses du bon côté.

— Ah ? Et quel est le bon côté ?

— Eh bien, reprit-il d'un ton étonnamment léger, cette menace ajoute du piment à notre relation. Si Apollonius veut me tuer, c'est certainement parce qu'il a compris que mes intentions sont sincères.

Il parut sur le point de rire de nouveau, mais elle ne le laisserait plus plaisanter ainsi. Elle prit son visage entre ses mains, avec tendresse, dans l'espoir de lui faire retrouver un peu de sérieux. Comme si cela suffisait à l'empêcher de sourire...

— Brennan, dis-moi pourquoi tu ne me hais pas, après tout ce que je t'ai raconté ce soir ?

Sa question parut toucher juste. Elle vit son sourire s'effacer, sentit les muscles de son visage se tendre un peu. Il se redressa doucement, avec précaution. Patra retint son souffle, le cœur battant. Brennan était beau et animal en cet instant, avec son corps puissant, contrôlé.

Ce qu'il était sur le point de dire était sans doute la révélation la plus importante qu'il lui ait jamais faite.

— Patra, regarde-moi. Je veux que tu me regardes car ce que je vais t'avouer, je ne l'ai encore avoué à aucune femme.

Il n'y avait plus aucune trace d'enfantillage ou de plaisanterie dans ses traits. C'était un homme qui lui faisait face ; un guerrier qui l'effrayait autant qu'il la fascinait.

— Si je ne te hais pas, c'est parce que je suis trop occupé à t'aimer...

Sous le choc, elle le dévisagea un instant. Les paroles de Brennan la frappèrent en plein cœur. C'était peut-être le plus doux aveu qu'il pouvait lui faire — le plus doux et le pire.

— Comment... Comment peux-tu m'aimer ?

Il s'était pourtant passé si peu de temps. Elle lui avait fait quelque chose de terrible et aurait voulu protester, le sauver. Mais Brennan déposa un doigt sur ses lèvres pour l'empêcher de protester.

— Ne dis rien : les hommes savent ces choses-là, souffla-t-il d'une voix faible, comme si sa confession l'avait fait souffrir. Je t'aime, Patra, et c'est tout ce qui importe. Tu n'as pas besoin de dire quoi que ce soit, si ce n'est pour la forme. Je ne te demande pas de partager mes sentiments. Je ne te demande pas de m'aimer ; mais *moi*, je t'aime.

Il ne lui demandait peut-être rien, mais il voulait qu'elle partage ses sentiments. Il l'espérait. Elle pouvait le voir dans ses yeux.

Quand il lui avait parlé de ses parents, elle avait immédiatement pensé à saint Spyridon. Les parents de Brennan n'avaient pas trouvé d'amour à donner à leurs enfants, tellement ils s'aimaient déjà chacun. Maintenant, dans la lueur nacrée de la lune, elle voyait la vérité ; elle voyait réellement qui était Brennan et quelle était sa mission sur Terre. Apporter l'amour. Prouver aux gens qu'il y avait *assez* d'amour pour tous dans ce monde et que personne ne devait se sentir rejeté. Et peut-être — peut-être — une fois sa mission accomplie, il trouverait quelqu'un, quelque part, qui lui rendrait un peu de ce qu'il donnait si généreusement. Quelqu'un qui lui apporterait de l'amour.

Patra voulait être cette personne, sans se soucier du prix à payer ou des conséquences que cela aurait pour elle. Castor Apollonius et ses menaces pouvaient aller se faire pendre ailleurs ! Quoi qu'il arrive, elle offrirait à Brennan tout ce qu'il méritait.

— Mais je veux dire ces mots...

Sa propre voix était étonnamment cassée et elle sentait sa gorge s'assécher. Les yeux bleus de Brennan se détournèrent.

— Non, cette fois, c'est à toi de me regarder, reprit-elle plus fermement. Je veux que tu me regardes quand je les dirai.

Elle employait ses propres mots pour le convaincre et, lentement, il leva les yeux sur elle. Il paraissait si hésitant.

— Je t'aime, Brennan Carr. J'aime ta spontanéité, ta manière de manger sans jamais être rassasié, ou ton don pour transformer chaque jour en une nouvelle aventure. J'aime la manière dont je me sens à tes côtés ; comme si je revivais. Comme si tout était possible...

Elle s'interrompit un instant, parvenant enfin à sourire.

— Faire l'amour dans un hamac, par exemple. J'aime ton

grand cœur, ta bonté. Par exemple, je t'ai vu donner un poisson de plus à la veuve Anastas, l'autre jour.

Est-ce qu'il venait de rougir ? C'était difficile à dire, dans la lumière pâle de la lune.

— Je t'aime, Brennan Carr.

Oui, elle l'aimait ; suffisamment pour supporter de le perdre. Après tout, n'était-ce pas cela, l'amour ? Etre capable de se sacrifier pour l'autre ?

— Tu as oublié de parler de mon corps. Tu aimes mon corps, plaisanta-t-il.

Elle aurait voulu le gronder pour son insouciance, mais elle le connaissait assez pour savoir que c'était son armure — son moyen de se protéger contre l'intimité des paroles qu'ils échangeaient, une intimité dont il n'avait pas l'habitude. Si seulement elle était capable de l'aider à se sentir plus à l'aise, à prendre confiance en lui, et si elle pouvait lui prouver qu'il était digne d'être aimé...

Hélas, ce genre de cheminement était toujours long et elle n'aurait certainement pas assez de temps pour cela, car il repartirait, peut-être, bientôt.

Elle préféra donc rire.

— Oui, bien sûr, j'aime ton corps, dit-elle en caressant avec délice ses bras si forts, si bien dessinés. Et, ce soir, j'aimerais que ce corps me porte jusqu'à la chambre pour faire l'amour dans un lit correct.

— Mmm...

Brennan lui mordilla le cou en douceur.

— Pourquoi on ne resterait pas là ? J'aimerais réessayer le hamac.

— Oh ! je ne crois pas que je pourrais y survivre, honnêtement.

Sans écouter ses protestations, il glissa une main sous la blouse de Patra.

— Si, tu vas y survivre, parce que, cette fois, nous serons nus.

Il valait mieux se rallier à ses raisons. Elle sourit donc et se déplaça doucement dans le hamac pour l'aider à la déshabiller.

— Pourquoi pas ?

Autant se laisser entraîner une nouvelle fois par les vagues du plaisir. Qui savait quand elle pourrait s'autoriser un tel bonheur à nouveau ?

Il l'aimait et elle l'aimait. Ils venaient d'échanger des aveux venus du fond du cœur, mais ces mots n'avaient pas le pouvoir de transformer la situation, de l'améliorer. Ils ne libéraient pas non plus Patra de l'épreuve qui l'attendait. Au contraire, ils la mettaient encore plus au pied du mur.

Elle ne laisserait pas un autre homme qui l'aimait mourir pour elle. Au retour de Castor, elle irait le voir immédiatement, se livrerait à lui et négocierait la vie de Brennan. Elle céderait son âme en échange si elle le devait...

17

Castor examina longuement le rapport. C'était officiel : il haïssait l'Anglais. Il le haïssait même suffisamment pour interrompre son pèlerinage dans les villages côtiers et rentrer à Kardamyli, et pour envoyer les invitations pour son banquet deux jours plus tôt que prévu.

Il lui avait fallu un jour et demi de voyage à bride abattue pour regagner le village. Cela avait été épuisant, mais il ne pouvait pas rester absent plus longtemps, sachant que chaque nuit qu'il passait loin de Patra voyait l'Anglais rejoindre son lit, lui emplir la tête d'illusions de liberté et lui faire oublier à qui elle appartenait vraiment.

Castor froissa rageusement le rapport. Sa haine de l'Anglais dépassait de loin le problème de Patra ; en fait, il le jalousait... Depuis son arrivée, l'étranger avait su s'attirer l'affection du village. Les gens *aimaient* ce Carr. Le rapport de son secrétaire lui avait apporté bien plus que de simples détails salaces au sujet de ce qui se passait chez Patra. Apparemment, les hommes de Kardamyli aimaient boire un verre avec Carr et les femmes insistaient pour acheter leur poisson chez lui. L'affaire de Konstantin Zabros ne s'était jamais aussi bien portée...

En résumé, cet homme savait faire sourire les gens et, grâce à cela, ils seraient capables de le suivre n'importe où. Heureusement, il ne semblait pas encore avoir pris conscience de l'ampleur de son pouvoir sur eux.

Les dirigeants-nés ont l'habitude de reconnaître leurs semblables, et Brennan Carr avait incontestablement les qualités requises. C'était bien cela qui faisait de lui une menace pour Castor. Car il était honnête avec lui-même : ces jours-ci, les habitants du petit village lui obéissaient par peur et non par loyauté. Il aurait aimé qu'il en soit autrement, bien sûr — la peur a toujours ses limites. Si on ne l'entretient pas régulièrement, elle finit par s'essouffler ou même s'apaiser. Patra en était un exemple criant.

Pendant quatre ans, Castor était resté loin d'elle, confiant. Il avait pensé qu'elle lui appartenait, qu'elle avait retenu sa leçon et ne laisserait plus d'autres hommes l'approcher. Pendant ce temps, il avait été occupé à Athènes, concentré sur ses avancées politiques aux côtés du nouveau roi ; et le dernier prétendant de Patra, un fermier d'un village voisin qui lui avait montré un peu d'attention, avait aisément été chassé.

Castor n'avait eu qu'une certitude : il suffisait d'attendre, Patra finirait par accepter l'inévitable, par reconnaître qu'il était son unique option. Et il avait eu tort. Pendant qu'il cherchait à bâtir un avenir pour elle, pour eux, au cœur de l'élite d'Athènes, elle entraînait un Anglais dans son lit en se croyant en sécurité. Elle avait oublié qu'elle appartenait à Castor et que rien ne pourrait changer son destin. Ce serait sans doute plus simple pour tout le monde, si Carr disparaissait — tout simplement. Castor se mit à jouer pensivement avec son ouvre-lettres affûté. Bien sûr, il pourrait tuer son rival, si cela devenait nécessaire ; mais cet homme n'était pas un ennemi de guerre et sa mort reviendrait certainement le hanter, un jour ou l'autre. Non, il fallait qu'il se débrouille pour que l'Anglais parte et ne revienne pas.

Impatient, il jeta un rapide coup d'œil à la petite horloge posée sur la table de son bureau de fortune, à l'auberge. Il était presque 10 heures du matin. Le banquet avait lieu ce soir. Il s'attendait à voir Patra passer sa porte à n'importe quel moment. Il la connaissait assez pour savoir ce qui l'affectait : elle voudrait sans doute « sauver » Brennan.

Cette idée le fit rire. Elle comprenait peut-être comment Castor fonctionnait, mais se trompait toujours sur la manière de traiter avec lui. Depuis le début, elle semblait penser que, parce qu'elle suivait les règles, il les suivrait aussi. Qu'est-ce qu'elle lui offrirait, cette fois ? Qu'est-ce qu'elle voudrait échanger contre la vie de l'Anglais ?

Peut-être accepterait-il sa proposition, après tout. Mais cela ne changerait rien à ce qui arriverait : au final, il ferait ce qu'il avait décidé de faire. Marché ou pas marché.

Soudain, son secrétaire entra dans le bureau, suivi par une silhouette en jupe.

— Vous avez de la visite, capitaine. La veuve Tsipras demande audience.

Castor leva les yeux avec un sourire de soulagement.

— Quelle plaisante surprise ! Tu arrives au bon moment.

Il adorait voir ses machinations aboutir sans même avoir d'efforts à faire pour cela.

— Eh bien, eh bien, Patra. On dirait que tu es venue me supplier.

Patra savait exactement où trouver Castor. Où qu'il aille, sa personnalité plus grande que nature emplissait toutes les pièces et attirait tous les regards. C'était d'ailleurs cela qui faisait de lui un patriote si doué et un si bon défenseur de la cause. De plus, il était beau et toujours très élégant, même le matin. Sans le connaître, on ne pouvait soupçonner la présence d'une âme si sombre, sous une apparence si parfaite. A une époque, elle-même s'était laissé prendre à ce piège. Comment pouvait-elle espérer que d'autres voient clair en lui, quand il était si doué pour cacher ses réelles motivations ?

Seigneur, elle se haïssait pour être si prévisible… Il avait su qu'elle viendrait. Bien sûr qu'il l'avait su ; il avait su que son invitation la ferait réagir. Qu'elle se précipiterait à son bureau.

— Allons, viens t'asseoir, Patra. Mange un peu : il y a du café frais et de la *bougatsa*.

Il lui indiqua une petite table et deux chaises d'un geste de la main. Un plateau de délicieuses pâtisseries était posé là.

— Je me suis souvenu que tu adorais ça. C'est toujours le cas ?

demanda-t-il avec un clin d'œil, comme s'ils étaient de vieux amis sur le point de fêter leurs retrouvailles.

Comme s'ils n'avaient pas de sang sur les mains. Oh ! comme elle aurait voulu pouvoir le gifler !

— Je préfère rester debout et je n'ai pas faim, répondit-elle froidement.

Castor eut une sorte de moue déçue.

— Et moi qui ai fait préparer tout ça spécialement pour toi...

Son audace ne fit qu'exaspérer Patra davantage. Ainsi, il avait été sûr qu'elle viendrait ?

— Allons, viens avec moi. Je ne peux pas manger seul devant une dame.

Si c'était bien vrai, c'était l'une des rares choses qu'il n'osait pas faire devant une femme — et c'était loin d'être la pire. En tout cas, s'il attendait sa permission, il pourrait attendre longtemps ! Elle se montrait peut-être infantile et mesquine, mais elle n'allait pas donner à Castor la moindre arme contre elle. Elle ne pouvait pas perdre un pouce de terrain face à un homme pareil.

— Je suis venue te dire de laisser Brennan Carr tranquille.

Castor eut un rire froid et cruel.

— Me dire ? Même pas me *demander* ? Ah là, là, ma petite Patra... Soit tu es devenue étrangement insolente, ces dernières années ; soit cet homme est très important à tes yeux.

Son regard sombre s'anima d'une lueur menaçante.

— Je suis venue te le *dire* justement parce qu'il ne représente rien pour moi. Il ne représente rien pour toi non plus : ce n'est pas un espion et il n'a rien à voir avec notre cause. Il est arrivé au village par hasard et a décidé de rester quelque temps. C'est tout. Il est innocent.

C'était le mensonge qu'elle avait décidé de lui servir, en espérant se montrer convaincante. Si Castor pouvait être persuadé que Brennan ne représentait rien, il le laisserait sans doute tranquille.

En face d'elle, le capitaine lissa théâtralement quelques feuilles de papier froissées.

Au bout d'un long moment, il reprit :

— Après avoir lu en détail le rapport de mon secrétaire, je me vois obligé de te contredire à ce sujet. On dirait, au contraire, que tu as beaucoup d'affection pour cet homme. J'admets que les vraies raisons de cette liaison me laissent un peu perplexe... Il est tellement plus jeune que toi, après tout.

Seigneur, qu'y avait-il, dans ce rapport ?

Patra sentit une chape glacée s'abattre sur elle : Castor l'avait fait suivre ! Comment réagir ? Autant prendre des risques et lui faire face sans hésiter.

— Tu ne peux tout de même pas tuer tous les hommes qui viennent m'aider à réparer ma maison et mes appentis. Il a refait le toit de mon cabanon et a peint la façade de la maison, lança-t-elle en soutenant son regard froid.

De toute évidence, son accusation à peine voilée le mit hors de lui, mais, comme souvent, il contrôla sa rage — en apparence, en tout cas.

— Il a fait bien plus que réparer un toit. Inutile de me mentir : j'ai toutes les informations qu'il me faut sous les yeux. Tu veux les lire ? Ecoute, cela te rappellera sans doute quelque chose : « Ils se sont assis dehors pour le dîner, avec des bougies, avant de se lever et de rentrer *ensemble* dans la maison aux alentours de 11 heures. L'Anglais n'est pas ressorti. » Est-ce que cette scène te semble familière ?

Il secoua les papiers devant elle, dans un élan de jalousie, puis contourna le bureau pour s'approcher d'elle. Patra dut rassembler tout son courage pour ne pas s'enfuir ou montrer sa peur. Elle voyait sa mâchoire se crisper, une veine battre contre sa tempe, mais elle s'empêcha de trembler. Elle avait un couteau et était prête à l'utiliser si elle en avait besoin. S'il s'approchait, s'il essayait de la toucher, elle se défendrait.

La colère était rapidement montée en lui, mais elle fut presque aussitôt remplacée par un regard de profonde tristesse. Castor s'arrêta en face d'elle, juste hors d'atteinte.

— Comment oses-tu me traiter comme cela, Patra ? Comment oses-tu faire de moi le méchant de ta triste histoire ? Tu me blâmes toujours pour la mort de Dimitri, après toutes ces années, mais je ne l'ai pas tué ! Il est mort en soldat, comme tant d'autres.

— Uniquement parce que tu t'es arrangé pour qu'il meure ! répliqua Patra. Tu l'as placé au premier rang. J'ai lu les rapports de la bataille et j'ai parlé aux autres capitaines. Tout le monde a dit que c'est toi qui as ordonné à son unité de se placer à l'endroit le plus dangereux, parce que tu savais très bien qu'ils n'y survivraient pas !

Dans sa rage, elle avait moins peur de lui. Elle se sentait plus sûre d'elle, moins intimidée par ce personnage qui avait fait de sa vie un enfer.

— Je l'ai vu mourir, en effet. Je l'ai tenu dans mes bras jusqu'à la fin, dit-il d'une voix mielleuse.

Il s'avança encore, se collant presque à elle. Cette fois, Patra fut obligée de reculer de l'autre côté de la table où étaient posés les gâteaux. Il valait sans doute mieux pour elle qu'elle maintienne un meuble entre eux.

— Veux-tu que je te rappelle les dernières paroles de ton époux ? poursuivit Castor. Il a dit : « Veille sur Patra... Prends soin d'elle à ma place. » Dimitri t'a *donnée* à moi, mais tu continues à me défier à chaque fois que tu le peux.

Un éclat animal et possessif brillait au fond de ses yeux.

— Tu lui manques de respect tout autant qu'à moi en reniant ses dernières volontés : il *voulait* que nous soyons ensemble.

Patra referma la main sur la poignée de son petit couteau. Elle avait déjà entendu cette histoire et sa réponse était toujours la même depuis des années :

— C'est ce que tu prétends, mais pourquoi devrais-je te croire ? Tu n'as aucune preuve de ce que tu avances. Je ne peux pas savoir si ses dernières paroles étaient vraiment cela — ni même si tu étais avec lui. Et puis, cela aurait été normal qu'il te demande de veiller sur moi : il se disait que tu étais son ami.

Elle préférait penser cela. Elle préférait croire que Dimitri n'était pas mort en sachant qu'on l'avait trahi.

Castor finit par s'immobiliser à quelques pas d'elle et tendit les bras comme pour l'inviter à se réconcilier.

— Patra, tu sais pourtant que je ferais tout pour toi. J'ai de l'argent, une grande demeure, des domestiques… Une fois que la Filiki aura retrouvé tout son pouvoir politique, j'aurai un statut social encore plus privilégié à t'offrir. Nous pourrions être l'un des couples les plus influents de la nouvelle Grèce — de ce nouveau pays que nous avons arraché aux mains des Turcs. Cela a toujours été notre rêve, non ? Pourquoi te ravises-tu maintenant ?

Patra le dévisagea un instant. Où voulait-il en venir ?

En face d'elle, Castor eut un petit rire qui n'avait rien de rassurant.

— Tu n'aimes pas que l'on te rappelle tes péchés, n'est-ce pas ? Je vois. Mais le fait que tu aies été autrefois attirée par moi n'est pas un péché, Patra. Si tu m'avais laissé agir, j'aurais fait de toi une femme respectable, à l'époque. Je peux toujours le faire.

— Je n'ai jamais été attirée par toi et je n'ai jamais rien fait de répréhensible avec toi, cracha-t-elle.

Hélas, il avait raison. Bien qu'elle ne l'ait jamais admis, il y avait eu des journées, peu de temps après la mort de Dimitri et avant qu'elle apprenne ce que Castor avait fait, pendant lesquelles elle avait cru avoir des sentiments pour lui… Il était beau, s'était montré rassurant, l'avait consolée. Il avait été l'un des rares à prendre soin d'elle lorsque la solitude avait menacé de l'engloutir.

— Et maintenant, il y a cet Anglais, reprit Castor en la scrutant de plus belle à l'affût de la moindre réaction.

Elle demeura de marbre, ne voulant montrer aucune faille. Elle ne se laisserait pas intimider par cet homme ou par les souvenirs qu'il éveillait. Seulement, elle avait oublié à quel point il savait se montrer autoritaire, à quel point il était intuitif. Il savait jouer des peurs des gens…

Il prit une pâtisserie et la lui tendit.

— Si cet homme n'est rien pour toi, prouve-le-moi. Mange ce gâteau à la crème.

A quel jeu ridicule jouait-il encore ? Etait-ce seulement un jeu ? Quel était le lien entre une bouchée de gâteau et Brennan ?

Et, surtout, que risquait-elle, si elle refusait d'obéir ? Qu'est-ce qu'obéir lui coûterait, à part une blessure d'ego ?

Sans doute pouvait-elle se permettre d'oublier sa fierté un moment, si cela pouvait sauver Brennan. Elle tendit donc la main, mais il leva la pâtisserie et la maintint hors de portée.

— Non, Patra. Je garde le gâteau, et toi, tu mords dedans.

Il avait décidé de l'*humilier* — elle pouvait l'entendre à son ton mielleux, faussement gentil, dissimulant l'étendue de sa perversité. Mais elle le connaissait suffisamment pour ne pas se laisser berner par son sourire trompeur.

— Allons, viens manger dans ma main...

Elle aurait voulu refuser, attraper le gâteau et l'écraser sur son visage pour recouvrir de crème ce sourire carnassier. Castor le savait aussi. Elle hésita encore un instant, retenue par son honneur. Peut-être que c'était précisément ce qu'il voulait. Il voulait qu'elle refuse pour pouvoir la blâmer, pour prétendre qu'elle lui avait forcé la main. Et Brennan ne mourrait pas à cause d'un gâteau à la crème. Elle rassembla donc tout son courage et mordit dans la pâtisserie que Castor lui tendait, ses dents plongeant dans la délicieuse crème.

Elle fit de son mieux pour ne pas penser à la main qui tenait le gâteau — ou à ce qu'elle était en train de faire.

Castor ne la laisserait pas gagner si facilement. Il la regarda mâcher et avaler.

— Est-ce que tu te souviens de la manière dont je te nourrissais, quand tu étais malade ? Est-ce que tu te souviens de la manière dont j'ai pris soin de toi quand tu as perdu le bébé ?

Sa voix se faisait de plus en plus douce, réveillant ses souvenirs les plus douloureux l'un après l'autre ?

— Cela t'arrive de penser à tout cela, Patra ? Aux raisons pour lesquelles ces choses sont arrivées ? reprit-il en l'obligeant à manger une seconde bouchée. Tout arrive pour une raison, tu sais. Quand Dimitri est mort, seul le bébé nous empêchait de prendre un nouveau départ, toi et moi. Mais cet obstacle aussi a disparu. J'ai tout fait pour toi, pour nous.

Seigneur ! Patra manqua de s'étouffer. Jamais encore elle

ne s'était autorisé ce soupçon. Jamais encore elle n'avait osé penser que Castor était la cause de sa fausse couche.

Non pas qu'elle ait voulu le protéger — cela allait au-delà de ça. Au contraire, elle voulait se protéger, *elle*. Dans une vie, on ne peut supporter qu'un certain nombre de tragédies. Perdre Dimitri et le bébé en si peu de temps, cela avait été un drame insoutenable pour elle. Il avait été plus facile de penser qu'elle avait perdu son bébé à cause de sa souffrance et de rien d'autre. Après tout, c'était ce que les médecins avaient pensé, et c'était logique...

Personne ne pouvait imaginer un homme suffisamment dépravé pour tuer l'époux d'une femme et son bébé à naître. Elle lutta contre un haut-le-cœur soudain. Il était hors de question qu'elle montre à Castor la moindre faiblesse... Cela lui ferait trop plaisir. Il serait tellement heureux d'être la cause d'une humiliation de plus, de savoir qu'il l'avait contrainte à voir enfin la vérité en face.

— Encore une dernière bouchée, Patra, dit-il comme s'il ne l'avait pas vue s'étouffer avec la précédente. Imagine que c'est pour ton Anglais. La situation est plutôt intime, non ? Laisser quelqu'un vous donner à manger...

Sa voix s'adoucissait de plus en plus, aussi onctueuse et écœurante que la pâtisserie qui, à chaque seconde, perdait un peu plus de son attrait.

— Ce gâteau, cette crème sur ta bouche, tes dents qui plongent dans la pâte mousseuse... J'avoue que tout cela me fait penser à un autre acte plutôt intime que tu pourrais accomplir avec tes lèvres.

Sous le choc, Patra recracha le peu de gâteau qu'elle avait dans la bouche au visage de Castor. Cette fois, elle ne put retenir la vague de colère qui l'envahit. Il lui avait déjà arraché tant de choses. Il était temps de le lui faire payer !

Sa salive, mélangée à la crème, coulait lentement sur la joue de Castor.

— Jamais je ne ferai une chose pareille ! protesta-t-elle fermement.

En face d'elle, son bourreau ne parut pas affecté. Il se contenta de tirer son mouchoir de sa poche et de s'essuyer le visage.

— Je pense au contraire que tu serais prête à faire beaucoup de choses pour protéger ton Anglais, dit-il avec un sourire mauvais. Après tout, tu as déjà mangé mon gâteau, n'est-ce pas ? Et on dit souvent que c'est le premier pas qui coûte le plus...

Patra commença à protester, à se défendre, mais il la coupa sans le moindre signe de compassion.

— La Patra que j'ai connue n'aurait jamais mangé ce gâteau. Elle aurait lutté, se serait dressée contre moi car elle n'aurait rien eu à perdre. Mais toi, ajouta-t-il en la jaugeant de la tête aux pieds, tu viens ici rayonnante, magnifique, probablement suite à une nuit de rêve passée dans les bras de ton amant, pour implorer ma pitié. Aujourd'hui, ma chère, tu es une femme qui a *tout* à perdre — et cela te rend vulnérable. Tu as mangé le gâteau et tu feras bien plus si cela peut sauver la vie de ton Brennan Carr.

— Je te hais.

— Oh oui, j'en ai bien conscience. Et pourtant, je suis capable de tuer pour toi ; si ce n'est pas de la dévotion, je ne sais pas ce que c'est. Beaucoup de femmes verraient cela comme une grande preuve d'affection. Quoi qu'il en soit, en signe de bonne volonté, je vais te proposer un marché. Après tout, tu m'as déjà obéi, même si tu refuses de l'admettre...

Dans un petit rire gras, il s'appuya contre la table, l'air tranquille.

— Brennan Carr doit être parti dans deux jours. Soit tu t'occupes d'arranger son départ, soit je le ferai, dit-il en mordant à pleines dents dans une *bougatsa*. Voyons, n'aie pas l'air si horrifié : je ne te demande pas de le tuer ! Arrange-toi simplement pour qu'il quitte le village.

Il prit une autre bouchée avant de lécher la crème sur le bord de sa lèvre.

— Bien sûr, je pourrais être amené à le tuer, *moi*, mais j'espère que nous n'en arriverons pas là.

Patra songea avec désespoir que son petit couteau ne serait pas suffisant. Elle ne pourrait pas atteindre le cœur de Castor avec une lame aussi courte — bien qu'elle en ait terriblement envie.

— Cela n'a rien d'un marché. Tu veux m'obliger à quitter Brennan !

C'était un argument ridicule, et elle le savait très bien. Comment faire entendre raison à un homme à ce point délirant ?

Castor haussa les épaules d'un air nonchalant.

— Peut-être, mais si tu le chasses, au moins, il sera vivant et tu seras heureuse de savoir que tes efforts l'ont sauvé. Maintenant, si tu le permets, j'ai d'autres rendez-vous. Merci d'être venue me rendre visite ; j'ai hâte de vous voir, ton Anglais et toi, au banquet de ce soir. Nous aurons une nouvelle opportunité de partager un repas. En attendant, réfléchis bien à mon offre, Patra… Deux jours. Aujourd'hui et demain. Et souviens-toi : si je ne peux pas t'avoir, alors personne ne le pourra.

Titubant, elle réussit à quitter la taverne avant de vomir, incapable de contrôler plus longtemps sa nausée.

Elle n'aurait jamais dû venir. Elle n'aurait jamais dû essayer de marchander avec Castor. Tout ce qu'elle en avait retiré était une preuve de plus qu'il était capable de contrôler tout ce qui avait trait à sa vie… Même quand elle cherchait à le combattre, il gagnait — peut-être même *à cause* des efforts qu'elle faisait pour se dresser contre lui. Rien de ce qu'elle avait pu faire ces douze dernières années ne l'avait libérée des griffes de cet homme. Plus elle se retirait du monde, plus elle était seule et plus il était victorieux : il *voulait* qu'elle soit seule, sans le moindre soutien.

Castor était fou et dangereux. Et il était patient : prêt à attendre. Quatre ans. Cinq ans. Le temps n'avait aucune importance à ses yeux. Il avait été prêt à prendre son époux et son bébé à naître, et maintenant il voulait lui arracher Brennan. Mais il préférait que ce soit elle qui fasse ce « choix ». C'était toujours ainsi. Il aimait manipuler les gens, les acculer jusqu'à ce qu'ils se fassent les architectes de leur propre malheur.

Deux jours ! Deux jours pour faire ses adieux, et pour convaincre Brennan de partir sans qu'il comprenne qu'elle ne faisait qu'exécuter les ordres de Castor. Si jamais il suspectait quoi que ce soit, s'il se doutait qu'elle était allée voir son tortionnaire et que tout cela faisait partie d'un marché aussi odieux, il serait fou de rage. Sans doute irait-il même rendre visite à Castor en personne…

Et si c'était précisément ce que Castor espérait ? S'il cherchait à se trouver dans une situation assez dangereuse pour que personne ne lui reproche de s'être « défendu » ?

Seigneur, songea Patra pour la centième fois au moins, tout cela était entièrement sa faute !

Voilà ce qu'elle récoltait pour s'être autorisé un peu de bonheur, pour avoir baissé sa garde quelques jours à peine.

Elle ne pouvait pas laisser Brennan payer de sa vie pour ses erreurs à elle — mais cela voulait dire qu'il paierait d'une autre manière. Quitter Kardamyli le détruirait, c'était certain. Après des années et des années d'errance, il avait enfin trouvé un lieu où se sentir en paix, où vivre sa propre vie et être lui-même. Vivre à Kardamyli le rendait heureux.

En partant, il emporterait le bonheur de Patra avec lui, comprit-elle soudain. Saurait-elle sourire de nouveau, être heureuse de nouveau, s'il n'était plus là ? Cela n'avait pas été le cas avant son arrivée…

Elle avait passé ces dernières années en recluse, faisant de son mieux pour surtout ne pas se faire remarquer et ne pas attirer l'attention sur elle. Comment pourrait-elle revenir à un quotidien aussi terne, aussi triste, à présent ? Surtout en sachant que c'était précisément ce que Castor voulait.

Sans oublier qu'il était toujours là, quelque part, attendant qu'elle cède, lasse de le combattre.

Elle s'éloigna de la place du village en trébuchant, sans vraiment faire attention au chemin qu'elle empruntait. Jusqu'à présent, elle n'avait pas vraiment réalisé à quel point Brennan avait changé sa vie ; ni à quel point son bonheur était maintenant lié à *lui* plutôt qu'à un lieu ou un événement quelconque…

L'amour nous prenait tant, exigeait tant de nous, parfois sans même qu'on s'en aperçoive. C'était exactement ce qu'elle s'était promis d'éviter et c'était arrivé cependant, insidieusement, jour après jour : elle était tombée *amoureuse* de Brennan Carr.

Elle avait peut-être prononcé ces paroles, la veille, mais elle commençait vraiment à en comprendre le poids. Les conséquences de sa faiblesse l'envahissaient comme la haute marée envahit la plage — pas d'un seul coup, mais lentement, en vagues chacune à peine plus importante que la précédente qui montent jusqu'à ce que la plage soit entièrement recouverte et qu'il n'y ait plus aucune échappatoire possible.

Elle avait du mal à retrouver son souffle, en grimpant une pente raide et en pleurant en même temps — pas la meilleure combinaison pour bien respirer... Elle ne parvenait qu'à prendre de petites inspirations saccadées entre deux sanglots.

Qu'allait-elle bien pouvoir faire ? Comment parviendrait-elle à convaincre Brennan de partir sans pour autant le briser ? Ce n'était pas seulement le départ du village qui risquait d'anéantir son bonheur, mais aussi le fait de la quitter *elle*. Elle lui avait dit qu'elle l'aimait et il avait paru si heureux d'entendre ces mots. Le rejeter maintenant effacerait la lueur d'espoir que son aveu avait fait naître au fond de ses beaux yeux.

Arrivée au sommet de la pente, Patra s'arrêta un instant et jeta un coup d'œil autour d'elle, essayant tant bien que mal de se calmer. Elle sut immédiatement où elle était. C'était la colline de Brennan. L'endroit où il aimait venir pour penser, savourer le calme.

Elle n'avait pas prévu d'arriver jusqu'ici, mais ses pieds avaient inconsciemment pris ce chemin.

Et elle n'était pas seule.

18

Brennan s'avança vers Patra d'un pas vif, à la fois suffoqué par sa colère et par son soulagement. Au final, ce fut la colère qui eut raison de lui...

— Bon sang, où étais-tu passée ? lâcha-t-il sans préambule. Qu'est-ce qui t'a pris de partir comme cela, sans même me laisser de message ? Est-ce que tu imagines ce que j'ai ressenti en me réveillant seul ? Non ? Je me suis fait un sang d'encre !

Pour un homme habitué à dormir quand il le pouvait, réveillé toutes les deux heures par des insomnies, il avait le sommeil bien trop profond ces derniers temps. La preuve, Patra avait été capable de s'échapper du lit sans même le réveiller.

— Je suis allée en ville, répondit-elle d'une voix un peu tendue.

— Si j'en crois tes yeux rouges, ce n'était pas qu'une simple promenade...

Il regrettait déjà la violence de ses premières paroles — même si sa colère n'avait été motivée que par une sincère inquiétude. Patra avait l'air profondément bouleversée.

Elle était très pâle, d'une pâleur maladive, et il était évident qu'elle avait pleuré. Il comprit soudain ce qu'elle avait fait et se sentit blêmir à son tour.

— Tu es allée *le* voir, c'est ça ?

Il serra instinctivement les poings, impuissant. Elle avait agi sans lui parler et il n'avait pas besoin d'attendre sa réponse pour savoir qu'il avait touché juste.

Cette rencontre avec Castor semblait l'avoir dévastée. Sa gorge se noua à l'idée qu'elle avait passé tout ce temps seule avec cette brute sans qu'il ait été là pour la protéger ou se battre pour elle si jamais elle en avait eu besoin. Sa gorge se noua, mais sans apaiser sa colère pour autant.

— Ainsi, tu n'as pas assez confiance en moi pour me laisser m'occuper de ce problème tout seul, reprit-il sèchement. Qu'est-ce que tu lui as promis pour qu'il me laisse tranquille ? Parce qu'à mes yeux cet homme ne désire qu'une chose, et c'est toi.

Il s'écarta et adressa aux cieux un grognement à la fois furieux et frustré.

— Pourquoi tu ne t'es pas fiée à moi ? J'aurais pu te protéger ! Tu dis que tu m'aimes, mais que vaut ton amour sans confiance ? Si vraiment tu m'aimais, tu me laisserais te défendre — et me défendre tout seul.

Il avait conscience de la froideur de ses paroles. C'était presque comme s'il avait accusé Patra d'être une catin prête à vendre son corps pour remplir un marché…

Sa matinée d'angoisse l'empêchait de se montrer rationnel.

— Apollonius est *mon* problème, Patra. C'est moi qu'il veut tuer et je n'ai pas besoin que tu ailles le supplier pour moi.

Il se mit à arpenter nerveusement le petit plateau herbeux, passant la main dans ses cheveux, trop agité pour rester immobile. S'il blessait Patra, c'était parce qu'*il* souffrait. Hélas, il n'avait réussi qu'à la mettre en colère elle aussi.

De nouvelles larmes lui montèrent aux yeux et coulèrent sur sa joue et, quand elle lui répondit, sa voix tremblait sous le coup de l'émotion.

— Je suis allée le voir, oui, et je lui ai dit que je ne ressentais rien pour toi. Et quand ça n'a pas marché, je l'ai supplié parce que je t'aime ! J'ai mangé un gâteau dans sa main pour toi, dans l'espoir d'assurer ta sécurité, mais pendant tout ce temps, il…

Elle s'étouffa, visiblement incapable d'en dire plus.

Sa voix et ses larmes eurent raison de la colère de Brennan. Toute cette histoire le dépassait. Il ne s'agissait pas de lui et de son orgueil masculin blessé. Il s'agissait de ce que Castor avait fait subir à Patra et de ce qu'elle était prête à accepter pour le protéger, lui. Elle venait probablement de se sacrifier pour lui et ce geste le bouleversait.

Il ne méritait pas tant de bonté, mais il était prêt à se battre pour accroître le respect et l'affection que Patra lui témoignaient déjà.

Il ferma un instant les yeux, se fustigeant pour sa sottise. Quand il reprit la parole, ce fut d'une voix douce mais ferme. Il serra Patra dans ses bras et dit :

— Ecoute-moi, je ne suis pas un enfant.

— Je sais, chuchota-t-elle contre son torse. Seulement, je ne veux pas te perdre. Tu dis que cela n'arrivera pas, mais tu ne sais pas qui est vraiment cet homme. Tu ne sais pas ce dont il est capable.

Elle leva ses grands yeux tristes vers lui et lui caressa la joue avec douceur. Il la laissa le toucher, savourant cet élan de tendresse pendant un moment.

En fait, il n'était plus qu'un bouillon d'émotions contradictoires : colère, certes, mais occultée par tant d'autres sentiments troubles. Patra avait fait ce qu'elle jugeait bon par amour pour lui. Elle avait pris de grands risques et elle avait dû en payer le prix.

Cédant à son inquiétude, Brennan posa doucement sa main sur la sienne, tout contre sa joue.

— Patra, laisse-moi être *ton* homme...

Finalement, il s'écarta d'elle juste assez longtemps pour récupérer sa couverture cachée dans les buissons. Juste assez longtemps aussi pour chasser définitivement sa colère. Elle n'avait pas besoin de ses accès de rage.

Elle avait besoin de quelqu'un qui l'écoute. Il étala donc la couverture sur le sol et l'invita à le rejoindre.

— Viens t'asseoir, Patra. Raconte-moi quel genre d'homme il est, dit-il avec douceur.

Peut-être que s'il se montrait attentif il saurait enfin quoi faire. Pour le moment, la seule chose claire à ses yeux était que cette histoire allait devenir compliquée et qu'une confrontation serait inévitable. Il allait avoir besoin d'un plan, pas uniquement pour lui, mais aussi pour Patra.

Sans un mot, elle s'appuya contre lui et nicha sa tête dans le creux de son épaule. Ce simple contact suffit à la réconforter et la vérité qu'elle avait voulu lui confier depuis le début sans y parvenir lui échappa d'un seul coup.

— Si je mangeais le gâteau dans sa main, il acceptait de t'accorder deux jours pour quitter le village. Si tu ne le fais pas, il viendra personnellement te chercher.

Son poing se crispa instinctivement dans les plis de la chemise de Brennan.

— Et il viendra, tu sais. Il ne laissera jamais rien ni personne se dresser contre lui.

Elle s'interrompit un instant et Brennan attendit. Il était évident qu'elle ne lui avait pas tout dit. Il y avait autre chose...

Son corps se mit à trembler dans ses bras et il entendit un sanglot déchirant. Mais elle ne parlait toujours pas.

— Seigneur, Patra, qu'a-t-il encore fait d'autre ?

Une partie de lui ne voulait pas entendre la réponse, ne voulait pas savoir. La même part de lui qui lui criait de fuir en courant ce nid de vipères. Mais le reste de son cœur l'incitait à faire face, pour une fois, en dépit des difficultés. A se comporter en homme qui savait que la tragédie devait être partagée pour être vivable.

— J'aurais pu avoir un bébé, murmura finalement Patra. Quand Dimitri est parti pour Modon, j'étais enceinte — je commençais à peine à m'en douter. Je ne l'ai dit qu'à Dimitri, dans l'espoir que cela suffise à l'empêcher de partir. Le fait de devenir père incite parfois les hommes à revenir sur leurs priorités. Mais Dimitri l'a dit à Castor.

L'horreur de cet aveu envahit Brennan. Une telle histoire ne pouvait que très mal finir... Castor avait su avant la mort de Dimitri.

Ses soupçons prenaient une direction qu'il ne voulait surtout pas envisager. Quel genre d'homme choisissait délibérément de priver un enfant à naître de son père ? C'étaient des pensées insupportables, néanmoins, Patra ne pouvait les fuir — et il ne le devait pas non plus.

— Après que Castor eut apporté la nouvelle de la mort de

Dimitri, j'ai refusé de manger pendant plusieurs jours. Mais Castor m'a suppliée de me nourrir. Il m'a tentée avec d'appétissants ragoûts d'agneau et des plats riches. J'ai fini par céder, pour mon enfant. Ce bébé qui grandissait dans mon ventre était la seule raison qui me permettait de me lever le matin ; si Dimitri n'était plus là, c'était à moi de prendre soin de son enfant. Une nuit, après que Castor m'avait apporté à manger, je suis tombée malade. J'ai pensé que c'était parce que mon corps n'était pas habitué à tant d'opulence après de longues semaines de jeûne. C'est alors que j'ai commencé à perdre du sang et que quelque chose de terrible est arrivé. Le matin suivant, j'avais perdu mon bébé.

Elle s'interrompit un instant, le souffle court.

— Pendant longtemps, j'ai refusé de croire au pire. Je me répétais que c'était dû à ma douleur, à mon deuil, mais...

Un long frisson la parcourut et ses larmes se mirent à couler de plus belle. Brennan la serra contre lui, le cœur brisé, laissant faute de mieux sa force absorber la souffrance de Patra.

— Aujourd'hui, tandis qu'il m'obligeait à finir ce gâteau, il m'a avoué ce qu'il avait fait, reprit-elle au bout de quelques instants. Il m'a dit qu'il l'avait fait pour nous ; pour que rien ne nous sépare ou ne nous rappelle nos vies passées.

En un instant, Brennan comprit que son plan allait être simple : il tuerait Castor Apollonius. C'était tout. Un tel homme ne pouvait pas être autorisé à vivre, pas après avoir tant fait souffrir les autres. On ne pouvait pas le laisser continuer à menacer impunément les gens.

Seulement, inutile de le dire à voix haute pour le moment ; pas à Patra, qui venait à peine d'apprendre cette nouvelle horreur perpétrée par Apollonius à son insu. Elle voulait que Brennan parte, et ce n'était pas étonnant. Apollonius était un démon et l'on ne peut pas raisonner un démon. On ne pouvait que le détruire.

Brennan fit de son mieux pour conserver une apparence calme, en dépit de sa soif de vengeance, de justice.

— Et je devrais simplement partir, oublier la vie que j'ai

construite ici, l'amour que j'ai fait naître ici, que j'ai *éprouvé* ici ? Je devrais partir et te laisser derrière ? murmura-t-il.

— J'ai passé un marché pour te sauver la vie. C'était la seule chose que je pouvais faire, lui rappela-t-elle, retrouvant soudain le contrôle de ses émotions. Et tout marché a un prix. J'imagine que, comme tout le monde, tu préfères vivre et choyer tes souvenirs que mourir à trente ans...

— Je refuse de payer ce prix, dit-il avec douceur.

— Nous n'avons pas le choix. Castor n'a pas d'honneur. Même si tu décides de le combattre, ce ne sera pas un duel à la loyale.

Saisie par un élan de désespoir, elle se redressa et frappa sa chemise de ses poings.

— Castor viendra te chercher quand tu t'y attendras le moins ! Sans doute même ne viendra-t-il pas lui-même... Il préférera envoyer un laquais à qui il aura dit que son acte libérerait le monde d'un traître à la patrie. Cela pourrait être n'importe qui : quelqu'un que tu croises dans la rue, quelqu'un à qui tu parles. Je ne veux pas que tu vives comme cela. Je ne *peux pas* te condamner à un tel destin ! L'attente et la crainte suffiraient à rendre n'importe qui fou, avant même qu'une dague ne se plante dans son dos.

Elle secoua frénétiquement la tête, en proie à sa propre terreur.

— Je ne vaux pas un tel sacrifice, Brennan. Je t'aime, mais je ne veux pas que tu abandonnes ta vie, tes espoirs, pour moi. Je veux te savoir sain et sauf. Pars dès demain matin, ne parle à personne. Contente-toi de quitter le village et de disparaître. Je transmettrai tes excuses à Kons et à Lydia...

— Tu veux que je parte par amour pour toi ?

Sa voix se fit calme et son ton assassin.

— Je suis désolé, Patra, mais par amour pour toi, je décide de rester.

Une stratégie commençait à se former dans son esprit. La conclusion de l'épreuve qui l'attendait n'était pas encore claire, mais le début, lui, était limpide. Il devait traquer Castor dans sa tanière, et le banquet de ce soir allait lui offrir une opportunité parfaite pour agir.

Si les enjeux n'avaient pas été aussi élevés, ou la compagnie si désagréable, le banquet aurait pu être une soirée mémorable...

Des tables avaient été placées sur l'agora, à l'extérieur de la taverne, et la nuit était douce. Des lanternes étaient accrochées à des cordes pour apporter un peu de lumière et des dizaines de bougies étaient placées sur les tables. Castor n'avait décidément pas rogné sur les dépenses, remarqua immédiatement Patra ; et cela la rendit nerveuse.

— Il essaie de charmer les villageois par ses largesses, glissa-t-elle à l'oreille de Brennan tandis qu'ils prenaient place sur l'un des bancs. Il a des projets et veut les mener à bien.

C'était l'une de ses vieilles ficelles : éblouir pour devenir plus influent. L'argent avait toujours su motiver les foules... Les pêcheurs de Kardamyli n'aimaient peut-être pas Castor, mais lors de tous ses séjours il avait toujours payé rubis sur l'ongle les rares homards qu'ils lui apportaient. Les marchands de vin n'approuvaient peut-être pas sa politique, mais ils approuvaient son goût délicat et l'argent qu'il était prêt à dépenser pour des bouteilles et des tonneaux.

Ce soir, tout le monde pourrait savourer ce luxe : chacun des villageois avait été invité au banquet. Partout, on ne voyait que vêtements du dimanche et cols blancs. Tous étaient pressés de savourer un repas gratuit et de participer à une soirée qui nourrirait certainement les ragots pendant de nombreuses semaines. Patra aurait préféré que les gens ne viennent pas. Cela lui aurait plu de voir les sièges vides et le homard intact sur les nappes...

Cependant, décliner cette invitation aurait été vu comme un acte impardonnable de rébellion contre un homme puissant — et, par extension, contre une importante organisation. En dépit de sa déception, elle comprenait pourquoi tout le monde était venu.

Pendant le repas, elle parvint à peine à avaler quelques bouchées. Castor l'avait installée au côté de Brennan, juste en face de lui, au milieu de sa table. Il ne la quitta pas un instant des yeux, de manière à s'assurer que les convives comprennent tous l'intérêt qu'il lui portait. A côté d'elle, Brennan, vêtu d'une élégante *foustanella* et d'une chemise brodée, frémissait d'énergie réprimée. Elle n'avait même pas besoin de lui parler pour deviner qu'il avait un plan — un plan qu'il ne lui avait pas confié.

Et *cela* l'inquiétait encore plus. La dernière chose qu'elle voulait, ce soir, c'était le voir faire un faux pas ou perdre son calme. Pas plus qu'elle ne pouvait oublier que si Castor obtenait ce qu'il voulait, si *elle* obtenait ce qu'elle voulait en décidant Brennan à partir au matin pour s'assurer de sa sécurité, cette nuit serait la dernière qu'elle passerait en compagnie de l'homme qu'elle aimait.

Il devrait avoir quitté le village avant le lendemain soir, c'était la seule solution. Jamais elle n'aurait cru avoir un but en commun avec Castor. Sans doute se réjouissait-il d'ailleurs de voir sa machination perverse réussir aussi facilement.

Castor paraissait déterminé à garder tout le village captif le plus longtemps possible avant d'annoncer ses grandes nouvelles. Finalement, alors que l'on servait les fruits et le fromage, il se leva et demanda l'attention de tous.

Il paraissait encore plus grand et autoritaire que d'habitude, dans la lumière des lanternes. Sa voix d'orateur expérimenté portait dans toute l'agora, jusqu'à la dernière table. Seigneur, elle avait presque oublié à quel point il savait se montrer convaincant, crédible, quand il le voulait !

— Il y a plusieurs années, nous avons commencé à nous battre pour l'indépendance de ce pays, commença-t-il. Nous avons remporté des victoires majeures et fait nos premiers pas sur un sentier nouveau. A l'époque, les hommes et les femmes du Péloponnèse ont su se lever pour une cause juste. Ils n'avaient pas peur de mourir pour cela et tous, sans la moindre exception, sont des héros !

Un tonnerre d'applaudissements accueillit ce préambule.

Patra examina rapidement la foule des yeux. Le vin avait généreusement coulé toute la soirée — c'était sans doute pour cela que Castor avait attendu le dessert pour son discours. Il voulait son public bien imbibé...

— Mais le combat n'est pas encore terminé. Nous ne sommes pas encore une nation libre : un roi autrichien est monté sur le trône. Nous sommes gouvernés par une monarchie, lâcha-t-il comme si ce mot l'écœurait. Une monarchie, par Zeus ! Une monarchie dirige la Grèce, le berceau de la démocratie ! Nous avons échangé l'Empire ottoman pour l'Empire austro-hongrois.

Plus il parlait, plus sa voix se faisait théâtrale, emphatique. Il continua en énumérant les défauts et les travers de la monarchie qui n'était — selon lui — pas le régime à adopter pour fonder à nouveau un pays indépendant.

Achevant son discours avec un lyrisme qui lui était propre, il poursuivit :

— Rien n'a changé. Nous n'obéissons pas au même roi, mais nous obéissons toujours à un roi. La Grèce devrait être gouvernée par les Grecs et personne d'autre. Il est temps pour nous d'agir ; mais, cette fois, ce n'est pas une armée que je vous demande.

Il y eut de nouveaux applaudissements. Patra connaissait bien cette technique. Il ne demandait pas ce que les gens craignaient le plus — envoyer d'autres hommes à la mort. Grâce à cette manœuvre, tout ce qu'il exigerait du village à présent paraîtrait infime et raisonnable, en comparaison.

— Mon organisation m'a chargé de rassembler une petite force armée pour marcher sur Athènes. Là, nous renverserons Othon. Mon organisation attendra cela pour s'emparer du gouvernement et organiser une structure démocratique, plus fidèle à nos idéaux millénaires.

Patra se crispa. Seigneur, Castor avait l'intention de renverser le roi, dans le meilleur des cas ; et de le tuer, dans le pire. Sa soif de sang n'avait donc aucune limite ?

A cet instant, le regard de braise de Castor se posa sur Brennan. Sa passion pour la cause n'avait d'égal que sa folie à l'égard de Patra.

— J'ai besoin d'hommes, monsieur Carr. Si un Anglais se trouvait parmi nous, cela pourrait indiquer au reste de l'Europe que nous sommes prêts à faire un pas supplémentaire vers l'indépendance, une indépendance où nous n'aurions plus besoin de roi. Vous ne seriez pas le premier citoyen britannique à nous rejoindre, vous savez. Par le passé, nous avons déjà reçu l'aide de nombre de vos compatriotes. Ce ne serait pas différent, cette fois.

Il interpellait Brennan en public...

Patra referma les poings sur les plis de sa serviette et jeta à son amant un petit regard furtif. Est-ce qu'il comprenait ce que cela impliquait ?

— Quelle meilleure opportunité pourriez-vous trouver pour prouver votre valeur aux gens de Kardamyli, monsieur Carr ? C'est votre chance de gagner votre place parmi nous, de montrer à tous ces gens que vous êtes l'un d'entre eux, ajouta-t-il d'une voix forte. Vous portez bien nos vêtements. Alors, êtes-vous plus qu'un homme qui joue au villageois pour se distraire ?

C'était un véritable défi, lancé devant le village entier. Patra comprit immédiatement l'intention de Castor : il voulait ostraciser Brennan, le mettre à l'écart. Il n'aurait plus d'autre choix que partir ou accepter de se battre aux côtés de Castor — un homme capable d'assassiner ses propres soldats...

— A moins, bien sûr, que vous n'ayez pas l'intention de rester parmi nous.

Quelques murmures traversèrent la foule. D'après ce que Patra put entendre, on parlait surtout de ce qui s'était passé entre Brennan et Katerina Stefanos. Castor se tourna alors vers Patra, son visage déformé par un sourire artificiel, feignant une bonté qu'il n'éprouvait certainement pas.

— Patra Tsipras est une femme qui mérite que l'on reste, vous pouvez me croire, monsieur Carr. J'ai combattu aux côtés de son époux, à Modon. La cause a déjà beaucoup pris à cette femme...

Sa voix se fit plus intime. Les prochaines paroles qu'il prononça parurent plus personnelles, comme s'il ne les prononçait que pour elle, alors que la place entière pouvait les entendre. Il posa une main sur son cœur et déclara :

— Si je pouvais ramener Dimitri parmi nous, je le ferais. Pour toi. Hélas, je ne le peux pas, mais je peux t'offrir la Grèce pour laquelle ton époux s'est battu et pour laquelle il est mort.

Evidemment, un tel étalage de sentiments saurait émouvoir

les villageois. La plupart d'entre eux aimaient énormément Dimitri, et les autres avaient eux-mêmes perdu des proches.

Cela dit, Castor se redressa et reprit Brennan à partie :

— Pensez à Patra et à tous ses proches, au village. Pensez à ce que cela pourrait représenter pour elle : elle a déjà traversé une guerre et ne veut pas en connaître une autre. Hélas, elle n'aura pas le choix, aucun d'entre nous n'aura le choix, si la situation ne s'apaise pas rapidement.

Il leva les bras, emphatique, et parcourut la foule du regard.

— Bonnes gens de Kardamyli, le ton monte partout dans le pays. Déjà, dans d'autres régions de la péninsule, des factions grecques se battent entre elles pour des broutilles, provoquées par un roi qui ne sait pas gouverner.

Voilà, c'était cela, le talent de Castor. Il savait présenter l'extrême comme s'il s'agissait de la chose la plus raisonnable au monde. Et pourtant, il n'avait pas besoin de mentir pour convaincre : il disait la vérité, la manipulait pour servir ses propres intérêts. Il était difficile d'argumenter ou de protester face à lui.

Une fois encore, songea Patra, il avait raison. Othon n'avait que dix-sept ans quand on l'avait placé sur le trône. La première année, il avait été soumis à une régence ; d'autres avaient pris les décisions pour lui. Mais, tout cela, c'était cinq ans plus tôt. Quel âge avait Othon, à présent ? Vingt-deux ans ? Vingt-trois ? Quoi qu'il en soit, il était plus jeune que Brennan.

Ce petit roi ne savait déjà pas diriger sa propre vie, alors, comment pourrait-il diriger un pays entier ? Il n'avait pas été élevé pour régner. Jusqu'à la révolte, aucun destin particulier ne l'attendait.

Tirée de ses pensées, elle leva de nouveau les yeux sur Castor, qui n'avait clairement pas fini :

— Ce soir, je vous demande à tous de réfléchir à ce que vous pourriez faire pour nous aider à devenir enfin une nation indépendante. Vous pouvez offrir à la Grèce et à tous ceux que vous aimez la paix dont nous avons tant besoin. Offrez à vos proches une vie sereine, où aucun d'entre vous n'aura à attendre, angoissé, la prochaine guerre. Je serai encore là pendant quelques jours.

Que ceux d'entre vous — son regard se posa de nouveau sur Brennan — qui souhaitent lutter pour une réelle et complète indépendance viennent me voir à la taverne. Je les recevrai.

A côté de Patra, Brennan se crispa imperceptiblement. Il lui serra une fois la main sous la table et se leva. Sa voix grave et ferme emplit l'agora silencieuse.

— Les décisions importantes, commença-t-il, demandent de la réflexion. Avant que nous nous séparions, ce soir, je pense qu'il est essentiel que vous connaissiez tous la vérité. Il y a en effet d'immenses failles dans le raisonnement de Castor Apollonius et il est temps de les exposer au public.

Patra dut s'empêcher de l'interrompre ; mais la fierté et l'angoisse lui nouaient la gorge. Elle comprit immédiatement ce que Brennan avait l'intention de faire. Il cherchait à dresser le village contre Castor et, pour y parvenir, il allait devoir donner à tous une bonne raison d'exprimer la haine que le capitaine leur inspirait.

Est-ce qu'il comprenait que, même si ce plan marchait, il venait de signer son arrêt de mort ? S'il se faisait *voler* le village, Castor ne lui pardonnerait jamais. Il ne laisserait pas Brennan vivre.

En face d'eux, de l'autre côté de la table, Castor baissa les yeux sur elle et la dévisagea d'un air curieux, comme pour dire : « Cela promet d'être intéressant... Ton amant se prend pour un orateur. Peu importe, je l'écraserai, quoi qu'il fasse. »

Chaque fibre du corps de Patra hurlait. Elle devait à tout prix arrêter Brennan, le supplier de se rasseoir. Mais elle fut incapable de bouger. Si elle faisait quoi que ce soit, il paraîtrait faible et cela saperait toute sa crédibilité.

Sa réputation, sa vie, tout était en jeu pour lui, ce soir. Elle n'avait plus qu'à prier pour qu'il sache ce qu'il faisait.

19

— Est-ce que vous connaissez tous la notion de faux raisonnement ? lança Brennan avec un sourire.

Le village entier était suspendu à ses lèvres, bien que Castor n'ait pas pris la peine de se rasseoir. Peut-être le capitaine comprenait-il que reprendre sa place lui ferait perdre tout contrôle sur son public. Il savait se donner en spectacle, se mettre en valeur et garder une foule captive. Néanmoins, songea-t-elle, Brennan s'en sortait plutôt bien face à lui.

N'importe qui regardant ces deux hommes côte à côte pouvait voir les différences évidentes entre eux. Castor était élégant, chaque détail de son apparence avait été travaillé pour approcher la perfection ; et pourtant, en dépit de ses efforts, de sa voix mielleuse et de ses manières aristocratiques, il ne parvenait pas à paraître aussi authentique que Brennan.

Quand elle regardait son amant, avec son visage parfois sévère, ses pommettes saillantes et ses yeux bleus brûlants, elle voyait un homme honnête. Sympathique. Est-ce que le village verrait la même chose qu'elle, ce soir ? Une âme cynique dirait que cette impression venait de son âge.

En cela aussi, Castor et lui s'opposaient. Brennan était dans la fleur de l'âge, peut-être même venait-il à peine de quitter l'insouciance de la jeunesse, alors que Castor avait presque quarante ans et avait toute la confiance de la maturité.

— Le capitaine Apollonius souhaiterait vous faire croire que vous n'avez que deux choix : marcher sur Athènes et demander au roi d'abdiquer, ou rester ici et supporter d'incessants combats tandis qu'une poignée de nantis se disputent pour récupérer des miettes à la table royale. Je vous demande donc d'examiner attentivement les raisons pour lesquelles le capitaine vous encourage à prendre les armes, reprit doucement Brennan. Il a lui-même beaucoup à gagner. La Filiki Eteria cherche à retrouver son pouvoir, qui a bien diminué, ces dernières années. Ne sont-ce pas des raisons égoïstes de renverser un roi ? Ce que le capitaine vous propose ne changera rien à l'exception du nom de celui qui tire les ficelles. Cette quête assoiffée du pouvoir ne s'arrêtera jamais, seuls les protagonistes se succèdent les uns aux autres. Absolument rien ne changera, à part les différentes factions qui se partagent cette nation. Alors, pourquoi tant se soucier de qui est au pouvoir ?

Il s'interrompit un instant, mesurant l'effet de son discours.

— Vous n'avez pas à me croire sur parole, bien sûr. Demandez-vous seulement pourquoi je vous dis tout cela. Pourquoi prendrais-je le risque de me dresser face au capitaine ? Je n'ai absolument rien à gagner à m'opposer à lui, et tout à perdre au contraire : votre hospitalité, le bonheur d'être devenu l'un des vôtres… Après cela, si vous voulez prendre le risque de voir si la réalité serait différente une fois la Filiki au pouvoir, allez-y et rejoignez le capitaine Apollonius. Mais avant que vous ne fassiez quoi que ce soit, vous devriez découvrir quel genre d'homme il est réellement. D'ailleurs, je pense que vous le savez déjà, au fond de vous.

Son regard passa de table en table, examinant tour à tour tous les convives.

— J'ai vu mes amis disparaître du marché, le jour où il s'est présenté ici, trop effrayés pour soutenir son regard, pour supporter sa présence. Ce n'est pas l'accueil que l'on attend pour un soi-disant héros de guerre… Pourquoi avez-vous peur ? Craignez-vous qu'il sacrifie de nouvelles vies pour assouvir ses propres ambitions ? Il l'a déjà fait auparavant, après tout. Il a acheté votre présence ici, ce soir, grâce à sa richesse et à la promesse d'un bon festin. Qu'êtes-vous encore prêts à lui vendre, en dépit de votre instinct de survie ? Je vous le dis : ne lui donnez rien de plus tant que vous ne le connaîtrez pas vraiment !

La foule commença à s'agiter. Patra pouvait entendre les grincements des sièges. Quelques regards furtifs s'échangèrent sous les lampions. Ce fut alors qu'elle se demanda pour la première fois si d'autres habitants de Kardamyli cachaient des secrets aussi sombres qu'elle. Comment Castor avait-il su alimenter leurs peurs ? Avait-il le même pouvoir sur elle et d'autres personnes ? Est-ce que certains de ses amis, de ses voisins, étaient aussi terrifiés qu'elle en le voyant ?

— Qui je suis ? lança Castor, faisant taire les murmures. Je suis un politicien, un guerrier, un homme prêt à se battre pour une cause, tout comme vous. J'ai demandé des volontaires, rien de plus : personne n'est obligé de me suivre. Je vous demande simplement de me faire cet honneur.

Patra prit alors la décision la plus importante — sans doute — de sa vie. Elle ne pouvait pas savoir si d'autres souffraient en silence, tout comme elle ; mais personne ne pourrait connaître toute la méchanceté et la brutalité de Castor si aucun d'entre eux n'avait le courage de briser le silence.

Elle n'avait pas à avoir peur. Après tout, elle était au milieu de ses amis et de ses voisins... Elle se leva donc aux côtés de Brennan et lui prit la main en quête d'un peu de soutien.

— Brennan a raison, commença-t-elle. Votre décision ne regarde que vous, mais le capitaine Apollonius n'est pas l'homme qu'il prétend être.

Elle prit une profonde inspiration, encouragée par le regard intense de Brennan posé sur elle et la chaleur de ses doigts refermés sur les siens.

— Il y a douze ans, le capitaine a délibérément placé mon époux en première ligne à la bataille de Modon, sachant parfaitement qu'un soldat aussi inexpérimenté que lui se ferait tuer avant la fin de la bataille. Des témoignages peuvent vous prouver que je dis la vérité ; mais ce que les témoignages ne disent pas, c'est la raison pour laquelle il a agi de cette manière.

Elle s'interrompit de nouveau, rassemblant tout son courage.

— Il a fait cela pour que rien ne l'empêche de me courtiser, bien que je n'aie jamais souhaité cela et n'aie jamais répondu favorablement à ses avances.

Elle pouvait entendre les petits murmures incrédules qui parcouraient la foule.

— Il n'a pas envoyé seulement Dimitri à la mort, ce jour-là, à Modon, mais tous les hommes de Kardamyli. Des hommes qui l'ont suivi au combat, qui ont combattu avec mon époux, ont été sacrifiés avec lui pour assouvir les désirs d'un seul homme, avoua-t-elle, incapable de contrôler l'émotion qui perçait dans sa voix. Je suis navrée. Tout ceci était ma faute. Tout ceci est *toujours* ma faute : c'est pour moi qu'il continue à venir ici. J'ai attiré son attention sur un village qu'il aurait certainement ignoré...

Elle dut se rasseoir, de peur que ses jambes ne la trahissent si elle restait debout plus longtemps. La voix de stentor de Castor remplit immédiatement le silence :

— Voilà une bien étrange histoire ! Je me demande pourquoi la raconter maintenant, au moment même où cela peut servir les intérêts de la veuve Tsipras. Elle a pris un nouvel amant et cherche votre soutien en entachant mon nom.

La main de Brennan se posa immédiatement sur la poignée de sa dague, mais la voix d'un autre convive l'empêcha de commettre une terrible erreur. Patra leva les yeux et reconnut Konstantin, debout, cherchant à apaiser la foule.

— Nous sommes tous un peu tendus, ce soir, déclara-t-il. Je pense que nous ferions tous mieux de rentrer chez nous et de réfléchir à ce que nous venons d'entendre. Peut-être que certains d'entre nous taisent des histoires similaires à celle de la veuve Tsipras...

Il se tourna ensuite vers elle, avec sa douceur habituelle.

— Tu as été courageuse, de partager ton secret avec nous, lui dit-il avant de reprendre à voix haute : Si vous avez vécu un malheur similaire, alors vous savez déjà qu'elle dit la vérité. Sinon, peut-être devriez-vous chercher votre vérité ailleurs.

Patra sentit Brennan la relever, la soutenir, son bras fort passé autour de sa taille. Il fut le premier à quitter l'agora, à donner l'exemple, et elle en fut ravie.

Elle n'était pas prête à affronter les regards, les questions — pas ce soir. Tout ce qu'elle voulait, c'était rentrer chez elle et passer la nuit au calme avec Brennan.

Ils avaient tous les deux pris un gros risque, ce soir. La ligne qu'ils avaient franchie ne disparaîtrait jamais. Jamais ils ne pourraient revenir en arrière. Il y aurait des conséquences, après ce banquet ; mais avant de les affronter, elle voulait goûter une dernière fois au plaisir avec l'homme qui s'était dressé à ses côtés ce soir, qui l'avait défendue et lui avait donné le courage de prendre enfin publiquement la parole.

Le temps de la résistance passive était révolu. Le temps des petits actes de défiance était révolu. Une guerre ouverte était déclarée entre Castor et elle. Et, pour la première fois, cette pensée ne l'emplissait pas de terreur.

A côté d'elle, dans la fraîcheur de la nuit, Brennan frémissait d'énergie. Son pas était décidé et sa main passée autour de la taille de Patra était ferme. Ils ne parlèrent pas sur le court chemin qui les reconduisit chez elle. Peut-être que lui aussi était troublé par les conséquences de ce qu'ils venaient de faire.

Seigneur, cette soirée était déjà assez bouleversante sans avoir à penser à ce qui viendrait ensuite. Patra n'était pas encore prête à demander à Brennan ce qu'il comptait faire — sans doute parce qu'elle n'était pas encore prête à entendre sa réponse.

— Tu étais magnifique, ce soir, lui dit-il en la prenant dans ses bras dès qu'ils furent arrivés chez elle. J'avais espéré que...

Sa voix s'étrangla et il laissa son sourire combler le silence.

— C'était courageux de ta part, Patra.

— Pas plus que ce que tu as fait, répondit-elle.

Elle passa ses bras autour de son cou et l'embrassa tendrement.

— Crois-tu que cela suffira ? demanda-t-il encore entre leurs baisers, de plus en plus fiévreux.

— Je ne sais pas... Castor est puissant ; mais tu l'es aussi, d'une autre manière, murmura-t-elle. Peut-être que les gens du village avaient simplement besoin d'un petit encouragement pour surmonter leurs peurs.

Elle sentit le bout de la langue de Brennan lui caresser la lèvre et, en un instant, elle chassa toute pensée au sujet de Castor. Ce n'était pas le moment de songer à lui, pas avant le matin. Seul le présent importait.

Brennan n'avait besoin de rien de plus que ces instants d'intimité avec Patra. Ils allaient devoir réfléchir, trouver un plan, se dire certaines choses, mais pas maintenant. Ce soir, il était temps de célébrer leur petite victoire.

Le rire de gorge de son amante résonnait à ses oreilles. Il se laissa aller à la chaleur de ses bras dans son cou, lui caressa la taille et l'attira contre lui pour un long baiser, plus long que tous ceux qu'ils avaient échangés. Il voulait lui offrir sa liberté, et il avait réussi. Mieux encore, elle avait saisi cette liberté toute seule.

Un instinct animal s'était éveillé en lui quand il l'avait regardée, pendant le banquet, quand elle avait avoué l'étendue de la trahison de Castor. Elle avait été si belle, si fière. Emporté par ses sentiments, il l'embrassa de nouveau, un peu brutalement. Chaque fibre de son corps la désirait, voulait la posséder ce soir, lui faire comprendre sans le moindre doute l'étendue de l'amour qu'il ressentait pour elle.

Elle était sienne et aucun stratagème, aucune conséquence de leurs actes de ce soir, ne changerait cela...

— Qu'est-ce que tu fais ? murmura-t-elle, le souffle court, probablement surprise par cet élan de passion.

Brennan, tout aussi pantelant, ne répondit qu'en lui mordillant le lobe de l'oreille, incapable de prononcer le moindre mot. Les étreintes brutes avaient aussi leurs avantages. Les prémices étaient toujours les mêmes : faire l'amour avait toujours été un excellent moyen de célébrer les avancées de la vie. A quoi bon réinventer la roue ? Ce soir, ils avaient mieux à faire.

Ce soir, il voulait lier Patra à lui, lui rappeler qu'ils étaient faits pour être ensemble. Ainsi, quand l'excitation de la victoire retomberait, elle ne le fuirait pas.

Elle s'abandonna contre lui, son corps souple sous ses mains et ses lèvres voraces. Brennan glissa le bout de sa langue dans le creux de son oreille et elle eut un petit rire, presque un gémissement d'encouragement.

— Oh oui, encore... Oui, Brennan, comme *ça*. Oh ! Seigneur, tu es un vrai génie avec ta langue.

Brennan éclata de rire à son tour. Il passa ses mains sous les fesses de Patra et la souleva. Elle referma instantanément les jambes autour de sa taille. Tous deux pensaient clairement à la même chose : ils n'allaient pas faire l'amour à l'intérieur, et encore moins dans un lit.

La jupe de Patra se retroussa sur ses hanches tandis qu'il la plaquait contre le mur fraîchement chaulé de la maison. Le cœur battant, il lui embrassa le cou, avant de dénouer précipitamment le col de sa blouse. Elle se cambra un peu, lui laissant l'accès total à sa gorge, les yeux au ciel face à la lune et aux étoiles — et Brennan en profita.

Ce genre de vision lascive aurait suffi à éveiller les désirs de n'importe quel homme. Une belle femme adossée contre un mur, dans la lueur de la lune, sa poitrine exposée aux lèvres gourmandes de son amant, ses vêtements relégués au rang de drapés froissés.

Et elle aimait cela.

Plus encore, elle *adorait* cela. Son corps, ses petits cris, tout en elle répondait aux attaques sensuelles de Brennan. Il sentit sa main se glisser entre eux et son pantalon glisser de ses hanches. Ses doigts chauds se refermèrent sur son sexe, le guidant jusqu'à elle.

Sans un mot, il entra en elle, comme un guerrier armé d'une lance, remplaçant son habituelle douceur par une bestialité nouvelle.

Elle suivit ses mouvements, s'abandonnant dans cette étreinte fiévreuse, sauvage — cette étreinte dont ils avaient tous les deux tant besoin.

Un coup de reins, puis deux, puis trois... Il sentit son propre corps se crisper. La jouissance serait rapide et incontrôlable, ce soir. Elle chassa quelques mèches décoiffées du visage de Brennan, ancrant ses doigts dans ses cheveux, son regard perdu dans un abîme de plaisir. Il ne pouvait s'arracher à cette vue fascinante.

Tout son être — corps et esprit — s'abandonnait à cet instant, à cette extase qu'ils partageaient dans le silence de la nuit. Il ne se retint pas. Les muscles de ses bras commençaient à trembler sous le poids de Patra.

Il entra en elle une dernière fois et leurs deux corps se crispèrent en même temps. Il laissa la puissance de la jouissance de Patra l'envahir lui aussi, noyé dans leurs deux extases combinées.

Son vieil espoir interdit s'enflamma de nouveau au fond du cœur de Brennan, ravivé par cette femme, dans ses bras. Cette fois, ce serait *différent*. Il s'arrangerait pour que ce soit différent, d'une manière ou d'une autre.

20

Même fourbu de fatigue, Brennan serrait toujours Patra dans ses bras, contre le mur ; ses mains posées sur ses fesses, il la maintenait entre lui et le mur, s'assurant qu'elle ne perdrait pas l'équilibre.

Son sexe était toujours logé en elle. C'était une sensation délicieuse, rassurante ; un instant d'infini. Egoïstement, Patra voulut rester là, immobile, à tout jamais.

Elle glissa doucement les doigts dans les cheveux de Brennan pour les écarter de son visage. Elle adorait sentir l'épaisseur de ces mèches souples sous sa paume. Cet homme était capable d'effacer le monde entier autour de lui. Quand il était là, rien n'avait plus d'importance. Il n'y avait plus que lui...

— Brennan, lui glissa-t-elle à l'oreille. Pourquoi tu ne m'emmènes pas au lit ?

Il eut un petit rire, chaleureux et sensuel, dans le creux de son cou et elle sentit son corps s'éveiller lentement.

— J'avais l'impression qu'on y était déjà...

Quoi qu'il en soit, il obtempéra, la porta jusqu'à l'intérieur, l'allongea sur le matelas et « l'emmena au lit », comme elle le lui avait demandé. En fait, il « l'emmena au lit » deux fois — dont l'une avec sa bouche.

Patra ne vaudrait pas grand-chose, au matin : elle allait être épuisée. Dans d'autres circonstances, elle ne s'en serait pas vraiment souciée. Seulement, les chèvres n'allaient pas se traire toutes seules… La nature est vraiment injuste, par moments. Comment Brennan pouvait-il faire pour dormir vingt minutes et ne pas être plus fatigué que cela ? A l'aube, il serait aussi frais que s'il avait dormi neuf heures d'affilée. Il serait aussi beau que jamais.

Mais Patra, elle, était incapable de fermer l'œil, trop agitée pour se reposer. Le soleil se lèverait bientôt et leur amour ne maintiendrait pas plus longtemps la réalité à l'écart.

Elle ne se faisait pas d'illusions. Ce qui avait provoqué cette nuit fiévreuse et les désirs si brutaux de Brennan n'étaient pas un mystère. Il avait voulu la faire sienne, pas uniquement pour lui-même et pour nourrir sa fierté, mais également pour elle.

Il voulait qu'elle sache. Il voulait la marquer à tout jamais par sa passion et sa sensualité. Il voulait qu'elle soit à lui et uniquement à lui.

Il avait été particulièrement viril durant ces instants de sexe possessif, tout comme il l'avait été pendant le banquet, en faisant face à Castor Apollonius sans peur — non pas en tirant un couteau dans un accès de colère, mais en faisant preuve d'un talent oratoire calculé et contrôlé. Son défi avait été préparé, prémédité.

Elle l'aimait déjà avant cela, mais ses sentiments étaient devenus plus intenses quand il s'était levé pour la défendre, et qu'il avait pris le risque de dire la vérité à voix haute. C'était l'acte d'un vrai guerrier. Le champ de bataille n'était rien à côté de ce qu'il avait fait pour elle, ce soir.

Elle lui caressa doucement le visage du bout du doigt, suivit l'arête de son nez, ses pommettes un peu saillantes. Il ne se réveilla pas, ce qui était plutôt étonnant. Elle avait eu tort à son sujet. Au début, elle avait pensé qu'il n'était qu'un charmeur un peu enfantin. Un petit garçon joueur. Et il l'était, c'était certain ; néanmoins, il n'était pas que cela — loin de là.

Brennan Carr pouvait sourire, chercher à la séduire, profiter de la vie au jour le jour et apprécier la spontanéité ; seulement, quand il le fallait vraiment, il savait être un *homme*. Pas uniquement en lui faisant l'amour contre un mur, sur une plage ou dans un hamac — ou encore dans les ruines d'un vieux fort — mais en montrant son immense capacité à aimer, à défendre la justice. Et il avait choisi de la soutenir, de lui offrir son cœur. C'était ce choix qui les avait conduits à cet instant ; à la lourde décision qu'ils allaient avoir à prendre.

Il finit par s'étirer et poussa un petit gémissement, comme s'il savait instinctivement que la question qui les attendait ne pouvait plus attendre : qu'allaient-ils faire, à présent ?

— Brennan, il faut que l'on parle, dit-elle en se pelotonnant contre lui, la tête posée dans le creux de son épaule, comme elle aimait tant s'y blottir. Castor nous avait laissé deux jours, et nous y sommes. Après ce qui s'est passé hier soir, je pense qu'il sera plus déterminé que jamais...

Enfin, elle parvenait à exprimer à voix haute l'inquiétude qui ne la quittait pas depuis le banquet. L'angoisse qu'elle avait chassée pour savourer un peu sa victoire dans les bras de Brennan. Mais l'heure n'était plus à la fuite. Il fallait qu'elle rompe le silence avant qu'il ne soit trop tard.

— Tu peux encore être parti avant le petit déjeuner.

Ces quelques mots la déchirèrent. Elle aurait voulu ne jamais avoir à les prononcer, mais elle ne pouvait tout simplement pas laisser un autre homme mourir pour elle : il était si précieux, si unique... Sa vie ne méritait pas d'être gâchée par la soif de vengeance d'un dépravé.

Brennan se redressa un peu, la délogeant de son petit cocon rassurant.

— Tu veux que je parte ? Après cette nuit et tout ce qui s'est passé hier ? Après que j'ai pris le village à partie, que j'ai invité tous nos amis à faire face à leurs peurs ? Tu voudrais que je me dédie et fasse l'inverse de ce que j'ai dit au banquet ?

La gorge nouée, elle s'assit à son tour sur le lit, en face de lui. Ce qu'elle avait à avouer était douloureux, néanmoins elle devait le faire. Pour lui.

— Tes peurs ne sont pas ici, Brennan.

Durant ses longues insomnies, elle avait songé qu'il n'était pas seulement dévoué à Kardamyli parce que c'était un endroit où il pouvait enfin être lui-même, mais aussi parce qu'il avait finalement trouvé une cachette. S'il perdait Kardamyli, il perdrait la protection que le village lui offrait.

— Tes peurs résident en Angleterre, pas ici.

C'était encore plus difficile à dire qu'elle ne l'avait craint. Elle ne voulait *pas* le renvoyer. Hélas, elle avait peur de ce qui pourrait lui arriver s'il restait, s'il ne parvenait pas à triompher de Castor.

— Il existe de nombreuses manières de perdre quelqu'un, Brennan, reprit-elle avec douceur. Si ce n'est pas à cause de Castor, ce sera à cause de ton passé. Si tu ne fais pas face à ce qui t'a poussé à venir ici, tu ne connaîtras jamais ta vraie valeur. Tu devrais rentrer chez toi, sans quoi tu finiras certainement par regretter ton choix, un jour ou l'autre.

Ses propres paroles ressemblaient étonnamment à ce qu'il lui avait dit, quelque temps plus tôt...

— Je ne pense vraiment pas que ce soit le moment de parler de mes problèmes personnels, protesta-t-il d'un air agacé. Un fou dort dans l'auberge et nous devons nous en débarrasser. Ne devrions-nous pas plutôt discuter de ce que nous avons à faire, de la meilleure manière d'affronter notre avenir ?

Patra secoua la tête. Elle ne se laisserait pas distraire, cette fois.

— Hier soir, tu m'as permis de devenir enfin libre — entièrement et pleinement libre. Maintenant, c'est à moi de te rendre la pareille.

Elle baissa les yeux, jouant nerveusement avec l'ourlet du drap, le cœur battant.

— Quand j'ai décidé de m'accorder un peu de plaisir avec toi, je me suis fait la promesse de te laisser partir au premier signe de danger. De toute évidence, je n'ai pas réussi à la tenir. Et puis, quand j'ai décidé de rester avec toi jusqu'au retour de Castor, je me suis fait une seconde promesse : te faire comprendre que tu étais digne d'être aimé. Cette promesse-là, je compte bien la *tenir*. Je ne te priverai pas de ce bonheur, surtout maintenant que tu en es si proche. Si tu ne rentres pas en Angleterre, si tu ne mets pas à l'épreuve l'homme que tu es devenu ici, tu ne sauras jamais vraiment ce que tu mérites.

Il ne répondit pas tout de suite, et un silence lourd s'étira entre eux. Patra finit par hasarder un regard sur Brennan. Il était immobile, tendu, et quand il reprit enfin la parole, sa voix se fit sombre :

— Quand mes amis se sont mariés, je les ai enviés, tu sais. Ils ont tous trouvé des femmes qui les comprennent intimement. Je me suis toujours demandé ce que cela ferait d'être aux côtés de quelqu'un qui saurait comprendre ce que je suis, avec mes doutes et mes craintes...

— Et qu'est-ce que cela fait ? demanda-t-elle, un peu anxieuse.

— C'est à la fois merveilleux et absolument horrible, confessa Brennan.

Voulait-elle *vraiment* qu'il la quitte ? Il ne parvenait toujours pas à comprendre ce qu'elle essayait de faire, ce qu'elle voulait dire. Avait-elle réellement pensé, pendant un seul instant, qu'il accepterait ? Quel genre d'homme serait-il, s'il fuyait le danger ?

Certainement pas le genre d'homme qu'il voulait devenir — et encore moins le genre d'homme qu'il voulait être aux yeux de Patra !

Il redressa la tête et l'examina un instant, bien décidé à aller jusqu'au bout.

— Non. Je ne peux pas partir en sachant que je te laisse derrière, à la merci d'Apollonius. Et je ne peux pas *nous* fuir. Si je dois vraiment quitter ce village, je ne le ferai que si tu m'accompagnes.

Un éclat d'espoir s'alluma un instant au fond des yeux de Patra. L'idée d'une fuite sembla la séduire, d'une certaine manière. Lui aussi s'autorisa quelques minutes d'espoir : elle n'avait pas dit non...

— Nous pourrions aller à Sienne et à Paris avant de rejoindre l'Angleterre, dit-il, réfléchissant à voix haute.

Il prévoyait déjà leur voyage, songeant aux lieux où ils

pourraient trouver du soutien, où — peut-être — il pourrait travailler pour gagner un peu d'argent. Assez pour continuer leur route quelques jours. Ses fonds commençaient à s'amenuiser avec le temps.

Nous. Ce simple petit mot avait quelque chose de puissant, lui donnait du courage. Ils ne l'avaient encore jamais utilisé entre eux et Brennan n'avait pas vraiment compris à quel point ses sentiments pour elle étaient profonds, jusqu'à ce qu'il prononce ce petit mot à voix haute.

Il était prêt à quitter Kardamyli, sa terre promise, pour elle. Pour lui prouver qu'il était digne de son amour. La réalité de ce *nous* le bouleversait. Jusqu'à ces dernières semaines, il avait toujours fui toute sorte d'engagement. Mais, à présent, il voulait embrasser cette vie qui s'offrait à lui, à *eux*.

— Nous pourrions y arriver, Patra. Je pourrais travailler pendant notre voyage, ajouta-t-il dans l'espoir de la rassurer.

Hélas, le mince espoir qui avait illuminé son regard s'éteignit presque aussi vite.

— Ce ne serait pas suffisant, soupira-t-elle. Tant que je serai en vie, Castor n'abandonnera pas.

— Non, il n'abandonnera pas tant que tu seras *ici*, nuança Brennan. Castor se donne corps et âme à sa cause. Il ne quittera jamais la Grèce, pas même pour toi. C'est pour cela que tu devrais partir avec moi. C'est le seul moyen.

En tout cas, le seul auquel il pouvait penser pour le moment, et il n'avait pas le temps de réfléchir plus que cela. Ils allaient devoir agir et agir vite. A moins que...

Une sombre pensée lui traversa l'esprit et il allait devoir en parler avant d'atteindre le point de non-retour. Ne rien dire serait injuste pour eux deux. Mais parler n'en blesserait qu'un. Lui.

En un instant, toutes ses craintes s'éveillèrent : si elle ne voulait pas le suivre, c'était certainement parce qu'il ne suffisait pas à Patra. Ce qu'il avait à lui offrir ne lui suffisait pas.

— Dis-moi, Patra, est-ce que tu veux partir avec moi ?

Son insistance pour qu'il parte, arguant que c'était pour sa sécurité, pour l'aider à s'accomplir, masquait peut-être ses réelles motivations. Peut-être qu'elle l'aimait, mais que, comme le père de Brennan, ses sentiments n'étaient pas assez intenses pour s'engager à ses côtés. Les paroles étaient faciles à prononcer. Les actes, cependant, demandaient toujours plus de courage...

Les promesses non tenues de son père ne lui avaient-elles pas déjà prouvé cela à de nombreuses reprises ? Bien sûr, mais comprendre la situation ne la rendait pas plus supportable pour autant.

Soudain, Patra lui effleura le bras et il faillit la repousser.

— Tu sais, Brennan, je pense que partir avec toi serait une décision... *impétueuse.*

Ce n'était pas un rejet direct, mais une sorte d'avertissement. Elle réfléchissait clairement à ce que lui coûterait un choix aussi extrême.

Si elle partait, ce serait en abandonnant derrière elle sa maison, sa vie d'adulte, son pays — tout ce qu'elle connaissait. En échange, elle serait jetée dans un autre univers, inconnu pour elle et peut-être menaçant, et dans une nouvelle vie. Elle n'aurait plus le village à ses côtés pour la réconforter. Elle n'aurait plus que Brennan.

Sans doute était-ce une perspective angoissante pour elle, même si elle était assez forte pour l'affronter.

Un peu inquiet, Brennan tenta de l'encourager :

— Je suis prêt à abandonner Kardamyli pour toi, Patra. Es-tu prête, toi aussi, à l'abandonner pour moi ?

Elle hésita encore quelques instants, le regard soudain timide et un peu effrayé.

— Ce n'est pas juste : tu me demandes beaucoup plus que tu ne le crois. Tu pourrais quitter Kardamyli, oui, mais pour rentrer chez toi. Si je pars, moi, je ne retrouverai pas mon chez-moi. Au contraire, ce serait une fuite en avant vers l'inconnu...

Seigneur, il était en train de la perdre.

Un millier de pensées traversa son esprit en quelques instants. Que ressentait-elle vraiment pour lui, si elle choisissait de rester et de faire face à Apollonius plutôt que de le suivre ? Avait-il lui-même la moindre chance de pouvoir rester sans être tué par cet homme ? Y avait-il une solution qui lui avait échappé ?

— Je ne te dis pas non, Brennan, reprit-elle après quelques minutes, mais j'ai besoin de plus de détails. Par exemple, qu'est-ce qui m'arrivera, si je pars avec toi ?

Elle baissa les yeux sur sa main, encore posée sur le bras de Brennan et rougit un peu.

— Chez nous, on dit que quand on sauve quelqu'un cette personne vous appartient à jamais. Est-ce que tu es certain de vouloir cette responsabilité ?

— Oui, répondit-il dans la moindre hésitation. Je veux être avec toi, Patra. Je veux m'occuper de toi et t'offrir une vie heureuse. Je sais que je pourrais gagner assez d'argent pour nous deux...

— Tu dis cela maintenant, parce que c'est un bon argument, mais tu es encore enivré par ta petite « lune de miel » grecque.

Il voulut protester mais elle l'arrêta d'un doigt posé sur ses lèvres, le regard grave.

— Je ne doute pas de tes intentions, Brennan, mais je te préviens : je ne serai pas ta maîtresse. Je ne serai pas la femme à qui tu rends visite de temps en temps et que tu entretiens comme un souvenir vivant de ton Grand Tour.

— Ma maîtresse ?

Brennan s'était bien mal exprimé, si elle croyait qu'il tenait si peu à elle. Jamais il n'avait voulu qu'elle puisse avoir une telle pensée ; pour lui, leur relation était bien plus profonde que cela.

— Je suis désolé, je n'ai pas été clair. Ce n'est pas du tout ce que je voulais dire, reprit-il, la gorge nouée.

Il se leva et s'agenouilla devant elle, nu comme Adam. C'était peut-être un spectacle étrange, mais cela n'avait aucune importance pour le moment.

— Patra, veux-tu devenir ma femme ? Epouse-moi, avant que nous partions. Si tu as peur, nous pouvons le faire en secret...

— Mon Dieu, ta demande en mariage est aussi impétueuse que le reste de tes actions ! répondit-elle d'un air sévère.

Cependant, en dépit de sa voix qui se voulait raisonnable, elle ne parvint à dissimuler un éclat d'excitation au fond de ses yeux — ni le petit sourire imperceptible qui voulait naître sur ses lèvres.

— Aussi impétueuse et aussi sincère, assura-t-il. Je le pense réellement, Patra. Epouse-moi. Laisse-moi te protéger de mon nom aussi bien que de mon corps. Une fois que nous serons officiellement liés l'un à l'autre, Apollonius aura une barrière de plus à franchir avant de t'atteindre.

Ce n'était sans doute pas le meilleur des arguments, étant donné que le soupirant de Patra lui avait déjà prouvé qu'un mari ne suffisait pas à arrêter son épée. Mais Brennan aurait dit n'importe quoi pour la convaincre — d'autant plus qu'ils avaient très peu de temps devant eux.

— Il y a quelques semaines à peine, tu ne voulais pas te marier. En fait, tu paraissais même désespéré et tu cherchais à tout prix un moyen de fuir ce genre d'engagement, lança-t-elle d'un air de défi.

Brennan lui répondit par un petit sourire. En effet, elle avait raison, mais elle avait oublié de prendre en compte un événement essentiel.

— Je ne t'avais pas encore rencontrée à cette époque.

Il apprenait peu à peu que le bonheur n'était pas lié à un endroit, comme il l'avait cru au départ, mais à une personne. Il était temps qu'elle s'en rende compte, elle aussi ; qu'elle reste à ses côtés pour toujours. Oh oui, tout son être était attiré par elle comme l'est un papillon par une flamme.

Etait-ce ce que Nolan avait ressenti, quand Gianna l'avait incité à quitter Venise ? Etait-ce ce qu'Archer et Haviland avaient ressenti quand ils avaient décidé de rester en Europe au lieu de rentrer chez eux ? Si seulement il pouvait prendre la décision à la place de Patra, le temps qu'elle comprenne... Cependant, il ne voulait pas que les choses se passent comme cela.

Il se pencha donc et déposa un petit baiser dans son cou, sentant la veine qui battait sous sa peau fine. Elle allait capituler. Elle était sur le point de céder, de voir enfin que son plan était le seul possible. Autant l'aider à faire la dernière partie du chemin à l'aide d'un soupçon de charme.

— Qu'est-ce qui t'oblige à rester, Patra ? lui murmura-t-il à l'oreille.

21

Rien. Rien ne m'oblige à rester, face aux délices de tes lèvres sur moi.

Hélas, ce n'était pas vraiment une réponse sensée. On n'abandonnait pas sa vie, tout ce que l'on avait construit pendant des années pour un baiser, pour une jouissance passagère.

Les hommes étaient peut-être capables de prendre des décisions aussi irrationnelles ; mais une femme se devait d'être plus réfléchie... Malheureusement, il était déjà un peu tard pour penser à cela. Tous deux ne se connaissaient certes pas depuis longtemps, mais ils avaient déjà largement franchi les limites qu'elle s'était imposées. Qui aurait cru que tant de choses puissent changer en si peu de temps — surtout après des années de stagnation et de vide ?

Dès le début, elle avait pensé que cette aventure s'achèverait avec le départ de Brennan, même avant le retour de Castor. Pas un seul instant elle n'avait songé qu'*elle* pourrait être celle qui s'en va. Etait-ce la seule raison qui la faisait hésiter, qui la poussait à gagner du temps ?

Elle n'avait pas menti à Brennan, bien sûr. Partir serait un énorme bouleversement pour elle. De toute sa vie, elle n'avait jamais encore quitté la péninsule. Néanmoins, si partir était le seul moyen de sauver la vie de Brennan, alors peut-être pouvait-elle se permettre de suivre son cœur...

Le sauver, ce serait *se* sauver aussi. Son amant lui offrait une échappatoire. Et puis, comme il le disait, qu'avait le village à lui offrir de nouveau ? Le spectre permanent de Castor Apollonius continuerait à flotter, menaçant, au-dessus de sa tête. Qu'est-ce qui l'obligeait à rester, au fond ? Elle n'avait pas de réponse à ces questions.

Elle attrapa la main de Brennan et le releva pour le prendre dans ses bras. Leurs fronts se rencontrèrent avec douceur dans le silence de la chambre.

Oui, elle allait le faire. Son cœur se mit à battre plus vite, emporté par l'excitation de ce qui l'attendait. Elle allait accepter tout ce qu'il lui offrait, sans plus d'hésitations.

— D'accord. Alors, comment va-t-on faire ?

Triomphant, Brennan eut un large sourire.

— J'ai une petite idée, mais nous allons devoir ruser.

En dépit de la gravité de la situation, Patra ne put s'empêcher de rire.

— Encore une ruse ? Bien sûr, parce que la dernière a *si bien* réussi ! plaisanta-t-elle.

Tout était devenu compliqué avant même de devenir vraiment réel.

— Précisément, répondit-il avant de lui voler un petit baiser. Je pense que tout s'est plutôt bien passé, chère future madame Brennan Carr.

Elle aima ces mots, ce nom qui serait bientôt le sien. Un nouveau nom pour une nouvelle vie. Patra Tsipras resterait derrière elle, à Kardamyli ; mais Patra Carr découvrirait le monde, aussi excitant et terrifiant que soit ce projet.

Elle repartirait d'un meilleur pied et Brennan, lui, aurait enfin une chance de vaincre ses démons.

S'écartant légèrement d'elle, il prit un air plus sérieux.

— Maintenant que nous nous sommes mis d'accord sur les choses importantes, parlons de notre stratagème. Nous allons devoir partir séparément pour ne pas éveiller les soupçons. Je quitterai le village en premier pour satisfaire les exigences d'Apollonius. Quand je serai sûr que tout le monde me croit loin, je reviendrai discrètement et nous nous retrouverons à Saint-Spyridon. Voilà comment nous allons faire...

Castor Apollonius regarda le bateau de Konstantin Zabros faire voile hors du port en fin de matinée, satisfait du spectacle. Patra avait réussi ! Elle avait convaincu l'Anglais de partir, en dépit du discours plus que passionné que Brennan Carr avait prononcé au banquet de la veille...

Pendant quelques heures, Castor avait réellement craint que l'Anglais ait eu l'intention de rester. Bien sûr, cela n'aurait rien changé à ses projets. D'une manière ou d'une autre, cet homme finirait mort dans un fossé. Seulement, s'il était resté au village, cela aurait été plus difficile.

Est-ce que Patra était réellement mortifiée, sachant qu'elle avait aidé Castor en convainquant son amant de partir ? Certainement, mais elle l'avait néanmoins fait. Elle avait toujours eu un faible pour le sacrifice de soi, capable de placer en toutes circonstances les besoins de l'autre avant les siens — elle s'était soumise à Dimitri, à la cause... Tout lui semblait plus important qu'elle-même.

Ainsi, comment aurait-elle pu ne pas sacrifier son propre bonheur pour que l'Anglais reste en vie ? C'était agréable d'être entouré de gens si malléables, si disposés à obéir à ses ordres. De gens comme Patra.

D'une certaine manière, ce qu'elle avait fait ce matin était une preuve de ses sentiments pour Brennan Carr. De toute manière, qu'elle l'aimât ou non, Castor n'avait pas douté d'elle un seul instant : Patra ne mettrait jamais sciemment la vie de quelqu'un en jeu, même celle d'un étranger.

Malgré tout, il ne pouvait pas s'empêcher d'éprouver une certaine amertume. L'Anglais n'était pas un étranger pour elle et elle n'avait pas essayé de lui sauver la vie par pure bonté d'âme. Elle *aimait* Carr. Castor l'avait vu à son regard quand elle était venue le supplier d'épargner son amant, prête à tout pour le sauver. Puis, la veille, quand elle lui avait tenu tête et l'avait trahi en l'accusant devant tout le village, l'Anglais l'avait regardée, tout sourire, comme si elle était un ange descendu sur Terre pour protéger Kardamyli du tyran...

Ce matin encore, Castor ne pouvait pas deviner avec certitude les conséquences de cette petite crise. Quoi qu'il en soit, il n'avait jusqu'à présent reçu aucun volontaire pour l'accompagner à Athènes. Peu importait. Il était encore tôt et, dès que les villageois se seraient rendu compte que Carr les avait incités à ne pas fuir leurs peurs avant de s'échapper lui-même à l'aube, ils viendraient.

Néanmoins, la dévotion dont Patra faisait preuve envers l'Anglais le dégoûtait. Jamais elle ne l'avait regardé comme elle regardait Carr !

Pourtant, elle devrait *le* regarder comme cela, elle devrait être prête à supplier pour sa vie à *lui*, manger des pâtisseries phalliques pour *lui*. Il aurait fait n'importe quoi pour elle. Il avait même tué pour elle, lui avait accordé la liberté de le choisir sans se sentir coupable — si ce n'était pas de la dévotion, qu'était-ce ? Et elle l'avait tout de même rejeté et, en plus, remplacé par cet Anglais arriviste.

La seule idée que Castor avait trouvée pour se venger était de la mettre face au dilemme le plus cruel qu'il avait pu imaginer : aimait-elle suffisamment cet homme pour le renvoyer ? Ou bien le laisserait-elle mourir pour elle ? Elle avait pris la décision la plus sage, évidemment.

Carr n'était pas fait pour elle, de toute manière. A quoi pensait-elle, lorsqu'elle avait accepté ses avances ? Il était trop jeune, trop différent. Elle devrait plutôt remercier Castor de l'avoir aidée à prendre cette décision tant qu'il en était encore temps. Si elle était restée avec l'Anglais, il lui aurait brisé le cœur un jour ou l'autre.

Le bateau n'était à présent plus qu'une petite tache sur l'horizon et Castor sourit de plus belle. Brennan Carr était sur ce bateau. Il était parti et ne reviendrait pas. Patra avait vraiment fait du bon travail... Ils s'étaient disputés sur l'agora — à quel sujet ? Personne ne le savait. Quoi qu'il en soit, cela s'était passé devant témoins et la nouvelle s'était vite répandue dans le village. Ils s'étaient séparés ainsi, après une aventure de courte durée. Leur idylle n'avait pas duré plus d'un mois.

Castor avait observé le sourire satisfait, entendu, des jeunes femmes qui avaient peut-être espéré séduire Brennan Carr elles-mêmes. Il comprenait tout à fait ce qu'elles pouvaient ressentir : si elles ne pouvaient pas avoir ce beau et jeune Anglais, alors personne ne devait l'avoir. Sans doute étaient-elles secrètement ravies de voir la veuve échouer à son tour. Les vieilles femmes, elles, s'étaient rapprochées de Patra pour la consoler. Les choses se passent toujours de la même manière, dans ces petits villages où tout le monde connaît tout le monde.

Et c'était bien le problème. Patra avait fait du trop bon travail — Carr aussi. Il avait paru parfaitement en colère, jurant à voix haute qu'il en avait fini avec elle et Kardamyli, implorant Zabros de l'emporter dans son bateau n'importe où — mais loin. Bref, il avait dit toutes les choses que l'on attend d'un homme au cœur brisé, ou d'un homme tourmenté par son mariage. Castor avait entendu suffisamment d'hommes se plaindre de leurs épouses, durant sa vie, pour connaître leurs complaintes par cœur. Et Carr avait suivi ce schéma sans le moindre faux pas.

C'était justement ce qui éveillait les soupçons de Castor. Il savait très bien pourquoi Patra était passée de demoiselle amoureuse à harpie désenchantée en moins de deux jours : elle jouait un rôle. Mais Carr ? Carr, qui la veille encore avait été sur le point de gagner les faveurs du village ? Sa volte-face avait été si parfaite que l'on aurait pu croire au travail d'un acteur accompli. Il n'y avait donc qu'une explication possible : sa performance était calculée. Il ne pouvait en être autrement.

Castor savait d'expérience qu'on ne pouvait pas être amoureux de Patra et changer d'avis en si peu de temps. Si un jour Patra était finalement sienne, il ne la laisserait jamais partir après une simple dispute.

C'était le problème : après la scène du matin, il ne pouvait pas être certain que Carr avait l'intention de partir pour de bon. Qu'est-ce que l'on disait, déjà, au sujet des amants ? « Si tu l'aimes, laisse-le partir. S'il est vraiment tien, il reviendra. »

Heureusement, Castor avait prévu ce cas de figure. S'il le fallait vraiment, il était prêt à agir. Il ne lui restait donc plus qu'à attendre et à envisager que Carr *pût* encore revenir. Ce n'était pas forcément le cas. Quand Zabros avait finalement accepté d'appareiller avec l'Anglais, Castor avait eu le temps de faire quelques arrangements de son côté.

Toujours face à la mer, il vit le bateau disparaître entièrement et tira sa montre de sa poche. Dans deux heures au plus tard, les chances pour que l'Anglais reparaisse au village seraient grandement diminuées. Castor avait prévu un petit quelque chose pour s'assurer que le départ de son rival soit permanent — en dépit de ce que l'Anglais avait pu imaginer.

Bien entendu, si Carr revenait, il l'accueillerait à bras ouverts ; mais il faudrait pour cela qu'il ne se noie pas d'abord.

Satisfait, il rangea sa montre dans sa poche. Patra allait être dévastée ; cet homme serait le dernier à mourir pour elle, après une dispute et sans lui dire adieu. Douze ans plus tôt, elle n'avait pas voulu que Dimitri parte et n'en avait pas fait un secret. Au contraire, elle avait clamé haut et fort sa colère. Encore une fois, Castor serait là pour la consoler ; et, cette fois, elle accepterait peut-être volontiers ce qu'il avait à lui offrir. Il serait même prêt à lui pardonner ses paroles de la veille. Oui, peut-être que, cette fois, elle comprendrait qu'il ne fallait pas refuser ses avances.

Castor s'abandonna à son triomphe. Il avait tout préparé avec brio. Il avait attendu Patra pendant douze ans et, dans quelques minutes à peine, elle serait finalement sienne. Sa patience et ses ambitions étaient sur le point d'être récompensées.

Patra serait sienne et, avec un peu de chance, une Grande-Bretagne offensée viendrait à l'aide de la Filiki, une fois que le pays aurait appris le meurtre d'un Anglais en voyage — assassiné par ceux qui refusaient l'ingérence étrangère dans le conflit grec. La Filiki aurait ce qu'elle voulait. Lui aussi. Impatient, il commença à décompter, dans sa tête.

Cinq, quatre, trois, deux, un...

22

Patra sursauta brutalement au bruit de l'explosion, alors qu'elle était encore au marché. Le bruit résonna comme un coup de tonnerre dans l'agora, en dépit de la distance. L'espace d'un instant, elle resta figée sur place, abasourdie, sans comprendre d'où cela pouvait venir.

Que s'était-il passé ?

Elle s'était promenée, perdue dans ses pensées. Son propre drame avait peu à peu effacé le monde qui l'entourait.

Quelques secondes après l'explosion, des cris retentirent autour d'elle. A travers le grondement sourd des voix paniquées, elle perçut deux mots :

— Le port !

Immédiatement, elle pensa à Brennan et se mit à courir. Ce mouvement parut raviver ses pensées. Tout le monde se précipitait, comme elle, vers la mer ; et la rue du port était déjà remplie par la foule. Plus tard, elle songerait que courir vers le danger n'avait aucun sens. Dans ce genre de cas, il valait mieux s'éloigner de la menace, pas s'en approcher.

Mais pour le moment, personne ne savait encore ce qui s'était passé. Si seulement cela avait pu rester ainsi.

Elle se fraya péniblement un chemin à travers l'attroupement, pour arriver jusqu'au quai.

— Que s'est-il passé ?

Elle aperçut rapidement un homme avec une longue-vue et lui tira la manche comme une enfant jusqu'à ce qu'il lui réponde.

Une vague de panique l'envahit quand elle remarqua le petit filet de fumée qui s'élevait sur l'horizon.

L'affaire avait mal tourné, mais comment ? Brennan venait à peine de partir ! Konstantin et lui avaient fait voile moins de vingt minutes plus tôt ; d'ailleurs, le bateau était toujours visible depuis le quai. Seigneur, le bateau...

Son cœur se brisa quand elle comprit finalement toute l'horreur de ce qui venait de se passer,

L'homme qui se tenait à côté d'elle abaissa sa longue-vue et secoua tristement la tête, sous le choc. Ses paroles confirmèrent les pires craintes de Patra.

— Le bateau de Zabros vient d'exploser.

Le filet de fumée prit alors un tout autre sens pour elle. Le navire était détruit, réduit en mille fragments sur l'eau.

— Il y a des survivants ? demanda-t-elle, désespérée.

C'était une question absurde : elle connaissait déjà la réponse. Comment auraient-ils pu survivre ? L'explosion avait été assez puissante pour être entendue depuis le marché.

N'attendant pas l'avis de l'homme, elle lui arracha sa longue-vue et scruta l'horizon, tout en regrettant immédiatement son geste. Mais elle devait en avoir le cœur net. Elle s'obligea donc à regarder les planches brisées qui flottaient encore, la voile déchirée qui se gonflait dans le vent avant de tomber lourdement dans l'eau. Elle s'obstina à examiner les vagues à la recherche de la seule chose qui importait — un corps, une preuve.

La gorge de plus en plus serrée, elle s'arrêta sur chaque mouvement noir de l'eau, redoutant l'horrible confirmation tout en gardant l'espoir insensé que — d'une manière ou d'une autre — Brennan ait réussi à s'enfuir. Il fallait qu'elle le voie. Il fallait qu'elle soit sûre.

Elle n'avait jamais revu Dimitri, même après sa mort : il avait été enterré à Modon. L'impuissance qu'elle avait ressentie quand elle avait appris le décès de son mari l'envahit de nouveau, faillit même la submerger entièrement. Il était tombé au front des semaines avant qu'elle apprenne le drame... Mais, cette fois, ce serait différent. La mort de Brennan ne passerait pas inaperçue comme celle de Dimitri ; elle s'en chargerait et s'en ferait le témoin.

La première preuve qu'elle trouva flottait près de la voile. Une chemise. Aussi blanche que l'épaisse toile qui bouillonnait encore derrière. Elle l'examina un long moment jusqu'à ce qu'elle soit vraiment sûre et se retrouve plus désemparée que jamais. C'était bien une chemise, et Brennan aimait tellement enlever la sienne. Evidemment, sur le pont, il avait dû être torse nu.

Une image de son amant, insouciant, vivant ses derniers instants, lui vint à l'esprit : Brennan, sans sa chemise, sa chevelure aux reflets roux, ébouriffée sous la brise, ses muscles se tendant pendant qu'il mettait la voile, le soleil sur sa peau et son rire flottant dans le vent. Il avait sans doute ri jusqu'au dernier moment. Il aimait tant rire. Peut-être même qu'il était en train de penser à elle, à l'instant où ils seraient enfin réunis.

« Dans deux jours, nous serons ensemble et nous ne nous séparerons plus jamais. »

Ses dernières paroles résonnèrent à ses oreilles. Des paroles qui n'étaient pas censées être les *dernières*. Il devait revenir et la retrouver à Saint-Spyridon. Il le ferait d'ailleurs, songea-t-elle farouchement. Il l'avait promis.

De toute manière, ce qui flottait là-bas n'était qu'une chemise, se répéta-t-elle. Une chemise ne veut pas dire un corps. Hélas, l'espoir est une chose si tenace. Elle serrait la longue-vue comme si sa vie en dépendait. A côté d'elle, l'homme essaya de la lui reprendre mais elle ne la lâcha pas. Brennan était forcément là, quelque part, et elle n'abandonnerait pas tant qu'elle ne l'aurait pas retrouvé. La panique, la douleur, la culpabilité lui donnaient de la force, la rendaient farouche et sauvage.

Elle nagerait jusque-là-bas si elle le devait et rapporterait son corps toute seule jusqu'à la plage. C'était bien le moins qu'elle pouvait faire pour réparer ses erreurs passées et présentes. Elle n'aurait jamais dû laisser Brennan se mêler à sa vie. Il aurait fallu se détourner de lui dès le début.

Sa vieille culpabilité, ses vieilles souffrances lui revenaient, vives comme au premier jour, et elle se mit à trembler. Elle avait su comment tout cela finirait et elle aurait pu empêcher ce drame en rejetant Brennan dès le premier soir…

Soudain, ses jambes se raffermirent. Ses mains cessèrent de trembler. Vraiment ? Elle aurait pu *empêcher* un bateau d'exploser ? Comment pouvait-elle penser une telle chose ?

Elle abaissa imperceptiblement la longue-vue. Si elle avait pu empêcher ce drame, cela ne voulait dire qu'une chose. Qu'elle soit responsable d'une manière ou d'une autre, une terrible conclusion s'imposait. Elle n'avait pu provoquer cette catastrophe, même indirectement, que d'une seule manière : Castor avait fait cela.

Une tristesse nouvelle l'envahit. Ce qui venait de tuer Brennan et Kons n'était pas un simple accident. C'était l'œuvre d'un homme diabolique, vengeur et avide. Cette simple idée la rendit malade. Un haut-le-cœur la fit tomber à genoux au milieu de la rue et elle vomit sur le quai, lâchant enfin la longue-vue. De toute manière, elle n'en avait plus besoin. Elle *savait*.

Alors que tout le village, autour d'elle, spéculait encore, effrayé et incertain, elle savait. Oh ! Seigneur, oui, elle savait…

Nauséeuse, sanglotante, elle s'abandonna sur les dalles de pierre, lâchant toute sa rage et sa douleur en une série de cris incohérents. Au fond de son esprit, une petite voix lui murmura d'aller voir Lydia. Après tout, Konstantin aussi était sur ce bateau. Mais elle ne parvint pas à se remettre sur ses pieds. Elle était incapable de faire quoi que ce soit à part pleurer toutes les larmes de son corps.

Un cri strident et désespéré s'éleva à côté d'elle et elle oublia toute once de bon sens. L'homme à la longue-vue s'agenouilla auprès d'elle et lui tapota doucement l'épaule.

— Je suis vraiment navré… Il y a un corps dans l'eau.

A ces mots, Patra s'agrippa à sa chemise, comme un homme qui se noie s'accroche à une ancre au cœur de l'océan.

— Un seul ? Pas deux ?

Brennan était bon nageur, il y avait peut-être encore une chance pour que… Bon sang, était-elle donc une femme si horrible ? Quel genre d'amie était-elle pour espérer que ce corps soit celui de Kons et non celui de Brennan ?

— Personne ne peut survivre à une telle explosion, Patra, dit-il.

Il fit de son mieux pour se libérer de son étreinte mais elle ne le lâcha pas. Quelqu'un criait encore, tout près. Est-ce que c'était elle ?

Des mains se refermèrent sur elle, des bras forts voulurent la relever — des bras d'homme.

— Patra, c'est monstrueux... Je suis venu dès que j'ai pu. Viens avec moi, je vais t'emmener au calme, tu en as bien besoin.

Elle ne pouvait pas faire confiance à cette voix mielleuse qui cherchait à l'apaiser, à la cajoler pour la rendre plus docile. Elle aurait dû se débattre, résister, seulement le choc et les larmes lui avaient arraché toute force.

Castor s'agenouilla en face d'elle, son visage collé au sien. Ce fut alors qu'elle se rebella. Voir cet homme suffit à raviver toute sa colère et à chasser ses sanglots en un instant.

— C'est toi qui as fait ça !

Les poings crispés, elle le frappa de toutes ses forces à la mâchoire. Pris par surprise, il recula et la dévisagea un instant, l'air incrédule.

Trop de pensées se bousculaient dans sa tête pour qu'elle puisse réfléchir. Tout ce qu'elle devait faire, c'était partir — et vite ! Partir et faire payer sa traîtrise à Castor, d'une manière ou d'une autre. Et elle devait retrouver Brennan.

Aveuglée par la colère, elle se jeta sur Apollonius, frappant, griffant, hurlant.

— Tu l'as tué ! Tu l'as tué ! Fils de catin ! Assassin !

Hélas, toute sa rage et toute sa peur n'étaient pas suffisantes pour lui permettre d'ébranler la logique froide et les talents d'acteur de Castor.

— Patra, tu ne sais pas ce que tu dis, répondit-il calmement.

Il la laissa le frapper une fois de plus et lui attrapa les poignets d'une main de fer.

— Tu es sous le choc, c'est normal.

— Tu l'as tué !

Elle lutta pour se libérer. En vain. Il était trop fort, et elle, trop fatiguée. Pourquoi est-ce que personne ne l'aidait ? Ces gens ne voyaient donc pas que Castor avait au moins deux fois commis un meurtre ?

— Patra, laisse-moi t'aider, reprit-il, insistant.

Non, elle ne voulait pas de son aide. Il essayait simplement de l'éloigner de la foule et elle ne le laisserait pas faire. Brennan ne la retrouverait jamais si Castor l'entraînait au loin, dans une cachette quelconque. Elle se planta donc sur le quai, refusant de bouger d'un pouce.

— Je ne peux pas partir. Il pourrait encore être là-bas... Brennan pourrait encore être là-bas...

Sa voix se brisa.

Castor se pencha à son oreille, le regard soudain plus dur. Dans ses efforts pour l'entraîner loin du quai, il l'écrasait contre lui sans le moindre ménagement.

— Il *est* là-bas, Patra. Je te le promets. Mais il n'est pas vivant. Laisse quelqu'un d'autre retrouver son corps.

Il lui serra la nuque d'une main, si fort que cela en devenait douloureux. Patra commença à voir des mouches noires flotter autour d'elle.

— Tu l'as tué, parvint-elle encore à balbutier avant de perdre toute force.

En quelques secondes, son corps se fit lourd comme du plomb et une obscurité complète l'envahit. Mais cela n'avait pas d'importance. Plus rien n'avait d'importance. Tout ce qui comptait à ses yeux avait été sur ce bateau et il n'en restait plus rien.

Non, ce n'était pas fini.

Patra fut elle-même surprise par cette pensée soudaine. Elle se réveillait à peine et elle n'osa pas ouvrir les yeux immédiatement. Qu'est-ce qui n'était pas fini ?

Seigneur, son esprit sortait bien trop vite de sa torpeur ; elle aurait préféré rester dans le brouillard apaisant de son demi-sommeil. Peu à peu, tout lui revint. Brennan était mort.

Etait-ce vrai ? Est-ce que cette horreur était réelle ? Après tout, il n'y avait pas de corps. Enfin, si. Il y avait *un* corps. Et il y avait une chemise, *sa* chemise.

S'il y avait un corps, il devait forcément y en avoir un second, quelque part au large. Si seulement elle avait pu scruter l'horizon plus longtemps, si elle avait eu plus de temps, elle l'aurait trouvé. C'était certain.

Peut-être devrait-elle au contraire être contente de ne pas l'avoir trouvé, de n'avoir pas vu son corps si parfait brisé, déchiré par la violence de l'explosion.

De nouveau, une nausée monta en elle et elle dut lutter pour ne pas vomir. Brennan n'était plus. L'homme qu'elle aimait avait péri par sa faute… S'abandonner à son écœurement voudrait dire bouger, s'asseoir, ou rouler sur le côté. C'était trop d'efforts et elle ne voulait plus faire le moindre effort pour quoi que ce soit.

Brennan ouvrit la porte de la taverne à la volée, mugissant et trempé, suivi par un Konstantin dégoulinant.

— Où est Patra ?

Il traversa la salle à grands pas, sans se soucier de l'effet que pouvait avoir la réapparition d'un homme mort — non, deux hommes morts — sur les clients. Toute la pièce fut instantanément plongée dans un silence absolu ; mais il n'avait pas la patience d'attendre qu'ils sortent de leur torpeur.

Dès que Konstantin et lui avaient atteint la rive, il avait couru chez Patra mais avait trouvé la maison vide. Il avait même gravi la colline dans l'espoir de la voir là, noyée de chagrin. Aucun signe d'elle. A cet instant, la terreur s'était emparée de lui. La taverne était son dernier espoir…

— Apollonius ! beugla-t-il à nouveau, enfonçant la porte du petit salon d'un coup de pied, son couteau à la main.

Il voulait la trouver là et Apollonius avec elle. Il voulait en finir au plus vite. Mais le salon était désert. Il n'y avait aucune trace du passage de Patra. La gorge nouée, il finit par abaisser son arme et retourner dans la grande salle.

— Où est-il ? Où est cette ordure de meurtrier ?

— Il est parti, répondit immédiatement l'un des hommes. Nous pensons qu'il a fui pendant que nous étions tous préoccupés par l'explosion du bateau.

Et, si Brennan devinait juste, il avait emmené Patra avec lui...

— Comment se fait-il que vous soyez encore vivants ? demanda un autre homme.

Brennan laissa Konstantin expliquer, raconter l'arrivée au dernier moment d'un chargement de tonneaux qui devaient à tout prix être livrés dans la journée. Immédiatement, tous deux avaient été en alerte et, une fois au large, s'étaient arrangés pour monter dans la barque et s'éloigner du navire sans être vus. Ils avaient quitté le bord juste à temps car, quelques minutes plus tard, ils avaient pu voir le bateau de Kons exploser. Heureusement, ils étaient assez loin quand cela s'était produit pour ne courir aucun danger...

— Mais il y avait un corps dans l'eau ! Nous l'avons tous vu, intervint un troisième client.

— Le secrétaire de Castor, lâcha Kons avec amertume. Le pauvre homme était déjà mort et fourré dans l'un des tonneaux.

Cette vision avait failli faire recracher tout son déjeuner à Brennan.

— Et maintenant, il a Patra, dit-il.

Il était temps que tout le monde se préoccupe de ce qui importait vraiment. A présent, personne ne pouvait douter de Patra et de ce qu'elle avait dit la veille, pendant le banquet : elle avait disparu et Apollonius avait assassiné son secrétaire sans le moindre remords pour qu'un corps flotte dans les débris du bateau — au cas où les passagers auraient survécu.

Plus il y pensait, plus Brennan était certain que ce pauvre homme avait été placé là pour convaincre plus facilement Patra que personne n'avait pu sortir vivant de l'explosion, pour étouffer toute lueur d'espoir en elle. Ce stratagème avait dû la briser...

Il rangea son couteau, le cœur battant. Patra devait être terrifiée et rongée par le remords. Si elle avait suivi leur plan, elle était au marché lors de l'explosion ; elle avait certainement tout vu, même le corps flottant sur l'eau. Elle allait le croire mort et risquait d'abandonner toute velléité de lutte. Elle s'en blâmerait sans doute. Son pire cauchemar devait se reproduire, une seconde fois.

— Je vais la chercher, déclara-t-il fermement. Et quand je la trouverai, je tuerai Apollonius.

Oui, il partirait à leur poursuite, même s'il ne savait absolument pas où les chercher. Comment savoir quelle direction Castor avait bien pu prendre ?

Soudain, un homme se leva — Alexei Katsaro.

— Il s'est certainement enfoncé dans les terres. Le port était trop animé à cause de l'explosion, quelqu'un l'aurait forcément remarqué s'il avait essayé de prendre un bateau.

Brennan acquiesça.

— Merci, lança-t-il avant de rejoindre la porte.

— Attends ! le retint Alexei. Je viens avec toi. Tu as dit certaines choses, hier soir, qui auraient dû être dites il y a bien longtemps. Nous ne serons plus ses pions.

— Je viens aussi, renchérit Spiro Anastas. Tu as pris soin de ma pauvre mère quand nous l'avons envoyée au marché avec peu d'argent. C'est le moins que je puisse faire pour un ami.

Un autre homme se leva.

— Tu as nourri mes enfants quand ma femme était malade alors que j'étais parti plusieurs mois pour travailler.

— Tu m'as aidé à récolter mes olives quand mon fils s'est blessé.

— Tu as donné un travail à mon fils quand tu avais des filets à réparer.

— Tu as joué avec mes enfants.

Peu à peu, tous les hommes se levèrent et des voix emplirent la taverne. Leur générosité bouleversa Brennan.

— Ce n'était rien, vraiment, protesta-t-il.

Il n'avait jamais attendu la moindre récompense pour tout cela : les vieilles femmes ne méritaient pas d'avoir faim, les jeunes garçons avaient besoin de protéger leur fierté en devenant des hommes… Il avait simplement fait ce qui était juste.

— Ce n'était pas rien. Il fallait le faire, et tu l'as fait, reprit solennellement Spiro Anastas. Aujourd'hui, c'est toi qui as besoin de nous et nous t'accompagnerons. Le capitaine Apollonius nous a déjà trop pris ; on ne voudrait pas te perdre, toi aussi.

L'aubergiste lui apporta un sac de cuir et des couverts. Les serveuses, elles aussi, distribuèrent rapidement quelques provisions aux autres.

Au moment de partir, Kons s'approcha de Brennan, tout sourire, et lui donna une petite tape dans le dos.

— Tu n'as pas encore compris qu'on ne peut rien faire seul, dans ce village ? plaisanta-t-il avant de reprendre, plus sérieusement : Tu es l'un des nôtres, Brennan. Tu n'as pas besoin de te marier pour cela, ni de t'engager dans une cause quelconque. Tu nous as déjà prouvé ta valeur en étant toi-même.

— Il faut qu'on la retrouve, Kons, murmura Brennan pour toute réponse.

Déterminé à ne reculer devant rien, il passa la bride de son sac de cuir sur son épaule et prit une profonde inspiration. Kons le serra brièvement dans ses bras.

— On la retrouvera. Je te le promets.

23

Patra se réveillait peu à peu. Les souvenirs lui revenaient ; entre autres, ce qui l'avait empêchée de chercher Brennan. *Castor.* Il avait été là, l'avait relevée de force sur le quai, et avait résisté sans peine à ses faibles protestations. Il l'avait emprisonnée entre ses bras de fer et l'avait éloignée des autres. Après cela, tout était devenu noir.

Elle n'avait plus le choix. Il était temps qu'elle ouvre les yeux et qu'elle découvre enfin où Castor l'avait emmenée. Etonnamment, quelque chose semblait encore compter à ses yeux, même après la mort de Brennan. Une petite flamme de vie brûlait encore en elle malgré tout...

Il fallait qu'elle venge son amant. Il fallait qu'elle empêche à tout prix Castor d'assassiner d'autres innocents.

Elle se redressa péniblement et ouvrit les yeux, prenant pour la première fois conscience du décor qui l'entourait. Elle n'était pas allongée sur un lit mais sur une large pierre plate, une saillie dépassant du mur brut. Il faisait sombre. Seule une petite lanterne jetait des ombres mouvantes sur les parois. Une grotte, peut-être ?

Elle passa prudemment les pieds par-dessus le rebord de sa couche de fortune et sentit le sol sous ses chaussures. Ce n'était donc pas une haute saillie — ce qui la rassura, d'une certaine manière. Au moins, elle était libre de ses mouvements. La pierre sur laquelle on l'avait allongée n'était pas censée lui servir de prison.

Elle songea immédiatement que son réconfort était absurde. Elle était *libre* ? Qu'est-ce que cela voulait dire ? Qu'est-ce que cette liberté pouvait bien lui apporter ?

Elle était enfermée dans une grotte sans savoir où elle était. Castor l'avait-il entraînée loin de Kardamyli ? Etaient-ils proches de la mer, ou plus enfoncés dans les collines ?

Soudain, une ombre apparut sur le côté, et elle frissonna en reconnaissant la silhouette de l'homme qui était là. Bien sûr, elle n'était pas seule. Castor ne l'aurait pas laissée...

Il se tenait là, dans le halo jeté par la lanterne, les bras croisés, et la fixait de ses yeux noirs.

— Tu es réveillée. Je commençais à penser que tu n'ouvrirais plus les yeux, dit-il avant de lui indiquer la petite table installée près de lui. Viens manger. Tu dois avoir besoin de reprendre des forces.

Manger ? Impossible. En cet instant, le moindre effort paraissait digne des douze travaux d'Hercule. Son esprit était peut-être aussi vif que jamais, mais son corps lui répondait à peine. Le simple fait de s'asseoir au bord de la saillie rocheuse qui lui avait servi de lit l'avait épuisée.

— Je n'ai pas faim, répondit-elle. Et puis, je ne pense pas que mon estomac puisse supporter la moindre bouchée pour le moment.

— Tu dois essayer, Patra.

Sa voix se faisait douce, comme s'il se souciait réellement de son bien-être — comme s'il la suppliait de prendre soin d'elle. L'espace d'un instant, elle eut même l'impression de surprendre un sourire patient sur ses lèvres cruelles.

— Nous avons déjà connu cela, toi et moi. Nous avons déjà affronté une telle épreuve et nous en sommes sortis triomphants. Je suis vraiment désolé, tu sais. Jamais je n'aurais souhaité t'infliger tant de douleurs — pour la seconde fois en plus — mais je promets de t'aider, comme je t'ai aidée il y a douze ans. Je serai là pour toi, pour te permettre de surmonter cette épreuve... Maintenant, viens. Tu sais que tu dois manger. Je ne voudrais pas que tu tombes malade, comme la dernière fois.

Il prit une des assiettes de fer-blanc et s'avança vers elle, la lui tendant comme une offre de paix. Cependant, c'était peut-être la chose la plus terrifiante qu'il ait faite devant elle. Instinctivement, elle se recula jusqu'à se tasser contre la paroi de pierre de la grotte. Avait-il vraiment le culot d'agir en ami, de faire semblant de vouloir s'occuper d'elle, alors qu'il avait froidement assassiné les deux hommes qu'elle avait aimés ?

Il s'assit à côté d'elle, l'empêchant de s'enfuir et elle ne put arrêter ses tremblements, terrifiée par cet homme. Comment avait-elle pu le trouver beau, autrefois ? Comment avait-elle pu le croire galant ? Il n'était clairement rien de tout cela. Castor n'était qu'un homme corrompu par le pouvoir, un homme prêt à utiliser ce pouvoir pour obtenir tout ce qu'il désirait — égoïstement et sans le moindre scrupule.

Il lui tendit un morceau de viande au bout d'une fourchette.

— Au moins, cette fois, tu n'es pas enceinte, dit-il avant de la dévisager d'un air soupçonneux. Tu ne l'es pas, n'est-ce pas ?

— Non. Bien sûr que non. Nous avons fait attention, dit-elle avec méfiance.

Cette scène était déjà arrivée, auparavant : Castor qui lui offrait à manger, ses soucis concernant sa fertilité alors qu'elle était amoureuse d'un autre homme...

Seulement, cette fois, elle savait tout ce dont il était capable pour arriver à ses fins. Jamais — absolument jamais — elle n'accepterait de manger quoi que ce soit venant de lui. Elle en était tout simplement incapable.

Elle passa la main sous l'assiette et, d'un coup sec, lui envoya le contenu au visage. Profitant de sa surprise, elle glissa de la saillie. Hélas, encore affaiblie, elle bougeait trop lentement pour lui échapper.

Castor fut bien trop rapide pour elle. En un éclair, il lui sauta dessus et la plaqua au sol sans ménagement. Elle n'eut pas d'autre choix que d'amortir sa chute comme elle le put et se retrouva à quatre pattes sur le sol. Castor la tenait fermement par la taille, accroupi au-dessus d'elle, comme un chien en rut.

Si seulement elle pouvait le voir… S'ils étaient face à face, elle aurait au moins la liberté de le gifler ou de lui cracher à la figure.

— Espèce de bâtard ! lâcha-t-elle, se débattant de son mieux.

Malheureusement, Castor la tenait trop bien et son corps était trop lourd sur elle. Elle sentit alors la pression de son sexe dressé contre ses fesses et la panique la prit.

Cet homme était abject. Comment pouvait-il penser, ne serait-ce qu'un seul instant, qu'elle consentirait à faire quoi que ce soit avec lui après ses actes immondes ?

— Nous n'avons rien à faire ensemble. Je ne t'appartiendrai jamais, tu m'entends !

Il ne bougea pas ; il était toujours là, menaçant et répugnant. Patra ravala ses peurs qui menaçaient de la pétrifier. La colère l'aiderait mieux. Seulement, que pouvait-elle faire ? Elle se sentait si vulnérable, si impuissante. Plus elle luttait, plus elle s'affaiblissait — mais ne pas lutter serait encore pire.

De toute évidence, il voulait lui faire payer sa rébellion de la pire manière qui soit. Sa main libre se glissa entre ses cuisses et sur ses fesses avant de dénouer la ceinture de son pantalon.

— Je ne pense pas que tu sois en mesure de me résister, Patra, lui glissa-t-il à l'oreille.

Il était entièrement allongé sur elle à présent et retroussait brutalement sa jupe.

Devait-elle se battre ? Le supplier ? Elle ferait n'importe quoi pour qu'il s'arrête… Il lui avait déjà arraché Brennan, que valait encore son orgueil ?

— Je t'en prie, Castor, ne fais pas cela. Tu ne veux pas que cela se passe ainsi… Tu ne veux pas me prendre comme une chienne dans une ruelle.

Ses paroles s'étranglèrent dans sa gorge et les larmes lui montèrent aux yeux.

Seigneur, elle ne voulait pas se souvenir du sexe de cette manière : humiliant et dégradant. Cela n'avait rien d'intime. Castor ne se souciait que du pouvoir et de la domination. La seule chose qu'il voulait, c'était une preuve qu'il était capable de la soumettre à sa volonté.

Non, elle voulait se souvenir de ce qu'elle avait partagé avec Brennan, de leurs rires et de leurs caresses tandis qu'ils partageaient une jouissance délicieuse. Ensemble. Heureux.

— Je dois te posséder, on ne peut pas attendre, grommela Castor, soufflant dans son oreille. Comment pourrais-tu être sûre de toi ? La semence de l'Anglais a peut-être survécu ; nous aurions tort de ne pas troubler un peu tes eaux, au cas où...

De nouveau, sa main se glissa entre ses jambes, mouillée et poisseuse.

— Laisse-moi t'aider un peu, ma chère. Ne t'en fais pas : avec le temps, tu n'auras pas besoin de cela. Ton corps saura se mettre en train tout seul.

— Non... Non, je t'en supplie. Non.

Tout ce qui s'échappa de sa gorge fut un miaulement pitoyable. Elle n'avait plus la force de faire quoi que ce soit — à part ce faible cri. Au moins, si elle avait un peu de chance, il aurait pitié d'elle et en aurait vite fini. Après, il ne lui resterait plus qu'à faire de son mieux pour oublier. Quoi qu'il lui fasse subir, Castor n'aurait que le pouvoir qu'elle lui accordait.

Elle ferma donc les yeux et se crispa, attendant que le couperet tombe. Mais rien ne vint, à l'exception d'une voix qu'elle avait cru ne plus jamais entendre :

— Eloigne tes mains sales de Patra !

Sous le choc, elle rouvrit les yeux. Son corps comprit ce qui se passait avant même son esprit. C'était impossible ! Cela échappait à toute logique, et pourtant c'était vrai : Brennan était là, un pistolet à la main. Non, deux pistolets.

Cette fois, c'était certain : il allait tuer cette immonde crapule...

Brennan s'avança doucement dans la grotte où se déroulait l'horrible scène, avec un calme qu'il n'avait que peu connu dans sa vie — comme lorsqu'il avait fait ce dangereux saut à cheval pour atteindre le bateau, à Douvres. Aujourd'hui encore, l'échec n'était pas une option envisageable.

Cependant, contrairement à l'épisode de Douvres, cette

fois il avait un plan et il savait ce qu'il faisait. Il avait aussi des renforts. La moitié du village attendait à l'entrée de la grotte, armée et prête à rendre la justice si Brennan n'y parvenait pas lui-même. Mais Castor était à lui, avant tout, bien qu'il n'ait encore jamais tué.

Il avait eu un jour et demi de chasse pour y réfléchir, pour revoir dans son esprit toutes les étapes de son acte et se préparer à affronter l'horreur de ce qu'il allait faire. Hélas, malgré tout ce qu'il avait pu imaginer, la réalité dépassait son pire cauchemar.

Déjà lorsqu'il s'était approché de l'entrée, les cris désespérés de Patra lui avaient glacé le sang. Etait-il arrivé trop tard ? Il avait immédiatement regretté le moindre instant de repos, le moindre répit que les hommes et lui s'étaient accordé. Chaque instant passé à faire autre chose qu'avancer vers elle lui avait paru un moment bêtement perdu. Avant d'entrer, il avait dû se répéter qu'il était là, que c'était tout ce qui importait...

Mais voir Castor agenouillé au-dessus de Patra comme une bête sauvage et la découvrir effondrée, en larmes et impuissante, l'avait presque achevé. Il fit de son mieux pour rester froid et détaché — même si sa rage menaçait de l'aveugler et de lui faire perdre tout contrôle.

Son premier coup de feu devait prendre Castor par surprise pour être efficace. Il n'avait pas besoin de le blesser mortellement, pas tout de suite ; et, de toute manière, il lui serait impossible de tirer le coup fatal tant que Patra serait si proche de son agresseur. Ce serait trop dangereux.

— Patra ! Prépare-toi ! lança-t-il.

Sans plus d'avertissement, il tira, ne laissant pas à Apollonius le temps de réfléchir. Il continua d'avancer, déterminé, et jeta l'arme vide loin de lui.

La balle siffla près de l'épaule d'Apollonius. Instinctivement, il recula pour éviter le projectile ; un réflexe naturel pour n'importe quel homme, même le guerrier le plus endurci. Son geste brusque libéra Patra de son étreinte. Elle ne perdit pas un instant et se faufila hors de sa portée. Apollonius voulut la rattraper mais Brennan fut plus rapide que lui, se plaçant entre Patra et lui.

— Reste derrière moi, Patra !

Ce serait bientôt fini ; il n'y aurait même pas de combat. De toute manière, Brennan n'avait pas prévu de laisser à son adversaire le temps de riposter. Il n'était là que pour se venger.

— Vous devriez être *mort* ! balbutia Apollonius.

Il se redressa maladroitement, son élégant costume froissé et ses cheveux sombres en bataille autour de son visage. Pour la première fois, son apparence correspondait à la noirceur de son âme. Il avait perdu toute dignité et se montrait tel qu'il était : un fou.

— Vous avez manqué à votre parole, Apollonius, reprit Brennan en le mettant en joue.

Patra et la sortie étaient dans son dos et, au-delà, une autre surprise attendait Castor. Les hommes de Kardamyli étaient prêts à tuer le traître, si Brennan lui-même n'y parvenait pas. Quoi qu'il arrive, Patra serait sauvée. Elle ne risquait plus rien — Brennan se sacrifierait pour elle s'il le devait.

Il recula d'un pas, sentant Patra bouger avec lui, tout près de lui. A quelle distance se trouvait l'entrée ? Dix pas, peut-être, avant de pouvoir fuir...

— Vous avez promis à cette lady que vous me laisseriez vivre si elle me convainquait de partir.

— Mais elle ne vous a pas fait partir. J'ai le regret de remarquer que vous êtes toujours là, répondit Apollonius avec un petit rire sec, jetant un rapide coup d'œil sur le pistolet. D'ailleurs, je ne pense pas que vous oserez vous servir de cela.

De nouveau, il eut un sourire mauvais.

— Vous n'oserez pas tuer un homme, mais vous n'avez pas le choix, j'espère que vous en avez conscience. Ne croyez surtout pas que vous parviendrez à m'échapper — ou à échapper à la Filiki — où que vous alliez. Je vous pourchasserai jusqu'au bout du monde, Anglais.

Son regard s'attarda un instant sur la silhouette terrifiée de Patra.

— Est-ce que vous l'aimez assez pour tuer pour elle ? Parce que moi, oui.

— Vous êtes malade, Apollonius, répliqua Brennan.

Ravalant ses craintes, il recula encore d'un pas.

Il commençait à envisager la situation différemment, maintenant que Patra était en sécurité derrière lui. Peut-être pourraient-ils simplement fuir ?

— Je suis le libérateur de la péninsule, s'enorgueillit Castor. J'ai chassé les Turcs de nos terres. Ici, je suis un héros.

Il commença à bouger, à s'avancer d'un pas à chaque fois que ses proies faisaient le moindre mouvement vers l'entrée de la grotte. Brennan resserra ses doigts sur la crosse de son arme.

Patra était à quatre ou cinq pas de lui, tout près de la sortie. En sécurité.

Il fit de son mieux pour rester calme et détaché. Il aurait préféré ne pas avoir à penser à ce qu'il était en train de faire — dans ce genre de circonstances, trop réfléchir ne menait à rien de bien.

— Avez-vous songé que, peut-être, vous ne faisiez pas les choses comme il le faudrait ? De quoi parliez-vous, déjà, l'autre soir ? De la notion de faux raisonnement ? Nous nous persuadons tous qu'il n'existe que deux options quand nous sommes face à un problème, que tout est blanc ou noir. Ainsi, vous pensez que cette histoire ne peut s'achever que de deux manières : l'un de nous doit mourir pour que l'autre ressorte de cette grotte.

Une flamme maléfique anima l'œil d'Apollonius. Rapide comme l'éclair, il bondit en avant, tirant une lame de sa manche.

— Il y a une troisième option : *aucun* de nous n'aura Patra !

Brennan ne réfléchit pas. Il ne pensa pas. Il se contenta de tirer, et la balle atteignit Apollonius en pleine poitrine, le tuant sur le coup. La lame eut le temps de s'envoler, comme si elle était animée d'une vie propre. Elle siffla près de l'épaule de Brennan, trop haute pour l'atteindre, mais pas trop haute pour épargner Patra... *Seigneur. Non !*

Il fallait qu'il arrête ce couteau !

Il n'avait ni arme ni bouclier, simplement son corps. Il étendit le bras d'instinct et sa main se referma sur la garde du poignard au dernier moment. C'était un miracle. Jamais il n'aurait été capable de reproduire un tel geste, même s'il l'avait voulu. Il n'y avait plus qu'à espérer qu'il n'ait jamais à le faire.

— Brennan ! cria Patra.

Elle tituba dans sa direction, pâle et affaiblie, et prit sa main qui tenait encore le couteau, pour vérifier s'il y avait du sang. En fait, elle palpa tout son corps à la recherche de blessures.

— Est-ce que tu vas bien ?

Craignant qu'elle perde connaissance, et soulagé que tout soit enfin fini, il la serra contre lui.

— Je suis vivant, c'est le plus important.

— Mais… Tu ne devrais pas l'être.

Sa voix n'était plus qu'un murmure incrédule, tandis qu'elle se laissait guider jusqu'à la sortie, dans l'air frais des collines. Brennan ne voulait pas rester dans ce trou plus longtemps ; son obscurité étouffante l'empêchait de chasser de ses pensées les images de la scène terrible qui venait de s'y dérouler.

— Je suis vivant, et j'ai amené des renforts.

Il ne cacha pas sa joie de retrouver sa troupe en sortant, de sentir le bras fort de Kons autour de ses épaules, heureux que l'un des hommes tende une gourde d'eau fraîche à Patra. Recouvrant ses esprits après l'élan de panique qui l'avait poussé à tirer, Brennan se mit à trembler.

L'air était plus frais ici que dans la grotte et les étoiles illuminaient le ciel. La lune était déjà haute. Le calme de la nuit l'apaisait. Il trouva un petit amoncellement de rochers où Patra et lui purent s'asseoir un peu à l'écart des autres, où il aurait la liberté de la prendre dans ses bras pour oublier avec elle le choc de ce qui venait de se passer et s'abandonner enfin à son bonheur.

Les deux derniers jours avaient été si bouleversants… Ils avaient tant à se dire, tant à partager. Brennan avait encore du mal à voir à quel point son destin avait changé en une poignée d'heures. Néanmoins, il devait y arriver.

Il ne pouvait pas ignorer la réalité plus longtemps et faire comme si personne n'avait essayé de le tuer et de violenter sa femme — sa presque femme, aux yeux de la loi, même si pour lui le mariage était déjà célébré. Il ne pouvait pas oublier qu'il avait dû prendre une vie pour protéger Patra.

Soudain, il sentit les doigts fins de sa compagne se glisser dans le creux de sa main.

— Pourquoi as-tu rattrapé ce couteau ? C'était dangereux... Tu aurais pu perdre un doigt, ou même ta main.

Elle tremblait sous la couverture dans laquelle elle s'était emmitouflée.

— Je ne pouvais pas courir le risque de te perdre, répondit-il simplement.

Le cœur encore battant, il lui caressa les cheveux, chassant une mèche de son visage.

— Devoir vivre sans toi aurait été bien pire que perdre un doigt, tu sais. J'en aurais encore eu neuf autres, mais toi, tu es unique. Honnêtement, j'aurais même été prêt à perdre une main ; mais je ne peux pas te perdre, *toi*.

L'énormité de ce qu'Apollonius leur avait fait subir commençait à s'imprimer en lui. Il devenait plus difficile de tenir ces pensées à distance, quand les émotions s'en mêlaient.

— Moi, je t'ai perdu, murmura Patra, les larmes aux yeux.

Elle se couvrit la bouche d'une main tremblante, peut-être pour étouffer un sanglot.

— Oh ! Seigneur, Brennan... Je ne crois pas que j'aurais pu survivre sans toi.

Ses yeux s'assombrirent un instant de terreur sous la pâle lueur de la lune. Elle aussi revivait l'horreur de cette dernière journée.

— N'y pense plus, Patra. Tu ne m'as pas perdu, souffla-t-il en serrant sa main pour la rassurer. Je suis là.

— Mais tu ne devrais pas. Je ne comprends pas. J'ai vu le bateau, et...

Soudain, elle poussa un petit cri.

— Kons ! Il était à bord, lui aussi. Est-ce qu'il... ?

Sa voix s'étrangla et elle n'osa même pas achever sa phrase.

— Il va bien.

Il soutint son regard quelques secondes, puis, voyant qu'elle ne se calmait pas, insista :

— Patra, nous n'étions *pas* sur le bateau.

— Pourtant, il y avait un corps. Je l'ai vu à la longue-vue.

— Le corps était enfermé dans l'un des tonneaux qui ont été chargés à bord et, quand le bateau a explosé, le tonneau aussi a explosé. Comme tu le sais, Konstantin était censé faire des livraisons.

Cela avait fait partie de leur stratagème : après leur dispute, Brennan partirait avec Kons et ne reviendrait pas le soir.

— Eh bien, ce matin-là, Apollonius a prétendu avoir des objets à livrer dans l'une de ses boutiques. Il les a descendus au port pendant que nous chargions la cargaison — ou plutôt, il les a fait descendre par ses hommes. J'ai tout de suite eu des soupçons et, quand je me suis confié à Kons, il a accepté de mettre mon hypothèse à l'épreuve.

— Mais je t'ai vu partir ! Je vous ai vus partir tous les deux à bord.

— Nous avons attendu d'être assez loin de la côte pour pouvoir mettre la barque à l'eau discrètement et ramer le plus loin possible. Quand nous avons été en sécurité, nous avons pris le temps d'observer le bateau. S'il n'y avait pas eu de danger, nous serions remontés à bord et aurions effectué les livraisons. Je t'aurais rejointe en secret, comme prévu, et tout se serait bien passé. Mais s'il y avait danger, alors nous aurions la preuve qu'Apollonius était bel et bien un criminel.

— Mon Dieu, vous avez pris un gros risque. Et si le bateau avait explosé avant que vous soyez en sécurité ?

— Ne t'inquiète pas pour cela maintenant : ce n'est pas arrivé.

— Si, pendant quelques heures, c'est arrivé. C'est arrivé pour moi : je t'ai perdu, répliqua-t-elle farouchement.

Brennan acquiesça gravement.

— Je sais.

Il comprenait mieux que personne ce qu'elle ressentait car, pendant quelques heures, il l'avait perdue, lui aussi.

— Je suis rentré aussi vite que je le pouvais. Kons et moi avons atteint le village dans l'après-midi, bien décidés à mettre la main sur Apollonius. Hélas, il était déjà parti et t'avait emmenée.

Il poussa un profond soupir.

— Je ne saurais pas comment te décrire ce que j'ai ressenti, pendant ces moments de doute. J'étais tellement certain que l'influence d'Apollonius sur nos vies, sur ta vie, touchait à sa fin, une fois notre plan mis au point, et voilà que je découvrais que ce n'était pas le cas. En fait, il était même plus puissant que jamais puisqu'il t'avait en son pouvoir. L'homme que tu détestais le plus au monde t'avait *enlevée*.

Et la femme que Brennan aimait était seule, dans les griffes de l'homme qu'elle avait combattu, auquel elle avait résisté pendant des années. S'il avait douté de son amour pour elle, la terreur qu'il avait ressentie en cet instant avait effacé tous ses doutes.

De toute évidence, sa confession émut Patra et elle lui caressa doucement le visage.

— Mais tu es tout de même venu me chercher...

Sa voix était si douce, dans le calme de la nuit. Elle parvenait à retrouver sa force tranquille parce qu'elle pensait qu'il en avait besoin. Oh ! sa belle Patra, toujours aussi désintéressée. Toujours aussi prête à offrir son courage aux autres. A lui.

— Nous allons bien. Tous les deux. Castor ne peut plus rien nous faire.

Une lueur intense illumina ses yeux et elle reprit :

— Je suis libre.

Dans un sourire, elle leva la tête et admira les étoiles, savourant ce nouveau bonheur insouciant. Brennan aussi voulait célébrer ce moment : elle n'était pas la seule à être enfin libre. Grâce à elle, il pouvait enfin laisser son passé derrière lui. Il pouvait devenir l'homme qu'il avait toujours voulu être, son homme à elle. Un homme qui avait enfin trouvé un but, uniquement parce qu'il était avec elle.

— Et maintenant ? Que fait-on ? demanda-t-il après quelques instants.

Il fit un petit signe de tête en direction des hommes qui discutaient autour du feu de camp. Maintenant que Castor était mort, Patra n'aurait plus besoin de se reconstruire une nouvelle vie, loin de tout ce qu'elle connaissait.

— Nous pourrions retourner à Kardamyli, proposa-t-il avec douceur.

— Non, je pense que nous devrions tout de même aller jusqu'en Angleterre, répondit-elle sans hésiter. Castor connaissait beaucoup de monde…

— Tu sais, je pense que rester ne nous mettrait pas en danger. Le village nous protégera si qui que ce soit vient nous chercher.

Il en était d'ailleurs presque certain.

— Pas encore. Il faut que nous laissions les choses se calmer ici, et toi, tu *dois* aller en Angleterre. Nous en avons déjà parlé.

Bien sûr, au fond de lui, il savait qu'elle avait raison. Cela vaudrait mieux pour le village qu'il disparaisse pendant un certain temps. L'Angleterre serait bien plus sûre pour eux.

Au moins, cette fois, il pourrait entreprendre ce voyage l'esprit en paix : il reviendrait, un jour ou l'autre. Ils reviendraient, *ensemble*, et avec le temps, ils se construiraient la vie dont Brennan avait tant rêvé.

— Parfait. Allons en Angleterre, conclut-il avec un sourire.

Il rentrerait donc chez lui. Pour la première fois depuis deux ans, cette idée ne le terrifiait pas.

Il comprenait bien mieux son père, à présent, même s'il ne pouvait pas approuver ses choix de vie. L'amour d'une femme merveilleuse était un appui puissant. La seule chose qu'il pouvait espérer, c'était d'être un meilleur père le moment venu, maintenant qu'il savait…

Patra l'embrassa avec douceur.

— Nous partirons demain pour l'Angleterre, mais ce soir, j'ai besoin que tu fasses quelque chose pour moi.

— Ce que tu voudras, chuchota-t-il tout contre ses lèvres.

Le campement était loin. Personne ne les voyait ni ne les entendait.

— Fais-moi l'amour sous les étoiles.

— Tu es sûre ?

Il en avait besoin : son corps, encore tendu, avait besoin de relâcher la pression du combat. Seulement, après les actes monstrueux de Castor, il n'aurait pas pensé qu'elle soit prête pour cela. Pas pendant quelque temps, en tout cas.

— Il faut que je te dise certaines choses au sujet de Castor, de Dimitri, et je te promets de le faire un jour, mais pas aujourd'hui.

Voilà, c'était tout ce qu'elle avait à dire ; il savait ce qui devait venir ensuite. Ce soir elle avait besoin de lui, besoin de retrouver l'amant qui serait capable de lui faire oublier l'horreur et la peur que Castor avait fait naître en elle lorsqu'il l'avait assaillie. Heureusement, il n'avait pas eu le temps d'aller jusqu'au bout, mais il en avait fait suffisamment pour l'épouvanter.

— Je commençais à avoir peur que tu ne m'en parles jamais, murmura-t-il dans un sourire, toujours contre ses lèvres.

La serrant contre lui, il l'embrassa de nouveau. Ce soir, il serait l'amant dont elle avait besoin ; et il resterait cet amant jusqu'à son dernier souffle.

Il alla tirer une couverture qu'il avait cachée dans son sac et la secoua. Patra éclata de rire. Le simple son de sa voix suffit à réchauffer l'air frais de la nuit autour d'eux. Passer deux jours sans elle, sans ce rire, avait été une véritable torture.

— Est-ce que tu emportes une couverture partout où tu vas ? demanda-t-elle.

— Je me suis juste dit que cela pouvait être utile.

Il lui tendit la main.

— Viens avec moi.

— Pas tout de suite...

Elle dénoua les rubans de sa blouse, charmeuse et audacieuse, puis l'enleva d'un geste vif. Sa poitrine apparut, veloutée dans la lueur bleutée de la lune.

Le souffle court, Brennan la regarda se déshabiller, lentement, délibérément, rien que pour lui.

— On m'a dit que ces choses-là sont meilleures quand on est nu, souffla-t-elle.

— Alors, prouve-le moi.

Il déboucla sa ceinture et laissa tomber sa *foustanella* au sol. Elle s'approcha alors de lui et l'embrassa fougueusement, les doigts glissés dans ses cheveux. Enfin, pour le plus grand plaisir de Brennan, elle lui donna des preuves, en effet. Ce soir avait été sa dernière échappée belle et, avec un peu de chance, il n'aurait plus jamais besoin de se battre contre qui que ce soit pour une femme.

Trois jours plus tard, il s'en assura. Brennan Carr épousa Patra Tsipras sur la plage de Kardamyli, entouré par le village au complet, vêtu d'une *foustanella*, ses pieds nus enfouis dans le sable.

A ses côtés, sa main dans la sienne, Patra se tenait droite dans sa robe brodée et sa chemise immaculée, ses cheveux lâchés sous un voile de lin léger. Elle était stupéfiante. Elle avait l'air heureuse, comme toute jeune épouse devrait l'être — comme *son* épouse devait l'être. Jamais Brennan n'avait osé rêver d'un tel bonheur. Jamais il n'aurait cru avoir la chance d'être aimé si passionnément par qui que ce soit.

Le prêtre trouva le mariage bien peu orthodoxe ; il aurait préféré qu'ils se marient *dans* l'église et que le fiancé soit grec. Mais Brennan était un homme persuasif et tous deux avaient facilement trouvé un compromis. Il était grec aux yeux du village et, au final, c'était tout ce qui importait.

Le prêtre plaça les *stefanas* — les couronnes — sur leurs têtes et prononça les prières qui feraient d'eux des époux tandis que de petites vaguelettes tièdes venaient leur lécher les pieds. Brennan ferma les yeux, serrant fort la main de Patra dans la sienne. Il voulait se souvenir de chaque seconde de cette journée. Pour la première fois de sa vie, son cœur lui murmurait qu'il était chez lui, qu'il avait enfin trouvé sa place.

Après la cérémonie, une grande fête fut donnée sur l'agora. On but du vin et de la bière pendant des heures, on mangea des gâteaux et on dansa joyeusement. Puis, les villageois escortèrent les jeunes mariés sur la « colline de Brennan » pour qu'ils puissent passer leur nuit de noces sous les étoiles.

— Enfin seuls, murmura Brennan quand les chants s'éteignirent dans la nuit.

Il ne put s'empêcher de sourire à Patra.

— Non, tu ne seras plus jamais seul, répondit-elle avec douceur, pas tant que je serai avec toi.

Elle dénoua les rubans de son corsage et laissa couler sa robe à ses pieds. Sa longue chemise voleta librement sous la brise, rendue transparente par la lumière de la lune qui se reflétait sur les vagues, au loin.

Brennan fit de son mieux pour contrôler les flammes de son désir. Rien ne pressait : ils avaient toute la nuit.

— J'ai un cadeau pour toi.

Il se pencha près des buissons et en tira une couverture ainsi qu'un grand panier.

— Décidément, cette colline est de mieux en mieux approvisionnée, plaisanta Patra tandis que Brennan fouillait le panier.

Il en tira un paquet soigneusement emballé.

— J'avais acheté cela à Venise...

Seigneur, Venise... Son séjour là-bas semblait appartenir à une autre vie.

— A l'époque, je n'ai pas vraiment su pourquoi je l'achetais. Je l'ai simplement vue dans une vitrine et je n'ai pu m'en empêcher. Je l'ai toujours gardée avec moi depuis, dans l'espoir, un jour, de pouvoir l'offrir à quelqu'un.

Espérant, oui, mais n'y croyant pas vraiment. Où aurait-il pu trouver une femme digne de porter ce vêtement ?

Patra lui sourit et dénoua la ficelle qui fermait le paquet. L'emballage s'ouvrit et elle poussa un soupir d'émerveillement.

— Oh ! c'est magnifique !

Elle déplia la chemise de nuit de soie blanche et la tint devant elle.

— Je la garderai pour l'Angleterre. Merci beaucoup, Brennan...

— Ce vêtement a une histoire, tu sais, commença Brennan en songeant à ce qui était arrivé à la première chemise de nuit qu'il avait achetée.

Celle-ci était la seconde.

Mais Patra l'interrompit en posant délicatement son doigt sur ses lèvres.

— Tu me raconteras plus tard. J'ai un cadeau pour toi aussi.

Elle fouilla sous un autre buisson et en tira un plus petit panier d'où elle sortit un pot de miel au thym.

— Par contre, tu vas devoir t'allonger pour cela...

Ses yeux scintillaient d'une étincelle malicieuse.

— Je dois m'allonger pour goûter à du miel ?

En dépit de son étonnement, il sentit son cœur s'emballer et obtempéra. Il avait peut-être une petite idée de ce qu'elle comptait faire.

— Mais on n'a rien pour l'étaler, reprit-il.

Elle le dévisagea un instant d'un regard qui provoqua une érection immédiate.

— Si, il y a toi.

Elle trempa un doigt dans le pot et le ressortit brillant, doré par le miel. Elle le lécha alors consciencieusement. Le cœur de Brennan se mit à battre encore plus fort — si c'était possible. Seigneur, il allait jouir avant même qu'une goutte de miel coule sur sa peau.

Patra s'agenouilla entre ses jambes et elle retroussa les plis de sa *foustanella* jusqu'à dévoiler ses cuisses et son sexe dressé pour elle. Elle versa ensuite un peu de miel sur le sommet et le regarda couler un instant.

Puis elle leva ses grands yeux sombres sur Brennan. Avec ses longs cheveux rassemblés sur le côté et son regard brûlant, elle avait tout d'une déesse antique. Elle lui sourit et se pencha pour déposer ses lèvres sur son sexe.

La langue de Patra effleura la peau sensible, humide déjà. Seigneur, elle allait le tuer. De plaisir. Il pouvait déjà voir l'inscription sur sa tombe : *Brennan Alexander Carr, mort à trente ans de trop de jouissance*. Il avait déjà été pris de cette manière, par des femmes réputées expertes dans l'art de la fellation, mais aucune n'avait eu autant de talent que Patra en ces instants exquis...

Tout embrumé qu'il était, son esprit lui susurra que c'était sans doute parce que cet acte avait de l'importance aux yeux de Patra. Elle n'était pas comme les autres, répétant une routine bien exercée et vide de sens. Elle n'avait pas fait cela des centaines de fois, avec des dizaines d'hommes différents, d'amants de passage. Non, elle ne faisait cela que pour lui et lui seul.

Sa main se referma sur ses testicules et sa langue suivit toute la longueur de son sexe. Les yeux fermés, il s'abandonna aux sensations délicieuses que sa bouche lui procurait, léchant, suçant, dans un rythme langoureux. Il ne put réprimer plus longtemps la montée du plaisir, tous ses muscles crispés et ses doigts enfouis dans l'épaisseur soyeuse des cheveux de Patra. Tout son corps se préparait pour l'explosion de plaisir qui le soulagerait.

Essayant de la prévenir, il voulut murmurer, mais ne put que gémir, lâchant une série de sons inarticulés, incapable de se maîtriser. Patra referma sa main sur son sexe et l'accompagna jusqu'au dernier instant. Jusqu'au retour du calme après cet ouragan de sensations merveilleuses.

Brennan se sentit alors à la fois vulnérable et intensément puissant. Allongé, sans forces, sur la couverture, exposé, épuisé et rassasié de la meilleure manière possible, il n'aurait sans doute pas pu lever le petit doigt s'il avait dû se défendre. Mais cela n'avait aucune importance.

A moins qu'il en ait été capable... Comment savoir ? Il aimait à se le dire et c'était tout ce qui comptait, pour le moment.

Quoi qu'il en soit, mentalement, il restait fort, puisant sa force dans le regard de braise de Patra, dans l'admiration qu'il y lut lorsqu'elle releva les yeux sur lui. Ils avaient encore un voyage à accomplir.

Ils partiraient le lendemain pour l'Angleterre et cela ne l'effrayait pas, tout simplement parce qu'il affronterait son passé avec sa femme à ses côtés — comme il affronterait toutes les années qui lui restaient à vivre. Plus jamais il ne serait seul. Plus jamais il ne manquerait d'amour...

Epilogue

Douvres, Angleterre — Un an plus tard

Par les bijoux de Lucifer ! Ils allaient être en retard à leur propre petit déjeuner d'adieu !

Agacé, Brennan se pencha par la fenêtre de la voiture et jeta un coup d'œil à la scène animée qui se déroulait dans la rue. Un chariot s'était renversé sur la voie, bloquant la route de l'hôtel d'Antwerp.

— Je te l'avais bien dit : nous aurions dû partir plus tôt, plaisanta Patra avec un petit sourire amusé, examinant la rue à son tour.

Brennan éclata de rire et s'affala de nouveau sur la banquette.

— *Tu* me l'avais bien dit ? Il me semble au contraire que tu ne protestais pas bien fort... Si je me rappelle bien, c'est même toi qui as commencé en glissant tes petites mains sous la couverture.

Elle avait tout de même raison sur un point. Ils n'auraient pas dû se permettre ce dernier plaisir matinal avant de partir — mais comment résister, avec une épouse si *généreuse* à ses côtés ?

Une épouse. Cela faisait déjà un an, et il adorait toujours autant cette idée. Elle était sienne. *Son* épouse...

Aujourd'hui, ils repartaient enfin pour Kardamyli pour y commencer leur nouvelle vie. Un an et *deux* mariages plus tard.

En effet, son grand-père, le comte, avait insisté pour célébrer leur union « dans les règles », dans une église anglaise. Tous les Carr s'étaient mariés à St George, et Brennan ne ferait pas exception. Il leur avait fallu cinq mois, presque tout l'hiver, pour préparer la fête. Son grand-père n'avait pas regardé à la dépense et avait donné carte blanche à la mère de Brennan. Cela avait payé, au final : d'un point de vue anglais, le mariage avait été un véritable succès, avec pétales de roses et soie à volonté. On avait parlé de l'événement pendant tout le début de la Saison 1838.

Patra avait été splendide dans la robe de mariée de la grand-mère de Brennan, à tel point que cela avait incité toutes les jeunes mariées de l'été à fouiller les greniers familiaux à la recherche de robes héritées de leurs aïeules.

Bien que Brennan ait largement préféré son premier mariage, sur la plage de Kardamyli, toute cette préparation avait au moins eu un avantage : cela avait laissé à ses amis le temps de faire le voyage jusqu'en Angleterre.

Nolan et Gianna étaient déjà dans le pays, mais Haviland et Alyssandra avaient dû revenir de Paris. Archer et Elisabeta, eux, avaient quitté leur chère Sienne pour l'occasion. Après le mariage, ils étaient même tous restés pour le début de la Saison. Pour Haviland et Archer, c'était leur premier séjour en Angleterre depuis leurs propres mariages.

A présent, ils étaient arrivés sur la côte et se préparaient tous à rentrer chez eux le jour même. Tout comme Brennan, ils étaient restés assez longtemps pour s'assurer que leur foyer était ailleurs.

Pour lui, le foyer, c'était la Grèce, dans une petite maison aux murs chaulés et aux volets bleus. Il avait tellement hâte d'y arriver... Hélas, il semblait que le chariot qui était toujours couché en travers de la chaussée était déterminé à l'en empêcher.

Il jeta un rapide coup d'œil à Patra, partageant la même idée qu'elle, sans même avoir besoin de l'expliquer à voix haute.

— Tu penses à la même chose que moi ?

Le sourire entendu que lui renvoya sa femme était tout ce dont il avait besoin. Il prit sa main et ouvrit la portière de la voiture à la volée.

— On va devoir courir pour être à l'heure !

Il avait déjà vu cela quelque part : courir le long des rues, le plus vite possible, contre la montre... Il avait déjà fait cela. Différemment. Depuis le temps, sa vie s'était grandement améliorée. Cette fois, personne ne le pourchassait, pistolet en main, ce qui était plutôt rassurant.

Patra éclata de rire en courant à ses côtés. Quelque part, au cœur de la ville, un clocher sonna l'heure. Voilà. Ils étaient officiellement en retard. Haviland, Archer et Nolan ne le laisseraient jamais oublier cela !

Quand ils atteignirent le quai auquel était amarré leur bateau, un cadeau de mariage de son grand-père, ils étaient tous les deux à bout de souffle. Le voilier les conduirait jusqu'à l'Espagne, puis à travers la Méditerranée à grande vitesse, grâce aux dernières technologies Sutton.

Un tonnerre d'applaudissements retentit à leur arrivée, et Brennan aperçut ses amis, déjà installés à bord et attendant que le repas soit servi.

— Tu es en retard ! lança Nolan tandis qu'Archer lui tendait à contrecœur une poignée de billets. C'est agréable de voir que certaines choses ne changent pas.

Brennan éclata de rire.

— Tu as encore perdu, Archer ? Je te connais depuis longtemps, et tu n'as jamais réussi à gagner un pari contre cet homme...

Le petit déjeuner fut servi sur le pont, pour profiter du chaud soleil de juin, et Brennan s'octroya immédiatement une assiette bien remplie. Tout le monde était de bonne humeur, parlant de projets, du retour de chacun chez soi. Ses amis étaient aussi impatients que lui de retrouver leur *vraie* vie.

Haviland et Alyssandra comptaient agrandir leur salle d'escrime à Paris pour mieux accueillir leur clientèle grandissante. Nolan et Gianna avaient acheté une seconde maison, à Londres cette fois, pour accueillir plus de jeunes garçons dans le besoin. Quant à Archer et Elisabeta, ils avaient de nouveaux poulains à dresser et, confia Archer avec un clin d'œil, un bébé à accueillir dans l'hiver. Ils venaient d'apprendre la bonne nouvelle et avaient doublement hâte d'atteindre Sienne.

Brennan examina chacun des convives. Il y avait tant de

bonheur, autour de cette table. Tous quatre avaient fait la paix avec leurs familles et avec leurs choix de vie, chacun à sa manière — et il ne faisait pas exception. Ses parents étaient ce qu'ils étaient. Il ne pourrait jamais les faire changer, mais lui pouvait changer. Grâce à Patra, il avait appris à être l'artisan de son propre bonheur et embrassait cette responsabilité sans réserve.

Les assiettes se vidèrent peu à peu. Les conversations s'éteignirent. Regrettant sans doute d'interrompre cette fête, le capitaine du bateau s'approcha d'eux.

— Nous allons devoir partir, monsieur Carr.

Cette annonce renouvela l'énergie autour de la table. Tout le monde s'extasia sur le voilier, un prototype particulièrement rapide de la célèbre entreprise Sutton Yacht Works, qui avait essuyé un certain scandale quelques semaines plus tôt, quand la nouvelle propriétaire Elise Sutton s'était enfuie avec le fléau de Gibraltar, Dorian Rowland, après une course effrénée contre l'imbattable *Phantasm* de son oncle.

— Franchement, Bren, plaisanta Nolan, est-ce que tu connais des gens fréquentables ?

Brennan réfléchit un instant.

— Oui, toi, répondit-il. Ah non, tu n'es pas vraiment fréquentable, j'imagine...

Hélas, l'inévitable ne pouvait être repoussé plus longtemps. Il était temps de partir. Le départ devenait difficile, malgré l'excitation de rentrer chez lui. Non pas qu'il n'eût pas envie de quitter l'Angleterre — il savait très bien où le menait son destin — mais il allait avoir du mal à abandonner ses amis.

Archer et Haviland partaient le même jour, sur des bateaux différents et dans des directions différentes : Haviland et Alyssandra iraient à Calais, Archer et Elisabeta, à Ostende.

Le petit groupe descendit sur le quai. Brennan et Patra embrassèrent chacun de leurs amis et souhaitèrent beaucoup de bonheur aux épouses qui savaient rendre ces hommes si heureux. En dépit des sourires et des plaisanteries, Brennan sentit sa gorge se nouer.

— Haviland, merci d'avoir toujours veillé sur moi à l'école quand j'étais l'un des plus jeunes. Et merci de m'avoir appris l'escrime. Malheureusement, cela m'a été très utile. Je pense que tu m'as aidé à devenir un homme meilleur au fil du temps.

Il se tourna ensuite vers Archer.

— Sans tes si bonnes leçons d'équitation, je n'aurais jamais pu partir avec vous et faire un tel saut depuis le quai quand le bateau est parti d'ici, il y a deux ans. Je n'imagine même pas ce que j'aurais pu rater en manquant ce départ. Sans toi, je n'aurais jamais rencontré la femme qui a su m'apprendre comment aimer et comment vivre...

Nolan s'approcha à son tour, étonnamment silencieux. Tous deux étaient devenus particulièrement intimes pendant leur voyage, surtout quand ils étaient partis seuls pour Venise. Brennan avait été le seul du groupe à assister au mariage de Nolan et Gianna, alors en fuite.

Le fait que son compagnon de route soit si silencieux était une sorte d'hommage rendu à leur amitié.

— Peut-être que tu es celui à qui je dois le plus, mon ami, reprit Brennan, assez fort pour que tout le monde entende. Merci d'avoir eu un duel qui nous a chassés du pays.+

Un éclat de rire général emplit le quai et Brennan sourit à son tour. Il serra Nolan dans ses bras, incapable de traduire son émotion par des mots. Difficile de lui dire qu'il lui était reconnaissant pour bien plus que cela. Son ami comprendrait...

Finalement, Patra et lui remontèrent à bord. On releva la passerelle et la chaîne de l'ancre grinça.

Patra passa un bras autour de sa taille tandis que le fin voilier s'éloignait du quai, de tous ses amis. Brennan leva le bras pour un dernier signe d'adieu. Il savait qu'ils lui feraient tous l'honneur de rester là jusqu'à ce que leur bateau ait disparu à l'horizon.

— Ils vont te manquer, lui murmura Patra.

— Oui, je ne sais pas quand je les reverrai...

— Mais tu les reverras, répondit-elle d'une voix rassurante avant de l'embrasser. Nous avons un navire rapide et le monde change. Les distances ne sont déjà plus les mêmes. Tout est possible, tant que nous sommes guidés par l'amour.

Laissant la fin de sa phrase en suspens, elle posa une main sur son ventre.

Surpris, le cœur battant, Brennan la regarda un instant.

— Tout est possible ?

— Oui... Même un camarade de jeu pour le bébé d'Archer et Elisabeta, souffla-t-elle.

Le capitaine s'approcha alors discrètement avec deux flûtes de champagne pétillant. Patra les lui prit des mains et en donna une à Brennan.

— Je me suis dit qu'un toast était de rigueur. Parfois, cela rend les adieux plus faciles.

Brennan leva son verre en direction de la côte, de ses amis, laissant le soleil illuminer le vin doré.

— A quatre débauchés partis en voyage, qui ont réussi à envahir l'Europe et à vivre heureux jusqu'à la fin de leurs jours.

Après tout, les adieux n'étaient pas forcément définitifs. L'avenir ouvrait toujours des portes inattendues...